Walhc

CW01208348

Band I... ...

Walhorn & Ritter

622

Bestiarien

Roman

Band II der 622-Reihe

FSC
www.fsc.org
MIX
Papier aus verantwortungsvollen Quellen
Paper from responsible sources
FSC® C105338

Impressum

Die Deutsche Nationalbibliothek verzeichnet diese Publikation in der Deutschen Nationalbibliografie; detaillierte bibliografische Daten sind im Internet über http://dnb.dnb.de abrufbar.

Umschlaggestaltung: Bernd Walhorn und Kea Ritter
Titelbilder: Andrey Yurlov, Enrique Alaez Perez, Vaclav Sebek / Shutterstock
Grafik Schmetterling: OpenClipart-Vectors / pixabay
Grafik Kompass: stux / pixabay
Grafiken Logo: Clker-Free-Vector-Images, mohamed_hassan / pixabay
Grafik Weinbecher: Gordon Johnson / pixabay
Herstellung und Verlag: BoD – Books on Demand, Norderstedt
ISBN: 9783752668414

Für den Norden, der seine eigene Magie hat.
Für das Meer, wild und sanft.
Für Inseln und Küsten,
an denen der Salzwind Geschichten flüstert.
Und für alle, die sich davon verzaubern lassen.

Die Autoren

Bernd Walhorn wurde 1957 in Hamburg geboren. Er wuchs zunächst in die Umwälzungen der 60er, später in die Aufbruchsstimmung der 70er Jahre hinein, bevor er sich schließlich in der Gastronomie selbständig machte und sich auf die Cocktailbranche spezialisierte. In den großen Bars und Hotels entdeckte er sein Gespür für skurrile wie auch sinnliche Situationen.

Zeitgleich trieb er seine Profession, das Schreiben, voran. Nach mehreren Kurzgeschichten veröffentlichte er seinen ersten Erotikroman „Blindfolded Dinner“. Dieser erschien 2016 in der 1. Auflage im Ammianus-Verlag, Aachen, und 2020 als überarbeitete, neue Ausgabe im BoD-Verlag, Norderstedt.

Bernd Walhorn ist Vater zweier Jungs und lebt in Aachen.

Kea Ritter ist 1971 geboren und lebt in Berlin. Nach ihrem naturwissenschaftlichen Studium zog es sie in den Journalismus, und diesem Beruf ist sie bis heute treu geblieben. Schließlich bietet die Realität immer wieder neue spannende, skurrile und ungewöhnliche Geschichten, die es sich zu erzählen lohnt.

Die Möglichkeit, aus seinen eigenen Ideen neue Charaktere und Ereignisse zu schaffen, hat man dabei allerdings nicht. Umso reizvoller war es für sie, in ihrer ersten Romanreihe gemeinsam mit Bernd Walhorn der Fantasie freien Lauf zu lassen.

Mehr „622“ bei Instagram unter walhorn_und_ritter.
Und bei Youtube auf dem Kanal von Bernd Walhorn.

Bereits erschienene Romane

Von Walhorn & Ritter:

Romanreihe „622"
Band I: „Vermächtnis"
Pia und Bjarne erben völlig unverhofft ein Grundstück an der Hamburger Elbchaussee. Dadurch werden sie in ein Abenteuer verwickelt, das im Jahr 1396 begann und bis heute andauert.
BoD – Books on Demand, Norderstedt
ISBN 9783752815498

Von Bernd Walhorn:

Erotikroman „Blindfolded Dinner"
Die Einladung eines geheimnisvollen Unbekannten beschert Stella nicht nur ein ausschweifendes Abendessen in einem ungewöhnlich erotischen Ambiente. Sie wird ihr Leben verändern.
BoD – Books on Demand, Norderstedt
ISBN 9783750414808

Erotikroman-Reihe „Ibiza-Hotlove"
Band I: „Das Trio"
Aus einem Quickie am Strand von Ibiza entwickelt sich eine lustvolle und überraschende Ménage-à-trois Beziehung.
BoD – Books on Demand, Norderstedt
ISBN 9783751985253

Inhalt

Prolog

Die Mai-Nacht hatte sich über die Hamburger Elbchaussee gelegt wie eine samtig-schwarze Decke. Nur, dass sie nicht wärmte. Fröstelnd stand Pia Stegemann auf dem Balkon eines Hauses, von dessen Existenz sie noch vor ein paar Monaten nichts geahnt hatte. In solchen stillen Momenten fragte sie sich manchmal, ob sie nicht doch in einem besonders skurrilen Traum gefangen war. Und wann sie daraus aufwachen würde. Die Ereignisse hatten sich in den letzten Wochen dermaßen überschlagen, dass ihr Leben komplett aus den Fugen geraten war.

Aus heiterem Himmel eine Villa und ein großes Grundstück in diesem Nobel-Viertel zu erben, war ja allein schon nervenaufreibend genug gewesen. Doch dabei war es nicht geblieben. Obskure Familiengeheimnisse aus dem Mittelalter zu lüften und sich dabei eine Bande mörderischer Intriganten vom Hals zu halten, fiel auch nicht gerade unter die Top Ten der erholsamsten Freizeitbeschäftigungen. Wenn sich der Miterbe dann noch als Seelenverwandter mit Piraten-Ambitionen und einem ausgeprägten Hang zu erotischen Ausschweifungen entpuppte, konnte der scheinbar so feste Boden der Tatsachen schon mal ein wenig ins Schwanken geraten.

Ein Schauer lief ihr über den Rücken, und sie zog den flauschigen, weißen Bademantel enger um ihren nackten Körper. Es war wirklich nicht warm genug, um in diesem Aufzug hier draußen zu stehen. Doch sie war so aufgewühlt gewesen, dass sie lange keinen Schlaf gefunden hatte. Die Stille der Nacht hatte sie herausgelockt. Und schien sich nun beruhigend wie eine Umarmung um ihre wirbelnden Gedanken zu schmiegen.

Pia trat an das schmiedeeiserne Balkongeländer und stützte ihre Ellenbogen darauf. Ihr Blick wanderte rastlos durch den nächtlichen Garten, über Rasen und Blumenbeete und knorrige Bäume. Ein perfektes Idyll, in dem alles genau so war, wie es sein sollte.

Und doch … Die Dunkelheit wirkte dichter als sonst. Als sei sie mit den Händen zu greifen. Und als gebäre sie in ihren toten Winkeln Schattengestalten, sobald man für einen Augenblick nicht hinsah. Oder spielte ihr überreiztes Hirn ihr schon Streiche?

Pia atmete ein paar Mal tief durch und pustete sich eine Haarsträhne aus dem Gesicht. Ihre Frisur war so wirr wie ihre Gedanken. Beides zweifellos eine Folge des piratischen Einflusses, unter den sie geraten war. Und den sie nicht mehr missen wollte. Denn was immer aus dieser ganzen Sache werden mochte, eines stand für sie fest: Ihr Leben würde nicht wieder in seine alten Bahnen zurückkehren. Ein Gefühl, das sie halb beunruhigend und halb aufregend fand.

Aber war das hier wirklich eine Zäsur, ein kompletter Neuanfang? Oder hatten die Abenteuer der letzten Wochen nur etwas in ihr geweckt, das schon immer dort geschlummert hatte? Der leise Wind, der von der Elbe heraufwehte, raschelte in den Baumkronen und wisperte Meeresgedanken. Wie passend! Seit dieser Erbschaftssache wusste sie ja nun, dass sie von einem mittelalterlichen Handelsreisenden und Seefahrer namens Gunnar Michelson abstammte. Ob diese Wurzeln sie geprägt hatten? Kam daher ihre alte Liebe zu Wellen und Stränden? War sie ihr in die DNA geschrieben? Die Vorstellung gefiel ihr.

Sie lauschte dem leisen Glucksen des Flusses, der träge am Ufer des Grundstücks vorbeifloss. Die Elbe schien sie zu rufen und zu locken. Mit dem Versprechen auf eine Reise zum Meer.

„Seeluder!“, schien der Fluss in die schweigende Nacht zu flüstern. Als wisse er, dass die Frau auf dem Balkon empfänglich dafür war. Mit unzähligen kühlen Gischt-Zungen schien der Ozean langsam und zärtlich an ihrem Rückgrat entlang zu lecken. Und ihre Gedanken badeten in Salzwasser.

Pia wäre der Stimme der murmelnden Wellen zu gerne gefolgt. Jetzt gleich am besten. Obwohl sie genau wusste, dass das Meer auch eine raue, ungezähmte und gefährliche Seite hatte. Vor allem die Nordsee konnte sich unverhofft in eine wilde Bestie verwandeln, mit flutkalten Pranken und Zähnen aus Sturm. Und mit Haien, die keineswegs nur im Wasser wärmerer Gefilde lauerten. So mancher Meeresräuber hatte seine Kiemen und Flossen offenbar zugunsten von zwei Beinen, einem Doktortitel und einem lukrativen Geschäftsführerposten aufgegeben. Und schnappte nun hinterhältig nach Grundstücken, die ihm nicht gehörten.

Pia grinste ironisch in sich hinein. Wenn sie an Klaus und Elena Scherer dachte, bekam das Wort „Immobilienhai" gleich eine ganz neue Bedeutung. Und die beiden waren bestimmt nicht die einzigen kaltblütigen Bewohner mit verbrecherischen Ambitionen in dieser Stadt. Sie hoffte nur, dass sie von weiteren Begegnungen dieses Kalibers verschont bleiben würde. Auch wenn eine kleine, hartnäckige Stimme in ihrem Hinterkopf darauf bestand, dass die Gefahr noch nicht vorbei war. Dass ihre Gegner noch nicht aufgegeben hatten und weiterhin versuchen würden, sich dieses Elbparadies unter den Nagel zu reißen. Und dass man vor allem nie wissen konnte, aus welcher Richtung sie als nächstes zuschlagen würden. Ob frontal, von den Seiten oder womöglich sogar unbemerkt aus der Tiefe.

Insofern passte der Vergleich mit den Haien wohl doch nicht so gut. Die meisten dieser Fische waren Räuber und gaben auch nicht vor, etwas anderes zu sein. Man sah sie vor sich und wusste, woran man war. Die Scherers dagegen waren eher von der hinterhältigen Fraktion.

Unwillkürlich musste Pia an den Anglerfisch denken, den sie einmal in einem Aquarium gesehen hatte. Ein wenig attraktives Großmaul, das seine finsteren Absichten in den tieferen Bereichen der Nordsee verbarg. Da lag es dann wie ein harmloser, graubrauner Stein auf dem Meeresgrund und wartete geduldig darauf, dass jemand auf seine Tricks hereinfiel.

Das einzig Auffällige an ihm war die fleischige Hautfalte, die wie eine Angel direkt vor seinen Lippen baumelte. Auf den ersten Blick sah sie nach einem appetitlichen Wurm aus. Doch wehe dem unvorsichtigen Fisch, der sich davon täuschen ließ. Sehr schnell musste er feststellen, dass hinter diesem vermeintlichen Leckerbissen ein Maul voll dolchspitzer Zähne lauerte. Und dahinter der Tod.

War nicht genau das die Methode Scherer? Einen Köder auszuwerfen, um das Opfer zu täuschen und seine Gedanken zu verwirren? Und es dann hinabzuziehen in einen finsteren Abgrund, aus dem es kein Entkommen mehr gab? Schaudernd wandte sich Pia vom nachtflüsternden Garten ab und trat wieder ins Haus, um an Bjarnes Seite vielleicht doch noch etwas Schlaf zu finden.

„Oh nein, meine liebe Elena, du bist kein Hai", dachte sie boshaft. Die schöne Frau Doktor war ein Anglerfisch. Einer von denen, die man auch Seeteufel nannte.

Kapitel 1
Obsessionen

Der verdammte Skorpion war ihr zum Verhängnis geworden. „Scheiße!", fluchte Elena Scherer und rieb sich den Knöchel, mit dem sie unsanft und im falschen Winkel auf der Yoga-Matte aufgekommen war. Es war keineswegs der Abgang, den sie beabsichtigt hatte. Wie eine idiotische Anfängerin war sie zusammengeknickt, geradezu würdelos! Irgendwie hatte sie für einen Moment die Beherrschung über ihren Körper verloren, auf die sie so stolz war. Das war ihr schon lange nicht mehr passiert.

Gut, der Skorpion gehörte natürlich zu den besonders schwierigen Übungen, daran gab es nichts zu rütteln. Wie sie gestaunt hatte, als sie ihren Yoga-Lehrer vor ein paar Jahren zum ersten Mal in dieser Haltung gesehen hatte. Aus dem Kopfstand heraus hatte er sein Gewicht auf den Unterarmen nach oben gestemmt. Dann hatte er seinen athletischen Körper zu einem eleganten Bogen geformt und seine Beine in den Knien abgeknickt, bis seine Füße scheinbar schwerelos über seinem Kopf schwebten. Wie der Stachel des Tieres, dem die Pose ihren Namen verdankte.

Damals hatte sich Elena noch nicht so recht vorstellen können, dass sie diese Übung eines Tages selbst beherrschen würde. Doch *Vrischikasana*, der Skorpion, hatte ihren Ehrgeiz geweckt. Man brauchte Kraft dafür, vor allem in den Armen, in den Schultern und im Oberkörper. Und dank ihres unermüdlichen Trainings und ihrer eisernen Disziplin besaß sie die inzwischen. Sie war fit genug und verfügte über die nötige Körperspannung für derlei anspruchsvollen Posen. Unzählige Male hatte sie das indische Gifttier elegant gemeistert.

Also hatte sie es auch an diesem Abend wieder versucht. Ein paar Yoga-Übungen in der lauen Luft unter dem funkelnden Sternenhimmel würden ihr ein bisschen dringend nötige Entspannung verschaffen, so hatte sie gehofft. Zumal ihr Mann Klaus unterwegs war und sie daher mit uninspiriertem Geplapper oder anzüglichen Kommentaren verschonen würde. Sie hatte ein paar wohlverdiente Stunden nur für sich allein. Ein kostbares Geschenk, das es zu nutzen galt. Also hatte sie ihre Matte im Garten ihres Hauses im Hamburger Stadtteil Hummelsbüttel ausgerollt, noch ein paar Mal tief durchgeatmet und losgelegt.

Sie hätte sich denken können, dass es nicht klappen würde. Die mahnenden Worte ihres Lehrers tönten ihr noch deutlich im Ohr: Man solle mit dem Skorpion erst anfangen, wenn der Körper sich stabil anfühlte, wenn man genug Konzentration gesammelt hatte und innerlich zur Ruhe gekommen war. Nichts davon war bei Elena der Fall gewesen. Kein Wunder, dass sie die Körperspannung nicht hatte halten können und dass ihre Muskeln den Dienst versagt hatten! Es war einfach zu viel passiert in den letzten Tagen, das ihre Gedanken beschäftigte. Und dann auch noch dieser Anruf gestern Abend, dem vorhin eine ausführliche und wunderbar anzügliche Mail gefolgt war … Wenn man das alles berücksichtigte, konnte sie von Glück sagen, dass sie sich nicht den Hals gebrochen hatte!

Seufzend stand sie auf und dehnte sich ein wenig, drehte vorsichtig den Fuß hin und her. Nein, verstaucht war er zum Glück nicht. Trotzdem würde sie nicht den Fehler machen, es gleich noch einmal zu versuchen. Schluss für heute! Sie würde sich jetzt erst einmal einen Jasmin-Tee kochen und sich ein bisschen auf die Terrasse setzen. Nachdenken, zur Ruhe kommen, später vielleicht noch einen Blick ins Labor werfen. Und natürlich die Mail beantworten, das auf jeden Fall. Ein versöhnlicher Abschluss für diesen beschissenen Tag. Dann würde sie weitersehen.

Elena lächelte versonnen, als sie barfuß in die Küche tappte. Sie konnte sich sehr gut vorstellen, was der Verfasser dieser Mail über ihren Aufzug sagen würde. Sie wusste, dass sie auch im Sportdress eine sehr gute Figur machte. Das bauchfreie Top und die lange, schwarze Stretchhose, die sich um ihren Hintern schmiegte und erst an den Beinen etwas weiter wurde, brachten ihren Tänzerinnenkörper perfekt zur Geltung. Das hatte er stets zu schätzen gewusst. Zu schade, dass er sie jetzt nicht sehen konnte! Dann bräuchte sie sich über die weitere Gestaltung des Abends keine Gedanken mehr zu machen. Und alle unerwünschten Grübeleien würden unter seinen Händen in Flammen aufgehen, wie sie es verdienten.

Mechanisch setzte Elena Wasser auf und füllte angenehm duftende Teeblätter in einen Filter. Es war wirklich erstaunlich, was für eine starke Wirkung dieser Mann noch immer auf sie ausübte. Eine spezielle Form von Magnetismus, die sich nicht abzunutzen schien. Dabei kannten sie sich seit Jahren. Seit dem Studium in Zürich, um genau zu sein. Es war auch nicht das erste Mal, dass er in einen Flieger stieg, um sie zu sehen. Und sie dann „mitten in die glutflackernde Hölle zu ficken, wo du hingehörst", wie er es in seiner Mail von vorhin so überaus fantasieanregend angekündigt hatte.

Elena lief das Wasser im Mund zusammen. Sie wusste, es war keine leere Phrase. Zwar hatten sich ihre Wege getrennt, als sie ihre Promotion abgeschlossen und ihre Stelle in Hamburg angetreten hatte. Doch es war ihnen immer wichtig gewesen, sich nicht aus den Augen zu verlieren. Über die Jahre hatten sie immer wieder eine Gelegenheit gefunden, sich für ein paar Stunden oder Tage zu treffen und ihren alten Bund zu erneuern. Es hatte jedes Mal etwas von Höllenfeuer, da hatte er schon recht. Denn ihre Beziehung war von Anfang an … anders gewesen.

Elena goss den Tee auf, während ihre Gedanken zurück in einen Seminarraum an der ETH Zürich wanderten. Sie hatte während ihrer Doktorarbeit einen Mikrobiologie-Kurs für Studierende verschiedener Fachrichtungen betreut. Und dort hatte sie ihn zum ersten Mal gesehen. Ihren Höllenfürsten, wie sie ihn scherzhaft nannte.

Gut, damals konnte er im teuflischen Gewerbe allenfalls als Nachwuchskraft durchgehen. Er war schließlich noch Student der Pharmazie, knapp fünf Jahre jünger als sie. Doch sie hatte sein Potenzial auf Anhieb erkannt. Schon allein an dem unverschämten Grinsen, mit dem er sie musterte. Als warte er nur darauf, dass sie sich umdrehen und etwas an die Tafel schreiben würde. Damit er ihr dann vor den Augen seiner sämtlichen Kommilitonen den Rock hochschieben und mit seinen Fingern an ihrer tropfenden Spalte spielen konnte.

Dazu war es natürlich nicht gekommen. Oder zumindest nicht ganz. Sie war ja bereit gewesen, so manches auf dem Altar ihrer erotischen Fantasien zu opfern. Einschließlich der Gefühle anderer Leute und den Grundregeln des Anstands. Ihre Karriere gehörte allerdings nicht dazu. Und die hätte durch einen solchen Skandal mit Sicherheit einen deutlichen Knick erlitten. Also hatte sie sich an jenem denkwürdigen ersten Tag nicht vor versammelter Mannschaft von ihm vögeln lassen. Sondern in der Abgeschiedenheit eines kleinen Laborraums voll beleuchteter Aquarien.

Elenas Mundwinkel kräuselten sich bei dem Gedanken. Es war tatsächlich eine ganz ähnliche Atmosphäre gewesen, wie sie inzwischen in ihrem eigenen Keller-Labor herrschte. Vielleicht war das auch ein Grund dafür, dass sie sich so gern dort aufhielt. Neben echter wissenschaftlicher Neugier natürlich. Und jenem anderen morbiden Reiz, über dessen wahre Natur man sich besser keine allzu tiefgreifenden Gedanken machte.

Ja, sie würde jetzt tatsächlich noch einmal in den Keller gehen. Sie zog den Teefilter aus dem Wasser und warf ihn in den Biomüll. Dann stieg sie die Treppe hinunter zu ihren „Dinos“, wie sie ihre Schützlinge gern nannte. Die Algen aus der Gruppe der Dinoflagellaten hatten Elena schon seit ihren eigenen Studienzeiten in ihren Bann gezogen. Sie mochten äußerlich zwar nicht viel hermachen: Winzige, gepanzerte Einzeller, die selbst unter dem Mikroskop nicht besonders eindrucksvoll wirkten. Das Faszinierende aber war, dass sie etliche gefährliche Giftmischer in ihren Reihen hatten. So wie die Vertreter der Gattung *Alexandrium*, die das Gift Saxitoxin produzierten.

Beinahe liebevoll strich Elena mit der Hand über den Rand eines Aquariums, in dem diese kleinen Chemiefabrikanten heranwuchsen. Als Wissenschaftlerin kam sie nicht umhin, die Talente der Winzlinge zu bewundern. Sie waren echte Kämpfer, Überlebenskünstler. Dachten gar nicht daran, vor scheinbar übermächtigen Gegnern die Waffen zu strecken. Wer ihnen in die Quere kam, den vergifteten sie einfach. Und dabei machten sie sogar vor Menschen nicht halt. Das hatte Elena seit jeher imponiert.

Interessiert hatte sie damals die Berichte des britischen Seefahrers George Vancouver gelesen, der 1793 vor der kanadischen Küste auf Entdeckungsreise gewesen war. Staunend hatten er und seine Männer beobachtet, wie in den Nächten leuchtende Algenteppiche im Meer trieben. Leichtsinnigerweise hatten sie die Warnungen der Ureinwohner in den Wind geschlagen, dass Muscheln in solchen Situationen tabu seien. Ein Mitglied der Besatzung hatte seine Meeresfrüchtemahlzeit mit dem Leben bezahlt – und war als erstes bekanntes Saxitoxin-Opfer in die Geschichte eingegangen. Für Elena gab es allerdings keinen Zweifel daran, dass die kleinen Giftmischer schon viel früher am Werk gewesen waren. Auch in Europa. Auch in der Nordsee. Und sie hatte beschlossen, ihnen zumindest ein paar ihrer Geheimnisse zu entlocken.

Das war allerdings alles andere als einfach gewesen. Obwohl ihre Professoren die junge Doktorandin aus Deutschland für brillant hielten, hatten ihre Experimente ein ums andere Mal in die Sackgasse geführt. Sie hatte gezielt versucht, besonders giftige Exemplare heranzuziehen. Doch dazu musste man genau wissen, wie so ein Einzeller tickte. Denn er produzierte seine chemischen Waffen nicht wahllos, sondern nur unter bestimmten Bedingungen. Er musste den richtigen Nährstoffcocktail zur Verfügung haben. Und er musste die chemischen Botschaften seiner Feinde belauschen können, damit er merkte, wann er seine Giftproduktion ankurbeln musste. Das alles hatte sie zwar gewusst. Doch wie das perfekte Giftalgen-Paradies aussehen sollte, hatte sie erst mühsam austüfteln müssen. Mal hatte sie verschiedene Lichtverhältnisse getestet, mal das Nährstoffangebot variiert oder winzige Krebse und andere Dino-Feinde in die Becken gesetzt. Und tatsächlich hatte sie Fortschritte gemacht: Ihre kleinen Schützlinge steigerten ihre Waffenproduktion. *Alexandrium* ging zum Angriff über.

War es da ein Zufall gewesen, dass der Student mit dem dreckigen Grinsen und der unwiderstehlichen Anziehungskraft in ihrem Kurs ausgerechnet Alexander hieß? Elena glaubte nicht an die Macht der Vorsehung. Aber ein kleines Zeichen war es vielleicht doch gewesen. Auch wenn die Faszination für den Kerl natürlich nicht in erster Linie von seinem Namen ausging.

Was Elena damals deutlich mehr beeindruckt hatte, war seine absolute Skrupellosigkeit gewesen. Nicht nur in sexuellen Dingen. Er hatte die Welt als seinen persönlichen Selbstbedienungsladen betrachtet, in dem er sich nehmen konnte, was ihm gefiel. Und in dem andere Leute sich glücklich schätzen konnten, wenn sie seine Rechnungen bezahlen durften.

Für Elena war er nicht nur der perfekte Gefährte für ihre dunklen Gelüste gewesen. Sondern auch ihr Spiegelbild. Ihr Bruder im Geiste. Alle dafür nötigen Voraussetzungen und Talente hatte er schon mitgebracht. Er hatte nur noch einen kleinen Schubs gebraucht, um all die Dämonen freizulassen, die in den finsteren Verliesen seiner Psyche hausten. Und Elena war die Frau gewesen, die das bewerkstelligt hatte. Oh nein, die Geheimnisse der Mikrobiologie waren nicht die einzigen, in die sie ihn eingeführt hatte. Der Höllenfürst war ihr Geschöpf geworden. Geschaffen aus der gnadenlosen, schwarz-schimmernden Substanz ihrer eigenen Fantasien und losgelassen auf eine nichtsahnende Welt. Tropfen für Tropfen hatte sie ihr Gift in seine Gedanken geträufelt. Und in das Herz, das er nicht zu besitzen schien.

Wenn ihre Gier aufeinander vorläufig gestillt war, hatten sie eng umschlungen im zerwühlten Bett gelegen und versucht, die Welt gedanklich aus den Angeln zu heben. Oft hatten sie darüber gesponnen, wie man Elenas zweite Leidenschaft praktisch nutzen könnte: Das Saxitoxin. Es wäre doch zu schade, wenn eine solche Waffe nur in den Aquarien des Instituts vor sich hin schlummerte!

Schon bald waren sie auf die Idee gekommen, die giftigen Algen gezielt an Muscheln zu verfüttern. Eine tödliche Mahlzeit aus feinen Meeresfrüchten. War das nicht die perfekte Methode, um jemanden aus dem Weg zu räumen? Machte das Wissen über diese Möglichkeit sie nicht zu den Beherrschern von Leben und Tod?

Elena schmunzelte bei der Erinnerung an jene frühen Tage. Wie aufregend allein die Gedankenspiele gewesen waren! Wie sehr sie die Wissenschaftlerin und ihren satanischen Jünger angemacht hatten! Nächte lang hatten sie in diesen Fantasien geschwelgt und es miteinander getrieben wie die Wilden. Hemmungslos. Wie betrunken von ihrer eigenen Verdorbenheit. Während die alten Dämonen von Lust und Tod an ihrem Bett tanzten und mit heiseren Stimmen flüsterten: „Tut es! Wagt es!“

Allein die Vorstellung, entscheiden zu können, wer leben durfte und wer sterben musste: Welche Macht das bedeutete! Und wie unendlich erregend das war! Elena hatte sich geradezu daran berauscht. Bis sie übersprudelte vor Lust und ihre Geilheit in die Nacht schrie. Oder in den Tag. Und bis Alexander sie mit harten Stößen knurrend bis vor das Tor der Hölle trieb. Hinein in das flammende Inferno. Und wieder zurück.

Doch irgendwann hatte das alles nicht mehr genügt. Die Gedanken hatten begonnen, sich weiterzudrehen. Immer weiter, wie bei einer Sucht. Was, wenn sie es nicht bei der Fantasie beließen? Wenn sie noch den einen Schritt weitergingen und den Thriller aus ihren Köpfen Realität werden ließen? Die wabernden Schatten ihrer frühen Ideen hatten sich zu greifbaren Ungeheuern mit scharfen Zähnen und spitzen Klauen verdichtet. Bereit, entfesselt zu werden.

Es war Alexander gewesen, der den entscheidenden Impuls gegeben hatte. Er hatte die Frau ausgesucht, die sterben sollte. Weil sie ihm lästig geworden war. Trotz seiner ungewöhnlichen Beziehung zu Elena hatte der gutaussehende Student mit dem Bad-Boy-Image immer auch noch andere Frauen um sich geschart. Seine Teufelsgroupies, wie Elena sie süffisant genannt hatte. Sie hatte sich nie daran gestört. Sexuelle Treue war keine der Kategorien, auf die sie besonderen Wert legte. Es genügte ihr völlig, die Gedanken ihres Gefährten zu beherrschen. Und daran hatte es keinen Zweifel gegeben. Sonst hätte er einen solchen Vorschlag gar nicht gemacht.

Mit Susanna war er damals ein paar Monate zusammen gewesen. Oder zumindest hatte er so getan. Sie war ein süßes, etwas naives Mädchen Mitte Zwanzig gewesen, eine weitere Studentin aus Elenas Kurs. Die tiefen Abgründe in Alexanders Wesen hatte die Kleine nie begriffen. Wie konnte jemand nur so wenig Menschenkenntnis an den Tag legen und sich einen Partner aussuchen, der in einer so vollkommen anderen Liga spielte? Noch heute war Elena das unbegreiflich.

Sie schüttelte den Kopf, während sie routiniert die Wassertemperatur in ihren Aquarien kontrollierte und hier oder da eine Kleinigkeit nachregelte. Susanna hätte damals doch merken müssen, dass sie sich in Gefahr begab, wenn sie ihn festzuhalten versuchte! All ihr Klammern und ihr Zuckerwatte-Gerede von Hochzeitsglocken, von ewiger Liebe und vom Familienidyll im Einfamilienhaus waren der sicherste Weg gewesen, um Alexander in haltlose Wut zu treiben. Ein anderer Mann hätte sich einfach getrennt. Er aber hatte beschlossen, dass sie sterben müsse.

Elenas Herz hatte bei dem Gedanken zu galoppieren begonnen. Sie hatte sich so lebendig gefühlt wie selten zuvor. In den sexduftenden Laken seines Bettes hatte sie ihm ihre Geilheit ins Ohr geschrien in jener Nacht. Es war wie ein heidnisches Opferritual gewesen. Dunkel und animalisch. Ihre rotlackierten Krallen hatten rohe Spuren über seinen Rücken gezogen. Er hatte sich revanchiert und ihr die Unterlippe zerbissen. Sie hatten Blut geschmeckt, als sie sich küssten. Und beschlossen, damit den Pakt zu besiegeln. Elena sah die Bilder heute noch vor sich: Ein scharfes Messer, blinkend im Mondlicht. Rubinrote Tropfen, die aus ihren Handgelenken quollen. Ihre gierigen Zungen, die den Lebenssaft des Anderen aufleckten. Der Blick, den sie anschließend getauscht hatten, war von einer ganz neuen Tiefe gewesen. Und sie hatten sich ein stummes Versprechen gegeben.

Die Vorbereitungen hatten gar nicht lange gedauert. Gemeinsam hatten sie bei einem Fischhändler lebende Miesmuscheln gekauft und ihnen ein behagliches Domizil im Labor der Universität eingerichtet. Niemandem war aufgefallen, dass dort zwischen Elenas offiziellen Forschungsaquarien noch ein weiteres Becken mit Muscheln stand. Sie hatten ihre Meeresfrüchte-Komplizen mit den Algen gefüttert und ein paar Tage abgewartet.

Dann hatte sich Alexander seiner romantischen Ader erinnert und Susanna zu einem stilvollen Abendessen zu sich nach Hause eingeladen. Nur sie beide. Kerzenschein, leise Musik. Und angerichtet auf seinen besten Tellern: Miesmuscheln in Weißweinsoße. Er hatte ihr die Augen verbunden, um sie damit zu überraschen. Susanna war begeistert gewesen, das dumme Huhn. Konnte man es ihr verdenken?

Elenas Augen glitzerten verächtlich. Das Unschuldslamm hatte vermutlich gedacht, dass Alexander an diesem besonderen Abend einen Verlobungsring aus dem Hut zaubern würde. Auf den Gedanken, dass er die delikaten Meeresfrüchte in zwei streng getrennten Portionen servierte, von denen nur eine genießbar war, wäre das nichtsahnende Opfer wohl im Traum nicht gekommen.

Es war dann allerdings nicht alles so gelaufen, wie das mörderische Duo es geplant hatte. Susanna hatte zwar ein paar mehr als elende Stunden auf der Toilette verbracht und tagelang kraftlos im Bett gelegen. Gestorben aber war sie nicht. Irgendwie hatten die Bedingungen in den Becken der Algen oder der Muscheln noch nicht ganz gestimmt. Die Giftdosis war zu gering gewesen.

Einen Tag nach dem ominösen Abendessen hatte Elena also einen Krankenbesuch gemacht, um sich vom Zustand der Patientin zu überzeugen. Geduldig hatte sie ihrer Studentin die klamme Hand gehalten, ihr den Puls gefühlt und mit scheinbarer Besorgnis ihr leichenblasses Gesicht gemustert. Sie wollte die Symptome bis ins Detail studieren, sich vergewissern, ob ihr Opfer möglicherweise doch noch das Zeitliche segnen würde. Leider hatte es dafür keinerlei Anzeichen gegeben. Und so hatte Elena der Kranken mit einem mokanten kleinen Lächeln eröffnet, dass sie selbst gerade aus Alexanders Bett kam und er sie geritten hatte wie eine wilde Stute. Stundenlang.

„Er braucht natürlich eine Frau, die damit umgehen kann", hatte sie geflötet. „Und da du im Bett ja mehr so ein Mauerblümchen bist, wie ich höre …" Sie hatte den Satz vielsagend in der Luft hängen lassen, bis Susannas giftgeschwächtes Hirn diese Information verarbeitet hatte. Erst dann hatte sie in falscher Großzügigkeit ihr Angebot gemacht: „Du kannst uns bei Gelegenheit gerne mal zusehen, Alexander und mir. Falls du noch was lernen willst."

So war die kurze Beziehung zwischen Alexander und Susanna unspektakulärer geendet als geplant. Die kleine Klette hatte ihn von da an keines Blickes mehr gewürdigt, was ihm natürlich nur recht sein konnte. Trotzdem war er enttäuscht gewesen, und Elena war es nicht anders gegangen. All die hochfliegenden Machtfantasien, die sie beinahe betrunken gemacht hatten. Und dann war nichts als profaner Durchfall dabei herausgekommen.

Zum Glück waren diese Zeiten inzwischen vorbei. Ein solcher Reinfall würde Frau Dr. Scherer heute nicht mehr passieren. Sie hatte ihre Algen inzwischen im Griff. Wenn es nötig sein sollte, brauchte sie nur neue Muscheln zu kaufen. Ein leeres Glasbecken stand immer zur Verfügung und wartete. Ein paar Tage in ihrer Obhut, und die Meeresfrüchte würden sich in tödliche Waffen verwandeln. Sie hatten es ja schon einmal getan und würden es wieder tun. Elena strich noch einmal sanft über die Wände ihrer Glasbecken.

„Gute Nacht, ihr Lieben“, flüsterte sie. „Schlaft gut. Und seid fleißig.“

Damit löschte sie sämtliche Deckenlichter, so dass nur noch die Aquarienlampen den Raum in einen geheimnisvollen Schimmer tauchten. Sorgfältig schloss sie die Tür, stieg die Kellertreppe hinauf und trug ihren Tee hinaus auf die Terrasse. Wohlig seufzend setzte sie sich auf einen der bequemen Stühle und trank einen Schluck. Ihr Blick schweifte hinauf zum dunklen Abendhimmel, an dem schon ein paar Sterne funkelten.

Wenigstens auf ihre Gifte konnte sie sich inzwischen verlassen, dachte sie, während sie den angenehmen Duft des Tees genoss. Rudolf Michelson, der unvernünftig sture Besitzer der Villa an der Elbchaussee, war ihre Gesellenprüfung gewesen. Damals hatte sie noch Zweifel an der richtigen Dosis gehabt. Also hatte sie ihm das Saxitoxin in einer konzentrierten Form in seinen Wein gemischt. Eine effektive, aber noch nicht ganz befriedigende Lösung.

Bei ihrem Meisterstück waren solche Tricks schon längst nicht mehr nötig gewesen. Dem stellvertretenden Staatsanwalt Helmut Stöger hatte sie das Gift so kredenzt, wie es sich gehörte: In einem exquisiten Muschelgericht. Welche Eleganz, welche Raffinesse! Das war keine schmutzige oder gewalttätige Angelegenheit gewesen, sondern mörderische Perfektion. Der heimliche Höhepunkt ihrer bisherigen Laufbahn.

Tatsächlich hatte der Jurist die verhängnisvolle Paella sogar mit großer Begeisterung verspeist. Ohne auch nur den kleinsten Verdacht zu schöpfen! Von den ersten Symptomen wäre er vermutlich völlig überrascht worden. Er hätte gar nicht gewusst, wie ihm geschah. Doch das hatte Elena natürlich nicht zulassen können.

Kaum hatte ihr Gast den letzten Bissen hinuntergeschluckt, da hatte sie sich zu seiner Verblüffung auf seinen Schoß gesetzt. Sie musste heute noch lachen über seinen schockierten Blick. Er hatte sichtlich nicht gewusst, wie er die Situation einordnen sollte. Eng, sehr eng hatte sie ihren Körper an seinen geschmiegt und ihm die Arme um den Hals gelegt. Während ihre blutrot lackierten Fingernägel trügerisch sanft über seine Schultern fuhren, hatten sich ihre im gleichen Farbton geschminkten Lippen seinem Ohr genähert. Ihre Stimme war ein erotisches Raunen gewesen, das einem die Gänsehaut über den Rücken treiben konnte. Und für ihre Worte galt das erst recht. Mit viel Liebe zum Detail hatte sie ihm mitgeteilt, welche Symptome er gleich zu erwarten hatte. Dass er sterben würde. Und wie sehr sie das erregte.

Während sich sein Gesicht verfärbte und er immer verzweifelter nach Luft schnappte, hatte sie sich regelrecht an ihm gerieben. Hatte heiser gestöhnt und ihm gesagt, wie wahnsinnig geil er sie mache. Und als er dann endlich auf ihrem glänzenden, schwarzweißen Küchenboden starb, war sie so nass gewesen wie selten zuvor. Oh, wie sehr sie sich genau in diesem Moment nach einem harten Schwanz gesehnt hatte! Nach einem rohen, animalischen Fick, um das Leben zu feiern, die Lust und die Macht.

Leider hatte Klaus das überhaupt nicht verstanden. Er hatte so gar nichts Diabolisches an sich! Während die Erregung seiner Frau durch die Decke geschossen war, hatte er aus unerfindlichen Gründen sogar mit seinem Handy herumgespielt. Wollte wahrscheinlich wieder eines seiner unzähligen dienstlichen Telefonate führen. Wie konnte man in einer solchen Situation überhaupt an etwas so Profanes denken? Elena war das unbegreiflich.

Doch auch ihr Mann hatte es nicht geschafft, einen Anschein von Normalität zu wahren. Als er sein Handy weggesteckt hatte, war sein Gesicht so unnatürlich grün gewesen, als habe er selbst das fatale Muschelgericht verspeist. Mit aufgerissenen Augen hatte er seine Frau angestarrt, seine Miene eine Mischung aus Ekel und Entsetzen. Er war sogar vor ihr zurückgewichen. Als sei sie ein Monster. Oder eine gemeingefährliche Irre. Sie schnaubte entrüstet.

Dabei dieser spezielle Gifteinsatz doch nur wegen Klaus überhaupt nötig geworden! Hätte er sich nicht so dilettantisch angestellt und die Situation besser im Griff gehabt, könnte Stöger vielleicht noch leben. Und sie hätten endlich dieses Grundstück an der Elbchaussee bekommen, auf das sie schon so lange spekulierten. All ihre Träume von Störtebekers Schatz wären in Erfüllung gegangen! Sie hätten ihn dort gefunden, ganz bestimmt! Klaus hätte dazu nur unauffällig die Erben aus dem Weg schaffen müssen, die so plötzlich und aus dem Nichts aufgetaucht waren. Man sollte doch meinen, dass ein Mann mit seinen Beziehungen in der Lage war, das problemlos und diskret zu bewerkstelligen. Aber so konnte man sich täuschen!

Die ganze Aktion war grandios schiefgegangen. Die Intrige war aufgeflogen, und ihr Strohmann Stöger, der die Erbschaftssache eigentlich in ihrem Sinne beeinflussen sollte, war enttarnt worden. Sie hatten also gar keine andere Wahl gehabt, als ihn endgültig zum Schweigen zu bringen. Denn er hatte deutlich zu viel über das Ehepaar Scherer und sein ungewöhnlich großes Interesse an dem Anwesen gewusst. Nicht auszudenken, was er mit einer unbedachten Bemerkung vor den falschen Ohren hätte anrichten können! Diese Gefahr war nun immerhin gebannt. Auch wenn das natürlich nicht das Verdienst ihres grandiosen Ehemanns war. Nachdenklich strich Elena mit dem Zeigefinger über den Rand ihrer Teetasse. Das war wieder typisch Klaus! Erst den Karren in den Dreck fahren und dann Skrupel haben, ihn wieder herauszuziehen! Sie rollte mit den Augen. Was er wohl ohne die Frau an seiner Seite getan hätte?

Immerhin hatte er es nach ihren Vorgaben auf die Reihe gebracht, noch in der Mordnacht die Leiche zu beseitigen. Zugang zu Müllwagen zu haben, war schon eine praktische Sache. Das hatte selbst ihrem mehr als unprofessionellen Komplizen eingeleuchtet. Ohne lange Diskussion hatte er sich auf den Weg zum Fahrzeug-Depot der Abfallentsorgungsfirma RAT gemacht, bei der er im Aufsichtsrat saß. Und nur ein paar Minuten später hatte Elena ebenfalls das Haus verlassen.

Sie hatte sich eine Weile durch die Straßen und Kneipen treiben lassen. Bis sie einen Fremden gefunden hatte, der ihr gefiel. Und der bereit war, sie an eine Hauswand zu pressen und im Stehen zu nehmen. Hart. So wie sie es gebraucht hatte zur Feier des Tages.

Ihre Euphorie über den perfekten Mord hatte allerdings nicht lange angehalten. Denn er hatte sie keinen Schritt näher an ihr eigentliches Ziel gebracht: Statt der Familie Scherer hockten nach wie vor die dreimal verfluchten Erben Bjarne Michelson und Pia Stegemann in der Elb-Villa. Elena sah es förmlich vor sich, wie sie selbstzufrieden unter den großen Bäumen im Garten herumlungerten und sich gegenseitig auf die Schultern klopften. Bestimmt auch noch umsorgt von der Haushälterin Johanna Brahms, die auf Elenas persönlicher Hassliste ganz weit oben stand. Was natürlich auf Gegenseitigkeit beruhte. Es war zum Verrücktwerden!

Und nun hatte sie auch noch diesen verdammten Privatdetektiv am Hacken. Sie runzelte die Stirn. Paul Hilker durfte man auf gar keinen Fall unterschätzen! Sie war sicher, dass er sie durchschaut hatte. Er wusste von den Muscheln, die Helmut Stöger das Leben gekostet hatten. Warum er sie verdächtigte, war ihr nicht ganz klar. Doch er würde ihr ganz sicher nichts nachweisen können. Wie auch, ohne Leiche?

Vielleicht hätte sie sich auf den verbalen Schlagabtausch mit ihm vernünftigerweise gar nicht einlassen sollen. Doch das gestrige Küchengespräch mit Hilker hatte Elena zu ihrer eigenen Verblüffung seltsame Schauer über den Rücken gejagt und ihre Fingerspitzen zum Kribbeln gebracht. Denn auch da hatte sie Macht gespürt. Nicht so intensiv wie bei dem Mord natürlich. Doch auf seine eigene Weise war auch dieses Katz-und-Maus-Spiel erregend gewesen.

Was sie aber nicht daran hindern würde, Klaus noch einmal ganz deutlich zu sagen, was sie vom Engagement dieses Schnüfflers hielt. Sie würde ihm einschärfen, dass sie sich Paul Hilker gegenüber nicht den kleinsten Fehler erlauben durften. Hoffentlich fruchtete das! Sie seufzte. Womit hatte sie es eigentlich verdient, dass ihr das Schicksal, oder wer auch immer, jeden Tag einen neuen Haufen Probleme vor die Tür stellte?

Der einzige Trost bestand darin, dass wohl niemand aus dem Elbchaussee-Clan bisher wusste, worin der Wert des Grundstücks tatsächlich bestand. Die Idioten hatten keine Ahnung, dass sie auf Klaus Störtebekers Piratenschatz saßen und nur die Hand danach ausstrecken mussten. Und so lange das so blieb, war noch nichts verloren. Wenn Klaus und sie geschickt vorgingen, konnten sie immer noch ans Ziel kommen.

Elena schloss die Augen lehnte den Kopf zurück. Gut, ihr Gatte hatte sicher nicht ihren Mumm und ihre eiserne Natur. Das war ihr schon lange klar. Eigentlich, seitdem sie ihn kannte. Trotzdem hatte sie es nicht bereut, dass sie ihn geheiratet hatte. Zumal er dumm genug war, um ihre wilden Affären nicht zu bemerken. Oder klug genug, es sich nicht anmerken zu lassen. Oh ja: Sie kam durchaus auf ihre Kosten.

Und es war ja auch nicht so, dass sie keine Gemeinsamkeiten hatten, Klaus und sie. Ihr Engagement für die Umwelt, das Interesse für Kunst und Kultur, die Liebe zum Meer. Und dann natürlich die Faszination für Störtebeker und dessen legendären Schatz. Sie hatte ihrem Mann vor Jahren von dem Hinweis erzählt, den sie gefunden hatte. Und der nahelegte, dass das Gold ihrer Träume auf Rudolf Michelsons Grundstück an der Elbchaussee lag.

Zugegeben: Sie hatte eine ganze Weile gezögert, damit herauszurücken. Nicht zuletzt wegen der mehr als delikaten Umstände, unter denen sie das verräterische Indiz entdeckt hatte. Es hatte sich zugetragen, dass sie zu einer ausschweifenden Schiffstour auf der Elbe eingeladen worden war. Und zwar von einem gewissen Rudolf Michelson. Eine Reise der Exzesse hatte der Gastgeber versprochen, veranstaltet für ein handverlesenes Publikum. Und das war keine Übertreibung gewesen.

Elena rieselten immer noch lustvolle Schauer über den Rücken, wenn sie an jene Nacht dachte. Aber es war gar nicht die eindrucksvolle Kollektion erotischer Szenen, die sie in ihrer inneren Gemäldegalerie am liebsten heraufbeschwor. Sondern ein winziges Detail, das ihr noch vor dem Ablegen auf dem Anwesen des Gastgebers ins Auge gesprungen war. Nur durch einen Zufall war es ihr überhaupt aufgefallen. Doch plötzlich hatten sich alle Puzzleteile wie von Zauberhand zusammengefügt: Störtebekers Schatz musste hier, am Schauplatz der Obsessionen verborgen sein!

Bedauerlicherweise befand sich das Gelände seit Jahrhunderten in Familienbesitz und wurde zu jener Zeit gleich von drei Michelson-Generationen bewohnt. Als Oberhaupt des Clans fungierte Opa Carl. Ein selten schamloser Kerl, selbst noch im Alter von 86 Jahren. Und dazu stur wie ein Stück Schiffszwieback. Es war wohl kaum damit zu rechnen, dass die gesamte Sippschaft ihre Koffer packen und einfach verschwinden würde. Wie also sollte Elena an Störtebekers Vermächtnis herankommen?

Sie hatte hin und her überlegt und sich mangels anderer praktikabler Lösungen schließlich doch ihrem Mann anvertraut. Seine Reaktion hatte sie überrascht. Positiv ausnahmsweise. Denn Klaus war keineswegs wütend gewesen über ihre heimlichen Eskapaden.

Nein, es hatte ihn geradezu angemacht, sich seine Frau in einer solchen Szenerie vorzustellen.

Wichtiger aber war, dass er ihr die Sache mit dem Schatz vorbehaltlos geglaubt hatte. Ein anderer Mann hätte ihr wohl einen Vogel gezeigt und sie für eine Spinnerin gehalten. Klaus nicht. Er war beinahe so fasziniert gewesen wie sie selbst. Dabei hatte sie ihm natürlich nicht alles erzählt. Kein Wort hatte sie darüber verloren, was ihr dieser Schatz wirklich bedeutete. Dass es ihr gar nicht in erster Linie um den Ruhm oder den Reichtum ging, den der Fund versprach. Sondern um ein Erbe aus der Vergangenheit, eine mittelalterliche Verpflichtung. Und um die Chance, nun endlich Rache zu nehmen für altes Unrecht. Klaus ahnte das bis heute nicht. Trotzdem hatte er mit ihr zusammen Himmel und Hölle in Bewegung gesetzt, um ans Ziel zu kommen. Das musste man anerkennen. Auch wenn der Erfolg ihrer Bemühungen bisher doch ziemlich überschaubar geblieben war.

Ein wenig entnervt blies sie sich den schwarzen Pony aus der Stirn. Klaus war eben Klaus. Er hatte Geld, Einfluss, eine gesellschaftliche Stellung. Alles Dinge, auf die sie nicht hatte verzichten wollen, als sie ihn geheiratet hatte. Und die ihr Alexander zumindest damals nicht hatte bieten können. Inzwischen jedoch …

Wenn man sich vorstellte, was aus ihrem ehemaligen Studenten geworden war! Nicht nur ein höchst erfolgreicher Pharmazeut, der sich im Haifischbecken seiner Branche mit Eleganz zu bewegen wusste und der seine geschäftlichen Aktivitäten inzwischen sogar bis nach Indien ausgedehnt hatte. Sondern auch ein Mann, den sie inzwischen nicht mehr nur im Scherz ihren Höllenfürsten nannte. Der Name stand ihm, passte perfekt zu seinem dunklen Wesen. Allein bei dem Gedanken zogen sich ihre Brustwarzen lustvoll zusammen. Wie sie ihn begehrte!

Sollte sie ihm von Stöger erzählen? Alexander würde ihre Erregung nachvollziehen können, da war sie sicher. Vielleicht würde er sie sogar teilen. Mühelos konnte sie sich das diabolische Lächeln vorstellen, mit dem er auf ihre Schilderung reagieren würde. Genießerisch schloss sie für einen Moment die Augen und spürte den verräterischen Tropfen nach, die aus ihrer pulsierenden Spalte zu rinnen begannen. Schon sah sie sich in seinen Händen. Furchtlos an Abgründen balancierend. Wie er sie belohnte für ihren Mut und ihre kultivierte Verdorbenheit. Und für ihr satanisches Herz.

Nein, einen besseren Mitwisser für einen Mord konnte man sich nicht vorstellen. Das ahnte Elena nicht nur, das wusste sie aus Erfahrung. Denn nach ihrem missratenen Versuch, Versuchskaninchen Susanna mittels Saxitoxin aus dem Weg zu räumen, hatten die beiden ihre tödlichen Fantasien natürlich nicht begraben. Zu drängend war der Wunsch gewesen, es erneut zu versuchen. Den perfekten Mord zu planen und ihn auch auszuführen.

Einige Zeit waren sie gemeinsam im Dunkeln getappt, hatten sich nicht einigen können, wen sie als nächstes Opfer auswählen sollten. Bis Elena dann ihre ebenso lustvolle wie aufschlussreiche Nacht auf Rudolf Michelsons Party verbracht hatte. In diesen Stunden war ein Gedanke geboren worden. Und als dann Opa Carl noch im gleichen Jahr gestorben war, hatten Alexander und sie beschlossen, das als Zeichen zu werten: Es war an der Zeit, auch für den Rest der Familie die Totenglocke zu läuten. Für alle, die noch zwischen Elena und ihrem Elbtraum standen. Angefangen mit Carls Sohn Harald und dessen Frau Rita.

In diesen Teil der Operation Michelson hatte Elena ihren Mann lieber nicht einweihen wollen. Denn übers seinen beklagenswerten Mangel an Skrupellosigkeit hatte sie sich schon damals keine Illusionen gemacht. Mit Alexander dagegen war es etwas völlig anderes gewesen. Sie hatte keinen Zweifel daran gehabt, dass sie ihm einen Doppelmord schmackhaft machen konnte: Was für eine Gelegenheit, die Scharte mit Susanna auszuwetzen! Keine Muscheln diesmal, es musste ein im wahrsten Sinne des Wortes totsicherer Plan sein. Geduldig hatten sie mehr als ein Jahr lang auf eine günstige Gelegenheit gewartet und alle möglichen Szenarien durchgespielt. Bis sich Harald und Rita zu einer Kreuzfahr in den Indischen Ozean angemeldet hatten.

Problemlos hatte Alexander ebenfalls eine Passage auf der *Oceano* buchen können und war mit an Bord gegangen. Nicht unvorbereitet natürlich. Elena hatte ihm ihr gesamtes Insiderwissen über die erotischen Vorlieben des Ehepaares mit auf den Weg gegeben. Garniert mit einer roten Lackschleife. Sie lächelte vor sich hin. Natürlich hatte Alexander genau gewusst, wie sich diese Informationen ausnutzen ließen. Und so war ihm die Kontaktaufnahme an Bord nicht schwergefallen. Man hatte zu dritt in der Kabine gevögelt, und schon bald war ein fatales Vertrauen entstanden.

In einer lauen Tropennacht kurz vor Madagaskar war es dann zu einem knisternden Rendezvous an Oberdeck gekommen: Nur Alexander, Rita und ein paar kühle Getränke. Und vibrierende Lust. Ein Totentanz, der mit einem Sturz über Bord endete. Und mit einem Schrei, den niemand hörte. Genauso wenig wie das kurze Klatschen, mit dem ein weiblicher Körper gut 25 Meter tiefer auf die Wasseroberfläche traf, um dann lautlos in den Fluten zu versinken.

Nur wenige Stunden später war auch von Harald Michelson keine Spur mehr zu finden gewesen. Von der verzweifelten Suche nach seiner verschwundenen Frau war er nicht zurückgekehrt. Noch ein tödlicher Unfall? Oder der Entschluss, diese Reise nicht ohne die geliebte Gefährtin beenden zu wollen? Auch der freundliche und hilfsbereite Schiffsbekannte mit Namen Alexander hatte es nicht sagen können. Eine Tragödie, so oder so!

Der Höllenfürst hatte die Stirn gerunzelt, als er Elena später in einer ausschweifenden Nacht in einem Hamburger Hotel die Details ins Ohr flüsterte. Während er ihr den Kitzler rieb. Er habe dem Kerl leider einen Schlag auf den Hinterkopf verpassen müssen, so hatte er berichtet. Ein zäher Brocken sei das gewesen, doch wegen der Aufregung um das Verschwinden seiner Frau habe er nicht die nötige Vorsicht walten lassen. So war auch das zweite Opfer außenbords über die Reling gegangen. Überhaupt kein Problem, das Ganze. Aber irgendwie auch … unbefriedigend. Banal. Kein Vergleich zu der Raffinesse und Eleganz eines Giftmordes.

Das hatte Elena zum Lächeln gebracht. Die zugegebenermaßen etwas rüde Vorgehensweise hatte schließlich zum Erfolg geführt. Das allein zählte erst einmal. Im nächsten Schritt konnte man die Methode immer noch verfeinern. Schritt für Schritt zur Perfektion, das musste jetzt die Devise sein. Neue Möglichkeiten lockten am Horizont. Schließlich gab es ja noch immer einen Menschen aus dem Elbchaussee-Clan, um den man sich zu kümmern hatte: Rudolf Michelson.

Unglücklicherweise hatte sie sich bei diesem Unterfangen dann für Klaus als Komplizen entschieden. Ein Fehler, den sie nicht noch einmal machen würde. Alexander … die neuen Erben … Ihr Hirn begann, interessante Gedanken zu spinnen.

Elena trank den letzten Schluck ihres Tees und legte die Erinnerungen vorerst zu den Akten. Die Gegenwart hatte auch ihre Reize! Sie griff nach ihrem Handy und rief die Mail auf, in der Alexander ihr vorhin kurz seine Pläne für die nächsten Tage geschildert hatte. Die Antwort, die sie tippte, war kurz: „Ich brauche dich, Hell Rider! Lass mich nicht warten …"

Zufrieden drückte sie auf „Senden" und schritt dann langsam in den Garten hinunter. Das Gras strich ihr kühl um die Knöchel. Ihr Kopf fühlte sich ganz leicht an. Sie lächelte. Und kurz darauf spannte sich ihr schlanker Körper zu einem perfekten Skorpion. Bereit zum tödlichen Stich.

Müde und auch ein wenig erschöpft löschte Dr. Jens Ott das Licht neben seinem Ehebett im zweiten Stock der großen Altbauwohnung in der Max-Brauer-Allee. Im schönen Stadtteil Altona, unweit der Elbe gelegen, wo er die Typhons der Schiffsriesen gut hören konnte, wenn sie ihre akustischen Signale abgaben. Er liebte das laute Tuten, das nur von einem echten Dickschiff herkommen konnte. Wenn die bulligen Schlepper und Bugsierer mit ihren über 4.200 KW Motorenleistung sich der Container-Giganten annahmen und sie sicher durch den Hafen geleiteten und schubsten.

Wie immer lag der Schmetterlingssammler auf der rechten Seite, die Zudecke bis unters Kinn hochgezogen und die Gedanken voll sadistischer Gelüste. Er war zufrieden mit seinem Tagewerk. Am frühen Abend hatte er im Keller die Kanthölzer an die Wand gedübelt. Danach die beiden Sperrholzplatten in einem wunderschönen Bordeauxrot lackiert. Jetzt trocknete die Farbe.

Morgen Abend würde er dann die vierzig breiten Plastikschnüre durch die Einfräsungen fädeln, an der Rückwand je einen Metallstift durch die Schlaufen ziehen und sie festtackern. Die starke Druckluftpistole war bereit, ganze Arbeit zu verrichten. Und zwar zu seiner vollsten Zufriedenheit. So würde er an der Vorderseite die mit Klettverschlüssen versehenen Bänder bequem hin und her ziehen können und sie je nach Bedarf verwenden. Erst danach würde er den Elektroschrauber benutzen, um die Spackschrauben durchs Sperrholz in die Kanthölzer zu treiben. Das war eine Aktion, die ihm Spaß machen würde. Denn er wusste ja, wozu sie diente.

Jetzt im Ehebett erregte ihn die Vorstellung nicht sonderlich. Vorhin bei der Arbeit aber war er dermaßen stimuliert gewesen, dass er am liebsten direkt wieder … Aber letztendlich hatte er darauf verzichtet. Die Box mit den Papiertüchern war leer. Er würde sich gleich morgen Nachschub besorgen müssen, hatte er sich innerlich notiert. Und dazu auch eine Flasche Äther nebst großen Wattebäuschen.

Sein Plan stand fest. Er würde seine Schmetterlingsdame, eine ausnehmend hübsche, in freier Wildbahn einfangen, sie betäuben und verschleppen. Wie und wo das genau geschehen sollte, darüber machte er sich jetzt noch keine Gedanken. Irgendwann in den nächsten Tagen, wenn alles für das neue Zuhause der Madame Papiliona vorbereitet war. Schließlich sollte sie sich wohl fühlen. Und er, der Betrachter, natürlich auch.

„Ich werde dich schon finden“, dachte er. „Mitten in Hamburg. Ich werde dich erkennen, ganz bestimmt. Es kann nur die Eine geben, und das bist du. Wenn nicht heute, dann morgen oder erst nächste Woche. Egal, mich drängt ja nichts. Schließlich muss ich vormittags immer arbeiten und kann eh nur am Nachmittag. Aber da sind alleinstehende Frauen oder junge Mütter ja gern mal unterwegs. Zum Shoppen oder sonst wo. Am Ende hat sie gar noch tropfende, pralle Milchbrüste, wo hinein ich mit der langen, dünnen Nadel … Huhhh!“

Erstmalig seit etlichen Jahren spritzte er sich doch den Pyjama voll.

Bjarne Michelson erwachte sehr früh an diesem Morgen. Ruhig und tief klangen die Atemzüge der neben ihm schlafenden Pia. Ohne sie zu wecken, stieg er leise aus dem Bett, nahm die Kleidung vom Vortag an sich und tappte hinüber ins Bad.

Erfrischt und munter zog er sich an, ging hinunter in die Küche und bereitete sich einen doppelten Espresso. Nach einigem Suchen fand er die Zuckerdose, füllte zwei Löffel in das dampfende Heißgetränk, rührte bedächtig und trank in kurzen Schlucken. Der starke Kaffee tat ihm gut, und kurz darauf trat er mit einem Glas Orangensaft hinaus auf die Terrasse. Der Tag war noch jung, die Sonne aber schon eine Weile aufgegangen. Vogelgezwitscher umfing ihn, zwei Spatzen tschilpten sich zu. Feucht glänzte der Rasen, die Halme noch behangen vom Morgentau.

Bjarne verspürte zunächst wenig Lust, dort hinunter zu gehen. Doch als er sein Glas mit langsamen, genießerischen Schlucken geleert hatte, stellte er es ab und krempelte sich doch die Hosenbeine hoch. Es zog ihn zum Schiffsmast, der einsam und stolz nur wenige Meter von der Terrasse entfernt im Garten stand.

Wie eigenartig das Ding wirkte! Wie ein Bote aus einer anderen Zeit. Bjarne war inzwischen sicher, dass dieser hölzerne Wächter von der *Talliska* stammen musste. Jenem Segelschiff also, mit dem Käpt'n Walhorn die mittelalterlichen Meere befahren hatte. Wann man diesen alten Mast von seinem ursprünglichen Platz weggeholt hatte und zu welchem Zweck er jetzt hier stand, vermochte Bjarne allerdings nicht zu sagen.

Er ging die paar Schritte zu ihm hinüber, lehnte seinen Rücken gegen das präparierte Holz und schaute in den Garten. Dort stand der originalgetreue Nachbau der *Talliska*, den Pia und er von Rudolf Michelson geerbt hatten. Und der irgendwie auch in Zusammenhang mit den mittelalterlichen Piraten der Nord- und Ostsee stand.

„Was waren das nur für Zeiten?“, sinnierte Bjarne. „Wo bin ich hier hineingeraten? Wenn ich an Freibeuter denke, dann fällt mir nur das ein, was ich damals in *Pirates of the Caribbean* gesehen habe. Mit Johnny Depp als Captain Jack Sparrow. Da tranken aber alle Rum. Wieder und wieder und überall. Dabei sind Johanna und ich uns ja einig, dass dieses Getränk erst lange nach Kolumbus nach Europa gekommen ist.“ Er schmunzelte selbst über seinen Versuch, die Geschichte der Seeräuber anhand ihres Alkoholkonsums zu rekonstruieren.

„Ich habe also ein mentales Zeitproblem. Das Wenige, was ich über Piraten weiß, stammt aus dem 16. und 17. Jahrhundert. Und hier nun, in Hamburg und der nicht weit entfernten Nord- und Ostsee, soll das Piratentum schon zweihundert oder dreihundert

Jahre vorher aufgeblüht sein? Zwar ohne Rum, dafür aber mit der vollen Breitseite, was Enter- und Kapermaßnahmen betraf? Das ist doch völlig unvorstellbar!"

Er fasste sich an den Kopf und schritt mehrfach um den Mast herum. Immer wieder tippte er mit dem Zeigefinger gegen das Holz.

„Wie alt bist du wirklich, hm? Wo kommst du her, und welche Geschichte kannst du uns erzählen?"

Zu seiner Verblüffung fühlte es sich gar nicht seltsam an, hier im Garten zu stehen und mit einem konservierten Baumstamm zu sprechen. Na ja, ein bisschen vielleicht doch. Es war schon besser, dass ihn seine Forscher-Kollegen von der University of West Florida in Pensacola jetzt nicht beobachten konnten. Sonst hätten sie wahrscheinlich ein paar sehr freundliche Damen und Herren in weißen Kitteln gebeten, sich seiner anzunehmen.

Aber war es denn ein Wunder, dass seine Gedanken in so ungewöhnliche Richtungen in See stachen? Wenn man nur darüber nachdachte, was seit seiner Ankunft hier in Hamburg alles vorgefallen war, dann konnte einem schon leicht schwindlig werden. Kaum etwas davon würde er zu Hause erzählen können. Und am allerwenigsten dieses wunderbar intime und fantasievolle Erlebnis, das Pia und ihn wohl für den Rest ihres Lebens mit dem Schiffsmast verbinden würde.

Wann immer sie daran vorbeikamen, flackerten die gleichen Erinnerungen durch ihre Gedanken. An Hitze, Leidenschaft und ein wollüstiges Knurren. Und an ihre verschlungenen Körper, um die rauchige Holzaromen spielten. Ob es wohl dieser Duft gewesen war, der Pia zu ihrer sinnenaufpeitschenden Geschichte inspiriert hatte? Zu ihrer Erzählung aus Tausendundeiner Nordsee-Nacht, durch die sie beide über die Klippe gefallen waren? Bjarne hielt das durchaus nicht für so absurd, wie es für die meisten Leute klingen musste. Dieser Mast hatte irgendetwas Besonderes an sich. Der Meeresforscher konnte es in seinem Rücken spüren. Eine fast lebendige Präsenz. Das Holz schien tatsächlich noch zu atmen, obwohl es bereits seit Jahrhunderten tot war.

Bjarne stellte sich gern vor, was es alles erlebt haben musste im Laufe der Zeit. Wenn man allein an die zwölf Ringträgerinnen der jüngsten Vergangenheit dachte: Wie oft mochten sie diesen Mast umtanzt und gestreichelt haben? Waren sie vielleicht sogar noch weiter gegangen und hatten ihre nackten Brüste an ihm gerieben? Ihre nassen, heißen, gierigen Spalten?

„Sag es mir doch, alter Schiffsmast: War es wirklich so, wie es in dem alten Buch geschrieben steht, das wir zusammen mit diesem Haus geerbt haben? Und hat sich das alles bis heute fortgesetzt, wie Johanna, deine Hüterin, es erzählt?"

Erwartungsgemäß bekam er keine Antwort.

„Da du ja nicht gern viele Worte machst, hat wohl jemand anders all deine Abenteuer aufgeschrieben", folgerte Bjarne messerscharf. „Ist es nicht so? Ihr spielt doch eine wichtige Rolle in dieser Geschichte. Du und die *Talliska*, das alte Walfangschiff. Und ein Kerl namens Gödeke Michels, der es gekapert hat. Ich glaube ja, du willst, dass wir deine Story hören. Indem wir die alten Bücher lesen."

In dieser Hinsicht hatten sie das gleiche Ziel, der hölzerne Zeitzeuge und er. Es gab kaum etwas, das Bjarne mehr interessierte als der Fortgang all der dramatischen Ereignisse aus dem Jahr 1396. Zumal er wusste, dass diese ihn ganz persönlich angingen.

Er legte seine Hand auf den Stamm.

„Hier … das ist ein ganz besonderer Ring, den du noch von damals kennen müsstest. Ist ja auch erst 622 Jahre her, dass du ihn zum ersten Mal auf deiner hölzernen Haut gefühlt hast. Das ist ja kein Alter für einen Baum, nicht wahr? Wie ist das nun für dich, ihn wieder zu spüren? Erinnerst du dich? Sind es schöne Erinnerungen?" Bjarne hätte so einiges für eine Antwort gegeben.

„Ja, ganz recht, es ist der Ring von Gunnar Michelson. Der hat bestimmt irgendwann in deinem Schatten auf den Planken gestanden und seine Befehle gebrüllt. Wahrscheinlich hat er dich auch hierher nach Hamburg geführt. Zusammen mit Isabella del Bosque? Und auch mit deinem Besitzer, dem Käpt'n Walhorn? Wenn das stimmt, dann war da sicher noch jemand dabei. Eine Frau aus Litauen. Die kennst du auch, oder? Na, wir müssen ja nur weiterlesen, dann werden wir alles erfahren. Über dich, über das Schiff und über die damalige Zeit. Das ist so dermaßen großartig, dass ich noch gar nicht recht weiß, wie ich es einordnen soll." Er schüttelte ein wenig fassungslos den Kopf.

„Weißt du, es ist so", sprach er weiter, als würde er sich mit einem alten Freund unterhalten. „Ich wohne einige tausend Kilometer weit entfernt, einmal über den großen Teich. Eine Reise, die du wahrscheinlich nie angetreten hast. Dort drüben, an der Südostküste der Vereinigten Staaten, da lebe ich. Oder tat es zumindest bis vor knapp einer Woche noch. Ich beschäftigte mich mit dem, worauf du gesegelt bist: Mit dem Wasser, der See und dem Golfstrom. Den kennst du wahrscheinlich auch, vom Nordmeer. Da oben nämlich endet seine lange Reise. Dort taucht er hinunter in die Tiefe, kühlt ab und fließt dann als Tiefseestrom zurück. Wie ein Lachs, der immer wieder zurückkehrt zu seinem Laichplatz. Egal, wie mühsam der Weg auch sein mag."

Der Meeresforscher hatte die Hände vor die Stirn gelegt und lehnte sich fester an den Mast. Irgendwie half ihm der schweigsame Zuhörer, seine Gedanken zu ordnen. Was nach den Ereignissen der letzten Wochen dringend nötig war.

„Und nun bin ich also in Hamburg gelandet", sinnierte er weiter. „Unter doch ziemlich dramatischen Umständen. Zwei Menschen sind bereits ermordet worden, weil angeblich hier, auf diesem Grundstück, etwas versteckt ist. Und stell dir vor: Wir haben tatsächlich etwas gefunden! Allerdings nicht den Schatz vom alten Störtebeker, sondern unseren ganz persönlichen. Die alten Bücher gehören genauso dazu wie dieser Ring und noch zwei weitere im gleichen Stil. Außerdem ein zerrissenes Damenhemdchen, unermesslich alte Goldplatten und ein paar obszöne Holzfiguren. All dies hat in gewisser Weise auch mit dir zu tun. Denn du hast die Besitzer dieses erstaunlichen Sammelsuriums über die See geführt und mit ihnen all die Abenteuer erlebt, von denen ich nun hören werde. Letztendlich hast du auch mich hierher gebracht. Hier bin ich also. Ich will, dass du das weißt. Und deshalb sage ich jetzt mal ganz offiziell: ‚Hallo!' zu dir. Ist das okay, ja? Gut."

Er verpasste dem Schiffsmast ein paar freundschaftliche Schläge mit der flachen Hand, als würde er einem Pferd den Hals tätscheln. Dann ging er hinunter zur *Talliska* und betrat das Schiff so, wie er es letzte Nacht verlassen hatte: Durch die Tür am Heck.

Vorsichtig schlich er durchs Unterdeck, den Niedergang hinauf, öffnete die Luke und trat hinaus ins Freie. Als erstes winkte er grinsend dem Mast im Garten zu, dann sah er sich nochmal die Reling genauer an. Ging sie ab, strich Zentimeter für Zentimeter mit der Hand über das Holz. Schließlich entdeckte er die Fuge, ging in die Hocke und fand den Verschluss.

Er schob mehrere Riegel zur Seite und öffnete die Ladetür. Sie ließ sich nach backbord verschieben. Vielleicht zwei Meter breit mochte die Öffnung sein, doch als er herantrat, blickte er noch immer gut zweieinhalb Meter hinunter auf den Rasen. Natürlich wurde kein Schiff gebaut, damit es irgendwo in einem Garten stand. Es gehörte ins Wasser. Bjarne zog das Luk zu und überzeugte sich davon, dass auch an der Steuerbordseite eine solche Öffnung vorhanden war. Dann trat er an den Bug.

War in dem alten Buch nicht davon die Rede gewesen, dass der Kapitän hier vorne eine große Harpune besessen hatte? Die dazu diente, die mächtigen Meeressäugetiere an den Kanterhaken zu bekommen? Auf dieses Detail hatte Rudolf Michelson bei seinem Nachbau verzichtet. Warum? Aus gesetzlichen Gründen? Vermutlich. Eine solch gefährliche Schusswaffe hätte angemeldet werden müssen. Sie hätte dem Ausflugssegler eine andere Bedeutung verliehen und vermutlich auch eine andere Schiffskategorie. Johanna würde sicher Näheres darüber wissen.

Als nächstes untersuchte Bjarne die eingerollten Segel. Auch hier waren natürlich Modelle verwendet worden, die den neuesten Erkenntnissen der Seefahrt entsprachen. Doch keine Frage: In Bau und Form war die *Talliska* original gehalten und ganz nach Isabellas alten Zeichnungen und Berechnungen angefertigt worden. Die Künstlerin musste spezielle Kenntnisse über die Konstruktion und den Bau von Schiffen besessen haben, um solch ein detailgetreues Werk schaffen zu können.

Hatte sie in langen Nächten auf See oder auf der Elbe mit dem Kapitän zusammengesessen und sich alles, Punkt für Punkt, Strich für Strich erklären lassen? Eine ebenso faszinierende wie romantische Vorstellung. Zumal Isabella und auch die andere Frau aus Litauen ja ein ziemlich wildes Leben geführt hatten. Nach dem Motto: Warum sich für einen Mann entscheiden, wenn man den Genuss vervielfachen konnte? Auch Isabella und der alte Walhorn, dessen Schiff die *Talliska* ganz ohne Zweifel gewesen war, hatten bestimmt so manches erotische Feuerwerk abgebrannt.

Bjarne ging von Bord und warf noch einen Blick nach unten, hin zur Mauer mit dem großen Tor. Dann entschied er sich aber doch, ins Haus zurückzukehren und das Frühstück vorzubereiten. Auf dem Rückweg schlug er dem Schiffsmast im Garten noch einmal kräftig gegens Holz und schmunzelte.

„Du geiler alter Mast, du. Was hast du nur alles schon gesehen, hm? Dinge, von denen ich nicht zu träumen gewagt hätte. Aber kein Wunder. Du bist ja mindestens schon 622 Jahre alt, vermutlich sogar noch viel älter. Und ich erst 42. Da musst du mir ja die eine oder andere Erfahrung voraushaben." Nun grinste er breit. „Aber ich bin recht aufgeweckt für mein Alter und lerne schnell. Ich werde schon noch herausbekommen, nach welchen Regeln hier gespielt wird. Und dann geht die Party weiter. Was meinst du? Wär das was?"

Es war ein wundervoller Morgen, und Bjarne beschloss, den Frühstückstisch auf der Terrasse zu decken. Im Freien, mit Blick in den Garten. Die seltsame Stimmung, die ihn schon die ganze Zeit begleitete, würde sich bestimmt auf seine Freunde übertragen. Und vielleicht würde Johanna ja von Herzen gerne kooperieren. Jetzt, da alle familiären Rätsel gelöst waren.

Denn es war ganz zweifellos sehr in ihrem Sinne, dass das Lebenswerk der Michelsons weiter geführt wurde. Und dass Bjarne genau dort weitermachte, wo Rudolf so tragisch hatte aufhören müssen. Die Hüterin der *Talliska* würde noch sehr viel mehr zu berichten haben, als sie bisher ausgeplaudert hatte. Sie hatte natürlich Angst gehabt, das Familiengeheimnis zu verraten. Nun aber konnte sie gelöst und frei sprechen.

Zunächst war es allerdings Poirot, der Neuigkeiten zu berichten hatte. Der Detektiv war zwar etwas knatschig gewesen, als Pia ihn und Johanna geweckt hatte. Letztendlich aber saß man um halb acht gemütlich zusammen und genoss den kaffeeduftenden Morgen.

„Erzähl uns doch noch etwas mehr über Elena, Paul", forderte Bjarne ihn auf und bestrich sich eine Brötchenhälfte mit Honig. „Wie war das Essen bei den Scherers?"

„Oh, ist das für mich? Vielen Dank, mein Lieber, das ist wirklich sehr aufmerksam von dir." Pia schnappte sich die süße Köstlichkeit von seinem Teller und biss herzhaft hinein. Grinsend und kauend blickte sie ihn an.

Er konnte sich ein „Hey!" nicht verkneifen, schmunzelte dann aber doch. „Glaub mal nur nicht, dass ein Gödeke Michels sich das einfach so hätte gefallen lassen! Der hätte dich jetzt bestimmt vor der gesamten Schiffsbesatzung übers Knie gelegt."

„Ach, wer weiß!" Pia kaute genüsslich weiter. „Vielleicht erfahren wir ja später aus dem Buch noch etwas über die piratischen Gepflogenheiten. Aber das mit Elena interessiert mich jetzt auch."

Paul lehnte sich zurück und trank einen Schluck von seinem Kaffee. Frisch gemahlener Bohnenkaffee und aufgebrüht wie zu Großmutters Zeiten: Ein wahrer Hochgenuss!

„Elena ist die Frau, für die wir sie halten“, begann er. „Ich habe nicht den geringsten Zweifel daran, dass sie hinter allem steckt.“ Der sonst so gelassene Ermittler wirkte aufgebracht und grimmig, als er an das gemeinsame Essen zurück dachte. „Auch hinter den Attentaten auf Rudolf und unseren stellvertretenden Staatsanwalt Stöger. Ich bin inzwischen sicher, dass der ebenfalls tot ist und von unserem sauberen Paar beseitigt wurde. Wahrscheinlich hat Klaus Scherer ihn diskret in der Müllverbrennungsanlage der Firma RAT verschwinden lassen. Wir haben allerdings wohl keine Chance, ihnen das nachzuweisen.“

Er schüttelte frustriert den Kopf. „Elena ist eine wahnsinnig attraktive Frau. Aber abgebrüht bis dorthinaus. Nicht nur eine ausgezeichnete Köchin, sondern auch eine perfekte Schauspielerin. Und eine eiskalte Mörderin. Was die sich ausdenkt, wird gnadenlos durchgezogen. Dazu ist sie höchst intelligent, hat studiert und promoviert. Ich hatte ja vorher über sie recherchiert in der Detektei. Ratet mal, was ihr Fachgebiet ist?“

„Keine Ahnung.“ Pia zuckte mit den Schultern. „Sport? Alt-Orientalistik? Wirtschaftswissenschaft? Chemie? Physik?“

„Alles falsch. Biologie. Schwerpunkt Mikrobiologie. Ihren Master hat sie in Zürich gemacht, an der ETH. Dort befindet sich auch ein weltweit anerkanntes Forschungszentrum. Ihre Dissertation hat sie zu einem kompliziert klingenden Thema mit vielen Abkürzungen geschrieben, die ich mir nicht merken kann. Aber es hat etwas mit Chemikalien zu tun, die von Algen produziert werden und sich manchmal in Muscheln anreichern.“ Er machte eine kleine Kunstpause. „Mit ziemlich ungesunden Chemikalien.“

„Das ist nicht wahr, oder?“ Pia ließ das Honigbrötchen sinken. Bjarne nutzte die Chance, es ihr zu entwenden und biss ebenfalls hinein.

Sie war zu perplex für eine Reaktion. Nicht über den dreisten Mundraub, sondern darüber, dass Elena eine Giftexpertin war. „Das bedeutet also, dass sie sich sehr gut auskennt und vermutlich schon früher mit solchen Substanzen herumgeforscht hatte."

„Ja. Ganz bestimmt. Meine Frage zu Saxitoxin konnte sie stante pede beantworten. Erst dachte ich, sie sei irritiert, dass ich davon anfing. War sie aber nicht. Im Gegenteil: Die Frau wirkte unglaublich abgeklärt und überlegen. Sie wusste sehr genau, dass wir ihr nichts anhängen können. Trotzdem habe ich sie aber ein bisschen überrascht."

„So?"

„Ja. Mit meinem *Coq … au vin.*"

„Womit?" Johanna lachte schallend auf.

„Ihr habt richtig gehört. Ich ließ eine anzügliche, doppeldeutige Bemerkung fallen, und sie reagierte doch recht verblüfft. Ich sag euch etwas: Diese Frau ist nicht nur eine Giftmörderin, sondern besitzt noch ganz andere Qualitäten. Sie ist eine heiße Stute. Und ich gehe jede Wette ein, dass der dröge Klaus Scherer ihr für fünf Cent nicht das Wasser reichen kann."

„Stimmt. Das kann ich bestätigen", nickte Johanna. Sie schnitt ein weiteres Brötchen auf, bestrich es mit Butter und Honig und reichte Pia und Bjarne je eine Hälfte davon. „Ihr hättet sie erleben sollen, wie schamlos und rattenscharf sie sich auf der Party gezeigt und hingegeben hat."

Bjarne warf Johanna eine Kusshand zu, stieß mit Pia und ihrer Brötchenhälfte an, und nahm hungrig einen weiteren Bissen.

„Wieso hat sie sich dann aber so schnell und unrühmlich verabschiedet?", nuschelte er zwischen zwei Happen. „Das frage ich mich die ganze Zeit schon. Es kommt mir fast so vor, als hätte sie absichtlich weggewollt. Aber warum?"

„Vielleicht war sie ja gar nicht in erster Linie wegen der erotischen Erlebnisse da", überlegte Pia. „Vielleicht wollte sie in Wirklichkeit etwas ganz anderes. Ein Alibi vielleicht? Einen Kontakt?

Eine bestimmte Information? Kann es nicht sein, dass sie gefunden hatte, wonach sie suchte? Und dass sie sich dann aus dem Staub gemacht hat?"

„Hm." Johanna überlegte fieberhaft, schüttelte dann aber den Kopf. „Ich habe wirklich keine Ahnung", gab sie zu und schnitt auch für sich und Paul ein Brötchen auf.

Der wollte allerdings keinen Honig, sondern lieber etwas von der feinen, geräucherten Leberwurst. Erst nach einem Moment genießerischen Schweigens setzte er seinen Bericht fort.

„Ich habe noch etwas herausgefunden. Im Keller der Scherers roch es verdächtig nach Algen. Ich habe den Geruch sofort erkannt. Es gibt keinen Zweifel. Elena züchtet in ihrem Keller Algen. Nordseealgen. Und nun ratet mal, wofür?

„Um Saxitoxin im großen Stil herzustellen", beantwortete Pia die Frage, und ein Frösteln überzog ihre Haut. „Womöglich plant sie doch etwas Größeres? Einen Terroranschlag auf irgendein Ziel in Hamburg?"

„Also ehrlich, Kinners!" Johanna hob die Hand. „Jetzt bleiben wir aber mal alle schön auf dem Teppich. Dass sie an Störtebekers Schatz glaubt, klingt doch allein schon vollkommen absurd. Aber jetzt auch noch ein Terroranschlag? Das halte ich nun wirklich für zu weit hergeholt. Die reinste Verschwörungstheorie! Wir sollten mal besser nicht davon ausgehen, dass hinter allen finsteren Umtrieben auf dieser Welt Elena Scherer steckt." Sie erhob sich und schenkte allen Kaffee nach.

„Viel mehr beschäftigt mich die Idee, dass die Schlampe bestimmt eine heiße Affäre am Laufen hat. Ich will jetzt nicht schon wieder von der Party anfangen, aber ich weiß, dass sie völlig auf Analverkehr steht. Sie ist geradezu verrückt danach. Ließ sich auf diesem Wege von drei Kerlen dort im Schokoladeneingang benutzen, und das nicht zu knapp. Von all den anderen Eskapaden gar nicht zu reden. Das kann für mich nur eins bedeuten: Elena Scherer ist für ein langweiliges Eheleben nicht gemacht. Sie konnte ganz bestimmt nicht lange darauf verzichten, sich erneut hart rannehmen zu lassen."

„Du meinst, sie hat einen Lover?", erkundigte sich Pia interessiert.

„Vielleicht auch zwei oder drei. Und ich wette, dass ihr Mann nichts davon weiß. So wie du ihn schilderst, Paul, hat der Kerl eh nichts zu kamellen in dem Haus. Sie hat die Hosen an, und er trottelt mit wie ein dummer Hund an ihrer Leine."

„Und doch war er an all den Intrigen und Morden beteiligt."

„Es ist immer gut, für den Notfall einen Sündenbock zu haben", stieß Pia die ahnungsvollen Worte hervor.

„Fassen wir zusammen, was wir haben." Poirot hob die Hand. „Elena ist die Expertin für das Saxitoxin, und …"

„Und Johanna ist Fachfrau für stilvolle sexuelle Ausschweifungen!", fiel Pia ihrem Chef ins Wort. „Da sag ich doch: Herzlich Willkommen bei den Detektiven von *PH Investigations*!" Sie hob ihre Kaffeetasse.

Die Frühstücksgesellschaft lachte auf. Johanna war das zwar ein wenig peinlich, wie ihr anzumerken war. Untypischerweise bedankte sie sich eher brav als ausgelassen oder mit einem frechen Spruch.

Paul warf seiner Lieblingsangestellten einen bösen Blick zu und fuhr dann fort: „Elena weiß also nicht nur mit dem Gift umzugehen, sie stellt es sogar her. Ob unsere paar Indizien allerdings für einen Durchsuchungsbeschluss reichen, wage ich doch zu bezweifeln. Klaus Scherer hat Helmut Stöger auf Nimmerwiedersehen beseitigt. Auch das können wir nicht beweisen, außer er legt ein Geständnis ab. Elena ist eine heiße Braut, die womöglich nach wie vor fremdvögeln geht …"

Der Detektiv räusperte sich kurz und warf einen Blick zu Pia und Johanna hin. „Und die ihren Mann betrügt. Dennoch haben sie beide eine starke Gemeinsamkeit. Ihre Obsession mit Störtebekers Schatz und unserem Grundstück hier. Sie wollen an beides heran, dafür gehen sie sogar über Leichen. Und das nicht erst seit gestern, sondern schon sehr lange. Womöglich haben sie auch Rudolfs Eltern auf dem Gewissen, die auf einer Kreuzfahrt spurlos verschwunden sind. Unser sauberes Duo hat das Grundstück sogar schon systematisch untersucht und nichts gefunden. Aber dennoch geben sie nicht auf. Sie wollen es nach wie vor mit allen Mitteln in ihren Besitz bringen. Nur wissen wir jetzt, wer unsere Gegner sind und können uns entsprechend darauf einstellen."

„Genau", nickte Pia, und ein seltsamer Glanz schimmerte in ihren Augen. „Mir juckt mein rechter Mittelfinger mit dem Ring. Was meint ihr, sollen wir noch ein wenig weiter lesen, bevor wir uns in den Tag stürzen? Ich bin super neugierig, wie es weitergeht mit unseren Piraten. Habt ihr Lust? Bjarne?"

„Ja, habe ich. Aber dann ziehe ich mir einen Pullover über."

„Und ich koche rasch noch eine Kanne Kaffee", strahlte Johanna. „Dann machen wir es uns in der Bibliothek richtig hübsch gemütlich. Pia und Bjarne können auf dem Sofa sitzen, da ist es deutlich bequemer, das Buch zu halten."

„Einverstanden." Paul erhob sich. „Dann mal los. Ich muss aber noch kurz auf die Toilette."

Zwanzig Minuten später saßen sie in der klimatisierten Bibliothek beisammen. Sie hatten es sich tatsächlich bequem gemacht, auch ein paar kuschelige Wolldecken lagen bereit. Pia und Bjarne hielten das Buch in den Händen, und beide spürten wieder dieses eigenartige Gefühl, das an ein Meeresrauschen erinnerte. Abermals kam es Pia so vor, als ergreife es nicht nur von ihrem Kopf Besitz, sondern auch von ihrem Bauch und ihrer Brust.

„Wir waren ja zuletzt auf Gotland", sagte sie und blätterte vorsichtig durch die alten Seiten. „Ihr erinnert euch: Gödeke Michels war dabei, einen Gefangenen zu verhören. Einen Walfänger, den die Piraten aufgebracht hatten. Und zwar nicht irgendeinen, sondern ausgerechnet unseren Käpt'n Walhorn. Der hatte ja auch eine Menge zu erzählen: Von den Plänen des Deutschen Ordens, die Insel mit ihrem Likedeeler-Stützpunkt zu überfallen und sich das Ganze von der Hanse finanzieren zu lassen. Und von einem Geheimtreffen der Hanse in Hamburg, auf dem die Kaufleute darüber beraten wollten. Ich bin wirklich gespannt, wie es weitergeht." Endlich hatte sie die richtige Stelle im Buch aufgeschlagen. „Ah ja, hier ist es! Gödeke will jetzt wissen, was in den Briefen steht, die auf einem der gekaperten Schiffe gefunden wurden."

Ihre Mundwinkel kräuselten sich, und ihre Stimme nahm eine deutlich norddeutsche Färbung an. *„Ja, lest! Doch nennt mir jetzt Euren Namen!"* Sie musste selbst ein bisschen grinsen, als sie mit der Antwort des Verhörten fortfuhr: *„Ich bin ein echter Hamburger Jung. Mein Name ist Walhorn. Kapitän Walhorn, Herr."*

Erleichtert stellte Pia fest, dass sie die Schrift auch heute perfekt entziffern konnte. So unbegreiflich es auch war. Sie räusperte sich, trank noch einen Schluck Kaffee und tauchte ein in eine andere Welt.

1396
Die Wandlung der Jana Poponova

Einen weiteren Silberbecher Rotwein später hatte Käpt'n Walhorn alle Briefe vorgelesen – und Gödeke Michels schlug abermals mit der flachen Hand auf den Tisch, dass es kräftig rumste. Auch Svantje, Gödekes Gespielin, hatte fleißig mitgetrunken, jetzt aber fuhr sie erschrocken zusammen.

Der Hauptmann der Likedeeler richtete sich auf, sah das Mädchen mit funkelnden Augen an und sagte mit leiser Stimme: „Svantje, unser Gast hat eine satte Belohnung verdient. Kümmere dich um ihn." Er griff in die Westentasche und schnippte ihr einen Schilling zu, den sie geschickt auffing. „Und ruf auch Olga noch mit dazu! Ich will keine Klagen von dem Hamburger Jung hören!

Bereitet ihm jegliche Freuden, nach denen er verlangt. Verstanden, mien lütten Deern?"

Nun grinste Svantje mehr als entzückt. „Jawohl, mein Herr! Nach nichts anderem steht mir der Sinn. Schon vom ersten Moment an wollte ich, dass er mir unter die Röcke fasst, der schicke Herr Waljäger. Es wird mir ein Vergnügen sein, ich werde mein Bestes geben. Und nicht nur herzeigen. Nur zu gern auch mit Olga zusammen, dem kleinen, heißen Biest."

„Gut! Lasst die Sau raus, Mädels! Zeigt Käpt`n Walhorn, wie wir hier in Visby zu feiern pflegen. Und spart nicht am Wein. Ich bin jetzt eine Stunde weg, muss nachdenken."

Schon sprang Svantje zur Tür und stieß einen gellenden Pfiff aus, eine kleine Melodie. Dann umarmte sie Gödeke, der sich an ihr vorbeidrängte, an der Tür.

„Danke, mein Herr! Ich liebe Euch!"

„Schon gut, Svantje, schon gut. Und jetzt Titten raus und rein mit dir. Zeigt, was ihr könnt. Die Lage ist ernst, sehr ernst sogar. Der Winter naht."

Gödeke Michels wartete draußen vor der Hütte auf Olga. Zum einen wollte er auch ihr mitteilen, wie wichtig der Waljäger für ihn war und dass sie sich entsprechend Mühe geben sollte. Zum anderen hatte er noch ein höchst persönliches Anliegen.

Die hübsche, junge Russin war innerhalb kürzester Zeit zur talentiertesten Jungstute herangereift. Sie kokettierte sehr geschickt mit ihrer Figur, den kecken, festen Brüsten und vor allem mit ihrem Knackarsch. Ein wahres Prachtexemplar war das! Doch er mochte auch ihre schwarze Lockenmähne und die hohen Wagenknochen, ihr spitzbübisches Lächeln und die funkelnden, blaugrünen Augen. Dazu die langen Wimpern und ihre vollen Lippen. Und natürlich ihre schlanken Beine, die er ebenfalls sehr hübsch und erregend fand. Ganz besonders dann, wenn sie nur ein kurzes Röckchen oder Hemdchen trug.

Er konnte sich noch genau an den Tag erinnern, an dem er Olga erstmalig nackt gesehen hatte. Als sie ihm vorgeführt wurde, hatte er nicht schlecht darüber gestaunt, dass sie unten herum rasiert war. Oh ja: Ihm stand heute Nacht das Verlangen nach dem Mädchen! Und auch noch nach ein wenig mehr.

Als sie um die Hausecke gelaufen kam und ihn vor der Tür stehen sah, zuckte sie zusammen. Ihr Gesicht sprach Bände. Und die erzählten ganz sicher nicht von Angst oder Schrecken. Gödeke grinste in sich hinein.

„Olga!", rief er und zog sie zu sich heran.

Laut atmend strich sie sich nervös eine Locke aus dem Gesicht. Er hielt sie mit beiden Händen an den Schultern gepackt und sah ihr tief in die Augen.

„In der Hütte befindet sich ein Gast, der für uns alle hier sehr wichtig ist. Er hat sich eine zünftige Belohnung verdient. Macht ihn satt und zufrieden, du und Svantje."

„Natürlich, mein Herr Gödeke, nichts lieber als das. Ihr wisst, wie geschickt ich bin." Süß und verschmitzt lächelte sie ihn an und fügte hinzu: „Wenn das hier einer weiß, dann Ihr, Herr!"

„Das will ich doch meinen!" Gödeke lachte rau. „Aber sag, gibt es Frischfleisch? Irgendjemand Neues dazu gekommen bei den Weibern?"

„Oh ja, Herr!", nickte Olga eilfertig. „Erst vorgestern kam eine hier an. Ich kann Euch sagen, was für eine Metze! Hochnäsig und eitel bis dort hinaus. Sie kam doch glatt im Zobel und in eleganten Stiefeln von Bord." Vielsagend zog sie eine Augenbraue hoch. „Als unsere Leute den Hansefahrer geentert hatten, fanden sie die Frau unter dem Tisch in der Kapitänskajüte. Dabei ist sie doch die Gattin des reichen Kaufmanns Igor … Irgendwas." Die Russin kicherte. „Kann man mal sehen. Ihr Mann kam bei dem Angriff ums Leben, doch das hindert sie nicht im Geringsten, sich hier wie eine eingebildete Großfürstin aufzuführen. Ihr Name ist Jana Poponova. Sie kommt aus Litauen, aus Kaunas. Segelte auf einem

Handelsschiff über die Memel an die Küste nach Klaipėda in die Ostsee, wo sie später dann dummerweise auf Vitalienbrüder stieß." Olga grinste vergnügt, und ihre weißen Zähne blitzten. „Die Fotze wurde zeternd und schreiend an Bord eines unserer Schiffe geholt, weggesperrt und vor der Mannschaft in Sicherheit gebracht. Ihr Kaufmann fand in der Ostsee sein nasses Grab. Wollt Ihr sie … zureiten? Rrrr! Das erregt mich, Herr!"

„Ha! Genau nach solch einer Metze steht mir heute der Sinn! Ich habe Lust, eine neue Stute zu bändigen und ihr zu zeigen, wie sie sich fortan zu benehmen hat, wenn sie denn überleben will. Sieht sie gut aus?"

„Oh ja, sehr gut sogar. Halblanges, blondes Haar, Gesichtszüge ähnlich wie ich. Dazu blaue Augen und wohl auch eine gute Figur. Sie muss abgerichtet werden, Herr, das sehe ich auch so."

„Und du wirst mir dabei helfen, die Dame auf den rechten Weg zu führen, Olga. Heute Nacht."

„Mit dem größten Vergnügen!" Ihre Augen blitzen auf, und sie leckte sich genüsslich über die Lippen. Gerne nahm sie auch den Schilling von ihm entgegen und ließ ihn in den Rockschößen verschwinden.

„Also, führe sie in mein Haus, wenn St. Katharinen die zehnte Stunde schlägt. Vorher darf kein anderer sie benutzen. Hast du verstanden? Vorerst steht sie unter meinem persönlichen Schutz. Aber erzähl es niemandem und erst recht nicht der Frau. Sie soll sich nicht in Sicherheit wiegen. Gib ihr zu essen und zu trinken."

„Verstanden!"

„Gut! Und nun kümmere dich um Käpt'n Walhorn! Wie wir hören können, ist Svantje schon ordentlich dabei."

Während sich Olga ans Werk machte, unternahm der Pirat einen Spaziergang hinunter zu den Anlegern und Molen, inspizierte die Waren und begrüßte andere Kapitäne und Anführer der Vitalienbrüder. Ein Hoch auf Visby! Es war gut, wieder hier zu sein.

„Wie sieht's aus, Lars? Gute Beute gemacht?"

„Ja, Gödeke, drei Schiffe aufgebracht in nur knapp zwei Wochen! Hat sich gelohnt, will ich meinen. Endlich mal wieder war Salz dabei. Heringe und Bier satt für Monate. Konntet Ihr mit den Briefen etwas anfangen?"

„Ja, konnte ich. Und die Lage ist ernster, als ich geglaubt hatte. Ruf die Leute zusammen, die Kapitäne und Hauptmänner. Wir halten morgen Vormittag einen Congress ab."

„Einen was?" Lars hob die hellen, buschigen Augenbrauen an.

„Eine Versammlung, eine Besprechung!", lachte Gödeke. „Seid nüchtern, und zwar alle, klar? Wir werden den listigen Magister Wigbold benötigen und auch Hauptmann Wichmann. Jetzt verteilt erstmal nach Likedeeler Art die Beute und die Waren. Wir sehen uns morgen zum neunten Glockenschlag in meinem Haus."

„Ay, Käpt'n!", salutierte der Steuermann.

Lars Reesenspund, geboren und aufgewachsen auf einem Hof bei Eckernförde, war Gödeke Michels nicht nur loyal und treu ergeben. Mit seinen knapp sechseinhalb Fuß (fast 198 cm) Länge und den knapp zwei Zentnern Körpergewicht machte er auch eine mehr als beeindruckende Figur. Ein wahrer Hüne und ein Kraftpaket von Mann, die Muskeln von der rauen Seemannsarbeit gestählt. Dazu noch mit einem rotblonden Vollbart und ebensolchen, leicht gelockten Haaren ausgestattet, hätte er durchaus auch als Odins Sohn durchgehen können. Denn genau so stellte man sich einen echten Wikinger aus alten Zeiten vor. Zu seinen Waffen zählte neben Entermesser und Enterbeil auch ein gewaltiger Morgenstern, massiv und schwer an Gewicht.

Die Stimme des Hünen war laut und dunkel, auch auf See sehr gut zu hören, sogar bei steifer Brise. Doch dass er sie einmal einsetzen würde, um eine Horde Piraten zu befehligen, wäre ihm nicht im Traum in den Sinn gekommen. Bis sein Hof eines verfluchten Tages von dänischen Soldaten überfallen worden war.

Als Lars vom Fischen zurückgekommen war, hatte er seinen Vater und seinen kleinen Bruder nur noch tot vorgefunden. Und das hatte er der Garnison nicht verziehen. Er hatte geradezu gehofft, dass die Dänen zurückkommen würden, um erneut zu rauben und zu brandschatzen. Und irgendwann hatten sie ihm den Gefallen getan.

Lars hatte sich bei seinem Freund Ethel in der Schmiede aufgehalten, als er die marodierende Hode kommen sah.

„Ich leihe mir mal kurz deinen Schmiedehammer aus", hatte er gesagt. „Habe da was zu erledigen."

So war sie also gekommen, die Stunde seiner Rache. Lars hatte gespürt, wie er glühte vor eiskaltem Hass. Ein Mann, der eine Aufgabe zu erfüllen hatte. Auch wenn er innerlich schon tot war.

Gleich der erste Däne, der vorbeikam, war chancenlos gewesen. Schon hatte ihm der Riese den schweren Hammer mit einem fürchterlichen Schwinger auf den Schädel geschlagen, so dass der nach allen Seiten aufplatzte wie eine reife Frucht. Dem Zweiten hatte er das Kreuz zerschmettert, dem Dritten das Gesicht. Rasch hatte er die drei Leichen beiseite gezogen und auf die blutige Spur gestarrt, die dabei zurückblieb. Doch das war ihm nicht genug gewesen. Bei Weitem nicht. Hinter den Häusern war er an den Aborten entlang gehuscht, hatte bei der nächsten Gelegenheit zwei weitere Dänen am Genick gepackt und ihre Gesichter gegeneinander geschlagen. Dann direkt noch einmal. Und noch einmal. Selbst als die Soldaten zu Boden gesunken waren, hatte er mit dem Schmiedehammer noch weiter zugedroschen. Bis sich auch ihre Köpfe in eine unappetitliche Masse verwandelten.

War das dieser Blutrausch gewesen, von dem so mancher Kämpfer nach einer Schlacht erzählte? Wenn er heute daran dachte, fand Lars keine andere Erklärung für sein Verhalten. Jedenfalls hatte er sein langes, scharfes Messer hervorgezogen. Mit zwei Sätzen war er von hinten an die nächsten drei Dänen herangesprungen und hatte ihnen die Hälse abgeschnitten. Systematisch, einem nach dem anderen. Einem Vierten hatte er das Schlachtermesser in die Brust gerammt, dem Fünften eine Kopfnuss verpasst und ihm dann beide Handflächen auf die Ohren geschlagen.

In dem Moment hatte ihn ein Pfeil in den Oberschenkel getroffen, und er war zusammengesackt. Trotzdem war es ihm aber noch gelungen, dem brüllenden Dänen mit den geplatzten Trommelfellen das Messer ins Auge zu stechen.

Ethel war herbeigestürzt und hatte den Bogenschützen gestellt, ihm eine Lanze in den Rücken getrieben. Die verbliebenen vier Dänen hatten fliehen wollen. Doch weitere Eckernförder waren hinzugekommen und hatten Lars Reesenspunds blutiges Handwerk beendet, indem sie die Männer mit spitzen Heugabeln und Keulen niedermachten.

Lars aber war immer noch nicht zufrieden gewesen. Der eiskalte Stein in seinem Magen hatte sich einfach nicht auflösen wollen.

„Ich stürme jetzt die Garnison und metzle sie alle nieder“, hatte er mit gepresster Stimme hervorgestoßen.

„Nichts dergleichen wirst du tun, du Idiot!“, hatte der Schmied geschimpft. „Du kommst jetzt mit, ich verlade dich auf den Karren und dann nichts wie ab mit dir. Deine Wunde blutet stark, und hier kannst du nicht bleiben. Ich bringe dich erstmal zu meiner Schwester nach Rendsburg, da kurierst du dich aus. Dann musst du selbst weiter sehen. Mehr kann ich nicht für dich tun.“

Als Königin Margarete I von dem grauenvollen Gemetzel hörte, hatte sie das Todesurteil über Lars Reesenspund gesprochen. Er aber hatte sich aufgemacht gen Wismar, um dort bei den Likedeelern anzuheuern.

So stand er nun in Visby, fünf Jahre später. Ein zum Tode Verurteilter, auf den der Galgen wartete. Er führte nicht das Leben, das er sich einmal vorgestellt hatte. Doch er hatte hier tatsächlich eine Art Heimat gefunden. Er wusste, dass Gödeke Michels ihn schätzte und sich auf ihn verließ. Und das konnte er auch.

Natürlich war Lars hier nicht der Einzige, der dem Hauptmann der Likedeeler treu ergeben war. Es konnte gar keinen Zweifel daran geben, wer hier den Kapitänshut aufhatte. Man merkte es an dem Respekt, den man Gödeke allgemein entgegenbrachte. Die meisten der Vitalienbrüder hielten große Stücke auf ihn. Auch deswegen, weil er sich darauf weder etwas einbildete noch herrschsüchtig war. Im Gegenteil: Michels achtete immer streng darauf, die obersten Gebote der Bruderschaft auch selbst vorzuleben: Zusammenhalt, Zuverlässigkeit und das gerechte Teilen der Beute.

Was Letzteres anging, hatte Gödeke zum Glück kompetente Unterstützung. Er klopfte Lars auf die Schulter und machte sich dann auf den Weg zu jenem Mann, ohne den er in finanziellen Dingen vermutlich auf direktem Weg ins Desaster segeln würde.

Wigbold, den sie alle nur den Magister nannten, war gut einen Kopf kleiner als er selbst, dazu von schmächtiger Statur. Doch er hatte ein spezielles Talent. Wie kein anderer verstand er sich darauf, die erbeuteten Waren zu schätzen und die Verkaufspreise dafür festzulegen. Er verwaltete die Einkünfte und Goldreserven, verteilte sich unter den Männern und sorgte dafür, dass alle ihren Anteil erhielten. Wigbold war das Kontor der Vitalienbrüder, und jeder vertraute ihm. So auch Michels.

Darüber hinaus steckte der Magister viel Zeit und Mühe in das Ausbaldowern der Routen. Man konnte ihn mitten in der Nacht wecken, und er wusste sofort, wo welches Schiff auf der Ostsee zu segeln hatte, um ein möglichst breites Angriffsfeld abzudecken. In seinem Kopf hatte er das Meer in einzelne Felder eingeteilt, die er den Kapitänen zuwies. Hochtrabend schwadronierte er dabei von „Planquadraten“ und fuchtelte ständig mit seinem dünnen Finger auf der Seekarte herum. Doch niemand wagte, sich über ihn lustig zu machen. Denn der Erfolg seiner ausgefeilten Strategien gab ihm Recht.

Aus aktiven Kämpfen hielt er sich allerdings heraus. Gott habe ihm andere Gaben verliehen, so erzählte er oft, als zu kämpfen und zu schlitzen.

Gödeke hatte daran nicht den geringsten Zweifel. Er war froh, den Buchhalter gesund und unversehrt in Visby anzutreffen. Ganz der Alte offenbar – inklusive seiner Schwäche für stattliche, vollbusige Schankweiber. Svantje hatte ihn schon oft besucht in seiner Hütte und sich dabei manch Schilling extra verdient.

Doch im Moment beschäftigte den Magister offensichtlich etwas anderes. „Einen Congress?", fragte auch er verblüfft. „Kiek mal einer an, Mann inne Büx! Wo hast du denn das Wort aufgeschnappt, Gödeke? Ischa mal interessant, näch?"

Gödeke grinste nur. „Morgen um neun, Wigbold!" Er winkte ihm zu und machte sich auf den Weg zurück in sein Haus.

Dabei handelte es sich um eine vornehme Kaufmannsvilla mit zwei Etagen und etlichen Zimmern, auch die Einrichtung entsprach seinem Status als Anführer. Er genoss es, für einen Moment allein zu sein, die Füße hochzulegen und rein gar nichts zu tun. Das hatte er sich wirklich verdient nach all den Wochen auf See! Doch als er die Glocke von St. Katharinen zehn Mal schlagen hörte, war er bereit, Damenbesuch zu empfangen.

In der guten Stube im Erdgeschoss brannte schon ein behagliches Feuer im offenen Kamin. Der Raum war nicht nur warm, sondern roch auch anheimelnd und wohlig. Kerzen und Öllampen waren entzündet und ein Tonkrug voll Rotwein gefüllt. Der edle Tropfen stammte aus einem Fass, das sie einem unvorsichtigen Genuesen entwendet hatten, der eine Schiffsladung davon nach Lübeck verbringen wollte. Dass dies nun schon ein Jahr her war, tat der Qualität des Weines keinen Abbruch. Ein Glück, dass die Vorräte auf Lager noch mehr als reichlich gefüllt waren! Und dies, obwohl sich alle Likedeeler frei bedienen konnten. Das Leben als Pirat hatte zweifellos auch seine guten Seiten.

Pünktlich klopfte es an der Tür, und herein trat Olga mit einer fremden Frau.

„Darf ich vorstellen?“, grinste die Russin. „Jana Poponova, aus Kaunas im Livland. Gödeke Michels.“

Olga trat zwei Schritte zurück, entledigte sich ihres Wollmantels und auch der Schuhe und Strümpfe. Barfüßig und in einem sehr dünnen, schlichten, dunkelblauen Kleidchen stand sie nun hinter der Livländerin auf dem weichen Teppich. Beide Frauen waren annähernd gleich groß.

Gödeke erhob sich aus seinem Stuhl. Schweigend betrachtete er sich die kühle Blonde von oben bis unten. Tatsächlich sah sie so aus wie von Olga vorhin beschrieben. Sogar noch ein wenig hübscher, als er sie sich vorgestellt hatte. Sie trug einen sehr edlen und teuren weißen Pelzmantel, dazu schwere Winterstiefel. Auf dem Kopf thronte eine weiße Pelzmütze, unter der blonde Haare hervor lugten. Blaue Augen blitzten ihn böse an, und es war deutlich zu merken, was die Dame davon hielt, hier jetzt zu einem Besuch herbestellt worden zu sein.

„Wenn Ihr Euch nun an mir sattgesehen habt, Herr Freibeuter, würde ich jetzt wieder gehen“, fauchte sie. „Es war mir eine Ehre, gehabt Euch wohl!“ Ihr Ton war schnippisch, und ihre Stimme hatte die Temperatur von Gletschereis. Sie wollte kehrt machen, doch Olga hob warnend den Finger.

„Wieso nur haltet Ihr Euch nicht an das, was ich Euch vorhin noch gesagt habe?“, erkundigte sich die Russin in einem Tonfall, als spreche sie mit einem bockigen Kind. „Legt Mantel, Mütze, Schuhe und Strümpfe ab! Ihr seid jetzt die persönliche Geisel des Herrn Michels. Also los, macht! Die Zeiten des Rumzickens sind von nun an vorbei. Und zwar für immer, meine Teuerste! Denn anderenfalls werdet Ihr nicht mehr lange auf dieser Erde weilen, so fürchte ich.“

„Zumal die Familie Eures verstorbenen Gatten, Gott hab ihn selig, bedauerlicherweise nicht bereit ist, auch nur einen Pfennig

Lösegeld für Euch auszugeben", fuhr Gödeke süffisant fort. „Wie es scheint, ist man sogar froh, Euch los zu sein. Wie kann das nur angehen?"

Er war auf sie zugetreten und hatte ihr die weiße Pelzmütze vom Kopf gehoben, während Olga die Arme um sie geschlungen hatte und ihr den Zobel aufknöpfte.

Perplex ließ die Dame dies geschehen, sie war mit ihren Gedanken sichtlich woanders. „Das ist doch eine Lüge!", schnaubte sie. Ihre meeresblauen Augen funkelten ihn an. „Niemals hättet Ihr in so kurzer Zeit eine Depesche abschicken und auch noch Antwort erhalten können."

„Und doch ist es wahr. Ihr besitzt jetzt weder einen Ehemann noch Familie, weder Land noch Vermögen. Nichts außer den paar Dingen, die Ihr hier und jetzt bei Euch habt. Ihr seid mittellos und allein auf der Welt. Fernab der Heimat. Auf Gotland in der Ostsee."

„Aber Ihr habt ja uns", lächelte Olga und half der Verblüfften aus dem Mantel, was diese sich widerwillig gefallen ließ. „Und Ihr wisst sicherlich auch, dass man das Haus eines Herrn nicht in schmutzigen Winterstiefeln betritt. Also bitte, zieht sie aus, macht es so wie ich."

Jetzt wandte sich die Angesprochene doch zu Olga um und erschrak. Denn was sie sah, wirkte schon ein wenig liederlich und verdorben. Deutlich zeichneten sich Olgas Nippel gegen den Stoff ab, der tiefe Ausschnitt ließ mehr als nur den Ansatz ihrer Brüste erkennen. Und besonders lang war das Kleid auch nicht geraten, eher etwas sehr kurz. Es zeigte makellose Schenkel. Das Dunkelblau betonte Olgas pechschwarze Lockenmähne. Es war klar, dass mit dem Mädchen nicht gut Kirschen essen war. Allein wie sie da stand mit den in die Hüften gestemmten Fäusten, die Füße etwas auseinander gestellt …

Jana besann sich nur kurz. Schon landete der Pelz auf einem Sessel, die Mütze ebenso. Damit wurde nun sichtbar, dass sich die

Gefangene doch an ein paar von Olgas gutgemeinten Ratschlägen gehalten hatte. Sie trug ein Kleid, ein sehr hübsches, schwarz mit bunten Mustern, und ebenfalls keine Strümpfe.

„Seht“, fuhr Olga fort, „der Herr hat uns Rotwein kredenzt. Eine vorzügliche und sehr wohlschmeckende Beute aus der fernen Toskana in Italien. Er möchte Euch willkommen heißen, und es ist herrlich angenehm warm, findet Ihr nicht auch?“

Jana ließ sich zu keiner Antwort herab. „Woher wollt Ihr das mit dem Lösegeld wissen, Herr … Michels?“, fragte sie stattdessen. Noch immer klang ihre Stimme überheblich, doch sie stützte sich mit einer Hand auf Olgas Schulter, um sich die Stiefel auszuziehen.

„Von der Mannschaft Eures Schiffes.“ Er lächelte sie an. „Euer Gatte war beliebt, Ihr hingegen nicht. Man wünscht Euch, gelinde gesagt, zum Teufel. Und wenn ich ganz ehrlich bin, so fürchte ich, dass Ihr auch schon recht bald dort landet. Ihr werdet wohl darauf angewiesen sein, die Decks unserer Schiffe zu schrubben, Verehrteste. Gegen Bezahlung, versteht sich. Mehr als ein paar Pfennige pro Schicht werden dabei allerdings nicht herausspringen. Und ihr werdet den Männern dabei wohl auch euren Arsch präsentieren müssen.“

„Einen Schilling gibt’s! Pro Mann!“, grinste Olga. „Ihr seid aber nicht mehr die Jüngste. Kann also sein, dass es auch etwas weniger ist. Aber wenn Ihr Euch ranhaltet … wer weiß!“

„Wie bitte?“, schrie Jana auf. „Seid Ihr noch ganz bei Trost? Ihr sprecht von Hurerei!“

„Ganz recht, und ich kann mir keine angenehmere Art vorstellen, um ein wenig Geld zu verdienen.“

Olga trat nah an Gödeke heran, legte ihren Arm um seine Hüften und ließ es zu, dass er ihr von hinten unters Kleidchen fasste. Er zog es auch ein wenig hoch und zeigte Jana, dass Olga nackt darunter war. Gleich darauf aber ließ er den Saum wieder fallen. Er trat einen Schritt an die Livländerin heran, sah ihr kalt in die

Augen und spielte gedankenverloren an seinem auffälligen Ring, den er am Mittelfinger der linken Hand trug.

Janas Atem ging flach und schnell. Die Stube schien für einen Moment aus der Zeit zu fallen. Wohin verschwanden die Sekunden? Was würde passieren?

Sie stieß einen spitzen Schrei aus, als Gödeke noch einen entschlossenen Schritt näher kam und sie roh am Oberarm packte. Fest drückte er zu und wirbelte sie mit einem Ruck zu sich heran. Mit der anderen Hand fasste er ihr an das hochgeschlossene Kleid und sagte gefährlich leise: „Und jetzt runter mit dem Ding, oder ich tue es. Und das wäre doch mehr als schade, oder?"

„Au! Ihr tut mir weh, verdammt!" Trotz ihres Protests blieb sein Griff unverändert hart. Sie würde einen mächtigen blauen Fleck davon tragen, das war jetzt schon sicher.

„Das soll auch wehtun", knurrte er. „Ihr habt die Wahl: Macht euch gefügig und trinkt den Wein mit uns, oder ich lasse ab morgen früh Eure Rechte als verwirkt erklären. Und gemäß unserer Bestimmungen kann ein jeder dann über Euch verfügen, dem es grad in den Sinn kommt. Natürlich gegen Bezahlung, da sind wir korrekt. Wir teilen alles, auch die Weiber! Stimmt's, Olga?"

„Oh ja, das tut Ihr, Herr. Wir sind eure Gefangenen und müssen tun, was Ihr verlangt. Können gar nichts dagegen machen. Schlimm ist das." Olgas Stimme triefte vor Lust.

Noch immer ließ er Jana nicht los. Weder ihren Arm noch das Kleid. Er sah ihr offen in die Augen, kühl war sein Blick und kompromisslos. Ganz ähnlich hatte er auch den unglückseligen Bremer angeschaut, der ihm die Narbe an der Wange verpasst hatte. Und der kurz darauf über die Planke gegangen war.

Jana sah die unbeugsame Entschlossenheit in Gödekes Blick und spürte, dass er nicht bluffte. Ihre Augen fingen an zu flackern, weiteten sich. So nah standen sie sich gegenüber, wie sie schon lange keinen Mann mehr an sich herangelassen hatte. Seine Hand an ihrem Ausschnitt zuckte.

„Nein, wartet! Wartet!“ Ein Keuchen lag nun in ihrer Stimme. Zumal sie sah, dass Olga sich von hinten an den verdammten Kerl drängte und sich leicht an ihm rieb. Die Hände der anderen Frau kamen nach vorne und glitten hinab an seine Hosenmitte, an sein Glied. Ja, sie fing tatsächlich an, es zu drücken. Zunächst noch ganz zart.

„Reißt ihr das Kleid herunter, Herr“, schnurrte die Russin. „Die Metze hat es nicht anders verdient!“

Wieder flackerten Janas Augen auf, die Worte trafen sie bis ins Mark. Der feste Griff begann zu schmerzen, ihr pochte das Blut im Arm. Sie hob die freie Hand an, nestelte mit den Fingern am obersten Knopf, schaffte es, ihn zu öffnen.

„Weiter!“, befahl Gödeke und gab ihren Arm immer noch nicht frei. Seine andere Hand aber ließ ihr Halsbündchen los und fasste entschlossen nach hinten, an Olgas nackte Schenkel. Dort fuhr sie hoch, erreichte die Spalte.

„Olga erregt es sehr, dass Ihr Euch jetzt auszieht, Jana. Sie ist feucht im Schritt, sehr feucht sogar. Also weiter!“

„Bitte … Ihr tut mir wirklich weh.“

„Dann eilt Euch, macht schneller.“

Er hob die freie Hand wieder an, strich damit über Janas Wange, fuhr mit den Fingern unter ihre Nase. „So riecht unsere Olga übrigens. Habt Ihr so etwas schon einmal gerochen?“

Der zweite Knopf war geöffnet, und erstmals nahm ihre Stimme einen anderen Klang an. „Nein, habe ich nicht. Noch nie!“

„Wann habt Ihr zum letzten Mal einen Schwanz im Mund gehabt, verehrte Frau Poponova?“

„Was erlaubt Ihr Euch?“, keuchte sie und öffnete nun hastig den dritten Knopf. Schon konnten Gödeke und Olga den roten Ansatz des Unterkleides sehen.

„Ich wette, es war der litauische Schwanz des Kapitäns!“ Olga grinste frech. „Warum sonst sollten unsere Männer sie bei dem unter dem Tisch gefunden haben? Habe ich recht, Metze?“

„Das ist nicht wahr!“, schrie Jana und starrte nach unten. Mit einer Mischung aus Schrecken und Faszination sah sie, wie Olga an Gödekes weiter Hose die Kordel öffnete und hinein langte.

Erst als sie selbst beim vorletzten Knopf angelangt war, lockerte Gödeke endlich den Griff an ihrem Oberarm. Langsam entzog er ihr die Hand. Das Blut schoss zurück, und sie biss sich auf die Unterlippe. Es fühlte sich an, als hätten sich seine Finger in ihre Haut gebrannt. Doch nun hatten sie offensichtlich Besseres zu tun. Denn ihr bunt gemustertes schwarzes Kleid stand jetzt vollständig offen, und der Pirat zog es mit beiden Händen auseinander. Jana fasste sich an den Arm, rieb ihn vorsichtig, starrte aber weiter auf Olgas Hand in der Kapitänshose. Das Kleidungsstück beulte sich mächtig nach vorne. Was natürlich auch an Olgas Hand lag, aber eben nicht nur.

„Zieh‘s aus, das Kleid!“, befahl der Freibeuter jetzt. Zum ersten Mal kam sie seiner Anweisung widerspruchslos nach. „Gerade stehen! Hände hinter den Kopf, Schultern zurück, Füße leicht auseinander!“

Er ließ sie nicht zur Ruhe kommen. Dass in dem Moment Olga ihm die Hose herunterzog und sein Hemd hochraffte, ließ ihn mit keiner Wimper zucken. Er schaute weiterhin Jana fest in die Augen. Die aber beobachtete gebannt, was Olga tat. Unfassbar war das für sie, und doch konnte sie den Blick nicht abwenden. Sie musste da hinschauen, auf den dicken Piratenschwanz, der hart und länger wurde. Olga verrichtete vorzügliche Arbeit.

Doch auch Gödekes Augen kamen durchaus auf ihre Kosten. Janas rotes Unterkleidchen, jetzt ein wenig hochgerutscht, war aus Seide. Das erkannte der Seeräuber auf einen Blick. Ihre Brüste, die jetzt plötzlich zur Geltung kamen, waren voller und auch praller als Olgas. Dabei fester als Svantjes. Das Rot stand ihr hervorragend, und als sie die Füße etwas auseinander stellte, sah er perfekt schöne Beine. Jana sah wirklich gut aus, das gestand er gerne ein. Und auf eine bestimmte Art wirkte sie auch athletisch, fast wie eine Kämpferin. Ihr Körper schien fest zu sein, mit nur wenig Fett.

„Gefällt sie Euch?“, flüsterte Olga ihm ins Ohr.

Sie rieb ihn weiter und jetzt auch schneller, keuchte ihm ihren heißen Atem ins Ohr. Erwacht war nun sein Riemen, hart stand er hervor. Er zielte auf den Bauch der Livländerin, die noch weiter die Schultern nach hinten zog, während ihre vollen, weichen Lippen sich öffneten. Die Hand, die ihr eben noch so unmissverständlich den vermutlich dicksten blauen Fleck ihres versnobten Lebens eingebracht hatte, glitt nun sanft und sehr langsam über ihre Brüste hinweg, erforschte und begutachtete sie in dem dünnen Seidenkleidchen. Von links hin zu rechts und auch wieder zurück. Dann auch mit beiden Händen gleichzeitig.

„Gute Titten!“, stellte er fest und ließ die Daumenkuppen über die noch weichen Knospen streichen. Nah stand er nun vor Jana, sah ihr unverwandt in die Augen und erfreute sich an dem Blau. Während Olga sich sachte an seinem Rücken rieb und ihre Hand nicht aufhörte, den Mast zu stimulieren. Ein ums andere Mal stieß sie mit dem Handrücken gegen Janas Schenkel und auch gegen ihren Schritt.

Janas Blick hingegen war unstet. Immer wieder musste sie ihn abwenden und nach unten sehen. Musste beobachten, was Olgas Hand da tat und wie erfolgreich ihr Werk war. Es war wie ein Zwang. Wie ein Seil, das ihren Blick an den gefährlichen Piratenschwanz fesselte. Sie hätte so stehenbleiben können, bis die Ostsee trockenfiel, den Fischen Flügel wuchsen und der Wind die Insel Gotland in feine Sandkörner zerlegte.

Bald aber verließen seine Hände ihre Brüste. Eine strich an ihrem Körper entlang, an ihrer Seite hinunter, streichelte die nackten Schenkel. Die andere Hand fasste ihr an den Nacken, zog den Kopf zu sich heran. Wild drückte der Freibeuter seinen Mund auf ihre Lippen, während die Finger zwischen ihren Beinen die Ritze erreichten und sich zwischen den Schlitz schoben. Entschlossen stieß er oben mit der Zunge und unten mit einem Finger zu. Weit riss sie die Augen auf, der aufsteigende Schrei erstickt durch seinen Mund. Doch sie ahnte, dass dies noch längst nicht das Ende der Geschichte war.

Während sie noch versuchte, ihre hektisch flatternden Gedanken wieder in ihre Käfige zu sperren, fasste er ihr ans Handgelenk und zog den Arm nach unten. Unnachgiebig zwang er sie jetzt, sein Glied anzufassen, das von Olga hart aufgerichtet dargereicht wurde. Seine andere Hand spielte nach wie vor an ihrem Schritt, die Finger strichen durch die weiche Spalte. Vor und zurück. Seine Zunge tanzte in ihrem Mund, suchend und fordernd.

Eng hielt der Kaperfahrer seine Beute an sich gepresst, die schon sehr bald keine feine Dame mehr sein würde, sondern ein heißes Luder. Dessen war er sich sicher. Denn er spürte, wie sie langsam nachgab und weicher wurde in seinem Arm. Und dies aus freien Stücken.

Tatsächlich hatte sie nun zugefasst, umklammerte seinen Kolben mit neugieriger Hand und begann ihn dann auch vorsichtig zu reiben. Gödeke schnaubte zufrieden, denn auch seine Finger in ihr fühlten sich bestätigt, spürten die aufsteigende Feuchte. Als er ihr auch noch die Perle rieb, sehr sanft, warf Jana ihre Unnahbarkeit ins Kaminfeuer. Sie drängte sich ihm entgegen. Genoss die Berührungen, drückte fester zu und begann, ganz leise zu stöhnen.

„Was macht Ihr mit mir, Gödeke?" Aus ihrem Mund klang das echt und nicht gespielt. Nicht so, als würde Svantje das keuchen, oder Olga. Jana war wirklich überrascht und auch erschrocken darüber, wie ihr Körper reagierte. Zumindest ihr Kopf wollte es nicht wahrhaben. Doch es erregte sie mehr und mehr, auf eine Weise, die sie noch nicht kannte. Sie war sich selbst fremd geworden.

Als Olga sich zusätzlich noch von hinten an sie drängte, die Oberschenkel langsam empor streichelte, bis hoch zu den strammen Pobacken, bot sich Jana auch diesen Händen an, reckte das

Becken zurück. Sie war gänzlich nackt unter ihrem roten Unterkleid und kam sich plötzlich fürchterlich schamlos vor. Was für ein erregendes Gefühl! Gödeke hielt sie weiterhin mit sehr viel Kraft umschlungen. Sie war dem ausgeliefert, konnte tatsächlich nichts dagegen tun. Doch seine Stärke verlieh ihr Schutz, und das, was sie da in ihrer Hand hielt, drängte sich ihr mit Macht entgegen.

Jana begann, das Geschehen zu genießen. Sie ließ es zu und gab sich hin. Ergab sich in ihr Schicksal, und auch dies erregte sie zunehmend. Dazu spürte sie Olgas Küsse auf ihren Schultern und am Hals. Zarte Frauenhände, die ihr unter dem Seidenkleidchen weiter die Pobacken drückten und auch die Schenkel liebkosten. Jetzt allerdings mit etwas mehr Intensität.

Härter rieb Jana den harten Freibeuterschwanz, und auch ihre Zunge hatte den Kampf mit ihm aufgenommen. Gierig wurde ihr Kuss, lustvoll und verlangend. Sie schmolz in seinen Armen wie eine Schneefrau in der Hölle. Flammen schienen über ihren Körper zu lecken, von denen sie in hundert Jahren nicht genug bekommen würde. Als Gödeke sie zum Bett führte, da folgte sie ihm willig und ohne noch zu zögern.

Dreimal schlug die Glocke von St. Katharinen zur vollen Stunde. Doch im Kapitänshaus nahm das niemand zur Kenntnis. Zu dritt wälzten sie sich in den Laken, stachelten sich auf und schubsten sich von sturmgepeitschten Klippen in die schäumende See.

Es dauerte nicht lange, bis Jana auch von sich aus die Initiative ergriff. Sie entdeckte in sich eine ausgehungerte Genießerin, die nun schon so viele Jahre unbefriedigt geblieben war. Die nie einem Mann hatte zeigen können, was wirklich in ihr steckte. Frustriert hatte sie sich zur Unnahbaren entwickelt, die das Leben und die Männer hasste, keine Freude mehr empfand und erst recht keine Wollust. In dieser Nacht aber, da zeigte ihr jemand etwas anderes. Zunächst mit roher Kraft zwang er sie, sich dem zu stellen, was sie wirklich war. Eine zutiefst lustvolle Frau.

Es war spät in der Nacht, als Olga sich verabschiedete. Jana aber blieb bei Gödeke. Sie wollte weder fort, noch dachte er daran, sie wegzuschicken. Denn auch er war überrascht, mit welcher ungestillten Leidenschaft sie sich letztendlich eingelassen hatte und nicht genug bekommen konnte. All die Jahre hatte sie nachzuholen, die sie in Gefühlskälte und innerer Einsamkeit verbracht hatte. In denen sie alle Avancen diverser Männer abgelehnt und die Herren auf Abstand gehalten hatte. Mitunter hochnäsig und arrogant, oft aber auch mit größter Zickigkeit. War es also ein Wunder, dass niemand sie leiden konnte?

Welches Potenzial würde sich dann aber öffnen, wenn Jana nicht nur plötzlich Lust leben konnte, sondern sogar Gefühle mit ins Spiel kamen? Gefühle für Gödeke? Animalische Gefühle, weil sie spürte, wie sehr er sie begehrte? Und weil sie nicht umhin kam, auch ihr eigenes Verlangen anzuerkennen und sich davon überwältigen zu lassen?

Nichts hatte sie mehr hinfort gespült als der Moment, in dem er ihr die Träger ihres roten Seidenkleidchens über die Schultern zog. Als es nach unten rutschte, ihre Brüste freigab, und er dies mit einer Wonne und Inbrunst annahm, wie sie es noch bei keinem anderen Mann zuvor erlebt hatte. Dermaßen intensiv und ausdauernd die Brüste umschmeichelt zu bekommen, war ungeheuerlich erregend. Mit seiner Zunge, den Händen und den Fingernägeln, sodass sie ein ums andere Mal aufschrie. Ihre harten, steil aufgerichteten Nippel hatten es ihm ganz besonders angetan.

Nun lag sie, eng an ihn gekuschelt, neben ihm im Bett. Lauschte seinem Atem und konnte sich nicht daran erinnern, je zuvor schon so erschöpft, gesättigt und auch glücklich gewesen zu sein.

Es war mitten in der Nacht, bei tiefster Dunkelheit, als Gödeke, aus unruhigem Schlaf erwachte. Und als er ohne nachzufragen sofort dort weiter machte, wo er erschöpft aufgehört hatte. Sie öffnete sich ihm willig. So dauerte es nicht lange, bis er sich ein weiteres Mal in ihr ergoss und Jana das Haus zusammenschrie vor nie gekannter Lust. Ihr Körper schüttelte sich, und alles in ihr zuckte, dass es kaum zum Aushalten war. Es war ein Kampf und eine Reise. Ein Flug auf neu gewachsenen Flügeln mit schillernden Federn, von denen die Tautropfen perlten. Es dauerte lange, bis sie sich beruhigte. Doch dann schlief sie endlich ein, in seinem Arm, und er mit dazu.

Der Verleger

Auch für Käpt'n Walhorn sah die Welt am nächsten Morgen deutlich anders aus als zuvor. Denn Gödeke Michels behandelte ihn nun als seinen Gast und wies ihm einen neuen Schlafplatz zu. Fortan verfügte er nicht nur über eine eigene, geräumige Hütte mit Ofen, Bett und einem Tisch mit drei Stühlen. Sondern auch über die anderen Nutzungsrechte, die einem Vitalienbruder zustanden. Svantje lächelte glücklich, als sie ihn die schneematschige Straße hinunter begleitete, um ihm seine neue Behausung zu zeigen und ihn auch gleich noch einmal in seinen noch ungewohnten Status einzuweisen.

„Und nun zu uns, Käpt`n … Walhorn. Set di dohl!“, befahl Gödeke ein paar Stunden später. Mit keinem Wort sprach er den Gast auf die gestrige Belohnung mit Svantje und Olga an, sondern kam sofort auf den Punkt. „Was der bekloppte Hardcock da gestern gesagt hat, gefiel mir gut.“

„Was denn?“, fragte Walhorn überrascht.

„Das mit dem Verlegen. Was haltet Ihr davon, wenn ich mich in Euch verlege?“

„Bitte? Wie meinen?“ Der frischgebackene Likedeeler riss verständnislos die Augen auf. Hatten ihm die Freuden der letzten Stunden das Hirn vernebelt?

„Ich könnte selbst an Eurer statt nach Hamburg reisen, mich dort als Kapitän Walhorn ausgeben und an der Geheimsitzung der Hanse teilnehmen."

„Was? Das könnt Ihr nicht machen, viel zu gefährlich!", rief Walhorn entsetzt und glaubte tatsächlich, nicht richtig gehört zu haben.

„Nichts ist einem Mann zu riskant, wenn in jeder zweiten Stadt der Galgen auf ihn wartet! Man gewöhnt sich an die Gefahr, wenn sie zum ständigen Begleiter wird."

„Das glaube ich Euch sofort, aber ... Verzeiht, Herr Gödeke, aber das kann doch wohl nicht Euer Ernst sein, ganz ehrlich!" Walhorn fuhr sich durch die Haare und starrte den Piratenchef an. „Tüdelkram", dachte er bei sich, sprach es aber lieber nicht aus.

„Sehe ich aus, als reiße ich Witze?", blaffte Michels, der langsam ärgerlich wurde.

Walhorn war durchaus klar, dass er gerade ganz erheblich mit seiner Gesundheit spielte. Trotzdem gab er nicht auf. „Bedenkt, Gödeke, Ihr seht ganz anders aus als ich. Man kennt mich in Hamburg. Meinem Großvater gehört die Schankwirtschaft am *Schulterblatt*. Vielleicht kennt Ihr sie. Den Eingang ziert ein Original-Walknochengerüst."

„Ich kenne nur die Schankwirtschaft *All to nah*, aber betreibt die nicht ein Däne?" Drohend richtete Michels sich auf und beugte sich über den Tisch.

Sein unfreiwilliger Gast wich erschrocken zurück, schlug dann aber mit der Faust auf die Platte. „Verdammi nochmaal! Klei mi an de Feut! Ich bin kein Däne! Ich bin Hamburger. Die schiet Dänen werden irgendwann noch Krieg gegen uns führen!"

Michels lachte schallend auf und nahm wieder Platz. „Weet ik doch! Setzt Euch! Also, jetzt mal Tacheles, was haltet Ihr davon? Ein Unterlippenbärtchen, wie Ihr es tragt, könnt ich mir wohl auch wachsen lassen, und unsere Nasen ähneln sich doch ziemlich."

„Na ja …“, meinte Walhorn kritisch, fasste sich ans Kinn und beäugte sich Gödekes stattlichen Zinken. „Na ja. Lasst mich mal nachdenken, Herr. Ihr meint es also wirklich ernst. Gut. Gut. Ihr wollt zum Hansetreffen. Auch auf die Gefahr hin, dass man Euch schnappt?“

„Ja, das will ich! Unbedingt! Ich muss wissen, was die Pfeffersäcke vorhaben. So schnell wie möglich und aus erster Hand.“

„Unerschrocken mitten hinein in die Höhle des Löwen? Hm. Je länger ich darüber nachdenke, umso besser gefällt mir das. Wer rechnet schon damit, dass ausgerechnet sein ärgster und gefährlichster Feind mit am Tisch sitzt?“, grübelte Walhorn, und langsam klärte seine Mine sich auf. „Könnt sogar klappen, so verrückt es auch klingt. Ist aber auch zu absurd, zu unvorstellbar. Da wird niemand mit rechnen. Famos! Tatsächlich kennt Ihr Bergen so gut wie kein anderer, das stimmt wohl.“

„Außerdem will ich dezent Zwietracht säen, die Hansestädte gegeneinander aufbringen. Unauffällig natürlich, sodass sich die Entscheidungen möglichst lange verzögern. Ich werde den Kerlen einflüstern, dass ein Pakt mit den fanatischen Kirchenleuten auch Risiken birgt. Und ich werde ihre Geizhälsigkeit ausnutzen. Die horrenden Kosten! Ihr versteht, was ich meine.“

„Ja, ich verstehe!“, nickte Walhorn, während er Michels und sich selbst Wein in die Silberbecher einschenkte. „Trotzdem erachte ich es als viel zu riskant, wenn Ihr in meine Rolle schlüpfen wollt. Versteht mich nicht falsch, ich unterstütze Euch gern, denn Eure Bruderschaft gefällt mir im Grunde. Den Pfeffersäcken eins auszuwischen, erregt mich. Mokt mi stief! Was für ein Husarenstreich wär das denn bitte? Mann inne Tünn! Was für eine Idee!“

„Habt Ihr denn einen besseren Plan? So sprecht. Und Prost!“

„Ja, den hab ich!“, grinste der Seemann listig, und seine Augen verengten sich.

Er witterte Morgenluft und sah eine Möglichkeit, nicht nur aus Visby zu entkommen, sondern auch ungefährdet zurück nach

Hamburg zu gelangen. Und dies auch noch ohne Verluste. Darüber hinaus gefiel es ihm, zusammen mit dem mächtigsten Anführer der gefürchteten Vitalienbrüder einen Plan auszuhecken. Ja, die Sache begann, ihm Spaß zu machen.

„Also hört zu, Gödeke. Das Unternehmen ist heikel und sehr gefährlich. Das ist Euch bewusst, dat woet ik. Ihr habt im Grunde nur eine Möglichkeit: Wir fahren zusammen! Auf meiner *Talliska*. Direktamente mitten mang nach Hamborch. Ha! Dat schüppt! Ich kenne mich aus, ich öffne Euch die Türen. Wir reisen so gut getarnt, dass alles echt und original wirkt. Kapitän Walhorn kehrt von einer erfolgreichen Reise ins Nordmeer zurück. Hat wertvolle Fracht an Bord und wichtige Kunde aus Bergen. Man wird mich nach unserer Ankunft vorladen ins Kontor der Hanse. Wohin Ihr mich begleitet. Aber nicht als Gödeke Michels, is kla'." Er lachte kurz und trocken auf und trank einen Schluck Wein. „Oder wollt Ihr da hinein marschieren und rufen: *‚Moin moin, ich bin's, Gödeke, ich will mit Euch schnacken!'*" Wohl eher nicht, oder?" Er grinste.

Das war ein Fehler, wie ihm umgehend klar wurde. Er hatte sich vom jovialen Gebaren des Seeräubers einlullen lassen. Humor war offenbar nicht dessen starke Seite. Mit einer blitzschnellen Bewegung, die der Seemann ihm nicht zugetraut hatte, zückte Michels den Dolch aus dem Gürtel und trieb ihn zwischen Walhorns Mittel- und Ringfinger in das Holz des Tisches. Eine einzige, entschlossene und zielsichere Bewegung.

„Hütet Eure Zunge, Bursche, sonst endet unser Gespräch, bevor es überhaupt begonnen hat. Solcherlei Scherze lieben wir hier überhaupt nicht. Is dat kloor?"

Der Hamburger zuckte zusammen und zog eiligst die Hand zurück. „Natürlich, Herr, verzeiht, kommt nicht wieder vor", stammelte er entsetzt. „Ich bin nur selbst ziemlich begeistert, muss ich gestehen. Über Euren Wagemut und Eure Tolldreistigkeit. Wenn das klappt, wird man ganz bestimmt noch in hundert Jahren davon erzählen. Da wette ich meine Harpune drauf!"

„Dem Übermut folgt schnell der Tod!“, wurde er von Michels sehr eindrucksvoll belehrt. „Wir können uns keine Schwäche leisten. In keinem Moment. Keinem einzigen. Fliegen wir auf, landen wir zusammen auf dem verdammten Grasbrook. Habt Ihr das verstanden? Ihr mit! War das deutlich genug?“

„Ja, hab ich. Das war mehr als deutlich. Darf ich nun weiter reden?“

Auch Walhorn war kein ängstlicher Typ. Wer sich dort oben im eisigen Nordmeer zurechtfand und heil wieder herauskam, war ebenfalls aus besonderem Holz geschnitzt. Längst hatte Michels das erkannt, also nickte er und führte den Becher an seine Lippen.

„Ik wollt damit ja bloß mol seggen, dass Ihr eine andere Identität benötigt, Herr Michels. Ihr werdet wohl am besten einen reichen Kaufmann aus Bergen abgeben. Einen gebürtigen Mecklenburger, Holsteiner oder wo immer Ihr herkommt. Denn fließend Norwegisch werdet Ihr vermutlich kaum sprechen, nehme ich mal an.“ Er hob skeptisch eine Augenbraue. „Außerdem sollte auch eine Frau in eurer Begleitung sein. Eine möglichst attraktive. Ihr wisst schon: So ne richtig schicke Deern. Das kommt immer gut an, stärkt Eure Position und lenkt ab. Is so. Svantje halte ich allerdings für ungeeignet und Olga im Grunde auch. So gut sie auch aussieht. Eine Frau von Format, das würde gut zu Eurer Tarnung passen. Eine, der Ihr vertrauen könnt. Denn wenn sie Euch verrät, sind wir geliefert. Was ich natürlich, so wie Ihr auch, vermeiden möchte. Kennt Ihr da vielleicht eine, die infrage käme?“

Gödeke schüttelte den Kopf. „Nein, kenne ich nicht. Und einer Frau vertrauen? Hm, hm, hm … Wenn dat man goot geiht.“

„Na ja, ist auch nicht das Entscheidende bei unserem Plan. Viel wichtiger wird sein, wie Ihr Euch ausweist. Ihr braucht unbedingt eine schriftliche Berechtigung, so wie ich sie besitze. Mit Siegel und allem.“

Jetzt waren es Michels‘ Augen, die aufblitzten, und der Schalk hielt Einzug in sein Grinsen. „Ein Fall für unseren Magister Wigbold. Er wird das Anschreiben fälschen und auch das Siegel. Wir haben Zeit genug, einen zweiten Siegelstempel herzustellen. Eine Arbeit, die ganz nach seinem Geschmack sein wird. Ihr werdet ihm den Text diktieren! Und mir leuchtet ein, dass wir da nicht mit einer unserer Koggen im Hamburger Hafen einlaufen können. Unter welcher Flagge seid Ihr gefahren? Weiß-rot?"

„Ja", nickte Walhorn. „Allerdings ging die leider im Nordmeer kapeister."

„Egal", lachte Gödeke. „Wie Ihr Euch denken könnt, haben wir diverse erbeutete Flaggen und Wimpel im Anbot. Selbst aus Bergen."

„In Hamburg werde ich mich um alles kümmern, da kenne ich mich aus."

Sie unterbrachen ihr Gespräch, weil in dem Moment Svantje das Frühstück hereinbrachte und servierte. Kaltes Hähnchen vom Vortag, dazu Brot. Gödeke gab ihr mit der flachen Hand einen kräftigen Schlag auf den Hintern, als sie sich vorbeugte, um auch noch etwas zu trinken aufzutischen.

„Braves Mädchen, so ist es recht!", rief er, und beide Männer langten kräftig zu. Nicht bei Svantje sondern bei den gebratenen, kalten Hähnchen.

„Ihr werdet Euch eine sehr glaubhafte Identität zulegen müssen, Gödeke", meinte Walhorn kauend.

„Stimmt! Ich denke schon die ganze Zeit darüber nach. Gunnar Michelson gefällt mir gut. GM. Das kann ich mir merken. Aus Husum."

„Husum?", fragte Walhorn verdutzt. „Warum ausgerechnet Husum?"

„Die Stadt ist unauffällig. Klein und bedeutungslos. Niemand geht freiwillig nach Husum. Außer mir. Zweimal war ich dort. Aus beruflichen Gründen."

„Ach!", warf Walhorn ein und schaute interessiert auf die Öllampe.

„Uninteressant, einfach viel zu grau. Und auch schnell wieder vergessen. Wichtiger wird mein Wirken in Bergen sein. Und da könnt ich ja nun mal ne Menge dröver vertelln. Wenn ich mir nun aber selbst so eine Einlassbescheinigung für das Hansetreffen ausschreibe, wozu brauche ich eigentlich Euch dann noch, Walhorn?", überlegte das Raubein.

Der Angesprochene verschluckte sich fast an seinem Wein. Dann aber setzte er den Becher ab, sah Michels eindringlich in die Augen und antwortete leise: „Weil Ihr in Hamburg einen Freund braucht, ganz einfach. Einen Berater. Jemanden, der sich mit den Gepflogenheiten der Hanse und auch der Freien Stadt auskennt. Der dort aufgewachsen ist und der Euch zur Seite steht, sollte es mal brenzlig werden. Kann ja sein, dass die Pfeffersäcke aus einem Zufall heraus Lunte riechen. Wer weiß das schon."

„*God only knows*, wie der Engländer sagt. Also gut, Euer Argument überzeugt mich. Ihr sprecht schon fast die Sprache eines Vitalienbruders. So sei es!"

Kapitel 2
Die *Talliska*

2018

Pia!“, rief Johanna und schüttelte die Freundin an der Schulter. „Pia, halt! Stopp! Wach auf! Aufhören, bitte.“

Überrascht hob die Vorleserin den Kopf und starrte mit leicht glasigem Blick in die Runde. Wieso sollte sie jetzt aufhören? Es war doch gerade so spannend!

„Pia! Hast du nicht verstanden, was du eben vorgelesen hast?“

„Was meinst du denn? Die Sexszene? Die Bändigung der Frau Poponova war doch der Wahnsinn! So etwas habe ich noch nie gelesen. Ich könnte direkt mit euch allen vögeln gehen.“

„Ja, ich auch. Ich bin erregt bis in die Fingerspitzen. Aber das meine ich nicht. Was mich völlig aus den Schuhen gehauen hat, war das eben zum Schluss. Nur ein Nebensatz. Und doch … Bitte sagt mir, dass ich das nicht geträumt habe: Hat Gödeke Michels sich gerade ein Pseudonym zugelegt? Gunnar Michelson? Wegen der identischen Initialen?“

„Ja, so habe ich das auch verstanden“, nickte Paul und blickte auf seine beträchtliche Beule in der Hose.

„Versteht ihr denn nicht?“, beharrte Johanna. „Wenn Gödeke Michels sich den Namen Gunnar Michelson nur ausgedacht hat, aus Tarnungsgründen, was bedeutet das dann? Für uns?“

Allmählich war Pia wieder aus ihrem tranceartigen Zustand erwacht. Sie verstand sofort, worauf Johanna hinaus wollte. Aber selbst ihr fiel es schwer, den unerhörten Gedanken in Worte zu fassen.

„Das … das würde bedeuten, dass Bjarne und ich … von einem der berühmtesten Piraten der Nord- und Ostsee abstammen.

Von einem der Anführer der Likedeeler! Wir … müssten uns mit dem Gedanken vertraut machen, dass in unseren Adern echtes Piratenblut fließt!" Fassungslos schaute sie von einem zum anderen. „Aber das kann doch nicht sein! Ich habe es erst neulich noch nachgelesen. Gödeke Michels wurde im Jahr 1401 auf dem Grasbrook in Hamburg hingerichtet. Ein Jahr nach Klaus Störtebeker. Und zusammen mit den beiden großen Anführern der Vitalienbrüder auch noch mehr als 120 weitere Piraten. Der Henker soll knietief im Blut gestanden haben."

„Und doch erbte Gunnar Michelson nicht nur ein Haus, und zwar genau dieses hier, in dem wir jetzt sitzen", warf Johanna ein. „Er überschrieb es im Jahr 1402 auch noch höchstpersönlich auf sich und seine Freunde."

„Hm." Jetzt mischte sich auch Bjarne ein. „Da stellt sich mir als Naturwissenschaftler und Ex-US-Marine doch die Frage: Wenn der Pirat seine Identität geändert hat, wem wurde dann 1401 der Kopf abgeschlagen?"

Klaus Scherer hatte das morgendliche Frühstück nicht sehr gut gemundet. Eigentlich hatte er nur eine Scheibe Toast mit Marmelade zu sich genommen und auch die nur mit Mühe herunter bekommen. Jeder Bissen hatte sich angefühlt wie ein Stück Pappe, das in seinem Mund immer weiter aufquoll. Der Grund für sein Unbehagen war Elena gewesen. Mal wieder. Seine Frau hatte ihn noch einmal sehr eindringlich darauf hingewiesen, was sie von dem Abendessen mit Paul Hilker gehalten hatte. Nämlich gar nichts. Der Mann sei gefährlich, hatte sie ihren Gatten angeraunzt. Wieso nur war der Detektiv überhaupt engagiert worden? Sie habe das Gefühl, dass der dicke Mann genau im Bilde sei. Bestimmt verdächtige er sie, für die Giftmorde verantwortlich zu sein.

„Das ist alles nur deine Schuld!", hatte sie gefaucht. Und sich dann immer mehr in Eifer geredet. „Du bist sowas von kurzsichtig! Am Ende verdirbst du noch alles, wenn ich nicht aufpasse."

Scherer seufzte. Konnte er dieser Frau denn eigentlich nie etwas recht machen? Er hatte ihre wütende Stimme noch genau im Ohr. Das Einzige, was er bislang hinbekommen habe, sei ja die Beseitigung der Leiche gewesen. Ach nein! Und warum war das überhaupt nötig geworden? Sie war es doch gewesen, die den Kerl umgebracht hatte! Aber von Selbstkritik war Elena natürlich mal wieder Lichtjahre entfernt gewesen.

„Helmut Stöger musste zum Schweigen gebracht werden", hatte sie mit dem ihr eigenen Selbstbewusstsein betont. „Da gab es gar kein Vertun. Und wer musste mal wieder dafür sorgen? Ich! Alleine kriegst du ja nichts gebacken. So wird das nie was, Klaus!"

Manchmal fragte er sich, warum sie ihn überhaupt geheiratet hatte. Nur wegen seines Geldes und seiner Position? Man konnte durchaus auf diesen Gedanken kommen. Wie hatte sie gesagt? Er solle wenigstens zusehen, dass seine Geschäfte gut liefen? Wütend hatte er die Zähne zusammengebissen und auch noch den Rest ihrer Tirade angehört. Er wusste ja selbst, dass nicht alles perfekt gelaufen war. Aber musste sie ihm das unbedingt noch einmal unter die Nase reiben?

„Pass bloß auf, dass nicht noch so ein Klops passiert, mein Lieber!" Ihre Wangen hatten das zornige Rot eines gekochten Hummers angenommen, wie er boshaft konstatierte. „Du hast es sogar geschafft, uns den amerikanischen Geheimdienst auf den Hals zu hetzen. Das muss man sich mal vorstellen! Das hat außer dir noch kein Hamburger Gangster und korrupter Politiker hingekriegt. Fehlt nur noch, dass sie uns als Terroristen verdächtigen. Dann kann ich mein hübsches Labor aber gleich mal schließen. Uns blieb nichts anderes übrig, als alle Schuld auf Stöger zu schieben, den stellvertretenden Staatsanwalt. Nur dadurch halten die Behörden jetzt still und forschen nicht weiter nach. Da pickt keine

Krähe der anderen ein Auge aus. Das ist unser Glück. Fast hättest du alles vermasselt. Wie bescheuert kann man nur sein, ehrlich! Ich bin stinksauer."

Oh ja, das war nicht zu übersehen gewesen. Aber allmählich hatte sie einen Gang zurückgeschaltet und ihren Blick von der Vergangenheit auf die Zukunft gerichtet. „Denk mal darüber nach, wie das alles jetzt weitergehen soll. Aufgeben tue ich nämlich nicht, und das solltest du auch nicht. Es steht einfach zu viel auf dem Spiel! Noch ist nichts verloren, und wir sind nach wie vor im Rennen. Du weißt ja, warum. Und wer hatte das alles eingefädelt? Ich war das. Vergiss das man ja nicht!"

„Ja, nee … is' klar", hatte er kleinlaut geantwortet. Jetzt bloß kein weiteres Öl ins Feuer gießen!

Doch Elena war immer noch nicht fertig gewesen. „Hätte ich mich letzte Woche bloß durchgesetzt! Wir hätten diesen Michelson direkt nach seiner Ankunft in Hamburg aus dem Verkehr ziehen sollen. Und das Flittchen … wie heißt die?"

„Pia Stegemann."

„Die Stegemann gleich mit dazu. Dann wäre jetzt Ruhe im Karton. Helmut Stöger würde noch leben und weiterhin für uns im Ring stehen. Nun ist es dafür zu spät. Das war clever von dem Ami, dass er das Konsulat eingeschaltet hat. Jetzt können wir die beiden nicht mehr so einfach aus dem Weg räumen. Ruckzuck steht sonst die CIA oder sonst wer hier auf der Matte."

„Die Marines, Schatz, die US Marines sind für Konsulatsangelegenheiten zuständig", hatte Scherer eiligst eingeworfen, bemüht, ein paar Punkte gut zu machen. Er hatte nicht bemerkt, dass er seine streitbare Frau damit nur noch mehr reizte.

„Ist doch scheißegal wer! Das Ding ist gelaufen. Jetzt bleibt uns nur noch Plan B, und da pfuscht du mir nicht wieder rein, ist das klar?"

„Nein, natürlich nicht. Ich halte mich da völlig raus. Aber was hältst du denn von der Idee, dass wir Paul Hilker Kontakt zu den

Erben aufnehmen lassen? Für Verkaufsgespräche? Ich glaube, das könnte uns weiterbringen. Denn der Ami ist ja Professor mit einem Lehrstuhl in Florida, der wird bestimmt auch schnell wieder zurück wollen." Ein Hauch von Schärfe hatte sich nun auch in Scherers Stimme geschlichen. Elena konnte einem schon auf die Nerven gehen, wenn sie alles in einen Topf warf, und versuchte, ihn zum Deppen zu machen! „Ich darf dich doch wohl höflich daran erinnern, dass ich es war, der die Geldgeber für den Erwerb des Grundstücks an Land gezogen hat."

Zu seiner Überraschung hatte sie plötzlich eingelenkt. „Ja, mein Lieber, das warst du." Ein Lächeln war über ihre Lippen gehuscht. „Bitte verzeih mir, Klaus! Ich bin ein wenig nervös."

Sie hatte sich vorgebeugt und ihm über den Oberschenkel gestreichelt. „Wir werden jetzt einfach Ruhe bewahren und erstmal abwarten." Nach einem flüchtigen Kuss auf die Wange hatte sie ihm einen kurzen Einblick in ihr Dekolleté gewährt. „Sollen wir heute Nachmittag nicht mal wieder etwas Schönes essen gehen? Was meinst du? Worauf hast du Appetit? Ein leckeres Rinderfilet mit Sauce Béarnaise, schön medium? Also, ich finde, das klingt fantastisch. Und du?"

„Ich auch! Das ist eine wundervolle Idee. Soll ich uns einen Tisch reservieren im *Theo's* an der Rothenbaumchaussee? Ein edles amerikanisches Steakhouse, das passt doch, oder?"

„Ja, das passt sogar ganz ausgezeichnet", hatte Elena gelacht. „Um nicht zu sagen: Hervorragend! Für 17 Uhr, ja?"

Elena war froh gewesen, als er kurz darauf das Haus verlassen hatte. Endlich hatte sie Zeit für sich. Wie einfach gestrickt Klaus doch war! Sie schüttelte den Kopf. „Nicht Paul Hilker wird allmählich zur Gefahr, sondern du, mein Schatz", dachte sie und ließ im Bad Wasser in die Wanne einlaufen.

Noch drei Stunden. Dann würde sie endlich wieder in den Armen eines richtigen Mannes liegen. Bei einem echten Kerl, der sie nun schon so lange zu nehmen wusste, wie sie es brauchte. Hart und kompromisslos. Wenigstens darauf konnte sie sich verlassen. Und danach würde sie dann mit Klaus ein Rinderfilet essen gehen. Das Leben konnte schon schön sein, wenn man es richtig anstellte. Man musste nur die passenden Strippen ziehen.

Ganz so schön fand Klaus Scherer sein Leben im Moment allerdings nicht. Nachdenklich saß er in seinem Chefsessel im Büro hoch über der Stadt. Für die traumhafte Aussicht hatte er keinen Blick übrig, ihm ging das Frühstücksgespräch noch immer durch den Kopf. Er hatte sehr wohl bemerkt, dass Elenas Lachen nicht ihre Augen erreicht hatte. So gut kannte er seine Frau nun doch. Führte sie etwas im Schilde? Musste er sich Sorgen machen? Nicht beruflich oder finanziell, sondern … gesundheitlich?
„Was ist, wenn sie es plötzlich auf mich abgesehen hat?“, überlegte er und musste zugeben, dass ihn dieser Gedanke nicht wenig beunruhigte. Noch vor ein paar Wochen hätte er ihn wahrscheinlich als absurd abgetan und sich selbst einen Vogel gezeigt. Aber jetzt … Unruhig tippte er die Fingerspitzen zusammen.
Nach ein paar weiteren unerfreulichen Überlegungen traf er eine folgenschwere Entscheidung. Er würde allerdings erst noch mal eine Nacht darüber schlafen. Zu weitreichend wären die Konsequenzen. Die Sache musste gut überlegt sein, und er wollte es auf keinen Fall wieder vermasseln. Denn dieses Mal ging es wirklich um seinen eigenen Hals. Das Essen mit seiner reizenden Gattin wäre möglicherweise an einem anderen Tag besser terminiert.

Bjarne, Pia, Paul und Johanna sahen sich entgeistert an. Unheilvoll schwangen Bjarnes Worte in der Bibliothek nach. In einer gemütlichen und keineswegs gespenstisch wirkenden Elb-Villa des Jahres 2018 schienen Gödeke Michels und sein kopfloser Doppelgänger plötzlich so präsent zu sein, als könnten sie jeden Moment an die Tür klopfen.

„Verdammte Axt", keuchte Johanna. „Jetzt schlägt's aber 13. Mir läuft ein eiskalter Schauer den Rücken herunter."

„Kommt, lasst uns für heute Schluss machen und nach draußen gehen ins Warme", schlug Paul vor. „Ich brauche jetzt unbedingt eine Pause. Und ich werde mich am besten nachher gleich in die Arbeit stürzen. Ich muss unbedingt mal abschalten. Dieses Buch ist ja nervenaufreibend!"

Eigenartigerweise empfanden Pia und Bjarne das nicht so. Ob es an den Ringen lag? Oder an ihrer faszinierenden Familiengeschichte? Sie hatten jedenfalls das seltsame Gefühl, dass alles nun seine Richtigkeit hatte. Als seien ein paar Puzzleteile ganz überraschend an die passende Stelle gelegt worden.

Gut, sie hatten nun einen Vorfahren in ihrer Ahnenreihe, den sie noch nicht ganz einordnen konnten. Ob er mehr mit Robin Hood oder mit einem ruchlosen Verbrecher gemein gehabt hatte, wagte noch keiner von ihnen zu beurteilen. Wahrscheinlich war das eine Klischee so falsch wie das andere. Aber sie bekamen nun ja die Chance, ihn besser kennenzulernen, diesen Hauptmann der Likedeeler. Und zwar aus einer ganz eigenen, bisher völlig unbekannten Perspektive. Das Buch würde die persönliche Geschichte von Gödeke, Isabella und ihren Gefährten erzählen. Und sicher würden Bjarne und Pia beim Lesen häufig genug schockiert sein. Vielleicht aber auch positiv überrascht. Oder amüsiert? Alles war möglich.

Wie die Medien und die Geschichtsschreiber in den Universitäten reagieren würden, sollten die das Geheimnis je erfahren, wagten sie sich noch gar nicht auszumalen. Es würde ein wissenschaftliches und kulturelles Erdbeben geben, so viel stand schon einmal fest.

Je länger Bjarne darüber nachdachte, umso faszinierender fand er die ganze Geschichte. Gunnar Michelson und Gödeke Michels waren ein und dieselbe Person gewesen! Und irgendeinen anderen armen Tropf hatte man anstelle des Likedeelers einen Kopf kürzer gemacht. War das eine tragische Verwechslung gewesen? Ein Zufall? Oder ein ausgeklügelter Plan? Für Gödeke hatte dieser Tag jedenfalls den Schritt in die Freiheit bedeutet. Es hatte ihn einfach nicht mehr gegeben. Nur noch Gunnar Michelson.

Wie es aussah, hatte der berüchtigte Anführer der Vitalienbrüder seinen Abgang sogar mit langer Hand vorbereitet, indem er schon Jahre vor seinem Tod die Identität gewechselt hatte. Was für ein überaus raffinierter Schachzug! Er hatte sich dadurch nicht nur seines Piraten-Stigmas entledigt, sondern fortan ein Leben als erfolgreicher Geschäftsmann aus Bergen geführt. Zwar nicht mitten in Hamburg, aber doch in der Nähe. Bestimmt war er so nicht nur über die Winkelzüge der Hanse bestens informiert gewesen, sondern auch über die seiner anderen Feinde.

Man stelle sich das nur vor: Gödeke Michels saß unerkannt mit dem gefürchteten Piratenjäger Simon von Utrecht an einem Tisch! Als guter Freund und Ratgeber! Womöglich hatte man gemeinsam überlegt, wie man den unverschämten Likedeeler wohl ausschalten könnte. Hatte man vielleicht auch zusammen einen Plan ausgeheckt, wie man Klaus Störtebeker in die Hände bekommen konnte? Ob es dabei wohl auch um den Goldschatz gegangen war? Man wusste ja nie!

An einem hatte Bjarne jedenfalls keinen Zweifel: Die Talliskabande war eine ganz ausgefuchste Brut gewesen! Ihren Ränken hatte offenbar selbst der misstrauische Simon von Utrecht nichts entgegenzusetzen gehabt. Ob das vielleicht etwas mit der Zusammensetzung der Crew zu tun hatte? Mehrere Frauen in der Führungsmannschaft zu haben, war damals sicher sehr ungewöhnlich gewesen. Und Bjarne war sicher, dass Isabella und Co. einen sehr weitreichenden Einfluss auf die Gedanken und Pläne des Piraten gehabt hatten. Hatte Simon von Utrecht den alten Likedeeler deshalb nicht durchschaut? Weil er die weibliche Komponente übersehen hatte? Eine atemberaubende Vorstellung! Aber möglich war es.

Ob der Ex-Pirat wohl die Seeräuberei ganz eingestellt hatte? Oder war er auf eine Idee gekommen, wie er sie anderweitig fortsetzen konnte? Nun, die Bücher würden Licht ins Dunkel bringen. Und darauf freute er sich sehr. Er, Bjarne Michelson. Ein legitimer Nachfahre des Gödeke Michels.

Kurz darauf saß der frischgebackene Piraten-Erbe mit seiner Crew im Garten unter der Rotbuche und wärmte sich auf.

„Schade eigentlich, dass nicht auch etwas Neues über Isabella zu lesen war“, meinte Pia. „Ihre Passagen gefallen mir nämlich auch sehr gut. Kommt aber bestimmt bald noch. Die Sache mit Gödeke Michels ist natürlich im Moment der Kracher. Aber ich denke nicht, dass der Autor oder die Autorin des Buches sich groß darüber Gedanken gemacht hat, was dieser kleine Nebensatz bei der Nachwelt auslösen würde. Von daher sollten auch wir dem nicht allzu viel Gewicht beimessen.“

„Das sagst du so leicht, Herzchen“, schmunzelte Johanna. „Du weißt nicht, was es Rudolfs Familie bedeutet hätte, wenn sie das gewusst hätten! Ich glaube, sie wären in einen Jubelschrei ausgebrochen, den man mindestens bis zum Grasbrook in der neuen Hafencity gehört hätte.“

„Meinst du?“

„Todsicher, ja! Ein Traum wäre für sie in Erfüllung gegangen. Jeder Michelson ein getarnter Oberpirat, das wär’s gewesen! Das hätte ihnen gefallen und den Ringträgerinnen ganz bestimmt auch. Es wäre doch DIE Legitimation gewesen, die Erklärung für alles. Echte Piraten-Gene, das muss man sich mal vorstellen!"

Plötzlich sprang Bjarne auf, packte Johanna am Schopf und zog ihr den Kopf zurück. Dann beugte er sich vor, presste seinen Mund auf ihre Lippen und drang mit der Zunge in sie ein. Mit der anderen Hand fasste er ihr an die Brüste und drückte kräftig zu.

„Denk dran", meinte er mit einem Lächeln, in dem er Lust mit einer spielerischen Drohung verflocht. „Es gibt hier noch einen, der genau diese Gene auch in sich trägt. Ich, Bjarne Michelson, bin ein direkter Nachfahre des Piratenanführers, und nun …"

Mit einem einzigen Ruck riss er ihr die karierte Bluse auf, sodass die kleinen Knöpfe nach allen Seiten davonflogen. Erschrocken keuchte Johanna auf, Pia stieß die Luft aus. Doch Bjarne ließ sich nicht beirren. „Und nun zeig mir endlich deine geilen Titten, du heißes Stück von Ringträgerin!"

Paul erhob sich von seinem Stuhl und nuschelte, dass er sich dann mal um die Spülmaschine in der Küche kümmern würde. Er blickte kurz zu Pia hin, doch die machte keinerlei Anstalten, den Schauplatz des Geschehens aus Diskretionsgründen ebenfalls zu verlassen. Im Gegenteil. Ihr Blick sprühte lüsterne Funken. Also machte er sich allein davon.

Johanna reagierte so, wie sie es gelernt hatte. Sie schlang die Arme hinter die Rückenlehne und reckte ihre Brüste hervor, bot sie Bjarne an. „Nimm sie dir, sie gehören von nun an auch dir, du kannst sie rannehmen, wann immer du willst. So wie du dir auch alle anderen Ringträgerinnen vornehmen kannst. Na los, geil dich nur ordentlich an mir auf!"

Pia hatte es für einen Moment die Sprache verschlagen. Dirty Talk war bisher nicht unbedingt ihre Sache gewesen. Doch das mochte auch an den jeweiligen Talkmastern gelegen haben, die sie mitunter eher zum Lachen als zu erotischen Ambitionen gereizt hatten.

Jetzt dagegen … Johanna und Bjarne spielten miteinander, ja. Doch die Szene hatte nichts Gekünsteltes. Ihre Erregung war echt und ihre Worte nicht minder. Sie hatten ein Netz aus verdorbenen Piratengedanken über den Garten geworfen. Und Pia war soeben dabei, sich rettungslos darin zu verfangen.

„Ihr macht mich fertig!", keuchte sie. „Ich habe nämlich keine Sekunde vergessen, dass ich auch eine Ringträgerin bin, wisst ihr?" Der Gedanke an die möglichen Konsequenzen ließ ihr lustvolle Schauer über den Rücken rieseln. „Muss ich also auch alles tun, was der Herr Michelson so anweist?"

„Ja, das musst du", strahlte Johanna. „So wie alle Weiber, die dem Lustzirkel angehören." Sie zog den Rock hoch und zeigte ihre makellosen Schenkel.

Bjarne quittierte den Anblick mit einem Gesichtsausdruck, der seinem berühmten Vorfahren alle Ehre gemacht hätte. „Es wird Zeit, dass du Pia einweist", keuchte er, noch etwas außer Atem ob seiner eigenen Attacke. „Erklär ihr, was es bedeutet, eine Ringträgerin zu sein!"

„Oh ja, das werde ich, keine Sorge! Ich fange jetzt gleich damit an. Und ich bin sicher, sie lernt sehr schnell." In Johannas Augen blitzte der Schalk. Und noch etwas anderes. „Zumal sie ja das Original trägt. Den ersten Ring mit dem Seepferdchen. Der wird sie eh noch so heiß machen, wie sie sich selbst gar nicht kennt."

War das der richtige Moment, um Angst vor der eigenen Courage zu bekommen? Ganz sicher nicht! Entschlossen verbannte Pia die auf Samtpfoten heranschleichende Unsicherheit in den hintersten Winkel ihres Gehirns. Gleich neben die unangenehm schrille Stimme der Vernunft und die bange Frage, ob Frau Stegemann dieser neuen Situation wohl gewachsen sein würde. „Na, dann leg mal los, meine Liebe!", sagte sie mit deutlich mehr Nonchalance als sie empfand.

Johanna lächelte und schlug die Beine übereinander. Ihre Hüften rollten in leisen Bewegungen, die an Wellen und Seetang erinnerten. Pia hatte keinen Zweifel daran, dass die Hüterin der *Tallis-ka* ihre Schenkel in einem uralten Rhythmus zusammenpresste und wieder entspannte. Mit massierenden Bewegungen, aus denen das Meer und die Geilheit flüsterten. Wer genau aufpasste, konnte es hören: Wogende Stimmen, die davon raunten, wie einfach es war, die Tropfen und Rinnsale zu beschwören. Und eine lüsterne Naturgewalt zu entfesseln.

Pia und Bjarne sahen sich in die Augen, tauschten eine stumme Bestätigung. Doch schon einen Lidschlag später trafen sich ihre Blicke wieder auf Johannas Körper. Wie zwei Traumwandler, die einem nachtschwarzen Lockruf folgten. Ein bisschen gefährlich vielleicht. Aber unwiderstehlich.

„Eifersucht hat keinen Platz in unserem lustvollen Bund." Johannas Stimme klang ein wenig rau, als sie schließlich zu sprechen begann. „Genauso wenig wie Neid. Das ist die Regel Nummer eins, Pia: Du musst von nun an akzeptieren, dass Bjarne mit allen Frauen machen kann, was er will. Wann immer er will. Und wo er es will. Das wird für euch beide zunächst wohl etwas ungewohnt sein. Aber es wird euch die Freiheit schenken, ein paar ganz neue Erfahrungen zu machen." Ihre Worte verklangen zu einem sanften Meeresrauschen.

Oder war es das Blut in ihren eigenen Ohren? Pia hätte es nicht mit Sicherheit sagen können. Sie wusste nur, dass die Welt, die ihr die andere Frau zu eröffnen begann, einen geradezu magnetischen Reiz auf sie ausübte. Sie richtete all ihren detektivischen Spürsinn nach innen, fahndete nach Spuren von Eifersucht. Und fand keine. Nicht einmal, als der Neu-Pirat an ihrer Seite Johanna über die nackten Schenkel strich und bald auch schon unter den Rock.

Der Körper der Haushälterin hielt nicht inne in seinen Bewegungen. Doch deren Melodie hatte sich verändert. Es war jetzt kein Solo mehr, sondern ein Duett. Mit der unausgesprochenen Möglichkeit, noch eine weitere weibliche Stimme zu integrieren, wenn diese bereit dazu war.

Pia spürte den Gesang des gischtgierigen Meeres in ihren eigenen Adern. Sah, wie Johanna von sich aus die Schenkel spreizte, die Füße weit auseinander stellte und bis an den Rand ihres Stuhls vorrutschte. Genussvoll und selbstbewusst. Schamlos. Haargenau so, wie sie selbst in diesem Moment gerne sein wollte. Der Ring an ihrem Finger fühlte sich warm an, beinahe lebendig. Ein Seepferd, das die Mähne schüttelte.

Wie unter einem Zauber stand sie auf und trat hinter ihre neue Freundin. Sie legte ihr beide Hände auf die Brüste, begann sie zu liebkosen. Ihre schlanken Finger schienen wie von selbst die richtige Mischung aus Sanftheit und Härte zu finden. Und von ihrer Zunge rollten die verbalen Verdorbenheiten mühelos in Johannas Ohren. Und in Bjarnes.

Denn mit jeder Faser ihres Körpers war Pia bewusst, welche Rolle er hier spielte. Und wie sehr sie das erregte. Ihm mit ihren Worten und Händen die Titten einer anderen Frau anzubieten … was für eine Situation! Ihre Gedanken schlugen Purzelbäume und tanzten hinauf ins Buchenlaub. Allein die Spannung, wie er darauf reagieren würde, brachte sie fast um die Beherrschung.

Niemals würde sie diesen winzigen Moment vergessen, in dem sie die Antwort in seinen Augen aufglimmen sah. Den wortlosen Befehl des Piratenkapitäns an seine Steuerfrau. Sie würden diesen Sturm, diese wilde See gemeinsam bezwingen. Wieder und wieder. Mit rauen Stimmen und zupackenden Händen an prallen Brüsten. Mit einer schaumfeuchten Zunge und einem Mast, der nicht aus Holz war. Mit der Gier nach Leben zwischen gefährlichen Klippen und donnernder Brandung.

Der Boden schien unter ihnen zu schwanken wie ein Schiff in schwerer See. Bockende Bewegungen, bei denen man zu leicht über Bord gespült wurde, wenn man keinen Halt fand. Doch die Hüterin der *Talliska* wusste natürlich, wie man die Stöße des blanken Hans genoss, der an diesem Tag den Namen Bjarne trug. Sie spreizte die Schenkel und schlang die Knie um die Armlehnen des

Gartenstuhls, als sei er die rettende Reling. Ihre Finger klammerten sich um Pias Hand.

Die Wellen peitschten ihren Schaum zu Kronen. Das Meer holte Atem. Und sprang.

Johanna schrie. Drei Seeleute fielen über eine Klippe. Und in den Zweigen einer alten Buche an der Hamburger Elbchaussee rauschte der weit entfernte Atlantik.

Es dauerte eine Weile, bis die drei Wellenreiter wieder einigermaßen festen Boden unter die Füße bekamen. Erschöpft ließen sie voneinander ab und versuchten zu ergründen, ob das Möwengeschrei über ihren Köpfen real war.

Nach einer Weile aber kam der Kapitän der Crew etwas mühsam auf die Beine und versuchte notdürftig, seine Erscheinung wieder in einen präsentablen Zustand zu versetzen. Doch als Pia es ihm gleichtun wollte, schüttelte er den Kopf: „Vergesst es! Wir sind noch nicht fertig.“ Er grinste hintersinnig. „Zieh deinen Rock komplett aus, Johanna, und du dir die Hose, Pia. Ich möchte euch nun einen Freund vorstellen. Kommt ihr bitte?“

Schon schritt er energisch voran – zwei neugierige Frauen im Schlepptau, die sich wie angewiesen halb entkleidet hatten. Pia war das nun doch etwas unangenehm. Immerhin war Paul, ihr Chef, im Haus und beobachtete womöglich alles. Aber da gab es jetzt kein Zaudern mehr. Sie war nun eine Ringträgerin und Paul ein Geladener. Ob sie sich diesbezüglich nicht doch noch ein wenig besser mit Bjarne absprechen musste?

Der hatte allerdings offenbar anderes im Kopf. Er war an den Schiffsmast der *Talliska* herangetreten und klatschte mit der flachen Hand dagegen. Dann sah er sich mit glitzernden Augen nach seinen Begleiterinnen um.

„So. Ich will, dass ihr beide nun auch meinem alten Freund hier zeigt, was für Zeiten jetzt wieder angebrochen sind. Reibt euch an ihm!“

Johanna lächelte verschmitzt. Kam ihr diese Anweisung möglicherweise bekannt vor? Sie zögerte keine Sekunde und sah den Mast sogar mit einem beinahe liebevollen Blick an. Dann begann sie, sich schlangengleich an ihm zu winden. Streichelte mit beiden Händen hoch an ihm entlang, dann auch mit den Brüsten und dem Bauch. Und schließlich rieb sie sich den Schritt an dem rauen Holz.

„So einen echten Piraten-Cocktail hast du lange nicht auf deiner Haut gespürt, stimmt's?", säuselte sie. „Meine eigenen Säfte, gemischt mit denen deines neuen Herrn. Der unser aller neuer Herr ist. Es lebe die Piraterie!"

Damit wich sie zurück und lächelte Pia zu, die nun ebenfalls an den Stamm herantrat.

„Begrüße ihn!", forderte Bjarne. „Sprich mit ihm. Er versteht dich."

Es war einer dieser Momente, auf die man als rational geprägte Detektivin des 21. Jahrhunderts eigentlich nur mit einem gepflegten Tippen gegen die Stirn reagieren konnte. Wenn man noch alle Tassen im Schrank hatte. Und keine mittelalterlichen Bücher in der Bibliothek. So aber warf auch Pia alle spitzfindigen Bedenken über Bord und überließ ihrem Körper die Regie. Rasch zog sie sich das Shirt aus, war nun vollkommen nackt. Was für ein Genuss, ihre harten Brustspitzen an dem schwarzen Holz zu reiben!

„Hi!", hauchte sie. „Ich bin Pia, die neue Ringträgerin. Gut fühlst du dich an, Mast. So herrlich hart und … dick."

Sie lachte in sich hinein. Dann aber liebkoste auch sie den Zeugen uralter Seeräubertage mit beiden Händen und Armen. Rieb sich wie eine Katze an ihm. Zunächst zögerlich, dann aber immer ekstatischer. Schattenhafte Bilder stiegen in ihr auf, die aus längst vergangenen Zeiten zu stammen schienen. Wie oft Johanna das wohl schon getan hatte? Tausend Mal? Sie wirkte fast ein bisschen nostalgisch. Und plötzlich summte die neue Freundin eine Melodie, während Bjarne ihr wieder die stattlichen Brüste drückte.

Pia kam allerdings nicht dazu, diesen Anblick ausführlich zu genießen. Denn ohne sich abzusprechen, hatten sich Bjarne und Johanna plötzlich verbündet. Aber nicht gegen sie. Die kräftigen, weiblichen Hände einer mit allen Wassern gewaschenen Seefrau pressten Pias Arme hoch über ihrem Kopf gegen das Holz.

Atemlos verharrte sie, nur ein ganz leises Beben zuckte über ihre Flanken. Bis dann zwei geschickte, männliche Finger alles daran setzten, sie auf direktem Weg in Neptuns Reich zu befördern. Pia fühlte sich, als werde sie auf den tiefsten Grund des Meeres geschickt – und im nächsten Moment auf die höchsten Kämme der Wellen geschleudert. Doch das war nur der Anfang. Sie hielt den Schiffsmast mit beiden Händen fest umklammert, rieb sich Rücken und Po an seinem harten Holz, lehnte auch immer wieder den Kopf an. Und schenkte ihm zweimal ihren Höhenflug.

Johanna summte derweil ohne Unterlass die seltsame Melodie, die an das Rauschen des Meeres erinnerte, an Brandung und Wellengang. Schließlich aber ließ sie Pias Handgelenke los und trat hinter Bjarne, wo ihre Hände ein neues Ziel fanden. Die Hüterin der *Talliska* leckte das Ohr ihres neuen Kapitäns, küsste ihn an Hals und Schulter. Dann ging sie vor ihm auf die Knie und begrüßte auf ihre Weise die Renaissance des Piraten-Zeitalters.

Bei allen o-beinigen Klabautermännern, was für ein Tag! Bei Bjarne hatte das Erlebte nicht nur eine genussvolle Mischung aus Befriedigung und Staunen hinterlassen. Sondern auch knisternde Neugier. Was mochte Johanna in diesem wundervollen Haus, auf diesem Grundstück an der Elbe alles erlebt haben? Wie hatte die Chemie dieses ominösen Lustzirkels funktioniert, den er nun vielleicht wieder aufleben lassen würde? Na, es gab ja eine Möglichkeit, sich zumindest einen ersten Eindruck davon zu verschaffen.

„Kommt mit, ihr See-Stuten!“ Er nickte den beiden Frauen grinsend zu. „Ich will jetzt in den Keller mit euch und Videos gucken.“

Im Salon sahen sie Paul in einem Sessel sitzen und im *Talliska*-Ordner blättern. Er blickte kurz auf, zwinkerte ihnen ein Auge und nickte nur, als Johanna ihm zurief, dass sie jetzt im Keller seien.

„Schaut ihr nur, ich bleibe hier oben. Bis später. Ach ja, Johanna, falls du Lust hast, nachher mit mir mitzufahren: Ich will noch ins Büro und ins Labor."

„Ja klasse! Hab ich. Ich komme gerne mit. Wird aber noch ein Weilchen dauern."

Pia lächelte in sich hinein. Ihr Herr Chef legte wirklich eine bewundernswerte Contenance an den Tag! Sie konnte es kaum fassen, dass er den Aufzug des Trios, das hier an ihm vorbei stolzierte, nicht mit einem süffisanten Kommentar quittierte. Gut, Bjarne hatte vor dem Betreten des Hauses alle nicht für die Öffentlichkeit bestimmten Teile seiner Anatomie wieder eingepackt. Doch allein sein Gesichtsausdruck sprach Bände. Gar nicht zu reden vom Outfit der beiden Frauen, die sich nur notdürftig ihre Oberteile wieder übergeworfen hatten. Außer nackten Armen und Beinen konnte Paul nicht wirklich etwas erkennen. Aber er war ja auch nicht auf den Kopf gefallen. Oder auf die Brille. Pia war sicher, dass er den knapp unter ihrem Hintern endenden Saum ihres Shirts sehr wohl registriert hatte. Und was Johanna anging …

Zu gern hätte die Detektivin in diesem Moment einen Blick hinter Poirots Stirn geworfen. Um möglichst wörtlich die Gedanken zu lesen, die ihm beim Anblick der Haushälterin durch den Kopf gingen. Es war nicht zu übersehen, dass ihre karierte Bluse nach dem jüngsten Angriff des Meeresforschers mit Piratentitel deutlich weniger Knöpfe besaß als zuvor. Und ihre Hand, die das derangierte Kleidungsstück vorne zusammenhielt, schien ihren Griff mit voller Absicht ein wenig zu lockern, als sie an Pauls Sessel vorbei schritt.

Doch es blieb bei einem Lachen. Ohne weitere Zwischenfälle stieg das Trio hinab in den Keller und betrat den Videoraum.

Johanna beugte sich über die Tastatur. Hinreißend sah sie aus, und sie wusste natürlich genau, welche Wirkung sie ausübte. Nicht nur auf Paul. Ihre Brüste baumelten verführerisch, und den Hintern hielt sie extra weit heraus gereckt. Bjarne und Pia tauschten einen Blick. Gab es so etwas wie einen erotischen Overkill? Feuerten heute alle Synapsen in ihrem Nervensystem nur wollüstige Botschaften? Konnte man in Gier ertrinken? Es fühlte sich ganz danach an.

Kurzerhand befreite sich der Neu-Pirat von seiner Hose, während seine Steuerfrau noch einmal Hand anlegte. Hart und aufrecht standen ihre hellen Nippel ab wie kleine Himbeeren. Nicht minder hart und aufrecht stand kurz darauf Bjarnes Glied.

Die Hüterin der *Talliska* schenkte ihnen ein wissendes Lächeln, machte aber vorerst keine Anstalten, vom Locken zur Tat überzugehen. Stattdessen gab sie das sehr komplizierte Codewort für den PC ein, das aus einer scheinbar völlig sinnlosen Abfolge von Ziffern, groß- und kleingeschriebenen Buchstaben und Sonderzeichen bestand. Nach zwei Fehlversuchen blickte sie konzentriert auf die Uhr, schien etwas nachzurechnen:

„Der Algorithmus hat sich natürlich verändert“, murmelte sie. „Das ist mir schon klar. Ich muss mal eben was nachschlagen.“

Sie zog ein altes, völlig abgegriffenes Heft aus einer Schublade, das vollgeschrieben war mit langen Tabellen. Noch einmal blickte sie auf die Uhr und das Datum, dann begann sie erneut zu tippen. Tatsächlich sprang nun eine Maske auf, und sie musste ein weiteres Passwort eingeben, ähnlich kompliziert. Dann aber, nach einigen Sekunden, gab der Rechner die Ordner frei.

Pia hatte von den Berührungen abgelassen und versuchte, die Abfolge zu vergleichen. Sie musste sich eingestehen, dass weder sie mit ihrem Können noch Paul mit seinen technischen Hilfsmitteln hier ans Ziel gekommen wären. Die Geheimnisse, die sich in den Ordnern dieses Computers verbargen, mussten ja wirklich außerordentlich brisant sein!

„Wir fangen am besten mit den Michelsons an.“, meinte Johanna. „Ich muss euch dazu etwas erklären. Alle Videos bezüglich Rudolf, Harald, Rita und Opa Carl findet ihr in der untersten Reihe im DVD-Regal. Ihr könnt sie euch irgendwann einmal in Ruhe anschauen. Ich will nur so viel sagen: Traditionell hatten seit jeher alle Michelsons auch eine sehr starke sexuelle Bindung. Sie lebten ja immer hier auf diesem Grundstück. Und zwar alle. Kinder, Eltern, Großeltern und manchmal sogar die Urgroßeltern noch mit dazu. Und das durch sämtliche Generationen, all die Jahrhunderte hindurch. Außer natürlich in der Besatzungszeit durch die Engländer, nach dem Krieg. Rudolf selbst hatte keine Kinder, wie ihr ja wisst. Sonst wärt ihr heute nicht hier. Tatsache ist aber auch, dass ich mich mit allen dreien sehr gut verstand. Mit Rudolf, dem wilden Harald und dem eisernen Opa.“

Sie lächelte, in ihren Erinnerungen versunken. „Carl hörte es gern, wenn man ihn nur Opa nannte. Als ich dazu kam, war er Mitte 70 und ein überaus attraktiver und sehr charmanter Mann. Einer, der die Frauen zu umgarnen und sie auch im Bett zu nehmen wusste wie kaum ein anderer. Er hatte wirklich einen überaus prachtvollen Schwanz.“ Sie nickte anerkennend. „Rudolf ähnelte dem Opa mehr als seinem Vater, und so kam es häufiger vor, dass gerade die beiden fast denselben Frauengeschmack besaßen. Es mag sich jetzt für euch befremdlich anhören, aber für mich wurde es sehr schnell normal. Sie begehrten mich alle drei, und Rudolf behandelte mich wie ein Familienmitglied, das er gerne mit der übrigen Familie teilte. Wie sie sich übrigens alle Ringträgerinnen miteinander teilten. Der wilde Harald und die rassige Rita waren beide bi. Aktiv wie passiv. Er stand auf knackige Kerle, sie auf heiße Bräute. Sie waren aber nicht wirklich schwul oder lesbisch, sondern eben bi und liebten den Gruppensex über alles. Das wilde Durcheinander. Während Opa und Rudolf das Gegenteil waren. Sie liebten die Mädchen, die Frauen, die Weiber, die Stuten, wie sie immer gerne sagten. Ich war ihre Lieblingsstute.“

Sie setzte sich auf einen Schreibtisch und zog ein Bein an, stellte den Fuß neben das Becken und ließ das Knie nach außen sinken, bis der Schenkel auf der Schreibtischplatte lag. Weit öffnete sie ihren Schritt und zeigte sich her, erzählte dabei aber ungerührt weiter. „Hier saß ich oft, genauso wie jetzt. War so etwas wie ihre Muse.“

Das konnte sich Pia mühelos vorstellen. Beneidenswert! In Gedanken hatte sie es immer extrem reizvoll gefunden, die Muse eines Mannes zu sein. Von dreien ganz zu schweigen. Wie faszinierend es sein musste, jemanden zu Fantasien und Kunstwerken anregen zu können – natürlich vorausgesetzt, dass der einem umgekehrt denselben Dienst erwies. Die Detektivin lächelte in sich hinein. Sie war sicher, dass Johanna diese Rolle mühelos ausgefüllt hatte.

„Während Rudolf irgendetwas schrieb oder ausbaldowerte, erregte sich Opa an mir, und ich spielte mit seinem Schwanz“, fuhr diese fort. „Wir haben ohnehin viel gespielt. Wenn ich ihm morgens den Kaffee ans Bett brachte, musste ich immer etwas anderes, total Sündiges anhaben und bei ihm den kleinen Weckdienst vornehmen.“ Sie blickte Bjarne und Pia abwechselnd in die Augen und labte sich im Stillen an ihrem höchst ungewöhnlichen und schamlosen Geständnis.

„Den kleinen Weckdienst?“, fragte Bjarne etwas irritiert. Er verstand nicht so ganz.

„Sie sollte ihn ein wenig verwöhnen, nehme ich an“, kicherte Pia vergnügt.

„Stimulieren trifft es wohl eher“, erklärte Johanna. „Ich sollte ihn geil machen, mehr nicht. Am frühen Morgen gleich zum Ende zu kommen, war nicht so sein Ding. Das behielt er sich immer für später in der Hinterhand. Aber er stand sehr darauf, wenn ich ihn scharf machte. Und dafür sollte ich alle Tricks und Hilfsmittel einsetzen. Mich nuttig benehmen und versaut mit ihm reden. Mich vorbeugen und seinen Schwanz lobpreisen.“ Sie lachte kurz auf. „Und er befummelte mich dann natürlich überall. Es war ein Spiel, das wir beide genossen. Und es hatte nie, auch nicht für fünf Cent, etwas Frauenverachtendes an sich."

Nachdenklich sah die Erzählerin von einem zur anderen. „Viele verstehen das ja nicht. Wie man eine Frau eine geile Schlampe nennen und sie trotzdem respektieren kann. Aber genau das taten sie. Viel mehr als so manche ihrer Geschlechtsgenossen, die nur in politisch korrekten Floskeln daher reden und sich trotzdem insgeheim für was Besseres halten." Sie schüttelte energisch den Kopf. „Ich habe mir von den Michelsons nie auf der Nase rumtanzen lassen, das könnt ihr mir glauben. Wir waren eine verschworene Gemeinschaft. Und ich half sogar mit, die Frauen auszusuchen für unsere Spiele. Sie in die Falle zu locken, damit sie Ringträgerinnen werden konnten. Wie das geschah, erzähle ich euch gleich."

„Spiel beim Erzählen an deiner Perle!", forderte Bjarne, der sehr aufmerksam zuhörte. Sein Piratenblut rauschte ihm in den Ohren. Wo war er hier nur hineingeraten? Pia hatte ihm den Mast schon wieder zum Stehen gebracht, und Johanna starrte pausenlos darauf. Er hingegen liebkoste ein ums andere Mal Pias Brüste, saugte an ihren Spitzen und zwirbelte sie abwechselnd. Selbiges tat er dann bei Johanna. Nur, dass er bei ihr etwas fester zulangte und sie auch kräftig knetete, was ihr besonders gut zu gefallen schien. Luder! Bei allem Respekt …

„Rita, Jo und die drei Piraten, so nannten wir uns oft", fuhr die Muse der Michelsons fort. „Und dabei wussten wir ja noch gar nichts von ihrem Freibeuter-Erbe. Es ist wirklich ein Jammer, dass sie nicht miterleben konnten, was wir jetzt entdecken. Zu schade, dass ihr nicht eher aufgetaucht seid, ihr beiden! Vielleicht zehn Jahre früher, das wäre scharf gewesen. Oh Bjarne … Was tust du mit mir? Aaaah …!"

„Jemand anders war dazu auserkoren, das weiterzuführen, was seit Anbeginn bestimmt gewesen war." Mit diesen Worten zog er ihr kräftig die Brüste lang, sodass sie erschrocken aufschrie. „Ja, schrei du nur, du Lustgierige. Jetzt werden hier andere Saiten aufgezogen!"

„Was hat Olga auf Gotland gesagt? *Nimm sie nur ordentlich ran, die Metze!*", schnurrte Pia entzückt. „Und dann hat Gödeke es der eleganten Frau Poponova so besorgt, wie sie es brauchte!"

„Meint ihr, das ist die Jana, von der Paul gesprochen hat?"

„Möglich", überlegte Pia. „Aber die hieß doch anders. Kalaschnikova. So wie die Jana aus unserem Grab. Womöglich hat sie auch ihre Identität geändert. Aus beruflichen Gründen oder so."

„Apropos: Was haben die Michelsons eigentlich beruflich gemacht, Johanna?", wollte Bjarne wissen. „Wovon haben sie gelebt?" Er drückte ihr nun wieder sanfter und liebevoller die Brüste, um sich besser auf das Gespräch konzentrieren zu können.

„Sie waren alle drei Bauingenieure oder Architekten. Großvater, Vater und Sohn. Haben alle an der Uni Hamburg studiert, aber nie promoviert. Durch die Kriegsjahre waren Opa und Harald so einigermaßen durchgekommen. Sie waren nie eingezogen worden, sondern hatten ständig Aufträge erhalten, sich um neue Kriegsbauwerke zu kümmern. Um U-Boot-Bunker, genauer gesagt. Harald kannte sich so gut in der Seefahrt aus, dass er locker Flottillenadmiral hätte werden können. Wollte er aber nicht. Keiner ging jemals zur Marine." Sie schüttelte den Kopf und strich sich eine Haarsträhne aus der Stirn. „Dafür aber waren sie am Bau der Atlantikfestung beteiligt. Besonders in Brest. Oder in Narvik, oben in Nordnorwegen. Ebenso an dem Wahnsinnsding auf Helgoland und noch an ein paar Stationen mehr. Ihr werdet staunen, wenn ich euch zeige, was sie auch hier auf dem Grundstück unterirdisch alles angelegt haben. Dagegen ist dieser feine Raum, in dem wir uns befinden, wirklich nichts."

Bjarne fand das hochinteressant und beschloss, dieses im Untergrund vergrabene architektonische Tafelsilber demnächst einmal genauer in Augenschein zu nehmen. „Die Baukunst hat sie also vor der Front gerettet?", fragte er.

Johanna nickte. „Weder im Ersten noch im Zweiten Weltkrieg ist einer der Michelsons gefallen. Und als die Engländer als Besatzungsmacht nach dem Krieg das Haus hier an der Elbe endlich wieder verlassen hatten, konnte die Familie auch zurückkommen und wieder einziehen." Genüsslich kraulte sie sich die Perle und starrte auf Pias Hand, die sich weiterhin um Bjarnes Glied kümmerte. „Eigenartigerweise hat auch der alte Schiffsmast sämtliche Katastrophen schadlos überstanden. Auch die englischen Besatzer haben ihn in Ruhe gelassen. Sie fanden das wohl schick, wie er da im Garten stand und wie der Union Jack daran im Wind flatterte."

„Das kann ich gut verstehen", murmelte Bjarne und folgte wie hypnotisiert den Bewegungen von Johannas Finger an ihrer Perle. Es war für ihn nur schwer zu begreifen, zu was für einer Hemmungslosigkeit ihre kurze Bekanntschaft mit der Hausangestellten bereits geführt hatte.

„Nicht wahr?", Johanna nickte eifrig. „Rudolf war auch sehr froh darüber. Denn er hatte immer ein Faible für Geschichte, für Zeitzeugen und alte Kulturen. Zu Beginn der 80er Jahre begann er, sich immer intensiver damit zu beschäftigen. Ein sehr zeitaufwändiges Hobby, an dem er bis zu seinem Tod festhielt. Er war ein bisschen ein Freak in der Hinsicht. Deshalb machte es ihm ja so schwer zu schaffen, dass er die Bücher und auch die Inschriften auf den Goldplatten nicht lesen konnte. Das hat ihn maßlos geärgert. Umso schöner, dass wir es jetzt können! Ja!"

Sie kicherte auf und sprang vom Schreibtisch. „Wo wir gerade von Masten sprechen ...", schnurrte sie und warf einen intensiven Blick auf Bjarnes Körpermitte. Pia grinste und machte eine einladende Handbewegung. Bjarne wollte soeben einwenden, dass ER hier schließlich der Käpt'n sei und es der weiblichen Besatzung nicht zustehe, so einfach über ihn zu verfügen. Doch er kam nicht mehr dazu. Schon drang ein leises, schmatzendes Geräusch puren Genusses an seine Ohren, zwei überaus lustvolle Augen sahen von unten zu ihm hoch. Und seine Gedanken verwirrten sich.

Bald darauf fuhr Johanna mit der Zunge über ihre Lippen und mit der Maus über die Dateien auf dem Bildschirm. „So, und hier sind sie“, verkündete sie. „Die elf Ringträgerinnen und ich. Et voilà!“

Johanna
Claudia
Martina
Olivia
Ingrid
Victoria
Bettina
Anna
Natascha
Fabia
Gaby
Katja

Jeder der untereinander stehenden Namen konnte einzeln angeklickt werden. Dann öffnete sich eine Maske und ein richtiges Personenprofil mit einer Vielzahl von Einträgen kam zum Vorschein:

„Hier, nehmen wir uns als Beispiel doch einfach mal die scharfe Fabia vor“, sagte Johanna. „Eine rassige, italienische Schönheit. Das erste Foto zeigt sie als sehr vornehme und elegante Dame. Ist sie auch. Immer top gekleidet, die neuesten Sachen. Klamotten, Schuhe, Handtaschen, Make Up, Nagellack alles immer picobello, ich kann euch sagen. Immer bella figura. Sie ist verheiratet, so wie einige andere auch. Ihr Mann weiß aber nichts von ihrem frivolen Doppelleben. Bei ihr war es so wie bei allen anderen im Grunde auch: Sie ist zuerst zwei, drei Mal bei uns zu Gast gewesen und dabei ist gar nichts Großartiges passiert. Erst, als wir ihr im Vertrauen erzählten, dass wir gelegentlich auch schon mal sehr heiße und frivole Partys feiern, wurde uns klar, was für ein Potenzial da in der Italienerin schlummerte. Seht euch nur mal diesen Mund an. Und die Brüste! Wartet, bis ihr sie nackt seht. Echt der Wahnsinn, die Frau! Ich stehe auch völlig auf sie."

Ein paar weitere Mausklicks, und es folgten Bilder von Fabia in Wäsche, wie sie sich im Schlafzimmer umzog, auszog oder bettfertig machte. Nie hatte man den Eindruck, als hätte die Italienerin sich beobachtet gefühlt. Sie sah unglaublich natürlich aus, nie gestellt oder in Pose. Ein paar Mal betrachtete sie sich im Spiegel, da wirkte sie wirklich verdammt sexy.

„Ihr könnt Euch vorstellen, wie aufgeregt alle waren, als sie uns schließlich das Kärtchen mit dem Kussmund schickte", fuhr Johanna fort. „Das war das vereinbarte Zeichen: Sie hatte über unser Party-Angebot nachgedacht und war bereit, sich auf eine frivole Einladung einzulassen."

„Und dann kam sie wieder hierher?", fragte Pia gespannt.

„Oh ja, und wie sie kam!" Johanna lachte. „Rita und Harald waren in Hochform! Ich will nicht zu sehr ins Detail gehen, aber sie zogen alle Register. Bedienten die rassige Fabia von vorn bis hinten. Vor allem letzteres. Und ließen sich von ihr bedienen. Ich kann euch sagen, sie hat es mit jeder Faser genossen. Derweil liefen sämtliche Webcams natürlich auf Hochtouren. Es gibt eine ganze DVD nur über Fabia. Könnt Ihr Euch vorstellen, wie wunderschön dreckig Italienisch klingen kann? Vor allem, wenn die Sprecherin vor Geilheit kaum noch Luft bekommt?"

„Das würde ich wirklich zu gerne einmal hören", sagte Bjarne leise, und seine Augen funkelten.

„Pizza quattro stagioni ...", hauchte Pia und versuchte, ihrer Stimme ein angemessen erotisches Timbre zu verleihen.

Der Rippenstoß, den er ihr verpasste, war zu einem Viertel ernst gemeint. Höchstens. Alle drei brachen in prustendes Gelächter aus, das sich als extrem ansteckend erwies. Es sprang von einem zum anderen, holte Atem und flackerte dann wieder auf.

Man konnte eigentlich nichts dagegen tun. Selbst wenn man gewollt hätte.

Doch nach ein paar Minuten mischte sich noch etwas anderes in den Übermut. Dunkler und wilder als ein Lachen. Aber genauso unwiderstehlich. Es hob den Kopf wie ein Meereswesen, das auf dem Grund der Nordsee wartet. Bis die Ebbe seine glänzenden Schuppen freilegt. Und seine Macht.

Eines nach dem anderen huschten Fabias Bilder über den Monitor. Eine attraktive Frau, gefangen in den verschiedensten Facetten der Ekstase. Bjarne stieß keuchend den Atem aus und fragte sich, was „Zeig mir Deinen geilen Arsch!“ wohl auf Italienisch heißen mochte. Zwei Bilder später war ihm klar, dass sein Bedarf an Vokabeln damit noch lange nicht gedeckt war. Er brauchte mehr Verben! Mehr Adjektive, die aus den Tiefen der Wollust sprudelten. Und mehr Synonyme, um das Zucken seines Schwanzes zu beschreiben, der den besagten Arsch …

„Das gefällt dem Herrn Michelson aber“, fuhr Johannas Stimme in seine Gedanken. „Hab ich‘s mir doch gedacht!“

Er knurrte, für einen Moment jenseits aller Sprache. Dann packte er Pia am Arm, drängte sie gegen den Schreibtisch und beugte sie kurzerhand über die Platte.

„Wir können doch unmöglich schon wieder übereinander herfallen“, stöhnte Pia, doch ihre Stimme verriet, dass sie genau das für unausweichlich hielt. „Nach allem, was wir heute schon erlebt haben. Irgendwann muss doch auch mal Schluss ein, oder? Das ist doch nicht mehr normal!“

„Nein“, flüsterte Johanna andächtig. „Ist es nicht. Es ist schon fast wieder so wie früher.“

Als sie sich wieder einigermaßen beruhigt hatten, öffnete Johanna eine Flasche Mineralwasser aus dem Kühlschrank und reichte sie herum. „Wo waren wir stehengeblieben?“, fragte sie grinsend. „Ach ja: Fabia.“

„Sie sieht auf den Bildern so völlig ungehemmt aus", sagte Pia nachdenklich, während sie ihr Shirt wieder richtete. „Als mache sie sich überhaupt keine Gedanken darüber, dass sie gefilmt wird. Oder …" Sie warf Johanna einen misstrauischen Blick zu. „Wusste sie das etwa gar nicht?"

Die andere Frau schüttelte den Kopf. „Natürlich nicht. Wir haben sie erst hinterher mit den Bildern konfrontiert. So, wie wir es bei allen Ringträgerinnen taten. Sie war natürlich so fuchsteufelswild, wie eine Italienerin nur sein kann."

„Das kann ich absolut nachvollziehen." Pia war die ganze Sache nicht geheuer. „Hat sie mit Geschirr geschmissen? Oder den Herren Michelson einen Tritt in ihre empfindlichsten Teile verpasst?"

Johanna lachte. „Die Gefahr bestand höchstens ganz am Anfang. Rudolf hat ihr dann aber erklärt, dass wir ihr weder schaden noch Geld von ihr wollten. Wir wollten nur ihr Einverständnis, eine Ringträgerin zu werden. Und ihre versaute Ader offen mit uns auf unseren Partys auszuleben. Diese Partys waren zunächst Zusammenkünfte aller Ringträgerinnen und der Geladenen. Was es mit den Männern auf sich hat, erkläre ich euch später noch. Weil Fabia ein selten geiles Luder ist, willigte sie jedenfalls ein. So, wie die anderen im Grunde auch alle. Wenn wir uns erst einmal eine Dame ausgesucht hatten, dann hat sie den Ring auch angenommen. Und mit Stolz getragen. Rudolf hatte ein unglaubliches Talent, sie zu überzeugen. Du glaubst nicht, wie froh ich bin, dass du nicht Fabias Ring aus dem Knoblauchgarer gefischt hast, Bjarne. Ich glaube, ich hätte dann mein Veto eingelegt."

„Keine Angst, in dem Fall hätte ich auf dich gehört, liebe Johanna. Gab es denn irgendwelche Auswahlkriterien?"

„Ja, die gab es. Die Wahl erfolgte ausschließlich einstimmig. Das heißt: Opa, Vater und Sohn mussten einverstanden sein. Da Harald auf Analverkehr stand, mussten alle Frauen auch dafür sehr empfänglich sein. Opa war für schöne Titten und junge Frauen. Rudolf auch, also für wohlgeformte Brüste, wobei ihm das

Alter egal war. Zeigefreudig und -willig mussten die Luder sein, das war sowieso klar. Und gut im Anmachen und Scharfmachen. Flirtfaktor nannten die drei Schurken das."

„Flirtfaktor?" fragte Pia. „Wie meinst du das?"

„Nun … sie mussten im Stande sein, die Männer heiß auf sich zu machen. Eben nicht nur, indem sie sich nackt vor ihnen hinstellten und sagten: *Nimm mich!* Sie mussten sie verführen. Kokettieren, mit ihren Reizen spielen. Und dabei auch ruhig mal alle Klischees einsetzen. Mit Liebmädchenblick, Schmollmund und Wimpernklimpern. Mal das Haar mit einem Finger eindrehen, sich auf die Unterlippe beißen oder mit der Zunge über die Lippen lecken, dann wieder am Finger lutschen und all dies. In verführerischer Kleidung posieren, in kurzen Röckchen oder Kleidchen, ihre Beine herzeigen, sich langsam ein paar Knöpfe öffnen, ihre Titten ins Spiel bringen, sich selbst wie zufällig berühren und sich über die Schenkel streichen. Was ihnen auch einfiel, um die Männer scharf auf sich zu machen. Dazu mussten sie auch in der Lage sein, verführerisch zu sprechen und mit der Stimme zu spielen. Es ging den Männern nicht darum, die Mädels so schnell wie möglich nackt zu sehen. Sie wollten sich von ihnen inspirieren lassen und sie auch mögen. Und dann wollten die Jungs natürlich wissen, wie die Probandinnen reagierten, wenn sie ihre Schwänze herausholten. Sie herzeigten und vor ihren Augen anfingen zu onanieren. Rudolf zum Beispiel fand es immer besonders toll, wenn die Testperson dann auf ihn zukam. Wenn sie sich vor ihn stellte und erst einmal nur mit der Hand anfasste, sich dabei an ihn drängte und ihn dann verlockend auf den Mund küsste."

„Oha …! Das ist wirklich verdammt heiß, Johanna! Ein wahrlich großartiger Test. Also ruhig auch sinnlich das Ganze", bemerkte Bjarne.

„Ja, durchaus. Das war den drei Männern wirklich wichtig. Sie wollten Nähe und ein sehr persönliches Verhältnis. Es ging ihnen nicht nur ums Vögeln, sondern auch ums Küssen. Küssen war uns allen immer sehr wichtig. Nur so kommt auch ein echter und wirklicher intimer Kontakt zustande."

„Hmmm", überlegte Pia. „Ob ich das auch wirklich so will? Ich weiß nicht … Wäre auf jeden Fall im Moment noch sehr gewöhnungsbedürftig für mich. Ganz ehrlich."

„Ist es auch. Aber den Männern war es wichtig, dass die Ringträgerinnen es besonders auch durch das Küssen schafften, ihnen ihre Bereitschaft zu zeigen. Durch sinnliche, zärtliche und verlockende Küsse. Aber auch mit gierigen und heißen Zungenspielen. Und dabei ihre Körper einzusetzen."

„Das sind ja ganz schöne Ansprüche", fand Pia. „Musste man auch noch aussehen wie *Miss Erotic Dreams*? Dann kriege ich wahrscheinlich bald Komplexe!" Es war nur ein halber Scherz.

Johanna lächelte. „Keine Sorge. Es gehörten ganz unterschiedliche Frauentypen zu unserem Kreis. Was die Michelsons aber alle gemeinsam hatten, das war ihr Faible für lange Haare. Mindestens zwanzig Zentimeter mussten sie über die Schultern auf den Rücken hinunter fließen. Kurzhaarfrisuren waren ein Ausschlusskriterium. Und da waren sie auch unerbittlich, egal wie heiß eines der Luder auch war."

Pia strich sich augenzwinkernd durch die blonde Lockenpracht und legte ein kurzes Spontantänzchen hin.

Johanna fiel aber noch etwas ein. „Ach übrigens, Rudolf hätte Ingrid sowieso rausgeschmissen. Ich traf sie vor einiger Zeit in der Stadt. Da kam sie gerade vom Friseur. Mit einer schicken, modernen Kurzhaarfrisur. Ihr könnt euch ihren Schreck vorstellen, als sie mich erblickte. Das, so habe ich mir eben überlegt, werde ich jetzt auch zum Anlass nehmen, sie zu entlassen." Sie nickte entschlossen. „Macht euch keinen Kopf um sie, es wäre so oder so passiert. Und Pia hat ja wirklich hammergeile Haare. Meine Frisur war und ist eine Ausnahme, und das hatte auch einen besonderen Grund. Ich sollte mich als Hüterin der *Talliska* optisch von den anderen Frauen ein wenig unterscheiden. Das störte damals natürlich niemanden. Ingrid aber wird jetzt vermutlich ausflippen deswegen. Na ja, was soll's." Sanft zog sie Pia an einer ihrer blonden Locken. „So, müsst ihr noch etwas wissen? Habt ihr noch Fragen? Bestimmt. Aber klickt euch einfach mal in Ruhe durch die Profile. Nicht nur durch die Bilder, sondern auch durch die Vorlieben und die Kommentare, die die Jungs eingetippt haben. Schon sehr heiß alles und herrlich versaut. Ich gehe jetzt wieder hoch und kümmere mich mal um Paul. Okay?"

Rasch erklärte sie Pia und Bjarne noch, wie das mit der Verschlüsselung funktionierte. Dann gab sie beiden einen Kuss und wollte verschwinden.

„Auf ein Wort noch!", hielt Bjarne sie auf.

Überrascht hielt sie in ihrer Bewegung inne, auch Pia hob neugierig den Kopf.

Bjarnes Stimme klang rau und gebieterisch. „Erstens: Ich will folgende Kleiderordnung festlegen. Die Ringträgerinnen werden hier im Haus nur noch Kleidung tragen, die sehr viel nacktes Bein zeigt. Das gilt natürlich insbesondere für euch zwei. Keine Hosen, keine Leggings, keine Strumpfhosen. Genauso wenig wie Unterwäsche und störende BHs. Der Ausschnitt eurer Oberbekleidung hat großzügig zu sein. Ich will ohne Probleme, wann immer ich will, an eure so verführerischen Reize gelangen können. Unten wie oben. Sind noch weitere Ringträgerinnen im Haus, wird Johanna sie vorher von dieser Vorschrift in Kenntnis setzen. Dann sind sie davon ebenfalls betroffen. Ohne Ausnahme! Wird es kalt oder frisch oder unangenehm windig, werdet ihr euch Decken überlegen. Niemand soll hier krank werden. Benötigt ihr Kleidung, geht zusammen shoppen."

Donnerwetter! Pia musste sich zwingen, den Mund wieder zuzuklappen. Wann hatte er das denn ausgeheckt?

„Zweitens", fuhr Bjarne fort. „Johanna bleibt weiterhin die Hüterin der *Talliska* und auch die Oberin der Ringträgerinnen. Sie trägt die Verantwortung.

Drittens: Das, was Opa Carl morgens so genossen hat, will ich auch. So ähnlich zumindest. Ist Johanna im Haus und lässt die Zeit es zu, wird sie uns kein Frühstück ans Bett servieren, sondern Cappuccino. Für mich mit zwei Löffeln Zucker. Gekleidet so, wie es dem Opa auch gefallen hätte. Möglichst nuttig, von mir aus auch schlampig und vulgär."

„Sehr wohl!" Johanna grinste und salutierte.

„Viertens: Pia wird ihr Verhältnis zu ihrem Chef neu überdenken. Da sie nun ebenfalls eine Ringträgerin ist und er ein Geladener, sie aber beide in einem beruflichen Arbeitsverhältnis stehen, erwarte ich hier eine baldige Entscheidung. Ich weiß, das ist ein wenig heikel, ich möchte aber Klarheit in diesem Punkt. Schließlich ist Paul unser Freund, und die erste Party wird ganz bestimmt irgendwann anstehen.

Fünftens: Johanna wird noch heute Ingrid aus unserem Zirkel entfernen und für Pia ein Ritual vorbereiten, das sie offiziell als zwölfte Ringträgerin verpflichtet.

Sechstens: Es werden täglich Lesestunden eingelegt. Wir sind ja alle sehr gespannt, wie es weiter geht. Ich fürchte nur, wir können die Bücher nirgends anders lesen als in der klimatisierten Bibliothek. Draußen unter der Rotbuche oder anderswo ist das zu riskant. Die Schriften müssen unter allen Umständen beschützt werden, klar? Und zwar nicht nur vor Temperaturschwankungen und Feuchtigkeit. Ihr wisst, es lauern gefährliche Feinde da draußen, die bestimmt noch nicht die Flinte ins Mehl geworfen haben."

Pia verkniff sich eine belehrende Bemerkung und hörte weiter zu. Bislang konnte sie Bjarne bei allen Wünschen folgen. Bis auf ihre Beziehung zu Paul. Das hatte er gut erkannt, das war wirklich heikel. Sie wollte eigentlich nicht mit ihm vögeln. Aber verstecken konnte er sich natürlich auch nicht, genauso wenig wie sie. Heute hatten sie sich noch halbwegs aus der Affäre gezogen. Aber eine Dauerlösung war das nicht. Sie seufzte. Hoffentlich wurde das alles nicht schrecklich kompliziert!

Bjarne aber war noch nicht fertig mit seiner Liste der Neuerungen. „Siebtens: Ich werde den Staaten auf jeden Fall für eine Zeitlang den Rücken kehren. Wie ich das anstelle und erkläre, weiß ich im Moment noch nicht. Denn schließlich bin und bleibe ich ein Professor mit einem sehr verantwortungsvollen Posten. Und ich schätze meine Arbeit über die Maßen. Ich will sie auf keinen Fall aufs Spiel setzen. Deshalb muss ich mir ernsthaft etwas überlegen, denn es gefällt mir andererseits wirklich gut hier. Mit euch und allem, was sich uns hier noch bieten mag. Ich bin finanziell gut abgesichert und kann für unsere frivole Lebensgemeinschaft sorgen. Also bitte, wenn ihr etwas benötigt, um die genannten Punkte zu erfüllen, kauft es. Ich komme bis zu einem gewissen Grad dafür auf.

Achtens: Johanna wird Pia und mich umfänglich in Kenntnis setzen über sämtliches Inventar und die Besonderheiten von Haus und Grundstück. Über die Schuppen, den Keller, den geheimen Fluchtweg, die Technik, wie die *Talliska* zu Wasser gelassen wird, und was dazu noch alles zu beachten ist. Insbesondere jenseits der Mauer."

„Sind wir bei der Nachtwache?", murmelte Pia in einer Lautstärke, die er gerade noch hören konnte. Er grinste, ging aber nicht weiter darauf ein.

„Neuntens und letztens: Wir alle verpflichten uns dazu, unser gemeinsames Geheimnis zu wahren und mit allen Mitteln zu verteidigen und zu schützen. So, wie es unser Urahn Gödeke Michels auch getan hätte.

Dankeschön, und jetzt noch viel Spaß, Johanna. Pia und ich bleiben noch ein wenig hier. Fahrt ihr nur schon los, Paul und du."

Als Johanna verschwunden war, verdunkelten sich Bjarnes Augen. „Und weißt du, was wir jetzt tun werden?", fragte er leise.

„Nein, was denn?"

„Jetzt probieren wir selbst einmal die Webcams aus und beobachten die beiden. Schließlich ist Johanna ja halbnackt, wenn sie gleich zu ihm hoch kommt."

„Nee, nä? Das ist jetzt nicht dein Ernst, oder?"

„Doch, das ist es. Bis jetzt hat mich nämlich vieles schon sehr angemacht von dem, was es in diesem Haus alles zu entdecken gibt. Aber du musst still sein, Pia. Oder warte … hier. Sie können uns nur hören, wenn wir die rote Taste drücken."

Er fuhr auch den zweiten PC hoch und klickte „Salon" an. Da saß Paul in einem Sessel und war in den Ordner vertieft.

„Also gut", grinste Pia. „Wenn schon, dann aber auch richtig. Ich stell auf Lautsprecher, dann können wir hören, was sie sagen. Das ist ja schon schamlos. Und ich wette einen Tausender, dass Johanna es ahnt, dass wir sie gleich beobachten werden. Weißt du, wie das mit dem Zoomen funktioniert?"

„Ja, schau … klappt doch schon sehr gut. Da kommt Johanna, und jaaa … du hast recht. Hast du es gesehen? Sie hat genau in die Kamera gegrinst und uns ein Auge gezwinkert."

„Das Luder! Na, jetzt bin ich ja doch mal gespannt. Oder? Was meinst du?" Sie war plötzlich doch etwas unsicher geworden. Denn eigentlich hatte sie viel übrig für Privatsphäre.

Bjarne schien ihre Gedanken zu lesen. „Hm, ich weiß auch nicht, Pia. Lass es einfach mal laufen und stell den Lautsprecher aus. Ich gucke mir inzwischen die anderen Ringträgerinnen mal an. So der Spanner-Typ bin ich im Grunde gar nicht."

„Ich auch nicht. Lassen wir die beiden machen und schauen uns weiter in den Ordnern um. Gibt es eigentlich auch etwas von den Kerlen? Was ist nun mit den ‚Geladenen'? Kann ich mir irgendwo jemanden aussuchen, wie in einem Werbekatalog? Anscheinend nicht. Oder wir haben den Ordner noch nicht gefunden. Hier müsste dringend mal aufgeräumt und das Ganze neu sortiert werden. So die PC–Füchse waren die Michelsons dann doch nicht. Würd' mich ja mal interessieren, wer ihnen hier die

Verschlüsselung aufgespielt hat. Ich kann mir kaum vorstellen, dass sie das selbst hingekriegt haben."

„Schau mal Pia, hier die Frau mit dem Buchstaben ‚A'. Anna, die ständig untervögelt sein soll und deren Mann sehr oft im Ausland ist. Was die Michelsons hier an Kommentaren abgegeben haben! Also ganz ehrlich, das ist doch an Versautheit nicht zu überbieten. Ich habe gar keine Lust, das alles durchzulesen. Weißt du was? Lass uns die elf einfach nur mal so durchklicken und schauen, wie ihre Gesichter und Figuren im realen Leben aussehen. Nackt kriegen wir sie vermutlich noch früh genug vorgeführt. Mir gefällt das nicht, wenn ich alles schon vorher weiß."

„Lieber ein bisschen wie Weihnachten?" Sie lächelte ihn an. Es überraschte sie ein wenig, wie bodenständig er doch war, trotz der Möglichkeiten, die sich ihm so unverhofft auftaten. „Oder soll ich auch lieber weggehen, damit du in Ruhe gucken kannst? Ich weiß doch, wie gerne Männer heimlich vorm PC sitzen und sich versaute Sachen ansehen."

„Nein, darum geht es mir nicht. Mit Sicherheit würde mich das auch anmachen, logisch. Jetzt bin ich aber dafür irgendwie nicht in Stimmung. Und außerdem will ich mich tatsächlich lieber überraschen lassen. Was ich gern sehen würde, ist eine Frau, die keine Ringträgerin ist. Ich will Elena Scherer finden."

„Hey, ja, das macht Sinn. Darf ich mir etwas überziehen? Nur im Shirt finde ich es doch ein wenig frisch hier unten."

„Ja, Frau Stegemann, bedecken sie sich. Wie laufen Sie hier überhaupt herum?"

„Wieso? Wie ich sehe, ist mein Chef gerade am Vögeln. Da will ich doch im Vergleich nicht gar so prüde wirken."

Sie hatte einen Blick auf den anderen Monitor geworfen, band sich nun aber eine Decke um die Hüften, die sie in einem Regal entdeckt hatte. „Da, sieh, Johanna hat sich so auf ihn gesetzt, dass ihr Rücken Paul komplett verdeckt. Ist mir auch lieber so. Elena also … wo finden wir die?"

„Die Videos der Schiffspartys sind nach Daten geordnet", hatte Bjarne bereits herausgefunden. „Es kann im Grunde nur die DVD hier sein."

Gespannt legten sie die Disc ein, und ohne großen Vorspann ging es auch augenblicklich los. Nach und nach trudelten draußen die Gäste ein. Pia erkannte Elena nach ein paar Minuten als erste. Frau Scherer war nicht zu übersehen.

„Lass mich mal ran!", forderte sie energisch und rollte mit dem Bürostuhl an Maus und Tastatur heran. Sie gab ein paar Befehle ein, und schon war Elena markiert. „Jetzt können wir die Laufgeschwindigkeit erhöhen. Und jedes Mal, wenn die gute Elena ins Bild kommt, stoppt das Video. Die Digitaltechnik ist schon klasse. Zielfahndung nennt man das übrigens auch. Uuuups, sieh mal, anscheinend ging es nicht direkt aufs Schiff. Es gab erst einen Begrüßungsdrink im Haus. Um sich ein wenig kennen zu lernen, um zu plaudern und zu flirten. *Die Beute sichern* hätte Rudolf das bestimmt genannt. Ah, da ist Elena wieder. Mein lieber Mann, die sieht aber auch ultrascharf aus in ihrem Outfit. Wow!"

„Mit wem redet sie denn da?" Bjarne wies auf den Bildschirm. „Eine Frau. Zoom mal heran."

„Mist, ich krieg sie nur von hinten. Lange, rotblonde Haare. Eine Ringträgerin?"

Die beiden Damen schienen in ein höchst intensives Gespräch vertieft, so viel war zu erkennen. Elena redete genau 15 Minuten und 23 Sekunden mit der Unbekannten, dann stöckelte sie in ihren schwarzen High Heels weiter.

„Sie sieht sich um", mutmaßte Bjarne. „Spioniert sie das Haus aus? Kommt mir fast so vor. Normalerweise würde mir das nicht auffallen, da es aber Elena ist und …"

„Du hast recht! Jetzt, wo du es sagst: Stimmt! War das ganze Haus denn frei begehbar, alles offen, nichts abgeschlossen? Schon ein bisschen leichtsinnig, oder? Ach herrje! Sieh mal … was ist das denn? Das darf doch wohl nicht wahr sein!"

„Sie hat den *Talliska*-Ordner gefunden! Fuck! Sie hat es sich bequem gemacht und blättert ganz offen und zwanglos darin herum. Andere Partygäste kommen vorbei, alles ist entspannt und locker. Eine schöne Frau sitzt in einem Sessel, hat die scharfen, langen Beine übereinander geschlagen und sieht sich ein paar Bilder in einem Ordner an."

„Bilder?", japste Pia. „Etwa die von Isabella? Oh nein! Guck mal! Sie hat etwas entdeckt."

„Ja, sie zieht eine der Zeichnungen heraus. Klaut sie die etwa?" Fassungslos starrte Bjarne auf den Monitor.

„Nein. Sie geht hinüber in einen anderen Raum. Scheiße! Da … sie kommt zurück, heftet die Folie wieder ab und stellt den Ordner zurück. Sie hat sich eine Fotokopie gezogen, siehst du? Faltet das Blatt zusammen und steckt es in ihre Handtasche, so ein Leo-Täschchen."

„Leo-Täschchen?", fragte Bjarne verblüfft nach.

Pia lachte auf. „Du Unwissender. So nennt man kleine Handtäschchen, die ein Leopardenmuster haben und die zu Sexpartys mitgenommen werden. Wo lediglich ein paar sehr spezielle Dinge enthalten sind. Kondome und so. Vielleicht ein Gleitgel, Zigaretten, Feuerzeug, Lippenstift, Spiegelchen."

„Na, du kennst dich ja aus." Er schüttelte irritiert den Kopf. „Besitzt du auch ein Leo-Täschchen?"

„Nein, ich nicht. Aber eine Freundin von mir, die gerne schon mal in einen Swingerclub hier in Hamburg geht."

„Crazy Germany!", murmelte er. „I can't believe it!"

„Na, da schau her! Unsere heiße Elena scheint jetzt in Fahrt zu kommen. Sie fängt an, die Typen anzumachen. Hat, was sie will und lässt es nun krachen. Bis zu dem Punkt, an dem sie rausgeschmissen wird. Inzwischen glaube ich fest daran, dass es Absicht war. Sie hat sich mit dem Wissen, das sie von der Zeichnung hatte, an Rudolf herangemacht. Ist aber abgeblitzt oder so ähnlich. Na ja, nicht wirklich, schließlich hat er es ihr ordentlich besorgt.

Und noch ein paar andere Kerle auch. Hier, sieh mal, der nächste Videostopp ist auf dem Schiff. Da steht sie tatsächlich an der Bordwand und pinkelt im Stehen ins Wasser."

„Ich glaube, wir haben genug gesehen, Pia."

„Das denke ich auch."

Sie kniff die Augen zusammen, schürzte die Lippen zu einer süßen Schnute und überlegte kurz. Dann drückte sie den roten Knopf und rief: „PAUL!"

Auf dem Bildschirm konnte sie mitverfolgen, wie der Angesprochene dermaßen zusammenfuhr, dass Pia schon befürchtete, er werde einen Herzinfarkt erleiden. Johanna blickte entspannt lächelnd über die Schulter und winkte in die Kamera. Pauls Gesicht aber war puterrot, und er schaute äußerst ärgerlich ins Rund. Pia schaltete den Lautsprecher an.

„Frauuu Stegemann! Hätten Sie nicht noch zwei Minuten warten können? Das war jetzt nicht sehr taktvoll von Ihnen."

„Elena Scherer hatte auf der Schiffsparty den *Talliska*-Ordner gefunden!"

„Waaas?" Auch Johanna schreckte jetzt zusammen. „Ich wusste doch, dass mit der verdammten Schlange was nicht stimmt."

„Ja, es ist auf dem Video zu sehen. Sie hat eine von Isabellas Zeichnungen fotokopiert. Etwas aus dem letzten Drittel des Ordners. Weißt du, was das sein könnte, meine Liebe?"

„Nein, beim besten Willen nicht!"

Dass die Hüterin der *Talliska* wie selbstverständlich aus dem Sattel namens Paul Hilker stieg und mit wippenden Brüsten auf die Kamera zu kam, während er sich hektisch die Hose hoch zog, war jetzt nicht unbedingt ein kriminaltechnisches Ruhmesblatt für einen berühmten Erfolgsdetektiv. Es interessierte aber im Moment auch niemanden.

Die junge Frau aber, die gerade so reizend durch das Mikrofon gebölkt hatte, als befände sie sich in einer Kaufhaushalle, wurde plötzlich liebenswürdig und hauchte: „Oh, mein lieber Monsieur

Poirot, es tut mir leid, dass ich Sie bei einer wichtigen Ermittlung unterbrochen habe. Mein amerikanischer Kollege und ich, wir kümmern uns darum. Fahren Sie doch bitte ins Büro und Labor, die Spurensicherung auswerten, ja?“

„Wir gehen noch duschen, ziehen uns etwas anderes an, und dann verschwinden wir. Sehen wir uns später noch zu einer weiteren Lesestunde?“

„Ja, schreibt WhatsApps. Auch wegen Essen und so. Bye!“

„Hier endet die Livekonferenz“, lachte Bjarne. „Aber sieh mal, Pia, wie heiß und wild die Frau Scherer zur Sache geht. Die steht auch völlig auf Analverkehr, da hat unsere neue Mitdetektivin recht gehabt. Sollte Elena sich wirklich einen Lover zugelegt haben? Das würde mich jetzt, nach diesen Bildern, auch nicht mehr wundern.“

„Und mich würde es inzwischen nicht mehr wundern, wenn wir bald schon eine weitere Saxitoxin-Leiche finden würden.“

Sie sahen sich noch einmal die elf Ringträgerinnen an. Doch eine mit rotblonden langen Haaren war leider nicht dabei. Bjarne schwärmte zwar bei fast jeder Dame: „Wow! Sieht die gut aus. Verdammt heiß.“ Eine heiße Spur zu Elenas geheimnisvoller Gesprächspartnerin aber entdeckten sie nicht.

„Sollen wir uns noch etwas angucken?“, fragte Pia schließlich. „Oder wollen wir hier unten Feierabend machen.“

„Wir sollten Schluss machen für heute. Ich bin müde. Werde mich ein Stündchen hinlegen. War doch sehr früh heute Morgen.“

„Gute Idee, da komme ich mit. Ich bin auch irgendwie gerädert. Das war anstrengend alles.“

Gemächlich juckelte Paul den SUV die Elbchaussee entlang. Johanna hatte sich ein wenig aufgehübscht, die Haare hochgesteckt, sich dezent geschminkt. Zu ihrem grau-weiß gestreiften Sommerkleid trug sie als Farbklecksе rote Pumps. Poirots rechte Hand ruhte auf ihrem nackten Oberschenkel. Nur, wenn er einen anderen Gang einlegen musste, und das kam recht häufig vor, zog er sie streichelnd zurück. Johanna hatte die Beine leicht geöffnet und genoss seine Zärtlichkeit. Entsprechend erregend waren ihre Gedanken.

„Was meinst du?", fragte sie, als sie an einer roten Ampel standen und Hamburgs schönste Ausfallstraße in die Klopstockstraße überging. „Ob die alten Zeiten, die ich mit der Familie Michelson erlebt habe, zurückkehren werden?"

„Zurückkehren werden sie wohl kaum. Aber du kannst dir sehr berechtigte Hoffnungen machen, dass sie weiter fortgesetzt werden. Bjarne ist doch ein echter Michelson. Daran kannst du dich mit Gewissheit orientieren. Ich bin mir sicher, dass der Originalring von Gunnar Michelson ihn sehr stark inspirieren wird. Oder besser gesagt der von Gödeke Michels, wie wir jetzt wissen."

„Der Ring wirkt schon jetzt auf ihn. So stark, dass Bjarne mir fast noch authentischer vorkommt, als Rudolf es je gewesen ist. Du hättest ihn vorhin mal erleben sollen im Videoraum unten im Keller, wie er da plötzlich aufgeblüht ist. Sein ganzer Habitus war verändert, dazu seine Stimme und die Art, wie er uns Frauen sein Neun-Punkte-Programm vorgestellt hat. Als sei es das Selbstverständlichste der Welt."

„Was denn für ein Neun-Punkte-Programm?", fragte Paul interessiert nach.

„Ein Programm, in dem er aus dem Stand heraus verkündete, wie er es ab sofort gern hätte. Ebenso sicher, wie er gestern verkündet hat, dass Pia von nun eine Ringträgerin ist und dass du sein erster ‚Geladener' bist. Er legte fest, was die Ringträgerinnen – also Pia und ich – im Haus anzuziehen haben, …"

„Ach ja, tat er das?" Seine Hand glitt an der Innenseite ihres Schenkels entlang unter das Kleid. „Das erregt mich."

„Ja, er legte es sogar im Detail fest. Auf einen anderen Punkt legt er aber ebenso viel Wert. Er will, dass du und Pia eure Verbindung klärt, im Sinne aller. Wir wissen natürlich, dass ihr beide in einem Arbeitsverhältnis steht, dass ihr euch schon lange kennt und euer Miteinander kumpelhafter Natur ist. Er möchte, dass ihr miteinander sprecht und klärt, wie das in Zukunft aussehen wird."

„Ja, da sprichst du etwas an. Das war genau der Grund, warum ich mich vorhin verzogen habe. Bjarne hat recht, ich muss das mit Pia klären. Ich meine, es ist ja nicht so, dass ich nicht auch auf sie stehen würde. Sie sieht wirklich klasse aus, und ich mag sie sehr. Aber irgendwie fürchte ich mich davor, dass ich sie verlieren könnte. Dass sie mir entgleitet. Ich arbeite gern mit ihr zusammen, sie ist meine beste Kraft, ich habe ihr einiges zu verdanken. Auch an geschäftlichen Erfolgen. Und jetzt erbt sie unverhofft nicht nur ein Millionen-Euro-Grundstück, sondern steht einer Truppe restlos versauter Weiber vor, Luststuten allesamt. Und trägt dazu auch noch den Originalring von 1396. Den Ring jener Isabella del Bosque. Das ist auch für mich ein wenig viel, muss ich dir gestehen. Und ich gehe stark davon aus, dass dieser Ring noch ganz andere Kräfte in sich trägt. Ob magisch oder nicht. Wenn ich sehe, was er in Pia jetzt schon für Fähigkeiten hervorbringt, dann …"

„Hey … Paul! Nun mal ganz ruhig bitte. Dass sie so unverhofft das alte Buch lesen kann, klappt ja nur in Verbindung mit Bjarne und dem anderen Ring. Und du darfst in dem Zusammenhang auch nicht vergessen, dass sie beide das Blut von Gödeke Michels in sich tragen. Seine Piraten-Gene. Auch wenn sie von zwei verschiedene Ur-Ahninnen abstammen. In einem Punkt gebe ich dir aber recht. Der Ring wird noch weitere Seiten in Pia hervorbringen. Macht er ja jetzt schon. Sie entdeckt die Luststute in sich, wie du es so schön beschreibst. Sie hat ein Haus geerbt, in dem sich Dinge abgespielt haben, die jenseits jeder Vorstellungskraft liegen. Das, was ich mit den Michelsons, also mit dem eisernen Opa, dem wilden Harald, der rattigen Rita und mit Rudolf da auf die Beine gestellt und abgefackelt habe, das wird es auf der ganzen Welt kein zweites Mal geben. Angefangen bei der *Talliska*, die für sich allein schon der helle Wahnsinn ist." Sie schaute ein wenig nostalgisch aus dem Fenster.

„Aber die Ringträgerinnen gibt es ja noch", fuhr sie träumerisch fort. „Und wer weiß, was sich noch alles entwickeln wird? Etwas Neues, das aus den alten Wurzeln wächst? Die Ladys sind jedenfalls handverlesen. Du darfst dir da keine Nymphomaninnen oder Sexsüchtige vorstellen. Aber sie sind schon extrem sexuell orientierte Frauen. Ausnehmend gut aussehend, dazu auch noch rattenscharf, willig und dauergeil. Um es mal deutlich zu formulieren."

Johanna warf Poirot einen Seitenblick zu. Sein Gesicht wirkte nachdenklich. Ernst. Und sie konnte sich den Grund dafür denken. „Auch wenn du befürchtest, du könntest Pia verlieren, so bist du doch ein ‚Geladener', Paul. Du wirst also nicht zu kurz kommen. Eher im Gegenteil."

Sie lachte auf, als sie sich im Geiste manch scharfe Szene in Erinnerung rief. „Du kannst dir allerdings nicht einfach schnappen, wen du willst, so wie Bjarne es darf. Nein, nein, auch hier ist das Gegenteil der Fall. Die Ringträgerinnen schnappen sich die Männer. Und zwar, wen sie wollen. Sie handeln selbstbestimmt und aus der eigenen Lust heraus, dienen einzig dem einen Michelson. Die ‚Geladenen' dürfen nicht ablehnen. Aber keine Sorge: Alle, wirklich alle Frauen sind äußerst attraktiv."

„Hm … Wenn ich's mir recht überlege: Das gefällt mir. Oh ja!"

„Das sollte es auch. Allerdings … ob Pia wirklich bei dir bleibt in der Detektei, das kann ich dir nicht versprechen. Das Leben ist ständig im Wandel. Bjarne hat gesagt, dass er Amerika zwar kurz den Rücken kehren und sich voll und ganz auf das Abenteuer in Hamburg einlassen will. Er wird sich aber mit Nachdruck Gedanken darüber machen, wie er das mit seinem Job in den USA vereinbaren kann. Denn der Golfstrom und seine Professur liegen ihm wirklich sehr am Herzen. Er finanziert sein Engagement hier in Hamburg sogar. Stellt sicher, dass wir weder eine Hypothek auf das Haus aufnehmen noch Schulden machen müssen. Und das ist extrem beruhigend, findest du nicht?"

„Absolut", antwortete Paul. „Ich habe ein gutes Gefühl, was Bjarne angeht. Er wird sich nicht Hals über Kopf in dieses Abenteuer stürzen, so verführerisch das auch sein mag. Sein Hirn funktioniert noch. Trotz allem."

Seine Beifahrerin nickte. „Ihm ist klar, dass für ihn ein neuer Lebensabschnitt beginnt. Wie weit er darüber mit sich im Reinen ist, weiß ich natürlich nicht. Ob er für immer bleibt oder nur für eine gewisse Zeit, wird sich ergeben. Ich weiß aber eines: Er hat Feuer gefangen. Und das nicht zu knapp. Wie Pia sich entscheiden wird? Auch das müssen wir abwarten. Was dich betrifft, musst du ja auch überlegen, was du zukünftig zu tun gedenkst. Wer weiß. Vielleicht zieht dein Büro ja um? Die Elbchaussee ist auch nicht die schlechteste Geschäftsadresse."

„Da wir gerade dabei sind: Wir sind da. Wir parken in der Tiefgarage und fahren mit dem Lift hoch in die Detektei *PH Investigations.*"

Elena Scherer wusste zu dem Zeitpunkt nicht mehr, der wievielte Orgasmus es war, den ihr Höllenfürst ihr soeben geschenkt hatte. Ihr brannten diverse Teile ihrer Anatomie. Genau so, wie sie es mochte. Wieder und wieder hatte er sie von hinten genommen und ihr auch kräftig die Brüste gedrückt, gequetscht und langgezogen. Schon bei ihrer Ankunft hatte sie ihn mit den Worten begrüßt, dass sie es heute so hart brauche wie nie zuvor. Er hatte nur gelächelt. Und sie hatte gewollt, dass er sie schlug. Elena wusste, dass er diese Spielart beherrschte. Er passte immer sehr genau auf und achtete darauf, keine Spuren zu hinterlassen.

Sie hatte sich einen dünnen Morgenmantel übergezogen und saß nun mit übereinandergeschlagenen Beinen mit ihm auf dem Balkon der Junior Suite des *Hotel Elysée*, blickte auf die Alsteranlagen mit den hohen, alten Bäumen. Ein leichter Wind wehte von Osten her und kühlte ihr heißes Temperament auf eine annehmbare Temperatur herab. Versonnen nippte sie an ihrem Sekt und blickte dem stattlichen Mann ihr gegenüber mit festem Blick in die Augen.

„Es muss sich etwas ändern. So kann es jedenfalls nicht weitergehen", verkündete sie unheilschwanger. Er kannte diesen Ton, also hörte er schweigend zu, was sie ihm mitzuteilen hatte. Nicht einmal unterbrach er sie, nickte aber mehrfach zustimmend.

„Donnerwetter!", schwärmte Johanna, als sie mit Paul auf dem großen Balkon am Vasco-da-Gama-Platz stand und nach Westen blickte. „Das nenne ich mal eine Aussicht. Die Elbphilharmonie ist aber auch ein Wahnsinnsbau."

Der frische Wind ließ ihr leichtes Sommerkleid flattern, und sie war froh, dass sie einen Spitzen-BH trug, der ihre aufgerichteten Brustwarzen verdeckte. „Ist es hier immer so zugig?"

„Ja, leider. Alle Straßen und Plätze in der neuen Hafencity sind ziemlich windig. Anfangs war das ein echtes Problem, weil ja alles neu gebaut worden war. Denn früher war das alles hier der Freihafen. Die zollfreie Zone für den Welthandel, den Im- und Export. Ein riesiges Gebiet. Kein Baum und kein Strauch, das neue Viertel unbegrünt. Auch dass man jetzt die Stadtteile ‚Quartiere' nennt, gefällt mir nicht wirklich gut. Aber sei's drum, das Wasser und die Hafenatmosphäre machen es wett. Inzwischen gibt es viele Restaurants, Cafés und Künstlerläden. Eine Menge Menschen, die es sich leisten können und eine alternative Lebensform mit so einer gewissen Aufbruchsstimmung lieben, haben sich hier niedergelassen. Es gibt auch eine Schule, und der öffentliche Nahverkehr mit der neuen U-Bahn-Linie und den tollen, neuen Bahnhöfen macht das Leben hier sehr reizvoll. Es sind nicht nur Büros entstanden und Touristenmagnete, sondern auch viele Wohnungen. Teuer zwar, aber gut. So ist es eben."

Sie gingen wieder hinein ins Büro. Die Detektei *PH Investigations* umfasste offiziell drei große Räume plus ein Labor. Die Hälfte der fünften Etage des Neubauhauses. Nichts wies darauf hin, dass es noch eine geheime Dependance gab, nur ein paar Straßen weiter. Dort, wo Pias Schreibtisch in einem getarnten Grafikdesign-Büro stand. Hier dagegen wirkte die Atmosphäre auf den ersten Blick nicht sonderlich geheimniskrämerisch. Johanna gefiel die lebhafte und geschäftige Stimmung. Mehrere Angestellte hatten ihren Chef begrüßt, sich dann aber wieder in die Arbeit vertieft. Grüppchenweise standen sie nun vor großen Flipcharts und diskutierten über einzelne Fälle.

„Na also!", rief Paul knapp eine Stunde später. „Da haben wir es doch. Ich habe ein paar Fingerabdrücke analysiert. Auf dem Geldschein, den der Überbringer von Bjarnes Drohbrief in der Hand hatte, waren natürlich welche von mehreren Leuten. Klar. Aber einer davon ist identisch mit denen auf der Seite 34 aus dem Fitzek-Roman, die ich bei Scherers auf dem Klo entwendet habe." Er sah Johanna triumphierend an. „Die stammen von Klaus Scherer. Und wenn ich mich nicht täusche, haben wir jetzt auch die von Elena. Sieh her, ich habe auch auf der Romanseite verschiedene Abdrücke gefunden. Der Kreis schließt sich um unsere beiden Hauptverdächtigen."

„Aber?"

„Besser wäre es natürlich, wenn wir direkt auf dem Brief Spuren von den beiden finden könnten. Wir fahren jetzt mal rüber ins Stadtlabor und lassen die Haarbürste, die du bei deinem Einbruch in Scherers Haus geklaut hast, auf DNA analysieren. Das kann ich hier nicht. Und dann schauen wir, ob Pia etwas über Elena in den Datenbanken des Landeskriminalamtes findet. Irgendwo muss sie ihre Spuren hinterlassen haben. Und jetzt, da wir auch ihre Fingerabdrücke haben … Wer weiß, was wir über die reizende Biologin herausfinden."

„Da habe ich wenig Hoffnung." Johanna zuckte mit den Achseln. „Aber es schadet ja nie, so viel wie möglich über einen Verdächtigen zu wissen. Bei Elena können wir davon ausgehen, dass sie ihre Spuren sehr gut verwischt hat. Was mich allerdings wirklich beunruhigt, ist die Sache mit dem *Talliska*-Ordner. Sie hat da ganz offensichtlich etwas herauskopiert. Etwas, das ihr sehr wichtig war und das wir bislang übersehen haben. Aber was? Vielleicht wissen Bjarne und Pia ja inzwischen mehr darüber. Schreib doch mal bitte eine WhatsApp, Paul."

„Mach ich, ja. Ich habe dabei nämlich auch kein gutes Gefühl, hast recht."

Rasch tippte er seine Fragen ein und erhielt auch nur kurz darauf Antwort.

„Nein, wir sind dabei, haben aber noch nichts gefunden. Isabellas Zeichnungen sind aber auch der Hammer. Fast so etwas wie ein Tagebuch. Sie hat unfassbar viele Szenen und Erlebnisse bildlich festgehalten. Auch ziemlich versaute. Wir glauben inzwischen, dass Elena wahnsinniges Glück gehabt hat, dass sie genau die eine Zeichnung so schnell gefunden hat. Ausgerechnet die eine, die ihr so wichtig war und wohl auch extrem viel bedeutet. Wir fahnden weiter. Euch ebenfalls viel Erfolg. Bye, bis später. Pia."

„Gut", meinte Johanna. „Dann fahren wir jetzt ins Labor und danach nach Eimsbüttel. In die Osterstraße. Da wohnt nämlich Ingrid. Lass mich allein mit ihr sprechen, ja? Warte bitte im Auto.

„So ein verdammter, verfickter Scheiß!" Ingrid Falter war außer sich vor Wut. „Was bildet sich die hochnäsige Schlampe eigentlich ein? Mich einfach rauszuwerfen, nur weil ich beim Friseur gewesen bin? Hat die sie noch alle, oder was?"

Sie fühlte sich wie ein Vulkan kurz vor dem Ausbruch. „Was haben wir nicht alles zusammen erlebt! Die Kerle massenhaft über uns drübersteigen lassen und ihnen literweise die Sahne abgepumpt. Und nun? Ich bin raus? Pfff! Dabei war ich es doch, die mit am nächsten an Rudolf dran war! Ich hätte längst zur Vize-Chefin der Ringträgerinnen ernannt werden müssen und nicht die blöde Kuh von Fabia. Dass ich es nicht geworden bin, hatte ich auch nur Johanna zu verdanken, dem missgünstigen Weibsstück."

Sie schnaubte hasserfüllt. Das Ziel ihrer Wut war bei allen Michelsons gut gelitten gewesen, hatte immer den Vorzug bekommen. Zu Unrecht, wie Ingrid fand. Was hatte die blöde Sau denn schon groß geleistet? Sie versank in fruchtlosen Grübeleien.

„War ich es nicht, die fast in jedem Monat die besten und versautesten Ideen zu der neuen Goldplatte hatte? Dem ollen Opa hat es immer gut gefallen! Und der wilde Harald? Der und sein Analtrieb! Was habe ich dem meinen Hintern hingehalten. Und jetzt soll das alles für 'n Arsch gewesen sein?" Die unfreiwillige Komik ihrer Tirade fiel der Ex-Ringträgerin nicht auf.

„Gut, lange Haare waren Vorschrift, das stimmt", gestand sie sich selbst ein. „Aber Rudolf war immerhin schon fast zwei Jahre unter der Erde, als ich mich für eine optische Veränderung entschieden habe. Und überhaupt: Johanna hat ja wohl auch eine Kurzhaarfrisur getragen. Immer schon. Das war früher ungerecht und ist es noch. Aber jetzt die Haare als Kündigungsgrund vorzuschieben, ist eine bodenlose Frechheit. Sowas von selbstherrlich, die blöde Kuh!"

Zwar ruhte der Zirkel der Ringträgerinnen seit Rudolfs Tod. Und es war mehr als unwahrscheinlich, dass er je wieder zusammentreffen würde. Doch Ingrid Falter war ganz sicher keine Frau, die sich ihre Position von anderen so einfach streitig machen ließ! Von anderen Frauen schon mal gar nicht. Ob ihr der Status einer Ringträgerin nun noch etwas nützte oder nicht.

„Verflucht sollst Du sein, Johanna! Fahr einfach zur Hölle! Und bleib da!" Selbst in ihren eigenen Ohren klang ihre Stimme schrill. Eine Tasse zerschellte auf dem Fußboden, die nächste pfefferte sie gleich hinterher. Und dann eine dritte. Erst, als sie sich an einer Scherbe geschnitten hatte, kam sie langsam wieder zur Besinnung.

„Eigenartig", dachte sie plötzlich. „Wieso ausgerechnet jetzt? Dass wir uns zufällig in der Stadt getroffen hatten, liegt doch nun auch schon wieder ein paar Wochen zurück."

Was also hatte sich seither verändert? Sie ließ Johannas Besuch noch einmal Revue passieren. Was sie genau gesagt hatte. Welche Argumente sie angeführt hatte. Doch nichts davon lieferte ihr einen Fingerzeig. Interessant war allerdings der Abgang ihrer Widersacherin gewesen. Ingrid hatte aus dem Fenster geschaut und gesehen, dass unten auf der Straße ein wenig attraktiver Mann auf Johanna gewartet hatte. Ein untersetzter, etwas dicklicher Kerl, bestimmt schon über fünfzig. Mit dem war sie Arm in Arm weggegangen. So ein Mann war doch gar nicht ihr Typ! Stimmte hier etwas nicht? Der sah eher aus wie ein Makler oder ein Antiquitätenhändler.

„Heeey …! Johanna-Schlampe, willst du etwa die Goldplatten verticken? Das wär natürlich eine Sache, die Sinn ergeben würde. Oder will der Kerl nur mit dir ficken, hm?"

Sie schenkte sich das dritte Glas Rotwein ein und dachte nach. Versuchte, eins und eins zusammen zu zählen und kam zu dem Ergebnis, dass sich in Sachen Michelson etwas getan haben musste. Etwas Lukratives womöglich.

Hm. Wer sagte denn, dass sie den Dingen einfach so ihren Lauf lassen musste? Die zwölf Goldplatten waren definitiv sehr alt, da gab es gar keinen Zweifel. Und entsprechend wertvoll. Kannte sie nicht auch jemanden, der sich für alte Schätze und dergleichen interessierte? Sie hatte sich doch vor ein paar Jahren mal mit einer eleganten und sehr attraktiven Frau darüber unterhalten. Auf einer von Rudolfs legendären Schiffspartys war das gewesen. Ihr fiel jetzt bloß der Name ihrer Gesprächspartnerin nicht mehr ein. Nur an ihr Hobby konnte sie sich erinnern: Störtebeker. Ja, jetzt dämmerte es ihr wieder. Die Frau hatte erzählt, sie sei Mitglied und sogar im Vorstand von einem Störtebeker-Verein. Irgendwie war es ein sehr nettes Gespräch gewesen, das sie damals miteinander geführt hatten. Sehr sexy auch. Über die rauen Sitten der Freibeuter und wie die mit den Weibern damals umgegangen waren. Und eben auch über das Gold der Piraten.

„Ich glaube, ich sollte mich mal wieder mit der Frau unterhalten." Sie stellte das Weinglas ab, bedauerte jetzt doch den Bruch der drei Tassen. Aber egal. Sie setzte sich an den Tisch und fuhr den Laptop hoch. „*Hamburger Störtebeker Verein*, genau!", murmelte sie. Doch das erste, was die Suchmaschine ihr anbot, war ein großer Hamburger Fußballverein mit identischen Anfangsbuchstaben. Das würde ihr wohl kaum weiterhelfen. Sie brauchte bessere Informationen.

Es war etwa zur gleichen Zeit, als sich in einer kühlen Bibliothek an der Elbe eine verschworene Leserunde versammelte, um ebenfalls den Spuren prominenter Piraten zu folgen.

„Ich bin gespannt, was Gödeke und Walhorn diesmal alles aushecken", schmunzelte Pia, während sie behutsam durch die Seiten des alten Buches blätterte.

„Ich bin sicher, es hat was mit Frauen zu tun!", warf Bjarne ein.

„Bestimmt!" Die Vorleserin grinste, als ihre Augen über die ersten Zeilen des neuen Abschnitts huschten. „Aber erstmal geht es um Isabella."

1396
Huren und Herrinnen

„Deine Schwester kennt Gödeke Michels?!“ Isabella war wie vom Donner gerührt. Sie konnte es kaum glauben. Seit sie von der Hanse den Auftrag erhalten hatte, die Pläne der Likedeeler auszukundschaften, hatte sie auf eine solche Chance gehofft. Die Idee, sich dazu als Händlerin für Männerträume auszugeben, war tatsächlich brillant gewesen. Soviel musste sie ganz unbescheiden feststellen. Während sie ihr selbsterfundenes Einhorn-Pulver anbot, das angeblich eine ganz erstaunliche Wirkung auf die Manneskraft entfaltete, konnte sie sich tatsächlich ungestört in den Kneipen und am Hafen umhören. Und zwar ohne Verdacht zu erregen. Sie hatte ja tatsächlich schon etwas von dem Zeug verkauft!
Dass sie jetzt aber gleich in der ersten Spelunke auf eine Schankmaid traf, die den legendären Anführer offenbar nicht nur vom Hörensagen kannte: Was für ein unverschämtes Glück! Was für eine Quelle! Die musste sie um jeden Preis zum Sprudeln bringen! Aber das sollte ihr nicht schwer fallen. Sie hatte schließlich schon weitaus gerisseneren und misstrauischeren Informanten ihr Wissen entlockt. Hypnotisierend sah sie also das Mädchen an wie die Schlange das Kaninchen: „Schau, mein Interesse ist völlig harmlos“, schien ihr Blick zu säuseln. „Es geht mir nur darum, einen neuen Käufer zu gewinnen. Um sonst nichts. Gar nichts …“
Prompt schienen ein paar glänzende Goldmünzen in den Augen der Spionin aufzuleuchten, als sie fragte: „Und du meinst, der nimmt auch Einhornpulver?“

Die Schankmaid starrte sie entgeistert an. Als hätte sie gefragt, ob der Teufel in Rosenöl und Stutenmilch bade, um in der Höllenhitze keine trockene Haut zu bekommen. „Natürlich nicht!“, beteuerte sie halb entrüstet, halb schwärmerisch. „Das hat der Gödeke doch überhaupt nicht nötig!“

So viel naive Heldenverehrung ließ Isabella innerlich mit den Augen rollen. Doch sie wollte den Gesprächsfaden auf keinen Fall abreißen lassen. „Ach …?!“, machte sie also ermutigend.

Doch bevor das Mädchen weitere Details preisgeben konnte, wurde sein Mitteilungsdrang jäh unterbrochen. „Grit!“, brüllte der Wirt quer durch den Raum. „Du wirst hier nicht fürs Rumstehen bezahlt!“ Hastig wandte die Getadelte sich um und machte sich daran, die Bierkrüge vom Nebentisch einzusammeln.

„Komm wieder, und bring mir noch einen Wein, sobald du einen Moment Zeit hast“, bat Isabella. „Dann reden wir nochmal über das Pulver.“ Grit nickte eifrig und eilte davon. Isabella lächelte wie eine zufriedene Katze und nippte an ihrem Becher. Sie konnte warten.

„Darf ich Euch ein echtes und tiefempfundenes Kompliment machen, Verehrteste?“ Eine kräftige Bass-Stimme riss sie plötzlich aus ihren Gedanken. Der junge Mann, zu dem sie gehörte, war an ihren Tisch getreten und deutete eine höfliche Verbeugung an.

„Mit wem habe ich das Vergnügen?“, fragte Isabella vorsichtig. Sie fühlte sich leicht überrumpelt, wollte aber auch nicht unhöflich sein. Man konnte nie wissen, ob sich der Kerl vielleicht ebenfalls als nützlicher Kontakt entpuppen würde. Seine dunkle Kleidung wirkte dezent und gediegen, aber nicht übertrieben kostspielig. Ein Beamter? Ein Zunftmitglied?

„Wo habe ich nur meine Gedanken“, antwortete er zerknirscht. „Darf ich mich vorstellen: Friedrich Auerland, zu Euren Diensten. Ich arbeite als Schreiber in der Stadtverwaltung. Und Eure Darbietung eben hat mich so verwirrt, dass ich die Grundzüge der Höflichkeit wohl für einen kleinen Moment vergessen hatte.“ Er hob entschuldigend die Hände.

Isabella lächelte. „Nun, sie sind Euch ja rechtzeitig wieder eingefallen“, sagte sie freundlich. Ein Schreiber? Interessant … Was mochte der von ihr wollen? „Nehmt doch Platz“, fuhr sie fort, nachdem sie sich ebenfalls vorgestellt hatte. „Ihr habt also meine kleine Gauklervorstellung mitbekommen?"

Es war eigentlich nur eine spontane Idee gewesen. Sie hatte die Vorzüge ihres Wunderpulvers auf eine überzeugende Weise anpreisen wollen und zu diesem Zweck eine kleine schauspielerische Darbietung an ihren Kneipentisch gezaubert. Die Rolle der eigentlich braven Ehefrau, die mit ihrem einhorngestählten Gatten die verlockendsten erotischen Genüsse gekostet hatte, war ihr offenbar ziemlich gut gelungen. Der Schreiber jedenfalls schien begeistert zu sein.

Er ließ sich auf einen Stuhl fallen und sah sie mit ehrlicher Bewunderung an. „Ihr solltet Euer Licht nicht so unter den Scheffel stellen. Wie Ihr da vorhin vor diesen beiden Seeleuten die weibliche Lust dargestellt habt ... Das war mehr als eine profane Gauklervorstellung! Das war echte Kunst!", verkündete er im Brustton der Überzeugung.

Isabella lachte. Sie wusste zwar, dass sie schauspielerisches Talent besaß. Der Begriff Kunst schien ihr dafür aber doch ein wenig hoch gegriffen zu sein.

Doch ihr Gegenüber blieb bei seiner Einschätzung: „Habt Ihr schon mal daran gedacht, diese Gabe gewinnbringend zu nutzen?"

Schlagartig war Isabella alarmiert. Ahnte er, dass sie nicht das war, was sie zu sein vorgab? „Wie meint Ihr das?", fragte sie zögernd. Doch sie merkte rasch, dass Friedrich Auerland sie nicht als Spionin verdächtigte. Seine Gedanken gingen in eine völlig andere Richtung.

„Habt Ihr schon von der neuen Hurenschule auf der Insel Neuwerk gehört?", erkundigte er sich.

Isabella horchte auf. Schon wieder diese ominöse Hurenschule! Die schien ja inzwischen Stadtgespräch zu sein. Aus den Satzfetzen, die sie vorhin von den hiesigen Zechern aufgeschnappt hatte, war sie allerdings nicht so recht schlau geworden.

„Nur Gerüchte", sagte sie also. „Wisst Ihr Näheres darüber?"

„So könnte man sagen“, gab er mit einem leicht amüsierten Lächeln zurück. In kurzen, aber doch plastischen Worten schilderte der Schreiber, wie er das Etablissement mehrfach aufgesucht hatte – von Berufs wegen selbstverständlich. Die Hamburger Stadtverwaltung hatte ihn auf das kleine Eiland im Wattenmeer geschickt, das man oft auch nur kurz ‚O‘ nannte. Nach dem friesischen Wort für Insel. Seine Aufgabe war es gewesen, die dortige Bildungsstätte und ihren Lehrplan zu begutachten. Und mit dem Betreiber einige Fragen von gegenseitigem Interesse zu klären.

Isabella hob bei dieser Formulierung eine Augenbraue. Doch Friedrich Auerland schien sich über die Natur dieser Fragen nicht näher äußern zu wollen. Womöglich ging es um nicht ganz astreine Absprachen. Der Schreiber ließ allerdings nicht den geringsten Zweifel daran, dass die Stadt Hamburg ein gesteigertes Interesse am Erfolg der Hübschlerinnen-Akademie hatte.

„Das bisherige Angebot an Liebesdiensten in unserer schönen Heimat war doch ziemlich … nun ja … einfach gestrickt“, erklärte er. „Überhaupt keine Raffinesse, nichts für den gehobenen Anspruch.“ Schon lange habe man in gewissen Kreisen überlegt, wie der Fachkräftemangel im horizontalen Gewerbe zu beseitigen sei. Und die neue Ausbildungsstätte biete nun eine Lösung für das Problem. Man werde versuchen, möglichst viele gut ausgebildete Mädchen von der Insel O anzuwerben. „Hamburg kann zu einer Metropole der Lust werden“, schwärmte Auerland. „Bekannt und gerühmt auch über die Grenzen hinaus. Das Ziel aller männlichen Sehnsüchte, wenn Ihr versteht, was ich meine.“

Isabella verstand das mühelos. Die Honoratioren zählten wahrscheinlich insgeheim schon die Goldstücke, die all die abenteuerlustigen und gierbeseelten Fremden in die Stadt spülen würden. Von ihren eigenen erotischen Interessen mal ganz abgesehen. Nur eines begriff sie immer noch nicht: „Und was hat das nun alles mit mir zu tun?“

„Ich habe mich gefragt, ob Ihr vielleicht dort arbeiten wollt.“

„Wie bitte?“ Isabella verschränkte die Arme und sah ihn kühl an. „Ich weiß nicht, wie Ihr auf eine solche Idee kommt. Wie Ihr ja mitbekommen habt, bin ich Händlerin und keine Hure.“

„Nein, nein, Ihr versteht mich falsch!“ Ihr Gegenüber wurde ein wenig rot. „Ich meinte nicht, dass Ihr dort … ähm … die Beine spreizen sollt. Oder wenn doch, dann nur zu Demonstrationszwecken.“

„Was soll das denn heißen?“

„Ich habe mir überlegt, ob Ihr den Mädchen dort nicht ein paar Lektionen in Schauspielerei geben könntet“, erklärte Auerland. „Vortäuschen echter, entfesselter Lust und dergleichen. Eine gute Hure ist ja immer auch eine Gauklerin, die Illusionen verkauft. Die Neuwerker Hurenschule könnte in diesem Bereich eine gute Fachkraft als Ausbilderin gebrauchen. Selbstverständlich in Lohn und Brot.“

„Hm“, machte Isabella unbestimmt. Möglicherweise war das gar keine so schlechte Idee. Huren waren oft sehr gute Informationsquellen. Und wenn sie ehrlich war, hatte die Rolle einer Gastdozentin für darstellendes Spiel ja durchaus ihren Reiz. Vielleicht sollte sie doch einen Besuch auf der Insel in Erwägung ziehen.

„Ich werde darüber nachdenken“, versprach sie mit einem hintergründigen Lächeln.

Friedrich Auerland schien damit vorerst zufrieden zu sein. Er erhob sich und machte Anstalten, sich zu verabschieden. „Ich habe noch allerlei zu erledigen“, sagte er mit einer kleinen Verbeugung. „Bitte, überlegt es Euch. Wenn Ihr mich im Kontor aufsucht, stelle ich euch gern ein Empfehlungsschreiben aus, mit dem Ihr euch in der Schule auf Neuwerk bewerben könnt.“ Damit wandte er sich ab und verließ die Schänke.

Lächelnd trank Isabella ihren Becher leer. Ihr Besuch in der *Nassen Planke* entwickelte sich äußerst zufriedenstellend. Wer hätte gedacht, dass sie an einem einzigen Nachmittag schon so vielversprechende Informationen sammeln konnte? Wie aufs Stichwort kam Grit zurück, einen Krug Wein in der Hand.

„Ich habe jetzt ein bisschen Zeit“, kündigte sie an. „Ich habe dem Wirt von Eurem Pulver erzählt, und ich soll mit Euch einen guten Preis für ein Säckchen aushandeln. Der Wein geht aufs Haus. Mit den besten Empfehlungen vom Chef.“

„Donnerkiel!“, dachte Isabella. Das Zeug war ja der Renner! Wenn sie die Nase einmal voll hatte von der Spionage, wäre das vielleicht eine Alternative. Wer hätte gedacht, dass eine Mischung aus Knochenpulver und Muschelschalen so gefragt sein könnte?

„Danke für die Vermittlung!“, sagte sie laut. „Dafür bekommst du ein Säckchen umsonst.“ Das Mädchen strahlte. „Aber was ist nun mit Gödeke? Warum braucht der kein Pulver?“

„Nun ja“, erwiderte Grit mit leuchtenden Augen, „Manche sagen, er hat einen Schwanz aus Metall!“

„WAS?!“ Isabella verschluckte sich fast an ihrem Wein. Vor ihrem geistigen Auge zogen Bilder von schrecklichen Schwertwunden vorbei. Sie hatte ja schon von Piraten gehört, die eine verlorene Hand durch einen eisernen Haken ersetzten, aber ... Ihr wurde leicht flau im Magen.

„Wer sagt das?“, fragte sie vorsichtig. Harmlos, harmlos, sangen ihre Schlangen-Augen. Weibliche Neugier, sonst nichts.

Grit schöpfte keinerlei Verdacht. „Die Frau vom Kaufmann Thorsteyn“, berichtete sie eifrig. „Diese Engländerin, Alys. Bei der arbeitet meine Schwester Gunhild als Zofe.“

„Tatsächlich?“

„Ja! Gunhild hat wirklich Glück mit ihrer Stelle. Ihre Herrin hält große Stücke auf sie und vertraut ihr blind. Deshalb darf sie manchmal dabei sein und den Tee servieren, wenn Frau Alys sich mit ihren Freundinnen trifft.“ Sie senkte die Stimme. „Die Damen reden dann oft ganz schamlos daher“, flüsterte sie. „Und einmal hat Frau Alys mit ganz dunkler, rauer Stimme gesagt: *Der Gödeke hat wirklich einen Schwanz aus purem Gold!*“

Isabella biss sich fest auf die Zunge, um nicht loszulachen. Sieh an, sieh an: Die Frau ihres hanseatischen Auftraggebers erging sich in nicht ganz wörtlich zu nehmenden Schwärmereien über die Stichwaffen von Piratenkapitänen. Ihre Bekanntschaft mit Gödeke musste höchst intimer Natur sein. War er also in Hamburg gewesen? Mehrfach sogar?

„Haben sich Gödeke und Alys denn manchmal getroffen?“, erkundigte sich die Spionin interessiert.

„Oh ja“, bestätigte Grit. „Vor ein paar Jahren, da kam er eine Zeitlang alle paar Monate. Immer, wenn Heinrich Thorsteyn auf Handelsreise war, hat er ein paar Nächte bei Alys verbracht.“

Die Dame des Hauses habe das jedes Mal sehr genossen, versicherte Grit. Sie sei geradezu süchtig gewesen nach Gödekes rauer Behandlung. Manchmal habe der Pirat sein williges Opfer sogar knebeln müssen, damit man die lustverzerrte Stimme nicht draußen auf der Gasse hörte.

Isabella konnte es kaum fassen. Was für eine Dreistigkeit! Immerhin stand der Kerl als einer der meistgesuchten Piraten auf der Henkersliste ziemlich weit oben. Mit jedem Besuch in der Hansestadt steckte er den Kopf tollkühn in die Schlinge. Warum nur? Was konnte ein solches Risiko wert sein? Sie wollte Alys ja nicht zu nahe treten. Aber sie konnte sich kaum vorstellen, dass Gödeke Michels sein Leben riskierte, nur um sich mit der Kaufmannsgattin in den Laken zu wälzen. Oder doch? War sie Aphrodite persönlich? Reizte ihn die Vorstellung, nicht nur einem der führenden Hamburger Kaufleute, sondern der verhassten Hanse insgesamt Hörner aufzusetzen? Isabella runzelte nachdenklich die Stirn. Es gab natürlich auch die Möglichkeit, dass er sich auf diesem Weg Informationen über die Pläne seiner Feinde beschaffte. Betrieb Gödeke Michels einen heimlichen Spionagering, den er mit einem harten Zepter aus Fleisch und Blut beherrschte? Isabella grinste süffisant.

„Glaubst du denn das mit dem goldenen Schwanz?“, fragte sie.

Grit schüttelte den Kopf: „Ich weiß, dass es nicht stimmt!"

Ihrer Schwester habe die Sache nämlich auch keine Ruhe gelassen. Und so habe Gunhild es eingerichtet, dass sie Gödeke bei einem seiner Besuche im Thorsteyn'schen Haus über den Weg gelaufen sei. Dann sei sie über Nacht verschwunden.

„Ihre Handgelenke hatten am nächsten Morgen rote Striemen wie von einem Seil", berichtete das Mädchen mit großen Augen. „Sie hatte ein Biss-Mal am Hals und konnte sich Tage lang nicht richtig bewegen, weil ihre Muskeln so schmerzten. Aber sie hat genauso dreingeschaut wie Ihr vorhin: Verträumt und zugleich halb wahnsinnig vor Lust! Sie sagt, sein Schwanz ist aus Fleisch und Blut. Aber was er damit macht …"

Die beiden Frauen tauschten einen Blick stummen Verständnisses. „Wollust!", flüsterten Isabellas Reptilien-Augen. „Es ist nur die pure Gier, die mich zu solchen Fragen treibt. Sonst nichts." Und das war nicht einmal gelogen. Oder nur zum Teil.

„Was hat er denn damit gemacht?", bohrte sie nach.

Doch Grit zuckte die Achseln: „Das wollte sie mir nicht sagen. Nur eins weiß ich: Er hat dabei ganz schlimme Sachen zu ihr gesagt! Sie eine kleine Hure genannt und so, obwohl sie doch noch nie Geld genommen hat! Und es hat sie ganz wild gemacht, sagt sie, weil er sie so angeguckt hat dabei … Könnt Ihr Euch das vorstellen?"

Oh ja, das konnte Isabella mühelos. Trotzdem machte sie ein zweifelndes Gesicht.

„Aber das scheint nicht nur Gunhild zu erregen", beteuerte Grit. „Die Frau Alys auch! Obwohl die ja gar kein Platt spricht, so als Engländerin. Deshalb sagt die nicht smuddelig Spraak wie der Gödeke und meine Schwester. Sondern dörti tork oder so …"

In diesem Moment gab es am Eingang der *Nassen Planke* einen kleinen Tumult. Die Tür wurde aufgerissen, raue Stimmen erklangen. Isabella drehte sich um und erstarrte: Der graubärtige Fiete und sein Kumpan taumelten augenrollend über die Schwelle. Die beiden Seeleute, denen sie vorhin ihr angebliches Wunderpulver angedreht hatte. Und sie hatten jetzt offensichtlich Verstärkung mitgebracht. Verdammt! Isabellas Hand fuhr in ihr Kleid und umschloss den Griff ihres Dolches.

Es waren fünf. Alles Seeleute dem Anschein nach.

„Da hinten ist sie“, krakeelte Fiete und wies mit ausgestrecktem Arm auf Isabella. Fünf Paar Augen aus wettergegerbten Gesichtern richteten sich auf die blonde Frau im blauen Kleid, fünf Paar Beine eilten schwankenden Schrittes auf sie zu. Was zum Teufel wollten die Kerle? Sich handfest über die ausbleibende Wirkung des hochgelobten Einhorn-Produkts beschweren? Die Spionin schluckte und umklammerte ihren Dolch. Wer konnte denn auch ahnen, dass die Typen so schnell zurückkehren würden! Konnten sie sich beim Vögeln nicht mal ein bisschen mehr Zeit lassen?

Kurz überlegte sie, sich mit einem beherzten Sprung aus dem Fenster der Schänke in Sicherheit zu bringen. Doch es war zu spät. Fiete hatte ihren Tisch erreicht und hieb seine Pranke krachend auf die hölzerne Platte.

„Das Zeug is‘ der Wahnsinn, min Deern!“, grölte er, trunken von Alkohol und Lust. „Sowas hab‘ ich lange nich‘ erlebt. Ich fühl‘ mich zwanzig Jahre jünger!“

„Mindestens!“, sekundierte sein Kumpan. Und die drei anderen Seeleute drängten nun auch vor, um eifrig ihr Kaufinteresse zu bekunden: Eine Runde *Unicornagra* für alle!

„Gelobt sei die männliche Einbildungskraft“, dachte Isabella erleichtert und atmete tief durch. Dann nahm sie die Hand vom Dolch, um die Münzen einzusammeln, die ihr von allen Seiten entgegengestreckt wurden. Fünf weitere Säckchen mit dem blau schimmernden Granulat wechselten den Besitzer.

„Es freut mich, dass Ihr zufrieden wart“, sagte sie an Fiete gewandt und fügte für alle Fälle hinzu: „Es kann schon vorkommen, dass es nicht richtig wirkt.“

Fragezeichen malten sich in die Gesichter ihrer Zuhörer.

„Allerdings nicht bei Mannsbildern wie Euch!“, versicherte sie ernst. „Nur bei … na ja … Männern, die eigentlich für die Weiber nichts übrig haben, sondern … Ihr versteht …“

Isabella grinste im Stillen über die entrüsteten Mienen. Sollte die Einbildungskraft des einen oder anderen Käufers nicht ausreichen, um seinen Mast aufzustellen, würde er wohl kaum ein Wort darüber verlieren. Nicht, dass er am Ende noch in den Verdacht geriet, kein richtiger Weiberheld zu sein. Fröhlich winkte sie dem Quintett nach, als es lachend und übermütig aus der Schänke stolperte, weiteren nächtlichen Abenteuern entgegen.

„Ihr habt aber schon noch etwas übrig?“, meldete sich nun die Schankmaid wieder zu Wort, die sich während der Unterbrechung im Hintergrund gehalten hatte.

„Natürlich, ich hab‘s dir doch versprochen“, nickte Isabella und überreichte dem Mädchen das vorletzte Beutelchen. „Das letzte gibst du bitte dem Wirt“, fügte sie geschäftstüchtig hinzu. „Sag ihm, das hier bekommt er umsonst. Und wenn er mich weiterempfiehlt, mache ich ihm in Zukunft immer einen guten Preis.“

Grit nickte und verstaute ihr Pulver in ihrem Mieder. „Ich freu mich schon so darauf, wenn ich das mit meinem Ole ausprobieren kann!“, strahlte sie. „Und vielleicht gebe ich auch Gunhild ein bisschen was ab für ihren Liebsten. Sie ist immer so unzufrieden, seit der Gödeke weg ist.“

Interessant, interessant, meine kleine Informantin, rede ruhig weiter! „Kommt der denn nicht mehr nach Hamburg?“, erkundigte sich Isabella mit harmlosem Blick.

Grit schüttelte den Kopf. Nein, er sei schon lange nicht mehr hier gewesen. Zu gefährlich wahrscheinlich. Er treibe sich jetzt wohl mehr auf Gotland und in den Ostseehäfen herum, wo er willkommen sei und nicht auf Schritt und Tritt mit dem Henkersbeil rechnen müsse. Niemand wisse, ob und wann er wieder mal die Elbe herauf schippern werde. Frau Alys sei schon ganz geknickt deswegen.

„Und Gunhild auch. Sie hätte ihn gerne noch öfter getroffen. Vielleicht hätte er ihr dann ja auch so einen Ring geschenkt."

Isabella horchte auf. „Was denn für einen Ring?"

Sie hatte sich den Freibeuter bisher nicht unbedingt als einen Mann vorgestellt, der seine Gespielinnen gleich vor den Traualtar führen wollte. Aber darum ging es auch gar nicht, erfuhr sie dann. Man sagte vielmehr, dass er den lüsternsten Gefährtinnen seiner geheimnisvoll-verruchten Spiele ein ganz besonderes Schmuckstück gab. Einen Meeres-Ring aus Silber. Nicht nur als Zeichen seiner Wertschätzung. Sondern auch, damit die Trägerinnen sich notfalls damit ausweisen konnten. Untereinander oder gegenüber unbekannten Vitalienbrüdern, wenn sie deren Hilfe benötigten.

Donnergewitter! Isabella staunte. Konnte das stimmen? Waren am Ende nicht nur die Likedeeler unter Gödekes Kommando eine verschworene Gemeinschaft, in der Zusammenhalt, Zuverlässigkeit und das gerechte Teilen der Beute Gesetz waren? Wenn Grit recht hatte, dann galt Ähnliches auch für seine weibliche … nun ja: Mannschaft. Nur dass da eben zusätzlich auch noch die wildesten erotischen Ausschweifungen eine Rolle spielten. Isabella lächelte, als sie sich das vorstellte: Eine geheime Schwesternschaft der Lust, die sich über sämtliche Häfen an der Nord- und Ostsee verteilte. Wenn sie da irgendwie hineinkäme …

„Wie sieht er denn aus, dieser Ring?", fragte sie gespannt. Doch das konnte Grit nicht sagen. Gunhild wusste nur, dass Frau Alys einen besaß, gesehen hatte sie ihn nie.

„Kein Wunder", dachte Isabella boshaft. Die gute Alys würde ihn sich wohl kaum an den Finger stecken und ihrem Mann unter die Nase halten! Ähnliches galt vermutlich auch für die anderen lasterhaften Luder des Gödeke-Geheimbundes. Die meisten hatten ihre Ringe bestimmt gut verborgen und holten sie nur bei besonderen Gelegenheiten heraus. Zu dumm!

Gerne hätte sie noch mehr von Grit erfahren, doch die musste sich jetzt wieder den durstigen Kehlen der anderen Gäste widmen. Nun ja, morgen war auch noch ein Tag. Es war ohnehin spät geworden. Und soeben schien sich in der Gaststube auch noch eine handfeste Schlägerei anzubahnen. Zeit, sich aus dem Staub zu machen. Die Spionin zahlte rasch ihre Zeche, hüllte sich in ihren Mantel und verließ die *Nasse Planke*. Sie konnte ja jederzeit wiederkommen.

Das Wetter war nach wie vor ungemütlich. Der Wind wehte ihr eiskalte Regentropfen ins Gesicht. Fröstelnd zog sich Isabella die warme Kapuze über den Kopf und huschte schattengleich durch die dunklen Gassen. Sie freute sich auf ihre gemütliche Kammer, die Ruhe und das Feuer im Kamin. Doch irgendwie ging ihr die Geschichte mit dem Ring nicht aus dem Kopf. Das Ganze konnte natürlich ein bloßes Gerücht sein. Nur ein Hirngespinst romantisch angehauchter Backfische mit Piraten-Ambitionen. Aber was, wenn es stimmte? Dann sollte es für sie ein Leichtes sein, sich in diese Schwesternschaft einzuschleichen. Sie bräuchte nur die Kopie eines solchen Ringes. Wenn sie bloß wüsste, wie er aussah!

Nein, sie würde doch noch nicht schlafen können, ihr Zimmer im Gasthaus *Zum Goldenen Einhorn* musste warten! Entschlossen bog die Spionin der Hanse in eine Seitengasse ab und lenkte ihre Schritte in eine neue Richtung. Irgendwo dahinten stand das Haus, in dem Frau Alys Thorsteyn wohnte. Ein Lächeln spielte um Isabellas Lippen, als sie rasch ausschritt. Dieser Hanse-Auftrag begann, ihr immer mehr Spaß zu machen. Und in ihren Gedanken flüsterte ein von Piratenhänden überreichtes Schmuckstück seine eigene Poesie:

„Ein Ring sie zu vögeln,
die Luder zu finden,
ins Dunkel zu locken,
in Wollust zu binden.“

„Was für Kapriolen das Schicksal doch schlägt“, überlegte sie, während sie durch die schummrigen Gassen eilte. Wer hätte gedacht, dass ihre bisher heißeste Spur in Sachen Likedeeler sie ausgerechnet ins Haus ihres Auftraggebers führen würde? Nein, sie würde ihm das natürlich nicht verraten! Sie kannte doch diese knauserigen Pfeffersäcke: Am Ende kam er noch auf die Idee, ihren Auftrag zu stornieren, weil er die gewünschten Informationen in seinen eigenen vier Wänden billiger zu bekommen hoffte. Das kam überhaupt nicht infrage! Abgesehen davon konnte es ja nie schaden, ein paar pikante Geheimnisse über das Umfeld seiner Auftraggeber zu kennen.

Ein mokantes Lächeln spielte um Isabellas Lippen. Den guten Heinrich Thorsteyn würde vermutlich der Schlag treffen, wenn er wüsste, dass seine süße, unschuldige Frau Alys zum inneren Lustzirkel von Gödeke Michels gehörte! Dass einer der berüchtigtsten Piraten aller Zeiten in seinem Haus ein und aus gegangen war. Wieder und wieder. Sich mit seiner englischen Metze wahrscheinlich sogar im Bett des Kaufmanns gewälzt hatte, während dieser auf Reisen weilte …

Isabella schluckte, als sie sich diese Szene ausmalte. Sie konnte den Reiz von rauen Piratenhänden auf nackter Haut durchaus nachvollziehen. Und auch den unwiderstehlichen Nervenkitzel des Verbotenen. Sie ertappte sich dabei, wie sie sich in Alys‘ Lage versetzte. Hatte Gödeke Michels ihre Hände an den Bettpfosten gefesselt, während er sie mit harten Stößen in eine fauchende Furie verwandelte? Hatte sie später ihre Blicke träumerisch über das geschnitzte Holz streifen lassen und sich daran zurückerinnert, wenn sie an Heinrichs Seite dort lag? Oh ja, Isabella konnte sich mühelos vorstellen, dass sich das Risiko gelohnt hatte! Für den Hauptmann der Likedeeler, der die Frau eines seiner Erzfeinde zu seiner Hure gemacht hatte. Aber auch für die Kaufmannsgattin, die zwischen den Laken ihres Ehebettes endlich die schamlose Lust geschmeckt hatte, nach der sie sich sehnte.

Falls diese Freibeuter ihrer Geilheit überhaupt in einem Bett frönten! Vielleicht nahmen sie ihre willigen Gespielinnen ja lieber auf den Gewürzsäcken im Lager, eingehüllt in den exotischen Duft von Zimt und Nelken … Isabella biss sich bei dem Gedanken genießerisch auf die Unterlippe, spürte ein leichtes Ziehen in den Brustspitzen.

Die nimmermüde Künstlerin in ihr fand dieses Piraten-Thema überaus inspirierend. Schon malte sie Bilder in den glühendsten Farben auf die Leinwände in ihrem Kopf. Komponierte ganze Sinfonien aus wellenrauschender Lust. Ließ ihre Hände über den schmiegsamen Ton ihrer Fantasien gleiten, um wild ineinander verschlungene Körper zu modellieren.

Es gab ja viele Möglichkeiten, in so einer Kaufmannsvilla seinen verbotenen Gelüsten zu erliegen. Hatte Gödeke die Frau Alys in diesen Nächten mangels Schiffsmast an den Pfosten des Brunnens im Hof gebunden? Hatte er sie dort zappeln lassen mit zerrissenem Kleid und nackten Titten, kämpfend mit ihrer Fessel, ihrer Gier und der Notwendigkeit, sich möglichst still zu verhalten, um das Gesinde nicht zu wecken? Hatte es ihn erregt, sich da draußen an ihrer hilflos winselnden Geilheit zu weiden?

Oder hatte er ihr stilecht im Pferdestall die Zügel angelegt, um sie mit dem herben Geruch von Leder und Heu, Pferd und Mann in der Nase in eine lustwiehernde Stute zu verwandeln? Isabella lief das Wasser im Mund zusammen. Ob sich Alys wohl brav in alles gefügt hatte? Irgendwie bezweifelte sie das. Sie selbst hätte es jedenfalls nicht getan. Wie viel reizvoller war doch die Vorstellung, dass Gödeke sein zweibeiniges Wildpferd erst hatte zähmen und zureiten müssen! Dass er all sein reiterisches Können hatte aufbieten müssen, um die Kontrolle zu behalten. Und dass er den Willen seiner Gespielin selbst nach den ersten Peitschenhieben noch keineswegs gebrochen hatte. Bestimmt war sie dadurch nur zu einem noch wilderen Galopp angestachelt worden, hatte sich aufgebäumt unter dem Druck seiner Schenkel …

„Schluss jetzt!", rief sich Isabella energisch zur Ordnung. Gerade im Moment konnte sie es sich wirklich nicht leisten, sich in ihren meeresfeuchten Fantasien zu suhlen. So verführerisch diese auch sein mochten. Denn sie hatte ihr Ziel erreicht. Vor ihr ragte ein prächtiges Haus auf, der steingewordene Beweis von Heinrich Thorsteyns kaufmännischem Erfolg.

Isabella war schon ein paarmal geschäftlich hier gewesen. Nicht offiziell allerdings. Frau Alys war sie dabei nur einmal sehr flüchtig begegnet und hatte ein paar nichtssagende Höflichkeiten mit ihr getauscht. Abgesehen von den mehr als pikanten Geheimnissen, die sie heute erfahren hatte, wusste sie so gut wie nichts über die Engländerin. Doch immerhin kannte sie die Lage der einzelnen Räume in der Thorsteyn-Villa gut genug, um sich bei ihrem jetzigen Vorhaben mühelos orientieren zu können. Sie musste diesen Ring finden, den Gödeke Michels der Kaufmannsfrau geschenkt hatte! Das Schmuckstück würde ihre Eintrittskarte in den inneren Kreis der Likedeeler-Luder werden.

Vorsichtig sah sie sich in der Gasse um, doch es war niemand zu sehen. Perfekt! Das Tor zum Hof war natürlich fest verschlossen, desgleichen sämtliche Fensterläden im Erdgeschoss. Im ersten Stock dagegen schien ein Laden leicht im Wind zu klappern. Offenbar hatte man ihn nicht richtig befestigt oder der Riegel war zerbrochen. Man hatte sich darüber wohl wenig Gedanken gemacht, weil das betroffene Fenster ziemlich hoch über der Gasse lag. „Das nützt dir nur nichts, mein lieber Thorsteyn", dachte Isabella und kräuselte spöttisch die Mundwinkel. „Du solltest besser kein Efeu an deinen Mauern wachsen lassen!"

Entschlossen raffte die Spionin ihren Rock und setzte einen Fuß in die dicken, verschlungenen Ranken. Es war eine geradezu lächerlich deutliche Einladung für eine Frau wie sie! Katzengleich arbeitete sie sich Meter um Meter nach oben. Nicht das kleinste Blätter-Rascheln war zu hören, kein leises Schaben von Pflanzen an Stein. Wie man ungesehen in fremde Häuser gelangte und nach getaner Arbeit spurlos wieder verschwand, hatte sie schließlich von einem Meister dieser Kunst gelernt. Ihre kurze, aber heftige Affäre mit einem Mann, der sich „der König der Diebe" nannte, hatte sich in jeder Hinsicht ausgezahlt.

Schon hatte sie das breite Fenstersims erreicht und sich behutsam vergewissert, dass sich der Laden tatsächlich öffnen ließ. Nur noch ein sanfter Ruck mit dem kleinen Hebelwerkzeug, das sie für solche Fälle stets bei sich trug, und das Fenster schwang auf. Rasch kletterte Isabella hindurch und landete mit einer weichen, federnden Bewegung in einem sparsam beleuchteten Gang.

„Als erstes das Terrain sondieren!", rief sie sich die Grundregel des professionellen Einbrechertums ins Gedächtnis. Still wie ein Schatten glitt sie von Tür zu Tür, lauschte, spähte, witterte. Die Dienstboten hatten sich offenbar schon zur Nacht in ihre Kammern zurückgezogen, die in einem Nebengebäude lagen – gut so! Die Schlafräume des Hausherrn und seiner Gemahlin aber waren noch leer. Dafür hörte man ihre Stimmen aus der Wohnstube im Erdgeschoss. Vorsichtig tastete sich die ungebetene Besucherin die Treppe hinunter und achtete sorgsam darauf, jedes Knarren der Stufen zu vermeiden. Doch was sie dann hörte, hätte sie beinahe ins Stolpern gebracht.

„Ich kann nur an Eure Freibeuter-Ehre appellieren, Kapitän!", gellte eine weibliche Stimme hinter der angelehnten Stubentür hervor. Es klang nicht wirklich verängstigt. Vielmehr schien eine Sinnlichkeit hinter den Worten zu vibrieren, die ihrem Inhalt Hohn sprach: „Verschont ein armes, wehrloses Weib!"

Isabella fiel fast die Kinnlade herunter. Alys! Und … wer? Gödeke? Einen solchen Glückstreffer würde ihr das Schicksal wohl kaum bescheren! Einer seiner Kollegen vielleicht?

„Mach die Beine breit, du kleine Schlampe!", knurrte es zur Antwort, während ein schwerer Trinkpokal auf eine Tischplatte knallte. „Wollen wir doch mal sehen, was für ein verdorbenes Luder du bist!"

Isabella glaubte ihren Ohren nicht zu trauen. Sie kannte diese Stimme! Normalerweise sprach sie allerdings eher sachlich über Gold und Geschäfte und Gewürze. Nicht so in diesem Moment: Um seinem Liebesleben eine pfeffrige Note zu verleihen, schien Heinrich Thorsteyn gerne mal den verruchten Piratenkapitän zu geben. Oder war das Alys' Idee? Störte sie sich nicht an der Diskrepanz zwischen Original und Fälschung? Das konnte doch wohl alles nicht wahr sein! Kopfschüttelnd schlich Isabella näher und spähte durch den Türspalt.

Die malerische Szene, die sich ihr bot, hätte ihr beinahe ein belustigtes Schnauben entlockt: Verwegener Hut, hohe Stiefel, messerbewehrter Gürtel – Thorsteyn hatte bei der Wahl seiner Garderobe wirklich kein Klischee ausgelassen. Und zwar inklusive der Augenklappe! Eine zierliche Frau mit heller Haut und rötlichen Haaren saß mit gerafften Röcken auf der Kante des großen Eichenholztisches, auf dem normalerweise die Mahlzeiten serviert wurden. In einer Mischung aus gespieltem Schrecken und echter Schamlosigkeit präsentierte sie dem breitbeinig vor ihr stehenden Mann ihre nackten, weit gespreizten Schenkel.

Erst versuchte Alys mit zweifelhaftem Erfolg, ihre pulsierende Mitte mit den Fingern zu bedecken. Doch als Thorsteyn drohend den Krummsäbel hob, den er offenbar für eine angemessene Piraten-Bewaffnung hielt, ließ sie ihre Hand sinken. Ungehindert fiel sein Blick nun auf das feuchte Marschland zwischen ihren Beinen, das die ersten Rinnsale der Flut bereits zu überschwemmen drohten. Langsam senkte der Kaufmann im Piratengewand die scharfe Klinge, als wolle er den Stoff des Kleides zerteilen, das sich über ihren süßen Brüsten spannte.

„Gute Güte!", dachte Isabella und verdrehte die Augen. „Hoffentlich schneidet er sie nicht noch aus Versehen!" Sie hatte doch ernsthafte Zweifel daran, dass der untrainierte, leicht füllige Händler mit einer solchen Waffe richtig umgehen konnte. Und als er anfing, etwas von schamlosen Landratten zu murmeln, die gehörig übers Knie gelegt gehörten, zog sie sich leise zurück. Es gab Dinge, die musste sie nicht unbedingt gesehen haben! Sie würde nicht zulassen, dass sich diese Bilder in ihre eigenen Piratenfantasien drängten und deren erotischen Zauber in hanseatischen Staub verwandelten! Und ohnehin hatte sie Wichtigeres zu tun!

Die Gelegenheit war günstig. So schnell würden der Scheinpirat und seine Beute die warme Wohnstube wohl nicht verlassen. Wie ein schattenhafter Geist glitt Isabella die Treppe wieder hinauf und verschwand im Schlafgemach der Hausherrin. Der Ring der Nacht rief nach ihr. Und sie würde ihn finden.

2018

Wahnsinn!", unterbrach Pia ihre Lesestunde und atmete tief durch. Nachdem sie sich kurz geschüttelt hatte, trank sie einen gehörigen Schluck Wein. „Was für eine Isabella-Episode! Nun habe ich ein klares Bild von ihr vor Augen. Was sie antrieb und was sie vorangebracht hat. Es geht also auch hier schon um einen geheimnisvollen Ring. Das ist ja spannend! Aber was für ein Luder, oder? Schleicht sie sich doch glatt in das Haus des Hansekaufmanns ein."

„Ich könnte da einige Frauen in meiner Bekanntschaft nennen, denen ich so eine Aktion ebenfalls zutrauen würde", warf Paul trocken ein.

„Was du nicht sagst!" Pia grinste. „Mehrere gleich? Du musst ja seltsame Leute kennen."

„Davon kannst Du getrost ausgehen."

„Weiter, Pia!", drängte Johanna. „Bitte!"

„Schon gut! Ich les ja schon. Aber der Schreiber dieses Buches scheint eine Vorliebe für Cliffhanger zu haben. Jedenfalls überlässt er unsere Einbrecherin jetzt erstmal sich selbst und führt uns wieder nach Gotland."

1396
Die Vitalienschwester

Achtzehn Hauptmänner und Kapitäne hatten sich im Haus des Gödeke Michels eingefunden, um den Worten ihres Anführers zu lauschen. Ohne ihn zu unterbrechen, hörten die hartgesottenen Männer schweigend zu, was er ihnen an Neuigkeiten zu berichten hatte. Doch manch einer ballte vor Zorn die Fäuste. Kapitän Walhorn, der Waljäger, war nicht geladen. Der hatte sich nach dem Gespräch mit Michels zusammen mit Svantje in seine Hütte zurückgezogen.

Gödeke hielt seinen Männern einen der Briefe entgegen – den Beweis dafür, dass der Deutsche Orden einen massiven Angriff auf Gotland plante. Er selbst wolle nun nach Wismar segeln und zum einen herausfinden, wie weit die Pläne fortgeschritten waren. Zum anderen wolle er die Landung von Teilen ihrer eigenen Flotte vorbereiten, um die erbeuteten Waren zu verkaufen. Dass sein wahres Ziel Hamburg war, verschwieg er lieber. Wie leicht konnte einer von ihnen in Gefangenschaft geraten! Da sollte es besser nichts geben, was er unter der Folter gestehen konnte. Zudem war es nicht auszuschließen, dass sich unter den 2.000 Vitalienbrüdern auf Gotland auch der eine oder andere Spion befand. Je weniger Leute von seinem Plan wussten, umso sicherer war es

Einzig Magister Wigbold und Lars Reesenspund bat er am Ende der Zusammenkunft auf ein Gespräch unter sechs Augen und zog sie ins Vertrauen. Beiden klappten die Kinnladen herunter, als er ihnen von seinem tolldreisten Plan erzählte: Wo er hin wollte und was er da zu tun gedachte. Doch als Gödeke erklärte, dass Lars als Leibgarde gebraucht wurde und Wigbold einen Brief und ein Siegel fälschen sollte, grinste der kleine Magister vergnügt und rieb sich die Hände.

„Mein Schreiben wird noch berühmt werden! Ein Artefakt fürs Museum für Hamburgische Geschichte, wenn dieses Wahnsinnsunternehmen irgendwann einmal ans Tageslicht kommt, ich sag's euch! Und Ihr, mein lieber Lars …" Jetzt schmunzelte Wigbold neckend. „Wie wär's? Nicht Lust auf einen kleinen Gassenbummel? Wie ich hörte, wird so einiges geboten für die Seeleute, die in Hamburg Station machen."

Aber Lars hatte offensichtlich anderes im Kopf. Dem Hünen war der Schreck in die Glieder gefahren, sein Gesicht wirkte noch ein wenig blasser, als es normalerweise schon war. „Das könnte eine Fahrt ohne Wiederkehr sein", meinte er und trank einen großen Schluck Wein. „Doch so sei es! Ich bin stolz, dass Ihr mich auserkoren habt, für Euren Schutz zu sorgen, Gödeke!"

„Schickt mir mal diesen Walhorn, Käpt`n", bat Wigbold. „Und auch den Brief mit der Berechtigung, am Hansetreffen teilzunehmen. Bergener Schreibpapier habe ich noch in meinem Kontor. Das wird sich machen lassen. Gut, dass Ihr das Siegel nicht gebrochen habt. Ich werd' sehen, dass ich es identisch hinbekomme. Eine überaus reizvolle Aufgabe! Wie wollt Ihr heißen, Gödeke?"

„Gunnar Michelson aus Bergen, geboren und aufgewachsen in Husum."

„Husum?" Wigbold zog beide Mundwinkel nach unten und rümpfte die Nase. „Ausgerechnet! Eine grauere Stadt am Meer gibt es nicht. Aber gut, warum nicht."

„Eilt Euch, Wigbold, die Zeit drängt. Ich möchte so bald wie möglich aufbrechen. Und Ihr, Lars, sorgt dafür, dass der Holk des Walfängers klar Schiff gemacht wird. Hat ja einiges abbekommen, trotz der weißen Fahne. Und seht Euch die Harpune genauer an. Möglich, dass uns ein solches Geschütz auch einmal gute Dienste leisten könnte. Zum Entern eigentlich optimal geeignet."

Rau lachte Michels auf und schlug sich auf den Schenkel, dann füllte er die Becher nach.

Jana Poponova war aufgestanden, kurz nachdem Gödeke das Haus verlassen hatte. Sie hatte Brennholz im Kamin nachgelegt und dafür gesorgt, dass es weiterhin warm und kuschelig war. Sie hatte sich lediglich ein Paar dicke Wollsocken übergezogen und blieb auch den Vormittag über in ihrem roten Unterkleid. Sie fühlte sich wohl, satt und zufrieden. Noch nie hatte ein Mann ihr solch unbekannte Gelüste geschenkt, und ein seltsames Summen im Bauch geleitete ihre Aufräumaktionen nach der nächtlichen Orgie. Wie würde jetzt alles weitergehen? Gödekes Belehrungen, dass sie von nun an auf sich allein gestellt sein würde, blieben nicht ohne Spuren. Denn das, was er gesagt hatte, entsprach leider der Wahrheit. Auch war sie mit sich am Hadern, ob sie ihm nicht doch auch etwas erzählen sollte, was sie über ihn und sein weiteres Schicksal in naher Zukunft wusste.

Er hatte ihr etwas geschenkt, das sie längst verloren geglaubt hatte. Bevor das Unheil in ihrer alten Heimat Kaunas begonnen hatte, war sie eine lebenslustige, attraktive Frau gewesen, die sich ihrer Wirkung auf das Mannsvolk bewusst war und die offen vorgetragenen Avancen sehr zu schätzen wusste. Sie hatte kokettiert, damit gespielt und sich gelegentlich auch hingegeben, um Sinnesfreuden zu erleben und zu genießen.

Doch dann war die ständige Angst gekommen, der namenlose Schrecken, den der hochheilige Deutsche Orden in ihrer Gegend verbreitete. Besonders die hübschen Frauen hatte er aufs Korn genommen und jeden leichtfüßig tänzelnden Schritt auf brutalste Weise auszumerzen versucht. Er hatte ihr alles geraubt. Nicht nur die Familie und Haus und Hof, sondern besonders auch ihre Lust und Lebensfreude, sodass sie und ihr Mann Igor schlussendlich das schöne Livland verlassen hatten.

Gödeke Michels war zweifellos indirekt mit daran schuld, dass sie nun in dieser für sie höchst prekären Situation steckte. Das konnte sie ihm zum Vorwurf machen. Doch andererseits: War es nicht ausgerechnet er, der sie wieder geweckt und belebt hatte?

Was also sollte sie tun? Ihre gesamte Barschaft hatte Igor verwaltet, und die war ihr nun genommen. Von den Vitalienbrüdern. Sie selbst stand also tatsächlich so da, wie Olga es ganz nüchtern zusammengefasst hatte. Mit nichts außer dem, was sie am Leibe trug. Wertvolle Dinge, keine Frage, doch was würde sie hier auf Gotland für ihren Zobelmantel bekommen? Was für ihre eleganten Stiefel? Nicht viel, das war ihr klar. Blieb ihr also keine andere Möglichkeit, Geld zu verdienen, als ihren Körper anzubieten für einen Schilling am Tag?

Sie schüttelte sich und spürte eine unheilvolle Kälte aufsteigen. Auch ihr Magen meldete sich. „Wann habe ich eigentlich das letzte Mal etwas gegessen?", dachte sie und schnitt sich zwei Scheiben Brot ab, bestrich sie mit Griebenschmalz. Einen Apfel und eine Birne fand sie dazu noch in dem Korb hinten auf der alten Anrichte. Abermals seufzte sie schicksalsergeben und nahm wieder Platz. Sie biss in die Birne, die gar köstlich schmeckte, und dann auch ins Brot.

Als der Hauptmann der Likedeeler zurückkehrte, saß Jana Poponova mit übereinandergeschlagenen Beinen am Tisch und trank ein Glas Milch mit Honig. Gödeke staunte nicht schlecht, als er sich umsah und alles in feinster Ordnung vorfand. Er griff in seine Westentasche und legte einen Schilling auf den Tisch.

„Für Eure Dienste", sagte er. „Ihr bleibt heute bei mir."

Jana starrte auf die Münze und fragte entgeistert: „Ihr betrachtet mich als Eure Hure?"

Er nickte und antwortete gelassen: „Aber ja doch, das tue ich. Ihr werdet das Geld noch gebrauchen können. Jeden Tag einen Schilling, denn ich will, dass Ihr bleibt und mir Tag und Nacht zur Verfügung steht."

Ihr Gesichtsausdruck entglitt ihr weiter, und sie stammelte: „Aber … was ist, wenn ich gar kein Geld von Euch haben will und auch ohne Bezahlung bei Euch bliebe?"

„Das wäre rühmlich und auch ehrenhaft. Doch will ich, dass Ihr Euch an die Hurerei gewöhnt und daran, Geld dafür zu erhalten. Denn so wird es sein, wenn ich demnächst fort bin."

„Ihr wollt fort? Auf Kaperfahrt gehen? So bald schon? Wann kehrt Ihr zurück?"

„Weiß ich noch nicht. Es ist auch keine Kaper-, sondern eine Handelsfahrt. Es geht nach Wismar. Ich muss herausfinden, was der verdammte Deutsche Orden vorhat."

„Der Deutsche Orden?", fragte Jana verblüfft und gab sich einen Ruck. „Das kann ich Euch wohl sagen!"

„Was wisst Ihr schon vom Deutschen Orden!", knurrte er verärgert. „Diese fanatischen Religionsdödel sind meine Feinde, sie kooperieren mit der verfluchten Margarete I. von Dänemark."

„Ich weiß, ja", nickte Jana. „Doch wie Euch bekannt sein sollte, führt mein Livland Krieg gegen den Deutschen Orden. Er ist auch mein Feind! Einer der Gründe, warum wir weg sind aus Kaunas."

„Stimmt! Verzeiht, ich vergaß." Er sah ihr mit mildem Blick in die Augen und legte seine kräftige Hand auf die ihre. „Was also könnt Ihr mir über die Ordensritter erzählen?"

„Kennt Ihr Friedrich von Giengen? Er war 1291 der Komtur von Ulm."

„Nein! Kenne ich nicht! Wieso? Ist das wichtig?"

„Nein, nicht wirklich", schmunzelte sie. „Er war im Grunde gar kein wirklicher Ordensbruder, eher ein Wüstling und Schwerenöter, vor dem kein Weiberrock sicher war. Ähnlich, wie Ihr einer zu sein scheint."

„Aha! Schenkt uns Wein ein, Jana, und erzählt mir, was wirklich wichtig ist."

„Sie planen eine Invasion, und dies schon recht bald!"

„Bald? Was heißt bald? In ein, zwei Jahren, so wie ich hörte."

„Oh!", rief sie überrascht. „Ihr wisst davon? Dass ihr Ziel die Insel Gotland ist? Und dass sie alles daransetzen werden, um Euch zu vernichten?"

Misstrauisch neigte Gödeke den Kopf, zog seine Hand zurück und blickte sie finster an. „Oh ja, das weiß ich!"

„Dann wisst Ihr vielleicht auch, dass dies mitnichten erst in ein, zwei Jahren geschehen soll, sondern schon wesentlich früher?"

„Sobald sie Geld zusammen haben, um eine Flotte auszurüsten. Das kann aber noch dauern. Weil sie die Hanse überzeugen wollen, das Unternehmen zu finanzieren. Doch woher wisst Ihr davon?"

„Als wir auf der Memel in Klaipėda ankamen, da sprach mein Mann mit einigen der Hansekaufleute und auch mit einem Ritter des Deutschen Ordens. Mit keinem geringeren als Winrich von Kniprode. Er soll die Eroberung anführen."

„Und das sagt Ihr mir jetzt erst?", erzürnte sich Gödeke und schlug mit der Faust auf den Tisch.

„Habt Ihr wirklich gemeint, ich würde hier länger als nötig auf dieser Insel versauern?", fuhr nun auch Jana auf. „Für ein paar Pfennige Decks schrubben und für einen Schilling meinen Arsch herhalten? Oh nein! Obwohl es mir wahrlich nicht behagt, ausgerechnet von meinen schlimmsten Feind aus dieser Misere befreit zu werden. Aber …" Sie atmete ein paar Mal laut ein und aus, dann sprach sie leise weiter: „Aber nach dieser Nacht … na ja, ich kann mich Euch jetzt wohl besser anvertrauen."

Sie hatte den Blick gesenkt, und ihre Miene hatte sich verdunkelt. Doch dann legte sie ihre Hand auf seinen Arm und sagte mit leiser Stimme: „Ich mag Euch Gödeke. Ihr seid ein sehr interessanter Mann."

„Ich mag Euch auch, Jana. Deshalb will ich ja, dass Ihr hier in meinem Haus bleibt. Ihr seid überaus gutaussehend und ein wahrer Vulkan im Bett. Ich habe es Euch gleich angesehen, musste Euch aber erst einmal brechen. Und glaubt mir, ich hätte Euer Kleid zerfetzt, wenn Ihr nicht folgsam gewesen wärt."

Jana keuchte innerlich auf ob der Erlebnisse der vergangenen Nacht und flüsterte kaum hörbar: „Auch da hätte ich nichts dagegen gehabt." Sie richtete sich wieder auf und erhob sich von ihrem Platz, füllte Wein in die Tonkaraffe und stellte zwei Silberbecher auf den Tisch. „Zeit, etwas zu bechern, Gödeke!", befand sie mit erstaunlich fester Stimme und schenkte ein. „Dann will ich Euch noch etwas verraten. Vielleicht hilft Euch das, mir zu vertrauen und mich nicht nur als Eure Hure zu betrachten."

„Was soll das schon sein?", fragte Gödeke missmutig. Mit Weibern zu diskutieren, behagte ihm nicht sonderlich.

„Es findet demnächst schon eine entscheidende Verhandlung über genau das Thema statt", begann Jana. „Wie man Euch vernichten kann, und was das kostet."

„Ich weiß!", sagte Gödeke gleichmütig, und stieß mit ihr an. Dumpf klangen die Silberbecher, und im Stillen bewunderte er sie, dass sie zu dieser Tageszeit ebenfalls anfing, Wein zu trinken.

Jetzt war es an ihr, überrascht zu sein. „Ihr wisst davon? Dann wisst Ihr wahrscheinlich auch, wo das Treffen stattfindet?"

„Ja, auch das weiß ich."

Sie sah ihn mit großen Augen an. Stille herrschte mit einem Mal im Raum, beide sahen sich wortlos an. „Ihr … Ihr wollt gar nicht nach Wismar", flüsterte sie schließlich.

„Nein, will ich nicht", antwortete er barsch, trank einen Schluck Wein und knallte den Becher mit einer Wucht auf den Tisch, dass Jana erschrocken zusammenzuckte.

„Ihr wollt nach Hamburg! Ich glaub' s ja nicht!"

Gödeke antwortete nicht, sondern starrte sie grimmig an. Jetzt war es an Jana, einen größeren Schluck zu trinken. Prompt verschluckte sie sich und fing fürchterlich an zu husten. Der Pirat lachte auf und schlug ihr ein paar Mal auf den Rücken, dass ihre Brüste nur so hüpften in dem dünnen, roten Unterkleid.

Als sie sich beruhigt hatte und ihn dankbar, aber auch ein bisschen verschämt anblickte, überlegte sie, ob sie ihn vielleicht um etwas bitten könnte. Aber noch traute sie sich nicht. Er schien ihr doch ein wenig unberechenbar.

Gödeke fand, dass Jana außerordentlich süß aussah. Nach einer Weile beugte er sich vor, strich ihr mit der Hand über den Nacken, sah ihr weiterhin in die Augen und zog ihren Kopf zu sich heran. Sie ließ es geschehen und gab sich seinem Kuss hin. Es war kein wilder und gieriger Kuss, sondern ein ausgesprochen zartfühlender Zungenkuss.

„Nehmt mich mit nach Hamburg, Gödeke", keuchte sie schließlich und rückte mit der Sprache heraus. „Ich kann Euch gute Dienste bieten. Nicht nur im Bett, sondern auch in der Politik. Ich kenne einige vom Deutschen Orden. Männer, die mir extrem verhasst sind. Sie werden natürlich auch eine Delegation von Abgeordneten nach Hamburg schicken. Worauf Ihr Euch verlassen könnt. Ich halte zu Euch, bei meinem Leben. Und wäre ich jetzt ein Ritter, würde ich mein Schwert ziehen und mich vor Euch verneigen."

Gödeke starrte sie an. Doch sie fuhr entschlossen fort: „Nennt mich meinethalben Vitalienschwester, aber nicht Eure Hure."

2018

Das gefällt mir!", strahlte Johanna, als Pias Stimme verklang. „Eine Vitalienschwester! Wie schade, dass ich davon jetzt erst höre. Hätte ich selbst drauf kommen können!"

„Wir könnten dir den Titel ja noch im Nachhinein verleihen", schlug Bjarne augenzwinkernd vor. „So ehrenhalber. Ich finde, er passt ganz hervorragend zu dir."

„Dann will ich aber auch eine sein!", erklärte Pia mit Nachdruck.

„Warum wundert mich das nicht?" Bjarne grinste. „Aber kein Problem: Ich bin sicher, dass es bei unseren Ahnen auch nicht nur eine Vitalienschwester gegeben hat."

„Du denkst an Isabella, oder? Ich auch! Hört euch das an!"

1396
Der Ring der Nacht

Bei allen Höllen, wo war das verfluchte Ding? Wo nur? Isabella sah sich mit wachsender Frustration in der gemütlichen Schlafkammer von Alys Thorsteyn um. Das breite Bett mit den roten Vorhängen, den weichen Kissen und der Federdecke hatte sie schon genauestens inspiziert. Ebenso wie die großen Truhen, in denen die Kaufmannsfrau ihre Kleider und andere Besitztümer verwahrte. Vergeblich.
Die Schmuckschatulle, die auf einem zierlichen Frisiertisch stand, war zwar gut gefüllt. Auch etliche Ringe hatte Isabella darin gefunden. Die meisten allerdings aus Gold und mit auffälligen Steinen besetzt. Kein einziger davon sah so aus, wie sie sich das Unterpfand eines Piraten für seine Gespielin vorstellte. Von Gödekes „silbernem Meeresring" war nichts zu sehen.

Sicherheitshalber hatte die nächtliche Einbrecherin nur eine einzige Kerze angezündet. Vorsichtig schirmte sie die Flamme mit einer Hand ab, damit ihr Schein nicht durch den Türspalt fiel. Tastend ließ sie die Finger der anderen Hand über Wände und Boden gleiten. Doch auch hier fand sich kein Versteck. Kein verschiebbares Brett, keine Geheimtür, keine lose Diele. Nichts. Es war wie verhext!

Trug Alys das Schmuckstück vielleicht bei sich? Unwahrscheinlich. Zu groß war das Risiko, dass ihr Mann es entdeckte. Vor allem, wenn er wie gerade jetzt zu lüsternen Spielen aufgelegt war. Nein, der Ring musste hier irgendwo sein. Sie spürte es in allen Knochen. Fast, als gehe eine geheime Macht von ihm aus, die sie anzog. Das Böse in Ringgestalt …

Was natürlich Blödsinn war! Ihr Gefühl beruhte auf nichts anderem als Erfahrung und Einfühlungsvermögen. Alys würde den Schmuck aus Sicherheitsgründen bestimmt verstecken. Allerdings nicht irgendwo, sondern ganz in ihrer Nähe. Damit sie ihn jederzeit heimlich hervorholen und in lüsternen Erinnerungen schwelgen konnte, das schamlose Luder!

Nachdenklich schweifte Isabellas Blick durch den Raum und blieb an einem Wandbord hängen, auf dem mehrere Bücher standen. Wenn es noch eines Beweises für Heinrich Thorsteyns wirtschaftlichen Erfolg bedurft hätte, dann war er das: Bücher mussten mühsam, Seite für Seite, von Hand abgeschrieben werden – und waren entsprechend teuer. Was mochte eine englische Kaufmannsgattin und Piratengeliebte wohl lesen?

Neugierig trat Isabella näher und ließ den Schein ihrer Kerze über die Buchrücken wandern. Ein Traktat über Kräuter, mehrere Gedichtbände, die Artus-Sage – und ein dickliches Werk, bei dem ihr schon der Titel einen Schauder puren Ekels über den Rücken trieb: „*Anleytung, eyn sittsam Weyb und Hausfrau zu werden*". Sicher eine unerträgliche Mixtur von Haushaltstipps und schwülstigen Geschichten, verfasst von irgendeiner verknöcherten Nonne! Sie sah die moraltriefenden Zeilen förmlich vor sich.

Als man sie nach dem Tod ihrer Eltern zur ihrer Verwandtschaft aufs Land verfrachtet hatte, war sie dort mit genau solchen unsäglichen Werken traktiert worden. Genau die richtige Lektüre für ein junges Mädchen aus gutem Hause, so hatte ihre vertrocknete Tante Hedwig ein ums andere Mal betont. Und genauso häufig hatte Isabella die besagten Bücher entnervt gegen die Wand geschleudert. Sie hatte derlei literarischen Schund immer als Beleidigung für ihren Verstand betrachtet. Niemand, der auf sich hielt, würde doch freiwillig auch nur eine Seite davon lesen.

Moment mal! Warum tat es dann ein lasterhaftes Likedeeler-Luder, dessen Lebenswandel ganz sicher nicht der eines „sittsamen Weybes" war? Misstrauisch griff Isabella nach dem Band und zog sich damit hinter die Bettvorhänge zurück. Hier konnte sie bequem darin blättern, ohne sich durch den Lichtschein zu verraten. Man konnte ja nie wissen, wann einer der Dienstboten vorbeikam. Und die Tür ganz zu schließen, war viel zu gefährlich. Sie musste es ja rechtzeitig hören, wenn das bedauernswerte Opfer des Kaufmannspiraten dort unten die Wohnstube verließ.

Gespannt schlug die Spionin das schwere Buch auf und überflog die ersten Seiten. Zunächst las sich das Geschreibsel genauso, wie sie befürchtet hatte. Doch als sie etwas weiter nach hinten blätterte, änderte sich nicht nur die Schrift, sondern auch der Inhalt. Isabella begriff sofort, was sie hier vor sich hatte: Das Tagebuch der Alys Thorsteyn! Verborgen zwischen Buchdeckeln, die kein vernünftiger Mensch von sich aus öffnen würde. Vor allem kein erfolgreicher Hamburger Gewürzhändler.

Isabellas Herzschlag verfiel in einen aufgeregten Trab. Ihre Augen verschlangen Zeile um Zeile der eleganten Handschrift. Vielleicht fand sich hier ein Hinweis auf den Ring? Ein wenig kryptisch pflegte sich die Schreiberin ja auszudrücken. Der Name Gödeke Michels fiel kein einziges Mal. Doch Isabella konnte oft mühelos zwischen den Zeilen lesen: „*Die wilde Nordsee ist über die Stadt hereingebrochen und hat mich wie eine Sturmflut hinfort gerissen …*" Was konnte das schon bedeuten?! Isabella grinste anzüglich.

Konkrete Informationen, die ihr bei ihrer Piratenfahndung weitergeholfen hätten, fand sie zunächst allerdings nicht. Der letzte Hinweis auf die seeräuberische Sturmflut war fast zwei Jahre alt. Und es gab nicht das kleinste Indiz dafür, was der Kerl seither getan hatte. Geschweige denn, was er in Zukunft plante. Es war zum aus der Haut fahren.

Doch hier! Da war etwas! Untypischer Klartext sogar! Offenbar hatte die Schreiberin das Versteck für ihre Zeilen schließlich doch für sicher gehalten. Oder das Ereignis hatte sie dermaßen aufgewühlt, dass sie ihre übliche Vorsicht in den Wind geschlagen hatte. „*Er hat den Knoten festgezurrt, das Tau liegt fest um meinen Finger*", stand da in geschwungenen Buchstaben. „*Und das besondere Zeichen? Ich muss noch immer lachen darüber! Er sagt, es sei ein Genuss, meine gierige, weit geöffnete Spalte zu betrachten. Pulsierend, feucht und glänzend vor Lust! Deshalb soll ich in unserer Schwesternschaft die Sandklaffmuschel sein …*"

Bei Neptuns Dreizack! Isabella fiel fast das Buch aus der Hand. Dieser Pirat ließ sich ja wirklich allerhand einfallen! Wenn sie das richtig verstand, dann hatten die Ringe seiner Lustluder zwar alle die gleiche Form. Doch jeder trug auch ein individuelles Symbol, das etwas mit seiner Trägerin zu tun hatte. Wenn sie einen fälschen lassen wollte, musste sie das berücksichtigen! Wie das Schmuckstück nun genau aussah, hatte Alys allerdings nicht geschrieben. Nur noch: *„Ich werde mich jeden Morgen und jeden Abend an seinen Gesichtsausdruck erinnern, als er das sagte!“*

Hm … warum ausgerechnet morgens und abends? Die heimliche Leserin schob die Bettvorhänge beiseite und ließ ihren Blick erneut durch den Raum schweifen. Was tat die Kaufmannsfrau morgens und abends? Natürlich, der Frisiertisch! Isabella sprang auf und griff nach dem Handspiegel und der Haarbürste, die darauf lagen. Beide glänzten silbern.

Und da war er! Ganz offen und doch unsichtbar. Schlang sich um den runden Stiel des Spiegels, als gehöre er zu dessen üppiger Verzierung. Tat er aber nicht! Wenn man mit dem Fingernagel auf einen kleinen Verschluss drückte, fiel er einem in die Hand: Ein Ring aus Silber, geformt wie zwei ineinander verwobene Schiffstaue, die sich um den Finger der Trägerin wanden. Ihre Enden waren oben zu einem Seemannsknoten verschlungen. Und daneben klafften zwei winzige Muschelschalen.

Isabella konnte ihr Glück kaum fassen. Rasch trat sie an das Schreibpult der Hausherrin und fertigte mit geübten Strichen eine genaue Skizze des Schmuckstücks an. Zur Sicherheit zog sie auch noch ein Wachsplättchen aus ihrer Tasche mit Agentinnen-Bedarf und drückte die Oberseite des Ringes hinein. Es konnte ja nicht schaden, möglichst viele Details des ziemlich kompliziert aussehenden Knotens festzuhalten.

Gerade hatte Isabella den Lohn ihrer Mühen in ihrer Tasche verstaut und das verräterische Buch wieder auf seinen Platz gestellt, als Heinrich Thorsteyns Stimme mühelos durch die Wände drang. „Klar zum Entern!“, brüllte der Kaufmann, der in seiner Rolle hörbar aufging. „Volle Breitseite! Zückt die Säääbeeel ...!“

Verdammt, jetzt aber schnell! Das maritime Schauspiel in der Wohnstube näherte sich offenbar seinem Höhepunkt – und damit auch seinem Ende. Mit fliegenden Fingern befestigte Isabella den Ring wieder an seinem Platz, legte den Spiegel zurück auf den Tisch und glättete die Bettdecke. Bevor sie die Kerze löschte, sah sie sich noch einmal prüfend nach verräterischen Spuren um. Alles schien in Ordnung zu sein. Also nichts wie weg hier!

Auf geräuschlosen Katzenpfoten eilte sie den Gang entlang und kletterte aus dem Fenster, durch das sie gekommen war. Kaum hatte sie in den Efeuranken Fuß gefasst und den Fensterladen wieder zugeschoben, da hörte sie auch schon die polternden Schritte des Hausherrn auf der Treppe. Gefolgt von den leichteren seiner Dame. Hoffentlich kam er nicht ausgerechnet jetzt auf die Idee, den Fensterladen zu kontrollieren! Behände und lautlos wie eine Spinne glitt Isabella die Fassade hinunter, bis sie sicheres Kopfsteinpflaster unter den Füßen spürte. Jetzt nur noch um die nächste Hausecke, und sie war außer Sichtweite.

Geschafft! Mit einem triumphierenden Lächeln und nunmehr ruhigen Schritten spazierte die erfolgreiche Spionin zum *Goldenen Einhorn* zurück. Beschwingt betrat sie ihre Unterkunft, tänzelte die Treppenstufen hinauf ... und sah gerade noch, wie sich eine dunkle Gestalt vor der Tür ihrer Kammer aufrichtete, den Gang entlang eilte und über die Hintertreppe verschwand. Die schattenhafte Silhouette schien leicht zu hinken. Was tat der Kerl hier? Und warum gab er sich nicht zu erkennen? Seltsam.

Kapitel 3
Lust

2018

Pia streckte sich, dass es in ihren Gelenken knackte. „Soweit erstmal. Das ist doch wieder ein schöner Cliffhanger, oder? Ich bin gespannt, was das für ein Kerl war, da vor Isabellas Tür." Damit schlug sie das Buch zu. Bjarne schüttelte als erstes wieder seine rechte Hand und reckte sich ebenfalls.

„Come on guys, gehen wir rüber in die Küche und kochen uns etwas zu essen, ja?", schlug er vor und grinste. „Ich habe einen Mordshunger und auch richtig Durst Das Mittelalter macht mir immer Appetit."

Johanna und Pia streiften sich die Wolldecken ab, mit denen sie sich in der klimatisierten Bibliothek eingehüllt hatten. Sorgfältig legte Pia sie zusammen, Bjarne zog sich den Pulli über den Kopf.

„Schade eigentlich, ich finde es ja immer sehr bequem hier", meinte Johanna. „Aber es ist leider ein wenig zu kühl auf Dauer. Kommt mit! Paul und ich sind auf dem Rückweg aus Eimsbüttel wieder bei dem Schlachter in Othmarschen vorbeigekommen und haben direkt wieder angehalten. Er ist wirklich sehr gut sortiert. Seine Kühltheken sind bestens bestückt, es gibt einfach alles an Fleisch, Wurst und auch Käse. Und … er bietet sogar selbstgemachte Suppen an. Kurzerhand haben wir zwei Liter frische Erbsensuppe mit Wursteinlagen eingekauft, dazu Aufschnitt, und auch vom Bäcker noch einen Laib frisches Bauernbrot und Butter. Was meint ihr, ist das was für jetzt?"

„Auf jeden Fall!", lachte Pia, „Es geht doch nichts über eine gute, deftige Erbsensuppe zur Abendstunde. Vor allem nicht, wenn man sie nur noch warm zu machen braucht."

Nachdem sie sich ein wenig frisch gemacht hatten, saß der ungewöhnliche Lesekreis kurz darauf in der Küche vor dampfenden Portionen bester Erbsensuppe. Ein halber Liter für jeden, das bedeutete mindestens zwei gefüllte Suppenteller. Das frische Brot war geschnitten, die Kruste herrlich kross. Ein Abendessen, wie es alle mochten.

„Es ist also tatsächlich wahr", begann Pia das Gespräch. „Die Ringe haben eine zentrale Bedeutung. Gödeke hatte Freude daran, seinen geheimen Gespielinnen ein Geschenk zu machen. Offenbar hat er jede einzelne mit einem eigens für sie hergestellten Ring beehrt. Diese Alys Thorsteyn war anscheinend so dermaßen von dem Piratenanführer und seinem Schmuckstück angetan, dass sie alle Vorsicht in den Wind schlug. Sie hat das kostbare Kleinod in ihrem Schlafzimmer verwahrt. Vor der Nase ihres Mannes!"

„Ich kann das schon verstehen", meinte Johanna. „Bestimmt hat sie den Ring immer wieder hervorgeholt und betrachtet. Und dann selbst ihre *Sandklaffmuschel* verwöhnt, in Gedanken an all die Ausschweifungen, die sie zusammen mit ihm erlebt hat."

„Hagel und Granaten!", warf Paul ein. Der Ausruf kam ihm immer häufiger in den Sinn, seit er die Sammlung von *Tim und Struppi*-Comics entdeckt hatte, die in der Bibliothek fein geordnet in einem der Regale standen. Die Bände erinnerten ihn an seine eigene Jugend, in der er sie regelrecht verschlungen hatte. Und zu vielen Situationen, die er in letzter Zeit erlebte, schien kaum etwas so gut zu passen wie die legendären Ausrufe des grantigen Käpt'n Haddock.

„Du sagst es, mein Lieber", nickte Johanna. „Die gute Alys scheint mir wirklich prädestiniert gewesen zu sein für eine Ringträgerin. Rudolf hätte sie mit Sicherheit auch aufgenommen. Eine rothaarige Engländerin mit blasser Haut und rosa Nippeln … die hätten wir gut brauchen können. Salute!" Johanna hob ihr Weinglas in die Höhe, und man stieß miteinander an. „Auf die Piratenspiele!"

„Ich bin mir ziemlich sicher, dass Gödeke seine Ringe nicht nur verschenkte, weil die Weiber ihn anhimmelten", sagte Pia.

Paul nickte. „Sondern auch, weil sie ihm wichtige Informationen über die Hanse lieferten, klar. Es war für ihn ja ein Spiel auf Leben und Tod. Das musste sich schon für ihn lohnen. Aber was ist mit den Frauen? Warum haben die sich reihenweise auf so ein Risiko eingelassen?"

Pia hatte da so ihre Vermutungen. „Weil sie es wahrscheinlich ziemlich erregend fanden, verbotene Dinge zu tun. Ohne Wissen ihrer Ehegatten.".

„Ja, das passt. So wie die gelangweilten Senatorengattinnen im alten Rom", lachte der Detektiv. „Die kamen fast um vor … Dekadenz. Möglich, dass sich manch Hansekaufmannsfrau mit ihrem Pfeffersack auch langweilte und ihr ein wilder und verruchter Pirat da höchst willkommen war, um für ein bisschen Zerstreuung zu sorgen. Frivole Ausschweifung im Verbund mit höchster Gefahr, das muss schon ein ungeheurer Nervenkitzel gewesen sein. Ganz schön konspirativ, würd' ich mal sagen. Und auch verdammt gefährlich."

„Ich glaube trotzdem nicht, dass es bei Alys nur um eine Flucht aus der Langeweile ging", meinte Pia nachdenklich. „Dass Frau Thorsteyn Gödeke niemals verpfiffen hat, spricht doch für die Dame, oder? Und wohl auch ein gutes Stück für ihre Liebe zu diesem außergewöhnlichen Mann."

„Und auch für seine … hm … besonderen Fähigkeiten", warf Bjarne grinsend ein.

„Die so außergewöhnlich gewesen sein müssen, dass die Engländerin von einem goldenen Schwanz geschwärmt hat", spöttelte Pia. „Kein Wunder, dass Isabella den Kerl unbedingt kennenlernen wollte. Ihn und sein Goldstück. Und … viel wichtiger noch, sie wollte dieser Schwesternschaft beitreten. Diesem ominösen Geheimbund der Lust, dessen Mitglieder ja wohl etwas ganz Ähnliches betrieben haben wie wir. Nur eben schon vor 622 Jahren.

Mit den Mitteln von damals. Ist das nicht komplett verrückt? Sagt doch mal."

„Stimmt!", nickte Johanna. „Genau diesen Gedanken hatte ich auch beim Zuhören. Eigenartig: Die Ringe und die damit verbundenen Ausschweifungen … Ich hätte ja in diesen mittelalterlichen Zirkel auch gern mal reingeschnuppert. Genau wie Isabella. Aber ob ich auf die Idee gekommen wäre, dafür einen Ring zu fälschen? Was für eine Tolldreistigkeit!"

„Erinnert mich wirklich sehr stark an unsere Pia in der Neuzeit", bemerkte Paul, und es war nicht ganz klar, ob das nun bissig oder als Kompliment gemeint war. Typisch Poirot eben.

Die Angesprochene überhörte diese Bemerkung geflissentlich. „Auffällig ist ja auch, dass der piratische Geheimbund wohl schon eine Zeit lang brach lag, als Isabella davon erfuhr. Ähnlich wie unserer jetzt. Nur war Gödeke eben noch lange nicht tot. Trotzdem hatte er sich zwei Jahre oder so nicht mehr bei Alys sehen lassen. Ich nehme an, er war überhaupt nicht mehr in Hamburg. Und ich glaube weiter, das hat etwas mit dem Überfall auf Bergen zu tun. Möglich, dass er auf der Rückfahrt von Bergen schon unterwegs Richtung Gotland war, um dort mit den Mecklenburgern Visby zu überfallen. Vorher oder nachher könnte er noch einmal in Hamburg Station gemacht haben. Danach aber war er ständig in der Ostsee beschäftigt, und die Zeit reichte nicht mehr für einen Kurztrip zu Alys. Zumal Störtebeker dann ja an der Elbmündung Stellung bezogen hatte, wenn ich mich richtig erinnere."

„Vielleicht sollten wir mal Elena Scherer danach fragen? Die weiß das bestimmt", meinte Paul sarkastisch.

Pia warf mit einem Stückchen Brot nach ihm. Geschickt wich er aus, so dass es auf dem Boden landete. Was ihr die Gelegenheit gab, beim Aufheben mit ihrer nackten Schulter leicht an Bjarnes Oberschenkel entlang zu streifen. Der lächelte vielsagend. Er hatte das leise, aber beständige Knistern in der Atmosphäre schon die ganze Zeit gespürt. Dass die Mädels sich immer wieder weit über

sie ein ums andere Mal aus. Sie hat versucht, die Michelsons gegeneinander auszuspielen, um selbst mehr Einfluss zu gewinnen. Oft auch sehr zum Ärger der anderen Ringträgerinnen. Als Harald und Rita bei dem Schiffsunglück ums Leben kamen, sank Ingrids Stern im Rekordtempo."

„Ach?", fragte Paul nach. „Das ist ja interessant. Jetzt, da du es ansprichst: Wer profitierte denn eigentlich am meisten vom Tod der beiden?"

„Profitieren? Hm … eigentlich niemand. Die Erbschaftsfragen waren schon seit Ewigkeiten geklärt. Die Ringträgerinnen verloren zwei weitere Spielpartner und dominante Bestimmer, denn auch der Opa war erst kurz zuvor von uns gegangen. So blieb nur noch Rudolf. Und nach ihm eben niemand mehr. Das war uns schon allen klar. Leider, muss ich sagen."

„Wieso leider? Weil das Ende abzusehen war, irgendwann? Rudolf hätte ja bestimmt noch zwanzig Jahre weitermachen können, wenn ich es richtig sehe", warf Pia ein.

„Ja, hätte er auch, ganz bestimmt. Zwei knackige Söhne hätten dem Ganzen aber sehr gut getan. Doch die gab es leider nicht. Aber Rudolf und ich schafften es trotzdem, das Niveau nicht nur hoch zu halten, sondern den Zirkel weiter auszubauen. Dabei war uns aber immer klar, dass es zu keiner Phase mehr als zwölf Ringträgerinnen sein sollten. Und auch nicht weniger. Schied eine aus, hatten wir schnell Ersatz. Die Fluktuation war niedrig."

„Inwieweit kann Ingrid uns denn gefährlich werden?", brachte Pia das Gespräch zurück aufs Thema.

„Das weiß ich auch nicht." Johanna zuckte mit den Schultern. „Das Versteck der Goldplatten und der Bücher kennt sie nicht, und das wird auch so bleiben. Aber sie weiß eben sehr viel."

„Manchmal wünscht man sich so einen wie Lars Reesenspund, der die Dinge auf seine Weise löste", meinte Bjarne

Pia nickte. „Vielleicht auch eine raffinierte Giftmörderin, die ebenfalls jeden beseitigt, der zu viel weiß."

„Oder der ihren Zielen anderweitig im Weg steht." Pauls Worte lagen still und unheilvoll in der Luft, düstere Ahnungen flüsterten aus den Küchenecken. „Das seltsame Verschwinden von Rudolfs Eltern will mir einfach nicht aus dem Kopf."

Das Abendessen war beendet. Der Blick und die vielsagende Kopfbewegung, die Johanna in seine Richtung schickte, erinnerten den Detektiv an etwas: „Bjarne, hilfst du mir mal, draußen im Garten unter der Rotbuche ein paar Dinge vorzubereiten? Dann können wir gleich noch ein bisschen draußen sitzen und den herrlichen Sommerabend genießen."

„Ja, geht nur, ihr beiden. Ihr habt bestimmt noch etwas zu besprechen." Johanna ging sofort auf seinen Vorschlag ein. „Pia und ich räumen hier noch ein wenig auf, dann kommen wir nach."

Bjarne war etwas überrascht, Pia aber verstand augenblicklich, um was es ging. „Gut, dann bis gleich", nickte sie und zwinkerte Johanna ein Auge. Paul schenkte sich und Bjarne die Weingläser voll, dann traten die Herren nach draußen ins Freie.

Da es unter der Rotbuche nicht wirklich viel vorzubereiten gab, außer die Öllampen zu entzünden, schlenderten sie hinüber zur *Talliska*. Hier schaltete Bjarne am Stromkasten die Außenbeleuchtung an. Dann hatte er eine Idee.

„Komm, wir gehen aufs Schiff und unterhalten uns da. Ich ahne, was dich bedrückt."

„Nicht unbedingt bedrückt, ich habe aber das große Bedürfnis nach einem echten Männergespräch."

„Ich auch. Komm, wir steigen durchs Heck ein."

Er ging voraus und auch voran durchs stockdunkle Unterdeck. Paul wartete draußen, bis Bjarne zumindest den Hauptschalter für die Deckenbeleuchtung betätigt hatte.

„Wooow …!", staunte der Detektiv, als er erstmalig durch die beiden Räume schlich und nicht wusste, wo er zuerst hingucken sollte. „Das gibt's doch wohl nicht. Jetzt wird mir natürlich einiges klar. Das ist ja echt der Hit hier. Hagel und Granaten!"

„Du wiederholst dich“, lachte Bjarne. „Aber ja, du hast natürlich recht. Das hier ist der reinste Sexclub, oder? Komm, setzen wir uns an die Bar. Whisky?“

„Ähem … ja gerne. Was es nicht alles gibt hier. Das ist … das ist … also ehrlich! Nicht zu fassen! Lass mich mal hinter die Theke, ich mach das schon.“

„Was hältst du davon, wenn wir hier auf die Frauen warten und Johanna uns allen dann erklärt, was wirklich Sache ist und wie alles funktioniert? Ich habe nämlich auch noch keinen Schimmer, ehrlich gesagt.“

Poirot war noch immer völlig erschlagen. Auch er schätzte als erstes, wie viele Personen hier wohl Platz finden würden, um … sich zu amüsieren. Es war nicht zu übersehen, dass er erstmalig in ein solches Etablissement eintauchte. Doch nicht nur die Ausstattung des Schiffes, sondern auch die Getränkeauswahl faszinierte ihn. Er wählte doch tatsächlich einen Single Malt Whisky aus, von der Isle of Skye. Einen … *Talisker.*

„Es ist un-glaub-lich, wie alles immer zusammenhängt. Wie sich Kreise schließen, obwohl sich auch immer wieder neue auftun. Sláinte, mein Lieber.“

„Skål!“, grinste Bjarne. Als sie tranken, musste er dann doch kurz Luft holen. „Mein lieber Mann! Das ist very nice stuff!“

„Glaubst du, dass das alles wahr ist?“, eröffnete Paul das Gespräch.

„Was?“

„Na, mit allem hier. Dass es zwölf Ringträgerinnen gibt, die alle scharf wie Schwertklingen sind? Vor allem aber, dass du sie alle gehandelt kriegst? Ich meine damit nicht befriedigt. Sondern, dass du ihr unumstrittener Chef sein wirst. Die Michelsons hatten ja von klein auf an die Möglichkeit, in diese Rolle hineinzuwachsen und sich die Frauen auszusuchen.“

„Well, was soll ich sagen, Paul, ich hab die Videos und die Bilder ja gesehen. Es gibt diese Frauen, sie sind real. Da besteht kein

Zweifel. Die Michelsons und Jo haben die Mädels zunächst mehr oder weniger erpresst. Sie in die schamlosesten Situationen gelockt und dabei gefilmt. Dann ließ man ihnen die Wahl: Entweder sie wurden zu auserwählten, verluderten und willigen Ringträgerinnen. Oder eben …"

„Oder die heißen Fotos und versauten Filmzusammenschnitte landeten bei ihren Ehemännern und Freunden auf den Schreibtischen", ergänzte Paul.

„Ja, ganz genau. Eigentlich erstaunlich, dass das immer wieder funktioniert hat, ohne dass sich die Michelsons eine Anzeige eingefangen haben, oder?"

Der Detektiv nickte. „Rudolf muss wohl sehr überzeugend gewirkt haben."

„Bestimmt. Aber es hat sicher auch an den Frauen gelegen. Die wurden doch sehr sorgfältig ausgewählt. Ich glaube, so eine Aktion kann nur klappen, wenn die Ringträgerinnen selbst den Reiz in diesen Ausschweifungen sehen. Wenn sie Fantasie haben und ihre eigene Gier und Wollust ausleben wollen. Dann kommen ihnen die *Talliska* und alles, was mit dem Zirkel und diesem Haus zu tun hat, natürlich gerade recht. Wann kriegt man schließlich schon mal so eine Gelegenheit geboten? Ich bin ziemlich sicher, die Frauen wollten genauso ihren hemmungslosen Spaß haben und vögeln wie die Michelsons auch. Sie fühlten sich ausgesprochen wohl hier bei uns. Ist doch gut, oder?"

„Absolut!"

Die Männer grinsten sich an und nippten an ihren Malts.

„Da es aber im Laufe der Zeit immer mehr scharfe Ladys wurden, suchte man dann auch nach passenden Männern. Über die weiß ich aber noch nichts. Die Ringträgerinnen habe ich mir alle schon angeschaut. Können wir beide aber gern noch mal zusammen machen. Ich kann dir sagen …! Eine hübscher als die andere, ganz im Ernst, und alle willig und gierig. Und auch sehr zeigefreudig, was ihre Reize betrifft."

„Ich kann mir das ganz schwer vorstellen. Das sprengt doch jeden Männertraum, oder etwa nicht?"

„Das stimmt. Es sind aber weder Nutten noch Pornostars, die dir was vorheucheln, sondern alles Frauen aus dem Leben. Die sich zusammengefunden haben, um Privatpartys zu feiern. Im Geheimen und unter sich. Ein wirklicher Lustzirkel, der vielleicht aus dreißig Leuten besteht. Vertraute, die sich immer wieder zu wüsten Gelagen und Ausschweifungen treffen."

„Du meinst mit *aus dem Leben* … so wie Pia und Johanna?"

„Ja, ganz genau."

„Du weißt, worauf ich hinaus will, nicht wahr?", fragte Paul vorsichtig nach. „Ist es dir ernst mit Pia?"

„Ja, das ist es. Wir waren uns von Anfang an sympathisch und sogar auch schnell mehr als das. Doch jetzt wachsen wir enger zusammen. Im Grunde mit jedem Tag mehr. Ich kann mir mein Leben sogar kaum noch ohne sie vorstellen. Unglaublich, nach der kurzen Zeit, oder? Aber es ist so. Und ihr geht es wohl genauso, glaube ich. Wir reden fast jede Nacht darüber, vor dem Einschlafen."

„Das beruhigt mich jetzt doch sehr, Bjarne. Denn ich mag sie auch und dies schon lange. Anders als du. Sie ist so etwas wie meine beste Kumpelin, meine Freundin. Wir hatten nie etwas miteinander, obwohl ich sie sehr attraktiv finde. Das kannst du mir glauben. Manchmal ist das eben so, und oft ist es auch genau das Beste so. Wir können uns hundertprozentig aufeinander verlassen und waren schon oft auch in brenzligen Momenten füreinander da. Nun aber …"

„Nun ist sie plötzlich eine der Ringträgerinnen und wird genauso versaut sein wie die anderen Frauen des Lustzirkels. Und das bereitet dir Kopfzerbrechen. Aber was genau? Ihr müsst ja nicht miteinander vögeln. Es wird niemand gezwungen. Oder ist es eine Art Eifersucht, und du verträgst es nicht, Pia dann so dermaßen rattenscharf zu sehen?"

„Ich weiß es nicht, Bjarne, ich weiß es wirklich nicht. Vielleicht. Aber nicht, weil ich es ihr nicht gönne, sondern weil ich Angst habe, es könnte etwas zerbrechen. Was früher immer irgendwie rein war. Wie jungfräulich. Ich weiß, das klingt albern und auch altmodisch, aber es ist mehr ein Bauchgefühl."

„Ja, ich weiß was du meinst. Da klingt etwas Väterliches mit. Der Beschützerinstinkt."

„Ja, möglich, könnte stimmen. So habe ich das noch gar nicht gesehen."

„Es geht ums Loslassen, Paul. Du musst sie loslassen, ziehen lassen. Sie sich frei entwickeln lassen. Ganz ohne Eifersucht. Ohne Besitzanspruch. Darum geht es vermutlich in erster Linie. So hat Johanna es vorhin auch zu Pia gesagt. Glaub mir, auch ich habe bislang ausschließlich in monogamen Beziehungen gelebt. Da habe ich jetzt mal eine Frau gefunden, die ich wirklich sehr mag, nämlich Pia. Und dann muss ich sie bald schon mit anderen Männern teilen? Ich weiß ja selbst noch gar nicht, was ich davon halten soll."

Bjarne trank noch einen Schluck und trommelte leise mit den Fingern gegen sein Glas. „Die anderen Ringträgerinnen leben ja schon sehr lange damit.", fuhr er fort. „Die kommen hierher, um ihre Lust auszuleben. Ihre Partner wissen davon, oder sie wissen es nicht. Ich habe keine Ahnung, und es spielt wohl auch keine Rolle, oder? Es sei denn, manch einer ist vielleicht doch als ‚Geladener' dabei. Was aber geschieht dann? Er lässt seine Frau los, gönnt es ihr, dass sie ihre Lust so ausleben kann, wie sie es will. Und dann fahren sie irgendwann wieder nach Hause, sind immer noch Mann und Frau, sind verheiratet oder nicht, und alles ist und bleibt gut."

„Und du meinst, das funktioniert?" Paul wirkte unsicher.

„Ich weiß es doch auch nicht! In der Praxis habe ich keinerlei Erfahrung damit. Aber die Vorstellung gefällt mir ehrlich gesagt viel besser, als wenn meine Frau fremdgehen würde, weil sie auch mal andere Schwänze braucht. Soll es ja geben, habe ich mal gelesen. Unsere Sexexpertin Johanna wird uns diesbezüglich bestimmt noch mehr erzählen können. Ich will aber vorab, dass wir beide es klar haben, Paul. Nur für uns. Entlasse Pia aus deiner Fürsorge und schau, was passiert. Lass sie dirty sein. Sei frei von Eifersucht. Pia muss das bei mir ja auch sein. Das hat Johanna ihr bereits gesagt. Denn ich kann ja über alle Frauen verfügen. So wird es sein. Das ist auch für mich, gelinde gesagt, ein etwas erschreckendes Gefühl. Auch das muss ich mit Johanna noch sehr ausführlich klären. Es ist aber wohl wirklich so, dass auch wir beide zusammen die zwölf nicht annähernd gesättigt bekommen."

„Das befürchte ich wohl auch!", gab Paul zu.

Bjarne blies leicht die Backen auf. „Sieh dir nur Johanna an. Und dann noch Pia und zehn weitere von der Sorte! Wir brauchen die Unterstützung anderer Männer. Geht gar nicht anders. Vermutlich sogar in einem Verhältnis von eins zu zwei. Auch da wird Jo verlässliche Daten haben. Prost!"

Sie stießen noch einmal miteinander an.

„Einfach vor-züg-lich, der *Talisker*!", meinte Paul, der langsam in Stimmung kam. „Wenn die anderen Ringträgerinnen hier auftauchen, bleibe ich die ganze Nacht hinter der Theke und rühr' mich nicht vom Fleck. Das ist mir doch zu heikel. Mach du nur, oh erster Herr des einen Ringes!" Er grinste. „Ich schau mir das sehr gerne an, aber aus sicherer Entfernung. Ich gelte zwar als brillanter Detektiv und als Spitzenkoch, aber nicht unbedingt als Weiberheld. Mir langt eine."

„Johanna wird sich aber auch amüsieren, mit wem sie will."

„Kann und soll sie ja auch ruhig."

„Kannst du auch. Und ich ebenfalls."

„Na ja … Vielleicht lassen wir die Sache einfach mal auf uns zukommen. Oder?"

„Ganz genau. Warten wir's einfach ab. Alles wird sich ergeben und entwickeln. Und vielleicht schläfst du ja doch irgendwann mit

Pia. Wer weiß. Inzwischen kannst du sie aber ruhig schon mal so sehen, wie sie ist: Eine verdammt scharfe Braut. Brauchst weder wegzugucken noch wegzugehen."

„Dann erklär mir doch mal bitte, wie das funktionieren soll mit den Ringträgerinnen, wenn die alle so scharf und verludert sind. Damit ich mir ein Bild machen kann. Hier setzt nämlich meine Fantasie aus. Worauf lasse ich mich da ein? Was erwartet mich? Mit sexuellem Leistungsdruck kann ich nicht wirklich umgehen. Das belastet mich. Verstehst du, was ich meine?" Er warf seinem Gesprächspartner einen vorsichtigen Blick aus dem Augenwinkel zu. „Beruflich gelingt es mir mühelos, mich in die Psyche irgendeines Unholds oder Verbrechers zu versetzen. Aber bei gutaussehenden, scharfen Weibern ... da blocke ich innerlich ab. Das ist komisch, ich weiß. Aber ich kann's nicht ändern. Nicht, dass mich Versagensängste plagen, Johanna scheint sehr zufrieden zu sein. Es ist mehr das Öffentliche. Die Konkurrenz mit den anderen ‚Geladenen'. Am Ende sind das alles noch handverlesene Pornotypen oder so etwas in der Art."

„Hm. Was mit den Männern ist, weiß ich auch nicht so genau. Ich habe aber die Profile der Mädels auf dem PC überflogen. Die Michelsons haben sich ja zu jeder Frau hemmungslos die versautesten Notizen gemacht. Wenn man das liest, gewinnt man schon einen klaren Eindruck. Ich denke, die Damen wissen sehr genau, was sie tun. Ihnen ist klar, wie gut sie aussehen, und das setzen sie schamlos ein. Sie machen an, verführen und verlocken, sie zeigen sich her, sie bieten sich an und becircen. Das Wort ‚zeigegeil' fällt sehr oft in den Profilen. Das war den Michelsons bei ihrer Auswahl wohl sehr wichtig. Mit anderen Worten: Du wirst ihnen nicht entkommen! Wenn sie scharf auf dich sind, kriegen sie dich auch. Und wenn sie dich zu zweit oder zu dritt umsäuseln und umschmeicheln, um ans Ziel zu kommen. Mit allem, was sie zu bieten haben. Wenn sie mit engelsgleichen Stimmen in dein Gehirn eindringen. Mit ihren nur spärlich bedeckten Titten kokettieren und mit ihren nackten, schönen Beinen. Und vor allem: Mit ihren extrem aufreizenden Outfits. Dessen bin ich mir sicher."

„Puuuhh …! Wenn ich ehrlich bin, gefällt mir die Vorstellung doch ziemlich gut." Poirot grinste ironisch. „Ja, schon gut, das ist untertrieben. Ich sollte eher sagen: Sie erregt mich bis in Mark!"

Bjarne nickte. „Ich werde ein Spiel daraus machen, Paul, wenn die Ringträgerinnen sich mir vorstellen. Ihrem neuen Michelson."

„Was denn für ein Spiel?" Paul spürte, wie ihn ein Schauer von überrieselte. Denn er sah erstmalig, wie sich Bjarnes Augen verdunkelten.

„Hu huuuu … seid ihr hier?", kam Johannas Stimme von Achtern. „Können wir reinkommen?"

„Ja klar, ihr kommt gerade recht!", rief Bjarne. „Wir brauchen eure Hilfe."

Pia zog die Tür hinter sich zu, und gemeinsam kamen die Damen hüftschwingend an die Bar.

„Da sind wir doch mal sehr gespannt, wobei wir euch helfen können, was Pia?"

„Absolut!", schnurrte sie. „Geht's euch gut Jungs? Hm?"

Sie traten herbei, kraulten den Männern über Kopf und Nacken und drängten sich an sie. Johanna begann sofort, Paul heiß und innig zu küssen. Woraufhin Pia und Bjarne natürlich nicht zurückstehen wollten.

„Jo", keuchte der neue Michelson dann aber. „Ich möchte meinen Besitz jetzt gerne etwas genauer kennenlernen. Führe uns die *Talliska* bitte vor."

„Oh, und ich dachte schon, du wolltest deinen anderen Besitz jetzt gerne näher kennenlernen", flötete sie und zog die Schultern nach hinten.

Pia lachte auf. „Du kleine Schurkin! Lüsterne! Aber gute Idee, Bjarne. Das würde ich jetzt auch gerne genießen, eine kleine Vorführungsshow."

„Dazu muss ich aber hinter die Theke. Darf ich bitte?“

„Aber selbstverständlich.“ Bjarne gab mit einer formvollendeten Armbewegung den Durchgang frei, den er blockierte, und die Hüterin der *Talliska* trat hinter den Tresen. Nicht ohne beim Vorbeidrängen ihre Brüste an ihm zu reiben.

„Also dann, die Show beginnt. Nehmt Platz, meine Freunde. Auf den Barhockern? Nun denn.“

Zunächst dimmte sie das Deckenlicht herunter, bis es nur noch schummerig warm wirkte. Dann betätigte sie kurz hintereinander mehrere Schalter. Es knackte leise in der Decke, und kurz darauf erklang erst eine Stimme und dann auch leise Musik.

„Marla Glen!“, keuchte Bjarne. „Wie schön. Meine Lieblingssoulsängerin. From Chicago!“

„Dachte ich‘s mir doch, dass dir das gefällt“, schmunzelte Johanna. Und langsam, sehr langsam fuhr sie den Lautstärkeregler höher. Es wurde laut. Doch der Klang verzerrte nicht, blieb brillant. Die Akustik in dem Holzraum war unglaublich. Auch die Bässe kamen ganz hervorragend zur Geltung. Langsam fuhr sie die Lautstärke wieder herunter.

„Whisky, Pia? Eine Runde *Talisker* aufs Haus, für alle?“, lachte sie. „Denn gleich geht hier sowas von die Post ab, verlasst euch drauf! Paaardyyyy …!“

Johanna machte den Entertainer, das Partygirl, und es war sofort zu spüren, dass sie binnen einer Mikrosekunde von null auf hundert kam. „Gott, ihr glaubt nicht, wie ich mich fühle. Und das nach dieser langen Zeit. Lasst uns tanzen! Aber erst noch bissle Licht, gell? Wie der Schwabe sagt.“

Als erstes betätigte sie eine Nebelmaschine. Aus der Backbord-Ecke strömten die hellen Schwaden hervor, kamen auf sie zu gewabert wie eine dicke, weiße Wolke. Als nächstes fuhr Johanna die Beleuchtung hoch. Sie hatte sich für die Farben rosa und blau entschieden. Ein paar Blitze flackerten. Sie beschloss, das Stroboskop ausgeschaltet zu lassen. Die Laseranlage, die musste aber sein. Und zwar ebenfalls in blau. Der Nebel verteilte sich im Raum und griff mit Geisterfingern nach den Anwesenden, als die Hüterin der *Talliska* rief: „Und jetzt in die Wanten, entert das Schiff!"

Im nächsten Moment riss sie die Anlage auf mit *„Du hast!"* von *Rammstein.* Die Lichtanlage war an den digitalen Sound angeschlossen, und als zunächst nur der Synthesizer seine ersten Töne abgab, zuckten die blauen Strahlen durch den Nebel. Als dann aber der markante, basslastige Sound und der mitreißende Rhythmus einsetzten, erreichte die Stimmung schlagartig die 1.000-Volt-Marke. Johanna war nicht mehr zu halten. Sie sprang auf die Tanzfläche in den rotblau wabernden Nebel und fing an zu wirbeln. Ihr Jubelschrei ging fast unter in der lusttriefend tiefen Stimme des Frontmannes und Sängers Till Lindemann.

„Duuuuuuu!", sang er. Und fügte hinzu, dass man ihn etwas gefragt und er daraufhin nichts gesagt habe.

Dann aber ging die Band in die Vollen. Und schleuderte das Schiff mitsamt der vier Menschen im Partyraum in eine andere Dimension. Johanna verwandelte sich wieder in Jo, die Piratengespielin früherer Tage. Sie tanzte wie ausgelassen, ihr Körper zuckte in wilder Ekstase. Vulgär, animalisch, herausfordernd, aufreizend. Das kurze Kleidchen rutschte höher, bis es kaum noch ihren Schritt verbarg. Breitbeinig stieß sie das Becken vor und zurück, die Arme erhoben und im brachialen Rhythmus schwingend. Pia folgte ihr auf der Stelle. Sie kannte das Stück und stieg hemmungslos mit ein. Wie sollte es auch anders sein? Der Sound war dermaßen mitreißend, dass er sie alle wie ein Tsunami mit hinfort riss. Auch Bjarne und Paul.

Till Lindemann sang weiter und fragte, ob er ihr treu sein wolle, bis dass der Tod sie scheide? Er beschied das mit einem eindeutigen: „Nein!" Und wiederholte es direkt noch einmal. „Nein!"

Mit jedem „NEIN!" stieß Johanna die Fäuste mit aller Kraft nach vorne, ihr Blick von einer Entschlossenheit beseelt wie Bjarne sie nur sehr selten bei einer Frau gesehen hatte. Sie schrie das „NEIN!“ geradezu heraus, nicht nur mit der Stimme, sondern mit dem ganzen Körper. Es kam einem Pamphlet gleich. Und als der Sound sich kurz beruhigte, um von neuem aufgebaut zu werden, da kippten die Jungs die Whiskys hinunter und kamen mit hinzu. Beide die Rocker, die Piraten und die Mädels die Amazonen.

Weiterer Nebel hüllte den Raum mehr und mehr ein. Paul verzog sich im dichten Dunst, kam wieder hervor, tanzte ausgelassen, ging mit auf, verschmolz mit den wirbelnden Schwaden. Johanna aber hatte die Hand auf den Schritt gepresst, ihr Becken zuckte vor und zurück, und die andere Hand stieß im Takt der Musik mit ausgestrecktem Zeigefinger in Richtung Bjarne.

„Duuu …!“, begann der Song von neuem, und wieder kam die Frage nach der Treue, gefolgt von diesem eindeutigen: „Nein!“

Als der Sänger an der Stelle ankam, da sangen sie bereits zu viert aus vollem Halse mit: „NEIN!!!“

„Jaaa …!“, schrie Johanna und riss die Arme in die Höhe. „Das ist der Song der Ringträgerinnen!“

Ein Ausruf, der Bjarne durch Mark und Bein ging. Plötzlich konnte er sich vorstellen, was hier auf der *Talliska* alles möglich war. Was für eine Stimmung herrschen musste, wenn zwölf heiße Piratenbräute den Laden zum Kochen brachten. Und er der Kapitän des Ganzen war. Was für eine Mannschaft, was für eine Crew! Hatte Gödeke Michels ähnlich gefühlt, wenn er mit der Piratenbande unterwegs gewesen war und eine Hansekogge zum Entern anstand?

Leise klang der Rammsteinsong aus und wurde fließend abgelöst vom nächsten Kracher. Den wummernden Bass des Stückes kannte Bjarne nur zu gut aus weit zurückliegenden Tagen: *The Faith Healer* von der *Alex Harvey Band.* Doch zu seiner Überraschung wechselte das markante Wummern nur kurz darauf in ein elektronisches Trompetensignal, das an den Empfang römischer

Gladiatoren in der Arena erinnerte. Den Einmarsch der Kämpfer. Dann aber ging es verblüffend und unerwartet in eine sanfte Melodie über, die sich langsam aufbaute. Sie steigerte sich mehr und mehr und brachte schon einen klar erkennbaren Rhythmus hervor, bei dem Johanna augenblicklich wieder die Hüften schwingen und die Haare fliegen ließ. Ein Intro, das sich gekonnt hochfuhr, das andauerte, und dann … dann wieder das ihm altbekannte Wummern des *Faith Healers*. Es war eine Coverversion.

Bjarne überlief eine Gänsehaut, wie er sie bei Musikhören noch nie gespürt hatte. Es war wie eine Reise, ein Mitreißen. Hinfort in neue Sphären, in fremde Länder, in ferne Welten. Auch Pia schien davon zu fliegen. Eingehüllt in Nebel, der von der Abzugsanlage durch den Raum gewirbelt wurde. Das bunte Licht aber verwandelte die vier Freunde in schemenhafte Gestalten. Für kurze Zeit entschwand man in einem Kokon aus Licht und Musik und Nebel. Tauchte dann wieder auf, sah zuckende Leiber. Bjarne, wie er Pia den Mund auf die Lippen presste, ihre Zungen, wie sie sich gierig betanzten. Und dann setzte der Text ein!

Er handelte davon, dass man dem Wunderheiler vertrauen solle. Es zulassen solle, dass er einem seine Hände auflegte. Auf den Körper. Ihn berührte.

Es war unglaublich! Es war *sensational*.

Pia, Bjarne und Johanna sangen mit, unterstützten ihre Darbietung mit Gesten und tänzerischen Pantomimen. Jeder kannte das Lied. Auch Paul. Aber so gespielt? Einfach unfassbar.

Bjarne wusste nicht, wie lange dieser Wahnsinnssong andauerte. Nur, dass er eine Hand unter Johannas Minikleid hatte und sie ihr Becken im Takt der Musik voller Lust auf ihr bewegte. Dass ihre Brüste beinahe freilagen und ihr Kleid bis zum Bauchnabel offen stand. Aus Musik und Herzschlägen, aus Atemlosigkeit und Verlangen, tosendem Blut und wildem Leben mixte der Barmeister in seinem Kopf einen Cocktail wie er noch keinen berauschenderen gekostet hatte.

Und als der musikalische *Wunderheiler* seine Magie schließlich ausgespielt hatte, trat er dezent von der Bühne, um dem nächsten musikalischen Highlight Platz zu machen: *Temple of Love* von den *Sisters of Mercy*.

„32 Stunden nonstop durch, die geilste Mucke!“, rief Johanna und tanzte weiter. Ausgelassene, überbordende Lust und Freude. Immer wieder tanzten sich die Freunde an, berührten sich, küssten sich und ließen wieder voneinander ab. Wandten sich einem anderen zu. Johanna demonstrierte es ihnen am lebenden Objekt, wie eine *Talliska*-Party mit den Ringträgerinnen ablief. Sie hielt nicht fest, haftete nicht an und klammerte nicht. Alles war im Fluss, im Miteinander, und niemand war ausgeschlossen.

Schließlich aber fuhr sie die Musik herunter, stellte die bunte Lightshow ab und drehte die Abluftanlage etwas höher. Jo stand wieder hinter der Theke, hatte sich das Kleid gerichtet und servierte neue Drinks. Abermals Malt Whisky

„Jetzt wisst ihr, wie es funktioniert, ihr könnt es euch vorstellen. Dazu kommt, dass dieser Malt hier unser aller Dosenöffner ist. Er macht an, er macht rattig, und er schmeckt verdammt gut. Viele der Mädels stehen aber am liebsten hier und zeigen sich, bieten sich an und laden die Jungs ein, sie zu befummeln.“

Sie kam um die Theke herum und setzte sich auf das umlaufende, schmale Bord an der Schiffswand. „Komm Pia, stell dich neben mich!“

„Meinst du?“ Mit Unschuldsblick setzte die Angesprochene den Vorschlag sofort in die Tat um. Mit etwas Abstand brachte sie sich neben der Freundin in Positur, die Füße leicht auseinander, aber doch mit sicherem Stand. Sie lehnte sich an, setzte sich. Die Höhe war optimal, sie konnte sich an die Bordwand lehnen und dennoch sicher stehen und auch sitzen. Ihr Kleidchen aber, das rutschte dabei natürlich hoch. Wie beabsichtigt. Und so flirtete der weibliche Teil der *Talliska*-Crew schamlos die Männer an.

Johanna fasste sich ins Kleid, spielte mit ihren Brüsten und schaute verlangend zu Paul. Bjarne ging langsam und lüstern lächelnd zu Pia hin, reichte ihr das Glas an, hielt ihr sein eigenes entgegen. Sie schauten sich gierig an. Es war keine Frage, sie waren scharf. Alle beide. Ebenso wie Johanna und Paul. Bjarne strich an ihren Beinen entlang, berührte den Schlitz zwischen ihren geöffneten Schenkeln und war nicht überrascht, wie nass er war, wie verlangend. Sie nippten an ihren Getränken, Pias Hand ruhte auf der Sitzfläche, dem Bord. Sie bot sich Bjarne an.

„Fass mich an, mein heißer Pirat!“, hauchte sie.

Sie bekamen mit, dass Johanna Paul an die Hand nahm und ihn nach hinten führte, in den anderen Raum. Den mit dem Podest und dem riesigen Futon. Der Spielwiese. Bjarne und Pia folgten, kamen aber zunächst noch nicht mit auf die Matratzen. Stattdessen lehnte Bjarne sich jetzt an das Bord, und Pia ging vor ihm in die Hocke, öffnete seine Hose und zog sie hinunter. Johanna aber blickte sich um zu Pia und ruckelte an den Ledermanschetten und den Ketten. Dann klackerte sie mit den Fingernägeln gegen die Sanduhr.

Pia schluckte. Sie wusste: Später würde sie wieder eintauchen in die geheimnisvolle Bücherwelt des Jahres 1396. Aber vorerst … Sie hob den Blick, ließ ihn an Bjarnes Körper hinauf wandern. Und traf auf die von Gier verdunkelten Piraten-Augen des Jahres 2018.

1396
Aufbruch

Verdunkelt hatten sich Gödeke Michels‘ Augen. Die Möglichkeit, dass die Invasion des Deutschen Ordens auf Gotland eventuell schon unmittelbar bevorstehen könnte, ließ ihn handeln. Er hatte noch nie viel von den elenden

Kreuzzugfahrern gehalten, den Jerusalembefreiern von Gottes Gnaden und im Dienste der Kirche. Von wegen! „Machtbesessene Ausbeuter und Unterdrücker sind sie", dachte er grimmig. „Und zwar alle." Ständig im Krieg mit anderen Ländern, in denen sie sich nicht nur einmischten, sondern ihr Hegemonialbestreben mit dem Schwert erstritten. Seit einhundert Jahren schon dauerten die Litauer Kriege an. Nur, weil die Bevölkerung sich weigerte, die Taufe durchzuführen, wurden die Leute dort als Heiden bezeichnet und bekämpft.
„Und?", so dachte Gödeke. „Sind die Litauer deshalb schlechtere Menschen als die ach so Heiligen Ritter des Deutschen Ordens? Ist Jana eine schlechte Frau? Nein! Lieber eine zügellose und hemmungslose Heidin als eine vertrocknete, keusche Betschwester! Zum Teufel mit dem Lügenpack!" So fluchte er innerlich und ballte zornig die Fäuste. Und jetzt hatten es die Kerle nachweislich auf Gotland abgesehen. Auf seine Feste! Michels wusste, dass er gegen die kampf- und morderprobten Rüstungsritter mit dem schwarzen Kreuz auf Schild, Flagge und Mantel überhaupt keine Chance haben würde. Zumindest nicht an Land. Seine Mannen waren Kaperfahrer und keine Schlachtenritter hoch zu Ross. Ihr Verbündeter war das Meer. Sie würden sich bei einem Angriff nicht lange halten können an Land. Und das war eine Tatsache. Punkt. Fertig. Aus!

Er hatte Magister Wigbold und Käpt`n Walhorn nach dem Gespräch mit Jana angewiesen, sich dringendst zu beeilen mit der Fälschung von Brief und Siegel. Derweil hatte Lars Reesenspund mitgeholfen, das Walfangschiff seeklar und auslauffähig zu machen und mit der Mannschaft die Schäden auszubessern.

Ein anderer Anführer der Freibeuter, Hauptmann Wichmann, bekam das Oberkommando für den Konvoi, der nach Rostock und Wismar segeln sollte, um all die Waren, die sie erbeutet hatten, feilzubieten und zu verkaufen.

Hektische Betriebsamkeit hatte sich in Visby eingestellt, ohne dass jemand genau wusste, was eigentlich los war. Gödeke Michels wies an, dass die übrige Flotte hier verbleiben sollte. Doch man möge sich bereitmachen, um notfalls auch ohne ihn auslaufen zu können. Wenn alles gut gehe, werde er schon bald zurück sein und dann auch mehr darüber wissen, ob und wann eine kriegerische Invasion bevorstehe. Sollte er aber zur Sommersonnenwende nicht wieder auftauchen, dann sei er entweder tot oder anderweitig dringend verhindert. Dann sollten sie unverzüglich auslaufen. Mit Ziel Emden in Friesland. Jeder solle an Bord dürfen, der mitkommen wolle. Notfalls auch Weiber, wenn die ein berechtigtes Interesse hätten zu emigrieren. Man werde nicht überprüfen, ob sie aus sicheren Herkunftsländern stammten.

Eine mögliche Invasion? Dieser Gedanke schreckte Piraten und Inselbewohner gleichermaßen auf. Von wem? Aus den Ostländern? Oder aus Dänemark? Margarete? Das war wohl das Naheliegendste. Obwohl man da nie sicher sein konnte. Man bekam ja nicht allzu viel mit von den Geschehnissen in Europa, speziell in den Ländern um die Ostsee herum. Ständig konnte sich etwas verändern. Durch Hochzeiten wurden neue Bündnisse geschlossen, und wer eben noch bis aufs Blut miteinander verfeindet war, leerte nun gemeinsam manch Becher Wein. Die einzig verlässliche Größe im Ränkespiel der Adelshäuser blieb Mecklenburg.

Albrecht III. war zwischenzeitlich sogar König von Schweden gewesen, hatte aber natürlich erbitterte Widersacher auf den Plan gerufen. So einen Regierungsrat namens Bo Jonsson, der ihm die Macht nach schweren Bürgerkriegskämpfen wieder entrissen hatte. Als Jonsson starb, hatte sich Albrecht die Krone unverzüglich zurückholen wollen. Doch nun hatte sich Margarete mit eingemischt und sein Heer in Südschweden besiegt. Albrecht hatte die Schlacht überlebt, war gefangen genommen und in die Burg Lindholmen in der Provinz Schonen verbracht worden.

Nur Stockholm hatte sich energisch der Annexion Margaretes widersetzt. Viele Deutsche lebten dort, so auch Mecklenburger, und so hatte es die wütende Dänin nicht geschafft, die Stadt einzunehmen. Kurzerhand hatte sie also eine Seeblockade mit mehreren Schiffen errichtet. Gödeke musste schmunzeln, als er daran dachte, wie es ihm und seinen Vitalienbrüdern gelungen war, diese zu durchbrechen und Stockholm mit Lebensmitteln und anderen Waren zu versorgen. Vitalien nannten sie dies, hergeleitet aus dem französischen *vitailleurs*. Es war die erste große gemeinsame Aktion der Piraten gewesen. Mit dreißig Schiffen hatten sie angegriffen, waren über Nacht aus den wabernden Nebeln hervorgekommen. Das Überraschungsmoment war auf ihrer Seite gewesen.

Sechs lange Jahre hatte Albrecht III. hinter den Festungsmauern eingesessen. Erst vor ein paar Monaten war er schließlich nach endlosen Verhandlungen freigelassen worden und nach Mecklenburg zurückgekehrt. Im Zuge dessen war Margarete die schwedische Krone nun endgültig zugesprochen worden. Albrechts Sohn Eric aber hatte die Regentschaft über Gotland erhalten, was Michels natürlich sehr zupass kam. Denn somit standen die Vitalienbrüder weiterhin unter dem Schutz der Mecklenburger.

Aber was hieß das schon. Was heute noch als sicher galt, konnte morgen wieder ganz anders aussehen. Das wussten natürlich auch die Gotländer und Gödekes Mitstreiter erst recht. Das einzig Neue war, dass sich nun auch der mächtige Deutsche Orden mit einmischen würde. Doch diese Kunde musste Michels noch geheim halten. Niemand durfte wissen, dass er bereits im Bilde war. So blieb er bei der Version, dass er nach Wismar segeln würde. Vermutlich würde sich der Angriff wegen der ungeklärten Finanzierung ohnehin noch verzögern, hier vertraute er den Worten Walhorns. Also hatten sie voraussichtlich noch ein paar Monate Zeit, längstens aber ein Jahr. So war es sicher am besten, wenn die verbliebenen Schiffe weiterhin auf Kaperfahrt gingen. Auch, um kein Misstrauen zu erwecken.

Ein paar Tage später befand er sich wieder auf See. Mit ihm und an seiner Seite Jana Poponova, Lars Reesenspund und Käpt`n Walhorn. Kurs Südsüdwest, Richtung Sund, Kattegat und Skagerrak.

Gödeke hatte sich daran erinnert, was Walhorn vorgeschlagen hatte. Nämlich, dass eine Frau von Format seiner Tarnung zuträglich sei, um seiner neuen Identität Nachdruck zu verleihen. Und Jana war genau solch eine Frau. Dazu hatte sie definitiv ein mehr als berechtigtes Interesse daran, dem Deutschen Orden nicht in die Hände zu fallen. Und er vertraute ihr. Sie hatte ihn fast auf Knien angefleht, sie mitzunehmen. Sie werde alles tun, was er verlange und mithelfen, sein Unternehmen zum Erfolg zu führen. Selbst wenn sie mit ihrem Leben dafür bezahlen müsse. Alles, nur nicht den brutalen Ordensrittern in die Hände fallen! So hatte er letztendlich zugestimmt, und zum Dank war sie ihm jauchzend um den Hals gefallen, hatte ihrer beider wollüstige Gier aufeinander erneut entfacht und ihn nicht mehr losgelassen, bis der Morgen dämmerte und sie beide ermattet und ausgelaugt eingeschlafen waren.

Es war seltsam. Die Gefühle, die sie ihm entgegen brachte, erschienen ihm echt und aufrichtig. Ebenso wie ihr unbändiges, lustvolles Verlangen auf ihn. Ihre Hingabe war ein wahres Geschenk und ihr Begehren, ihr Feuer, nahezu grenzenlos. Mehrfach hatte er sich vergangene Nacht in ihr ergossen, und sie hatte abermals vor Wollust das Haus zusammengeschrien, dass man es in ganz Visby hören konnte. Ein echter Ansporn für andere Mädels, die ebenfalls beschäftigt gewesen waren. Dass ihr Anführer im harten Einsatz war, hatte viele von ihnen zusätzlich erregt. Einige kannten sein unzüchtiges Geheimnis, waren selbst ein Teil dessen und wohnten ihm gerne bei, sobald er nach einer von ihnen rief.

Es war ein überaus frivoles Geheimnis, das er am nächsten Morgen nicht länger vor Jana hatte verheimlichen wollen. Ihm war keine Wahl geblieben, sie musste es wissen. Und zwar, bevor sie sich auf den Weg nach Hamburg machten. Um ihr die Chance zu geben, sich entsetzt zurückzuziehen. Zu sagen: „Bei allen Teufeln, nicht mit mir! Good bye, Gödeke." Oder eben zuzustimmen und mit dabei zu sein, ein Mitglied des geheimen Lustzirkels zu werden. Und seinen Ring anzunehmen.

Breitbeinig und nackt hatte der kräftige Mann vor dem Bett gestanden, worin Jana in Decken gehüllt und mit zerzaustem Haar gelegen hatte, gesättigt von der vergangenen Nacht.

„Was denn?", hatte sie gefragt.

Er hatte ihr seine linke Hand entgegen gehalten und auf den auffälligen Ring an seinem Mittelfinger gedeutet. „Du musst wissen, dass ich noch einer anderen Gemeinschaft vorstehe. Einem Geheimbund, dem nur Frauen zugehören. Und zwar solche, die eine Art Piratenfetisch haben. Ist zunächst etwas Psychologisches, doch mündet das in lustvoller Gier und Hemmungslosigkeit."

Wortlos hatte sie ihn für einen Moment angestarrt. Es hatte ihn beinahe ein wenig nervös gemacht. Denn er hatte nicht ergründen können, was sie dachte. Hatte sie ihn nicht verstanden? Suchte sie nach passenden Beleidigungen, die sie ihm vor die Füße schmettern konnte? Wenn sie …

Sie hatte ihn überrascht. Wieder einmal. Als sie wieder zu Worten gekommen war, hatte sie diese nicht wie Waffen geschleudert. Ganz im Gegenteil. Langsam, sinnlich und honigtropfend waren sie in die Stille geflossen.

„Was Ihr nicht sagt, Herr Freibeuter! Wisst Ihr, wie maßlos mich das erregt? Ihr wollt damit andeuten, dass Ihr Euch schon mehrere Frauen vor mir gefügig gemacht habt? Mit Eurem so herrlich aktiven, unwiderstehlichen Piraten … schwert?"

Ihr Lächeln war mehr als anzüglich gewesen. Noch vor kurzem wäre er explodiert, weil er angenommen hätte, sie mache sich über ihn lustig. Jetzt aber hatte er in ihrem Blick etwas ganz anderes gelesen.

„Ja?“ Ihre Stimme war eine Mischung aus Schnurren und Keuchen gewesen. „Glaubt mir, Gödeke, nichts anderes habe ich von Euch erwartet. Es würde mich sogar enttäuschen, wenn dem nicht so wäre. Wie Ihr vielleicht bemerkt habt, habe ich mich nur zu gerne von Euch kapern lassen!“

„Ach ja? Habt Ihr das?“, hatte Gödeke gefährlich leise gefragt. Mit einem Ruck hatte er ihr die Decke vom Leib gezogen. Doch Jana hatte weder aufgeschrien noch sich geschämt, sondern sich auf die Unterlippe gebissen und ihn von unten vom Bett aus angesehen. Dessen nicht genug hatte sie einen Fuß aufgestellt, ihn nah ans Becken herangezogen und das Knie nach außen gedrückt. Vor seinen Augen hatte sie begonnen, sich die Perle zu reiben und leise zu stöhnen.

„Wenn Ihr wüsstet, wie sehr mich das erregt, dem gefährlichsten Freibeuter der Ostsee hilflos ausgeliefert zu sein.“

Worte, die sehr nach seinem Geschmack waren. Er hatte dergleichen schon früher von vereinzelten Frauen gehört, deren Ganzkörperbekanntschaft er auf seinen Fahrten gemacht hatte. Besonders intensiv in Hamburg. Die Freie und Hansestadt war auch in gewissen anderen Dingen sehr freizügig.

Genüsslich hatte er Jana betrachtet, sich erneut an ihr erregt, an ihrem unanständigen Spiel und auch an ihren schönen Brüsten. Langsam war seine Hand nach unten geglitten, und vor ihren Augen hatte auch er nun begonnen, sich genießerisch zu reiben. Jana hatte gekeucht und wieder nicht den Blick von dem lassen können, was sich da in die Höhe zu recken begann.

„Werdet Ihr in Hamburg auch andere Frauen ficken? Vielleicht sogar … vor meinen Augen? Während ich gebunden an einem Pfosten stehe und alles mit anschauen muss? Werdet Ihr mit mir sprechen währenddessen? Seht Gödeke, wie nass ich plötzlich werde, wie sehr mich das anmacht.“

Langsam war er näher gekommen, und Janas Augen hatten sich vor Gier geweitet.

Eine gefährliche Reise stand nun bevor. Hoch im Wind wehte die Flagge der Hanse und am Heck die von Bergen. Der Kaufmann Gunnar Michelson hatte sich noch einmal die Haare schneiden lassen beim Abschied von Svantje, Walhorn und Lars direkt im Anschluss auch. Gödeke bedauerte den Abschied von Olga, sah aber keine Möglichkeit, sie vielleicht auch mitzunehmen. Eine Frau an Bord reichte schon. Er war zwar nicht dem Aberglauben verfallen, dass weibliche Passagiere Unglück brachten. Dennoch … die Mission war extrem gefährlich.

Besonders war ihnen das noch einmal bewusst geworden, als Magister Wigbold ihnen je einen kleinen Flakon in die Hand gedrückt hatte, der ein schnellwirkendes, tödliches Gift enthielt.

„Für alle Fälle", hatte er zum Abschied gesagt. „Ich würde zwar behaupten, dass mir Euer Begleitschreiben und auch das Siegel täuschend echt gelungen sind. Aber man weiß ja nie."

Svantje hatte die Szene mit großen Augen verfolgt und Gödeke hatte ihr versprechen müssen, dass er ganz bestimmt in einem Stück zurückkommen werde.

So war die Fahrt ins Ungewisse auch mit einer gewissen Mulmigkeit verbunden. Die Mannschaft des Waljägers würden sie im südschwedischen Karlskrona austauschen und möglicherweise in Göteborg noch einmal. So konnten die Seeleute in ihre Heimat nach Island und Norwegen zurückkehren – im festen Glauben, dass Michels und Walhorn auf dem Weg nach Wismar seien. Die neue Mannschaft aber würde nie erfahren, wer Gunnar Michelson wirklich war. Und warum er nach Hamburg reiste.

Auf See

Es wurde rau, sehr rau sogar, und das Schiff lag hart im Wind. In Karlskrona hatten sie sich nicht lang aufgehalten. Man hatte die Mannschaft des Walfangjägers dort allerdings nicht eins zu eins ersetzen können, und so mussten nun auch Gödeke Michels, Lars Reesenspund und Käpt`n Walhorn selbst mit Hand anlegen. In Göteborg wollte man noch einmal aufstocken, bevor es ums Skagerrak gehen würde.

Den Öresund durchquerten sie nur mit Mühe, und Jana Poponova erfuhr am eigenen Leib, was es bedeutet, ein echter Seemann zu sein. Eine Erfahrung, auf die sie sehr gut hätte verzichten können. Sie verbrachte die Tage fast ausschließlich unter Deck in ihrer Koje, oder – wenn sie an Oberdeck kam – angeschäkelt an einem Tau der Reling. Sie hatte übelst mit Seekrankheit zu kämpfen, und ihre Schönheit war einer grünlichen Blässe gewichen. Immer wieder musste sie sich übergeben, das ständige Auf und Ab machte ihr zu schaffen. Nie hörte es auf zu schwanken, nicht eine Sekunde lang. Und das Tag und Nacht.

Das Gebrüll der See war geradezu beängstigend, ständig schlug die Gischt über die Außenwand, und die Gefahr, den Halt zu verlieren, auszurutschen und hinfort gespült zu werden, war allgegenwärtig. Manch Seemann hatte hier in dieser Meerenge sein Leben schon verloren, die Wellen waren unersättlich. Immer wieder musste die Mannschaft das Segel reffen, und des Nachts wurde es ein paar Mal richtig heikel, als die Krängung so groß war, dass Jana fast aus der Koje geflogen wäre. Schließlich musste sie sich sogar mit dem dicken Lederriemen anschnallen, um dem Rollen und Stampfen etwas entgegenzusetzen.

Für mehr als den Kampf mit den Elementen blieb keine Gelegenheit. Zweimal kreuzten dänische Schiffe ihren Weg, ein weiteres achteraus. Der bloße Anblick verleitete Gödeke zu einem tiefen Knurren, während seine Hände sich um das Holz der Reling spannten. Doch die verhassten Gegner hatten selbst zu viel mit dem starken Wind zu kämpfen und ließen sie mit großem Abstand passieren. Zumal die Flagge Bergens und die der Hanse keine Gefahr für Dänemark bedeuteten.

Erst im Kattegat wurde es etwas ruhiger, und Jana atmete erleichtert auf. Gödeke Michels sah inzwischen auch nicht mehr wie ein eleganter Kaufmann aus, sondern durch und durch wie ein Seefahrer, der den Wind und das Meer liebte. Fest und unermüdlich hatte er mit angepackt, das Rahsegel im Wind zu halten, hatte zumeist das vordere Liek bedient. Jetzt aber, da das Wetter sich beruhigte, wurde auch das Focksegel aufgezogen, und sie konnten endlich Fahrt aufnehmen.

Der Holk kam Michels schneller vor als die Koggen, die er üblicherweise fuhr. Fünf bis sieben Strich machten sie, so meinte der Käpt'n. Ein beachtliches Tempo, das natürlich mit der geringen Beladung zu tun hatte und auch mit der spärlichen Besatzung: Nur elf Mann, ohne die drei angeblichen Handelsreisenden. Walhorn bewährte sich als ausgezeichneter Kapitän, der stets im Bilde war und die Segelmanöver gut beherrschte. Nein, Zeit verloren sie nicht.

Dennoch dachte Gödeke auch an die Einsetzbarkeit des Schiffes im Kaperkrieg. Hier würde er der seltsamen Mischung aus Küstensegler und Holk nicht so sehr vertrauen wie einer Kogge. Die waren deutlich wendiger als der doch etwas schwerfällige Zweimaster. Auch dessen Achterkastell war niedriger, was aber in Sachen Fahrtgeschwindigkeit anscheinend ein Vorteil war. Des Öfteren unterhielt er sich mit Lars darüber, ob man wohl die beeindruckende Harpune am Bug noch für andere Dinge gebrauchen könnte, als sie in die Leiber von Walen zu schießen.

„Auuuftakeln …!“, schrie Kapitän Walhorn in den Wind, und kurz darauf knatterte das zweite Segel im Vorschiff auf. Jana hatte sich im Unterdeck an die Back gesetzt und aß einen Krumpen Brot. In der Kombüse hatte der Smut sein Tagewerk begonnen, putzte Gemüse und Äpfel. Seewasser schwappte, als Gödeke den schmalen Niedergang herunter kam.

„Hier unten steckt Ihr, meine Seemannsbraut!“, lachte er mit rotgefärbten Wangen und bester Laune. „Wie geht es Euch? Etwas besser? Das Schlimmste haben wir nun überstanden. Mit ein wenig Glück bleibt es am Skagerrak übersichtlich, und wir kommen gut ums Horn. Steuerbord passieren wir grad Småland und halten Kurs Nordost auf Göteborg."

„Gott sei Dank", stöhnte Jana. „Noch nie ging's mir so mies wie die vergangenen Tage. Weiß nicht, wie oft ich in die Pütz gereihert habe. Ich dachte, ich muss sterben. Oder wir kentern und gehen unter."

„Ja, ein paar Mal war's bangig knapp", nickte Gödeke und biss in einen Apfel. „In Göteborg werden wir ein paar Tage verbringen, an Land gehen und uns aufpäppeln. Dann habe ich auch wieder Zeit für Euch. Im Moment wird an Oberdeck jede Hand gebraucht. Zumal jetzt auch die Fock aufgetakelt ist."

„Mir ist das alles egal, Gödeke. Hauptsache, ich bin bei Euch. Nicht auszudenken, wenn ich den Horden des Deutschen Ordens in die Hände fallen würde und mit denen gar noch zurück nach Livland müsste."

„Annektierung heißt nicht gleichzeitig Verschleppung, Süße. Obwohl man Euch schon ansieht, dass Ihr keine Gotländerin seid."

„Was soll das denn heißen?", brauste sie auf. „Soll ich etwa zehn Kilo zunehmen, um so auszusehen wie die dralle Svantje?"

Gödeke winkte lachend ab und brachte die Sprache auf ein anderes Thema. „Wenn Ihr einige der fiesen Ordensbrüder so gut kennt, wäre es da nicht ratsam, wenn Ihr Euch auch einen anderen Nachnamen zulegtet? Einen etwas … hm, unauffälligeren?"

„Ha ha, werter Herr Michels. Glaubt Ihr, es gibt irgendeinen verfickten Witz über meinen Namen, den ich nicht schon kenne?"

„Hört zu, Jana, ich meine es ernst", antwortete Gödeke kühl und sah sie wieder mit seinem sehr speziellen Blick an. „Wir müssen dermaßen höllisch aufpassen, dass wir uns nicht den kleinsten Fehler erlauben können. Ab Göteborg reisen wir absolut inkognito. Und Euer Nachname ist auffällig! Ob nun witzig, zotig oder süß. Denkt zurück an eure Kindheit. Irgendwer, ein Mädchen mit einem unauffälligeren Namen?"

„Hm, lasst mich nachdenken. Irena Kalaschnikova kommt mir spontan in den Sinn." Sie runzelte nachdenklich die Stirn und nickte dann.

„Gut!", nickte auch Michels. „Ein feiner und sehr unauffälliger Name. Den nehmen wir. Bleiben aber bei Jana. Daran beginne ich mich zu gewöhnen."

„Oh, vielen Dank, Herr Kaperfahrer. Es freut mich, dass Ihnen mein Vorname gut gefällt. Gödeke gefällt mir nämlich auch, und so allmählich …", sie kicherte und sah ihn keck mit schräg geneigtem Kopf von unten an. „Allmählich gefällt mir auch der gesamte Mann und nicht nur sein Name." Sie beugte sich vor, zog seinen Kopf zu sich heran und gab ihm einen Kuss. „Und ich würde so bald wie möglich auch gern wieder mein rotes, seidenes Unterkleidchen anziehen und mit Euch ins Bett gehen. Meine Brüste ziehen und bekommen Sehnsucht nach Eurer Behandlung."

„Oh nein, Jana!", bestimmte Gödeke gefährlich leise. „Nicht im roten Hemdchen, sondern gänzlich nackt in Eurem offenen, weißen Pelzmantel und den eleganten Stiefeln!"

2018

Donnerwetter!", ließ sich Johanna vernehmen. „Der Kerl hat wirklich Geschmack! Und auch einen erstaunlichen Sinn für erotische Inszenierungen. Findet Ihr nicht? "

„Unbedingt!" Bjarne lächelte. „Ich sehe dieses Bild von Jana jetzt ganz deutlich vor mir. Hoffentlich kommt der andere Herr Michelson auch wirklich auf die Idee zurück! Eine schöne, sinnliche Frau … nackt im Pelz …" Er warf Pia einen vielsagenden Blick zu. „Wenn ich nicht so ein Tierfreund wäre, könnte ich mir das auch sehr gut vorstellen."

„Webpelz vielleicht?“ Paul zwinkerte ihm zu.

Pia verdrehte die Augen. „Hat das Stil, Poirot? Merkst du selber, oder?“ Sie warf einen Blick in die Runde. „Ich hätte Jana in dem Aufzug aber natürlich auch gern gesehen. Irgendwie fühle ich mich ihr verbunden. Vor allem, da ich jetzt weiß, dass es wirklich unsere Jana ist. Die Frau Kalaschnikova.“ Sie grinste. „Die Frauen in diesem Buch muss man ja einfach lieben, oder? Hört zu: Jetzt geht es wieder um Isabella.“

1396
Zu neuen Ufern

Beinahe schnurrend räkelte sich Isabella in ihrem Bett und genoss das Gefühl, noch nicht gleich aufstehen zu müssen. Während sich das erste, fahle Winterlicht durch das Fenster stahl, ließ sie die gestrigen Ereignisse noch einmal Revue passieren. Was für ein Tag! Langweilig wurde es einem in ihrem Beruf nur äußerst selten. Man tanzte an einem gefährlichen Abgrund, musste ständig bereit sein, mit Fantasie und Geschick seinen Kopf aus allen möglichen Schlingen zu ziehen. Und genau das liebte sie daran. Wenn man bei all den Risiken und tolldreisten Unternehmungen dann auch noch Erfolg hatte, war das Leben einfach großartig!

Gleich nach dem Frühstück würde sie einen Silberschmied aufsuchen und sich eine eigene Version von Gödekes Lustring anfertigen lassen. Vielleicht konnte dieses Schmuckstück dann tatsächlich ihre Eintrittskarte in die Welt der Likedeeler-Luder werden! Isabella nahm an, dass sich die Gespielinnen des Piraten untereinander nicht persönlich kannten. Zumindest nicht alle. Doch jede Frau, die zu diesem inneren Kreis gehörte, würde das geheime Zeichen an ihrem Finger zweifellos erkennen. Dann würde sie automatisch annehmen, dass auch Isabella zu den Eingeweihten gehörte. Konnte es eine bessere Möglichkeit geben, das Vertrauen der echten Ringträgerinnen zu gewinnen und ihnen Informationen zu entlocken? Wohl kaum!

Isabella war ziemlich stolz auf diesen Plan. Und sie wusste auch schon, wie ihre persönliche Verzierung auf den silbernen Schiffstauen aussehen würde. War gestern nicht ein gewisser Piratenkapitän durch ihre Fantasien gespukt, der genussvoll seine wiehernden Stuten zuritt? Wenn das kein Zeichen war! Sie sah das Schmuckstück förmlich vor sich, es kam nichts anderes infrage: Ihr persönlicher Ring-Talisman würde das Seepferd sein.

Ob Gödeke wohl auch ein Zeichen für sich selbst gewählt hatte? Einen Schwertfisch vielleicht? Isabella grinste in sich hinein. Nein, wohl besser einen Hai: Räuberischer Lebensstil, gefährliche Waffen, dominantes Wesen – und in der männlichen Version gleich zwei harte Luststäbe, um die willige Damenwelt zu beglücken. War das nicht das perfekte Symbol für den Herrn der Meere? Ein übermütiges Lachen perlte durch Isabellas Kehle: Falls sie dem Likedeeler eines Tages persönlich begegnen sollte, würde sie ihm das einmal vorschlagen. Oder vielleicht doch lieber nicht.

Vorerst aber musste sie über etwas anderes nachdenken. Stirnrunzelnd angelte sie nach dem Umschlag, den sie gestern Nacht bei ihrer Rückkehr auf dem Boden ihrer Kammer gefunden hatte. Der hinkende Bote musste ihn unter ihrer Tür durchgeschoben haben. Ein merkwürdiger Kerl war das gewesen. Direkt ein bisschen unheimlich! Warum er sein Gesicht wohl so auffällig im Schatten gehalten hatte? Und einfach zu verschwinden, ohne sie anzusprechen oder sich zu erkennen zu geben, war ja auch nicht gerade die feine Art! Gut, das alles war natürlich kein Verbrechen. Es konnte alle möglichen Erklärungen dafür geben. Harmlose. Und … andere.

Neugierig öffnete Isabella den Umschlag und zog zwei Bogen Papier heraus. Schon als sie die ersten Zeilen gelesen hatte, musste sie unwillkürlich lächeln. „Sieh an, sieh an", dachte sie. „Da verliert aber jemand keine Zeit." Offenbar hatte sie mit ihrer schauspielerischen Darbietung in der *Nassen Planke* tatsächlich einen großen Eindruck auf Friedrich Auerland gemacht. Warum der Schreiber seine Briefe von halbseidenen Boten aus dem Hafenmilieu überbringen ließ, konnte sie sich zwar nicht erklären. Doch an seinen Absichten ließ er keinen Zweifel.

Sie möge sich seine Worte doch unbedingt durch den Kopf gehen lassen, bat er in schwungvoller Schrift. Die aufstrebende Bildungsanstalt auf der Insel O brauche eine Frau mit ihren Talenten. Unbedingt! Vielleicht könne sie sich die Schule ja zumindest einmal ansehen und dort probeweise einen Kompaktkurs im Fach „Verdorbenes Schauspiel" anbieten? Es werde ihr Schaden nicht sein. Denn die Stadt Hamburg sei bereit, ein durchaus ansehnliches Salär dafür zu bezahlen. Und er sei sicher, dass man sich über die weiteren Modalitäten leicht einig werden könne. Wenn der Vorschlag nach ihrem Geschmack sei, brauche sie sich am Nachmittag des nächsten Tages nur zum Hafen zu begeben. Auf der Kogge *Meeresstern* werde eine Passage für sie reserviert sein.

Beigefügt hatte Auerland auch das versprochene Empfehlungsschreiben an den Schulleiter, das die Fähigkeiten der potentiellen Lehrkraft in den höchsten Tönen pries.

Hm! Nachdenklich trommelte Isabella mit den Fingern auf das Papier. Die Worte des Herrn Schreibers klangen ja überaus höflich und eloquent. Und sie musste zugeben, dass sie sich nicht wenig geschmeichelt fühlte. Doch auch im Hinblick auf ihr eigentliches Vorhaben hatte der Vorschlag durchaus seinen Reiz. Immerhin hatten die Gäste in der *Nassen Planke* gestern davon gesprochen, dass auf der Insel 69 junge Frauen ausgebildet wurden. Liederliche Weibsbilder allesamt … genau wie Gödeke sie liebte. Vielleicht war unter all den Ludern ja auch eine Ringträgerin, deren Vertrauen sie mit ihrem gefälschten Silber-Ausweis gewinnen konnte?

Ja, die Idee war gut! Entschlossen sprang Isabella aus dem Bett, um mit den Vorbereitungen für ihr neues Projekt zu beginnen.

Die Stunden flogen nur so dahin, während sie zwischen Silberschmied, Markt, Hafen und *Goldenem Einhorn* hin und her eilte. Doch am Nachmittag des nächsten Tages hatte sie endlich alles organisiert.

Das Schiff, das sie zur Insel bringen würde, machte tatsächlich einen halbwegs vertrauenserweckenden Eindruck. Die *Meeresstern* war nicht besonders groß, doch gegen ein paar zusätzliche Münzen hatte sie sich sogar eine eigene Unterkunft sichern können. Gut, es war nur ein kleiner Verschlag unter Deck, und ein erstes Probeliegen bestätigte die Befürchtung, dass die schmale Koje alles andere als bequem war. Doch immerhin hatte sie dort ihre Ruhe, bis sie nach einer guten Tagesreise ihr Ziel erreichen würde.

Da sie vorerst nichts anderes zu tun hatte, streckte sie sich auf ihrem Lager aus und betrachtete den neuen Ring, der sich um den Mittelfinger ihrer linken Hand schlang. Hoffentlich brachten Seepferdchen Glück! Isabella freute sich auf dieses neue Abenteuer. Doch langsam forderte die Rennerei des Tages ihren Tribut. Ihre Lider wurden schwer.

Als sie wieder zu sich kam, schwankte der Boden, die Planken knarrten und seufzten. Die Laterne, die von einem Haken an der Decke hing, pendelte hin und her und malte wabernde Pfützen aus schummrigem Licht an die Wände. Kein Zweifel: Sie waren unterwegs. Unterwegs auf der Elbe, eingeschifft in Hamburg mit Ziel Neuwerk, der kleinen Insel in der Elbmündung. Und dieses Loch war so eng und stickig wie ein Grab!

Isabella stand auf und warf ihren Mantel über. Leicht benommen stolperte sie an Deck und atmete tief durch. Die Luft war kalt und belebend. Dunkle Wolken jagten über den Nachthimmel, ließen funkelnde Wintersterne auftauchen und wieder verschwinden. Der auffrischende Wind zerrte mit übermütigen Fingern an ihren Haaren.

Vielleicht war es das. Dieses berauschende Gefühl, dass ihr jemand voller Leidenschaft die Frisur ruinierte, bis nur noch eine wilde Mähne davon übrig war. Jemand, der sich die Strähnen wie einen Zügel um die Hand schlang und ihren Kopf daran in den Nacken zog. Sie zu bändigen versuchte in unbändiger Lust. Vielleicht lag es auch einfach am Schwanken und Knarren der Planken unter ihren Füßen. Oder hatte ihr Einbruch in Thorsteyns Haus die Erinnerungen geweckt? Jedenfalls fühlte sich Isabella auf ein anderes Schiff versetzt, in wärmere Gefilde.

In ihrer Fantasie sah sie sich wieder in den Händen jenes Diebeskönigs, dem sie ihr Wissen über diverse Einbruchstechniken verdankte. Vor zwei Jahren war sie mit ihm nach einem nicht ganz geglückten Coup aus dem Hafen von Marseille geflohen. Im letzten Moment. Und obwohl die Umstände alles andere als romantisch gewesen waren, hatte sich diese Fahrt zu einer echten Lustreise entwickelt.

Wo sie es überall getrieben hatten, auf diesem Schiff! Wahrscheinlich hatte es auf der *Poseidon* keine Planke gegeben, die sie nicht mit ihren Säften getränkt hätten! Isabella lächelte bei dem Gedanken. Streng genommen mochte das ein wenig übertrieben sein. So ein Schiff hatte schließlich jede Menge Planken. Doch sie hatten sich auf jeden Fall bemüht, diesem Ziel möglichst nahe zu kommen.

Anfangs hatten sie natürlich immer versucht, für ihre Eskapaden ein verschwiegenes Plätzchen oder eine günstige Gelegenheit zu finden. Bloß nicht entdeckt werden! Nur kein Aufsehen, kein wildes Stöhnen! Dann aber war der Tag gekommen, an dem sie sich zu sicher gewähnt hatten. Jener sonnengleißende Tag, an dem Isabella mitten im Rausch die Augen geöffnet hatte. Nur um festzustellen, dass sie nicht allein waren.

Den Blick der beiden Seeleute, die mit den harten Beweisen ihres Interesses in der Hand an der Reling der *Poseidon* lehnten, würde sie nie wieder vergessen. Genauso wenig wie das Gefühl von sechs rauen, erfahrenen Händen auf ihrer Haut. Die gemeinsam jeden Winkel ihres Körpers erkundeten und sie fast in den Wahnsinn trieben. Wie ungeheuer reizvoll dieser Kontrast gewesen war: Sanfte Finger an ihrem Hintern, drängende zwischen ihren Beinen, provokantes Ziehen und Zwirbeln an ihren Knospen … alles zugleich … und alles für die fauchende Wildkatze, die in ihrem Inneren erwachte.

In zuckendem Genuss hatte sie unter den gierigen Blicken der Männer auf dem sonnenwarmen Deck gelegen. Sie hatte sich aufgebäumt, war auf die Knie gegangen. Und hatte gelernt, dass sich eine Frau nicht unbedingt mit einem einzigen Schwanz begnügen musste, wenn auch mehrere zur Verfügung standen. Isabella hatte geschrien an diesem Tag. Eine animalische Geilheit in der Stimme, die sie noch nicht an sich kannte. Und auf den blaugrünen Wellen hatte weiße Gischt geschäumt.

Die Erinnerung kroch ihr mit windigen Fingern unters Kleid. Ließ sie schauern in Empfindungen, die nichts mit der norddeutschen Kälte zu tun hatten. Mit fliegendem Atem lehnte sie sich gegen den Mast, öffnete den Mantel und schnürte ihr Kleid auf. Schob das Unterkleid beiseite, um der Nacht ihre nackten Brüste zu präsentieren. Spürte, wie sich die Spitzen aufrichteten und beinahe schmerzhaft zusammenzogen unter dem Kuss des Winters.

Ihre Hände entwickelten ein Eigenleben. Hitze und Nässe lockten sie aus ihrem Körper hervor. Keuchende Atemstöße … Isabella bog den Kopf in den Nacken und schaute in den Himmel. Sah, wie die Sterne eine einzige funkelnde Botschaft ans Firmament schrieben: Luder! Luder! Luder!

Wie hypnotisiert griff sie nach dem Werkzeug mit dem glatten, abgerundeten Holzgriff, das jemand an Deck der *Meeresstern* vergessen hatte. Sie wusste nicht, wozu es eigentlich diente. Doch sie konnte die Finger nicht davon lassen.

Sacht fuhr sie über das sorgfältig bearbeitete Holz. Wie gut es sich anfühlte! Isabella stellte einen Fuß auf eine Rolle Tau, raffte den Rock und drehte das Knie nach außen. Die Nachtluft züngelte zwischen ihren Beinen, kein Stoff war mehr im Weg. Tropfende Gier. Wie leicht der runde Kopf des Werkzeugs in sie eindrang! Tiefer … schneller …

Isabella knurrte vor Lust. Und badete im Blick von zwei weit aufgerissenen Augen. Der Steuermann der *Meeresstern* umklammerte das Ruder so fest, dass seine Knöchel weiß hervortraten.

2018

Stille legte sich über die Bibliothek, als Pias Stimme verklungen war. Die Vorleserin und ihre drei Zuhörer ließen den nächtlichen Winterwind über der Elbe durch ihre Gedanken flüstern. Mit einer Stimme voll erotischer Versprechen. Jeder von ihnen sah die Frau auf dem Deck des Schiffes vor sich und spürte ihren Empfindungen nach.

Johanna schluckte trocken und blieb untypisch still. Das Ticken der Wanduhr zählte die Fantasien, die sie nicht mehr mit Rudolf teilen konnte. Aber vielleicht waren ja nun neue Menschen in ihr Leben getreten, die all diese Empfindungen zu schätzen und zu genießen wussten? Eine elbnebelhafte Freude spähte über ihre Schulter, als ihr Blick zu Paul hinüber wanderte.

Bjarnes Hände aber hatten sich so fest um sein Glas geschlossen, als wolle er die Geste des Steuermannes imitieren. „Bitte Pia", murmelte er rau. „Sag mir nicht, dass uns dieser mittelalterliche Folterknecht von einem Autor jetzt wieder auf seine typische Art in der Luft hängen lässt."

Sie lächelte ihn nur schweigend an und fuhr fort.

1396
Der Deutsche Orden

Gödeke Michels, nun also Gunnar Michelson, und Jana Poponova alias Kalaschnikova saßen in einer schummrigen Hafenspelunke in Göteborg, die Kapuzen ihrer weiten, dunklen Umhänge tief in die Gesichter gezogen. Bei einer guten Portion Kabeljau mit Buttersoße nebst gekochten und gestampften Steckrüben unterhielten sie sich gedämpft über die Gefahr, die der Deutsche Orden für sie bedeuten könnte.

„Elendes Dreckspack!“, schimpfte Gödeke.

Jana nickte entschieden und erzählte ihm leise die Geschichte, wie die Kirchenmänner unfassbares Leid über ihr Land gebracht hatten. „Es sind im Grunde die Nachfahren jener Kreuzritter, die bewaffnete Pilgerfahrten nach Jerusalem durchgeführt haben“, erklärte sie. „Ursprünglich war deren Kreuzzug ja durchaus religiös geprägt gewesen. Man wollte die Muslime unter Saladin aus der Heiligen Stadt der Christenheit vertreiben. Doch niemand konnte vorhersehen, mit was für einer unglaublichen Brutalität die Kreuzritter vorgehen würden. Die Gräueltaten in Jerusalem werden ganz bestimmt unvergessen bleiben und die verschiedenen Religionen für alle Zeiten spalten.“ Ihr Blick wurde noch eine Spur düsterer.

„Tatsache aber war, dass die Kirche durch ihr christlich-religiös motiviertes Treiben jede Menge Fürsten aus aller Herren Länder ansprach“, fuhr sie fort. „Die sandten nicht nur ihre besten Männer aus, sondern schwächten dadurch auch ihre eigenen Häuser. So hatten die Landesbischöfe plötzlich leichtes Spiel, um dorten an Einfluss zu gewinnen. Und auch für die arme Landbevölkerung war es durchaus lohnend, sich den Kreuzfahrern anzuschließen, selbst wenn sich kaum jemand teure Waffen und Rüstungen leisten konnte.“

„Gab es da nicht auch mal einen Kinderkreuzzug oder sowas?“, überlegte Gödeke und trank einen Schluck Bier aus seinem Hum-

„Das klingt schön, Jana, wirklich sehr schön."

„Mein Vater war nahezu immer beschäftigt. Oft bekamen wir ihn tage- und wochenlang nicht zu Gesicht. Doch immer freute er sich, mich wiederzusehen. Er nahm mich in seine kräftigen Arme und hatte oft auch ein Geschenk für mich dabei. Ich sah ihn aber nicht minder oft mit ernstem Gesicht und habe noch heute das leise Gewisper im Ohr, mit dem er sich mit meiner Mutter unterhielt. Sorgenvolle Stimmen waren das, die mich dann sehr ängstigten." Ihr Gesicht, das bei der Schilderung ihrer idyllischen Kindheit sanft und verträumt geworden war, verhärtete sich wieder.

„Das kann ich mir gut vorstellen", nickte Gödeke bedächtig.

„Von den Kriegswirren bekam ich erst sehr spät etwas mit. Der erste Angriff der Kirchenmänner kam für meinen Vater und die Stadt nicht ganz unerwartet. Man war besser gerüstet, als die Gegner es geahnt hatten. Sie wurden in die Flucht geschlagen. Aber sie kamen wieder. Nicht sofort, erst knapp ein Jahr später. Hatten sich derweil anderswo schadlos gehalten, wie mein Vater uns berichtete. Derweil aber stellte Kaunas sich auf die Bedrohung ein. Sie bauten die Befestigungsanlangen aus. Die schöne Burg wurde zur Trutzburg."

„Und hat es etwas genützt?"

„Ja, durchaus. Zwei weitere Angriffe wurden im Laufe der Zeit abgewehrt. Sie wollten uns christianisieren, so hieß es, doch wir hielten wahrlich nicht viel von dem geplagten Heiland am Kreuz." Ihr ausdrucksvolles Gesicht spiegelte exakt ihre Gedanken. „Noch viel weniger hielten wir aber von denen, die die Kirche vertraten. Es waren grausame Männer, Mordbuben nannte sie meine Mutter daheim am Kamin. Sie brachten nicht den Frieden, sondern Elend und Tod übers Land. Mein Vater erzählte uns, wie dereinst, es muss 1347 gewesen sein, das Litauische Heer geschlagen worden war. Das rührte daher, dass es in jenen Tagen einen Waffenstillstand gab zwischen England und Frankreich und viele fanatische Kreuzritter aus diesen Ländern sich plötzlich im Osten einfanden, um im Namen Christi weiter zu morden. Eine unerwartete Hilfe für die Ordensritter, die diese natürlich gerne annahmen. Winrich von Kniprode war übrigens auch damals schon dabei und führte die Schlacht an."

„Und so wie es aussieht, werden auch wir es nun mit genau dem Kerl zu tun bekommen, oder?"

„Ja, das kann sehr gut sein. Er ist ein Stratege und ein überlegender Anführer."

„Mist!", grummelte Gödeke und rieb sich das Kinn.

„Doch bis nach Kaunas kamen sie abermals nicht", setzte Jana ihre Erzählung fort. „Eine unerwartete und sehr heftige Pestwelle stoppte letztendlich den weiteren Vormarsch. Und wieder hatte Kaunas Glück, dass die Stadt weitestgehend verschont blieb und die Seuche stattdessen ein Viertel des Heeres des Deutschen Ordens dahinraffte. Da hatte ihr verehrter Herrgott aber mal so richtig gut klargemacht, was er von den Kriegszügen hielt!" Ein boshaftes Lächeln umspielte ihre Lippen.

„Aber das war noch nicht das Ende der Geschichte?"

„Nein. Es gab nur eine Atempause. Innere Streitigkeiten und mangelnder Zulauf von Kreuzrittern aus anderen Ländern ließen den Vorstoß des Ordens zunächst versiegen, und sie konzentrierten sich wieder auf ihr Kerngebiet. Preußen, im Süden. Das Litauische Heer aber fand ungebrochenen Zulauf aus den Weiten des Livlandes. Auch wenn die Litauer ebenfalls nicht ohne Frevel waren und in meinem Livland früher schon heftig gewütet hatten." Sie hielt kurz inne, trank einen Schluck Bier.

„Und er Deutsche Orden kam zurück, als du noch ein Kind warst?", fragte Gödeke interessiert.

Jana nickte. „Er formierte sich neu, und die Kämpfe in Preußen und Niederlitauen gingen unvermittelt heftig weiter. Ich wuchs in Kriegszeiten heran und verlor die Leichtigkeit der Kindheit früherer Tage. Statt mit Puppen zu spielen, übte ich mich im Schwertkampf. So wie jeder es tat, ob Junge oder Mädchen, ob Jungmann oder Fräulein. Selbst meine friedliebende Mutter konnte plötzlich mit dem Langmesser und dem Beil umgehen, und mein Vater zeigte uns auch die Schildführung. Die Landbevölkerung strömte einmal mehr in die Stadt, über sehr viel Elend wurde berichtet. Der Krieg tobte inzwischen weiter im Südwesten, in Niederlitauen einmal mehr. Ich erlebte aber auch schöne Momente. Zum Beispiel meine Vermählung mit dem begehrtesten Junggesellen der Stadt. Dem Sohn eines reichen Kaufmanns, Igor Poponoff. Er hatte russische Vorfahren. Leider endete Igors Reise in der Ostsee, wie Ihr ja wisst. Wir kamen aus Klaipéda. Wollten weiter nach Deutschland, Lübeck war unser Ziel."

Der Blick, den sie dem Piraten zuwarf, war nicht sehr freundlich. Ein stiller Vorwurf schwang unübersehbar mit. Sie schwieg aber, nahm einen kräftigen Schluck Bier und wartete einen Moment ab.

„Die große Trutzburg von Kaunas leistet auch heute noch erbitterten Widerstand", fuhr sie schließlich fort, als Gödeke nichts sagte. „Meine Familie aber fiel ein paar Jahre nach meiner Hochzeit mit Igor genau jenem Deutschen Orden zum Opfer. Und die Burg wurde nach heftigen Kämpfen, die viele das Leben kosteten, zerstört. Es war der schwerste und heftigste Angriff, und er traf Kaunas mit voller Wucht. Es hatte sich ein weiterer Orden gegründet, der Schwertbrüderorden. Natürlich auch allesamt Ritter und schlachtenerfahren. Noch rücksichtsloser und brutaler gingen sie vor und trugen sinnigerweise ein blutrotes Kreuz auf weißem Untergrund auf Schild und Mantel."

„Von dieser Mörderbande habe ich am Rande auch schon gehört", grummelte Gödeke dunkel. „Bin schon auch froh, denen nie persönlich begegnet zu sein. Doch wird sich das dann jetzt wohl bald ändern."

„Vermutlich. Denn niemand hat sie bisher in den Griff bekommen. Auch wenn sich unsere Leute neu formierten und taten, was sie konnten. Sie hoben Streitkräfte im Livland aus, erhielten

Zulauf aus den Weiten des Landes. Und binnen kurzem eroberten sie die Stadt und die Burg zurück, bauten sie neu auf. Kaunas steht den Ordensrittern nun massiv im Weg. Es liegt sozusagen inmitten einer Nord-Süd-Achse und stört den Versuch der Kirchenleute, ihre Territorien miteinander zu verbinden. So wollen sie einen einheitlichen, kompakten Herrschaftsbereich von Estland über Livland bis nach Preußen errichten. *Deus lo vult!* – Gott will es! Damit rechtfertigten sie alle Taten, auch die scheußlichsten. Meine gesamte Familie wurde ausgelöscht, und in unser Haus zog irgendein amtierender Erzbischof ein. Seinen Namen verschweige ich Euch besser, sonst packt mich gleich wieder diese gnadenlose Wut. Und ich will doch nicht auffallen."

Sie trank jetzt einen großen Schluck Bier und überlegte, ob sie das Folgende auch wirklich preisgeben sollte. Sie hatte es noch nie jemandem anvertraut. Doch wem außer Gödeke Michels, dem Kaperfahrer und Anführer der Vitalienbrüder, könnte sie es jemals erzählen? Er sollte wissen, was für fürchterliche Gräueltaten sie begangen hatte und wofür sie sich für ein Jahr aus ihrer Ehe zurückgezogen hatte. Ihren Mann Igor hatte sie da nicht mit hineinziehen wollen. Doch der Pirat würde vielleicht nachvollziehen können, welchen Weg sie eingeschlagen hatte.

Also schilderte sie ihm, wie sie sich aus der umfangreichen Sammlung ihres Großvaters eine passende Waffe nebst Schleifstein ausgesucht hatte. Einen alten venezianischen Dolch, den der Opa einem gefallenen Mongolen abgenommen hatte. Eine überaus ansehnliche, fast schon kunstvolle Waffe.

„Es war ein besonders schönes Stiletto", erklärte sie. „Die einzigartige, dreieckige Klinge wurde offensichtlich von einem Meister geformt, denn sie glänzte nach wie vor, als würde sie sich an einstige böse Taten erinnern. Mag sein, dass der lange Dolch von seinem früheren venezianischen oder anderweitigen Träger als Seitenabwehr in der Linken benutzt werden konnte. Ich denke nicht, dass er einer Frau gehört hat. Aber er gefiel mir auf Anhieb.

Die Klingenoberfläche hat einen leichten Hohlschliff, der Griff ist aus gedrechseltem Edelholz und trägt oben am Ende einen massiven Metallknauf, mit dem ich einem Gegner die Schläfen einschlagen kann, ohne dass die Waffe mir aus der Hand rutscht. Ein Ring dient dazu, ein Band oder Tuch hindurch zu ziehen, das ich mir ums Handgelenk schlagen und binden kann, um die Waffe im Kampf nicht zu verlieren."

Sie warf einen Blick in Gödekes Gesicht, prüfte, ob er ihr auch folgen konnte, denn diese Art von Sicherheitsgurt war den Allermeisten fremd. Als er verstehend nickte, sprach sie weiter. In einem Tonfall, als wolle sie ihm einen alten Freund vorstellen.

„Eine Scheide war auch dabei. Ebenfalls überaus kunstvoll gefertigt und verziert. Aus leichtem Leder. Das gab letztendlich mit den Ausschlag, warum ich mir ausgerechnet diese Waffe ausgesucht habe. Sie war schön und gut zu führen, ein echtes Kunstwerk. Wahrscheinlich eine Einzelanfertigung. Noch wichtiger war für mich aber, dass ich diesen spitzen, langen und sehr scharfen Dolch am rechten Oberschenkel tragen konnte, verborgen unter meinen Röcken. So brauchte ich nur noch zwei feste Riemen anzunähen, einen breiten für unten und einen schmaleren für oben, und ich konnte losziehen."

„Und Ihr habt ihn noch?"

„Natürlich. Er ist meine einzige Waffe. Bei Eurem Überfall auf das Schiff, das uns von Klaipėda nach Lübeck führen sollte, trug ich ihn so wie immer bei mir, setzte ihn aber nicht ein. Lars nahm ihn mir ab. Er hat ihn mir aber zurückgegeben, als wir nach Hamburg aufbrachen."

„Tatsächlich?" Gödeke runzelte die Stirn.

„Ich hatte ihm damit gedroht, dass er die Reise nicht überleben würde, wenn er es nicht täte", erklärte Jana schmunzelnd. „Wenn er sie mir aber zurückgäbe, würde ich damit nicht nur Euer Leben schützen, Gödeke, sondern seins gleich mit dazu. Euer Freund hat erst überlegt, dann aber genickt. Er war wohl etwas überrascht, so etwas von einer Frau zu hören. Aber es gefiel ihm offenbar. Und er muss in meinen Augen gesehen haben, wie ernst es mir war."

Sie trank noch einen Schluck Bier, und Gödeke schloss sich an. Mit festem Blick sah er ihr in die blauen Augen.

„Weiter!", knurrte er. „Was für eine Geschichte!"

„Als ich mein Stiletto gewählt hatte, übte ich unermüdlich, es zu führen. Ebenso wie den Umgang mit dem Schwert und den Kampf aus dem Schatten heraus. Ich wurde zu einer Art Partisanin, die grausame Rache nahm, wo immer es ging. Ich meuchelte so einige höhergestellte Ordensritter. Wie viele es waren, weiß ich nicht mehr. Ich lockte sie erst ins Bett und schnitt ihnen dann die Kehle durch. Manch einem lauerte ich aber auch im Dunkeln auf, schlich mich heran und stach ihm von hinten den Dolch in den Hals. Lautlos und schnell. Dann verschwand ich ebenso rasch und unerkannt wieder. Ich reiste durchs Land, trieb mich in Tavernen herum und ließ mich zu Speis und Trank einladen. Auf dem Weg zu den Zelten stach ich sie dann ab und zog weiter."

Ein kaltes Glitzern hatte sich in Janas Augen geschlichen. „Diese Mordserie minderte nicht meinen Schmerz über den Verlust meiner geliebten Eltern und meiner Heimat. Doch ich musste ja irgendetwas tun. Allerdings wurde die Sache dann doch irgendwann gefährlich, weil sie sich herumsprach und für heilloses Entsetzen sorgte. Ich musste mich also zurückhalten und beschloss, für eine Weile mein unspektakuläres Leben an Igors Seite wieder aufzunehmen. Mich einfach zu ducken und nicht aufzufallen, versteht Ihr?" Sie lächelte ihn trotz der erschütternden Worte offen an.

Gödeke musterte sie nachdenklich und wirkte sogar ein wenig berührt. „Nicht auffallen und uns keine Schwäche erlauben. Ja. Da ist auch für uns jetzt die Devise. Aber das brauche ich Euch ja nicht zu erklären. Insofern, bei all meinem Beileid auch meine Anerkennung, falls es Euch hilft: Das habt Ihr sehr gut gemacht. Respekt, Frau Kalaschnikova."

Mit so viel ruhigem Verständnis hatte Jana nicht unbedingt gerechnet. Doch völlig unerwartet, wie aus dem Nichts, kam dann noch ein Vorschlag, der die resolute und entschlossene Einzelkämpferin empfindlich traf. Mitten ins Herz. Und ins Zwerchfell.

„Ich finde, es ist von Bedeutung für unser Abenteuer, dass wir von nun an Mann und Frau sind“, verkündete der Hauptmann der Likedeeler. „Ihr tragt ja ohnehin noch Euren Ehering.“

Jana verschluckte sich dermaßen an ihrem Bier, dass sie sich vorbeugen musste, um sich nicht zu bekleckern.

„Das ist vermutlich der romantischste Heiratsantrag aller Zeiten, Gödeke!“, schnaufte sie und fing so lauthals an zu lachen, dass sie sich erneut verschluckte und mit der flachen Hand mehrfach auf den Tisch schlug.

Rasch bestellte Michels noch zwei weitere Humpen Bier, um den griesgrämig dreinschauenden Wirt bei Laune zu halten. Doch dann beugte er sich weit vor, fuhr ihr mit der Hand unter die Kapuze, griff ihr überraschend fest ins Haar und zischte: „Ab jetzt in der Öffentlichkeit nur noch Gunnar! Hast du verstanden? Merk dir das! Ritz es dir ins Hirn!“

Erschrocken sah sie ihn an und ihre Augen weiteten sich. „Ach du Schreck! Aber ja, natürlich!“

„Dann ist gut! Und jetzt … komm her! Küss mich!“

Venus im Pelz

Die unverhoffte und unmissverständliche Attacke in der Göteborger Hafenkaschemme erregte Jana bis ins Mark, und ihr Kuss ließ daran keinen Zweifel. Augenblicklich entfachte sich das Feuer, entzündete sie beide und als sie sich keuchend in die Augen sahen, gab es nur noch ein Ziel: Auf der Stelle die geräumige und großzügige Kapitänskajüte zu entern, die Käpt`n Walhorn ihnen beim Einschiffen überlassen hatte.

„Warte draußen", rief sie dem Piraten zu, bevor sie die Tür hinter sich zuzog. „Ich will mich noch ein wenig für dich zurecht machen."

Der Angesprochene brummte schmunzelnd seine Zustimmung. Er schnürte sich auf dem Gang die Stiefel auf und zog sie aus, denn sie waren arg verschmutzt von dem Landgang mit all seinem Matsch. Es war ruhig auf dem Schiff. Die Mannschaft hatte abgeheuert, und Lars und Walhorn waren soeben dabei, neue Leute zu finden in den Spelunken der kleinen Hafenstadt. Gut so! Nach einer Weile öffnete Gödeke die Tür und betrat den Raum.

„Hallo, Herr Freibeuter", wurde er mit leiser, verführerischer Stimme begrüßt. „Kommt Ihr, meine Kajüte zu erobern und Beute zu machen?"

Augenblicklich schoss ihm das Blut in die Lenden. Jana hatte sich komplett umgezogen. Eben noch als unscheinbare junge Frau unterwegs, stand sie jetzt in ihren eleganten, schwarzen, fast kniehohen Stiefeln vor ihm. Der weiße, lange Zobel umschmeichelte ihre schlanke Figur. Mit beiden Händen hielt sie den Mantel zugezogen vor der Brust, Kinn und Nase in den weichen Kragen getaucht. Ihre blauen Augen funkelten ihn an, und Gödeke erspähte sofort das Verlangen in ihrem Blick. Ein Bein hatte sie angewinkelt, Knie und Schenkel entblößt.

„Gut fühlt er sich an", hauchte sie. „Weicher Pelz auf nackter Haut. Ich liebe es." Mit einer Hand zupfte sie den Zobel zurecht, ließ ihn über die Schulter gleiten und zeigte Gödeke auch hier die glatte, zarte Haut. „Ganz nackt, Herr Kapitän, nackt unter dem Pelz."

Sodann nahm sie auf einem Sessel Platz, schlug die Beine übereinander und forderte ihn auf, sich ebenfalls zu setzen und ihnen je einen Becher Rotwein zu kredenzen. Ihr stehe jetzt der Sinn danach. Sie beugte sich vor, hielt den Pelz vor der Brust zusammen und sah ihn mit intensivem Blick an. Sie hatte die Augen eines Raubtieres, absolut passend zu dem Fell um ihre Schultern.

Nicht, dass Gödeke sich gefürchtet hätte. Doch normalhin war er es, der Anweisungen gab, die unverzüglich ausgeführt wurden.

Wieder entblößte sie die ihm zugewandte Schulter, strich sich eine blonde Haarsträhne aus dem Gesicht und schwang minimal den Oberkörper. Ihr Gesicht wirkte kühl und recht bestimmt. Sie hielt weiter die Beine übereinandergeschlagen, wippte mit der Stiefelspitze und ließ knieaufwärts nackte Haut erkennen. Mit einer lasziven, langsamen Bewegung entblößte sie nun ihren Oberschenkel.

„Was unsere Hamburg-Reise betrifft ...", schnurrte Jana mit höchst erotischer Stimme. „Seht, Gunnar, ein reicher Handelskaufmann aus Bergen bringt ganz bestimmt eine gewisse Etikette mit. Manieren, wie man mit Frauen umgeht. Höflich, zuvorkommend, aufmerksam. Ihr sagt, Ihr wollt nicht auffallen? Ihr fallt schneller auf, als Euch lieb sein dürfte! Wenn Ihr eine Dame in eurer Gesellschaft habt, dann betrachtet sie nicht als eure Hure oder Gespielin, sondern als Eure Partnerin. Es müssen gewisse Regeln eingehalten werden. So ein Pelzmantel, wie ich ihn trage, kostet ein Vermögen. Es ist ein weißer Zobel, das wisst Ihr. Unerschwinglich für einen Normalsterblichen. Es ist ein Prestigeobjekt, teuer und wertvoll. Königinnen tragen so etwas und Damen aus Herrschaftshäusern."

Gödeke verstand durchaus, worauf sie hinauswollte. Er nickte, erhob sich und füllte zwei Silberbecher mit Rotwein.

„Meine Teuerste", sagte er und verbeugte sich leicht, „Jana I. aus Bergen, darf ich Euch meine Aufwartung machen und Euch auf einen Becher Wein einladen? Es wäre eine Ehre für mich."

Sie lachte auf. „Nun übertreibt mal nicht. Wir bleiben bei den reichen Kaufleuten. Ich denke, Ihr seid mit einem bestimmten monetären Reisebudget ausgestattet?"

„Magister Wigbold hat alles geregelt. Das Vermögen Eures Mannes wurde selbstverständlich gelikedeelt. Aber ja, ich besitze genügend Gold. Ich habe mich aber auch um etwas anderes gekümmert. Euer Reisekoffer befindet sich auch mit an Bord. Mit all eurer Kleidung."

„Ist das wahr?", fuhr sie auf. „Ehrlich? Oh, Gödeke! Das ist die beste Nachricht seit langem. Denn nackt unter dem Pelz will ich nur für Euch sein. In Hamburg kann ich mich in dem Aufzug wohl kaum blicken lassen, oder?"

„Wollt Ihr meine Erfahrung wissen, Jana? Hinter jeder vornehmen Dame steckt auch eine Hure! Ein lustvolles Weib."

Er nahm einen großen Schluck Wein, stellte den Becher auf die Back und war mit zwei Schritten bei ihr. Energisch nahm er sie bei den Händen und zog sie aus dem Sessel. Sah ihr in die Augen, hob ihre Hände an seine Lippen und küsste sie. Abwechselnd. Sodann führte er sie sachte hinter ihren Kopf. Genießerisch sah er zu, wie der Pelzmantel sich ein wenig öffnete und wies mit leisen Worten an, dass sie die Hände dort jetzt belassen solle.

Jana stöhnte auf. „Ja, mein Herr Kaufmann ..." Sie drückte den Rücken durch, reckte sich und stellte die Stiefel ein wenig auseinander. „So mögt Ihr es, nicht wahr? Wenn Ihr alles sehen und mich betrachten könnt. Wenn ich euch meine Titten präsentiere."

„Und wie ich das mag!" Mit beiden Händen zog er den Pelzmantel auseinander und bewunderte die nackte Frau von oben bis unten. Sanft glitten seine kräftigen Hände über ihre festen, üppigen Brüste, spürten die weiche, vom Zobel gewärmte Haut, kitzelten mit den Handtellern die längst schon aufgerichteten Nippel. Er wog die Halbkugeln von unten, hob sie an und drückte sie mit allen Fingern gleichzeitig.

Jana senkte jetzt doch die Arme und hielt mit beiden Händen den Pelz auseinander. Sehr weit auseinander, damit der Betrachter eine ungehinderte Sicht genießen konnte. Sie zog die Schultern nach hinten, bot sich an, präsentierte sich dem Hauptmann. Mit einem leisen, maunzenden Laut ließ sie es zu, dass er sich an ihren hervorgereckten Auslagen gütlich tat und jetzt auch begann, ihre Knospen zu lecken, zart an ihnen zu knabbern und sie zu saugen.

„Und nun zeig mir, dass du das, was du gelernt hast in meinem Haus, nicht schon wieder vergessen hast, meine feine Dame im Pelz mit den so herrlichen Titten", forderte er nach einer Weile.

Jana hatte da schon zwei- oder dreimal aufgeschrien, so lüstern nahm er sich ihre Knospen vor. Sie hielt ihm tapfer weiterhin den weißen Pelz geöffnet und stellte auch die Lederstiefel noch ein wenig weiter auseinander. Verlockend reckte sie ihr Becken vor und bot sich an. Von der feinen Dame waren allenfalls noch Spuren geblieben, eine kleine Prise Meersalz zum Würzen ihrer Lust. So, wie Gödeke es vorhergesehen und gewollt hatte.

Mit schnellem und flachem Atem erwartete Jana sehnlichst seine Hand, seinen so wundervollen, festen, fordernden Griff zwischen ihren Beinen. Noch bevor sie seiner Anweisung nachkommen konnte, langte er zu. Fasste ihr an den Schritt und kniff mit ganzer Hand die Schamlippen zusammen.

„Nass, das Luder, klitschnass!", stellte er fest, drückte noch einen Moment lang zu und drang dann langsam mit zwei Fingern in sie ein. Nicht tief, nur mit den Fingerkuppen. Er strich auch über die pralle Perle. Als Janas Körper verräterisch zuckte, sah er ihr tückisch lächelnd in die Augen. Verändert war nun ihr Blick, nicht mehr selbstbewusst und hochnäsig, sondern eher ertappt.

Als er ihr kurz darauf die beiden Finger in den Mund schob und befahl: „Lutsch!", da konnte sie ihre eigene Feuchte schmecken. Und seine Worte tropften wie heißes Wachs in ihre Seele: „Die vornehmen Damen im Pelz sind die versautesten! So auch du. Gieriges Stück! Und nun mach!"

Sie wusste sofort, was er meinte. Also ging sie vor ihm in die Hocke, drückte die Knie weit nach außen und gewährte ihm freie Sicht zwischen ihre Schenkel. Sodann öffnete sie die Kordel seiner Hose, zog sie herunter und ließ sich sein steifes, hartes Glied gegen das Kinn klatschen. Sie lächelte Gödeke keck von unten her an, musterte ihn mit ihren schönen Augen und streckte lasziv die Zunge heraus. Dann griff sie mit beiden Händen zu.

„Hmmmm … Das ist wahrlich ein Angriff nach meinem Geschmack“, knurrte der Pirat. „Gefällt Euch auch meine Waffe?“

„Ich bin Euch so dankbar, Gödeke, das glaubt Ihr gar nicht!“, keuchte die atemlose Genießerin, die noch vor kurzem Jana Poponova gewesen war. Dann stülpte sie ihre vollen Lippen langsam und kostend über die dargereichte pralle Spitze. Tat sich an ihm gütlich, labte sich mit Mund, Zunge und Gaumen an der so sehnsüchtig erwarteten Männlichkeit.

Als sie sich schließlich entzog, klangen ihre Worte speichelnass: „Um Waffenkunde soll es also gehen, ja?“ Ihr Lächeln war das einer zufriedenen Katze. „Nun gut, wenn Ihr es unbedingt wissen wollt: Euer Speer hat eine andere Frau aus mir gemacht, seit er in mich eingedrungen ist.“ Sie leckte noch einmal kess über die pralle Eichel. „Im wahrsten Sinne des Wortes. Denn Ihr habt mich neu erweckt, Gödeke Michels, Ihr habt mich empor gehoben aus meiner Versenkung. Indem Ihr mich einfach gepackt habt, hart und kompromisslos.“ Sie rang kurz nach Atem, dehnte dann mit der Hand weit sein Bändchen und kitzelte mit der Zungenspitze das kleine Loch.

„Dieser Weg ist noch nicht längst nicht zu Ende, sehr verehrte Frau Kalaschnikova mit der traumhaft heißen Figur. Er hat gerade erst begonnen.“ Gödeke legte beide Hände auf Janas Kopf auf und ließ die Finger durch das glatte, blonde Haar streichen. Durch das Haar der eleganten Dame im Pelz, die tatsächlich dabei war, sich ganz nach seinem Geschmack zu entwickeln. Langsam zog er ihr den Zobel von den Schultern, bis hin in die Ellenbeugen.

Begegnung

Am nächsten Tag verließen sie Göteborg. Lars Reesenspund und Käpt`n Walhorn hatten eine neue Mannschaft angeheuert, die überwiegend aus Schweden bestand und auch aus drei Hamburger Seeleuten, die zurück in ihre Heimatstadt wollten. Das Walfangschiff kam nur schwerfällig in Fahrt, denn es wehte nur ein laues Lüftchen.

Also beschloss Kapitän Walhorn, das Skagerrak diesmal im hohen Bogen zu umfahren. Einerseits, um nicht etwa von plötzlich aufkommendem Wind zu nah ans Horn gedrückt zu werden. Andererseits aber auch, um dänischen Patrouillen aus dem Weg zu gehen und Kollisionsgefahren zu vermeiden.

„Sicher ist sicher“, verkündete er seine alte Devise, mit der er bislang immer gut gefahren war. Er hielt sich mehr an der schwedischen Küste. So, wie es im Grunde auch richtig war, da er aus Süden kam.

Gödeke war immer wieder aufs Neue erstaunt, wie sehr sich die beiden Meere auch von der Farbe her unterschieden. Die Ostsee, die durch die vielen einmündenden Flüsse sichtbar mehr Süßwasser mit sich führte als die Nordsee, zeigte eine grünlich-graue Färbung. Dem gegenüber stand das bläulich-graue Wasser der Nordsee. Diesen Unterschied konnte man aber nur sehr kurz wahrnehmen. Eben dann, wenn man über den Treffpunkt von Ost- und Nordsee fuhr und darauf achtete.

Als er erstmalig vor vielen Jahren das Skagerrak umsegelt hatte, war ihm sehr unwohl gewesen. Hatte er sich doch vorgestellt, dass die beiden Meere bei ihrem Aufeinandertreffen heftig miteinander ringen würden. Doch dem war nicht so gewesen. Die Strömungsverhältnisse passten sich fast unmerklich an. Einzig die Wellen veränderten sich deutlich. Waren sie in der Ostsee eher klein und hibbelig, sah das in der Nordsee nach einer Weile ganz anders aus. Dort waren die Wogen nicht nur höher, sie hatten auch gefährlich enge Wellentäler. Bei Sturm bestand hier immer die Gefahr, dass ein Schiff über zwei Wellenkämme ritt und in der Mitte zu brechen drohte, weil ein Teil des Rumpfes sich für eine Weile in der Luft befand. Genau hierfür war es gut, dass weder Holks noch Koggen einen Kiel besaßen.

Erstmalig konnte Jana an Oberdeck die Reise genießen. Es war trocken, und ein wenig kam sogar die Sonne hervor.

„An Steuerbordseite befindet sich Norwegen“, erklärte Gödeke und erfreute sich an Janas blondem Haar, das im Wind flatterte. Gegen die Kälte hatte sich seine Reisegefährtin einen dicken, dunkelblauen Seemannspulli mit hohem Kragen und eine derbe Felljacke über das Kleid gestreift. Ergänzt wurde diese Aufmachung durch eine Wollstrumpfhose und feste, seetaugliche Stiefel. Einen Regenschutz oder eine Mütze benötigte sie heute nicht. Gödeke trug, so wie die letzten Tage auch, seine gefütterte, dunkle Hirschlederjacke und den alten, breitkrempigen Hut.

Jana blickte hinaus aufs Meer, während Gödeke immer auch ein waches Auge auf die Arbeit der Männer hatte. Bei diesem Lüftchen musste man schauen, dass die Segel optimal gesetzt waren. Sie kamen ohnehin nur so langsam voran. Und doch konnte er es nicht lassen, Jana gelegentlich mit festem Griff an den Hintern zu fassen, was sie mit einem leichten und unauffälligen Hüftschwingen quittierte, während sie sich mit beiden Händen an der Reling festhielt.

„Schwelgt Ihr noch in Erinnerung an die vornehme Dame im Pelz, Gödeke?“, fragte sie und lächelte ihn verschmitzt an. „Die komplett nackt darunter war?“

„Gefällt es Euch, Seite an Seite mit einem norwegischen Kaufmann nach Hamburg zu reisen und seine Gattin zu sein, Frau Kalaschnikova? Ganz die vornehme und vermögende Dame?“, antwortete er mit einer Gegenfrage. Fester vergrub er seine Finger an ihrem Hintern, drückte kräftig zu.

„Es ist eine große Ehre für mich, mein sehr geehrter Herr Michelson, dass Ihr mich dieses Mal mit auf große Fahrt genommen habt und ich nicht in diesem traurigen, verregneten Kaff da im Norden mein Dasein fristen muss. Ich werde Euch eine gute und anständige Kaufmannsfrau sein, auf dass Ihr stolz auf mich sein könnt.“

„Schiiiiiiiiiiiiff backbord voraus!“ rief Walhorn am zweiten Tag plötzlich und zeigte in eine bestimmte Richtung. Gödeke zog die Augenbrauen zusammen. Es wäre ja äußerst ungünstig, wenn sie jetzt Vitalienbrüdern begegnen würden. Oder einem anderen Kaperfahrer. Womöglich noch einem Engländer. Ihre Mission musste unter allen Umständen geheim bleiben.

Klar, die Möglichkeit einer Begegnung bestand natürlich, denn sie näherten sich Helgoland. Die kleine Insel vor der Elbmündung mochte vielleicht noch vier oder fünf Glasen entfernt liegen. Er hatte zwar befohlen, so dicht wie möglich in Küstennähe zu steuern, doch nun war es zu spät. Gödeke, Walhorn, Lars und Jana standen dicht beieinander und hielten sich die Hände vor die Augen. Die Sonne blendete.

„Woher kommt der?“, fragte Jana.

„Weet ik noch nich“, nuschelte Käpt`n Walhorn, dann aber: „Oh Schiete! Seht, die schwarze Flagge! Eure, Gödeke!“

„Verdammt, verdammt!“, knurrte Michels und griff sich ans Kinn. Angestrengt dachte er nach.

„Was machen wir nun?“ Janas Stimme klang ängstlich. „Gödeke? Tu doch was!“

Er sah sie finster und ein wenig genervt an, schwieg aber. Jetzt hieß es, einen kühlen Kopf bewahren. Sonst konnte es sehr leicht lebensgefährlich werden. Doch dann kam Bewegung in ihn, der Anführer der Piraten erwachte.

„Kurs beibehalten, Käpt`n!“, wies er an. „Auf keinen Fall beidrehen. Auch wenn sie näher kommen. Sollen sie ruhig. Lars …!“ Er wandte sich dem Hünen zu. „Die Positionslampe. Los, schnell! Walhorn: Schickt die Mannschaft unter Deck. Rasch! Und dann dippt die Flagge zum Gruß. Aber nicht einmal, sondern zweimal, kurz hintereinander! Macht! Keine Fragen jetzt. Einfach machen. Und Ihr, Jana: Schweigt!“

Klare Anweisungen waren das, was Männer brauchten, was sie beruhigte und handeln ließ. Dazu waren sie ausgebildet worden.

Und anscheinend galt das auch für Frauen, denn Jana presste sich erschrocken die Hand auf den Mund und starrte nach Backbord.

Walhorn war sehr gespannt, was Michels vorhatte. Mit ein paar laut gebrüllten Befehlen schickte er die Mannschaft von Oberdeck nach unten. Dann begab er sich schnellstens an die Flaggenleine und dippte zweimal kurz die Hanseflagge. Aufgeregt behielt er das andere, rasch näher kommende Schiff im Auge. Und tatsächlich, sie antworteten! Dippten ebenfalls zweimal kurz die schwarze Piratenflagge mit dem Totenschädel und den darunter gekreuzten Knochen, und dann … noch zweimal lang.

„Guuuut!", rief Michels, der das Signal ebenfalls gesehen hatte. „Da drüben haben wir einen guten Signäler an Bord, sehr gut. Hat sich die Mühe doch gelohnt."

Walhorn wusste zwar nicht, was genau sich gelohnt hatte. Doch er war schon froh, dass nicht das entsetzliche Piratengebrüll ausbrach, wie er es schon einmal erlebt hatte, als sein Walfänger aufgebracht worden war. Wie lange war das jetzt her? Egal! Er hielt den Atem an und starrte hinüber auf das andere Schiff, das weiterhin unter vollen Segeln näher kam. Eine große, voll aufgetakelte Kogge mit hohem Achterkastell. Das viereckige Rahsegel war riesig, wirkte äußerst bedrohlich. Hoch am Mast wehte gut sichtbar eine ebenfalls überdimensional große schwarze Piratenflagge. Man sah es schon von weitem und auf nur einen Blick: Mit diesem Schiff war nicht zu spaßen.

Als Lars ihm die Positionslampe anreichte, lächelte Gödeke schon wieder, wenn auch grimmig. Er sah sich nach allen Seiten um, ob auch wirklich alle Mann das Deck verlassen hatten.

„Dann woll'n wir mal", stieß er hervor. Denn Lars hatte ihm auch ein flaches Holz gereicht, ein Brettchen. Das hielt er nun mehrmals und in Abständen zweimal kurz vor die Laterne.

Zu Walhorns nicht geringer Überraschung antworteten die Piraten ebenfalls mit einem Lichtsignal. Lang – Kurz – Kurz – Lang – Kurz.

„Sie wollen wissen, wer wir sind", übersetzte Gödeke. „Das würde ich an ihrer Stelle auch wissen wollen. He he! Jetzt zählt's! Aufgepasst!" Wieder hielt er das Brettchen vor die helle Laterne und signalisierte: Kurz – Lang – Kurz – Kurz.

„Was bedeutet das?", erkundigte sich Walhorn interessiert.

„Das ist der Buchstabe ‚L', steht für Likedeeler." Angestrengt behielt Gödeke das andere Schiff im Auge. „Diesen Geheimcode kennen nur die Hauptmänner unseres Bundes. Und einer von denen fährt da drüben."

„Wer?"

„Weet ik nich! Noch nicht! Warten wir's ab, mal gucken, was er antwortet. Da! Kurz – Kurz – Kurz – Lang! Das ‚V' für Vitalienbruder. Jawoll, ja! Seht! Sie drehen bei! Kurs halten jetzt, Walhorn, Kuuurs halten."

Rasch schlossen sie nun von achtern auf, schon konnten sie die Männer auf dem anderen Schiff erkennen, und Gödeke Michels zog sich hurtig die Kapuze über. Ein besonders hoch gewachsener Mann stach ihnen sofort ins Auge.

„Störtebeker!", keuchte Lars.

„Ja!", bestätigte Gödeke leise. „Das ist Klaus."

Und nun tat er doch etwas. Er hob den linken Arm an, führte ihn hoch über den Kopf und formte ein ‚C'. Und Störtebeker antworte. Er hob beide Arme an und führte sie über dem Kopf zusammen zu einem ‚O'. Kurz nur, dann ließ er die Arme sinken. Gödeke tat es ihm nach, nahm aber wahr, wie Störtebeker interessiert auf die gewaltige Bugharpune sah.

„Was war das denn?", wollte Jana wissen.

Gödeke erklärte, dass dies der persönliche Geheimerkennungscode zwischen ihm und Störtebeker sei, den nur sie beide kannten und sonst kein anderer Mensch auf dieser Welt.

„Wahnsinn!", seufzte Jana. „Wenn Ihr wüsstet, wie sehr mich das plötzlich erregt. Die beiden gefährlichsten Kaperfahrer und Freibeuter aller Zeiten! Rrrr …!"

„He he! Mein kleines, heißes Luder! So gefallt Ihr mir!" Unvermittelt verabreichte Gödeke ihr mit der flachen Hand einen kräftigen Klaps auf den Hintern. Gefolgt von einem beherzten Zupacken. Jana kreischte laut und lustvoll auf. Gödeke aber starrte aufs Meer, dem Schiff hinterher. „Wohin, mein alter Freund?", dachte er. „Mast und Schotbruch auf all deinen Wegen."

Käpt`n Walhorn konnte sich ein Grinsen nicht verkneifen. Doch er behielt stur den Kurs bei und sah der Piratenkogge ebenfalls nach, die langsam achteraus zurückfiel. „Meint Ihr, Störtebeker hält dicht, der Mannschaft gegenüber?"

„Ja, das wird er", nickte Gödeke. „Das Signal, das wir austauchten, war das ‚C' und das ‚O' für ‚incocknito'."

Walhorn und Jana hüstelten verlegen, und die Livländerin wagte die Bemerkung, dass man inkognito aber mit ‚g' schreibe.

Der Kapitän ahnte nichts Gutes, und tatsächlich fuhr der Anführer der Likedeeler auf. Er packte Jana am Arm, am selben wie dereinst in Visby, griff fest zu, zog sie zu sich heran und sagte mit gefährlich leiser Stimme: „Wollt Ihr mir zeigen, wie ich mit einem Arm ein ‚g' formen soll?"

„Ähem …"

„Wisst Ihr, was ich von vorlautem Weibsvolk halte? Überhaupt gar nichts!", brüllte der Pirat unvermittelt los, seine Stimme wie ein Nordseegewitter. „Lars! Kümmere dich um das freche Stück. Ab nach unten mit ihr, und dann leg sie über die Back. Versohl ihr so gründlich den Hintern, den nackten, dass wir sie hier oben schreien hören!"

„Gödeke!", kreischte Jana und riss entsetzt die Augen auf. „Das kannst du doch nicht machen!"

Aber es half nichts, schon wurde sie von dem kräftigen, großen Mann gepackt. Er warf sich die Livländerin kurzerhand über die Schulter und schleppte sie ins Achterkastell. Alle Gegenwehr war etwa so effektiv wie das Fauchen und die Bisse eines zwei Monate alten Kätzchens.

„Noch Fragen?", wandte Gödeke sich nun mit nicht weniger wütigem Blick dem Käpt`n zu. „Wolltet Ihr auch etwas zum Besten geben, was das ‚g' betrifft?"

„Oh ja, das wollte ich", beeilte der sich zu sagen. „Eine ganz famose Idee war das, was Ihr und Störtebeker Euch da ausgedacht habt. Er weiß nun, dass Ihr inkog ... ähem, in geheimer Mission unterwegs seid."

„Das will ich doch meinen. Und nun ... weiter Kurs halten, Käpt`n Walhorn."

Dass sie kurz darauf Jana schreien hörten und auch das Klatschen einer kräftigen Hand auf nackter Haut, nahmen sie natürlich beide zur Kenntnis, zeigten jedoch nach außen keinerlei Gefühlsregung. Gödeke aber dachte bei sich, dass seine neue Crew eine erste Prüfung gut gemeistert habe, obwohl Janas süßer Arsch nun ein bisschen leiden würde. Auch wenn sie sich als seine Vertraute und Reisegefährtin angeboten hatte, musste sie doch lernen, ihn ohne Widerworte zu respektieren und ihn niemals wieder in Frage zu stellen oder öffentlich zu blamieren. Des Weiteren hatte er beschlossen, ihr eine besondere Ehrung zukommen zu lassen. Und dieses kleine Erlebnis nun war eine feine Taufe für Jana, ein Start hinein in ein neues Leben. Schrieb man ingoknito wirklich mit ‚g'?

Ein paar Stunden später meinte Käpt`n Walhorn: „Jetzt ist es nicht mehr weit, und wir erreichen Neuwerk, die Insel O. Normalerweise nimmt man dort einen Lotsen an Bord, der das Schiff sicher die Elbe hoch bis nach Hamburg geleitet. Machen wir das auch, Gödeke?"

„Ja!", nickte der. „Das sollten wir auf jeden Fall machen. Sicher ist sicher. Wenn der Blanke Hans noch was übrig gelassen hat von dem Inselchen. Denn dem vielen Plankton im Wasser und all dem Treibgut nach zu urteilen, hat hier erst vor kurzem noch ein gewaltiger Sturm getobt."

2018

Oh oh", machte Pia, als sie aus dem Plankton und Treibgut des mittelalterlichen Buchstabenmeeres wieder aufgetaucht war. „Vielleicht ist es doch besser, dass ich unserem piratischen Vorfahren niemals persönlich gegenüberstehen werde. Wenn ich bedenke, wie ihn diese doch eher harmlose Bemerkung über das ‚g' auf die Palme gebracht hat …"

Poirot schnitt eine Grimasse. „Was Gödeke zu deiner vorlauten Klappe und deinen unverschämten Spötteleien gesagt hätte, will ich mir lieber gar nicht vorstellen, Pia! Da sieht man es mal wieder: Nicht jeder ist so ein engelsgeduldiger Chef wie ich!" Er warf einen vielsagenden Blick zu Bjarne hinüber. „Vielleicht könntest du sie gelegentlich auch mal über die Back legen, mein Lieber?"

„Ich werde mich hüten, Paul! Gödeke hat diese delikate Aufgabe ja auch an Lars delegiert. Also werde ich das dir überlassen."

Paul wurde ein bisschen rot, was Johanna zu einem keckernden Lachen reizte. Pias Augen sprühten.

Doch Bjarne sah sehr wohl, dass es nicht die pure Empörung war, mit der er gerechnet hatte. Interessant! Er würde diese Information verwahren und sie bei Gelegenheit wieder hervorholen. Er hatte noch keine rechte Vorstellung davon, was er damit anfangen würde. Aber zu den Privilegien eines Piratenkapitäns gehörte es ja, dass man höchstpersönlich für Disziplin an Bord sorgen konnte. Wenn man es denn wollte. Er lächelte in sich hinein und presste seinen Oberschenkel leicht gegen Pias nacktes Bein.

„Ich bin gespannt, wie unser Piraten-Ahn mit Isabella zurechtkommen wird", verkündete er mit rauer Stimme. „Ich glaube, das wird noch eine härtere Nuss für ihn als Jana."

„Zweifellos", warf Johanna trocken ein. „Am Ende versucht sie noch, ihm Einhornpulver in den Wein zu quatschen."

Pia grinste und rieb ihr Bein an Bjarnes. „Wir werden sehen. Im Moment sind sie ja schon beide auf dem Weg nach Neuwerk."

1396
Elbtöchter

Die Elbe schien zu atmen. Wie eine gewaltige Wasserschlange, die in tiefen Zügen Luft holte und sie wieder ausstieß. Ihr nachtschwarz schimmernder Körper schien sich zu heben und zu senken – und mit ihm das Schiff, das sie auf ihrem Rücken trug. Manchmal schien sie es in einem plötzlichen Schaudern, einem zuckenden Aufbäumen sogar abwerfen zu wollen. Doch so schnell würde sie den hölzernen Parasiten nicht loswerden.

Ja, dafür würde Rune Petersen, der Steuermann der *Meeresstern* schon sorgen. Allen Versuchungen zum Trotz. Auch wenn ihm sein Gehirn gerade eine lüsterne Frau vorspiegelte, die ihn mit ihren nackten Brüsten reizte. Die sich vor seinen Augen wollüstig am Schiffsmast rieb und ihn nach allen Regeln der Kunst um den Verstand zu bringen drohte. Hatte er zu viel getrunken? War er übermüdet? Untervögelt? Oder was für verdammte Streiche spielten ihm seine Sinne da?

Wie gerne hätte er diese verlockende Nachtgestalt einfach gepackt und seine Lippen auf ihre kecken Nippel gepresst! Ob sie sich dann in wabernde Nebelschwaden auflösen und ihm durch die Finger rinnen würde? Wenn er sie nur einmal kurz berühren könnte! Nur, um sich zu vergewissern … Doch nein! Der Steuermann verpasste sich mental einen kräftigen Tritt in den Hintern. Er, Rune Petersen, würde das Steuerruder ganz sicher nicht loslassen!

Isabella sah die Entschlossenheit in seinen Augen. Und natürlich war seine Vorsicht mehr als angebracht. Der Kapitän würde ihn höchstpersönlich vierteilen, wenn er seinen nächtlichen Posten verließe und das Schiff einfach den Fluten anvertraute. Und sei es nur kurz. Die Elbe war schließlich schon an guten Tagen tückisch. Voller Sandbänke und Untiefen und gefährlicher Strömungen. Wie ein wässriges Raubtier, das seinen geschmeidigen Körper streckte und ringelte – jederzeit bereit, Beute zu machen. Schiffe zu verschlingen mit Mann und Maus. Von einer Nacht wie dieser ganz zu schweigen.

Der Wind war rau geworden, da draußen auf der Nordsee tobte wahrscheinlich ein veritabler Sturm. Und auch hier auf der Elbe bäumte sich das wässrige Untier immer höher unter den kräftigen Böen. Es war noch nicht so schlimm, dass man über Bord geweht werden konnte. Doch man musste sein Gleichgewicht schon zu halten wissen. Und das wirbelnde, schäumende Wasser unter dem Rumpf wirkte finster und bedrohlich.

Jeder an Bord musste also ein Interesse an einem konzentrierten Steuermann haben. Isabella eingeschlossen. Doch irgendwie schien sie in dieser Nacht der Seeteufel zu reiten. Vielleicht war es auch die Elbe selbst, die das Kommando über ihre Sinne übernommen hatte. Ein archaischer Flussgeist, geboren aus Wasser, Sand und Legenden. Nur darauf aus, diese kleine Menschenfrau in die strudelnde, tropfende Lust hineinzutreiben – und sie mit jedem Pulsieren zwischen ihren Beinen daran zu erinnern, dass auch sie ein Wasserwesen war. Es gelang ihm überaus gut.

Langsam schritt Isabella auf das Heck des Schiffes zu. Sie wusste, es war leichtsinnig. Gefährlich. Doch sie machte keine Anstalten, ihre nackten Brüste vor dem Mann am Steuer der *Meeresstern* zu verbergen. Genauso wenig wie ihre Lust auf ihn. Von Anfang an war ihr der bärtige, dunkelhaarige Seemann durch sein allzeit bereites Lachen und seinen meeresrauen Humor aufgefallen. Ob er mitspielen würde? War er unvernünftig genug?

Sie hielt seinen Blick. Sah seine Augen dunkler werden, sturmgrau im schummrigen Licht der Decklaterne. Nur knapp außerhalb seiner Reichweite lehnte sich Isabella an die Bordwand, Mantel und Kleid halb geöffnet. Sanft ließ sie ihre Hände über ihre Brüste gleiten, strich sich die Wärme wie eine heilende Salbe auf die Haut. Und ihre Stimme schien geradewegs vom Grund des

Flusses zu kommen, als sie fragte: „Hast du schon von den Elbtöchtern gehört, Steuermann?"

„Äh, nein …", erwiderte der Angesprochene und rätselte sichtlich, worum es hier eigentlich ging. Das war auch kein Wunder – schließlich waren die wässrigen Sagengestalten gerade erst Isabellas Fantasie entsprungen.

„In diesen stürmischen Nächten schickt der Fluss seine Töchter", raunte sie geheimnisvoll. „Lüsterne Wassernymphen, schön, wild und gefährlich wie die Flut. Und wehe dem Seemann, der ihnen nicht gewachsen ist."

Sie machte eine kleine Kunstpause. In Runes Blick wirbelten Amüsement und dunkle Begierden – eine Mischung, die Isabella äußerst attraktiv fand.

„Sie sehen auf den ersten Blick aus wie gewöhnliche Frauen", fuhr sie fort und warf sich ihre windzerzauste Mähne über die Schulter. „Wenn du aber genau hinsiehst, fällt dir auf, dass sie stets eine nasse Spur hinter sich her ziehen."

Nun grinste ihr Zuhörer ganz offen. Isabella aber blieb ernst und spielte mit den Fingernägeln an ihren winterharten Knospen.

„Du meinst vielleicht, das dort kommt nur von einer Welle", flüsterte sie und wies auf eine Pfütze an Deck. „Vielleicht stimmt das ja auch und es ist völlig harmlos. Andererseits …" Im Zeitlupentempo raffte Isabella ihren Rock und tauchte die Hand zwischen ihre Beine. „Weißt du, ob es nicht doch die Spur einer Elbtochter ist?" Sie zog die Finger wieder hervor, glitzernd von den Spuren ihrer eigenen Erregung. Genießerisch leckte sie mit der Zungenspitze darüber. „Kannst du das wirklich ausschließen?" Erneut tauchten ihre Finger hinab in die Tiefe ihrer persönlichen Elbquelle. „Und willst du das?"

Sie beugte sich vor, ihre nassen Finger stoppten Millimeter vor seinen Lippen. Die Hände des Steuermannes hielten das Ruder nach wie vor umklammert. Sein Mund aber öffnete sich und umschloss ihre Fingerkuppen. Lutschte sie. Schmeckte sie. Und hielt sie in einer Mischung aus Drohung und Versprechen sanft zwischen den Zähnen. Es dauerte ein paar Herzschläge, bis sie ihm die Hand wieder entzog. Und sie ihm ungeniert zwischen seine Beine legte. Spielerisch. Fragend.

Isabella verkniff sich alle naheliegenden Anspielungen auf harte Schiffsmasten. „Halt den Kurs", mahnte sie und nestelte an der Verschnürung, um besagten Mast zu befreien. Er biss die Zähne zusammen und ließ die Hände, wo sie waren. Ein Keuchen stahl sich aus seiner Kehle, und er kniff kurz die Augen zusammen wie in höchster Konzentration.

Als er sie wieder öffnete, kniete die Fremde vor ihm auf dem Deck, ihr Mantel bauschte sich im Wind. Ihre warmen Lippen waren nur noch einen Finger breit von seiner Eichel entfernt. Schon war ihr streichelnder Atem zu spüren.

„Die Töchter der Elbe sind stark und voll schäumenden Lebens", murmelte sie, die Stimme rau wie Fluss-Sand. „Aber sie haben nur wenig Substanz. Sie müssen von Zeit zu Zeit die Tropfen lecken, die Rinnsale trinken, die unbändige Lust aus menschlichen Körpern hervorlockt." Isabella musste selbst ein bisschen grinsen über die Verwegenheit ihrer Theorien. „Nur dann können sie ihre greifbare Gestalt behalten, statt in glitzernde Gischt zu zerfallen und vom Wind davongeweht zu werden."

Er setzte zu einem Lachen an. Doch als ihre Zungenspitze ein erstes spielerisches Wellenmuster auf seinen Schwanz zeichnete, erstarb es in seiner Kehle.

„Es ist eine Prüfung", schnurrte sie. „Nur die geschicktesten Seeleute können eine Elbtochter befriedigen, ohne dabei im Sturm ihr Schiff auf Grund zu setzen. Wenn sie es aber schaffen …" Ein sanftes Kratzen von Zähnen an seinem Schaft.

„JA?!" Sein Knurren verriet ihn. Seine Beherrschung hing am seidenen Faden.

Sie lächelte lasziv. „Dann schenkt ihnen die Elbe ihre Gunst … Und allzeit eine Handbreit Wasser … unterm Kiel."

Er stöhnte auf, als sie sein hartes Glied ohne Vorwarnung bis zum Anschlag in ihren Mund saugte. Die Geilheit sprang ihn an wie ein Tier. Fast war er versucht, mit dem Wind zu heulen, als sie ihn mit geschickten Bewegungen von Lippen und Zunge massierte. Kokett sah sie von unten zu ihm hoch, suchte seinen Blick. Trieb ihn weiter hinein in diesen Strudel. Sah, wie die Gier in seinen Augen schäumte, sich zu Wellengebirgen auftürmte. Er war kurz davor … so kurz davor, der gierigen Elbtochter seine flüssige Magie in den Rachen zu spritzen und ihr damit jede greifbare Gestalt zu verleihen, die sie sich nur wünschen konnte.

Doch die Elbe hat ihren eigenen Willen. Und in diesem Moment forderte sie eine andere Form der Huldigung. Wie sonst war es zu erklären, dass Rune Petersens professionelle Entschlossenheit bröckelte? Dass er für einen kurzen Moment das Ruder aus der Hand ließ, um Isabella zu packen und auf die Füße zu ziehen?

„Halt das Steuer fest", befahl er und drängte ihren Körper dagegen. Sie beugte sich nach vorn, lehnte sich der Länge nach auf die Ruderpinne, umklammerte deren Holz. Sie stellte die Füße auseinander und streckte ihrem Steuermann den Hintern entgegen. Schwer atmend spürte sie, wie er sich über sie schob und ihr den Rock hochzerrte. Seine Hände legten sich vor ihre, umschlossen erneut das Steuer.

„Jetzt bist du fällig, Wassernymphe!", knurrte er und drang mit einem harten Stoß von hinten in sie ein. Ein wildes Stöhnen war ihre Antwort. Und dann riss die Welle der Lust sie beide davon. Mit einer Kraft, die genügt hätte, jedem beliebigen Flussgott einen Zacken aus der Krone zu brechen. Sturmböen fegten die Schreie von ihren Lippen, wirbelten sie hoch in den Himmel. Schaumpferde galoppierten über das Deck und ließen die pure Gier aus ihren Mähnen tropfen.

Und bei all dem umklammerte Rune Petersen das Ruder und hielt den Kurs. Kein Zweifel: Er hatte die Prüfung der Flussgeister bestanden. Während die Elbe sich wie ein läufiges Luder in ihrem

Bett wälzte und sich vom stürmischen Wind den Hintern peitschen ließ, schoss die *Meeresstern* über die Wellen und erreichte am Nachmittag des nächsten Tages unbeschadet die Insel Neuwerk.

Rune und Isabella verabschiedeten sich mit einem Kuss. Beide wussten, dass sie Zeugen einer besonderen Art von Magie geworden waren.

„Pass auf dich auf, Elbtochter“, sagte der Steuermann.

Isabella lächelte. Als sie über das Deck davon schritt, hielt sie den unter ihrem Mantel verborgenen Wasserbecher leicht schräg. Und hinter ihr zog sich eine nasse Spur über die Planken.

2018

Du meine Güte!“, keuchte Johanna auf. „Was für ein Crescendo, was für eine Wortgewalt!“

„Was für eine unglaubliche Fantasie!“ Auch Paul waren die Ereignisse der vergangenen Stunden deutlich anzusehen.

Die vier Freunde sahen aus, als seien sie selbst eben erst der Elbe und den Flussgeistern entkommen. Pia und Bjarne hatten das Buch sinken lassen, es geschlossen und streckten die Finger. Die Vorleserin nahm einen langen Zug Mineralwasser, der Amerikaner einen Schluck Whisky, den Johanna ihm anreichte.

„Incredible!“ Mehr konnte er im Moment nicht hervorbringen.

Mühsam erhob sich das mehr als faszinierte Lesequartett von den Sitzen, kehrte zurück ins Warme und fand nur langsam die Sprache wieder.

„Ich werde nie wieder auf den Fluss schauen können, ohne an diese Geschichte zu denken!“, verkündete Johanna. „Elbtöchter! Ich frage mich wirklich, wo die Frau solche Ideen hergenommen hat. Ihr Kopf muss wie ein buntes Warenlager gewesen sein: Voller Kästen, Säcke und Fässer mit erotischen Gedanken.“

„Und die hat sie nach bester Piraten-Manier hemmungslos geplündert“, nickte Pia. „Ich beneide sie ein bisschen. Ich wünschte, ich könnte das auch.“

Bjarne sah sie von der Seite an. „Ich würde dir das durchaus zutrauen“, sagte er leise. „Vor allem …“

„Ja?“

„Ich weiß nicht, ob du dich daran erinnerst: Ganz am Anfang, als wir uns noch kaum kannten …“ Er schluckte trocken.

„Nun sag schon!“

„Da habe ich dich *Elbtochter* genannt. Keine Ahnung, wie ich darauf gekommen bin. Es war ein Impuls, eine Intuition. Wie aus dem Nichts war dieses Wort in meinem Kopf, es schien perfekt zu dir zu passen. Ich habe mir damals nichts weiter dabei gedacht. Aber jetzt steht es da in dieser Geschichte!“

Alle schwiegen für einen Moment und spürten der Gänsehaut nach, die ihnen ihre Fantasie mit flussfeuchten Finger auf den Rücken zu zaubern schien. Pia spürte ein Pulsieren zwischen den Beinen. Für einen Moment war sie versucht, zur Elbe hinunter zu laufen und sich in die Fluten zu stürzen. Um dann eine nasse Spur hinter sich her ziehen zu können. Quer durchs ganze Haus.

„Meine Güte, Isabella!“, seufzte sie stattdessen. „Was macht ihr bloß mit uns? Du und Jana, die mal die Venus im Pelz gibt und mal das schusslige Schulmädchen. Ich bin sicher, wir werden noch viel Spaß haben mit euch und eurer seltsamen Crew.“

„Und mit Gödeke Michels nicht zu vergessen.“ Johanna lachte auf. „Das scheint mir schon ein ziemlich charismatischer Zeitgenosse gewesen zu sein. Schulmädchen oder nicht: Ich bin sicher, er hat so mancher Frau damals Schmetterlinge in den Bauch gepflanzt.“

„So, mein hübsches Schmetterlingsmädchen, bald schon kannst du bei mir einziehen. Dein Ehrenplatz ist fertig, und ich finde ihn einfach nur schön. Sehr edel, sehr stilvoll“, nickte Dr. Ott.
Er war von einer Einkaufstour zurückgekehrt, die ihn durch mehrere Ärztebedarfsläden geführt hatte. Unten am Baumwall war er endlich in einem Fachgeschäft für Beerdigungsunternehmer fündig geworden. Dort hatten sie sämtliche Ausrüstung vorrätig gehabt, die man für eine Einbalsamierung benötigte. Natürlich hatte er es vorgezogen, in bar zu bezahlen. Gegen Rechnung, die auf die Firma *Ruhe sanft* ausgestellt worden war.

Er hatte den Karton zunächst im Lagerraum im Keller abgestellt und die Einbalsamierungsmaschine aus rostfreiem Edelstahl liebevoll getätschelt. Sie würde voll funktionsfähig sein. Die langen Nadeln, die ursprünglich eine Fehllieferung gewesen waren, hatte er inzwischen richtig liebgewonnen. Er malte sich aus, wie er sein neues Objekt denn am besten fixieren könnte, damit es nicht anfangen konnte, sich zu winden oder sonst wie herum zu zappeln. Am Ende würde seine Dame gar versuchen, davon zu fliegen. Das konnte er natürlich nicht zulassen.

Die feinen, spitzen Nadeln würden mit äußerster Präzision gesetzt werden müssen. Aufgeschlagen lag der große Bildband der Anatomie auf dem Tisch, die Doppelseite mit den Blutbahnen, Hauptschlagadern, Arterien und Venen in verschiedenen Farben gekennzeichnet.

Vorhin erst hatte er auch die Skalpelle bereit gelegt, nachdem er überprüft hatte, dass sie nichts an Qualität verloren hatten. Diese Werkzeuge allerdings würde er erst nach einer Weile gebrauchen, einige Tage später, um mit der Ausblutung und der eigentlichen Arbeit zu beginnen. Zunächst einmal wollte er sich am lebenden Objekt erfreuen. Die Dame ein wenig quälen und sie dann schänden.

Er würde auch ein paar Unterhaltungen mit ihr führen, denn schließlich hatte er ihr einiges mitzuteilen. Auch wenn sie vermutlich nicht seiner Meinung sein würde, so sollte sie doch erfahren, was ihr bevorstand und zu was für einem außergewöhnlichen Kunstwerk er sie machen würde. Ihr Peiniger würde ihr erklären, dass sie im Moment nur eine profane Raupe sei. Doch er würde sie in den schönsten Schmetterling verwandeln, den die Welt je gesehen hatte. Dafür müsse er sie natürlich ein wenig vorbereiten, sie solle sich nicht fürchten.

Natürlich würde er sie gründlich waschen und reinigen. Die Hautpartien, in denen die Nadeln gesetzt werden sollten, desinfizieren und sie sehr liebevoll behandeln. Sie, seine zarte Schmetterlingsdame.

Für den Fall, dass sie etwas dagegen hätte und schreien würde, lagen bereits verschiedene Knebelmöglichkeiten bereit. Der Notar ging davon aus, dass er sie gebrauchen würde.

Zufrieden schloss er schließlich die Kellertür ab und machte sich auf den Weg zur Arbeit. Heute würde sie ihn ins Krankenhaus Barmbek führen, in die *Asklepios Klinik*. Neun Totenscheine hatte Dr. Ott zu beurkunden. Danach noch in ein Altenheim nach Volksdorf, wo die Angehörigen einer Demenzkranken eine Testamentsänderung vornehmen wollten.

Erst danach würde er ein wenig bummeln gehen können. Das Fläschchen mit dem Äther und den Wattebäuschen hatte er ab jetzt ständig griffbereit in der Manteltasche. Ja, Dr. Jens Ott war bester Stimmung, als er das Haus verließ und in sein Auto stieg. Wie üblich überprüfte er, ob das Skalpell griffbereit in der Ablage der Fahrertür steckte. Eine kleine, aber sehr wirksame Waffe. Für irgendwelche Eventualitäten.

Kapitel 4
Der Fall Elena Scherer

Elena hatte sich den Tag über vom UKE freigenommen, und sich mit Ingrid Falter in einem gemütlichen Frühstückslokal in Winterhude verabredet. Sie kam von ihrer Yogastunde. Es war morgens, halb elf, und sie hatte mehr als nur Appetit auf einen kleinen Pausensnack. Sie hatte Hunger.

Die Damen hatten sich einen ruhigen Ecktisch ausgesucht und das Frühstück *Parisienne* in heiterer Plauderei genossen. Die Croissants, wie auch die Marmeladen, waren die besten in Hamburg. Entsprechend gelöst war die Stimmung.

„Ich finde das ganz reizend von dir, meine Liebe, dass du dich an unser Gespräch von damals erinnert hast. Es ist ja schon eine ganze Weile her, dass wir uns vor der fröhlichen Schiffsparty bei den Michelsons getroffen haben", begann Elena. Sie nippte an ihrem Sektglas und lächelte Ingrid an. „Ich hätte dich aber vorhin kaum wiedererkannt. Damals hattest du doch ziemlich lange, rotblonde Haare, wenn ich mich recht erinnere."

„Ja, das stimmt."

„Die schwarze, kurze Fransenfrisur steht dir aber auch sehr gut."

„Oh, das freut mich, vielen Dank."

Die unter Frauen übliche Eröffnungskonversation musste sein. Man schmeichelte sich gegenseitig und gab sich dem Gefühl hin, gleichberechtigt und beliebt zu sein. Brav gab Ingrid das Kompliment zurück. „Du siehst so strahlend gut aus wie damals. Ich habe dich sofort erkannt."

Elenas Retour-Lächeln wirkte echt. „Aber sag mal, was genau ist denn nun geschehen? Erzähle doch bitte von Anfang an. Ich werde eine geduldige Zuhörerin sein. Es interessiert mich auch brennend, ob der Mann, der unten auf der Straße auf Johanna gewartet hat, am Ende nicht Paul Hilker heißt."

„Wie der heißt, das weiß ich leider nicht. Was ich aber weiß ist, dass du damals unter den Partygästen warst. Ich war zu der Zeit eine der Ringträgerinnen."

„Was darf ich mir denn bitte unter einer Ringträgerin vorstellen?" Elenas Interesse war nicht geheuchelt. Sie war wirklich begierig darauf zu wissen, was für ein seltsames Geheimnis die Familie Michelson nebst Haushälterin umschloss. Dass sie frivole Partys veranstalteten, auf dem Grundstück und auch auf dem alten Schiff, war ihr ja bekannt. Interna allerdings nicht.

„Die Ringträgerinnen sind Damen, die speziell von den Herren der Familie ausgewählt wurden. Sie zeichneten sich dadurch aus, dass sie alle über ein hohes Potenzial an sexueller Lust verfügten. Auf knackige Kerle und ..." Sie beugte sich über den Tisch. „Und auf geile, harte Schwänze standen."

„Nein!", keuchte Elena auf und hielt sich die flache Hand vor den Busen.

„Jetzt tu nicht so!", grinste Ingrid. „Ich kann mich noch sehr gut daran erinnern, dass du eine der schlimmsten Premierenstuten warst, die je an einer Party teilgenommen haben. Ich weiß noch wie du ..."

„Ähem ... lassen wir das, ja? Erzähl doch bitte weiter."

Es war Elena unangenehm, dass solch ein Flittchen so viel über ihre intimen Vorlieben wusste. So etwas war nie gut. Ganz und gar nicht gut war das. Sie ließ sich ihren Unmut aber nicht anmerken und trank einen weiteren kleinen Schluck Sekt. Ein Crémant am Morgen war schon etwas Feines.

Ingrid richtete sich wieder auf, zog die Schultern ein wenig zurück und betonte ihre wohlgeformten Brüste. Obwohl sie einen leichten Kaschmirpulli trug, oder gerade deswegen, kamen sie sehr gut zur Geltung. Es gefiel ihr, dass ihre Oberweite deutlich praller war, als die der feinen Dame ihr gegenüber. Sie fuhr sich selbstsicher mit einer Hand durchs Haar und erzählte weiter, stolz darauf, dass sie offenbar das Interesse ihrer Zuhörerin geweckt hatte.

„Wichtig ist eben auch, dass die Ringträgerinnen – zwölf waren es an der Zahl – nicht nur auf den großen Partys mitmachten. Für sie gab es noch andere Rituale. So zum Beispiel das Fest der Goldplatten."

„Der was?"

„Einmal im Monat hat Rudolf eine dicke Goldplatte hervorgeholt und uns auf dem Schiff präsentiert. Jede der Ringträgerinnen musste sie einzeln befühlen, Kontakt mit der ungeheuren Anziehungskraft aufnehmen und genau erklären, was darauf abgebildet war. Es waren die schamlosesten Gravuren, die du dir vorstellen kannst. Schlimmer als der deftigste Porno."

„Nein! Ehrlich?" Elena brauchte ihre Überraschung nicht zu heucheln. Goldplatten bei den Michelsons? Das war ja interessant! Am Ende gehörten sie zum Erbe von Klaus Störtebeker? Sie hielt den Atem an.

„Ja, die Platten waren wirklich aus purem Gold und sehr alt. Sie müssen ein echtes Vermögen wert sein. Mehr, als man sich vorstellen kann."

„Wie alt, was meinst du denn?" Elena wagte kaum Luft zu holen.

„Weiß nicht. Tausend Jahre?"

„Was, so alt?" Sie konnte ihre Enttäuschung kaum verbergen.

„Naja, vielleicht auch 500 Jahre, keine Ahnung. Ich bin ja keine Historikerin. Ich kann nicht beurteilen, ob man an der Kleidung der Figuren erkennen kann, aus welcher Zeit sie stammen. Das ist wahrscheinlich schwierig. Zumal viele ohnehin völlig nackt sind." Sie lächelte vielsagend. „Auf jeden Fall sind die Platten ein Vermögen wert, und ich habe den Verdacht, dass Johanna sie nun veräußern will. Vielleicht erst mal nur eine? So würde ich es auf jeden Fall machen. Um den Wert hoch zu halten, verstehst du? Ich kann mir sehr gut vorstellen, dass diese Kunstwerke eine Sensation sind. Deshalb hat Johanna sich nun einen Sachverständigen geangelt."

Einen Sachverständigen? Da war die gute Ingrid wohl auf dem Holzweg. Elena war ganz sicher, dass der Mann an Johannas Seite kein anderer gewesen war als der verfluchte Detektiv Poirot, alias Paul Hilker, von der Agentur *PH Investigations*. Diesen Verdacht verschwieg sie Ingrid allerdings lieber. Doch wenn der Kerl mit Johanna, der Schlampe, unter einer Decke steckte ... Lag es dann nicht nahe, dass die beiden Erben, der Amerikaner und die Stegemann, auch mit von der Partie waren? Was wiederum bedeutete, dass der Herr Meisterdetektiv ihren Mann Klaus, und somit auch sie, die ganze Zeit verarscht hatte. Elena bezwang ihre aufkeimende Wut mit einem weiteren Schluck Sekt und nickte verstehend.

„So würde ich das auch machen. Und wieso bist du nun nicht mehr dabei? Was ist geschehen?"

„Ich war beim Friseur, wie du siehst, und verstieß somit gegen den Kodex der Ringträgerinnen, immer lange Haare haben zu müssen."

„Ah, okay! Ich verstehe. Aber ich dachte ..."

„Mit Rudolfs Tod endete diese außergewöhnliche Ära der Michelsons. Ganz genau. Im Grunde war der Zirkel der Ringträgerinnen erloschen und die Zeit der versauten Partys vorbei."

„Ich hörte davon, dass Rudolf verstorben ist. Ja. Wie tragisch. Das tut mir aufrichtig leid. Entsetzlich!"

„Ja, das finde ich auch. Rudolf war ein toller Mann. Wahnsinnig intensiv. Seine Eltern, leider auch schon tot, waren aber auch ganz feine Menschen. Herrlich versaut. Und dann war da auch noch der Opa, früher. Seit ich den kennengelernt habe, stehe ich auch auf ältere Herren. Ein echter Kavalier war das. Der aber natürlich auch nur ein Ziel hatte, klar: Den Mädels an die Wäsche zu gehen und dann auch sehr schnell darunter. Aber er machte das weder plump noch gierig, sondern mit sehr viel Charme." Jetzt lachte sie doch. „Ich war immer eine der Ersten, die eine heiße, verdorbene

Idee zu den Motiven auf den Goldplatten hatte. Meistens ging's um was Anales."

„Aha, so so … Du bist also eine kleine, geile Analstute. Das ist ja höchst interessant. Gut zu wissen", dachte Elena und konnte sich nur mit Mühe ein Grinsen verkneifen. Laut aber fragte sie nach: „Und dann kam plötzlich aus heiterem Himmel Johanna daher und warf dich raus?"

„Ganz genau. Und das ist es, was mich nicht nur kränkt nach all den Jahren, sondern mich auch gehörig auf die Palme bringt. Ich sinne nach Rache. Und da ich ja mit dabei war, als man dich damals von der Party verwies, dachte ich mir, du wärst vielleicht ebenfalls interessiert. Denn alleine kann ich das Ding nicht durchziehen."

„Oh, wie recht du hast. Ich war damals ja auch wahnsinnig gekränkt, das kannst du dir ja sicher vorstellen. Und fuchsteufelswild. Ich würde den Michelsons sehr gerne eins auswischen, auch wenn nun keiner von der alten Garde mehr am Leben ist."

„Aber Johanna ist noch da, und auf die habe ich es auch abgesehen. Also hör zu, was hältst du von folgendem bösen Plan?"

Die Frauen steckten die Köpfe zusammen, und leise vertrauten sie sich weitere höchst ungewöhnliche und auch gefährliche Dinge an. Bis Ingrid sich für einen Moment auf die Toilette verabschiedete.

„Dem Himmel sei Dank!" Die Sektperlen tanzten auf Elenas Zunge, und sie schloss für einen Moment genießerisch die Augen. Der Crémant half ihr in diesem Moment, sich an das Schöne in der Welt zu erinnern und nicht aus der Haut zu fahren. So interessant Ingrids Informationen auch waren: Die Gute ging ihr langsam doch gehörig auf den Wecker.

Mit Frauen hatte sie sich nie besonders gut verstanden. Es war Jahre her, dass sie eine enge Freundin gehabt hatte, und auch mit ihren Kolleginnen wurde sie nicht so recht warm. So manches Mal hatten ihr die Frauen aus ihrer Forschungsabteilung Arroganz und Stutenbissigkeit vorgeworfen. Was natürlich lächerlich war! Schön, sie wollte die Nummer eins sein. Na und? Sie war ja auch gut! Und zwar in allem, was sie anpackte. Dachte immer eine Spur schneller und weiter als die anderen. Und um ein paar mehr Ecken. Der direkte Weg war selten der richtige, wenn man seine ambitionierten Ziele erreichen wollte. Also nahm man auf der Siegesspur eben ein paar Umwege. Wenn man die Dilettanten und Neider damit verwirrte, konnte das nicht schaden. Umso süßer schmeckte am Ende der Triumph!

Elenas Erfahrung nach gab es nur wenige Menschen, die ihr das Wasser reichen konnten. Und das galt für beide Geschlechter. Allerdings machten Männer ihr das seltener zum Vorwurf. Vielleicht, weil es die meisten gar nicht merkten. Der Durchschnittsmann ließ sich jedenfalls viel leichter von ihr einwickeln als die Durchschnittsfrau. Hemmungslos streute sie ihm erotischen Sand in die Augen und versteckte ihre eigentlichen Pläne in einem tarnenden Dickicht aus Lust. Sie posierte und spielte mit ihm, gab die Verruchtheit auf zwei Beinen. Und wenn er sie dann mit gierigen Augen verschlang, übersah er hinter der sinnlich glitzernden Fassade nur zu leicht den giftbewehrten Skorpion. Natürlich fielen nicht alle Männer darauf herein. Doch häufig genug klappte es.

Frauen dagegen waren meist misstrauischer und weniger empfänglich für ihre zielstrebigen Verführungskünste. Das machte die Sache anstrengend, mitunter auch frustrierend. Und sie selbst oft ein wenig unleidlich, das konnte sie kaum bestreiten.

Nur konnte sie sich das in diesem Fall natürlich nicht leisten. Ingrid war eine zu wertvolle Verbündete. Wenn jemand Insider-Informationen über die Michelsons und ihre unerträgliche Entourage liefern konnte, dann sie. Elena durfte sie auf keinen Fall verprellen. Auch wenn ihr schon das Begrüßungszeremoniell mit all dem Gegurre und den künstlichen Süßstoff-Komplimenten zuwider gewesen war. Ihr war beinahe ein wenig übel davon geworden.

Und dann noch dieses Imponiergehabe mit den dicken Brüsten! Es konnte Elena nichts anhaben, sie weder neidisch machen noch kränken und erst recht nicht herabmindern.

„Hast dich gern von der perversen Familie begrabschen lassen, klar. Aber was nun? Alle tot!" Ein kurzes, diabolisches und auch stolzes Grinsen umspielte ihre Mundwinkel, doch sie musste sich zusammenreißen. Musste Geduld haben mit diesem plappernden kleinen Luder, das seinen hübschen Arsch für den Nabel der Welt hielt. Und sich etwas auf seine Kreativität einbildete, weil es sich ein paar anale Szenen zu diesen ominösen Goldplatten ausgedacht hatte. Elena lächelte süffisant. Ihr selbst wäre dazu sicherlich etwas viel Raffinierteres eingefallen, wenn man sie gefragt hätte. Schade eigentlich, dass niemand das getan hatte!

Aber dabei musste es ja nicht bleiben. Ingrids Idee ging ja genau in die richtige Richtung: Vielleicht konnten sie mit vereinten Kräften diese Tafeln an sich bringen? Für Ingrid mochte das nur eine schnöde Racheaktion sein. Doch Elena sah sich im Geiste schon als die Herrin und Hüterin der verdorbenen Kunstwerke. Wenn sie diese erst einmal in Händen hätte, konnte sie ihre Komplizin ja immer noch ausbooten. Denn schon jetzt war sich Elena sicher, dass sie diese Beute weder teilen noch zu Geld machen wollte.

Ja, die geheimnisvollen Goldplatten reizten sie sehr, das musste sie zugeben. Was für ein ungewöhnlicher Schatz! Wie in drei Teufels Namen hatten die Michelsons den in die Finger bekommen? Dahinter steckte bestimmt eine mehr als außergewöhnliche Geschichte. Zu gerne hätte sie die Dinger ja selbst einmal gesehen und in die Hand genommen. Sie konnte sich sehr gut vorstellen, dass davon eine ganz eigene Faszination ausging. Eine Art goldenes Pulsieren, das bei fantasiebegabten Menschen direkt das Lustzentrum traf. Das sie dazu brachte, alle Konventionen und Bedenken über Bord der *Talliska* zu werfen und sich in genussvoller Geilheit zu suhlen.

Sie schluckte. Die Vorstellung, was dieser Kreis der Ringträgerinnen an hemmungslosen Ausschweifungen erlebt haben mochte, löste ein angenehmes Pochen zwischen ihren Schenkeln aus. Offenbar war das noch eine ganz andere Ebene der Lust gewesen als die Party, an der sie selbst teilgenommen hatte.

In dieser verschworenen Gemeinschaft war es nicht nur darum gegangen, mal für einen Abend und eine Nacht wild durcheinander zu vögeln und sich ein paar neue Bilder von harten, anonymen Schwänzen ins mentale Poesiealbum zu kleben. Wenn sie Ingrid richtig verstand, dann war hier sehr viel mehr im Spiel gewesen. Vertrautheit, erotische Fantasie – und das Wissen um die Vorlieben und Abgründe der anderen Mitglieder. War das nicht das perfekte Rezept für ein wahres Fest der Verdorbenheit? Je mehr Elena darüber nachdachte, umso anziehender fand sie diese Vorstellung. Vielleicht war sie sogar ein wenig neidisch auf die Michelson-Clique. Wobei deren wilde Zeiten ja inzwischen vorbei waren. Obwohl …

Elena runzelte die Stirn und klackerte nachdenklich mit ihren langen, rot lackierten Fingernägeln gegen den Rand ihrer Kaffeetasse. Irgendetwas störte sie an der Geschichte. Bisher war es nur ein vages Gefühl, nichts wirklich Greifbares. Doch dieses ganze Theater mit Ingrids Frisur und ihrem plötzlichen Rausschmiss … Das passte doch alles nicht so richtig zusammen!

„Ingrid, meine Liebe, wir müssen größer denken", begrüßte sie die Frau mit der so viel kritisierten schwarzen Fransenfrisur, die soeben wieder an ihren Tisch gestöckelt kam.

„Wie meinst du das?" Ihre potentielle Komplizin runzelte etwas irritiert die Stirn.

„Ich meine, wir müssen uns ganz genau überlegen, wie wir in Sachen Johanna und Co. vorgehen wollen", erklärte Elena geduldig. „Diese Leute sind raffiniert, da dürfen wir uns keine Illusionen machen. Wir brauchen eine richtig gute Strategie."

„Nun, ich dachte, wir nehmen ihnen einfach die Goldplatten weg und verkaufen sie selbst“, schlug Ingrid eifrig vor. „Ich kenne sogar einen Antiquitätenhändler, der das für uns übernehmen könnte.“

„Weißt du denn überhaupt, wo die guten Stücke jetzt sind?“, erkundigte sich Elena freundlich.

„Ähm, nein.“

„Siehst du, da haben wir schon das erste Problem. Nach allem, was wir wissen, könnte Rudolf die Dinger vor seinem Tod in Fort Knox eingeschlossen, in die Elbe geworfen oder auf die Internationale Raumstation geschossen haben.“

Ingrid riss die Augen auf: „Scheiße, meinst du wirklich?“

War die Frau so blöd oder tat sie nur so? Elena rollte innerlich mit den Augen und bemühte sich heldenhaft, ihre Gedanken zu verbergen. „Ich würde eher auf ein normales Bankschließfach tippen. Vermutlich hat er sie vor jedem Ritual herausgeholt und anschließend wieder hingebracht. Und seit diese schöne Tradition mit Rudolfs Tod zu Ende ging, liegen sie da ungenutzt herum.“

„Vielleich hast du recht“, überlegte Ingrid und nahm sich noch ein Croissant. „Das heißt, wir müssen Johanna verfolgen, wenn sie zur Bank geht.“ Zufrieden mit ihrem logischen Schluss biss sie die Spitze des knusprigen Gebäckstücks ab und strich dann ein wenig Erdbeermarmelade auf die helle, lockere Innenseite.

Elena hob nur fragend die Augenbrauen.

„Na ja, wenn sie die Dinger verscherbeln will, muss Johanna sie doch irgendwann abholen“, erklärte Ingrid zwischen zwei Bissen. „Und dann schnappen wir sie uns. Perfekt, oder?“ Der fruchtig-sommerliche Beerengeschmack schien zwar ihre kriminelle Energie, nicht aber ihre Weitsicht beflügelt zu haben.

Elena zählte stumm bis drei und sammelte den Rest ihrer Geduld. „Süße, ich habe nochmal darüber nachgedacht, was du mir erzählt hast. Und weißt du was? Ich glaube nicht, dass sie die Platten verkaufen will.“

„Was? Aber warum denn nicht? Ich habe gehört, dass jetzt andere Leute die Villa geerbt haben. Woher sollen die wissen, dass dieser Schatz zum Nachlass gehört? Ich glaube nicht, dass Rudolf das offiziell irgendwo in seinen Unterlagen stehen hatte." Ingrid unterstrich ihre Worte mit Bewegungen, die an die eines Dirigenten erinnerten. Nur dass sie anstelle eines Taktstocks ein halbes Croissant in der Hand hielt. „Was liegt für Johanna also näher, als sich heimlich das Gold unter den Nagel zu reißen? Das Luder weiß bestimmt, wo der Schlüssel zum Banksafe ist."

„Meinst du?", fragte Elena interessiert. „Sowas hätte Rudolf ihr verraten?"

Ingrids säuerliche Miene sprach Bände. „Davon kannst du ausgehen. Ich habe nie verstanden, was er an der Schlampe gefunden hat. Aber die beiden waren ein Kopf und ein Arsch, wenn du verstehst, was ich meine."

„Trotzdem glaube ich nicht, dass es hier um den Verkauf des Goldes geht. Meiner Meinung nach ist in der Elbchaussee etwas ganz anderes im Gange. Etwas viel Größeres."

„Und was soll das sein?"

„Du hast mich selbst darauf gebracht, Süße. Überleg doch mal: Warum sollte Johanna dich aus einem Zirkel ausschließen, der seit Rudolfs Tod ohnehin nur noch in euren Köpfen existiert? Und warum gerade jetzt?"

„Das habe ich dir doch schon erklärt!"

„Wegen deiner Haare?" Elena schüttelte nachsichtig den Kopf. „Das ist doch absurd! Rudolf hätte dich deswegen vielleicht rausgeschmissen. Vielleicht aber auch nicht!" Sie lächelte vielsagend. „Nach allem, was ich über ihn weiß, hätte er sich vermutlich etwas viel Besseres für dich ausgedacht. Eine hübsche, delikate Strafe für deinen Ungehorsam. Irgendwas total Versautes. Wo du doch sehr schöne Brüste hast, wie nicht zu übersehen ist." Ein Argument wie ein schmeichelnder Volltreffer. Das letzte bisschen Croissant gelangte genüsslich in den Mund. „Davon hätten er und alle anderen doch viel mehr gehabt." Zufrieden registrierte sie, wie es hinter Ingrids Stirn zu arbeiten begann. „Aber Johanna?", fuhr Elena fort. „Warum soll sie dich rausschmeißen, wenn es ohnehin keine geilen Treffen mehr gibt? Das hat doch überhaupt keinen Sinn."

„Na ja, das stimmt schon", gab Ingrid zu „Mein Ausschluss hat so gesehen keinerlei Konsequenzen. Ich habe mich ehrlich gesagt auch schon gewundert, was das soll. Aber ich konnte mir einfach keinen Reim darauf machen."

Das konnte Elena mühelos glauben. Sie hatte sich nun endgültig von der Idee verabschiedet, dass Ingrid von selbst auf die naheliegende Lösung dieses Rätsels kommen würde. Sie musste ihr schon auf die Sprünge helfen. „Es gibt eine viel logischere Erklärung", sagte sie also. „Rudolf ist zwar tot. Der Zirkel aber nicht."

„WAS?" Ingrid schrie fast, sofern das mit einem Bissen Croissant im Mund möglich war.

„Pscht!", mahnte Elena und beugte sich etwas näher zu ihrer Frühstücksgefährtin herüber. „Ich erklär's dir ja schon. Also pass auf. Du weißt wahrscheinlich nicht, wer die neuen Erben der Villa sind, oder?"

Ingrid schüttelte stumm den Kopf.

„Der Mann heißt Bjarne Michelson", flüsterte Elena. „Ein weitläufiger, aber direkter Verwandter von Rudolf aus den USA. Und damit …"

Ingrid wurde abwechselnd rot und blass. Endlich war der Groschen gefallen. „Es gibt wieder einen neuen Michelson", flüsterte sie beinahe andächtig.

„Meine Güte, du klingst ja, als sei der Heiland wiederauferstanden", dachte Elena gehässig. Doch sie behielt den respektlosen Kommentar für sich.

„Du hast es erfasst, meine Liebe", lobte sie stattdessen. „Und ich wette, er will den Lustzirkel und alle seine Rituale wieder aufleben lassen. Vielleicht sogar neue einführen, wer weiß? Du sollst jedenfalls nicht dabei sein."

„Weil ihm meine Haare nicht passen?", explodierte Ingrid. Die Aussicht auf die Vergnügungen, die ihr womöglich entgehen würden, machte sie noch wütender.

„Quatsch! Das hat Johanna nur vorgeschoben. Ich könnte wetten, dass in Wirklichkeit etwas ganz anderes dahinter steckt."

„Und was soll das sein? Der Kerl kennt mich doch überhaupt nicht!"

„Du hast es doch selbst gesagt: Es war immer genau ein Dutzend Ringträgerinnen. Keine mehr, keine weniger. Wahrscheinlich hat der neue Michelson eine eigene Favoritin, die er in den Kreis einführen will." Elena hob in gespieltem Bedauern beide Hände. „Und deshalb muss nun jemand anders ausscheiden. Du."

Das saß. Elena konnte in Ingrids Gesicht lesen wie in einem Buch. Sie sah, wie das Begreifen über ihre Züge huschte. Die verletzte Eitelkeit. Das bittere Gefühl, zurückgewiesen zu werden und nicht zu wissen, warum. Die brodelnde Wut über den Verlust einer Welt, die Ingrid offenbar viel bedeutet hatte. Und plötzlich, im Bruchteil eines fassbaren Gedankens gefroren all diese Emotionen zu eisigem Hass. Sehr gut! Nur weiter so! Elena nickte ihrer Frühstückgenossin mitfühlend zu. „Warum es ausgerechnet dich getroffen hat, kann ich allerdings auch nicht sagen. Wo du doch eine solch feine Bereicherung für jede Lustrunde bist."

„Darüber brauche ich gar nicht erst nachzudenken", unterbrach Ingrid, und in ihren Augen blitzen Dolche. „Johanna hat mich angeschwärzt. Es kann gar nicht anders sein. Wahrscheinlich hat der neue Michelson gefragt, auf wen man denn verzichten könnte. Und da hat diese verfluchte Intrigantin meinen Namen genannt. Sie hat mich nie leiden können." Unwillkürlich streckte sie sich, hob das Kinn und rückte ein bisschen auf ihrem Stuhl hin und her. „Wahrscheinlich, weil ich den schöneren Arsch habe! Ja, natürlich: Das sollte der neue Michelson gar nicht erst mitbekommen. Und deshalb hat sie mich schon vor dem ersten Treffen abserviert."

Wütend schlug Ingrid auf den Tisch, dass das Frühstücksgeschirr schepperte.

„Schschsch, beruhige dich doch, bitte!“ Elena griff nach der Hand der anderen Frau und streichelte behutsam über ihre Finger. „Es ist wirklich eine absolute Schweinerei, die Johanna da eingefädelt hat. Aber noch ist es ja nicht zu spät. Wir können noch etwas unternehmen, du und ich.“

Hoffnung glomm in Ingrids Augen auf. „Meinst du wirklich?“

„Aber ja! Johanna das Gold abzunehmen, ist ja eine hübsche Idee. Die sollten wir auch weiterverfolgen. Aber das reicht nicht. Wir müssen einen Weg finden, um den ganzen Lustzirkel aus den Angeln zu heben und neu zu justieren.“

Ingrid starrte sie an. „Wie meinst du das?“

„Ganz einfach: Wir nehmen dem neuen Michelson die Fäden aus der Hand. Wer sagt denn, dass in diesem Kreis unbedingt ein Mann das Sagen haben muss? Die Ringträgerinnen werden künftig nicht nach seinen Regeln spielen, sondern nach unseren. Noch sitzt er ja nicht fest im Sattel, der Zeitpunkt ist also perfekt. Think big!“

Ingrid schwieg einen Moment. Offenbar versuchte sie, die Idee zu verarbeiten. Ganz wohl war ihr dabei anscheinend nicht. Hatte sie etwa Angst vor der eigenen Courage? Vertraute sie ihrer neuen Freundin doch nicht genug, um sich auf einen so weitreichenden Plan einzulassen? Elena beobachtete sie genau. Das war nicht die Art von Komplizin, die sie sich für ihre langsam reifenden Pläne gewünscht hätte. Aber das war nun nicht zu ändern. Ingrid musste mitspielen. Ohne sie und ihre Informationen konnte sie ihr ehrgeiziges Vorhaben gleich in die Tonne werfen. „Vertrau mir Ingrid“, beschwor sie ihre Tischnachbarin innerlich. „Vertrau mir!“

„Möchtest du noch einen Kaffee, meine Teure?“ Fürsorglich zog Elena die Tasse der anderen Frau zu sich herüber, füllte sie auf und hielt sie ihr hin. Das Getränk war inzwischen auf eine angenehme Trinktemperatur abgekühlt, man konnte sich weder die Zunge noch die Finger daran verbrennen. Und tatsächlich ging Elenas Kalkül auf. Unwillkürlich schloss Ingrid beide Hände um das Gefäß, als wolle sie sich daran wärmen.

Sehr gut! Die Biologin in Elena verkniff sich ein triumphierendes Lächeln. Sie wusste natürlich, dass das Berühren von warmen Körpern die meisten Menschen entspannte und ihnen Vertrauen einflößte. Es gab etliche Experimente, die das bestätigten. Nicht nur das Streicheln von nahestehenden Menschen oder Haustieren konnte diesen Effekt auslösen. Sondern auch eine Wärmflasche oder simples Porzellan. Sogar der eine oder andere Ratgeber für Manager war schon dahintergekommen und empfahl, in Verhandlungen dem Gegner eine warme Tasse in die Hand zu drücken. Das sollte bewirken, dass der Kontrahent einen in positiverem Licht sah. Und tatsächlich schien der Trick zu funktionieren.

Ingrid entspannte sich ein wenig, zeigte sogar den Anflug eines zögernden Lächelns. „Wie stellst du dir das denn vor?“, fragte sie vorsichtig.

„Ganz einfach: Wir müssen die Führungsclique aus dem Weg räumen: Johanna, ihren neuen Kerl und auch die Erbin Pia Stegemann.“ Sie sah Ingrid ernst in die Augen. „Das ist wahrscheinlich die Frau, die deinen Platz als Ringträgerin einnehmen soll.“

Ingrid starrte sie entsetzt an. Fast hätte sie sogar ihren Kaffee verschüttet. Warme Tasse hin oder her. „Aus dem Weg räumen? Du meinst … umbringen?“

„Was? Wie kommst du denn darauf?“ Elena schüttelte entrüstet den Kopf. „Als ob ich jemanden umbringen könnte! Traust du mir sowas wirklich zu?“ Sie wirkte tatsächlich gekränkt.

„Entschuldige!“, lenkte Ingrid kleinlaut ein. „Nein, ich traue dir natürlich keinen Mord zu. Eine Klassefrau wie du hat ja auch viel elegantere Methoden, um ihre Ziele zu erreichen, ohne dafür in den Knast zu wandern.“

„Davon kannst du ausgehen. Aber wenn du nicht interessiert bist …“

„Doch, doch, natürlich bin ich interessiert!" Ingrid machte große Reh-Augen und sah aus wie das in Kaschmir verpackte Bedauern. „Verzeih mir, vergiss meine dumme Bemerkung! Ich habe nicht nachgedacht. Bitte sag mir, was du dir vorgestellt hast."

„Also gut." Scheinbar widerwillig gab Elena nach. „Wenn ich es richtig sehe, dann will der neue Michelson Rudolfs Führungsposition im Lustzirkel einnehmen. Und Pia Stegemann, seine Miterbin, wird eine der einflussreichsten Ringträgerinnen sein. Neben Johanna natürlich." Elena überging Ingrids angewidertes Schnauben an dieser Stelle. „Also müssen wir dafür sorgen, dass diese drei uns nicht mehr in die Quere kommen können. Am besten wäre, wenn sie irgendwie Dreck am Stecken hätten."

„Na, da brauchen wir bei Johanna nicht lange zu suchen!" Ingrid rümpfte die Nase. „Wäre Erpressung ein guter Ansatz?"

Erpressung? Das klang vielversprechend. „Absolut! Wen hat sie denn erpresst?"

„Na, uns alle! Was meinst du denn, wie die Familie Michelson die Ringträgerinnen rekrutiert hat?" Ausführlich berichtete Ingrid von den heimlichen Videoaufnahmen, die Rudolf und seine Familie während der Sexpartys gedreht hatten. Mit Johannas Wissen natürlich. „Da siehst du Frauen, die normalerweise ein ganz seriöses Leben führen. In diesen Filmen aber tragen sie Klamotten, die einer Hure Ehre machen würden. Lassen es sich mit lustverzerrtem Gesicht von den verschiedensten Kerlen besorgen. Verdorbene Luder, die einen Schwanz im Arsch haben und einen im Mund. Und die es trotzdem noch schaffen, zu schreien und zu stöhnen, als wollten sie einen Pornofilm synchronisieren. Manche winden sich in Fesseln oder unter einer Peitsche. Während ihnen glänzendes Sperma in Strömen über die schönen Titten rinnt …" Ein nostalgisches Lächeln malte sich in Ingrids Gesicht.

„Und damit wurden sie anschließend erpresst?", holte Elena sie wieder in die Realität zurück. Sie hatte ein unangenehmes Gefühl. Wer wusste schon, was für belastendes Material von ihr selbst in dieser Villa schlummerte? Drei überaus kompromittierende Fotos hatte sie schließlich schon von Rudolf erhalten, damals im *Alsterpavillon*. Das konnte wirklich gefährlich werden! Umso dringender musste sie ihren Plan in die Tat umsetzen und die Kontrolle über diesen Zirkel gewinnen!

„Ganz genau!", bestätigte Ingrid. „Sie standen vor der Wahl: Entweder das Material kam an die Öffentlichkeit. Oder sie wurden Ringträgerinnen und hielten sich somit an die Regeln. Soweit ich weiß, haben sich alle für letzteres entschieden." Sie lächelte wieder. „Und keine hat es bereut."

„Weil sie verdorbene Luder sind", dachte Elena und genoss das wohlige Gefühl, das sich in ihrer Magengegend ausbreitete. Sie lächelte zurück. „Das ist ein sehr guter Ansatzpunkt, Ingrid! Würde eine von ihnen bei der Polizei aussagen? Würdest du selbst es tun? Vertraulich natürlich, niemand sonst bräuchte es zu erfahren."

„Wenn ich damit Johanna eine reinwürgen kann, würde ich das auf jeden Fall machen." Ingrid war die Entschlossenheit in Person. „Aber die anderen? Ich weiß nicht. Ich fürchte, die werden ganz wild darauf sein, dass die Ringgeschichte wieder ins Rollen kommt. Da werden sie wohl kaum gegen die führenden Köpfe intrigieren wollen. Vor allem nicht gegen den neuen Michelson."

„Na ja, den brauchen wir ja auch nicht unbedingt ganz aus dem Verkehr zu ziehen", sagte Elena nachdenklich.

Sie hatte durchaus registriert, wie ihre Mitverschwörerin den Namen ausgesprochen hatte. Weich und voller Sehnsucht. Dabei kannte sie den Kerl überhaupt nicht! Elena selbst hatte ihn zwar auch noch nicht getroffen, wusste aber viel mehr über Professor Bjarne Michelson als Ingrid. Und trotzdem schien ihr Gegenüber gerade dahin zu schmelzen wie eine Schneefrau in der Sonne. Ob ihr das zu denken geben sollte? Ging der Reiz dieses Ringbundes vielleicht nicht allein von der Zügellosigkeit und den gemeinsam erlebten Ausschweifungen aus, sondern … von dem Michelson selbst? Hatte der irgendwas Besonderes an sich? Eine Art genetisches Erbe, das ihn zum Großmeister der Lust qualifizierte?

Elena grinste spöttisch. Eine schöne Vorstellung, gerade für eine Naturwissenschaftlerin. Vielleicht könnte man diese ominösen Gene identifizieren? Schon sah sie sich im Geiste ihre potentiellen Lover einem raschen Erbguttest unterziehen, bei dem sie unqualifizierte Kandidaten umgehend aussortieren konnte. Was sie sich da alles an Zeit und Enttäuschungen ersparen könnte! Und warum nicht noch einen Schritt weitergehen? Wenn sie erst die biologischen Grundlagen verstanden hatte, konnte sie ihre Männer vielleicht ähnlich manipulieren wie ihre Algen: Der perfekte Liebhaber aus dem Reagenzglas. Beinahe hätte sie losgelacht. Doch derlei amüsante Gedanken musste sie auf später verschieben. Jetzt galt es erst einmal, Ingrid zumindest einen Teil ihrer Pläne bezüglich des Lustzirkels schmackhaft zu machen.

Kurz skizzierte sie, wie sie sich die Sache vorgestellt hatte. Der Kern des Ganzen war einfach: Sie mussten dem Führungstrio etwas Strafbares anhängen. Die Videos allein genügten da nicht. Erpressung war zwar durchaus verboten, klar. Doch die Sache lag schon zu lange zurück, so dass man allenfalls Johanna, nicht aber die neuen Erben dafür verantwortlich machen konnte. Die voyeuristischen Filme waren zwar gut geeignet, um die Glaubwürdigkeit ihrer Gegner zu untergraben. Zusätzlich brauchten sie aber noch ein anderes Delikt, in das alle drei verwickelt waren. Und Paul Hilker am besten gleich mit.

„Was das sein könnte, muss ich mir noch überlegen“, erklärte sie der gespannt zuhörenden Ingrid. „Das kann ich nicht so aus dem Ärmel schütteln, das muss gut überlegt sein. Du könntest zum Beispiel mal darüber nachdenken, was du über die finanziellen Verhältnisse der Familie Michelson weißt. Wo hatten sie das Geld her für ihren doch ziemlich extravaganten Lebensstil? Könnte es da irgendwas Illegales geben? Schwarze Kassen? Unversteuerte Einnahmen aus den Sexpartys? Vielleicht könnten wir ihnen das Finanzamt auf den Hals hetzen. Die finden doch eigentlich immer was."

Ingrid nickte eifrig. „Und dann?"

„Dann, meine Liebe, wandert Johanna in den Bau. Bjarne Michelson verschonen wir zunächst. Ich kann mir nicht vorstellen, dass er aus purer Solidarität auch ins Gefängnis geht. Klar, oder?"

„Sonnenklar!", strahlte Ingrid. „Du bist wirklich ein Genie, liebe Elena. Ich bin so froh, dass ich dich angerufen habe!"

„Ja, das bin ich auch!" Und das war nicht einmal gelogen. Anders als so manches andere. Wie zum Beispiel das Wörtchen „wir" in Elenas Ausführungen. Sie dachte ja nicht im Traum daran, die Macht über den Lustzirkel oder die goldenen Schweinereien mit Ingrid zu teilen. Sobald sie die Komplizin nicht mehr brauchte, würde sie einen Weg finden, sie loszuwerden. Und das dunkelfransige Huhn würde keinen Verdacht schöpfen, bis es soweit war. Da konnte sie ihrem psychologischen Geschick vertrauen.

„Auf gute Zusammenarbeit! *Let's stand up for our rights!*" Lächelnd hob sie ihr Sektglas.

Ingrid lachte. „*Cheers!* Auf die neuen Herrinnen der Ringe!" Sie leerte ihr Glas in einem Zug. „Dieses Gespräch war wirklich viel lohnender, als ich erwartet hätte", fuhr sie dann fort. „Wie wollen wir denn jetzt weiter vorgehen?"

„Vor allem müssen wir rauskriegen, wann sich der Zirkel wieder trifft", erklärte Elena. „Ich werde mal versuchen, ob ich in der Elbchaussee ein bisschen gut Wetter machen kann. Sonderlich gut sind sie da auf meinen Mann und mich allerdings nicht zu sprechen." Sie grinste ironisch. „Aber vielleicht kann ich sie irgendwie einwickeln und ihr Vertrauen gewinnen. Und du könntest Kontakt mit den anderen Ringträgerinnen aufnehmen. Vielleicht triffst du dich mit der einen oder anderen zum Kaffeetrinken oder so. Ganz unverfänglich, um der alten Zeiten willen. Da kann man dann ja mal unauffällig fragen, was es so Neues gibt. Vielleicht ist ja ein Plaudertäschchen dabei."

„Olivia", meinte Ingrid sofort. „Oder Victoria. Ja, das könnte klappen. Ich werde die Tage gleich mal bei den beiden anrufen und mich mit ihnen verabreden. Vielleicht wissen sie ja schon etwas. Und wenn nicht, bleibe ich am Ball."

„Gut, sehr gut! Sei aber vorsichtig, meine Süße! Wir haben es mit raffinierten Gegnern zu tun."

„Das sind wir aber auch, liebste Elena. Du vor allem!" Sie winkte den Kellner heran und bezahlte ihre Rechnung. „Ich muss jetzt los", sagte sie dann. „Wir hören uns?"

„Natürlich! Bis bald wieder."

Elena sah Ingrid nach, wie sie mit geübtem Hüftschwung davon stöckelte. Endlich war sie wieder allein! Keine klebrigen Honig-Komplimente mehr und kein Zuckerguss! In ihr Gesicht malte sich das Lächeln eines erfolgreichen Raubtiers, das sich das Blut von den Lippen leckt. Ingrid war bereits Beute, daran gab es keinen Zweifel. Und mit ihrer Hilfe würde Elena auch die anderen Opfer zur Strecke bringen. Sie flüsterte die Namen der Verurteilten wie ein Mantra. Pia. Johanna. Paul. Und Bjarne. Sie würde sie beim Finanzamt anschwärzen. Steuerhinterziehung war kein Kavaliersdelikt. Und hochgerechnet auf all die Jahre … Da kam ordentlich was zusammen. Still vor sich hin lächelnd trank sie noch einen Schluck Sekt. Auf Elena Scherer und ihre glänzende Zukunft!

Bjarne Michelson würde keine Wahl haben, als die Goldplatten herauszurücken und ihr die Macht über den Lustzirkel zu überlassen. Er würde ihr sogar das Grundstück verkaufen, hinter dem sie nun schon so lange her war. Vielleicht wollte er nach diesem Desaster dann ja einfach nur zurück in die USA. Seine Ruhe haben. Und nie wieder von einer Stadt namens Hamburg hören.

Aber ob sie ihm das auch gestatten würde? Elena verzog ihre rot geschminkten Lippen zu einem maliziösen Lächeln. Professor Bjarne Michelson würde ihr und ihren mitunter etwas ausgefallenen Wünschen vollkommen ausgeliefert sein. Und sie würde ihn das nie vergessen lassen. Sie konnte mit ihm spielen wie die Katze mit der Maus: Ihn immer mal wieder für ein paar Tage oder sogar Wochen ganz in Ruhe lassen. Bis er glaubte, sie habe das Interesse verloren. Bis er aufzuatmen begann. Genau dann würde sie ihre Krallen wieder ausfahren und ihm einen blutigen Kratzer verpassen. Um ihn daran zu erinnern, wer seine Leine hielt.

Ihre Fingernägel klackerten im Rhythmus ihrer Gedanken gegen das leere Sektglas. Sie spürte eine Welle der Erregung durch ihren Körper schwappen. Über den Mann, der diese erstaunliche Wirkung ausgelöst hatte, wusste sie bisher nur wenig. Weder wie er roch noch wie er sprach oder schaute, wenn er eine Frau verführen wollte. Sie kannte natürlich ein paar Fakten aus dem Internet und die Informationen aus den Dossiers, die Paul Hilker im Auftrag ihres Mannes zusammengestellt hatte. Und sie konnte ihre Schlüsse ziehen aus der Art, wie er sich in diesem Erbfall bisher verhalten hatte.

Er war zielstrebig, ließ sich nicht einschüchtern, wusste sich zu wehren. Vor allem aber war er zweifellos intelligent. Eine Eigenschaft, die sie an Männern unglaublich anmachte. Und die sich nicht unbedingt an einem Professorentitel ablesen ließ. Ja, Bjarne Michelson war eindeutig ein Mann, der sie faszinierte. Sie freute sich darauf, ihn persönlich kennenzulernen. Und bis dahin … ein bisschen Träumerei konnte sie sich ja wohl erlauben, oder? Mit halb geschlossenen Augen saß Elena Scherer kurz vor Mittag in einem noch immer gut besetzten Hamburger Frühstückscafé und schob sich diskret die Hand zwischen die Beine.

Eine gute Stunde später streifte sie noch ein wenig durch die Stadt. Sie war mit ihrem SUV zum Gänsemarkt gefahren, hatte dort auch einen Parkplatz gefunden und ließ sich durch die vielen Einkaufpassagen der Innenstadt treiben. Sie hatte Lust, sich etwas Hübsches zum Anziehen zu kaufen. Einen neuen Sommerrock, eine Bluse oder vielleicht, wenn sie gar nichts anderes fand, ein Paar Schuhe.

Es zog sie wie so oft zum Hanseviertel. Das markante Gebäude galt als bedeutendes Exemplar der Postmoderne. Die Architektur orientierte sich an der Backsteintradition Hamburgs und stand seit Januar 2018 völlig zu Recht unter Denkmalschutz.

Bei *Barbour* kaufte sie sich ein Töpfchen Gesichtscreme. Doch als ihr Blick in einem der Schaufenster der zahlreichen Boutiquen auf ein schreiend buntes Oberteil fiel, das eine der gertenschlanken Schaufensterpuppen trug, stutzte sie. Auf den ersten Blick sah es aus wie ein Teil aus der Späthippiezeit. Doch es war natürlich ein Meisterwerk ihres italienischen Lieblingsmodedesigners *Gianni Versace*, das ihr Interesse geweckt hatte und sie anlächelte. Wie sollte es auch anders sein. Elena grinste plötzlich vergnügt. Ohne noch einen Moment zu zögern, betrat sie das Geschäft.

Die Verkäuferin möge die Bluse doch bitte von der Schaufensterpuppe nehmen, wies Elena an, ohne mit der Wimper zu zucken. Wohl wissend, dass dies im Grunde nicht möglich war. Sollte das gute Stück passen, wovon Elena ausging, würde sie es auch sofort nach der Anprobe anbehalten. Zum Unterstreichen ihrer Entschlossenheit zückte sie kurz ihre Platin-Kreditkarte aus dem Portemonnaie.

So kam es, dass sie kurze Zeit später mit einer neuen *Versace*-Bluse bekleidet, die ihr locker über die schwarze Hose fiel, Richtung Jungfernstieg schritt. Von nahem erkannte man nicht unbedingt, dass das Farbenmuster aus verschiedenen Schmetterlingsmotiven bestand. Von weitem aber sehr wohl. Die dreiviertellange Schlaghose und die roten Pumps passten einfach hervorragend. Dazu die große, dunkle Sonnenbrille, der rote Lippenstift und die extravagante Kurzhaarfrisur: Elena fühlte sich großartig.

Wohlgelaunt spazierte sie zurück zum Gänsemarkt, stieg in ihr Auto und fuhr dahin, wo sie sich am liebsten aufhielt und wohlfühlte. Zur Orchideenausstellung im *Planten un Blomen*. Von unterwegs rief sie kurz ihren Mann an und teilte ihm mit, dass sie bester Stimmung sei. Während sie überlegte, wo sie ihren Wagen abstellen könnte und nach einer Parkbucht Ausschau hielt, wechselte sie noch ein paar weitere Worte mit ihrem Gatten.

Nach einigem Suchen fand sie schließlich einen Parkplatz in der Jungiusstraße. Gern ging sie die Wege zu Fuß, die quer durch die Garten- und Freizeitanlage mitten in der Stadt führten. Vorbei am Japanischen Garten und dem großen Teehaus, dem Kinderspielplatz mit den abenteuerlichen Geräten, entlang an Blumenbeeten, auf denen die Landschaftsgärtner all ihr Können farbenfroh zur Schau gestellt hatten. Die Sonne schien, die Luft war mild, und die Farben ihrer neuen Seidenbluse leuchteten, dass es eine Freude war.

Im sogenannten Schmetterlingshaus herrschte wie immer eine tropische Wärme. Die exotischen und herrlich blühenden Pflanzen benötigten das feuchtwarme Klima, es war genau reguliert. Und da, wo es so wunderbar warm und feucht war, wo man sich wie zu Hause fühlte, da flatterte natürlich auch eine Vielzahl von bunten Schmetterlingen umher. Elena fand im großzügigen Restaurantbereich einen freien Tisch und nahm Platz.

Was sie nicht wahrnahm, war der unscheinbare Mann, dem ein paar Tische entfernt fast das Herz stehen blieb.

Der Notar Dr. Jens Ott hatte einen entspannten Arbeitstag hinter sich. Selbst die Testamentsänderung im Altenheim hatte er geduldig über sich ergehen lassen. Obwohl sie so unerfreulich gewesen war, wie er befürchtet hatte.

Am frühen Nachmittag erhielt er einen Anruf auf seinem Mobiltelefon, das Alsterdorfer Krankenhaus. Ob er nicht kurz vorbeikommen könnte? Oder ob sie sich an einen Kollegen wenden sollten? Nein, das passe ihm jetzt gar nicht, er sei beschäftigt, gab er bedauernd zurück.

Kurz drauf summte das Handy ein weiteres Mal. Ein Freund und Geschäftspartner rief an und erinnerte ihn an ein gewisses Versprechen. Dr. Otts Miene wurde ernst, verfinsterte sich dann geradezu. Er nickte einige Male stumm, während er dem Gesprächspartner zuhörte und abschließend zustimmte: „Alles klar, wird erledigt, ich kümmere mich wie versprochen darum. Ja, natürlich."

Als kurz darauf mehrere Fotos bei ihm eintrafen, besah er sie sich eindringlich, zog sie hinüber in einen bestimmten Ordner und änderte kurzerhand seinen Nachmittagsplan. Entschlossen fuhr er Richtung Dammtor und suchte in der Tiefgarage des *Congress Centrum Hamburg*, des CCH, einen freien Parkplatz. Um diese Zeit war es schwierig, einen zu ergattern, da in der Messestadt immer etwas los war. Auch das zugehörige imposante Hotel *Radisson Blu* mit seinen 26 Stockwerken, den über 550 Hotelzimmern und der wirklich einmaligen Dachterrasse mit der bestens sortierten Weinlounge nutzte die Tiefgarage für seine Gäste.

Der Vorteil aber war klar. Für Dr. Ott war es von hier aus nicht weit bis zum Botanischen Garten, dem *Planten un Blomen* und den Wallanlagen. Er würde das Angenehme mit dem Nützlichen verbinden können. In seiner Hosentasche spürte er nicht nur das Fläschchen mit dem Äther, sondern in der Seitentasche des Jacketts auch die schmale Scheide mit dem Skalpell.

Nach einem kleinen und erholsamen Spaziergang zog es ihn wie immer zum Nachmittagstee oder einem erfrischenden Kaltgetränk ins Schmetterlingshaus. Seinem absoluten Lieblingsort in ganz Hamburg. Hier fühlte er sich wirklich wohl, hier konnte er entspannen, abschalten und ins Träumen geraten. Die feuchttropische Luft tat das Ihrige. Er fand tatsächlich einen freien kleinen Bistrotisch, zog sich das Jackett aus, hängte es über den Stuhl und schaute sich nach der Kellnerin um. Kurz darauf bestellte er Bitter Lemon.

Heute war ein schöner Tag, es herrschte ein reger Betrieb. Seine Freunde, die Schmetterlinge, flatterten zu seinem Vergnügen in zahlreicher und aufgeregter Schar durch die Luft. Als hätten sie nur wenig Interesse, sich lange an den Blüten der Orchideen aufzuhalten. Im Geiste versuchte er, die einzelnen Arten zu erkennen und mit ihrem lateinischen Namen zu benennen. Sein Blick wanderte umher, suchte nach besonderen Exemplaren, die sein Fachwissen wirklich auf die Probe stellten – und wurde urplötzlich abgelenkt.

Eine Frau schritt über die weitläufige Terrasse, sah sich nach einem freien Tisch um und kam mehr oder weniger auf ihn zu. Zunächst fiel ihm ihre schreiend bunte Bluse auf. So etwas stach ihm immer ins Auge. Er mochte Farbenvielfalt. Nur einige Tische von ihm entfernt blieb sie stehen, war fündig geworden und schob sich elegant und sich ihrer Ausstrahlung sehr bewusst die Sonnenbrille ins Haar. Bei der Gelegenheit breitete sich die Bluse an den Ärmeln aus und er erkannte …

„Oh verdammt!“, dachte er, „Das gibt es doch wohl nicht! Das Bunte sind klare Motive … Ja: Es sind verschiedene, große und kleinere Schmetterlinge. In den tollsten Farben.“

Auf die Distanz sah er es jetzt genau. Die Fühlerchen und die kleinen, schwarzen Knopfaugen, aber auch die Abgrenzungen und Kontraste. Die Frau trug eine Schmetterlingsbluse! So schön, wie er sie noch nicht gesehen hatte. Ein Meisterwerk an Modedesign.

Wie lange er sie schon mit offenem Mund angestarrt hatte, wusste er nicht. Es fiel ihm nur plötzlich auf, als er bemerkte, dass er einen trockenen Mund bekommen hatte. Nahezu entgeistert und vor den Kopf geschlagen trank er einen großen Schluck Bitter Lemon. Um nicht völlig dumm auszusehen, wandte er rasch den Blick ab und besah sich einen kleinen Freund, der unweit von ihm auf einem Blatt gelandet war.

Apatura iris, der Große Schillerfalter. Wie ordinär und langweilig. Ganz zweifellos ein hübsches Exemplar, aber vom exotischen Wert her so interessant wie ein Wasserhydrant. Verstohlen schaute er wieder zu der wahren Schmetterlingsschönheit hin, sah wie ihre dunklen Augen strahlten und wie sie mit dem Fuß wippte. Das Rot ihrer Pumps irritierte ihn ein wenig, passte in seinen Augen nicht zum restlichen Look der Dame.

„Sie sieht gut aus“, dachte er. „Etwas zu schlank für meinen Geschmack, zu wenig Busen und auch nicht genug auf den Rippen.“ Vielleicht würde ihr Po das ja wettmachen? Aber darüber machte er sich jetzt besser keine weiteren Gedanken. „Bloß nicht auffallen“, ermahnte er sich. „Kein Risiko!“ Hastig wandte er den Blick von ihr ab.

Kurz darauf sog sie an ihrem rosafarbenen Trinkhalm. Sie hatte sich einen dieser alkoholfreien, exotischen Saftcocktails bestellt und schien entzückt zu sein.

„Was für ein hübsches Gesicht“, stellte der Notar fest. Und eine wahrlich traumhaft interessante und auffällige Frisur.“ Auffällig, das war das Attribut, das ihr auf jeden Fall zustand. In ihrer Begleitung fiel auch der blasseste Mann irgendwie auf. Ob er wollte, oder nicht. Die Bluse aber, die toppte ihre Erscheinung noch einmal.

„Ja, sie ist es!“, jubilierte er innerlich. „Sie und sonst keine. Ich werde meines Lebens nicht mehr froh, wenn ich diesen Meisterschmetterling davon fliegen lasse.“

Es würde wohl ein langer Nachmittag werden. Die andere lästige Aufgabe, die zu erledigen er dem Anrufer vorhin zugesagt hatte, musste leider verschoben werden. Diese Gelegenheit konnte er sich nicht entgehen lassen. Unter keinen Umständen. Sicherlich würde der Freund Verständnis dafür haben.

Der Notar verschwand kurz auf die Toilette, um sich noch zu erleichtern, bevor seine Mission beginnen würde. Als er nach wenigen Minuten zurückkehrte, saß die Dame zu seiner Beruhigung noch an ihrem Tisch, das Glas halbvoll und schien in Gedanken vertieft. Das erkannte er, als er langsam und jetzt sehr unaufgeregt näher kam. Wie ein Tiger schlich er sich an. Mit herunterhängenden Schultern und leisen Schritten, den Blick fokussiert, die Lippen geschlossen. Das Skalpell in der Innenseite der Jacke gab ihm Sicherheit. Ein kurzer Schnitt nur am Hals. Mehr würde es nicht brauchen. Im Vorbeigehen, im Gedränge …

Erst im letzten Moment richtete er sich auf und nahm wieder Platz. Ein Tippen an die Stirn, Blickkontakt zur Kellnerin, ein höfliches, dankbares Nicken, und er war wieder zurück. Bereit, den Kescher auszuwerfen. Irgendwann, irgendwo, aber … heute! Nur nicht hier in seinem Lieblingslokal.

Elena hatte sich zu ihrem Cocktail noch einen doppelten Espresso und ein Stück Käsekuchen bestellt. Ein kleines Hüngerchen war aufgekommen, eine richtige Mahlzeit würde sie erst heute Abend einnehmen. Zusammen mit Klaus würde sie etwas Feines essen oder mit ihm ausgehen. Mit Sicherheit würde er ihre neue Bluse als etwas übertrieben und leicht extravagant beurteilen. Insgeheim natürlich, denn er traute sich nicht, sie offen zu kritisieren. Nach all den Pannen erst recht nicht mehr. Schon immer hatte sie ihn klein und auf Sparflamme gehalten, hatte die Hosen an in ihrer Ehe und bestimmte, was geschah und wo es langging.

Genüsslich zog sie die kleine Kuchengabel aus dem Mund, zerdrückte ein Häppchen des vorzüglichen Käsekuchens am Gaumen und dachte an das Gespräch mit Ingrid zurück. Die kleine Schlampe hatte ihr wirklich alles erzählt. Hatte um ihre Aufmerksamkeit gebuhlt, wie so viele andere. Und Elena hatte sie ihr großzügig geschenkt. Einen feinen Plan hatten sie miteinander ausgeheckt, das musste man zugeben.

Zwölf Goldplatten gab es also. Und die sollten nicht aus dem Schatz von Störtebeker stammen? Wie das? Wieso sollte einem Piraten nicht auch mal etwas Antikes mit frivolen Gravierungen in die Hände gefallen sein? Gefallen hätten ihm die Motive dieser Kunstwerke zweifellos, da war sie ganz sicher.

Schwer sollten sie sein, hatte die dämliche Ingrid gesagt. Was aber hieß schon schwer? Ein Kilo? Ein Kilo Gold in der Hand zu halten, konnte schon schwer sein, oh ja. Elena kannte den Goldpreis für eine Feinunze. 1.300 Dollar. Das entsprach 31,1 Gramm. Das waren … Sie zog ihr Handy aus der Handtasche und tippte die Zahlen ein, dividierte. 41,8 Dollar pro Gramm. Mal tausend: 41.800 Dollar pro Kilo. Und davon zwölf Stück, das ergab …

„Jessas!", fuhr es ihr durch den Kopf. „Über eine halbe Million! Das sind 432.000 Euro. Nur allein der Goldpreis. Jetzt lass die Platten noch einen ideellen Wert haben, weil sie eine Sensation sind … Mein lieber Schwan! Da hängt was hinter."

Nervös blickte sie sich um. Niemand da, der sie beobachtete oder ihre Gedanken lesen konnte. Die Tische waren gut besetzt. Pärchen, die sich angeregt unterhielten. Alleinsitzende Damen und Herren, die die Atmosphäre und die Schönheit des Treibhauses genossen, etwas tranken oder so wie sie auf ihren Handys herumtippten. Sie ließ ihr roséfarbenes iPhone in der Handtasche verschwinden und spann weitere Ideen zu Gold.

Jens Ott dachte ebenfalls nach. Und zwar darüber, wie er die Frau nachher am besten überwältigen und zu sich nach Hause in den Keller schleppen konnte. Gott sei Dank war sie nicht so schwer, sondern schlank. Dafür vermutlich aber kräftig und zäh. Sie würde sich wehren, und das nicht zu knapp. Er wollte ihr aber nicht mit dem Skalpell einfach die Kehle durchschneiden. Dafür war sie viel zu schön. Eine echte Schmetterlingskönigin, die es verdient hatte, noch ein Weilchen zu leben und auch zu leiden.

„Ich werde gehörig Äther brauchen, und es muss schnell gehen, sehr schnell“, überlegte er. „Bestimmt ist sie mit dem Auto unterwegs. Dorthin werde ich ihr unauffällig folgen und sie überwältigen, wenn sie die Fahrertür geöffnet hat und einsteigen will. Im Stehen von hinten. Dann rein mit ihr. Und wenn wir in meinem hübschen Schmetterlingskeller sind, dann …“

Er spürte, wie seine Erektion sich zu härten begann. Entschlossen versuchte er, nicht zu der Dame am Tisch hinzusehen, sondern sich auf eine hellblaue Orchideenblüte zu konzentrieren.

„Dann werde ich dich nackt ausziehen. Bis auf die Bluse, die darfst du anbehalten. Musst du sogar. Aber natürlich ohne BH. Du hast bestimmt schöne Titten, an denen werde ich mich vergehen. Oft vergehen sogar. Immer wieder, und dir auch zwischen die Beine fassen, mich an dir erregen und meine Macht genießen. Wenn du angebunden bist. Und dann, dann werde ich dich genüsslich quälen, dir wehtun, dir die Nadeln ins Fleisch stechen. In aller Ruhe und mit Hochgenuss. Ich werde dich auch kneifen. Ich liebe es, zu kneifen. Und dann …“ Er sah nun doch wieder zu ihr hin. Sie verspeiste gerade mit sichtbarem Genuss den Rest ihres Kuchens. „Dann werde ich dich …“

Unter dem Tisch drückte er einmal kurz sein bretthartes Glied und bemerkte, wie sich eine winzige Lache in seiner Unterhose bildete.

„Und was hast du mir noch erzählt, Ingrid? Dass du eine … Was? Eine Ringträgerin warst?“ Elena erinnerte sich an die Schiffsparty. Damals war ihr auch schon aufgefallen, dass einige der Damen es besonders ausschweifend und exzessiv trieben. Da hatte sie nicht nachstehen wollen und sich über den ganzen Abend verteilt ebenfalls mehrere Kerle geschnappt, die sie rannahmen und sich auch nicht scheuten, die etwas härtere Gangart zu wählen.

Sie registrierte, wie sich ihre Brustwarzen aufrichteten, sich an den wundervollen, dünnen Seidenstoff drückten. Um dies gebührend genießen zu können, hatte sie vorhin in der Umkleidekabine den BH einfach weggelassen und zu ihrem Shirt in die Einkaufstüte gesteckt. Sie spürte aber noch etwas anderes. Wie sie feucht wurde im Schritt und wie sie jetzt weg wollte, frische Luft brauchte. Sie winkte der Kellnerin und bezahlte.

„Es geht los", dachte Dr. Ott, und sein Atem beschleunigte sich. Er vermied es, sich jetzt hektisch die Jacke anzuziehen und direkt auch den Tisch zu verlassen. In ihrer auffälligen, grellen Bluse würde er sie nicht aus den Augen verlieren. Langsam erhob er sich von seinem Stuhl, winkte zum Abschied der Kellnerin Roswitha zu und schlenderte unaufgeregt zum Ausgang, das Jackett über die Schulter geworfen. Ein Mann, der einen Spaziergang unternahm.

„Sieh an, sie geht nach rechts. In eine andere Richtung, als ich hergekommen bin", stellte er fest und lächelte. „Geh du nur, wohin du willst. Ich folge dir."

Fast eine Viertelstunde dauerte der Fußweg durch die Innenstadt, er folgte ihr mit sicherem Abstand. Dann aber, in der Jungiusstraße, sah er, wie sie in der Handtasche kramte und nach kurzem Suchen den Autoschlüssel hervorzog. Drei Wagen vor ihr leuchteten die Blinker auf. Ein dunkler SUV.

„Jetzt zählt's", dachte Ott. Er spürte, wie sein Herz zu rasen begann und ihm der Schweiß unter den Achseln ausbrach. Rasch zog er das Fläschchen hervor, schraubte den Deckel mit der Kindersicherung ab, ließ ihn in der Hosentasche verschwinden. Dann drückte er den Wattebausch auf das Fläschchen. Diese Bewegungen hatte er dutzendfach zu Hause in seinem Keller geübt. Jeder Handgriff stimmte. Er erhöhte das Tempo seiner Schritte, denn sie brauchte jetzt nur die Autotür zu öffnen und einzusteigen.

Die letzten Meter legte er mit zwei langen Sätzen zurück, packte Elena genau in dem Moment, als sie ihm den Rücken zuwandte und einsteigen wollte. Mit dem linken Arm umklammerte er mit aller Kraft ihre Oberarme, die rechte Hand mit dem Betäubungsmittel presste er ihr auf Mund und Nase. Es war das erste Mal, dass er das tat, jemanden gewaltsam betäubte. Aber er war wild entschlossen, es zu schaffen.

Autos fuhren an ihnen vorbei, begierig, die Ampel auf Grün zu bekommen. Kein Mensch achtete auf das Pärchen an dem dunklen SUV in der schrägen Parkbucht. Die Frau wehrte sich nach Kräften, trat mit den Absätzen nach ihm, wand sich wie ein Fisch und setze die Ellenbogen ein.

„Wie lange braucht der Scheißäther?“, keuchte er innerlich und zischte dann: „Ich muss dich kriegen, meine Schmetterlingskönigin!“ Er drückte weiter fest zu, achtete nicht auf den Schmerz, den sie ihm zufügte. „Hörst du? Ich muss!“

Endlich setzte die Wirkung des Betäubungsmittels ein, und sie sackte zusammen. Er fing sie auf und schubste sie in den Wagen. Dort drängte er sie auf den Beifahrersitz, richtete sie auf, platzierte ihre Beine im Fußraum und schnallte sie an. Dann stieg auch er ein. Endlich konnte er die Fahrertür zuziehen. Der Notar stieß die Luft aus, war vollkommen geschafft.

„Verdammtes Miststück!“, schimpfte er. „Das war ja ein hartes Stück Arbeit. Aber ich hoffe, es wird sich lohnen.“

Erst dann beugte er sich über sie, schüttete noch etwas Äther auf die Watte und drückte sie ihr abermals gegen Mund und Nase. Die Sedierung musste er auf jeden Fall im Auge behalten, notfalls noch mal nachlegen. Und dann vermutlich nochmal und nochmal. Drei Stunden musste sie jetzt ‚weg‘ sein, so lange würde er brauchen. Es gab noch einiges zu tun. Als erstes die Autos tauschen. GPS austricksen. Ihr Handy aus demselben Grund ausschalten.

Er setzte seinem Opfer eine schwarze Baseballkappe auf, die auf dem Rücksitz gelegen hatte, lehnte ihren Kopf ans Fenster, führte den Zündschlüssel ins Schloss und drückte den Anlasser, startete den Motor. Dann sah er nach links über die Schulter, setzte den Blinker, und es dauerte nicht lang, da hielt jemand hinter ihm, um ihn herauszulassen und selbst einzuparken.

„Einen schönen guten Abend ...", begrüßte er seine Falterfrau ein paar Stunden später, als sie aus der Narkose erwacht war. Er wedelte mit ihrem Personalausweis vor ihrer Nase herum. „Ich bin sehr erfreut, Ihre Bekanntschaft zu machen und Sie ein wenig näher kennen zu lernen."

Elena fand sich auf einer schmalen Liege wieder, mit Kabelbindern an Händen und Füßen gefesselt. Nackt lag sie unter einer warmen Decke, die der Unbekannte ihr jetzt entzog. Helles Neonlicht blendete ihre Augen, nur langsam kehrte ihr Bewusstsein zurück und auch die Erinnerung. „Ich bin entführt worden", war die entsetzliche Erkenntnis, die wie siedendes Öl in sie eindrang.

„Was wollen Sie?", fragte sie, als sie wieder halbwegs klar denken konnte. Prompt musste sie husten, so trocken war ihr Hals, was ihn zu einem diabolischen Schmunzeln veranlasste.

„Sie umbringen! Aber nicht so schnell, wie ich es ursprünglich geplant hatte."

„Mich umbringen?", krächzte sie, und Panik stieg in ihr auf.

Sie hörte genau, was der Mann sagte, verstand die Bedeutung seiner Worte aber nur tröpfchenweise. Dann aber setzte ihr Herzschlag einen Moment lang aus, wie Frau Doktor Scherer höchst beunruhigt diagnostizierte. Sie konzentrierte sich auf ihre Atmung, atmete tief ein und aus. Jetzt nur nicht die Nerven verlieren! Sie musste versuchen, sich halbwegs zu beruhigen, um ihre missliche Situation einschätzen und ausloten zu können.

„Das ist doch absurd! Was wollen Sie wirklich von mir?", wagte sie nun doch noch eine weitere Frage zu stellen. Ihre Stimme war belegt, trocken der Mund, pelzig die Zunge. Äther! Der Kerl hatte sie mit Äther betäubt, so realisierte sie jetzt. „Lösegeld?"

„Wenn es dir gefällt, ich kann es gerne auch noch etwas präzisieren. Ich werde dich hier bei mir behalten und ausstellen. Dich vorher ausbluten lassen und einbalsamieren, damit du mir noch eine Zeitlang erhalten bleibst. Und außerdem … bin ich scharf auf dich! Das ist übrigens auch der einzige Grund, warum du überhaupt noch am Leben bist. Und jetzt halt still, ich will die Kabelbinder durch Ledermanschetten ersetzen und dir ein wenig Bewegungsfreiheit einräumen. Wir wollen ja nicht, dass dir noch die Gliedmaßen absterben, nicht wahr?"

Sie sah, wie er ihr mit einem Messer den ekelhaften, fiesen Kabelbinder am rechten Fuß durchtrennte. Dann berührte er mit der flachen Hand ihren Unterschenkel, strich vorsichtig daran entlang, doch Elena riss das Bein hoch und trat nach dem Mann

„Fass mich nicht an!", zischte sie giftig und sah ihrem Peiniger mit hasserfülltem Blick in die Augen. Er wich lächelnd zurück und schüttelte wie ein Oberlehrer den erhobenen Zeigefinger.

„Aber, aber … Meine schöne Frau Doktor, wer wird denn so garstig sein, hm?"

Er trat seitlich neben die Liege an Elena heran und streichelte ihr sanft über den Bauch. Als die Hand höher glitt, hin an ihre Brüste, veränderte sich seine Stimme. Sie klang jetzt nicht mehr so höflich und ironisch.

„Natürlich fass ich dich an. Wo und so oft ich will. Genau deshalb habe ich dich doch hierher gebracht und dich ausgezogen. Willst du es nicht einfach genießen, dass du mir auf Gedeih und Verderb ausgeliefert bist?"

„Ich muss kotzen!", dachte Elena. Sie presste die Lippen zusammen und schloss entsetzt die Augen. Verdammter Scheiß! In was für einen Alptraum war sie hier geraten?

Es fühlte sich allerdings recht realistisch an, wie er ihre Fesseln neu justierte. Mit geschickten Bewegungen tauschte er die Kabelbinder gegen bequemere, wenn auch ziemlich massive Ledermanschetten aus.

„Vorzügliche Klinikriemen, wie man sie in geschlossenen Abteilungen verwendet", erklärte er stolz. Darüber hinaus fixierte er sein Opfer mit Brust-, Hals- und Bauchbinden. „Ebenfalls original Anstaltsware von bester Qualität." Fachmännisch verband er diese seitlich mit der unteren Strebe der Liege.

Verflucht nochmal! Was …? Schreien! Ja. Das sollte angeblich helfen, hatte Elena mal in einem Ratgeber zur Kriminalitätsprävention gelesen. Doch als sie anfing, aus Leibeskräften zu brüllen und sich gegen seinen Zugriff zu wehren, verabreichte er ihr ohne zu zögern mehrere harte Schläge mit der flachen Hand ins Gesicht. Brutal unterband er im Handumdrehen jegliche Gegenwehr, knebelte sie und verging sich anschließend an ihr.

Die nächsten zwei Stunden waren eine Tortur für Elena, wie sie sich selbst keine Schlimmere hätte ausdenken können.

„Keine Sorge", keuchte er über ihr. „Du wirst den heutigen Tag überleben. Und mir ist sehr daran gelegen, dich noch ein Weilchen bei Bewusstsein zu halten."

Schließlich schien er vorerst genug zu haben. Er gab ihr Wasser zu trinken und bedeckte ihren Körper mit einem weißen Laken. Dann schaltete er das Licht aus und ließ sie im Dunkeln allein.

Die Nacht zerrte mit eiskalten Händen an ihren Nerven. Doch Dr. Elena Scherer versuchte, einen Plan zu entwickeln. „Ich muss ihm vorsichtig nachgeben, wenn er sich das nächste Mal an mir vergreift", überlegte sie. „Ganz behutsam. Nicht, dass es auffällt. Sei clever, Elena. Reiz ihn nicht, provoziere ihn nicht und lass ihn auf keinen Fall merken, dass du ihn verarschst. Mach sachte mit und heul auch ein wenig herum. Das macht ihn vielleicht noch zusätzlich an, und er wird unvorsichtig."

Vergewaltigt zu werden, schien ihr nicht so gefährlich zu sein, wie die Tatsache, dass er sie womöglich tatsächlich so aufspießen wollte wie all die hübschen Schmetterlinge in den Glaskästen. Das galt es natürlich, mit allen Mitteln zu verhindern. Und wenn sie sich ihm dafür hingeben müsste. Sie merkte plötzlich, wie sehr sie an ihrem Leben hing.

Was für ein Scheiß, dass ausgerechnet sie einem Psychopathen in die Hände fallen musste. Ausgerechnet sie! Hätte er sich denn nicht irgendein anderes doofes Ding schnappen können? Sie hatte ja wohl Wichtigeres zu tun, als sich mit so einem Wichser herum zu ärgern.

Die Stunden schlichen dahin, und sie bekam kaum ein Auge zu. Besorgt spürte sie in sich hinein. Schwoll ihre Nase zu? Dann würde sie wohl ersticken. Doch nein, Unsinn! Warum sollte sie? Sie war am Leben, und sie bekam Luft. Wie also konnte sie dem Kerl entkommen? Sie versuchte es mit Kraft, mit Geschick und auch mit Yogakniffen. Aber die Riemen waren professionelle aus einer Nervenheilanstalt oder einer forensischen Klinik. Kein instabiler Schund aus irgendeinem Baumarkt oder BDSM Shop für Anfänger.

Irgendwann in den dunkelsten Stunden nickte sie dann schließlich doch ein. Die Erschöpfung forderte ihr Recht. Doch mehr als zwei Stunden Schlaf bekam Elena in dieser Nacht nicht. Und die schenkten ihr keine Erholung.

Ein paar Stunden später blickte der Schmetterlingssammler in ein sehr hübsches Gesicht, das allerdings leicht angeschwollen war am rechten Jochbein. Und auch die Oberlippe war ein wenig dick. Am linken Auge hatte sich ebenfalls ein blauer Bluterguss gebildet. Verstört blinzelte Elena ihn an.

Es war in etwa zu dem Zeitpunkt, als der Meisterdetektiv Hercule Poirot, alias Paul Hilker, aus dem Tiefschlaf gerissen wurde. Kurz darauf hämmerte er auch schon gegen Bjarnes und Pias Schlafzimmertür. „Aufwachen, es ist etwas passiert!"

Bjarne schreckte aus lebhaften Träumen hoch und brauchte einen Moment, um sich zu orientieren. Nein, sechs Uhr morgens war definitiv nicht seine Zeit. Sein erster Impuls war, nach dem Enterbeil zu greifen. Doch als er Pauls Stimme erkannte, war ihm klar, dass er zunächst im Bett bleiben konnte.

„Was ist, Poirot? Komm rein!", rief Pia und zog sich die Bettdecke über die Brust.

Paul zog die Tür auf, blieb aber auf der Schwelle stehen. Auch er sah noch reichlich verschlafen aus, ungekämmt und in Boxershorts und T-Shirt. Unrasiert, die Haare wild.

„Gott sei Dank hat Jo mein Handy summen gehört. Ich hatte es gestern auf leise gestellt. Elena ist verschwunden! Klaus Scherer hat mich eben angerufen. Er ist völlig fertig. Total in Sorge."

„Verschwunden?", fragte Pia verständnislos.

„Ja, sie ist nicht nach Hause gekommen und hat sich seit gestern Nachmittag nicht mehr gemeldet. Ist nicht erreichbar. Ihr Handy ist ausgeschaltet."

„Ist das schon öfter vorgekommen?", wollte Bjarne wissen.

„Nein, noch nie. Ihr Handy ist immer an, und wenn sie sich mal verspätet, gibt sie grundsätzlich Bescheid. Über Nacht war sie angeblich überhaupt noch nie weg. Ihr Mann meint, sie ist entführt worden."

„Ähnlich, wie Helmut Stöger entführt wurde?" Pias Bemerkung klang bissig.

„Vielleicht? Aber Scherer ist unser Klient. Ich muss zu ihm. Du weißt, bei einem Entführungsfall entscheiden die ersten 24 Stunden, ob ein Opfer überlebt oder nicht. Es ist ernst. Du musst in die Detektei, Pia. Wir treffen uns in 15 Minuten unten in der Küche. Wir haben einen neuen Fall!"

Mit diesen eindringlichen Worten verschwand er vom Türrahmen und eilte ins Bad.

„Verdammter Mist!“, murmelte Pia. „Ich fürchte, Poirot hat recht.“ Sie sprang aus dem Bett und schlüpfte in den Bademantel. „Ich muss zur Arbeit. Aber nicht sofort. Ich koche uns jetzt erst mal unten einen Kaffee, und dann halten wir eine kurze Teamsitzung ab.“

„Ich komme mit dir ins Büro. Vier Augen sehen mehr als nur zwei. Ich verschwinde also schon mal unter die Dusche.“

„Okay! Dieser Fall betrifft uns wirklich alle. So ein Scheiß! Was ist denn jetzt nur wieder passiert?“

Als Pia im weißen Bademantel in die Küche kam, war Johanna schon dabei, Kaffee zu kochen und Brot zu schneiden. Marmelade, Honig, Butter, Käse und Aufschnitt standen bereits auf dem Tisch.

„Guten Morgen“, begrüßte sie die Detektivin und gab ihr einen Kuss. „Scherer meint, Elena sei entführt worden, und es hat etwas mit unserem Fall zu tun. Paul fährt gleich zu ihm ins Büro. Der Mann wirkte wirklich völlig aufgelöst. Ich weiß aber nicht, ob wir ihm trauen können.“

Johanna hatte sich ebenfalls nur einen Morgenmantel übergezogen. Zur Abwechslung allerdings einen knielangen. Der Ringträgerinnen-Modus nahm sich eine Auszeit.

„Wir übernehmen den Fall Elena Scherer“, nickte Pia und ließ Kaffee in einen Becher laufen. Die Elektromaschine war betriebsbereit. Der in aller Ruhe genossene Morgen-Cappuccino oder gar der kleine erotische Weckdienst der Ringträgerinnen waren Makulatur. Es ging jetzt vermutlich tatsächlich um Leben und Tod. Pias Gehirn arbeitete bereits fieberhaft.

Die Männer betraten fast zeitgleich die Küche, fertig angezogen und rasiert. Bjarne zwar noch mit nassem Haar, Paul aber schon im Anzug und einem sauberen Hemd.

„Wir fahren in einer halben Stunde ins Büro“, begegnete Pia seinen fragenden Blick, warum sie noch nicht startklar war. „Bjarne kommt mit.“

Paul nickte und nahm von Johanna den Kaffeebecher entgegen. Sie schmierte bereits Brote.

„Kämmt alles durch, was wir haben“, wies er an. „Nehmt euch jeden vor, der bislang in den Fall verwickelt ist. Und sei die Spur auch noch so klein. Beginnt bei eurem Termin im Rathaus. Lasst niemanden außer Acht. Irgendwo muss es eine Verbindung geben. Und ich quetsche Scherer aus. Jetzt heißt es für ihn: Hosen runter! Ich hätte mich zwar gern bei ihm zu Hause getroffen, dann hätte ich direkt einen längeren Blick in den Keller werfen können. Fotos machen von Nordsee-Algen. Aber er ist auch auf dem Weg in sein Büro. Hat dort mehr Möglichkeiten, meinte er. Nehmt euch auch mal diesen Störtebeker-Verein vor. Und versucht, noch mehr Infos über Elena herauszubekommen. Die DNA-Untersuchungen müssten abgeschlossen sein. Macht Dampf beim Labor. Danke, Johanna.“ Er biss in eine Scheibe Brot mit Erdbeermarmelade und spülte es mit Kaffee hinunter. „Und … So wie immer, Pia, wenn's ernst wird.“

„Heikelstufe?“

„Ja.“

„Das volle Programm?“

„Alpha Priorität.“

„LKA?“

„Ja!“

„Auf deine Kappe?“

„So wie immer.“

„Top Secret?“

„Verschluss!“

„Bjarne?“

„Ist dabei.“

„Okay!“

Sie grinsten sich an, gaben sich ein High Five und nickten beide entschlossen.

„So ein Mist", meinte Paul dann. „Ich hatte mich wirklich auf ein gemütliches Frühstück mit euch gefreut. Ich habe noch überhaupt keine Idee, was überhaupt vorgefallen sein kann. Aber das wird mir Scherer erklären müssen."

„Am Ende wäre er vielleicht sogar ganz froh, die Giftmischerin los zu sein?", spekulierte Pia. „Kalkuliere auch ihn mit ein als Täter. Er hat bestimmt ein Motiv. Wir nehmen zwar an, dass Elena unsere Saxitoxin-Mörderin ist, doch wissen können wir das nicht. Vielleicht unterschätzen wir den Herrn Scherer auch. Genau wie er uns anfangs unterschätzt hat, so dass wir trotz seines Großaufgebots ins Rathaus gelangt sind."

„Ja, das kann schon sein. Vielleicht ist es eine fingierte Entführung, und Elena ist schon tot und rutscht gerade von einem Müllwagen in die Verbrennungsanlage. Wie der gute Helmut Stöger." Paul zuckte die Achseln. „Muss aber nicht sein, es kann auch etwas ganz anderes dahinter stecken. Ein Zufall. Hamburg ist keine ungefährliche Stadt. Jetzt ist auf jeden Fall Schluss mit den Geheimniskrämereien und Täuschungsmanövern. Ich werde unserem Herrn Auftraggeber mal gründlich auf den Zahn fühlen. Aber ob das etwas bringt? Ich weiß nicht. Jede Wette, dass Klaus Scherer für die Tatzeit ein Alibi hat."

Jetzt nahm er doch auf einem der Stühle Platz und begann etwas ruhiger, Kaffee zu trinken und zu frühstücken. Bemüht, sich nicht das weiße Hemd oder das Jackett mit Marmelade zu bekleckern. „Du hältst hier die Stellung, Johanna. Lass niemanden herein. Soll ich dir meine Waffe hierlassen?"

„Nein, nimm die Knarre nur mit. Ich habe meinen Dolch und noch ein paar andere Sachen hier. Kann gut auf mich aufpassen. Seid ihr aber auch vorsichtig, versprochen?"

„Natürlich!", antworteten die drei fast wie aus einem Mund und tauschten ein komplizenhaftes Grinsen.

„Solcherlei Aufregungen hatten Rudolf Michelson und ich ja nicht“, seufzte Johanna.

„Bis er dann plötzlich tot war!“, erinnerte Pia sie daran, dass der Fall doch schon ein paar Jahre lang geschwelt hatte. „Was ich mich nur frage: Wieso sollte jemand ausgerechnet Elena entführen? Von deren Rolle weiß doch so gut wie niemand.“

„Das habe ich mich auch schon gefragt“, nickte Bjarne und biss in sein Salamibrot. „Wir dürfen nicht eindimensional denken. Was ist mit Lösegeld?“

„Könnte was dran sein. Die Scherers sind nicht unvermögend“, nahm Pia den Faden auf. „Wir nehmen uns auch die Mitarbeiter der Müllfirma RAT vor. Und Poirot … So wie immer, bei wichtigen Erkenntnissen: Sofort Kontakt.“

„Klar! Also dann: Die Zeit läuft. Gegen Elena. Versuchen wir, sie zu finden. Und am besten lebend.“

Da saß Bjarne Michelson nun zusammen mit zwei Ringträgerinnen am Küchentisch. Beide nur in Morgenmäntel gehüllt. Darunter waren sie nackt. Doch hielten sie die Beine züchtig übereinandergeschlagen und auch obenherum waren sie hochbedeckt. Es war nicht der Moment für erotische Spiele. Eine solch dramatische Entwicklung hatte niemand vorausgesehen. Fieberhaft überlegten die drei, was das alles zu bedeuten haben könnte. Naheliegender wäre es gewesen, wenn Klaus Scherer spurlos verschwunden wäre. Aber Elena? Das passte nicht ins Bild.

„Wir müssen analytisch an die Sache herangehen, sonst finden wir Elena nicht“, meinte Pia und leerte ihren Kaffeebecher. „Ich verschwinde jetzt ins Bad und dann nichts wie los.“

Bjarne nickte. „Ja, und ich packe unsere Ausrüstung. Wer weiß, was heute noch alles geschieht. Ich will vorbereitet sein.“

Dass er zwanzig Minuten später sogar das Enterbeil mit dabei hatte, als er zu Pia ins Auto stieg, wirkte zunächst ein wenig befremdlich. Und doch auch wieder nicht: Es passte ja zu all den Zeitsprüngen, die sie in letzter Zeit unternommen hatten. Sicherheitshalber aber deponierte er die schwere Waffe im Kofferraum. Ebenso Pias Dolch und all die anderen Ausrüstungsgegenstände. Sogar den Klappspaten hatten sie mit dabei, für den Fall, dass man Elena irgendwo ausgraben müsste. Gefangen in einem Erdloch.

Johanna wollte sich derweil noch einmal den *Talliska*-Ordner genau anschauen. Es müsste doch erkennbar sein, was Elena auf der Schiffsparty gefunden hatte. Vielleicht stand ihr Verschwinden ja auch mit dieser Entdeckung in Zusammenhang?

„Und nun mal Butter bei die Fische, Klaus“, knurrte Paul Hilker knapp eine halbe Stunde später. „Was glaubst du, was ist passiert? Du weißt, dass ich nicht mit der Kripo zusammenarbeite. Aber um dir helfen zu können, Elena zu finden, muss ich jetzt alles wissen. Und zwar von Anfang an. Wer hat ein Motiv, Elena zu entführen? Geht es um Lösegeld, oder steckt etwas anderes dahinter?“ Er sah seinen Auftraggeber erwartungsvoll an. „Oder ist sie am Ende einfach abgehauen?“

Klaus Scherer sah schlimm aus. Dunkle Ränder unter den Augen, übermüdet und unrasiert. Er schien wirklich fertig zu sein. Verschwunden waren das überhebliche Lächeln und seine geringschätzige Art. Er wirkte gebrochen und auch völlig überfordert.

„Ich weiß es doch nicht, Paul, ganz ehrlich! Das Ganze trifft mich wie ein Schock und aus heiterem Himmel. Elena ist eine herzensgute Frau, die keiner Fliege …“

„Hör auf mit dem Scheiß!“, brüllte Poirot ihn an, beruhigte sich aber auch gleich wieder. „Das nimmt euch niemand mehr ab. Ihr seid eiskalte Killer, alle beide. Und wenn man es euch beweisen kann, dann geht ihr lebenslang hinter Gitter. Das ist aber nicht meine Aufgabe, sondern die der Staatsanwaltschaft. Ich bin kein Bulle, ich versuche nicht, dich reinzulegen. Und sieh her, ich bin nicht verwanzt.“

Er öffnete sein Jackett. Scherer starrte auf die *Beretta*, aber eine Verkabelung war nirgends zu entdecken. Mit Grabesstimme fuhr Poirot fort: „Und nun nur unter uns, unter vier Augen. Das zählt vor Gericht nicht, das weißt du. Es sei denn, du legst vor Zeugen ein schriftliches Geständnis ab. Also ... Die ganze Geschichte, wenn ich bitten darf! Du willst doch, dass wir deine Frau wiederfinden, oder?“

Scherer legte beide Arme auf den Schreibtisch, sackte mit der Stirn herab und murmelte: „Verdammt, verdammt, verdammt! Ja, natürlich will ich das!“

„Also? Rede!“

Scherer hob den Kopf wieder an, starrte Paul ins Gesicht und gestand mit leiser und brüchiger Stimme: „Ja, wir waren es, Elena und ich.“

„Was wart ihr?“

„Wir haben Rudolf Michelson und Helmut Stöger vergiftet. Mit Saxitoxin. Genauer gesagt: Elena war es.“

„Wo ist Stögers Leiche? In der Müllverbrennungsanlage?“

„Ja. Keine Spuren, keine Leiche, kein Beweis.“

„War das Elenas Idee?“

„Ja. Sie stand in der Küche am Herd und bereitete die Paella vor. Stögers Portion enthielt giftige Muscheln aus ihrem Privatlabor. Es ging sehr schnell mit dem Tod. Ich musste dafür die Leiche beseitigen. Fuhr noch in der Nacht zur RAT und entsorgte sie in einem der Müllwagen auf dem Gelände. Den Rest erledigte der Fahrer, der nicht wusste, dass er nicht nur Hausmüll entsorgte. Das mit Stöger war Teamwork. Es war aber Elenas Plan und Entscheidung, dass wir jetzt zwingend handeln müssten. Stöger wusste zu viel.“

Der Meisterdetektiv hatte den Eindruck, dass sein Gegenüber nicht mehr so elend und gebrochen aussah, wie noch vorhin, als er ihn hereingebeten hatte in sein Büro. Bekam Scherer etwa wieder Oberwasser?

„So so ... Aber lassen wir das." Paul hob abwehrend die Hand. „Was war mit Rudolf Michelson?"

„Bei dem war das schon deutlich schwieriger. Der Mann war nicht nur sehr kräftig, sondern auch verdammt misstrauisch."

„Wieso musste er sterben?"

„Weil er sich weigerte, das Grundstück zu verkaufen, der sture Hund. Trotz eines Angebots von 14 Millionen Euro! So viel wäre unser Konsortium nämlich letztendlich bereit gewesen zu bieten."

„Nur weil jemand: ‚Nö, ich verkaufe nicht' sagt, muss er also sterben?"

„Seit fast fünf Jahren sind wir an dem Grundstück dran. Es hängt wahnsinnig viel davon ab. Gigantische Investitionen. Große Firmen im Hintergrund. Und der Depp stellt sich quer. Also suchten wir Mittel und Wege. Ohne Gewalt. Er ignorierte aber sämtliche Angebote. Man könnte also sagen, er war schon auch ein bisschen selbst schuld. Zunächst lief es ja auch gut, nach seinem Tod. Es gab keine Erben. Das hatten wir schon vorher mit Stögers Hilfe herausgefunden. Wäre das Grundstück an die Stadt Hamburg gefallen, hätten wir es legal zu einem deutlich geringeren Preis erwerben können. Aber da fällt mir etwas ein."

„Noch nicht, jetzt bin ich erstmal am Zug. Wie starb Rudolf? Was habt ihr mit ihm angestellt, als er den Vertrag nicht unterschreiben wollte? Wer war noch mit dabei? Du und Elena hättet ihn niemals alleine überwältigen können. Rudolf war ein starker und trainierter Mann, wie du ja sagst. Fast könnte man sagen, er war ein echter Pirat."

„Dazu kann ich nichts sagen, Paul. War nicht mit dabei. Frag Elena, wenn du sie gefunden hast. Sie fuhr an dem Abend zu ihm in die Villa an der Elbchaussee. Allein! Ich konnte einfach nicht mehr. Es wurde mir alles zu viel. Hatte eine Schwächeattacke und musste mich hinlegen."

„Ein Schwächeanfall, so so", wiederholte der Verhörspezialist. „Aber ja, natürlich. Ich werde Elena das fragen, Klaus, sollte ich sie wirklich finden. Wieso fuhr sie alleine zu ihm? Sag's mir und komm mir nicht noch mal mit einer körperlichen Krise."

Klaus Scherer wand sich unruhig in seinem Sessel. Die Morde einzuräumen, hatte ihm offenbar nicht so viel ausgemacht wie das, was Paul Hilker jetzt von ihm verlangte.

„Ich höre?", setzte der nach.

„Meine Frau fuhr deshalb alleine zu Michelson, weil ... nun ja ... weil sie vor ein paar Jahren schon mal was miteinander hatten. Also Sex. Recht ausschweifenden Sex sogar. Mit noch anderen Leuten. Auf dem Schiff. Elena wusste, dass Rudolf scharf auf sie war. Und das sollte nun das letzte Mittel sein, um ihn weich zu klopfen. Dabei könne sie mich nicht gebrauchen, hat sie gemeint und mich auch ein wenig herablassend und spöttisch angesehen. Sie kann manchmal schon ziemlich gemein sein. Am nächsten Tag war Rudolf dann tot, wie wir ja wissen. Gestorben am Muschelgift Saxitoxin. Wie sie es aber genau angestellt hat ... keine Ahnung. Hat sie mir nie erzählt."

Paul wippte auf den Zehenspitzen. Eine Geschichte, die durchaus glaubwürdig klang, das musste er schon zugeben. Zumindest kam ihm das jetzt so vor, da er ebenfalls in diese seltsam faszinierende Welt von Sex und lustvoller Dekadenz hineingerutscht war. Auch alles, was er bereits über Elena Scherer wusste, passte dazu. Dennoch ... Es kam ihm merkwürdig vor, dass Scherer plötzlich alles auf seine Frau abwälzte. Genau genommen sogar beide Morde. Steckte womöglich doch er hinter dem Verschwinden seiner Frau? Paul beschloss, auf der Hut zu bleiben und seinen Verdacht nachher Pia mitzuteilen.

Um abzulenken fragte er: „Und nun sag, was ist dir noch eingefallen?"

„Eben, als wir über das Projekt sprachen, du weißt schon, den Freizeitpark auf dem Grundstück, da kam mir ein potentieller Verdächtiger in den Sinn."

„Wer?"

„Das Architekturbüro. *Nils Grödersen und Partner*. Die hatten wir beauftragt, eine Planungszeichnung für das Gesamtprojekt *‚Störtebeker Freizeitpark'* anzufertigen. Mit allem Drum und Dran, bis ins letzte Detail. Das steckt ganz schön viel Arbeit drin. Hier, ich habe sie da. Willst du sie sehen?"

„Jetzt nicht. Was ist mit den Leuten?"

„Nun ja … Sie haben uns natürlich eine saftige Rechnung für ihre Arbeit erstellt. Logisch. Wir … also … wir haben die bis heute nicht beglichen. 25.000 Euro waren das damals. Inzwischen sind es mit Mahnkosten und Zinsen 31.500 Euro, und sie haben uns auch eine letzte Warnung geschickt. Sollten wir nicht bis Freitag vergangener Woche überwiesen haben, würden sie gegen uns vor Gericht ziehen. Da wir aber bestens vertreten sind durch unsere Anwälte, könnte es sein, dass sie nun Elena entführt haben, um Druck auf mich auszuüben."

„Stimmt das auch? Zeig mir die Korrespondenz."

„Ja, natürlich. Warte."

Mit hektischen Fingern zog er einen Aktenordner hervor, blätterte, schlug Seiten um. „Hier!", meinte er schließlich. „Das ist das letzte Schreiben, und hier steht wirklich: *Letzte Warnung!* Schau."

„Hm. Tatsächlich, da könnte was dran sein. 31.500 Euro sind ja kein Pappenstiel. Also gut."

Er zog sein Handy hervor, wählte die Nummer der Detektei, und kurz darauf war Pia in der Leitung.

„*PH Investigations*, schönen guten Tag, was kann ich für Sie tun, Sie sprechen mit …"

Paul fiel ihr ins Wort. „Frau Meisel, bitte überprüfen Sie umgehend die Firma *Nils Grödersen und Partner*. Insbesondere im Fall Scherer. Es ist ein angesehenes Architekturbüro aus Hamburg, mit

Sitz in … Moment." Er diktierte die Geschäftsadresse auf dem Briefbogen.

„Das war Paul", erklärte Pia, als sie das Handy ausgewischt hatte. „Scherer hat wohl einen Verdacht. Das Architekturbüro, das die Baupläne für den Freizeitpark angefertigt hatte. Die kriegen noch Geld von ihm, und nicht zu knapp. Über 30.000 Euro. Hatte Johanna nicht auch schon etwas darüber angedeutet?"

Sie und Bjarne saßen sich gegenüber an zwei Schreibtischen, beide vor ihren PCs versunken. Bjarne war schon seit weit über einer Stunde so ruhig wie selten. Pia hatte ihm Zutritt ins Bundeskriminalamt in Wiesbaden gewährt. Sie hatte die Zugangsdaten gehackt. Nicht zum ersten Mal, wie sie so locker wie möglich zugegeben hatte. Zusammen arbeiteten sie nun die Liste der Verdächtigen ab.

„Nils Grödersen also. Okay, dann schauen wir doch mal, was wir über den haben."

Bjarne kam um ihren Schreibtisch herum, und gemeinsam sahen sie die Register durch.

„Vorbestraft! Da haben wir's ja. Und zwar … Ach nee: Wegen schwerer Körperverletzung. Das ist ja ein Ding." Überrascht las Pia die Vergehen durch. „Er wurde schuldig gesprochen. Zwei Jahre auf Bewährung. Und Schadensersatz in Höhe von 12.000 Euro."

„Dann sehen wir uns doch mal seinen Lebenslauf an. Scheint interessant zu sein."

Auch Bjarne war überrascht über den Treffer. „Waren wir die ganze Zeit auf der falschen Spur?"

Begonnen hatten sie ihre Suche mit dem Erstellen der Liste aller Personen, die auch nur annähernd in den Fall verwickelt sein konnten. Selbst der Taxifahrer, den er nach seiner Ankunft in Hamburg für mehrere Touren angeheuert hatte, stand auf Bjarnes Zettel. Fast eine Stunde lang hatten er und Pia eine kleine Zeitreise durch ihre Bekanntschaft unternommen. Beginnend mit dem denkwürdigen Moment, als sie sich im *Alten Lotsenhaus* erstmalig getroffen hatten.

„Eigentlich doch sehr romantisch, oder?", hatte Pia schon nach fünf Minuten bemerkt. „Ein echtes Kennenlernen. Wie bei einem Blind Date." Sie schmunzelte. „Und wäre das nicht alles so mörderisch verstrickt, hätte daraus einfach eine kleine Liebelei entstehen können. Du warst mir nämlich auf Anhieb sympathisch, weißt du? Sowas ist mir bisher nur selten passiert."

Auch er gestand ihr, dass er sie vom ersten Moment an begehrt hatte, weil sie ihm gut gefiel. Inklusive ihrer zauberhaften Hamburger Schnauze, wie er sich ausdrückte. Sie kicherte vor Vergnügen, und einen Moment lang sah es so aus, als seien sie Livegäste in einer Talk Show für Frischverliebte. Doch dem war natürlich nicht so. Zu ernst das Thema. Schon bei den ersten Personen, die ihnen einfielen, nickten sie wieder mit grimmigen Mienen. Sie schrieben die Namen auf und machten sich Notizen.

Klaus Scherer – mächtiger Mann im Hintergrund, Anzugträger
Elena Scherer – Ehefrau, Giftexpertin, verschwunden
Wilhelm – Mitarbeiter von Klaus Scherer
Peter Rüsche – Mitarbeiter von Klaus Scherer
Jens Abel – Mitarbeiter von Klaus Scherer
Stephan Setzer – Behördenchef in Altona, Nachlassverwalter
Dr. Jens Ott – Notar
Dr. Andrea Weber – Genealogin Max-Planck-Institut für Menschheitsgeschichte in Jena
Dr. Uwe Schmidt – Genetiker RWTH Aachen
Bettina Beierlein – Schriftführerin
Helmut Stöger – Stellvertretender Staatsanwalt, verschwunden. Tot?

Dazu kamen noch die Firmennamen, die ihnen bislang bekannt waren und mit denen Klaus Scherer zu tun hatte. Vielleicht ließ sich auch dort ein Anhaltspunkt finden.

RAT – Abfallentsorger
LIGHT LITE – Energieversorger an der Elbe hinter Bergedorf
Storch und Partner – renommierte Hamburger Anwaltskanzlei

„Gut, dann füge ich hier also auch den Namen des Architekturbüros dazu. *Nils Grödersen und Partner*", meinte Bjarne. „Wen haben wir noch? Johanna fällt natürlich raus, ist klar. Aber was ist mit der entlassenen Ringträgerin? Wie heißt die noch gleich? Ingrid? Und wie weiter? Ruf doch mal eben bei Johanna an, bitte. Wir brauchen mehr Infos über die Dame mit der verhängnisvollen Kurzhaarfrisur. Wenn wir einmal dabei sind, knöpfen wir sie uns alle vor. Vielleicht erweist es sich als verdächtig, dass Elena genau einen Tag nach Ingrids Rausschmiss verschwunden ist."

„Okay, mach ich."

„Und dann ist da ja auch noch dieser Störtebeker-Verein. Die HSG. Die müssen wir uns auch noch mal etwas genauer anschauen."

„Und was ist mit einem möglichen Lover von Elena? Ich bin mir sicher, dass es ihn gibt. Ich nenne ihn einfach mal *Mr. X*."

„Nenn ihn doch *Mr. Fuck*!" Jetzt war es Bjarne, der zynisch reagierte. „Wer könnte etwas über den wissen? Scherer? Hier soll Paul nachbohren. Was ist mit weiteren Bekanntschaften? Freunde, Arbeitskollegen? Mit wem ging sie aus? Mit wem traf sie sich? Kommen wir an ihre Emails ran? Handy? WhatsApp?"

„Nein, so weit geht meine Befugnis nicht. Ich könnte aber eine Handy-Ortung über den Netzbetreiber erwirken. Beziehungsweise Scherer kann das."

„Gut, soll er machen. Falls Elena sich wieder einloggt, haben wir sie. Sie oder ihren Entführer."

Pia begab sich wieder ans Telefon. Bei Johanna hatte sie keinen Erfolg. Sie hinterließ eine Nachricht: „Hi Schatz, wir brauchen unbedingt noch ein paar Infos über diese Ingrid. Nachname, Aussehen, Adresse und alles. Ciao, bis später. Ruf uns bitte zurück."

Danach rief sie Paul an, erklärte ihm die Situation und das, was sie über Nils Grödersen herausgefunden hatten.

„Und dann noch etwas. Wir gehen davon aus, dass Elena eine heimliche oder von Scherer tolerierte Sexaffäre hat. Bohr da unbedingt noch einmal nach. Wir brauchen einen Namen. Und erkundige dich auch nochmal nach dem Störtebeker-Verein, ja? Wir knöpfen uns später diese Ingrid vor, falls Johanna noch interessante Hinweise liefert. Sie nimmt im Moment nicht ab. Vermutlich ist sie im Videoraum und hört uns nicht. Der Architekt könnte eine heiße Spur sein. Der ist vorbestraft wegen Körperverletzung. Bye!"

„So, Klaus. Und weiter geht's. Langsam kommt ein wenig Licht ins Dunkle. Wir haben herausgefunden, dass Elena eine Sexaffäre unterhält", stieß Poirot kurz darauf ins Wespennest und bereitete die Finte vor.

„Wie bitte?" Scherer wirkte aufrichtig erschrocken.

„Ja. Und zwar steigen die beiden regelmäßig in einem Luxushotel an der Alster ab. Wenn du es genau wissen willst: In einer der Junior Suiten, Preis pro Nacht, warte ...", log er und klopfte gewaltig auf den Busch. Ob das alles stimmte, wusste er nicht. Er bluffte, um Scherer zu schocken.

„Nein, das kann nicht sein!", entrüstete der sich irritiert. „Ich schwöre es, Elena war jede Nacht zu Hause. Wir verbringen die Abende immer zusammen. Gemeinsam. Es gibt keinen Lover. Sie würde mich niemals betrügen. Sie arbeitet zwar manchmal unmenschlich viel in der Klink, ist aber ständig erreichbar. Frag nach im UKE. Die werden das bestätigen. Das Treffen mit Rudolf war eine Ausnahme. Davon wusste ich ja auch und war damit einverstanden. Sowas kam sonst aber nie vor, Paul, das musst du mir glauben."

„Und was ist mit …" Paul zog den Satz süffisant in die Länge. „Nachmittags oder in den frühen Abendstunden mal raus für ein paar Stunden? Und danach dann ab nach Haus zu dir? Während der Lover im Hotel nächtigt? Womöglich kommt er von außerhalb. Ein Geschäftsmann? Ein Arzt aus der Klinik?"

„Kann ich mir nicht vorstellen. Das hätte ich mitgekriegt."

„Da täuscht du dich aber gewaltig, mein Lieber", dachte Poirot. „Die Statistiken sprechen eine eindeutige Sprache. Neun von zehn Frauen schaffen es völlig problemlos, ihre Affäre unentdeckt auszuleben. Die gehörnten Gatten fallen dann immer aus allen Wolken, wenn es doch rauskommt. Haben nie etwas davon mitbekommen. Schlimmer noch: Sie hatten es ihren Frauen noch nicht einmal zugetraut, dass sie überhaupt fremdgehen würden. Heimliche Liebschaften stehen hoch im Kurs. Frauen sind da wesentlich raffinierter, als Männer es sich vorstellen können. Sie sind einfach geschickter und tarnen sich besser. Dass sie hier und da schon mal einen Ohrring verlieren oder ohne Höschen heimkommen, fällt den Ehemännern vor der Sportschau nicht auf."

Dieses Insider-Wissen behielt Paul allerdings lieber für sich. Für das Pulverisieren von romantischen Illusionen über das weibliche Geschlecht wurde er schließlich nicht bezahlt. Also fühlte er sich dafür auch nicht zuständig.

„Wie läuft's denn bei euch so mit Sex?", fragte er stattdessen. „Verkehrt ihr regelmäßig? Oft? Wild und ausschweifend?"

„Herrgott, Hilker! Was soll das? Hör auf!"

„Wieso? Elena sieht verdammt gut aus. Mich hatte sie übrigens auch angeflirtet, als wir bei euch in der Küche standen. Ich dachte noch: Was für ein heißes Luder! Wenn ich ganz ehrlich bin."

„Hab's gesehen, ja. Aber so ist sie eben. Immer sehr kokett und herausfordernd. Das macht sie aber nur, um ihr Gegenüber auszutesten. Es ist ein Spiel. Um Macht. Wenn du es als heißen Flirt aufgefasst hast, ist das doch wohl der beste Beweis. Oder? Und ja, wenn du es unbedingt wissen willst: Wir haben regelmäßigen Sex, und der ist mitunter auch sehr erregend und verdorben. Ach! Jetzt weiß ich, worauf du hinaus willst!"

Geschickt hatte Scherer es geschafft, von der eigentlichen Frage abzulenken und den Spieß umzudrehen. Er spielte nun auf die Schiffsparty auf der *Talliska* an. Sollte Paul die Karten offenlegen?

„Mit was für einem Auto war Elena denn eigentlich unterwegs? Kennzeichen?" Poirot ging nicht auf das Ablenkungsmanöver ein.

„Ein dunkler SUV. BMW X4. Kennzeichen: HH-ES …" Er überlegte kurz und fügte vier Ziffern an.

„GPS?", fragte Paul nach und notierte sich die Daten.

„Ja. Sogar ein *GPS Power Finder* von *PAJ*. Damit müsstet ihr den Wagen orten können."

„Was ist mit ihrem Handy?"

„Ist ausgestellt."

„Seit wann?"

„Seit gestern Nachmittag 16 Uhr 07. Um kurz nach zwei hatte ich das letzte Mal mit ihr telefoniert."

„Hat sie gesagt, wo sie hinwollte?"

„Sie wollte shoppen. In der Stadt. Und noch einen Kaffee trinken irgendwo. Und abends mit mir schick essen gehen. Ich sollte mir etwas überlegen, einen Tisch reservieren und sie dann überraschen, wo es hingeht. So machen wir das oft."

„Und? Wo hattest du reserviert?"

„Im *Theo's* an der Rothenbaumchaussee, einem amerikanischen Steakhouse, für 20 Uhr. Elena wollte zwar, dass ich schon für 17 Uhr reserviere, das war mir aber zu früh."

„Du warst im *Theo's*, und Elena kam nicht? Wieso hast du nicht gleich eine Vermisstenanzeige aufgegeben?"

„Weil es öfter der Fall war, dass ihr im letzten Moment etwas dazwischen kam. Ein Notfall in der Klinik. Ich hatte ihr mehrere SMS geschrieben. Hier!"

„Eine SMS? Wieso kein WhatsApp?"

„Elena hat ihre App gelöscht, nachdem Facebook WhatsApp übernommen hatte. Die amerikanischen Internetkonzerne sind ihr alle suspekt. Selbst Google und Amazon. Sie hat zwar ein iPhone von Apple, und da ist Google Drive schon automatisch drauf. Toll findet sie das aber nicht."

„Das bedeutet also, dass sie weder online war, noch eingeloggt. Kam dir das nicht seltsam vor?"

„Doch schon …klar. Aber ich hatte Hunger und war auch irgendwie genervt. Ich bestellte mir etwas zu essen und rief gegen 22 Uhr in der Klinik an. Da war sie aber nicht. Es hieß, es hätte im Bernhard-Nocht-Institut einen Notfall gegeben. Vermutlich sei Elena direkt dorthin. Also rief ich auch dort an. Aber da war sie auch nicht. Soll ich ehrlich sein? Ich bekam plötzlich schlechte Laune."

„Weil du gedacht hast, sie sei mit ihrem Lover unterwegs. Genau wie ich es vorhin angedeutet hatte. Zum Vögeln. In einem Hotel. Einem Grandhotel der Luxusklasse."

„Ja."

Kapitel 5
Vermisst

Der Schmetterlingssammler war gut gelaunt zur Arbeit gefahren und hatte Elena alleine im Keller zurückgelassen. Sie hatte ihm zwar versprochen, dass sie weder Radau machen noch schreien würde. Dennoch hatte er sie geknebelt und ermahnt. Sie solle ihm ja nicht dumm kommen oder versuchen, ihn zu verarschen! Ihre Beine hatte er wieder hoch auf die Liege gelegt, ihre Füße aber nicht mehr mit Kabelbindern zusammengeschnürt. Stattdessen hatte er die Fixierungsbänder am Ende der Liege festgeschnallt. Die Decke hatte er ihr wieder übergelegt und war auch Elenas Bitte nachgekommen, das Licht in allen Schmetterlingskästen brennen zu lassen. Kurz darauf hatte er das Haus verlassen.

Es war erniedrigend für Elena gewesen, wie der Entführer sie misshandelt hatte. Sie hatte es erduldet und überstanden, dass er über ihr uriniert hatte und im Anschluss auch ejakuliert. Später hatte er auch sie dazu gezwungen, im Liegen ihre Blase zu leeren, weil sie es irgendwann nicht mehr zurückhalten konnte. Nun ja, auch das war vorbeigegangen. Nur all die kleinen Wunden, die er ihr am Abend zuvor mit den verdammten Nadeln zugefügt hatte, die hatten natürlich gebrannt. Aber selbst das war überschaubar geblieben, und sie hatte wieder ein paar Stunden Lebenszeit geschunden.

Die Beleuchtung in den Sammlerschaukästen spendete wenigstens ein wenig Licht, und sie lag nicht völlig im Dunkeln da. Die Bänder an ihren Armen und Beinen saßen fest, es gab kein Entkommen. Immerhin, sie waren leicht gepolstert und schnürten sie nicht ein. War das schon die gerechte Strafe für eine Serienmörderin wie sie? Gab es doch so eine Art jüngstes Gericht, das nun sein

Urteil über sie sprach? Eine seltsame und grausame Art von Gerechtigkeit?

„Ich meine", sinnierte sie, „so ganz abwegig ist das nicht. Wenn man an meine Leidenschaft fürs Töten denkt. So ganz normal ist das ja nicht, oder?"

Sie musste daran denken, wie Helmut Stöger in ihren Armen sein Leben ausgehaucht hatte. Wie rattenscharf sie dabei geworden war! Das war wirklich das Maximum dessen gewesen, was sie bislang an sexueller Erregung erlebt hatte. Danach hatte sie sich einfach einen wildfremden Kerl schnappen müssen, der sie vulgär durchvögelte. Das war in dem Moment die einzige Linderung gewesen, die sie wieder halbwegs zurückgeholt hatte ins Hier und Jetzt. Doch dieser Trieb, dieser unglaublich packende Trieb zu töten, der würde sie vermutlich nie mehr loslassen.

„War ich von da an eine Gefahr für die Menschheit? Oder früher schon? Würde man mich schuldig sprechen, ein vernichtendes psychologisches Gutachten erstellen und mich dann für immer wegsperren? Mich fixieren, so wie ich hier jetzt liege? Vielleicht nicht gerade nackt, dafür aber in schicker hellblauer Anstaltskleidung?"

Sie rappelte und zerrte an ihren Fesseln, und … es erregte sie. Wenn jetzt nur Alexander hier wäre, und sie so sehen könnte!

„Ja", keuchte sie innerlich. „Ich bin eine lebensgefährliche Frau, ich gehöre angekettet wie ein Tier. Himmel, Arsch und Satansbrühe, komm her, mein Höllenfürst, und nimm mich. Jetzt sofort und auf der Stelle, so wie ich hier ausgeliefert liege. Und dann führ' mich hier raus. Langsam wird's wirklich nervig."

Nach einer halben Stunde aber hatte sie sich beruhigt. Ihr Blick hatte all die Schmetterlingskästen abgesucht und sich dann auf die nach Lackfarbe riechenden Sperrholzplatten gerichtet. Und langsam kroch ihr doch die Angst den Rücken herauf. Die Ahnung, dass die Sache möglicherweise nicht gut für sie ausgehen könnte.

Mit einem energischen Kopfschütteln verscheuchte sie die destruktiven Gedanken und sprach sich Mut zu. „Denk nach, Elena, denk nach! Es muss einen Ausweg geben."

Wollte dieser Irre sie allen Ernstes umbringen? Sie hier zu seinem Ausstellungsstück verarbeiten? Sie mochte ja Fachfrau für absonderliche Gelüste sein, doch auf so eine Idee wäre selbst sie nicht gekommen. Verstörende Bilder wirbelten durch ihren Kopf. Warum musste ausgerechnet sie diesem Abartigen in die Hände fallen? Wo sie doch kaum einen Deut besser war? Der Gedanke biss sich fest. Da musste doch etwas draus zu machen sein? Sie versuchte, sich in die Psyche des Mannes hinein zu versetzen.

„Profiling!", dachte sie und musste trotz des Knebels grinsen. Was würde Emily Prentiss aus ihrer Lieblingsserie *Criminal Minds* in ihrer Lage tun?

„Stell zuerst einen emotionalen Kontakt zu deinem Entführer her. Hol dich aus deiner Opferrolle heraus, mach dich zu etwas ganz Besonderem. Etwas Einmaligem. Damit gewinnst du nicht nur Zeit, sondern baust auch eine persönliche Beziehung zum Täter auf." So hörte sie die klare, sympathische Stimme der FBI-Mitarbeiterin in ihrem Kopf.

„Es gibt aber keinen David Rossi, der mich im letzten Moment rettet, weil der geniale Dr. Reid eine Vision hatte, wo ich bin. Und Hotchner sitzt im Zeugenschutzprogramm. Tja, Elena, Pech gehabt. Und nun?"

Nun war sie eben auf sich allein gestellt. Aber sie war ja auch nicht ohne. Und real.

„Also, Emily, du warst mir immer die Liebste in der Serie und bist es auch heute noch. Weil du so schöne schwarze Haare hast, so schlau bist und ein Stück weit auch ein echt geiles Luder. Aber das dürfen die Amis ja nie soweit heraushängen lassen. Also bleiben auch wir jetzt mal besser sachlich. Persönliche Beziehung aufbauen. Das scheint mir ein Hoffnungsschimmer zu sein. Da mich hier unten niemand retten wird, muss ich es selbst schaffen.

Und ich habe auch schon eine Idee. Unser gemeinsamer Nenner ist die Geilheit, mein lieber Jens. Wusstest du das schon? Nein? Noch nicht? Aber ich weiß es. Schön, dass du mir gestern deinen Vornamen verraten hast."

„Natürlich habe ich nichts mit dem Verschwinden von Elena Scherer zu tun!", erzürnte sich Nils Grödersen, als Poirot den Geschäftsführer nach dem Verbleib der Frau befragte. „Ich war gestern bis spät am Abend hier in der Agentur. Da können Sie jeden meiner Mitarbeiter fragen. Und zwar durchgehend, bis wir alle zusammen das Gebäude verließen und nebenan im *Nacken* noch etwas aßen und tranken. Gegen 23 Uhr war ich zu Hause, das kann Ihnen sowohl meine Frau als auch meinen Navi bestätigen. Da wir aber gerade dabei sind, Herr Detektiv: Ich wäre Ihnen sehr verbunden, wenn Sie die Scherers dazu ermuntern könnten, endlich ihre Rechnung zu begleichen. Es war nämlich ein Haufen Arbeit, den Freizeitpark auf dieses beschissene und völlig untaugliche Grundstück zu zeichnen. Über 30.000 Euro schuldet mir der Halunke inzwischen."

„Das ist verdammt viel Geld! Aber ... wie meinen Sie das, untauglich?"

„Es war nichts weiter als eine Schnapsidee, wenn Sie mich fragen. Ehrlich! So genial sie vom Ansatz her auch ist. Ich will nichts gegen die Lage sagen, die ist im Grunde sogar 1a. Aber leider ist genau dieses Grundstück völlig ungeeignet. Wegen der Hanglage, den Bäumen und ein paar anderen Dingen mehr. Ganz zu schweigen davon, ob man eine Baugenehmigung erhalten würde. Fragen sie mal im Bezirksamt Altona nach, wann zuletzt an der Elbchaussee, zum Wasser hin, überhaupt irgendwas genehmigt worden ist. Und ruhig auch mal beim Amt für Denkmalpflege."

„Verstehe, ja. Ich habe mich auch schon gefragt, wie das gehen soll und konnte es mir nicht wirklich vorstellen. Das nun aber aus ihrem kompetenten Mund zu hören, bestätigt mich nur. Wo wäre es denn machbar gewesen? In der neuen Hafencity? Baakenhafen? Versmannstraße?"

„Ja! Ganz genau da wäre sowas sehr gut umsetzbar und auch nur halb so teuer, weil der Boden eben ist und die Stadt Hamburg es auch noch subventionieren würde. Eigentlich unfassbar dumm, dass man so auf der Elbchaussee beharrt, ganz ehrlich. Total bescheuert!"

„Theoretisch könnte man Ihre Pläne aber, wie soll ich sagen … umsiedeln?"

„Durchaus, ja. Und sich gut 50 Prozent Baukosten sparen."

„Vielen Dank, Herr Grödersen, Sie haben mir wirklich sehr geholfen. Im Gegenzug tue ich Ihnen auch gern einen Gefallen. Ich kümmere mich persönlich um Ihre Rechnung. Mal sehen, was ich machen kann. Hier, meine Karte, falls Ihnen noch etwas einfällt."

„Fehlanzeige, Pia. Grödersen hat ein Alibi. Wasserdicht." Paul telefonierte über die Freisprechanlage aus dem Auto heraus. „Ich habe den Verdacht, dass die Bauzeichnungen nur als Alibi dienten, um etwaige Geldgeber zu beruhigen. Ich schaue mich jetzt gleich bei der HSG um, ist nicht weit, bin gleich schon da. Was gibt's bei euch Neues?"

„Johanna hat eben zurückgerufen. Die geschasste Ringträgerin heißt Ingrid Falter, wohnhaft in der Osterstraße, wie du ja weißt. Das Neue ist, dass sie damals auf der Schiffsparty lange, rotblonde Haare hatte, frisch gefärbt, ein paar Tage vorher. Deshalb haben wir sie auf den Casting-Videos nicht erkannt. Da trug sie ihre Matte nämlich pechschwarz, so wie jetzt auch wieder. Sie ist die Frau, die sich auf der Party längere Zeit mit Elena Scherer unterhalten hat."

„Was?"

„Ja! Ingrid Falters Wissen könnte für Elena mehr als hilfreich sein. Bjarne und ich halten es für sehr gut möglich, dass die Damen bereits Kontakt aufgenommen haben."

„Und dann kam es zum Streit, und Ingrid hat sie entführt? Hm. Diese Möglichkeit schätze ich als vage ein, mehr nicht. Trotzdem sollten wir dem nachgehen und ihr so schnell wie möglich einen Besuch abstatten, oder?"

„Sie wird nicht sehr gut auf Bjarne zu sprechen sein, wenn sie erfährt, dass er der neue Michelson ist und ihren Rauswurf zu verantworten hat. Besser, du sprichst mit ihr. Ich gebe dir ihre Handynummer, Moment."

„Okay, guter Einwand. Noch etwas?"

„Ja, Elena Scherer hatte sich gestern im UKE einen Tag frei genommen, ganz offiziell. Das hat uns die Sekretärin am Telefon bestätigt. Heute allerdings fehlt Frau Doktor unentschuldigt."

„Verdammt! Dann müssen wir alles in Erfahrung bringen, was sie gestern unternommen hat. Mit wem hat sie sich getroffen?"

„Also, von 9 bis 10 Uhr war sie jedenfalls beim Yoga, das haben wir schon herausgefunden. Wir haben vorhin noch mal mit Klaus Scherer telefoniert. Der Typ ist wirklich ziemlich fertig, wie mir scheint. Er hat uns die Telefonnummer von dem Yogastudio gegeben. Dort ist sie wohl zweimal die Woche, vor der Arbeit im UKE."

„Dann müssen wir jetzt herausfinden, was sie zwischen 10 und 15 Uhr gemacht hat. Denn gegen drei kam ihre letzte Nachricht an Scherer, dass sie nun shoppen gehe in der Stadt und danach irgendwo einen Kaffee trinken. Und um kurz nach vier wurde ihr Handy ausgeschalter. Vermutlich von ihrem Entführer."

„Dann muss sie dem Arschloch kurz nach dem Kaffeetrinken in die Hände gefallen sein. Am helllichten Tag. Wo ist eigentlich ihr Auto abgeblieben? Soll ein SUV sein, wie Scherer uns sagte. Hier, das Kennzeichen: HH-ES…."

„Checkt das Navi, wenn ihr den Wagen findet."

„Klar, die Vermisstenanzeige an die Polizei ist ja schon lange raus. Wenn die was finden, melden sie sich. Wir fahren dann sofort da hin und schauen uns um.“

„Fasst nichts an. Wer weiß, vielleicht saß der Entführer mit im Wagen. Die KTU soll sich die Kiste vornehmen. Wir gehen von einem Gewaltverbrechen aus. Die Kripo hat bereits eine Sondereinheit gebildet. Scherer hat alle Hebel in Bewegung gesetzt.“

„Sehr gut, Poirot. Auch wir sind hart am Ball. Haben Scherers Alibi überprüft. Er war gestern tatsächlich um kurz vor acht im *Theo's*. Hat ein T-Bone-Steak gegessen. Die Spezialität des Hauses. Er hat das Restaurant gegen 22 Uhr 30 verlassen. Und vor dem Essen hatte er auch keine Gelegenheit für irgendwelche dubiosen Aktionen. Er ist direkt aus seinem Büro in die Rothenbaumchaussee gefahren. Das bestätigen seine Angestellten. Wir haben auch alle Mitarbeiter gecheckt. Wilhelm, Rüsche und Abel, die uns im Rathaus so hart zugesetzt haben, scheiden unserer Meinung nach aber aus.“

„Wieso?“

„Zu einfältig. Ohne ihren Chef tun die nichts.“

„Und wenn der sie nun beauftragt hat, was dann?“

„Hm, okay, checken wir nach. Wie kommst du darauf? Hast du einen Verdacht?“

„Ja! Denn der gute Scherer wollte mir weißmachen, dass Elena Rudolf Michelson nach einem Sexdate an der Elbchaussee ermordet hat. Allein!“

„Was? Nicht dein Ernst!“, rief Pia in ihr Mobiltelefon. „Er belastet seine eigene Frau? Jetzt, da sie verschwunden ist? Das finde ich aber im höchsten Maße verdächtig, oder?“

„Genau, das finde ich auch. Wir dürfen Scherer auf keinen Fall ausschließen. Möglich, dass er eben doch Komplizen hat, die für ihn die Drecksarbeit erledigt haben.“

„Okay, verstehe, dann müssen wir also doch noch mal ran an Kain und Abel.“

„Rüsche und Abel, Süße!", lachte Paul. Pia war schon auch ein kleines Miststück. Doch sie wurde direkt wieder sachlich.

„Und dann kümmern wir uns noch mal um die Leute, die im Rathaus mit dabei waren. Drei Doktoren, eine graue Maus und ein Behördenchef."

„Macht das, aber seid auch hier konsequent. Lasst euch nicht täuschen von Doktortiteln. Nicht wahr, Herr Professor?"

Bjarne lachte auf im Hintergrund. „Niemals, Herr Meisterdetektiv aus Belgien!"

„Diesen Satz sollte ich mir auch hinter die Ohren schreiben", grinste Pia, als sie das Gespräch beendet hatte. *„Lass dich nie von Titeln täuschen, Stegemann!* Wer weiß, was sich hinter der seriösen Professoren-Fassade noch alles an finsteren Abgründen verbirgt."

„Lust, das ein bisschen genauer auszuloten?", erkundigte sich Bjarne mit Unschuldsmiene.

„Unbedingt! Wahrscheinlich werde ich dabei den Marianengraben entdecken, oder?"

„Das wäre durchaus möglich, ja. Wobei der gerade mal 11.000 Meter tief ist. Das scheint mir doch ein bisschen knapp."

„Leider wird uns die gute Elena noch für eine Weile von einer solchen Expedition abhalten, fürchte ich." Sie trommelte mit den Fingernägeln auf ihr Handy. „Wenn wir sie denn finden. Ich habe irgendwie kein gutes Gefühl. Diese ganze Geschichte wird immer verworrener und undurchsichtiger. Man weiß so gar nicht mehr, wo eigentlich die Gegner sitzen und was sie vorhaben. Manchmal frage ich mich, ob die Fronten im Jahr 1396 wohl klarer verlaufen sind."

„Da habe ich meine Zweifel", murmelte Bjarne. „Wenn du allein daran denkst, was wir gestern Abend alles erfahren haben."

Bis spät in die Nacht hatte das literarische Quartett in der Bibliothek getagt und Seite um Seite verschlungen. Es war fast wie eine Sucht gewesen. Als führe das alte Buch ein Eigenleben und denke gar nicht daran, die wohl ersten Leser seit Jahrhunderten so schnell wieder aus seinem Bann zu entlassen. Da niemand ahnen konnte, wie früh Elenas Entführung sie am nächsten Morgen aus dem Schlaf reißen würde, hatten die Vier sich bereitwillig gefügt.

Nach Isabellas zauberhafter Reise mit den Elbtöchtern hatten sie sich weiterhin an die Fersen ihrer mittelalterlichen Verwandtschaft geheftet. Waren in immer neue Verwicklungen, politische Ränkespiele und erotische Abenteuer eingetaucht, bis Pia schließlich mit brennenden Augen den schweren Band zugeklappt hatte.

„Du hast recht", nickte die Vorleserin nun. „Wir haben natürlich kein Monopol auf beschissene Situationen. Gödeke und seine Crew haben noch viel mehr davon serviert bekommen. Aber sie sind damit fertig geworden, sonst wären wir nicht hier. Irgendwie ein tröstlicher Gedanke, oder?"

Sie schloss die Augen, schickte Elena Scherer für einen Moment zum Teufel, wo sie hingehörte, und lauschte dem Rauschen mittelalterlicher Wogen.

1396
Vor Neuwerk

Sagt mal, Gödeke?", sprach Lars seinen Hauptmann an. Beide Männer hatten sich über die Reling gebeugt und sahen auf den noch weit entfernt aufragenden Turm von Neuwerk. „Wenn der Deutsche Orden irgendwann wirklich Gotland überfällt und wir nicht mehr dorthin können, was machen wir denn dann?"

Die Frage kam etwas unerwartet, zumindest in diesem Moment. Denn auch Michels hatte sich schon darüber Gedanken gemacht, als er alleine des Nachts im Wind gestanden hatte.

„Störtebeker hat es sich wohl auf Helgoland gemütlich gemacht und kundschaftet schon seit einer Weile Friesland aus.“, antwortete er. „Das klingt interessant. Denn wie ich hörte, sind die dortigen Häuptlinge sehr an unserer Gesellschaft interessiert, um sich gewisses Pack vom Hals zu halten. Großfürsten, die nach ihrem Land und nach Unterdrückung trachten. Die Friesen wollen unabhängig bleiben, ein Menschenschlag und eine Einstellung, die uns liegen sollten.“

„Zehn schöne Jahre haben wir in der Ostsee gehabt, Gödeke. Viel Spaß und 'ne Menge Beute gemacht. Weiber, Wein, Gold und Silber. Und Salz! Wer hätte das gedacht, dass Salz so dermaßen wertvoll wird? Was wird erst sein, wenn etwas vergleichbar Süßes auf den Markt kommt? Vielleicht auch als feine, weiße Körnung? Wir könnten auch als Händler ein Vermögen verdienen, so gut wie wir uns auskennen und vernetzt sind. Und ich vermute, dass wir den Pfeffersäcken auch aus diesem Grund ein Dorn im Auge sind. Wir sind konkurrenzfähig. Ob wir nun ihre Schiffe kapern oder nicht. Wir haben allerbeste Handelsbeziehungen und deutlich geringere Kosten.“

„Merkwürdig, Lars. Einen ähnlichen Vortrag hat mir Jana auch letztens gehalten, über die wahren Motive des Deutschen Ordens. Warum man uns loswerden will. Kann es sein, dass sich die Hanse vor allem eine Monopolstellung schaffen will? Geht es immer nur ums Geschäft? Und darum, die lästige Konkurrenz loszuwerden? Mit allen Mitteln?“

„Gut möglich“, nickte Reesenspund nachdenklich. „Im Grunde war es immer nur eine Frage der Zeit, bis die Hanse reagieren und massiv gegen uns Vitalienbrüder vorgehen würde. Denn wir sind stark und mächtig geworden und haben den Handel über die Ostsee nahezu zum Erliegen gebracht. Stattdessen haben wir die Geschäfte selbst übernommen.“

„Schon allein deshalb wird es mir ein ganz besonderes Vergnügen sein, den Berichten der Hanse auf dem Treffen in Hamburg zu lauschen. Magister Wigbold hat mir zwar eine Zwischenrechnung aufgemacht von unseren Beutezügen. Aber nun bin ich mal gespannt, was die Pfeffersäcke wirklich für Verluste eingefahren haben."

Rau lachte er auf, und Lars fiel mit ein. „Dass wir uns überhaupt so lange halten konnten, ist schon ein Phänomen für sich", sinnierte der Hüne. „Unsere Bruderschaft ist rasant gewachsen, und all die gekaperten Schiffe haben unsere Flotte verstärkt. Wir sind eine Bedrohung, Gödeke! Und sie werden uns jagen, bis sie uns vernichtet haben."

„Ja", nickte Michels nachdenklich. „Das werden sie wohl, dessen müssen wir uns bewusst sein. Gegen solch eine gewaltig große Macht wie den Deutschen Orden sind wir absolut chancenlos, das ist sicher. Wenn wir den Kampf auf der Insel annehmen, schlachten sie uns ab. So, wie sie es schon oft mit ihren Gegnern getan haben. Zumal wir überhaupt keine Armee besitzen. Besser also, wir verduften vorher diskret. Heimlich und unauffällig. Auf See könnten sie uns theoretisch auch bekämpfen, wenn die Hanse ihnen hundert Schiffe finanziert. Und auch da würden wir wohl untergehen, um nicht zu sagen: Absaufen." Er blies die Backen auf und stieß dann langsam die Luft aus.

„Es sind zu viele, Lars. Lass sie mit 5.000 Mann ankommen, was dann? Wir haben vielleicht vierzig Schiffe und 2.000 Mann, von denen bestimmt die Hälfte nicht bereit ist, in eine offene Seeschlacht zu ziehen. Es sind Kaperfahrer, die sich gegen schwache Handelsschiffe behaupten können. In dem Fall sind wir stark. Wir sind aber keine Armee, noch nicht einmal Soldaten, sondern eher einfaches Volk, das um sein Überleben kämpft. Wir besitzen noch nicht einmal kriegs- und kampftaugliche Rüstungen. Unsere Armbrustpfeile würden von ihren schweren Kettenhemden und Helmen einfach abprallen." Er schüttelte den Kopf, sein Gesicht wirkte grimmig. „Nein, ein offener Kampf kommt nicht in Frage. Weder zu Land noch zur See."

„Besser is das", pflichte Lars ihm bei.

„Wir sind aber nicht die einzigen Bewohner Gotlands. Wenn sie die Insel komplett annektieren wollen, stehen sie Dänen und Mecklenburgern gegenüber, die sich um die Insel streiten, mit uns aber einen Pakt geschlossen haben. Ich denke, Mecklenburg unter Fürst Erich wird sich zu uns Likedeelern nach Visby zurückziehen, so dass die Ordensbrüder dann die Dänen mit ihrem Heerführer Sven Sture vor sich haben. Den Kirchenmännern ist das egal. Sie machen jeden in einer Feldschlacht nieder."

„Wenn die drei Parteien sich aber einigen, sind wir das Bauernopfer", meinte Lars. „Da der Deutsche Orden von der Hanse den Auftrag hat, uns zu vernichten, geht es für sie erst einmal darum, diesen Auftrag auch auszuführen. Weg mit den Vitalienbrüdern. So sieht's wohl aus."

„Und dann setzen sich die Kirchenmänner fest, und die Mecklenburger und Dänen haben ein Problem. Kämpfen oder aufgeben. Erich und Sture werden es sich sehr gut überlegen, ob sie denn wirklich gegen einen solch übermächtigen Gegner antreten wollen. Das soll aber unser Problem nicht sein, Lars."

Er unterbrach seine Überlegungen, blickte nachdenklich aufs Meer, und auch der Hüne schwieg. Er wusste, dass Gödeke nach einer Weile weitersprechen würde.

„Wenn wir uns aber nach Friesland zurückziehen und die Ostsee aufgeben, wird eines Tages auch dort eine Armada auftauchen. Zwar nicht der Deutsche Orden, aber dann die Hanse selbst unter der Führung der Städte Hamburg und Bremen. Möglich, dass sich auch Brügge und London mit anschließen würden mit ihren Flotten. Gemeinsam gegen die Vitalienbrüder, das lausige Piratengesindel. Das wird der Schlachtruf sein. Vielleicht wenden sie sich dann auch gegen Friesland, wenn wir von dort aus operieren. Ob in einem offenen Konflikt oder politisch, bleibt abzuwarten. Es sieht so aus, als hätten die Pfeffersäcke jetzt die Faxen wirklich dicke."

Gödeke trommelte mit den Fingern auf die Reling. „Aber noch ist das alles Zukunftsmusik. Unser Vorteil ist, dass sie untereinander so stark zerstritten sind. Es wird bestimmt noch mindestens ein, zwei Jahre dauern, bis sie sich zusammengerauft haben und uns gemeinsam als Hanseverbund mit eigener Flotte begegnen können. Unser aktueller Feind wird erstmal der Deutsche Orden sein. Das, was wir auf dem Hanse-Congress erfahren werden, dürfte ziemlich ungemütlich für uns sein, Lars. Dessen bin ich mir bewusst."

„Was meint Ihr, wie lange wir noch so weitermachen können?"

„Tja", Michels rieb sich das bärtige Kinn. „Schwer zu sagen. In der Ostsee vielleicht noch ein gutes Jahr oder knapp zwei. Und dann noch ein Weilchen in der Nordsee. Je nachdem, wo wir Unterschlupf finden. Ich bin jedenfalls zuversichtlich, dass wir die Jahrhundertwende in vier Jahren noch erhobenen Hauptes erleben werden."

„Wenn alles gut geht", murmelte Lars düster.

Gödeke schlug ihm kräftig auf die breite Schulter. „Nu mal kein Trübsal blasen, mien Jung. Dafür, dass wir alle schon seit gut zehn Jahren tot sein müssten, gehenkt, geköpft oder verhungert, geht's uns doch prächtig, oder?"

„Jau! So gesehen geht's uns gut, das stimmt dann man wohl."

Michels zog sich die Jacke aus und blickte gen Elbmündung.

„Käpt`n Walhorn!", rief er, „Sagt, ist es normal, dass es hier so warm ist?"

„Nein, ist es nicht." Der Walfänger starrte auf die vor ihnen liegende Insel mit dem hohen Turm und kratzte sich nachdenklich am Nacken. „Ganz und gar nicht. Ich würde sogar sagen: Hier stimmt was nicht!" Er hielt den Kopf in den Wind, lauschte und witterte, dann zog er die Stirn kraus, und sein Blick verfinsterte sich. „Refft die Segel!", schrie er plötzlich mit übermenschlicher Stimme. „Werft Anker!"

„Was ist los?“, rief Michels ärgerlich. „Seid Ihr noch recht bei Trost? Erklärt Euch auf der Stelle!“

„Gödeke“, keuchte Walhorn, und das blanke Entsetzen stand ihm ins Gesicht geschrieben. „Ich weiß nicht, wie weit Ihr schon herumgekommen seid. Aber ich kann Euch versichern, dass ich schon Wale habe singen hören und dass einen im Nordmeer die buntesten Lichter fast um den Verstand bringen können. Was ich hier im Wind vernehme, ist aber von einem anderen Kaliber. Es erinnert mich an etwas, das ich unten im Mittelmeer, in der Ägäis, zu hören bekam. Hauchzarte, leise, verlockende Gesänge. Diffus, nicht einzuordnen, aber ganz ohne Zweifel vorhanden.“ Misstrauisch schaute er übers Wasser.

„Wir müssen reden, Michels, und zwar wir vier. Denn andernfalls landen wir schneller auf dem Richtbock auf dem Grasbrook, als wir ein Ei pellen oder einen Becher Wein leeren können. Es ist mir ernst! Sehr ernst sogar. Wir schweben schon in Lebensgefahr, bevor wir Hamburg überhaupt erreicht haben. Denn das hier ist ein Vorposten der Hansestadt. Er ist so wichtig für die Hamburger, dass es mich nicht wundern würde, wenn sie sich Neuwerk eines Tages als Stadtteil einverleiben würden. Ritzebüttel an Steuerbord erhebt zwar auch Ansprüche, wird sich aber gegen Hamburg nicht halten können.“

„Walhorn hat recht“, nickte Lars. „Auch mir ist plötzlich unwohl, ein kalter Schauer kriecht mir den ganzen Rücken herauf. Hier stimmt etwas nicht!“

„Was ist los?“, fragte Jana. Auch sie war hinzugetreten, hatte sich der warmen Sachen entledigt und stand nun im Kleid, mit schwarzer Wollstrumpfhose und wehenden Haaren an der Reling. Die letzten Sätze des Waljägers hatte sie mitbekommen. „Wieso ist es so warm hier? Ist das da vorne Mallorca?“

„Gut“, knurrte Michels aufgebracht, ohne auf ihre Bemerkung einzugehen. „Auf ein Gespräch in meiner Kabine. Jetzt! Wir ankern und verbringen hier die Nacht. Denn so lange wird unsere

Unterredung ganz sicher dauern, das kann ich Euch versprechen, Käpt`n ... Walhorn!"

Mit stampfenden Schritten verließ er das Oberdeck und verschwand im Achterkastell. So bekam er nicht mehr mit, wie der schwere Anker ins Wasser klatschte und die Männer die Segel einholten.

„Beruhigt der sich auch wieder?", fragte Walhorn erschrocken.

„Nein", antwortete Lars. „Der ist jetzt mächtig auf Zinne. Aber keine Sorge, über die Planke geht heut keiner mehr von uns. Dennoch, Ihr solltet Euch Eure Worte jetzt gut überlegen, Käpt`n, und Ihr auch, Jana. Denkt daran, wie er vorhin auf Eure Besserwisserei in Sachen Rechtschreibung reagiert hat. Und auch daran, was ich Euch nach der kleinen Abstrafung gesagt habe. Die Lage ist heikel, und Gödeke Michels ist nicht umsonst der Anführer der Vitalienbrüder. Vergesst das nie, alle beide nicht!"

Mit diesen Worten ging auch er davon, folgte seinem Anführer ins Achterkastell. Walhorn und Jana blieben zurück.

Die Livländerin starrte dem Riesen hinterher auf den muskelbepackten Rücken. Das Erlebnis, auf das Lars anspielte, hatte sich natürlich in ihr Gedächtnis gegraben. Wer hätte auch ahnen können, dass ausgerechnet das Thema Orthografie den berüchtigten Hauptmann der Likedeeler in einen solchen Wutausbruch treiben würde? War das ein wunder Punkt? Und wie passte das alles überhaupt zusammen: Einerseits konnte Gödeke angeblich nicht lesen und brauchte Käpt'n Walhorns Unterstützung, um die Hansebriefe zu entziffern. Doch andererseits wusste er durchaus mit Buchstaben umzugehen und sie sogar als geheime Signale einzusetzen. Der Mann war ihr einfach ein Rätsel!

Aber vielleicht gab es ja eine ganz einfache Erklärung dafür. Wahrscheinlich beherrschte er das Alphabet zumindest rudimentär, und es fehlte ihm nur die nötige Übung und Motivation, um sich in einen Text zu vertiefen. Unwillkürlich glitt ein Lächeln über ihre Züge. Sollte er eines Tages seine beträchtliche Energie und Intelligenz auf dieses Ziel richten, würde er sich wahrscheinlich noch zu einem echten Schriftgelehrten entwickeln.

„Alles in Ordnung mit Euch? Nach der Abstrafung?“, riss der Käpt’n sie aus ihren Überlegungen.

Sie wandte sich ihm zu und nickte.

„Ja, alles in Ordnung. Ich bin von Natur aus schon hier und da mal etwas frech. Schon immer gewesen. Sorgt Ihr Euch um mein Wohlbefinden?“

„Nein, nicht wirklich. Wer es schafft, sich heutzutage durchzuschlagen, der muss schon ein dickes Fell besitzen. Und Ihr schafft das ganz wunderbar. Den Hintern versohlt zu bekommen, hat als Kind noch keinem geschadet. Aber einer erwachsenen Frau …?“

Sie errötete und blickte zu Boden. „Das stimmt, ich habe mich fürchterlich geschämt. Aber nun ist es vorbei. Ich habe meine Lektion gelernt.“

„Ich mag Euch, Jana, Ihr seid eine sehr schöne Frau.“

„Oh! Euer Kompliment ehrt mich, vielen Dank. Ihr seid aber auch ein sehr attraktiver Mann. Ich mag Euch auch. Aber nun lasst uns hinterher, ich will nicht schon wieder einen Rüffel erhalten.“

Was wirklich abgelaufen war, nachdem Lars sie über die Schulter geworfen und ins Achterkastell geschleppt hatte, verschwieg sie dem Käpt’n allerdings.

Der Steuermann hatte sie vor der Back auf die Füße gestellt und sie aufgefordert, ihn anzusehen. Mit kalter Stimme hatte er sie angewiesen, das Kleid anzuheben und den Hintern blank zu ziehen. Er müsse tun, was getan werden musste. Er sei Gödeke Michels loyal verpflichtet, dafür müsse sie bitte Verständnis haben. Er tue dies nicht aus freien Stücken heraus, und die Behandlung sei auch nicht von ihm an sie gerichtet. Es würde auch ein wenig zwiebeln, wie er sich ausdrückte. Sei aber nichts Persönliches. Sie würde es einfach durchstehen müssen.

„Und jetzt macht. Rollt die Wollstrümpfe runter!", hatte er befohlen.

Jana hatte den Blick auf die Planken gesenkt und sich zunächst wirklich geschämt. Sie war wütend gewesen, dass sie sich nun vor Gödekes Handlanger entblößen sollte. Doch urplötzlich hatte die absurde Situation dann einen unerhörten, knisternden Reiz entwickelt. So seltsam es war. Sie hatte sich auf die Unterlippe gebissen, ihm in die Augen gesehen, sich ein wenig vorgebeugt und war sich mit beiden Händen unters Kleid gefahren.

„Reicht das so?", hatte sie kokett nachgefragt, nachdem sie die Lederriemchen an den Oberschenkeln gelöst und die langen, dicken Strümpfe hälftig über die Oberschenkel gezogen hatte. Zwar nicht unbedingt die klassische Damenbekleidung bei Hofe, aber für eine zähe Seemanns- und Piratenbraut auf dem Meer und auf den Wellen durchaus wärmend und windabhaltend unter einem derben Wollkleid.

„Nein! Ganz runter, bis zu den Knien."

„Aber …"

„Keine Widerrede! Ich meine es ernst."

Seufzend war sie der Anweisung nachgekommen. Sie hatte sich noch weiter vorgebeugt, ein wenig die Hüften geschwenkt und sich etwas umständlich die Strümpfe bis zu den Knien herunter gezogen. Dabei hatte sie dem Hünen so lüstern wie prüfend auf den Schritt geblickt. Hatte sich da etwas getan? Ein so dermaßen groß gewachsener Kerl, der musste auch ordentlich was zu bieten haben in der Hose. Dessen war sie sich schon lange sicher gewesen. Und jetzt hatte sie unverhofft die Möglichkeit bekommen, es herauszufinden. Selbst wenn es vielleicht nur mit dem Knie oder dem Oberschenkel war.

„Hoch das Kleid!", hatte er angewiesen. „Bis über die Hüften."

Langsam hatte sie den Saum angehoben, ihn höher hinauf geschoben, ihre nackten Schenkel entblößt. Sie war sich vorgekommen wie eine freche Göre, die auf frischer Tat ertappt worden war und nun vom strengen Herrn Lehrer den Hintern voll bekommen sollte. Es hatte auf jeden Fall etwas Erniedrigendes, ja. Anderseits aber auch etwas unfassbar Erregendes. Sie hatte ihre Mitte entblößt, sie ihm hergezeigt.

Und Lars hatte genau hingesehen. Der Mund war ihm trocken geworden. Das blondgelockte Dreieck schien recht gepflegt zu sein. „Und jetzt umdrehen, Oberkörper und Arme über die Back."

Abermals war sie seiner Anweisung nachgekommen, hatte ihm endlich willig ihren nackten Hintern entgegen gestreckt. Der Steuermann war seitlich neben sie getreten, hatte ihr zunächst mit der rechten Hand über ihre Pobacken gestrichen und ihr dann die ersten Klapse gegeben. Jana hatte nicht gezuckt, sondern es sogar auch ein wenig genossen.

Schließlich aber hatte er den linken Arm um ihre Hüften geschlungen, das hochgezogene Kleid festgeklemmt und geknurrt: „Und los geht's!"

Schon hatte es die erste Abfolge von Schlägen gesetzt. Sie hatte es eine Weile ausgehalten, doch Lars hatte schon nach kurzer Zeit die Intensität und auch das Tempo erhöht. Bald darauf hatte es doch sehr gut hörbar im Raum geklatscht. Kurz darauf hatte Jana auch aufgeschrien, zu zetern begonnen und mit den Beinen gestrampelt. Doch unerbittlich hatte seine starke rechte Hand auf sie eingeschlagen. Rosa hatte sich zunächst das Fleisch verfärbt, aber bald schon war es rot geworden und dann auch dunkelrot.

„Bitte Lars, aufhören! Ich kann nicht mehr", hatte sie schließlich gekeucht, war den Tränen nahe gewesen. „Es reicht. Bitte! Ich habe meine Lektion gelernt."

Er hatte genickt, ihr auf den gut durchbluteten Schinken geblickt und von ihr abgelassen. Sie aber immer noch mit dem anderen Arm festgehalten. Wenn auch nicht mehr so fest wie ein

Schraubstock. Als er ihr sanft über die Pobacken gestrichen hatte, war sie abermals zusammengezuckt. Die unerwartet zarte Berührung hatte in einem solch krassen Widerspruch zu den Schlägen gestanden, dass sie ebenfalls fast wehgetan hatte. Laut keuchend hatte sie über dem Tisch in seinem Arm gehangen und für einen besseren Stand die Füße ein wenig weiter auseinander gestellt. Natürlich war er da nicht umhin gekommen, ihr auch mit einem Finger durch die Poritze zu streichen. Und auch noch tiefer hinunter über ihre Spalte.

Als er weder eine Unmutsäußerung noch eine Gegenwehr verspürt hatte, war er erneut zu dieser Reise aufgebrochen. Sodann war er sehr zielführend von hinten über ihre Ritze hinaus gewandert, zwischen ihre Schamlippen. Und hatte eine Fingerkuppe in den feuchten Abgrund getunkt.

„Wusst' ich's doch, dass dir die Behandlung auch gefallen würde", hatte er gegrinst und den Finger noch weiter hineingeführt. „Aber dass du so dermaßen nass sein würdest, das hätte ich nun nicht erwartet."

Leise hatte sie zu stöhnen begonnen, hatte das plötzliche Fingerspiel sehr genossen.

„Was bist du nur für ein Luder!", hatte er festgestellt und war nah an sie heran gerückt. „Nass wie ein Schwamm und scharf wie Brennnesseln!"

„Oh ja, das bin ich!", hatte sie gekeucht. Zeit, die Beine noch ein wenig weiter auseinander zu stellen und den Oberschenkel wie geplant gegen seinen Schritt zu drücken. Sein Finger in ihrer Möse hatte sich herrlich dick angefühlt, und sie hatte sich gefragt, ob es sein Riemen wohl auch war? „Würde mich sehr wundern, wenn nicht", hatte sie gedacht. „Ich hätte große Lust, mal anzufassen."

Und er hatte ihr den Gefallen getan, ihr seinen Kolben gierig an ihren Schenkel zu pressen. Seine Härte und Dimensionen hatten nichts zu wünschen übrig gelassen. Was nicht sonderlich verwunderlich gewesen war, denn so ein heißes Frauenzimmer war ihm bislang auch noch nicht in die Hände gefallen. Er hatte gewusst, wie weit er gehen konnte. Likedeeler teilten sich alles. Besonders auch die erbeuteten Weiber. Es gab keine Grenzen, nur unversehrt hatten sie zu bleiben, wenn sie denn bereits eingeritten waren. Und das war Jana, das hatte Lars mehr als einmal laut und deutlich mitbekommen. Roh hatte er also zugepackt, die feinen, strammen Arschbacken geknetet. Sich dazu durch die Hose das knochenharte Glied an ihrem nackten Oberschenkel gerieben und ihr kurz darauf abermals den dicken Mittelfinger eingeführt. Tief hinein. Jana hatte aufgestöhnt, war wahrlich laut geworden. Sie war in Hitze geraten und hatte mehr gewollt als nur einen Finger.

„Na los! Hol ihn raus, deinen steinharten Mast, und fick mich endlich, du elender Mädchenarschversohler. Oder traust du dich nicht?"

Oh doch! Und gedurft hätte er auch. Niemand wäre Jana zu Hilfe gekommen, und sie … Sie hätte vermutlich auch nicht um Hilfe gerufen. Sie war aus besonderem Holz geschnitzt, so wie er auch. Sie taten sich nichts, schenkten sich nichts. Sie waren eine Familie, und das wussten sie beide auch.

„Du glaubst, du bist eine Vitalienschwester, Luder?", hatte er geknurrt und sie härter gefingert. „Doch täusch dich da mal nicht, noch fehlt eine Kleinigkeit."

Jana hatte aufgeschrien, vor Lust und Gier, ihre Raserei hatte ihren ersten Höhepunkt gefunden. Der Finger in ihr, so dermaßen geschickt, es schüttelte sie durch.

Lars hatte zufrieden genickt. „Was bist du doch für ein heißer Vulkan, und deshalb … Werde ich dich nun gleichzeitig taufen und dir das geben, was der Anstand gebietet."

„Der Anstand?", hatte sie japsend nachgefragt, kein Wort davon verstanden, was er da fantasierte. Stattdessen hatte sie nur gespürt, wie sein linker Arm sie wieder fester an der Hüfte umschloss. Im nächsten Moment hatte er ihr den Finger entzogen, und schon hatte es erneut sehr laut im Achterkastell geklatscht, lauter als noch zuvor. Lars hatte ihr weiter den Hintern versohlt, jetzt aber mit einer gehörigen Portion Wut im Bauch. Hatte sie wirklich geglaubt, er besäße keine Eier? Hatte sie ihn bloßstellen wollen, als sie andeutete, dass er sich nicht traute? Links und rechts war seine mächtige Pranke anständig auf die prallen Arschbacken niedergesaust. Schon hatten sich auch wieder die Spuren abgezeichnet.

„Du wirst meinen Kolben noch oft genug zu spüren bekommen, verlass dich darauf. Doch dann, wenn ich es will und es mir beliebt. Strafe muss sein, das genau hat Gödeke damit gemeint."

Durchdringend hatte sie geschrien, dass es über die *Talliska* gehallt war. Und vielleicht auch bis nach Neuwerk hin, so wie gewünscht. Käpt'n Walhorn hatte zusammen mit Gödeke Michels am Ruder gestanden und gespürt, wie sich ihm die Nackenhaare vor Entsetzen aufstellten. Der Seeräuber jedoch hatte versonnen übers Wasser geblickt und kaum merklich mit dem Kopf genickt.

Die Delinquentin im Achterkastell hatte derweil mit den Beinen gezappelt und gestrampelt, mit den Armen gerudert, die Fäuste auf die Back geschlagen. Geschrien und geheult. Tränen waren ihr übers Gesicht getropft, der kalte Schweiß war hervorgetreten und hatte oben das Kleid genässt. Doch Lars hatte sie festgehalten.

Einmal noch waren seine Finger durch ihre nasse Spalte geglitten, zu zweit tief ins überlaufende Loch eingedrungen und hatten sich kräftig in ihr bewegt. Es war nicht mehr auszumachen gewesen, ob Janas Schreie dem Schmerz oder der Wollust entsprangen.

„Du geiles Stück!", hatte der Steuermann geknurrt und sie weiter gefingert, bis ihr die Nässe an den Schenkeln herablief. Dann hatte er abrupt die Behandlung beendet. Von ihr abgelassen, sich auf den Stuhl gesetzt.

Jana war mit dem Oberkörper auf die Back gesunken, hatte noch ein paarmal nachgeschluchzt. Als sie wahrnahm, wie er sich wieder erhob, war die Panik ihr ins Genick gesprungen. Sie hatte erschrocken den Kopf gehoben, zu ihm hin gesehen.

Doch für ihn war die Session beendet gewesen. Er hatte etwas Wein in zwei große Silberbecher eingeschenkt.

„Setz dich!“, hatte er knapp gesagt. „Und hör mir jetzt gut zu. Na los, es ist vorbei. Du hast es überstanden, und so wie ich es sehe, sogar mehr noch als das.“

„Wie … wie meinst du das?“, hatte sie zögernd gefragt und war seiner Anweisung nachgekommen. Sie hatte das Kleid fahren lassen, sich rasch bedeckt und auch die zittrigen Beine geschlossen. Mühsam hatte sie sich wieder aufgerappelt.

„Zieh am besten das Wollding direkt ganz aus. Du kannst gleich an Oberdeck deinen erhitzten Knackarsch an der frischen Nordseeluft kühlen, wirst sehen, in einem Glasen ist alles wieder so wie vorher.“

„Kennst dich wohl bestens aus, was?“, hatte sie wütend hervorgestoßen, sich aber doch lieber die Strumpfhose wieder hoch gezogen. Sie war durch den Wind gewesen, man musste es so sagen. Durch einen fauchenden Nordsee-Sturm, wenn man ganz ehrlich war. Zu intensiv die Emotionen, zu rätselhaft und widersprüchlich. Scham und Lust, Wut und Erregung, Ohnmacht und Gier. Und Schmerz. Vermischt zu einem Gebräu, das einem die Sinne auf links drehen konnte.

So wirr wie ihre Gedanken waren auch Janas Empfindungen gegenüber Lars Reesenspund gewesen. Ihre Blicke hatten vergifte Pfeile auf ihn abgeschossen. Sie war aber doch neugierig gewesen, wie sich die Situation nun weiter entwickeln würde. Bislang hatte sie den Steuermann durchaus als blitzgescheiten Kerl kennengelernt, der problemlos in der Lage war, auch tiefsinnige Gespräche zu führen. Was mochte er ihr nach dieser absurden Szene zu sagen haben?

Mit zusammengebissenen Zähnen hatte sie sich die Hinterbacken gerieben. Es hatte höllisch gebrannt, doch hatte der Schmerz schon zu vergehen begonnen. Ja, sie hatte Platz nehmen und sitzen können. Das hatte sie zunächst vorsichtig ausprobiert, bevor sie sich vollends auf dem Stuhl niedergelassen hatte. Sie war sauer auf Lars gewesen, gar keine Frage. Und dies auch zu Recht. Aber ein wenig hatte auch noch ihr Orgasmus in ihr nachgeklungen, was ihr unvermittelt ein Schmunzeln auf die Lippen gezaubert hatte. Auch das hatte der Kerl natürlich registriert.

„Na also“, hatte er gegrinst und war im nächsten Moment auch schon wieder ernst geworden. „Hör jetzt zu und vergiss nie, was ich dir sage! Deine Abstrafung war berechtigt, denn niemand stellt Gödeke Michels jemals öffentlich in Frage. Weder ich noch Klaus Störtebeker und am wenigsten du. Was ihr später zu zweit in der Koje bekakelt, wenn ihr allein seid, das ist eine andere Sache. Das geht keinen etwas an.“

Er musterte sie nachdenklich. „Und wenn ich dir sage, dass du sogar noch Glück gehabt hast, weil er dich mag, hm? Was sagst du dann?“ Er lächelte über ihren skeptischen Blick. „Doch, ich meine es ernst. Ich sah mal einen Bremer, den schickte er über die Planke, weil der ihn im Kampf an der Wange erwischt und es nicht für nötig befunden hatte, sich dafür vor versammelter Mannschaft zu entschuldigen. Erst auf der Planke, unter ihm die tosende See, da fing er plötzlich an zu winseln. Doch da war es natürlich längst zu spät. Hüte deine Zunge, Jana, das gebe ich dir als freundschaftlichen Rat für deine zukünftige Piratenlaufbahn mit auf den Weg.“

Sein Lächeln war wärmer geworden. „Ich mag dich wirklich sehr, und ich verspreche dir eins: Wir werden noch mehr miteinander vögeln, als du es zu träumen wagst. Nicht nur mit meinem Finger weiß ich gut umzugehen, wenn ich das mal so unbescheiden sagen darf. Und ich sehe ja, was du für eine heiße Stute bist. Mir hat‘s sehr gefallen, was eben geschah. Ich mag es, wenn‘s wild zur Sache geht, mit viel Geschrei und Gestöhne. Doch soll dies jetzt nicht das Thema sein.“

Sein Blick war voll Wolkenschatten, als seine Gedanken einen neuen, fremden Kurs setzten. „Gödeke Michels ist unser aller Anführer. Auch meiner. Schon sehr lange fahren wir gemeinsam zur See und ziehen in die Schlacht. Nach Weibsvolk hat uns dabei nur wenig der Sinn gestanden, das will ich dir sagen. Außer zum Vögeln und Einreiten natürlich, klar. Aber eine Vitalienschwester? Daran habe ich bisher nie gedacht. Was soll das sein? Ich könnte mir vorstellen, dass diese Frauen genauso im Bund vereinigt stehen wie die Männer auch. Sie bekommen weder eine Sonderbehandlung zugesprochen noch sonst eine Extrawurst. Sie haben ihre Frau zu stehen, wenn ich das so sagen kann …" Er zögerte einen Moment und strich sich etwas ratlos über das Kinn. „Ich weiß es doch auch nicht, ehrlich gesagt. Du bist überhaupt die erste, die diese Würde erhalten wird."

„Werde ich das denn?" Ihre Stimme hatte ein bisschen zaghaft geklungen. „Ich meine … so ganz offiziell?"

„Das will ich doch wohl hoffen, denn so eine wie dich können wir wahrlich gut gebrauchen. Eine wahre und echte Likedeelerin."

Rau hatte er aufgelacht, und sie hatte die versauten Gedanken in seinem Kopf geradezu hören können. „Normalerweise ist so eine Neuaufnahme immer mit ein paar Ritualen verbunden. Welcher Art die sind, kannst du dir vielleicht denken, meine Schöne. Aber ich werde mich dafür einsetzen, dass du deine Taufe soeben schon empfangen hast. Der Lärm, den du und dein geiler Arsch hier veranstaltet habt, wird dies bestätigen. Na ja, vielleicht kommt es auch noch zu einer kurzen Vorführung als Beweis. Allerdings sollte dies dann schnell geschehen, denn die Rötung nimmt bereits wieder ab. Das weiß ich. Aus Erfahrung."

„Aus Erfahrung? So so!"

Er nickte. „Aber eins noch. Denk nicht, dass du noch einmal so glimpflich davonkommst. Meine Abstrafung eben war lediglich als Warnung gedacht. Solltest du dir noch einmal einen solchen Lapsus erlauben, kann es durchaus sein, dass Gödeke heftiger reagieren wird. Dich zum Beispiel nackt an den Mast bindet. Ob er dich dann peitscht oder vögelt oder dich von der gesamten Mannschaft durchficken lässt, weiß ich aber nicht. Alles kann möglich sein, selbst eine Runde Nacktbaden im Meer, mit einem Seil um die Hüfte. Und jetzt komm her. Stoß mit mir an, trinken wir einen Schluck und dann nichts wie raus hier."

All dies erzählte Jana Käpt'n Walhorn natürlich nicht. Stattdessen blieb sie noch einmal stehen, drehte sich zu ihm um und sah ihm neugierig in die Augen. „Sagt, seid Ihr bereits ein echter Vitalienbruder? Mit Aufnahmeritual und allem?"

Überrascht erwiderte er den fragenden Blick. „Ja, das bin ich. Was hatte ich auch schon für eine andere Wahl? Genau wie Ihr war ich ein Gefangener Gödekes und hegte ebenfalls nicht die Absicht, auf Gotland zu versauern. Doch wenn Ihr meint, ich würde Euch jetzt davon erzählen, dann täuscht Ihr Euch. Tut mir leid. Doch soviel ich weiß, ist es jedes Mal ein anderes Ritual. Eines bleibt dabei allerdings immer gleich."

„Was denn?

„Das werdet Ihr vermutlich noch erleben. Tut aber weitaus weniger weh als eine saftige Popoklatsche."

Er lachte auf, nahm ihren Kopf in beide Hände, zog ihn zu sich heran und gab ihr einen satten Kuss auf den Mund. Sie ließ es geschehen, starrte ihm überrascht in die Augen. Doch dabei blieb es, nur ein einziger Kuss. Dann schritt er selbst voran ins Achterkastell. Jana folgte ihm auf dem Fuße.

Gödeke Michels hatte sich insofern wieder beruhigt, dass auf seiner Back in der geräumigen Kapitänskajüte vier schwere Silberbecher bereit standen und ein großer Krug Rotwein. Er selbst saß vornüber gebeugt auf einem Stuhl und hatte eine Hand auf das Knie gestützt. Etwas Lauerndes lag in seinem Blick, doch seine Augen verrieten nicht, an was er dachte.

Janas Herz klopfte vor Aufregung. So hatte sie ihren Gödeke noch nicht gesehen. Keine Frage, der Mann war gefährlich. Sie tat das einzig Richtige, setzte sich abseits von ihm an den Tisch und schwieg. Dabei dachte sie über das eigenartige Gefühl nach, das das Wort „Ritzebüttel" in ihr ausgelöst hatte. Walhorn hatte es so seltsam betont und sie dabei mit einem merkwürdigen Blick angesehen, der ihr unter die Haut gekrochen war.

Der Käpt'n selbst nahm Jana gegenüber Platz, und Lars setzte sich schräg neben seinen Anführer an die Längsseite des Tisches. Mit einer unwirschen Geste befahl Michels der Frau, Wein einzuschenken, ohne sie direkt anzuschauen oder anzusprechen. Jana zitterten ein wenig die Hände, als sie reihum die Becher füllte.

„Dir auch!" Sein Befehl klang energisch, aber nicht mehr wütend. Der Sturm schien sich vorerst gelegt zu haben. „Nun denn", sprach er, nachdem sie sich wieder gesetzt hatte. „Wir leeren jetzt unsere Becher nach alter Likedeeler Art in einem Zug. Und dann reden wir!"

Jetzt sah er doch Jana an, und zwar mit strengem Blick in die Augen. „Auch du!", schien sein Blick zu sagen. „Und ziere dich ja nicht!"

„Achtel Gallone! Nich' lang schnacken, Kopp in Nacken!", rief der Hauptmann der Likedeeler, und sie hoben an. Fast zeitgleich knallten er und Lars ihre Becher kurz darauf zurück auf den Tisch und wischten sich mit dem Handrücken über den Mund. Als Walhorn kurz darauf als Dritter folgte, hatte Jana ihren Pokal noch nicht einmal zur Hälfte geleert. Drei Paar Augen auf sich gerichtet, trank sie tapfer weiter. „Ich bin eine Vitalienschwester!", so zuckte es ihr durch den Kopf.

„Ho ho ho ho ho ho ho …" Rhythmisch klopften die Männer die Handflächen auf den Tisch. So lange, bis Jana letztendlich auch ihren Becher mit weit aufgerissenen Augen und offenem Mund auf den Tisch krachen ließ. Entgeistert blickte sie auf die Männer, und dann entfuhr ihr ein ohrenbetäubender Rülpser.

Doch als sie sich mit dem Handrücken über den Mund wischte, funkelten ihre blauen Augen bereits wieder und ein breites Grinsen legte sich über ihre Lippen.

So kam Jana zu ihrem ersten auf Ex getrunkenen Pint Rotwein. Die Männer nickten und grinsten ebenfalls um die Wette, Walhorn und Lars johlten sogar

Gödeke erhob sich und sprach: „Wir haben eine neue, unsere erste Vitalienschwester im Bunde. Sei uns willkommen, Likedeelerin Jana Kalaschnikova aus Kaunas in Litauen. Ein großer Silberbecher Rotwein auf Ex, das hatte noch gefehlt. Deine Taufe hast du ja vorhin schon bekommen, wie Lars mir soeben erzählt hat. Und so wollen wir ein Lied anstimmen, dir zu Ehren."

Er summte ein paar Takte einer bestimmten Melodie, in die Lars sofort mit einfiel, dann sangen sie los.

„Wildes, schäumendes, brausendes Meer!
Rollende Wogen, von wo kommt ihr her?
Pfeilschnelle Möwen, was sagt euer Schrei?
Endloses Meer, nur auf dir bin ich frei!"

Das letzte Wort der Strophe riefen sie laut, aus vollem Herzen und Halse. Sodann füllte Gödeke die Becher auf und nahm wieder Platz. „Und nun sprecht, Käpt`n Walhorn."

2018

Sprich mit mir, Pia! Wenn ich mir Dein Gesicht so anschaue, würde ich ja zu gerne deine Gedanken lesen können. Träumst du?"

Es war nicht ganz leicht, in die nüchterne Wirklichkeit des Büros in der Hamburger Speicherstadt zurückzufinden. Nein, die amüsierte Stimme stammte natürlich nicht von einem mittelalterlichen Seefahrer. Sondern von einem Meeresforscher auf Abwegen, der ganz entschieden ins 21. Jahrhundert gehörte. Obwohl seine Piraten-Ambitionen in mancher Hinsicht nichts zu wünschen übrig ließen. Pia seufzte. Sicher war es nicht angeraten, jetzt ebenfalls einen großen Becher Rotwein auf Ex zu leeren, oder? Denn ob sie dann in nächster Zeit eine Spur zu Elena Scherer finden würden, wagte sie doch erheblich zu bezweifeln.

„Entschuldige!", sagte sie also leicht zerknirscht. „Ich war tatsächlich für einen Moment ins Jahr 1396 abgetaucht. Ich musste gerade an Jana denken und an ihre Taufe."

„Was du nicht sagst." Bjarne wusste natürlich sofort, welche Bilder ihr dabei durch den Kopf gingen.

Sie schmunzelte. „Das war eine ziemlich plastische Schilderung, was? Die neue Likedeelerin, hin und her gerissen zwischen ihrer Wut und all den anderen Empfindungen, die sie noch gar nicht richtig einordnen konnte. .Sehr nachvollziehbar, finde ich. Eigentlich hätte sie mir ja leidtun müssen, wenn man bedenkt, was Gödeke und Lars sich ihr gegenüber geleistet haben. Komischerweise war aber das Gegenteil der Fall."

Bjarne nickte. Auch ihn hatte vieles von dem beeindruckt, was die Freunde am Abend zuvor gelesen hatten. Doch Janas Züchtigung und ihre Reaktion darauf hatten zweifellos zu den Höhepunkten gehört.

„Ich denke auch, dass Mitleid hier nicht angebracht ist", bestätigte er. „Jana ist eine Kämpferin. Sie mag den Männern auf diesem Schiff körperlich unterlegen sein, in jeder anderen Hinsicht aber sicher nicht. Selbst Gödeke wird sie nicht brechen können, selbst wenn er es wollte. Was ich nicht glaube."

Der Stift in seiner Hand vollführte eine Bewegung, die einem Dolchstoß ähnelte. „Unter ihrer schönen und erotischen Fassade ist diese Frau eine Klinge auf zwei Beinen. Ich glaube, der Herr Piratenkapitän wird sich noch wundern, wen er sich da an Bord geholt hat. Er mag Jana jetzt schon verändert und eine andere

Facette ihrer Persönlichkeit zum Funkeln gebracht haben. Aber ich bin fast sicher, dass diese Begegnung auch an ihm nicht spurlos vorüber gehen wird."

„Das kann ich mir auch vorstellen, ja. Ich bin gespannt, was sich daraus entwickeln wird. Und weißt du, worauf ich mich fast noch mehr freue?" Pias Gedanken schweiften zu der zweiten Frau, die gestern Abend so überaus lebendig aus den vergilbten Seiten gestiegen war. „Ich bin unglaublich neugierig auf den Moment, wenn Gödeke und Isabella aufeinandertreffen. Das wird sicher noch mal eine besondere Konfrontation! Hältst Du Isabella denn auch für eine Klinge auf zwei Beinen?"

„Nein. Isabella ist ein Säckchen Einhorn-Pulver. Wenn du da als Mann nicht aufpasst, hat sie dich im Handumdrehen in einem Netz aus deinen eigenen Schwächen eingewickelt. Bevor du es merkst, weißt du nicht mehr, wo oben und unten ist. Und es gibt kein Entrinnen. Fantasie kann eine sehr gefährliche Waffe sein."

1396
Schauspielunterricht

„Nein, nein, nein, Schluss jetzt! Aufhören!" Isabella schlug mit der flachen Hand energisch auf ihr Pult, um sich Gehör zu verschaffen. „Ihr klingt ja wie ein Rudel hysterischer Hyänen! Wer soll denn da in Stimmung kommen?"

Kopfschüttelnd musterte sie die jungen Frauen, die vor ihr in den Schulbänken saßen und einigermaßen ratlos dreinschauten. Langsam beschlich sie der Verdacht, dass dieses Engagement als Dozentin für verdorbenes Schauspiel ihr Nervenkostüm noch auf eine harte Probe stellen würde.

Sie war in dieser Angelegenheit aber auch ganz schön ins kalte Wasser geworfen worden! Kaum hatte sie den Boden der Insel

Neuwerk betreten, war sie auch schon dem Gründer der Huren-Akademie über den Weg gelaufen. Dieser hatte sich als etwas undurchsichtiger Mensch entpuppt, der ihr nicht einmal seinen Namen verraten wollte. Er werde allgemein nur *Der aus den Alpen* genannt, so hatte er erklärt.

Wie um diese Unhöflichkeit wettzumachen, hatte er sie zu ihrer Verblüffung allerdings mit einem galanten Handkuss begrüßt. Ob das in seiner alpinen Heimat üblich war? Oder lag es an seinem familiären Hintergrund? Man munkelte ja, dass er aus österreichischen Adelskreisen stamme und sich häufig im östlichen Ausland aufhalte. Ob da etwas dran war? Wie auch immer: Er war geradezu begeistert gewesen, als Isabella sich vorgestellt und ihm Friedrich Auerlands Empfehlungsschreiben ausgehändigt hatte.

Hochgewachsen war der Herr der Insel und schlank. Sein Gesicht markant, darin hervorstechend ein wahrer Zinken von Hakennase. Das braun-schwarze, schon leicht ergraute Haar trug er lang. Das führte dazu, dass er bei dem ortstypischen Wind ständig damit beschäftigt war, sich die Strähnen aus dem Gesicht zu wischen. Isabellas erster Impuls war es gewesen, ihm ein Haarband oder dergleichen zu schenken, damit er sich die glatte Pracht zu einem Pferdeschwanz oder Dutt binden konnte. Denn dass eine gewisse Extravaganz dem Mann nicht fremd war, das hatte sie aus jeder Faser seiner imponierenden Erscheinung schillern sehen.

Seinen langen, schwarz-silbernen Gehrock hatte er offen getragen, darunter eine schrill-grüne Weste über rosafarbenem Hemd. Auch die Hose war ziemlich überraschend geschnitten gewesen: Oben herum weit gehalten, hatte sie mit einem Lederband gebunden kurz unterhalb der Knie geendet. Ein Paar lange Kniestrümpfe aus warmer Wolle und merkwürdig dicksohlige Schuhe hatten die seltsame Aufmachung *Des aus den Alpen* abgerundet.

Isabella hatte sich das Kinn gerieben und ihm aufmerksam in die grau-grünen Augen gesehen. Keine Frage, dieser Mann besaß Mut zur Farbe und zur Auffälligkeit. Und darüber hinaus wohl auch noch ganz andere, womöglich leicht dubiose Eigenschaften, die er geschickt verbarg. Wer zur Hölle war dieser Kerl?

„Euch schickt der Himmel!“, hatte er gestrahlt und ihr auch gleich sein Problem geschildert: Erst vor kurzem hatte auf seiner Insel ein Sturm gewütet, und so hatte er nun alle Hände voll damit zu tun, die Schäden reparieren zu lassen und das angeschwemmte Strandgut zu sichten. Doch damit nicht genug. Zu allem Überfluss war ihm gerade jetzt auch noch eine Lehrkraft ausgefallen. Der Experte für Orgien unter freiem Himmel musste leider ebenfalls in die Unwetterbilanz eingerechnet werden.

Der Pechvogel hatte es sich einfach nicht ausreden lassen, mitten im Sturm den sicheren Turm zu verlassen und in seinem kleinen Outdoor-Paradies nach dem Rechten zu sehen. Die Freilichtbühne, auf der er seinen Unterricht abhielt, war schließlich sein ganzer Stolz: All die stilecht aus knorrigem Treibholz gezimmerten Lotterbetten am Strand. Die zu seemännischen Fessel- und Peitschenspielen einladenden Bojen und Schiffsmasten. Und vor allem seine Meeres-Menagerie! Wo sonst gab es einen ganzen Skulpturenpark, in dem aus Holz modellierte Wasserwesen zu den fantasievollsten Stellungen und Spielen einluden? Zu seinen klaren Favoriten gehörte der Delfin, auf dessen pfahlgleicher Rückenflosse sich schon so manche Reiterin in die Ekstase katapultiert hatte. Doch auch der Seestern hatte seine Reize, wenn eine Frau auf ihm hingestreckt lag, die Hand- und Fußgelenke an seine gespreizten Arme gebunden.

Der unglückselige Dozent hatte den Gedanken nicht ertragen, dass all diese Kunstwerke von der tobenden See hinweg gerissen werden könnten. Sein Lebenswerk schien in Gefahr zu sein. Also hatte er alle Warnungen in den Wind geschlagen und sich den tobenden Elementen entgegengestellt. Hatte versucht zu sichern, was zu sichern war. Nur, um von einem herumwirbelnden Brett am Kopf getroffen und vorübergehend außer Gefecht gesetzt zu werden.

Er würde sich zweifellos wieder erholen, doch das konnte ein paar Tage dauern. Und nun saß da eine Klasse unbeschäftigter Hühner herum. Gackerte. Langweilte sich. Stritt. Zickte. Tat also kurz gesagt alles, um den Akademie-Leiter an den Rand einer Explosion zu treiben. Ob Isabella sich wohl der Truppe annehmen könne? Leichtsinnigerweise hatte sie zugesagt.

Also saß die frischgebackene Vertretungs-Lehrerin jetzt in einem Klassenzimmer im Turm der Insel und wusste nicht weiter. Ihr kreatives Unterrichtsfach war bei den Mädchen zwar durchaus auf Interesse gestoßen. Ein Mann, der sich für den prächtigsten Hengst des Universums hielt, rückte schließlich gerne mal ein paar Münzen mehr heraus. Und wenn ein Kunde nicht mit piratischen Stecher-Qualitäten gesegnet war … Nun ja, dann musste man ihm eben etwas mehr Begeisterung vorspielen, als man tatsächlich empfand. So weit, so klar. Bei der praktischen Umsetzung dieser einfachen Theorie haperte es allerdings gewaltig.

Isabella hatte erst einmal den Leistungsstand der Klasse überprüfen wollen. „Zeigt eure Lust!", hatte sie die Schülerinnen aufgefordert. „Und zwar nur mit eurem Gesicht und eurer Stimme."

Das Ergebnis war niederschmetternd gewesen. Zu schrill die Töne, zu falsch, zu künstlich. Der Mund zu theatralisch aufgerissen. Die Augen verdreht wie bei Wüsten-Reisenden, die röchelnd zu verdursten drohten. Mitsamt ihrer Kamele, wenn man seinen Ohren trauen durfte. Für extrem anspruchslose Kerle, die schon seit Monaten keine Frau gehabt hatten, mochte das genügen. Wenn sie halb taub waren. Oder betrunken. Aber für ein exklusiveres Publikum, wie es Friedrich Auerland und den anderen Repräsentanten der Stadt Hamburg vorschwebte?

Isabella seufzte. Völlig hoffnungslos! Die Mädchen wussten ja nicht einmal, was sie falsch machten. Aber vielleicht war das der Knackpunkt! Wenn man ihnen den Unterschied zeigte … Ja, vielleicht war es Zeit für eine kleine Demonstration!

„Die weibliche Lust hat viele verschiedene Gesichter", dozierte sie also, während sie ihre Hand langsam ihren Hals hinab wandern ließ. „Mal ist sie ein sanfter, schnurrender Genuss …"

Sie lehnte sich nach vorn auf das Pult, rieb ihre Brüste leicht über das Holz. Kurz blätterte sie im Kopf durch das Album ihrer erotischen Erinnerungen, um eine dazu passende Szene heraufzubeschwören. Schon wand sie sich wieder unter den spinnwebzarten Berührungen von Seidentüchern, die unerträglich leicht über ihre Haut glitten – in fliegendem Wechsel mit den geschickten Händen, Lippen und Zungen des Kaufmanns-Trios aus Venedig, das mit diesen Stoffen handelte.

„Es kann auch eine süße Qual sein. Eine drängende, alles verschlingende Sucht, die um jeden Preis befriedigt werden will. Die Euch dazu bringt, unerhörte Dinge zu tun, die Ihr Euch nie vorstellen konntet."

Isabellas Gesichtsausdruck und ihre Körperhaltung veränderten sich völlig. Langsam glitt sie von ihrem Stuhl zu Boden. Saß da wie eine Raubkatze auf allen Vieren, den Rücken zu einem Hohlkreuz gebogen. Den Körper gespannt, auch im Knien noch stolz. Wilde Gier in den Augen und auf den Lippen eine Mischung aus Fauchen und Winseln. Im Geiste stand vor ihr wieder der König der Diebe. Mit dieser lächelnden Unverfrorenheit, die so typisch für ihn war. Wie er mit ihr gespielt hatte! Schritt für Schritt hatte er sie in die Ekstase getrieben. Sie beinahe nur mit Worten und Blicken auf die Knie gezwungen, bis sie im Schutz der sternenflimmernden Nacht um seinen Schwanz gebettelt hatte.

„Und manchmal ist sie eine echte Naturgewalt. Ein Erdbeben, ein Vulkanausbruch. Oder eine Flutwelle, die alles hinwegreißt."

In diesem Fall brauchte Isabella nicht lange nach der passenden Erinnerung zu suchen. Es war ja erst ein paar Stunden her: Ihr zuckender Leib unter dem von Rune Petersen am Steuer der *Meeresstern*. Gemeinsam kämpfend … mit der Pinne des Schiffes und dem Toben der Elemente … mit der wässrigen Macht der Elbe und ihrer eigenen Gier. Schreie im Sturm, die Isabella nun auch auf dem Boden des Klassenzimmers hinwegrissen. Bis sich ihr schlanker Körper aufbäumte. Bis Wogen der Lust über ihre Gesichtszüge schwappten und ihre sandig-raue Stimme die Wassergeister beschwor.

„Wisst ihr, was ich meine?", fragte sie, als sie wieder halbwegs zu Atem gekommen war. Mit einer fließenden Bewegung stand sie auf, strich ihr Kleid glatt und setzte sich hinter ihr Pult. Die Mädchen starrten sie verblüfft und sprachlos an.

„Woher nehmt Ihr das alles?", fragte eine kleine Rothaarige schließlich leise.

Und da wurde Isabella klar, wo das Problem lag. Wer die Wollust gut darstellen wollte, musste sie auch erlebt haben. In so vielen Facetten wie möglich. Doch dieses Glück hatten die meisten der Schülerinnen bisher wohl nicht gehabt. Sie kannten Langeweile und Gehemmtheit, Ungeschicklichkeit und Brutalität. Bestimmt auch schöne Erlebnisse, so hoffte sie zumindest. Aber eben nicht diese funkelnde, vielfältige Welt der Lust, in der es immer noch Neues zu entdecken gab. Und das, fand Isabella, war doch wirklich eine Schande!

„Jede von euch darf sich heute mal ein wirklich erregendes Erlebnis wünschen", verkündete sie also voll pädagogischen Eifers. „Etwas, von dem sie bisher nur geträumt hat. Es kann ganz harmlos sein oder abgrundtief verrucht, egal! Traut euch, es auszusprechen! Und dann erfüllt euch gegenseitig eure Wünsche. Probiert aus, was alles möglich ist, auch wenn wir hier im Moment keine Männer zur Verfügung haben. Lasst euch fallen! Und genießt!"

Es war das wohl ungewöhnlichste Seminar, das die Schule der Nachtschwalben bisher erlebt hatte. Nach kurzem Zögern schlossen sich die Teilnehmerinnen zu zweit zusammen, zu dritt oder in größeren Gruppen. Sie nutzten Tische und Bänke, den Fußboden und die Betten, die in jedem Klassenraum des Turms für praktische Übungen bereitstanden. Doch dieses Mal ging es nicht um das Erlernen von Techniken und Fertigkeiten. Sondern um pure, wilde, lebendige Lust. Die Gier fand endlich ihre echte Stimme, die mühelos durch die Wände drang und auf leichten Schwingen aus den Fenstern schwebte.

Isabella musste grinsen bei dem Gedanken, was wohl in den männlichen Zeugen dieses akustischen Ausbruchs vorging. Ob es sie erregte? Oder ein wenig beunruhigte? Zugegeben: Die kleine Rothaarige klang immer noch ein bisschen hyänig. Aber unverstellt. Wenn ihre natürliche Erregung in dieser Tonart schwang, war dagegen ja nichts einzuwenden. Vielleicht konnte sie daraus sogar ein Markenzeichen machen. Es gab ja durchaus Männer, die auf Raubtiere standen.

„Da werden Weiber zu Hyänen …“, dachte Isabella lächelnd. Noch ahnte sie nicht, dass sie damit ein geflügeltes Wort geprägt hatte. Es sollte in den folgenden Jahren hartnäckig durch ihren Bekanntenkreis flattern und sogar die Generationen überwinden. Bis es Jahrhunderte später in einem Akt von geistiger Piraterie von einem gewissen Schiller gekapert wurde. Aber das ist dann wieder eine andere Geschichte.

Piraten der Sonne

Wer die Facetten der Lust und die Geheimnisse der akustischen Tierkunde ergründen will, braucht dazu die meisten seiner Sinne und ein gehöriges Maß an Konzentration. Da bleibt wenig Raum, um auch noch die Umgebung im Auge zu behalten. Und so kam es, dass die Schauspielklasse und ihre Lehrerin keinen Blick für das Schiff hatten, das ein gutes Stück vor der Insel vor Anker gegangen war. Noch lag es auch so weit weg, dass sie es nur von der Spitze des Turms aus hätten erkennen können. Und aus Sicht der Inselbewohnerinnen gab gerade deutlich Spannenderes zu beobachten als einen unspektakulären Kauffahrer, dessen Hanseflagge lau oben in der Rah flatterte, während die Flagge Bergens schlapp am Heck hing.

Die an dieser Stelle vielleicht zehn Fuß tiefe Nordsee streckte sich ungewöhnlich glatt bis zum Horizont. Die kleine Mannschaft der *Talliska* richtete sich auf eine ruhige Nacht ein und tat die Dinge, die zu tun waren an Bord. Noch waren sie weit genug entfernt von Neuwerk. Sie waren unter sich.

Im geräumigen Achterkastell räusperte sich Kapitän Walhorn, blickte nachdenklich auf den Tisch, tippte die Fingerspitzen zusammen und suchte nach dem richtigen Einstieg. Jetzt galt es. Er wollte Gödeke Michels keinesfalls weiter verärgern. Trotzdem war es wichtig, dass er nun Klartext redete. Kein einfaches Unterfangen. Doch was war schon einfach, wenn man dem mächtigsten und gefährlichsten Vertreter einer Piratengang gegenüber saß. Er blickte kurz zu Jana Kalaschnikova hin. Die nickte ihm aufmunternd zu, wenngleich ihr Blick etwas entrückt wirkte. Sie atmete schwer. Ob's am Rotwein lag oder an der Hitze im Raum?

Unerwartet übernahm sie den Beginn der Unterredung. Sie erhob sich aus ihrem Stuhl und raffte zur Überraschung der Männer das Kleid. Sodann beugte sie den Oberkörper etwas vor und fuhr sich mit beiden Händen unter den Rock, zog sich die Strumpfhose herunter. Langsam führte sie den Wollstoff über die Oberschenkel herab, über die Waden und dann über die Füße. Es scherte sie nicht, dass die Männer sehr viel nackte Haut zu sehen bekamen.

„Entschuldigt bitte, meine Herren, ich weiß, mein Benehmen ist etwas unschicklich und wenig damenhaft. Aber da ich nun eine Vitalienschwester bin, denke ich, steht es mir zu, auch ein wenig ungehörig zu sein. Mir ist fürchterlich warm. Geht es Euch nicht auch so? Hier drin herrscht eine Atmosphäre wie in einer Backstube. Dabei wären hier zu dieser Jahreszeit doch eigentlich Temperaturen um den Gefrierpunkt angesagt, und bis vorhin herrschten die ja auch noch. Bevor ich mich hier kaputt schwitze und mich erkälte, mach ich's mir ein bisschen luftiger. Solltet Ihr auch machen. Denn wir sind doch hier unter uns, und etwas lockerer gewandet lässt es sich besser reden und auch zechen. Oder?"

Keine Frage, der Wein war ihr jetzt schon zu Kopf gestiegen. Sie pellte sich aus den langen Wollstrümpfen, zog sie aus, warf sie in eine Ecke und öffnete kurz darauf auch die obersten beiden Knöpfe ihres Kleides. Die Stiefel behielt sie gleich aus. Erleichtert atmete sie auf.

„Puuuh! Schon wesentlich besser so. Glaubt mir. Die Hitze ist nicht normal. Hier stimmt was nicht. Da hat Lars absolut recht!"

Geschickt hatte sie das Thema wieder in die eigentliche Richtung gelenkt. Niemand konnte ihr einen Vorwurf machen, und als Gödeke nickte und sich ebenfalls seinen Pullover über den Kopf zog und Stiefel und Strümpfe von den Füßen streifte, taten es ihm die anderen Männer nach.

Tatsächlich saß man daraufhin deutlich entspannter am Tisch. Gödeke lachte und meinte, dass jetzt nur noch ein Papagei fehle, um sich wie ein Pirat in den Tropen zu fühlen. Lars wusste zwar nicht wo die Tropen lagen und was genau das war, aber auch ihm war mächtig warm. Jetzt im Unterhemd fühlte er sich allerdings deutlich wohler, und er ließ die Muskeln spielen, als er den neugierigen Blick seiner Piratenschwester auf sich spürte.

„Ha!", rief der Hauptmann der Likedeeler. „So gefällt mir das. Drei Kerle und ein Luder!"

Er hob seinen Becher. Man stieß miteinander an, trank, und ein tückisches Funkeln trat in Gödekes Augen. Er stand auf, kam um den Tisch herum, packte Jana am Kopf und gab ihr einen wilden Zungenkuss. „Du bist jetzt eine wahre Piratenbraut! Zwei geöffnete Knöpfe mehr dürfen es aber schon sein."

Mit diesen Worten fuhr er ihr über dem Kleid über die Brüste, drückte sie abwechselnd und öffnete noch zwei weitere Knöpfe. Schon drängten sich Janas Möpse hervor, und er fuhr mit einer Hand hinein in den weiten Ausschnitt, drückte die nackten Halbkugeln vor den Augen der Mitstreiter. Abwechselnd, erst die linke dann die rechte. Dann holte er beide aus dem Kleid, spielte weiter damit und präsentierte sie auch kurz den anderen Männern.

„So mag sie es, wenn ich sie genau so behandle. Stimmt‘s, mein heißes Mädchen?“

Ihre Antwort war eine wortlose Mischung aus Schnurren und Seufzen, die bereits ziemlich piratisch klang. Gödeke schob die Brüste zurück ins Kleid, zupfte auch den Ausschnitt wieder sittsam zurecht und kehrte zurück zu seinem Stuhl. Die dicke Delle in seiner Hose war nicht zu übersehen. Ganz ohne Zweifel hatte er die kurze Vorführung sehr genossen.

Käpt`n Walhorn trank hastig einen Schluck Wein. Auch ihn erregte es mit einem Mal sehr, dass sie nun so dermaßen locker zu viert miteinander umgingen. Vor allem, als er Janas heißen und lustvollen Blick auffing. Sie würde sich nicht sträuben, falls die Unterredung sich noch in eine andere Richtung entwickeln sollte. Das sah Walhorn ihr an, und er spürte, wie es in seinen Lenden zu pochen begann.

„Wer weiß, was im Kopf der Stute vorgeht?“, dachte er. Würde sie vor Lust kreischen, wenn Gödeke ihr das Kleid vom Leib reißen und sie nackt auf den Tisch werfen würde? Jana würde die Situation genießen, da war er sicher. Sie allein mit drei Kerlen. Die sie bedrängten, befummelten, sich gierig an ihr gütlich taten? Die ihr abwechselnd die Titten kneteten, während die Livländerin drei harte Prachtlatten zur Verfügung hatte, die nur eines wollten? Endlich in sie eindringen?

„Verdammt! Ich bin scharf auf sie“, keuchte der Käpt‘n innerlich. „Und Jana hat es gemerkt, sie weiß es. Sie kokettiert mit mir, ganz eindeutig.“

Er schaute kurz zu Lars hin. Auch der hatte große Augen bekommen, und Walhorn vermutete, dass den Hünen ähnliche Gedanken umtrieben wie ihn selbst. Er sah, wie Jana von einem zum anderen blickte und wie sie sich auf die Unterlippe biss.

„Wir sollten ficken“, dachte er. „Alle vier zusammen, die ganze Nacht hindurch.“ Rasch trank er noch einen Schluck Wein.

Jana tat es ihm nach, denn Gödeke hatte wieder Platz genommen. Auch er war sichtlich erregt. Starrte auf ihre Schenkel, hob den Blick und sah in ihren Augen das verräterische Leuchtfeuer, das er schon so gut kannte. Nun galt es abzuwägen: Sollte er nur mit einem kurzen Kopfnicken das Zeichen für den Angriff auf die Seestute geben? Die schien sich innerlich bereits darauf einzustellen. Sie hielt die Knie weit auseinander und strich sich mit beiden Händen über die nackten Schenkel. Als Lars daraufhin kurz, aber vernehmlich aufkeuchte, da wusste der Anführer, dass er sich auf seine Männer verlassen konnte, dass sie mitmachen würden. Likedeeler teilten alles.

Prüfend huschten Janas Augen hin und her. Sie hatte die Lippen geöffnet, kaute an einer Fingerkuppe. Diese Spannung, all das Knistern, es war kaum zum Aushalten: Sie mit zwei gefährlichen Piraten und einem Waljäger in einer Kajüte, das Lotterbett nur ein paar Schritte entfernt. Noch ungemacht von der Nacht. Sie spürte, wie ihre Knospen zu schmerzen begannen, wie ihre Brüste zogen und wie ihr schon längst die Feuchte in den Schritt geschossen war. Ausgerechnet heute trug sie unter dem Kleid weder Hemdchen noch wärmendes Unterkleid. Gedankenverloren spielte sie am fünften Knopf, fixierte Gödeke Michels mit ihrem lüsternen Blick, die Brüste nur noch hälftig bedeckt. Würde er …? Das Feuer in seinen Augen erhitzte sie noch zusätzlich.

Käpt`n Walhorn zog seinen Stuhl ein wenig zurück. Laut knarrten die hölzernen Beine über die Planken. Lars knurrte leise, und Jana bekam eine Gänsehaut. Es fehlte jetzt nur noch eine Winzigkeit, und drei zuckende, harte Aale würden sich ihr entgegen recken und sie …

Walhorn gab sich keine Mühe, seine Gedanken zu verbergen. Unverfroren sah er auf ihre Brüste, die sich beide zugleich durch das halb offene Kleid drängen wollten. Nur noch von der Knopfleiste mit den vier nicht mehr geschlossenen Knöpfen gehindert. Jana genoss die Blicke auf dem klaffenden Stoff. Malte sich aus, wie kräftige Hände hineinlangten und sich das nahmen, was sie anfassen wollten. Seemannshände, die nicht fragten und auch nicht zauderten. Die forsch zufassten an die bezaubernden, willigen Glocken des heißen Luders Jana Kalaschnikova.

Sie sah bereits die hell lodernde Begierde im Blick des Kapitäns und beugte sich noch einmal vor, um ihren Becher vom Tisch zu nehmen. Tief war der Ausschnitt, den sie ihm herzeigte und anbot, prall hingen die Brüste. Das wundervolle Tal. Doch noch war nicht alles zu sehen, dafür aber umso mehr zu erahnen. Jana kam sich vor wie eine Gauklerin, die mit einem atemlosen Publikum spielte.

Die nächste Pose, die nächste Provokation: Ihr nackter Fuß auf dem Stuhl, das Kleid, das ihre schlanken Finger langsam über das angezogene Bein rafften. Ihr entblößtes Knie. Sie zeigte den festen Oberschenkel, die kleinen, hauchzarten, blonden Härchen. Den Stoff des Kleides drückte sie so zwischen ihre Beine, dass niemand ihre Blöße sehen konnte. Natürlich bedeckte sie mit voller Absicht, was alle sehen wollten, schwenkte aber das Knie langsam hin und her. Sie wusste, dass sie schöne Beine hatte und gewährte den Männern nun einen ausgiebigen Blick darauf.

„Die Nacht ist noch lang, meine heiße Jungstute aus dem Livland“, keuchte Gödeke. „Wir leben ja nur einmal und vor allem: Jetzt!“ Alle zuckten zusammen, als er unvermittelt mit der flachen Hand auf den Tisch schlug. „Doch nun lasst uns sprechen. Walhorn!“

„Ich … weiß nicht, was es ist“, begann der Käpt`n. Er räusperte sich laut, rang kurz nach Atem und trank einen großen Schluck Wein. „Doch eins ist mir bewusst. Ich bin unglaublich erregt, und ich habe Lust auf Ausschweifung und Orgie. Ihr braucht gar nicht so dreckig zu grinsen!“ Leicht beleidigt sah er von einem zur anderen. „Ich meine: Mehr als sonst!“

Jana musste ein bisschen lächeln über seinen Gesichtsausdruck. Doch sie wusste genau, was er meinte. Noch ein Becher Wein, und die drei Männer würden wie die Tiere über sie herfallen. Dann war sie geliefert. Und genau diesen Moment konnte sie kaum erwarten. Sie war ja jetzt schon halb wahnsinnig vor gieriger Lust! Sie wollte sich gar nicht länger beherrschen. „Ich weiß, was Ihr meint, Käpt'n!", presste sie mit heiserer Stimme hervor. „Habt Ihr eine Idee dazu?"

„Es liegt etwas in der Luft, im wahrsten Sinne des Wortes. Und das hat mit der unnatürlichen Temperatur zu tun. Die gibt es hier sonst nicht, wie Ihr wisst. Es muss mit der Insel zusammenhängen. Hier läuft etwas, dem ich mich nicht entziehen kann. Vielleicht ist ja der Teufel aus der Unterwelt heraufgestiegen mit all seiner schamlosen Glut, und sein Höllenfeuer lodert irgendwo unter den Steinen. So ähnlich fühlt es sich jedenfalls an."

„Der Teufel?", Jana schüttelte träumerisch den Kopf. „Hm, ich weiß nicht recht. Ich musste eher an Odysseus denken. Kennt Ihr die Geschichte?" Als Tochter des Großherzogs von Kaunas war sie mit klassischen Sagen aufgewachsen und hatte diese Geschichte immer besonders geliebt. „Ein Seefahrer im alten Griechenland, der eine Menge geheimnisvoller Inseln besucht und dort die unglaublichsten Dinge erlebt hat."

„Ein Pirat?", fragt Gödeke interessiert.

„Eigentlich nicht, nein. Aber ein mit allen Wassern gewaschener Kerl, der seinen Leuten auf dieser Reise mehr als einmal den Arsch gerettet hat. Vor allem, wenn sie Gefahr liefen, den tückischen Reizen schöner Frauen zu erliegen. So wie bei jener Zauberin, die sie alle in Schweine verwandeln wollte."

„Was?! Verdammte Axt!" Lars verschluckte sich fast an seinem Wein. Misstrauisch sah er in Richtung Neuwerk, das sich in einen warmen, mystischen Nebel zu hüllen schien. „Ich will doch wohl schwer hoffen, dass in der Nordsee keine solchen Weibsbilder ihr Unwesen treiben! Oder?"

Walhorn schüttelte den Kopf. „Nicht dass ich wüsste. Aber ich dachte tatsächlich in eine ganz ähnliche Richtung. Was, wenn das hier eine Falle ist? Mein Schwanz pulsiert wie verrückt, ich will eigentlich nur eines: F I C K E N ! Und ich ahne, Euch allen geht es haargenau so. Aber so scharf und unerwartet das alles auch sein mag, wir müssen uns dieses Phänomen rational betrachten."

Er blickte zu Jana hin. Die sah allerdings nicht so aus, als wolle sie sich irgendetwas rational betrachten. Odysseus hin oder her. Ihr stand die Lust offen ins Gesicht geschrieben, und es war nicht zu übersehen, wie sie das Kleid weit nach oben gerafft hatte. So lagen ihre Oberschenkel blank. Die nackten Füße hatte sie weit auseinander gestellt, ihr Busenansatz war bis weit ins Kleid hinein sichtbar, wofür Gödeke gesorgt hatte. Beide Hände hielt sie unter dem Tisch verborgen.

Walhorn schloss kurz die Augen. „Die Gefahr ist, dass wir hier in ein offenes Messer laufen. Ich bitte Euch alle, jetzt konzentriert zu sein. Wir müssen uns noch eine Weile beherrschen."

„Gut, Walhorn, gut … Einverstanden!" Michels räusperte sich ebenfalls sehr laut und schüttelte sich einmal kräftig, drückte aber unter dem Tisch nicht minder kräftig auch einmal kurz sein zum Bersten hartes Teil. Er war der Anführer, und es war seine Mission. „Frau Poponova-Kalaschnikova!", rief er schließlich, „Hände auf den Tisch! Bedeckt Eure heißen Schenkel. Der Käpt`n hat recht, irgendetwas stimmt hier ganz massiv nicht. Und ich habe keine Lust, in eine Falle zu laufen oder sonst was."

Die Livländerin schüttelte sich ebenfalls und richtete sich auf. „Unglaublich!" Sie atmete ein paar Mal kräftig ein und aus. „Meine Fantasien sind gerade gehörig mit mir durchgegangen." Einen kurzen Moment hielt sie inne, dachte nach. Ihre Augen bekamen ein flammendes Leuchten, was die Männer allerdings nicht registrierten. „Ist noch Wein da? Ich fülle den Krug neu auf."

Sie stand auf und hüpfte ein paarmal auf und ab, als wolle sie sich von etwas befreien.

Walhorn nickte und wandte seufzend den Blick von ihren wippenden Brüsten, die fast aus dem Kleid zu springen drohten.

„Unser Unternehmen ist und bleibt eine zutiefst gefährliche Angelegenheit, die unser aller Leben fordern kann, wenn wir nicht aufpassen“, fuhr er fort. „Wir müssen uns jetzt schleunigst Gedanken darüber machen, was uns in der Höhle der hanseatischen Löwen erwartet. Die Insel Neuwerk da hinten ist quasi schon Hamburg. Ab jetzt wird es ernst. Ich will anmerken: Wie Ihr wisst, befinden wir uns mitten auf dem Wattenmeer. Neuwerk besitzt keinen Hafen, sondern lediglich einen Anleger, der nur bei Hochwasser angefahren werden kann. Also lassen wir uns heute trockenfallen, verbringen die Nacht auf dem Watt und segeln bei aufkommender Flut zur Insel.“

Gödeke nickte, nichts anderes hatte er erwartet. Das Trockenfallen im Watt war für keinen Piraten etwas Besonderes. Schließlich tätigten sie auf diese Art den Großteil ihres Handels in der Nordsee. Pferdefuhrwerke kamen bei Ebbe über den freiliegenden Meeresgrund an ihre Schiffe heran und verluden die gekaperten Waren. Schmuggler und Händler, die sich nicht scheuten, die Einfuhrbestimmungen der Hansestädte zu umgehen, nutzten die Gunst der Stunde. Und zwar nicht nur in Nacht- und Nebelaktionen, sondern auch ganz offen bei Tageslicht. Alle sechs Stunden und 24 Minuten wechselten die Gezeiten. Zuverlässig und schon seit Menschengedenken.

„Welche Befürchtungen hegt Ihr also, Käpt’n Walhorn?“, fragte Lars. „Hinsichtlich der Insel?“ Auch er hatte sich wieder beruhigt.

„Bei meinem letzten Besuch war diese Insel nicht nur normal temperiert für diese Gegend, und ein kräftiger, kühler Wind fegte darüber hinweg. Sie war auch stark belebt. Und genau das birgt für uns ein großes Risiko. Die Gefahr besteht nicht in Soldaten und Piratenhäschern, sondern in Agenten. Mit Sicherheit hat die Hanse vor ihren Toren welche postiert, die Meldung machen, sobald sich etwas Auffälliges ereignet. Und wenn es auch nur ein Hasenköttel ist, der anstatt rund dreieckig geformt ist. Es wird nur so wimmeln vor Spionen auf der kleinen Insel."

Jana hatte den Krug aufgefüllt und die Becher nachgeschenkt. Nun saß sie konzentriert mit am Tisch und hörte aufmerksam zu. „Ich glaube, wir müssen vor allem auch mit weiblichen Vertretern dieser Zunft rechnen", warf sie ein und blickte ernst in die Runde. „Dirnen, Huren und Nutten, die sich mit Informationen ein paar Schillinge dazu verdienen wollen. Weiber, die ihre Liebesdienste anbieten, um auf den Lustlagern etwas aus den Seeleuten und Handelsreisenden herauszubekommen. Wir haben ja auch vor, die Hanse auszuspionieren. Da ist es sehr gut möglich, dass die Pfeffersäcke umgekehrt auch wissen wollen, was bei uns vorgeht."

Gödeke sah sie verblüfft an. Hatte sie wirklich „uns" gesagt?

2018

Uns hat das Schicksal ja wirklich einen sehr schönen Trumpf in die Hand gespielt, Johanna-Schatz!" Poirot grinste in sein Handy.

Nachdem er bei der *Hamburger Störtebeker Gesellschaft*, dem Piratenverein, niemanden angetroffen hatte, war er weiter nach Eimsbüttel gefahren, um mit Ingrid Falter zu sprechen. Zuvor aber hatte er Johanna telefonisch um eine kleine Unterstützung gebeten, die ihm hoffentlich die Arbeit erleichtern würde. Was sie ihm geschickt hatte, übertraf seine kühnsten Erwartungen.

„Die Fotos sind angekommen, vielen Dank!" Aus seiner Stimme klang Amüsement. Und noch etwas anderes. „Die lassen ja an Eindeutigkeit nichts zu wünschen übrig."

Johanna lachte. „Es ging den Michelsons immer darum, dass gerade die Gesichter der beteiligten Damen bei den Castings besonders gut zu sehen waren. Dass es keinen Zweifel gab. Was die andere Eindeutigkeit betrifft, so sind die Bilder mehr als das. Sie sind voll geil versaut, um es mal in ein paar typischen Michelson-Worten auszudrücken."

„Und das macht sie perfekt! Denn ich kann sie jetzt sehr gut nutzen, um bei der reizenden Ingrid wohl hoffentlich ein wenig zeitsparender zum Erfolg zu kommen."

„Willst du das Miststück unter Druck setzen? Sie erpressen?", fragte Johanna hörbar vergnügt nach. „Verdient hätte sie es allemal, die kleine Schlampe."

„Aber nicht doch! Was für ein hässliches Wort! Erpressen würde ich es nicht nennen. Sie in Kenntnis setzen, dass wir einiges über sie wissen, schon eher."

„Dann nimm den Falter nur ordentlich in die Mangel. Kannst ihr ja sagen, sie soll besser kooperieren oder sie landet aufgespießt in einer Schmetterlingssammlung."

„Würd' ja auch gut zu ihrem Nachnamen passen", lachte Paul. „Danke dir vielmals, meine Liebe. Ich bin jetzt in der Osterstraße und habe tatsächlich einen Parkplatz gefunden. Bis später."

„Bis später. Ich blättere noch ein bisschen in dem Ordner und schaue mir später auch noch mal das Video von jener Schiffsparty an. Vielleicht entdecke ich ja doch noch etwas Wichtiges. Mit all den neuen Erkenntnissen, die wir jetzt haben."

Die Tür des Hauses, in dem Ingrid Falter wohnte, stand offen. Paul stieg die drei Stockwerke hoch bis zu ihrer Wohnung. Nachdem er zweimal die Klingel betätigt hatte, wurde zaghaft geöffnet, eine altertümliche Kette war vorgelegt.

„Frau Ingrid Falter?", fragte er höflich.

„Ja, wieso? Wer will das wissen?"

Ein Spruch, den er schon x-mal in irgendwelchen Vorabend-Krimisendungen im Fernsehen gehört hatte. Und mit ihm vermutlich eine große Anzahl weiterer Zuschauer. Er zückte seinen Ausweis und hielt ihn ihr vor den Türspalt.

„Gestatten … Hilker, Paul Hilker, von der Detektei *PH Investigations*. Dürfte ich bitte kurz hereinkommen und mit Ihnen reden? Es geht um Elena Scherer.“

„Elena? Was ist mit ihr?“

Sie machte keine Anstalten, die Tür zu öffnen.

„Ihr Mann hat mich beauftragt, nach Elena zu suchen, sie ist gestern Nachmittag gewaltsam von einem Unbekannten entführt worden. Lassen Sie mich rein bitte, wir müssen jetzt reden. Jeder Augenblick zählt, um Elena noch lebend zu finden.“

„Ach du Schreck, aber natürlich doch. Moment bitte.“

Rasch wurde die Tür geöffnet, und Paul betrat kurz darauf das Wohnzimmer.

„Bitte nehmen Sie doch Platz. Etwas zu trinken?“

„Ein starker Kaffee würde mir jetzt gut tun, danke. Mit Milch und Zucker.“

„Das wird einen Moment dauern, die Maschine steht in der Küche.“

„Na, dann gehen wir doch in die Küche. Da plaudere ich am liebsten. Ich koche leidenschaftlich gern, und dabei lässt es sich immer herrlich und zwanglos reden.“

Ingrid zog zwar etwas die Augenbrauen zusammen. Die Küche als Gesprächsort war ihr fast etwas zu intim, zu persönlich. Nach kurzem Zögern schritt sie dann aber doch voraus.

„Oh, hier riecht es aber sehr lecker“, rief Poirot.

„Ja, wirklich?“, lächelte sie und freute sich über das Kompliment.

„Sie richten Gulasch an? Ich rieche Zwiebeln und Knoblauch. Also ungarisch, sehr schön.“

„Das stimmt, Herr Hilker, jetzt bin ich aber doch überrascht.“

„Detektivarbeit und Kochen, das sind meine Spezialitäten, und ich kann beides recht gut.“ Er beschloss, direkt anzugreifen. „Sie kannten Rudolf Michelson?“

„Ähem … Nicht dass ich wüsste.“

„Hören Sie, Frau Falter, ich habe nicht sehr viel Zeit. Höchstens auf eine Tasse Kaffee. Also, um es abzukürzen: Ich habe hier ein paar hübsche Fotos von Ihnen, aufgenommen von Rudolf und auch von Harald Michelson.“ Er hielt ihr das Handy im Querformat vors Gesicht.

„Sehen Sie, das sind Sie, Ihr Gesicht ist klar zu erkennen“, fuhr er fort, und seine Stimme klang wie eine Schwertklinge. „Sie mit langen, schwarzen Haaren. Den schönen Mund weit geöffnet, weil dort jetzt gleich der dicke Kolben von Opa Michelson hineingesteckt wird. Nicht wahr? Soll ja ein echtes Prachtteil gewesen sein, habe ich gehört.“

Ingrid starrte den ungebetenen Besucher sprachlos an. Und der kam zusehends in Fahrt. „Während hier hinten, ebenfalls wundervoll erkennbar, des Opas Sohn Harald, auch *der wilde Harald* genannt, just in dem Moment Sie, Ingrid, von hinten anal penetriert. Im Hintergrund können sie Rudolf sehen, auch mit aufgepflanztem Pfahl, der darauf wartet, à tergo einzugreifen.“

„Woher …?“ Die Stimme der einstigen Ringträgerin klang völlig anders als noch Minuten zuvor. Wie ein tonloses Keuchen, das nichts Lustvolles an sich hatte.

Paul ließ sich nicht beirren. „Aber sehen Sie hier!“ Er wischte kurz übers Display „Das nächste Bild, da vögelt Rudolf Sie auch schon sehr tief in den Arsch hinein. Während der lüsterne Opa sich ihre recht ansehnlichen Titten vorgenommen hat. Die Fotos hat übrigens die rattige Rita gemacht, der sie ja auch sehr zugetan waren.“ Seine Ansprache war wohlkalkuliert ein gutes Stück ins Vulgäre abgerutscht.

„Wo haben Sie die verdammten Aufnahmen her?“, rief sie wütend, aber auch mit leicht zitternder Stimme. „Löschen Sie die!“

„Wie gesagt, ich habe noch mehr Bilder dabei. Aber ich wollte Ihnen nur aufzeigen, dass ich unsere Gesprächszeit etwas verkürzen muss und wir zwingend auf das Geplänkel verzichten können. Mit anderen Worten: Sie kannten Rudolf Michelson sogar so gut, dass Sie wiederholt und über viele Jahre hinweg Sex mit ihm hatten. Also lassen Sie jetzt die Spielchen, ja? Uns läuft die Zeit davon. Und Elena auch. Sie schwebt in größter Gefahr. Wir rechnen mit dem Schlimmsten."

„Ja, gut, ich kannte Rudolf Michelson und den Rest der Familie auch", gab sie jetzt doch sehr entschlossen zu. Sie hatte begriffen, was mit Elena passiert war und was dieser Hilker von ihr wollte.

„Sehr gut. Ich kläre nämlich unter anderem auch den Mordfall Rudolf Michelson auf."

Ihre Augen weiteten sich. „Rudolf wurde ermordet? Ich dachte, er hat sich versehentlich an einer Muschelsuppe vergiftet, und Sie sind wegen Elena hier."

„Versehentlich? Davon kann keine Rede sein. Er wurde heimtückisch aus dem Weg geräumt."

„Das ist doch nicht Ihr Ernst! Ich bin entsetzt!" Ihre Bestürzung wirkte aufrichtig, und sie füllte rasch zwei Tassen mit Kaffee aus einem Elektroautomaten. „Wissen Sie denn, wer es war?"

„Im Vertrauen, nur für Sie und unter Vorbehalt: Unter Mordverdacht stehen Klaus und Elena Scherer. Insbesondere aber Elena."

Diese Eröffnung schien Ingrids Nervenkostüm nicht eben gut zu tun, sie sagte aber nichts dazu.

„Elenas Verschwinden könnte im direkten Zusammenhang mit dem damaligen Mord stehen", fuhr Paul fort. „Wann haben Sie die Frau zuletzt gesehen? Gestern Vormittag zum Frühstück, nach ihrer Yogastunde? Und wo haben Sie sie getroffen? Antworten Sie bitte. Denn kurz danach ist sie von einem Unbekannten entführt worden. Das darf ich Ihnen eigentlich gar nicht erzählen. Ich sage das nur, weil die Zeit jetzt wirklich läuft, und zwar gegen Elena. Klaus Scherer hat meine Detektei beauftragt, zu ermitteln und seine Frau möglichst lebendig wiederzufinden. Haben Sie das alles verstanden?"

„Ja, das … das hab ich."

„Dann hätte ich jetzt gern meinen Kaffee, und dann setzen wir uns einfach mal, nicht wahr? Das beruhigt."

Ingrids Blick auf Paul wurde immer interessierter. Der Mann hatte etwas Bestimmendes, Konsequentes an sich, das sie unruhig werden ließ. Rasch füllte sie noch Milch und Zucker ein, dann setzte sie sich neben den Detektiv auf die Bank. Der rutschte ein wenig beiseite, obwohl er ihr lieber gegenüber gesessen hätte. Derweil hatte er noch ein weiteres Foto aufgezogen.

„Hier, das sind Sie auch. Mal nicht in Aktion, aber in Pose. Sie haben wirklich schöne Brüste, Ingrid, das muss ich zugeben."

Es waren nicht nur die Brüste, es war noch viel mehr zu sehen. Ingrid splitternackt, einen Fuß auf den Stuhl aufgestellt, Schenkel und Knie nach außen gerichtet. „Freier Blick auf Ihre glatt rasierte Möse. Schon heiß."

Ingrid starrte erst auf das Bild, dann Paul ins Gesicht. Vergaß der Ermittler für einen Moment seine professionelle Distanz und machte sie an? Nutzte er seine Machtposition und sein Wissen schamlos aus? Er war ein ziemlich undurchsichtiger Typ. Trotzdem fühlte sie sich geschmeichelt. Sein Kompliment über ihre Brüste hatte ihr gefallen.

„Dankeschön, Herr Hilker", lächelte sie, wenn auch ein wenig verkniffen.

„Woher ich die Bilder habe, ist meine Sache", stellte Paul klar. „Ich habe sie, und das sollte Ihnen genügen."

Er sah in ihren Augen genau den Moment, in dem der Groschen fiel. „Das war Johanna, dieses Miststück", fuhr sie auf. „Die hat sie Ihnen zukommen lassen! Ich habe Sie beide gestern von hier weggehen sehen, und das habe ich Elena erzählt. Da wurde sie ganz hellhörig, ja!"

Paul ging nicht darauf ein, merkte sich diese Worte aber gut. Denn sie bedeuteten nichts anderes, als dass sie aufgeflogen waren. Er fragte weiter. „Elena ist von einem Gewaltverbrecher entführt worden. Haben Sie etwas damit zu tun?"

„Ich? So ein Blödsinn! Ich war doch nur mit ihr frühstücken von halb elf bis vielleicht halb eins."

„Wo genau waren Sie frühstücken?"

Ingrid dachte kurz nach und nannte ihm dann das Lokal und auch die Adresse.

„Gut. Das werde ich nachprüfen. Wo wollte Frau Scherer danach hin?"

„In die Stadt, ein wenig shoppen, was einkaufen."

„Hatte sie ein bestimmtes Ziel?"

„Nein, nicht dass ich wüsste."

„Und danach?"

„Weiß ich doch nicht. Keine Ahnung. So genau kenne ich Elena nicht. Hatte sie ja auch erst einmal gesehen. Bei einer Party, auf dem Schiff der Michelsons."

„Genau, und zwar hier." Er hielt ihr abermals das Handy entgegen, hatte ein weiteres Bild aufgezogen. „Das sind sie und Elena. Ingrid Falter mit langem, rotblondem Haar. Auch sehr hübsch."

„Stimmt. Da hatten wir vielleicht eine Viertelstunde miteinander gesprochen."

„Worüber?

„Worüber? Weiberkram eben. Über Männer und auch über Piraten. Sie ist Mitglied in so einem Verein."

„In der HSG. Darüber haben Sie gestern ja auch Elenas Telefonnummer herausgefunden. Sie haben da nachgefragt, wie man uns bestätigt hat." Sie biss sich auf die Lippen und schwieg. „Und worüber haben Sie noch gesprochen? Über Gold? Das Gold des Klaus Störtebeker?"

„Ja, das stimmt, jetzt fällt es mir wieder ein. Da sind Elena und dieser komische Verein ganz jeck drauf."

„Jeck?", Paul verstand nicht so ganz.

„Oh, Verzeihung, ich komme aus Köln, gebürtig, kam mit 19 aber nach Hamburg. Auf die Goldgeschichte, da war sie ganz wild. Und auch sonst auf so Piratenkram und das Mittelalter überhaupt. Also habe ich ihr damals auf der Party diesen Ordner gezeigt, den die Michelsons hatten. Darin hatte die Familie alles Mögliche gesammelt über jene Zeit. Ich dachte, es könnte Elena interessieren, da mal ein bisschen drin rumzublättern. Hat sie auch gemacht."

„Und das war okay für die Michelsons, dass dort jeder mal einen Blick hineinwerfen konnte?"

„Ja, warum denn nicht? Das waren ja keine Geheimdokumente. Wir alle haben das hin und wieder mal getan. Sind ja auch ein paar richtig deftige Zeichnungen drin. Schon sehr geil und auch erregend. Mich hat's jedenfalls immer ordentlich heiß gemacht."

„Sodass Sie dann problemlos Spaß haben konnten mit diversen Männern."

„Genau, deshalb war ich ja eine Ringträgerin."

„Elena interessierte sich aber für etwas anderes?"

„Ja, die hatte nur den Schatz von diesem Störtebeker im Kopf. Was natürlich Blödsinn war, denn es gab nie einen solchen Schatz. Die Seeräuber haben sicher alles verhurt und versoffen. Irgendwann nervte Elena aber so damit, dass man sie rausgeworfen hat."

„Und doch mussten Sie sie nun unbedingt anrufen, nach all der Zeit. Wieso?"

„Weil ich seit vorgestern keine Ringträgerin mehr bin." Sie warf ihrem Besucher einen giftigen Blick zu. „Die Dame, in deren Begleitung Sie hier waren, Paul, hat mir gekündigt. Und zwar fristlos."

„Wieso?"

„Weil ich beim Friseur gewesen war. Das sei für Ringträgerinnen verboten, hat sie gesagt. Wer sich die Haare kurzschnitt, flog raus. So war das damals festgelegt. Weil Rudolf aber schon lange tot war, dachte ich, diese Regel gilt jetzt nicht mehr. Kein Michelson, alle tot, also auch keine Vorschriften mehr. Ist doch logisch."

„Sie haben nicht mitbekommen, dass es einen neuen Michelson gibt?"

„Nein! Im Ernst? Es gibt einen Neuen?"

„Ja, einen echten und genetisch zweifelsfreien Erben vom Urvater Gunnar Michelson."

„Dann hatte Elena ja doch recht. Sie meinte nämlich während des Frühstücks, dass das mit der Vögelei und den wilden Partys vielleicht bald wieder losgehen würde. Ob ich nicht vielleicht Lust hätte, wieder mitzumachen? Sie hat mir vorgeschlagen, dass wir zusammen einen neuen Anlauf starten könnten. Wenn nicht als Ringträgerinnen, dann vielleicht als weibliche Gäste mit viel Spaß an heißen Ausschweifungen. Ich habe durchaus darüber nachgedacht, um ehrlich zu sein. Schließlich war es ja immer auch verdammt scharf und versaut."

„War es das, ja?"

„Oh ja, ich kann Ihnen sagen! Ich kann mich heute noch gut an die Party erinnern, bei der Elena als Gast dabei war. Was sie alles angestellt hatte, bevor sie irgendwann völlig ausflippte. Ich glaube, sie bereut das inzwischen und hofft nun auf Milde, wenn wir uns zusammen neu bewerben. Aber sagen Sie: Dieser neue Herr Michelson … Sie kennen ihn doch, wenn ich das richtig verstehe, oder? Ist er denn nett?"

Natürlich verstand Paul Hilker den Winkelzug, der hinter Frau Falters offen vorgetragenem Ansinnen steckte. Sie wollte Punkte gut machen bei Elena und ihn dazu benutzen, ein gutes Wort einzulegen. So ging er nicht auf ihre Frage ein. Stattdessen sah er kurz auf seine Armbanduhr und antwortete mit einer Gegenfrage. „Das war gestern, beim Frühstück. Und worüber sprachen Sie damals? Bei der Schiffsparty?"

„Auch über Sex. Wie ungeheuer lustvoll es ist, wenn so viele Gleichgesinnte das tun können, was sie wirklich wollen. Ihre heißen Fantasien ausleben. Mit möglichst vielen Männern und Frauen. Das konnte ich ja nur bestätigen. Gestern aber fragte Elena noch mal nach dem Störtebeker-Gold. Ob es sein könnte, dass es auf dem Grundstück vergraben liegt?"

„Und was haben Sie gesagt?“

„Dass das absoluter Bullshit ist. Dieses Piraten-Gold, wenn es überhaupt welches gibt, liegt bestimmt nicht vor der Haustür der Villa.“

„Warum denn nicht? Wieso können Sie das so kategorisch ausschließen?“

„Als ich noch dabei war, haben die Michelsons zweimal das komplette Anwesen renoviert und nachrestauriert. Auch den Garten neu angelegt. Da wäre dieser Schatz bestimmt gefunden worden. Das habe ich Elena auch erzählt. Sie war ziemlich enttäuscht, als sie das hörte.“

„Und dann?“

„Dann führten wir leise und heimlich Frauengespräche. Es ging um Kerle und ums Vögeln und so Sachen.“

„Gut, Ingrid, das war‘s auch schon fast. Aber denken Sie dran: Elena hat höchstwahrscheinlich nicht nur Rudolf Michelson ermordet, sondern vor vier Tagen noch jemanden. Bisher können wir es ihr nicht zweifelsfrei beweisen. Aber sie ist mit darin verstrickt, da sind wir ziemlich sicher. Sie sollten sich wirklich in Acht nehmen, wie nah Sie diese Frau an sich heranlassen. Sie ist eiskalt und berechnend und sehr gefährlich. Dazu hochintelligent.“

„Stimmt das wirklich?“

„Ja, fragen Sie mal ihren Mann, Klaus Scherer. Aber jetzt ist sie gekidnappt worden und schwebt höchstwahrscheinlich in Lebensgefahr. Da müssen wir natürlich handeln. Egal, was sie für ein Mensch ist. Haben Sie eine Ahnung, wer oder was hinter dieser Entführung stecken könnte?“

„Nein. Habe sie ja erst gestern wiedergesehen.“

„Was für einen Eindruck machte Frau Scherer auf sie? Wie haben Sie sie wahrgenommen?“

„Wie meinen Sie das?“

„War sie aufgeregt oder nervös? Oder eher erfreut, Sie wiederzusehen, nach so langer Zeit? Hat sie vielleicht irgendetwas Privates erwähnt? Über ihre Ehe gesprochen zum Beispiel? Oder über andere … Bekanntschaften?"

„Nein, nichts von all dem. Ich hatte tatsächlich den Eindruck, es ginge ihr nur um das Gold der Piraten."

„Und worum geht es Ihnen, Frau Falter? Ich verstehe immer noch nicht, warum Sie sie überhaupt angerufen haben. Was genau wollten Sie von ihr? Bitte … das ist jetzt sehr wichtig."

Ingrid war zu nervös um mitzubekommen, dass all die Fragen, die Paul Hilker ihr stellte, nicht unmittelbar etwas mit Elenas Verschwinden zu tun hatten. Sie durfte nicht so herumdrucksen! Irgendwie musste sie unbeschadet aus diesem mehr als tückischen Gespräch herauskommen. Ohne dass sich Paul Hilker wer weiß was für Theorien zurechtspann und sie am Ende auch noch eines Kapitalverbrechens verdächtigte.

„Was ich von ihr wollte?" Hastig trank sie einen Schluck Kaffee. Natürlich konnte sie dem Privatdetektiv nicht erzählen, dass sie eine Komplizin gesucht hatte, um an die Goldplatten zu kommen und Johanna böse eins auszuwischen. Genauso wenig konnte sie darüber sprechen, was sie mit Elena ausbaldowert hatte. Doch dieser Hilker, der machte sie unruhig. Die Art, wie er sie ansah. Auch immer wieder recht offensichtlich interessiert auf ihre Brüste blickte. Und dann auch wieder mit prüfendem Blick in ihre Augen. „Na ja … ich hatte das dringende Bedürfnis, mit jemandem zu reden, die keine Ringträgerin war und dennoch wusste, was da bei den Michelsons gelaufen war."

„Eine, die genau so sauer war wie Sie auf die Michelsons?"

„Ähm … irgendwie schon, ja."

„Wollten sie sich also rächen? An Johanna? Weil die sie rausgeschmissen hatte?"

„Also, ich weiß jetzt wirklich nicht, was das mit dem Verschwinden von Elena zu tun hat. Verdächtigen Sie etwa mich?"

„Nein, keine Sorge, das tue ich nicht. Ich sehe in Ihnen zwar eine sexuell aufgeschlossene und experimentierfreudige Frau, aber keine Gewaltverbrecherin. Es ist nur so: Wir müssen allen Hinweisen nachgehen, um uns ein genaues Bild zu machen." Etwas irritiert sah er auf sein Handy, das in diesem Moment klingelte. „Oh! Bitte entschuldigen Sie kurz."

Hauptkommissar Schröder war in der Leitung. Seine Kollegen hatten soeben Elena Scherers Auto gefunden. In der Tiefgarage des *Congress Center Hamburg*. Es gab Kampfspuren, die KTU war unterwegs. Und falls es Hinweise auf den Verbleib der Entführten geben sollte, würde man Paul sofort benachrichtigen.

„Checken Sie doch auch mal die Buchungen im Hotel *Radisson Blu*", schlug Paul vor, einer spontanen Idee folgend. Dann beendete er das Gespräch.

„Hat sie einen Lover?", wandte er sich wieder an Ingrid. „Kann es sein, dass Elena mit einem Kerl irgendwo abgestiegen ist? Ein Missverständnis statt einer Entführung?" Er schlürfte geräuschvoll an seinem Kaffee, sah Ingrid tief in die Augen.

„Auch das weiß ich nicht. Ich kenne sie einfach viel zu wenig. Möglich wäre es natürlich. Aber sie machte eigentlich nicht den Eindruck, als stünde sie kurz vor einem heißen Date."

„Gut. Wenn Sie der Dame mal wieder begegnen, dann fragen Sie besser auch nicht nach so intimen Details. Sie würde, ohne mit der Wimper zu zucken, auch Frauen aus dem Weg räumen. Also, passen Sie auf sich auf."

„Vielen Dank für die Warnung, Herr Hilker."

„Paul", lächelte er. „Soll ich Ihnen die Bilder per WhatsApp schicken?"

„Ja, warum nicht? Sehen ja schon richtig scharf aus. Endlich mal was nicht Gestelltes. Hier ist meine Nummer." Sie überreichte ihm ihre Karte.

Paul trank seinen Kaffee aus, dann verabschiedete er sich mit den Worten: „Sehr schöne Brüste, wirklich." Er zwinkerte ihr ein Auge. „Habe sie mir schon ein paar Mal richtig fein hochgezoomt. Dann wirken sie noch besser."

„Freut mich, dass sie Ihnen gefallen … Paul. Melden Sie sich doch ruhig noch mal. Falls der neue Michelson die Partys wieder aufleben lässt … Sie warf ihm einen verführerischen Blick zu. „Vielleicht könnten Sie ja ein gutes Wort für mich einlegen? Ich würde mich sehr freuen über eine Einladung. Wir könnten all den Ärger vergessen und … ich würde mich natürlich auch erkenntlich zeigen." Ihre Hand wanderte vielsagend über ihr Dekolleté.

Paul übersah es geflissentlich. „Was haben Sie Elena denn noch erzählt?"

„Wie meinen Sie das?"

„Etwas Spezielles über die Partys der Ringträgerinnen?"

Sie dachte kurz nach, verneinte dann aber.

„Irgendwelche Rituale oder sowas?"

„Nein, nichts.", log sie. „Was meinen Sie denn genau?"

„Ach nichts, ist schon gut. Vielen Dank, Sie haben mir sehr geholfen. Bis bald mal, tschüss!"

„Hallo Pia, Poirot hier. Ich bin eben bei dieser Ingrid gewesen. Sie war gestern mit Elena von halb elf bis halb eins frühstücken, und die beiden Frauen haben sich wohl intensiver miteinander ausgetauscht, als sie mir eingestanden hat."

„Was Konkretes?"

„Das kann man wohl sagen. Ingrid hat vermutlich alles ausgeplaudert, was sie weiß, um sich bei Elena interessant zu machen. Und sie weiß eine ganze Menge. Ich habe ihr aber einen kleinen Schreck versetzt, habe ihr zu verstehen geben, dass wir Elena für die Giftmörderin halten. Und da war die etwas naive Ingrid doch ziemlich geschockt."

„Soll sie auch. Wer sich mit Elena einlässt, lebt nicht mehr lange."

„Wer weiß. Solange Ingrid etwas hat, das Elena unbedingt haben will, ist sie in Sicherheit."

„Du meinst Isabellas Goldplatten?"

„Ja, die meine ich, genau. Die Kripo hat außerdem Elenas Wagen gefunden. In der Tiefgarage vom *Radisson Blue*. Sie checken gerade alles ab, melden sich wieder. Wie weit seid ihr?"

„Bjarne ist gerade unten, zwei Krabbenbrötchen holen. Haben noch nichts weiter herausgefunden. Alle sauber beim LKA. Jetzt haben wir aber nicht mehr viel Zeit. Ihr Virenscanner schlägt bald Alarm. Können nur noch einen filzen, der an unserer Erbschaftssache beteiligt war. Haben aber noch drei."

„Wen?"

„Die drei Doktoren. Jens Ott, Andrea Weber, Uwe Schmidt. Unser Favorit ist der Notar, Jens Ott. Der ist eh verdächtig."

„Wieso?"

„Erklär ich dir später. Muss jetzt die Restzeit nutzen, sonst fliegen wir raus. Und den Kerl will ich mir unbedingt noch angucken. Bis später, Poirot."

Sie unterbrach die Verbindung und gab den Namen Jens Ott beim Landeskriminalamt ein.

Es war kurz vor halb zwölf.

Der Notar hatte heute nicht konzentriert arbeiten können. Den ganzen Tag war er fahrig und unruhig gewesen. So sehr er seinen Erfolg still auskosten wollte, er schaffte es einfach nicht. Seine Gedanken drehten sich, flatterten wie Schmetterlinge durch seine Gehirnwindungen. So kam es, dass er schon nach zwei Stunden wieder in den Keller zurückkam.

Elena war gerade ein wenig eingedöst, als er die Tür aufschloss. Sie schreckte hoch und rechnete mit dem Schlimmsten. Doch zumindest im Moment wirkte ihr Peiniger nicht aggressiv. Er hatte sich einen kleinen Karton unter den Arm geklemmt, und in der Hand hielt er seiner Gefangenen ein Glas Bienenhonig entgegen.

„Ich habe dir etwas sehr Hübsches mitgebracht", lächelte er freudig erregt. Als erstes zog er sich nackt aus, und dann streifte er einen weißen Ärztekittel über.

Bjarne hatte sich derweil auf die Jagd nach zwei besonders delikaten Krabbenbrötchen begeben. Erfolgreich natürlich. Beschwingt ging er die Straße entlang und schwenkte die Papiertüte mit seiner meeresduftenden Beute im Rhythmus seiner langen Schritte.

Er wollte die kurze Auszeit nutzen, um seine Gedanken zu lüften. Auch bei seiner alltäglichen Büroarbeit half ihm das sehr oft. Wenn er sich allzu hartnäckig in ein wissenschaftliches Problem verbissen hatte und kein Land sah, ging er häufig einfach ein paar Schritte über den Campus der Universität. Beobachtete die Krähen oder die Studenten, blinzelte in die Sonne und atmete ein paar Mal tief durch. Manchmal dauerte es dann keine halbe Stunde, bis sich der Nebel in seinem Kopf deutlich lichtete.

Jetzt allerdings war davon noch nichts zu spüren. Was vermutlich daran lag, dass ihn einfach zu viel beschäftigte. Selbst das komplizierteste Computermodell des Golfstroms hatte bei weitem nicht so viele Ebenen wie die Geschichte, in die er hier hineingeraten war. Aktuell kreisten seine Gedanken natürlich vor allem um Elena. Er konnte sich beim besten Willen nicht vorstellen, dass sie zufällig irgendwo unter die Räder gekommen war. Aber wo war die Verbindung? Zum Vermächtnis der Michelsons, zu Störtebekers Schatz? Er konnte sich keinen Reim darauf machen.

Ob Pia im Rechner des LKA doch noch auf eine Spur gestoßen war? Er schmunzelte in sich hinein. Wenn es dort etwas zu finden gab, dann würde sie es entdecken, da hatte er keinen Zweifel. Je häufiger er sie in Aktion erlebte und je mehr er aus den mittelalterlichen Büchern über Isabella erfuhr, umso deutlichere Parallelen sah er zwischen den Frauen. Spioninnen reinsten Wassers, alle beide! Er lächelte in sich hinein.

Nein, die Geheimnisse um den gerissenen Gödeke Michels zu entwirren, war bestimmt keine geringere Herausforderung gewesen als die Ermittlungen in der Sache Scherer. Vermutlich sogar eine deutlich größere. Wenn er allein an die akribischen Vorbereitungen dachte, die Gödeke und Lars, Jana und Walhorn vor der Insel Neuwerk getroffen hatten: Falsche Lebensläufe, fein gesponnene Lügengeschichten, eine ehrbare Kaufmannsfassade für einen Piraten …

Wenn er ehrlich war, konnte Bjarne seinen Urahnen nur bewundern. Für die Art, wie der sein Schiff trotz aller Stürme auf Kurs hielt. Und für seine absolute Unverfrorenheit.

1396
Furie der Lust

Sie würden unvorstellbare Qualen erleiden. Das war ihnen allen klar. Ein einziges falsches Wort, vielleicht auch nur ein Verdacht, und sie würden Hamburg nicht mehr lebend verlassen. Wenn sie erst einmal in den Kerkern der Foltermeister gelandet waren, würde ihnen nur ein letzter Ausweg bleiben: Der Griff zu Magister Wigbolds kleinem Flakon mit dem schnell wirkenden, tödlichen Gift.

Besser war es natürlich, sich gar nicht erst schnappen zu lassen. Darüber waren sich Gödeke, Käpt'n Walhorn, Jana und Lars bei ihrer Unterredung in der Kapitänskabine im Achterkastell rasch einig geworden. Dazu aber mussten sie ihre Rollen perfekt spielen, ihre Geschichte musste hieb- und stichfest sein. Also feilten insbesondere Gödeke und Jana an ihrer gemeinsamen Vita. Wie hießen die Eltern? Gab es Geschwister, wenn ja, wie viele? Namen? Wo hatten sie sich kennen gelernt? Wo geheiratet? Wann? Name der Kirche? Name des Priesters? So viele Details wie irgend möglich. Denn wenn, dann würden sie einzeln verhört oder befragt werden. Das musste gar nicht mal in einem Verließ sein oder vor Gericht. Es reichte schon eine Plauderei im Kontor der Hanse, wo man mit Sicherheit ihre Papiere prüfen würde.

Käpt'n Walhorn würde bei seiner Wahrheit bleiben. Er habe Gunnar Michelson und seine Gattin in Norwegen kennengelernt, man sei sich dort zum ersten Mal begegnet. Ansonsten alles so, wie der Käpt`n es tatsächlich erlebt hatte: Der Walfang im Nordmeer, die Verarbeitung des Walspecks zu Öl und Tran auf den Lofoten, der Verkauf der Fässer in Bergen. Sein Brief war schließlich echt. Auch an Herrn Michelson und Frau Kalaschnikova gab es im Grunde nichts zu zweifeln. „Aber man weiß ja nie", so hatte der Kapitän mahnend den Finger gehoben. „Sicher ist sicher."

Stakkatoartig schoss er seine Fragen auf sie ab, schnell und hintereinander weg. Und prompt gerieten sowohl Gödeke als auch Jana ins Schwitzen. Sie wunderten sich, woher der Walfänger solcherlei raffinerte Verhörmethoden kannte.

Dem war das unangenehm, aber er gab zu, dass er selbst schon einmal vor Gericht gestanden hatte. Damals, als man ihn beschuldigt hatte, unzüchtigen Wettbewerb betrieben zu haben. Stein des Anstoßes war der griffige Slogan gewesen, auf den er im Grunde heute noch stolz war: „*Walhorns knallt am dollsten.*" Womit das Bier gemeint war, das er seinerzeit in der Kneipe seines Opas am *Schulterblatt* verkauft hatte. Und nichts anderes. Da brauche die Frau Kalaschnikova gar nicht so vielsagend zu grinsen.

Doch weiter ging die Fragerei: Ob man Gödeke Michels denn äußerlich erkennen würde? War er irgendwo schon mal auffällig geworden? Zeugen? Müsste er sein Aussehen noch mehr verändern? Die kurzen Haare hatten schon einen anderen Typ aus ihm gemacht. Er sah jetzt zwar immer noch markant aus, aber auch wesentlich vornehmer. Gab es irgendwelche Weiber? Käpt'n Walhorn fragte hartnäckig weiter nach, bohrte herum. Huren?

Jetzt hielt Jana den Atem an, ebenfalls neugierig, was Gödeke nun ausplaudern würde. Sie wusste ja schon, dass es in Hamburg sehr wohl ein paar höchst attraktive und lustgierige Damen gab, die den Piraten mehr als gut kannten. Insbesondere seinen Mast. Würden sie ihn verpfeifen und ans Messer liefern? Eifersuchtsdramen auf die Bühne bringen? Nein, wohl nicht. Eher im Gegenteil: Sie wollten ihn. Wollten um jeden Preis, dass er sich mit ihnen amüsierte und …

„Ha, ja!", rief Michels. „Es gibt in Hamburg tatsächlich ein paar sehr spezielle Bekanntschaften, die aber unter dem Siegel der Verschwiegenheit laufen. Stimmt's, Lars?"

Der Hüne nickte und konnte sich ein Grinsen nicht verkneifen. Schwieg aber und wahrte die Diskretion. Gödeke indes spielte an seinem Ring am linken Mittelfinger und strich mit der Fingerkuppe genüsslich darüber.

„Ein seltsamer Ring", dachte Jana. „Sehr eigenartig. Eine Einzelanfertigung, ein Unikat, ganz ohne Zweifel."

Sie übten noch ein wenig weiter an ihrer Geschichte und ließen es sich schmecken, als der Smut ihnen ein warmes Abendessen servierte. Auch er nur noch mit Matrosenhose und Unterhemd bekleidet, beides nicht sonderlich sauber. Jana bekam mit, wie der alte Mann sie lüstern musterte. Erst jetzt wurde ihr wieder klar, wie leicht sie selbst doch nur gewandet war, und eiligst hielt sie sich die flache Hand vors Dekolleté.

Man hatte bereits den zweiten großen Becher Wein geleert, und während des Essens kehrte das Gespräch zurück auf andere Themen. So auch auf Neuwerk und die unnatürliche Hitze.

Als das Geschirr abgetragen war und die Kabinentür verschlossen, veränderte sich die Atmosphäre erneut. Nämlich in die Richtung, in die sie zu Beginn schon einmal gedriftet war. Ein gewisser rauer Unterton in Gödekes Stimme, ein paar vielsagende Blicke.

Mehr war dazu gar nicht nötig. Walhorn spürte es augenblicklich, und auch Lars beugte sich vor, stützte die Ellenbogen auf den Tisch und sah Jana neugierig an. Er kannte seinen Anführer und wusste, was da mitschwang.

„Schenk uns Wein nach, Jana!“, befahl der Hauptmann der Likedeeler. „Uns allen. Dir auch!“

Er hatte die vier großen Silberbecher in die Mitte des Tisches geschoben. Die Vitalienschwester sah das Funkeln in seinen Augen, und sofort schoss ihr erneut die Feuchte in den Schoß. Sie wusste, was der Ton bedeutete und dass er keineswegs die Absicht hegte, die anderen Männer aus der Kabine zu entlassen. Sie blickte hin zu Lars und zum Kapitän, sah das lüsterne Grinsen in ihren Gesichtern und erhob sich umständlich. Weit musste sie sich über den Tisch vorbeugen, um mit dem schweren Tonkrug an die Becher zu gelangen. Sofort gerieten ihre Brüste wieder in den Fokus des männlichen Interesses.

„Mach langsam, Stute, ganz langsam“, befahl Gödeke leise.

Totenstille herrschte plötzlich, nur das Atmen aus vier Kehlen war zu hören. Alle streckten die Waffen vor der flirrenden Gier, die sie ansprang wie ein Raubtier. Die ihnen die scharfen Klauen tief ins Fleisch bohrte. Und in die Gedanken.

Jana stand eng neben Gödeke und reckte ihren Hintern heraus, ihre Auslagen zu Lars und Walhorn hin gerichtet. Sie ahnte, was kommen würde, wusste es, wollte es. Sie allein mit drei Männern. Zwei gefährlichen Seeräubern und einem derben Walfänger. Wieder hatten sich ihre Nippel aufgerichtet, rieben an dem Stoff des Kleides. Und wieder pochte ein wildes Feuer in ihrem Schritt.

„Jetzt bin ich dran, jetzt bin ich fällig …“, flüsterten die heißen, zuckenden Zungen in ihr. Sie lechzten, sie säuselten, lockten und drängten. Ihr pochte die Klit, während das Plätschern des Rotweins den Raum erfüllte, als stürze ein mächtiger Wasserfall in einen Abgrund. Niemand sagte etwas. Das Schiff knarrte, als sei es ungeduldig. Eine Möwe kreischte draußen im Wind.

„Ein feiner Schlag auf den Arsch würde ihr gut tun“, dachte Gödeke, und schon holte er aus.

Jana, die natürlich mit genau einer solchen Attacke ihres Anführers rechnete, hielt den Atem an. Sie hatte den Blick in Käpt’n Walhorns Augen gerichtet, die Lippen geöffnet, wiegte sogar provozierend leicht die Hüften. Verlangend, lüstern …

Auch Gödeke stand die Begierde ins Gesicht geschrieben, seine Augen schimmerten dunkel. Jana Kalaschnikova war ein einziges Sinnbild der Sünde, der Verlockung. Alles an ihr schrie nach Händen, nach Benutzung und Ausschweifung. Strähnen ihrer blonden Haare klebten ihr im Gesicht, die Hitze in der Kajüte und der Rotwein taten ihre Wirkung. Jegliche Hemmung schien über Bord gespült zu werden und in der Nordsee zu ertrinken. Das pure Verlangen hatte Einzug gehalten.

Die Sekunden dehnten sich zur Ewigkeit, bis Gödekes flache Hand mit Kraft den prallen Hintern traf. Jana stieß den Atem aus, riss den Kopf in den Nacken, ihre Brüste schaukelten im Kleid, und der Pirat packte entschlossen zu. Mit festem Griff und ganzer Hand gruben sich seine starken Finger ins Sitzfleisch der Vitalienschwester. Gleichzeitig fasste er sich an seinen eigenen Schritt, schwer wog der Sack in der weiten Seemannshose, hart war das Glied.

Natürlich verschüttete die unprofessionelle Schankmaid Rotwein. Sie stöhnte auf, setzte sich aber nicht zur Wehr, sondern hielt die vorgebeugte Position. Jana keuchte lüstern und wusste, dass es nun losging, und zwar zu viert! Sie stellte selbstsicher die nackten Füße etwas weiter auseinander, denn Gödeke fuhr mit einer Hand von hinten unter ihr Kleid, strich ihre Beine entlang.

Walhorn starrte auf ihre nur noch notdürftig bedeckten, hängenden Brüste, eine Hand ebenfalls an seinem Gemächt. Ergriffen vom Rausch der Wollust, den Stunden angestauter Begierde auf diese Frau. Gewichen war die Qual wochenlanger Enthaltsamkeit, vergessen das heimliche Onanieren nachts, allein am Kommandostand. Nicht nur beim Käpt`n, sondern auch beim Dritten im Bunde, dem Hünen Lars Reesenspund.

Das Weib in seiner reinsten Form, bereit und willig, entflammt. Und drei Männer, die seinen Rausch witterten, mit jeder Faser spürten und zu schätzen wussten. Verblasst waren sinnliche Verlockung und heißes Versprechen, hatten Platz gemacht für etwas anderes. Für die hemmungslose Wollust, die bereits Einzug gehalten hatte. Die nicht leise angeklopft hatte, sondern mit Vehemenz hereingestürmt war.

Jana hielt mit dem Einschenken inne, den Blick weiterhin auf den Käpt`n gerichtet, die Lippen geöffnet. Ihre Zunge kam hervor, galt dem Jäger der Wale. Gleichzeitig ersehnte sie Gödekes Hand, erwartete sie.

Der ließ sich auch nicht lange bitten, fasste ihr roh unter dem Kleid an den nackten, festen Oberschenkel. Er befahl, dass sie nur weiter die Becher füllen solle, aber schön langsam. Und er glitt weiter hinauf, nicht zärtlich streichelnd, sondern mit Kraft in der Hand. Dann aber fasste er zu! Von hinten an ihren Schritt. Zwei Finger fanden den nassen Eingang. Laut stieß sie den Atem aus, einer Erlösung gleich. Nur ein einziges Wort formten die Lippen, und sie schrie mit entfesselter Gier: „Eeeendlich …!“

Für Gödeke gab es kein Zaudern, energisch stieß er mit den Fingern zu „Lars!“, wies er mit lusttriefender Stimme an. „Öffne der Metze das Kleid. Wir wollen ihre Titten sehen. Und Ihr, Herr Walhorn, greift nur ordentlich zu. Ich denke, wir sollten jetzt dem nachkommen, was Ihr Euch vorhin so trefflich gewünscht hattet. Wir ficken! Und zwar zu viert. Zeigt dem Luder Eure Schwänze. Ich fühle es an ihrem nassen Schlitz, wie sehr sie danach giert. Stimmt das, Vitalienschwester, die du nun bist? Na los, antworte! Die Prüfung mit dem Becher Wein hast du mit Bravour bestanden, doch jetzt kommt die Kür!“

„Ich werde mich ihr stellen!“, keuchte sie und blickte weiterhin Walhorn mit starrem Blick tief in die Augen.

Und noch bevor Lars seinen Auftrag ausführen konnte sprang der Käpt'n von seinem Stuhl, beugte sich vor und griff zu. Hinein in ihren Ausschnitt und an die dargereichten Brüste. Vollendung des Glücks! Janas Schrei, ihr „Endlich!" war genau das, was nun auch aus ihm hervorbrach. Endlich zupacken, endlich diese extrem verlockenden Brüste in die Hände zu bekommen, das wonach er sich in den vergangenen Stunden schier verzehrt hatte. Fast kam es einer Ohnmacht nahe, sie jetzt in Besitz zu nehmen. Ihm rauschten die Ohren, pure Wonne durchströmte ihn, gemischt mit hemmungslosem Verlangen. Mit beiden Händen langte er hinein ins Kleid, befreite die hängenden Glocken der Versuchung und der Sünde. Sofort begann er sie zu drücken, während sie weiterhin tapfer den Wein einschenkte. Das hinderte sie allerdings nicht daran, ihn weiter anzustacheln.

„Oh, Herr Kapitän …", keuchte sie mit lasziver Stimme. „Was macht Ihr mit mir?"

Hart drückte sein Geschlecht an die Tischplatte, nicht minder hart waren auch Janas Nippel. Kaum hatte sie ihre Arbeit verrichtet und die Becher endlich gefüllt bekommen, den Krug beiseite gestellt und sich mit den Händen auf die Tischplatte gestützt, da kam Walhorn auf die massive Holzback geklettert. Er kniete sich vor Jana hin, ließ sich von ihr die Hose öffnen und herunterziehen. Die fleischgewordene Wollust sprang ihr entgegen und augenblicklich griff sie zu.

Auch Lars und Gödeke hatten sich ihrer Hosen entledigt, und Jana keuchte noch lauter auf, als sie das nicht minder hünenhafte Rohr des Personenschützers jetzt erstmalig in voller Pracht erblickte. Nichts anderes hatte sie erwartet, sie sah alle ihre Theorien bestätigt. Zumindest jene, die sie im Moment interessierten. Lars' Schwanz war tatsächlich ein wahres Monstrum seiner Klasse.

Gödeke selbst war es, der Jana das Kleid vom Körper riss. Der sich nicht mehr gebändigt bekam und die verkommene Dame jetzt seinen Freunden anbot. Sie würden sie mit ihm auf Likedeeler Art teilen. Nackt! Den Begierden der Männer ausgeliefert, und ihren eigenen ebenso. Gödeke war der Einzige, der wusste, was für eine wilde Stute sie da entfesselten und befreiten.

„So ist es guuut …!", rief er mit tiefer Stimme. „So soll es sein. Benutzt sie, weiht sie ein, tauft sie. Sie braucht das heute, sie ist nasser als ein vollgesogener Badeschwamm. Ab sofort ist sie eine von uns und stellt sich unseren hemmungslosen Piratentrieben."

„Und Ihr braucht es auch, Ihr alle drei!", rief sie zurück. „Denn ich bin fortan Eure Schwester der Verdammten und Geächteten, frei wie der Wind! Ich bin Eure tosende See, Eure Heimat und Euer Hafen. Schifft ein, Ihr Seemänner, reitet die Wellen und lasst Euch hinfort spülen … lasst Euch mitreißen von mir und meiner übersprudelnden Gier!"

Worte, von Jana gesprochen, der Livländerin, die nun alles andere war, nur keine Venus im Pelz. Sie war die Klabauterfrau! So schoss es Gödeke durch den Kopf.

„Lars!", keuchte er kurz darauf. „Jetzt aber rasch, aufs Bett mir ihr! Stürmen wir den Hafen, besetzen wir ihn. Jetzt wird gevögelt bis der Morgen dämmert und die Flut einsetzt!"

Im Wattenmeer

Dreimal schlug laut die Schiffsglocke und riss auf dem Bett in der Kapitänskajüte vier ineinander verwobene Personen auseinander. Jana erschrak heftig, entließ Lars aus ihrem Mund und ein weiteres Glied aus ihrem Achtersteven.

„Was ist los?", rief sie jetzt und richtete sich erschrocken auf, zog Walhorns Hand von ihrer Brust. „Gödeke? So sprecht doch!"

Doch an seiner statt antwortete der Käpt'n. Und der blieb genauso gelassen wie Gödeke und Lars auch. Er verschränkte sogar gemütlich die Hände hinter dem Kopf und legte sich wieder hin. Dennoch war klar, dass das Schlagen der Schiffsglocke nun das

Ende der Ausschweifungen einläutete. „Das bedeutet, dass ab jetzt noch drei Minuten Zeit sind.“

„Zeit wofür?“

„Um uns vorzubereiten. Denn in drei Minuten setzen wir auf dem Meeresgrund auf, und es wird dann ein wenig rumsen. Becher könnten umfliegen und dergleichen, es wird auch etwas ruckeln. Und ab dem Moment läuft die Sanduhr.“

„Wie bitte? Das ist doch nicht Euer Ernst, oder?“ Jana fuhr sich jetzt sichtlich nervös und auch ein wenig verärgert durch die zerzausten Haare. Der Gleichmut der Männer traf sie unvorbereitet. „Wenn mir jetzt mal jemand was erklären würde, wäre ich ihm sehr verbunden.“

Gödeke rollte die Augen und stieg aus dem Bett. „Wenn ich Euch daran erinnern darf, Lady Kalaschnikova, dass wir uns in der Nordsee befinden …“ Er schlüpfte in seine Hosen. „Zieht Euch etwas über und folgt mir. Und nehmt die Becher mit. Ich will Euch etwas zeigen.“

Käpt’n Walhorn und Lars grinsten sich an. Sie stiegen ebenfalls vom Lotterlager und rasch in ihre Hosen, zogen sich jeder ein Hemd über und folgten ihrem Anführer aus der Kabine.

Jana hüllte sich wieder in ihr Kleid, das sie jetzt nur auf die Schnelle mit einem Gürtel zusammenband. Es zuzuknöpfen, hätte zu lange gedauert, und ihre Finger zitterten leicht. Ganz abgesehen davon, dass einige Knöpfe fehlten. Eilig lief sie den Männern hinterher, merkte aber, dass sie ein wenig taumelte und schwankte. Knapp eine halbe Gallone Rotwein aus der Toskana hatte sie intus, ebenso wie ihre Begleiter auch. Nur schienen die das besser wegzustecken. Ein weiteres Bäuerchen später trat sie hinaus an die frische Luft. Eigenartig ruhig kam es ihr vor. Doch bevor sie weiter darüber nachdenken konnte, erklang abermals die Schiffsglocke. Jetzt nur noch einmal. Das Lot war heraufgezogen worden.

„Festhalten“, rief Walhorn. „Kommt her, Jana, haltet Euch an der Reling fest, und sagt mir, was Ihr seht!“

Wolkenlos war der Himmel, zunehmend der Mond. Gespenstisch bleich das Licht. Dazu kam die absolute Stille. Kein Meeresrauschen, kein Anbranden, gar nichts. Keine Wellen, kein Wanken und Schwanken. Völlig surreal! Dazu die unnatürlich warme Luft. Eine leichte Brise wehte Jana durchs blonde Haar, und nur das Geschrei der zahlreichen Möwen bewies ihr, dass sie sich noch auf dieser Welt befand.

Doch es machte weder *Rums*, noch gab es eine Vollbremsung. Da sie schon vor Stunden Anker geworfen hatten, setzten sie jetzt nur noch auf. Das allerdings merkte man schon, denn es knirschte verdächtig im Gebälk der Spanten, und das Schiff neigte sich ein wenig nach backbord. Zwar nicht weit, doch immerhin noch ein bisschen. Dann lag es still, und Jana starrte über die Bordwand. Das Meer war verschwunden! Und zwar komplett. Lediglich die Höhe des Tiefgangs war noch an Wasser vorhanden, und auch das schwand rasch. Bald würde weit und breit keine Nordsee mehr zu sehen sein. Stattdessen … ja was? Strand? Schlick?

„Herzlich willkommen auf dem Meeresgrund!“, lachte Gödeke. „Lust auf einen kleinen Spaziergang in etwa einer halben Stunde? Oder lieber auf ein Picknick? Ein knietiefes Fußbad könnte ich auch jetzt schon anbieten. So warm, wie es ist, könnten wir glatt ein paar Liegestühle aufstellen.“

Doch Jana war nicht nach Scherzen zumute. „Wann … Wann kommt es zurück? Und wo ist es hin? Das gibt es doch nicht! So etwas habe ich noch nie gesehen. Dass es Ebbe und Flut gibt, das weiß ich natürlich, und auch, dass es mit dem Mond zu tun hat. Den Gezeiten. Aber in Klaipėda entfernt sich das Meer nur knapp ein Dutzend Fuß. Dagegen hier: Komplett weg! Das muss eine halbe Tagesreise sein. Und wieso kippt das Schiff nicht um?“

Eilig nahm sie einen großen Schluck Wein. Gut, dass sie den Becher mit hinaus genommen hatte! Sie war mehr als verwirrt.

„Die *Talliska* ist zwar von der Klassifizierung her ein Holk, doch ähnelt ihre Bauweise auch einem westfriesisch-holländischen

Plattenbodenschiff", fachsimpelte Walhorn. „Das hat nur einen geringen Tiefgang und besitzt einen flachen, aber sehr schweren Balkenkiel. Der schützt unter anderem die Außenhaut des Rumpfes beim Aufsetzen auf Grund. Dazu an beiden Bootsseiten je einen Schlingerkiel an der Kimm, und zusätzlich einen schmalen Wulst, der einer zu starken Krängung entgegenwirkt und auch das Boot beim Trockenfallen stabil hält." Ein gewisser Stolz schwang in seiner Stimme mit, und er ging sichtlich in seinen Erklärungen auf. „So benötigen wir keine Wattstützen wie die schlankeren Koggen. Keine massiven Balken, die an den Außenwänden angebracht sind. Die *Talliska* ist schwer genug, dass ihr Gewicht den Kielbalken ins Watt drückt und der Rumpf dann komplett und flach aufliegt."

Gödeke nickte. „Für uns Piraten ist das Trockenfallen allerdings nie so ganz ohne, denn wir machen uns natürlich von Land aus angreifbar. Wenn die Soldaten mit Pferden ankämen, was schon mal vorgekommen ist, oder auch mit Kutschen. Dann sieht es schlecht aus für uns. Obwohl wir hinter der Bordwand natürlich geschützt sind und uns mit Armbrust, Pfeil und Bogen gut zu verteidigen wissen. Unsere Enterbeile und Krummdolche sind bestens geeignet für den Nahkampf. Und natürlich auch die langen, scharfen Entermesser und schweren Morgensterne, die langen Speere und Keulen und was wir sonst noch im Repertoire haben. So überlegen sie es sich natürlich, ob sie uns offen angreifen sollen. Denn unser Ruf ist wesentlich schlechter, als wir wirklich sind."

Jana lachte auf. Sie entspannte sich ein wenig und stieß gerne mit ihm und dem Käpt'n an. Lars war dabei, eine Strickleiter über die Reling zu werfen und sie zu befestigen. Michels fuhr fort mit seinem spannenden Bericht.

„Für die Schmuggler aber ist es ideal, denn die kommen dann mit einem Pferdefuhrwerk vorgefahren und übernehmen die Ware gegen bares Geld. Manchmal sind es auch sogenannte ehrbare

Kaufleute, oftmals sogar auch aus Hamburg, die unter der Hand mit uns Geschäfte machen. Was für sie aber hundsgefährlich geworden ist, denn darauf steht der Tod durch Erhängen."

Er schüttelte den Kopf, als sei er ein wenig entrüstet über diese Unverschämtheit, die seinen Geschäftspartnern zugemutet wurde. „Mit anderen Worten, Jana: Wir müssen die Gezeitenströme immer sehr genau im Auge behalten. Und die Sanduhr ist mitunter wirklich lebenswichtig. Oft entscheidet das Gewicht der Fracht, wie schnell das Wasser uns wieder anhebt und wir einem Angriff entkommen können. Gut vier Stunden kann man sich gefahrlos auf dem Watt bewegen, dann wird es Zeit, an Land zurückzukehren oder eben an Bord. Das Ansteigen der Flut bekommt man nicht wirklich mit, denn die Priele liegen tiefer, und die laufen zuerst voll. Und urplötzlich erhebt sich das Wasser zu allen Seiten gleichzeitig und überall. Man verliert die Orientierung, weiß nicht mehr, wo man ist. Der Horizont verschwindet hinter der aufkommenden Flut. Strömung tritt auf, und man kommt nicht mehr zu Fuß durch die Priele. Und plötzlich geht alles sehr schnell. Stehst du einmal mit den Füßen im Wasser, kommst du nicht mehr an Land. Denn das Meer kommt nicht einfach von hinten, sodass du nur vorwärts zu laufen brauchst. Sondern es ist plötzlich überall. Auch vor dir, da wo eben noch gar kein Wasser war. Und du weißt, du bist am Arsch!"

Eine gruselige Vorstellung. Vor allem, wenn man sich gerade so unverhofft auf dem Meeresboden wiederfand. Bilder tauchten vor Janas innerem Auge auf von versunkenen Schiffen, Wracks und toten Seeleuten. Von Leichen, die womöglich auf Neuwerk angeschwemmt wurden. Sie konnte dabei zusehen, wie das Wasser immer weniger wurde. Beinahe so, als würde es ablaufen oder im Boden versickern. Nichts war es mehr mit tosender See und rauschenden Wellen. Stattdessen kamen Seesterne zum Vorschein, Muscheln, kleine Krebse und seltsam geformter Grund. Kleine Häufchen aus Schlick und schlapp am Boden liegendes Seegras.

„Das geht ja tatsächlich wahnsinnig schnell mit dem Wasser", murmelte sie und blickte hinauf, hoch zum Mond. Ob man wirklich eines Tages erklären könnte, wie alles zusammenhing?

„Sehr beeindruckend, nicht wahr?", fragte Walhorn leise. „Wie mächtig das ist. Ein ganzes Meer auf einmal verschwunden. Was für eine Kraft muss dahinter stecken. Und das schon seit ewigen Zeiten, zwei Mal in 24 Stunden." Er gab ihr einen Kuss auf den Mund, strich ihr über den Rücken und Po. Wohl wissend, dass sie nackt unter dem Kleid war. „Kommt Jana, gehen wir der Sache auf den Grund."

Wie selbstverständlich zählte sich jetzt auch Käpt`n Walhorn mit zu den Likedeelern, denn auch er hatte mit dem Anführer der Bruderschaft einen großen Becher Wein in einem Zug geleert. So war er frei von Bedenken, dass auch er nun mit den anderen teilen durfte, was ihm beliebte.

Gödeke Michels sah es mit einem Schmunzeln und spielte an seinem Ring. „Sehr gut", dachte er. „Sehr, sehr gut."

Einige Zeit später hatten sie es sich tatsächlich auf dem Meeresgrund gemütlich gemacht. Walhorn und Lars hatten ein großes, rechteckiges Brett ausgelegt, das Platz für einen Tisch und vier Stühle bot. Jana hatte den Weinkrug und die Silberbecher geholt. Ein Windlicht leuchtete sowohl auf dem Tisch, als auch hoch oben im Mast. Da sie selbstverständlich keine Piraten waren, sondern norwegische Kaufleute, brauchten sie auch keine Soldaten zu fürchten oder sich zu verstecken.

Ihre nackten Füße steckten in holländischen Holzgaloschen, und Gödeke überlegte, ob es wohl fein wäre, Jana nackt ausziehen und sich gemeinsam mit ihr im Schlick zu wälzen und sich herrlich einzusauen, als er mit einem Mal etwas hörte. Von weit entfernt. Eine Schiffsglocke. Und ihm war, als sei es nicht nur irgendein Geläute, sondern ein ihm sehr gut bekanntes Signal. Ein Freibeutersignal!

„Habt ihr das auch gehört?“, fragte er leise, und seine drei Gefährten nickten stumm.

Hyänen

Auch im Turm auf der Insel Neuwerk schien jemand ein Signal gegeben zu haben. Lautlos zwar, dafür aber mit unübersehbaren Folgen

„Jetzt reißt Euch aber mal zusammen!“, mahnte Isabella – und merkte sofort, dass ihrer Stimme die angemessene Strenge fehlte: Die frischgebackene Pädagogin hatte sicht- und hörbar Mühe, sich das Lächeln zu verbeißen. Aber was machte das schon! In ihren Augen war der improvisierte Theaterkurs am Nachmittag ein voller Erfolg gewesen.

Gut, bei ihrem eigentlichen Spionage-Projekt war sie noch keinen Schritt weitergekommen. Sie hatte zwar immer wieder verträumt an ihrem auffälligen Ring gespielt und die linke Hand aufs Pult gelegt, damit man ihn auch gut sehen konnte. Doch keines der Mädchen hatte irgendwie erkennen lassen, dass ihm das silberne Symbol etwas sagte. Dafür hatte der Unterricht selbst Isabella erstaunlich viel Spaß gemacht. Also hatte sie sich überreden lassen, ihren aufgeregt gackernden Hühnerschwarm später auch zum Abendessen zu begleiten. Und das lief gerade ein bisschen aus dem Ruder.

Klassenweise saßen die 69 Schülerinnen der Huren-Akademie an großen Tischen im Speisesaal des Turms und ließen es sich schmecken. Allerdings war es nur Isabellas Tafel, über der ein erotisches Feuer zu lodern schien. Die sinnlichen Spielereien aus ihrem Nachmittags-Unterricht wirkten offenbar nach. Es schien beinahe, als habe sich die Klasse selbst Hausaufgaben aufgegeben. Die Mädchen hatten sichtlich Spaß daran, die unter weiblichen Händen erlebten Genüsse noch ein wenig auszudehnen. Und wenn sie ehrlich war, dann sah die Dozentin das durchaus mit einem gewissen Stolz: Die glitzernde Gier in den Augen. Die immer noch glühende Haut. Die mutig gewordenen Hände, die sich zwischen die Schenkel der Tischnachbarin schoben, um ihr zwischen zwei Bissen ein kleines Stöhnen zu entlocken.

Eine dunkelgelockte Schönheit, die noch vor ein paar Stunden äußerst zurückhaltend gewesen war, hatte sich bereits schamlos das Kleid aufgeschnürt und ließ mit vollkommen versehentlicher Absicht den Getreidebrei von ihrem Löffel auf ihre nackten Brüste tropfen. Prompt beugten sich von rechts und links zwei selbstlose Helferinnen zu ihr herüber, um ihr das Malheur genüsslich von den harten Spitzen zu lecken.

Schon flogen von den anderen Tischen irritierte Blicke durch den Raum, schon wurde das Murmeln und Flüstern lauter. Bissige Kommentare krochen über die Teller, die Missgunst hob ihr hässliches Haupt.

„Hört zu, Mädels", sagte Isabella, bevor die Situation vollends eskalieren konnte. „Ich habe etwas Wichtiges mit Euch zu besprechen." Vertraulich senkte sie die Stimme und berichtete ihrer Klasse, was sie vor dem Essen in einer Unterredung mit dem Schulleiter erfahren hatte.

Der aus den Alpen hatte vom Turm aus ein Schiff erspäht, das im Wattenmeer vor Anker gegangen war. Der Kapitän würde es wohl über Nacht trockenfallen lassen, um mit der Flut am nächsten Vormittag hier anzukommen. Und dann würde die Mannschaft auf der Insel O einfallen – ausgehungert und mehr als bereit, ihre Heuer auf den Kopf zu hauen. Der Größe des Schiffes nach zu urteilen, würde es wahrscheinlich etwa ein Dutzend Männer sein, das seine Auswahl unter 69 Aspirantinnen treffen konnte. Und dieses Missverhältnis hatte den findigen Internatsdirektor auf eine Idee gebracht.

Es würde eine Art Wettbewerb geben. Die Schülerinnen sollten ihre männliche Beute nach allen Regeln der Kunst umwerben und alles zeigen, was sie bisher gelernt hatten. Am Ende würde nicht nur abgerechnet werden, welche Mädchen das meiste Geld eingenommen hatten. Besonders zufriedene Freier konnten ihrer Favoritin auch mit einer Feder und wasserfester Eisengallus-Tinte ein Herz auf den Hintern zeichnen und so für zusätzliche Punkte auf ihrem Konto sorgen. Die Ergebnisse dieses Praktikums im Seebären-Verführen würden dann für die bevorstehende Abschlussprüfung angerechnet werden. Und damit darüber entscheiden, welche der Mädchen als beste Absolventinnen mit dem silbernen O-Ring am Lederbande ausgezeichnet würden.

„Es lohnt sich also, sich anzustrengen!", schloss Isabella. „Wir müssen uns für morgen etwas ganz Besonderes einfallen lassen." Nachdenklich sah sie in die etwas ratlosen Gesichter. Irgendwie waren ihr die Mädchen in der kurzen Zeit schon ein bisschen ans Herz gewachsen. Vor allem, seit sie erfahren hatte, dass sie als die Verlierer-Klasse der Huren-Schule galten – jene, der man am wenigsten zutraute. Was also konnten sie den Prüfungs-Freiern bieten, das diese nicht schon bei hundert und einer Hafendirne gesehen und erlebt hatten? Isabella kaute auf ihrer Unterlippe.

„Wir müssen sie nicht nur bei ihren Eiern packen, sondern auch bei ihren Fantasien", verkündete sie schließlich voll pädagogischen Eifers. „Nein, jetzt schaut nicht so ungläubig! Die meisten Seeleute haben sehr viel Fantasie! Wie sollen sie sonst all diese endlosen Wochen auf dem Schiff überstehen, wenn ihre Hand die einzig verfügbare frivole Gesellschaft ist?" Isabella kräuselte ironisch die Mundwinkel. „Glaubt Ihr, sie denken an ihre eigenen Finger, wenn sie Neptun ihren Samen spenden? Oder nicht doch eher an ein heißes, williges Luder, das sich nach ihrem Schwanz verzehrt?"

Dem war natürlich wenig entgegenzusetzen. Doch was folgte daraus? Für Isabella war das sonnenklar: Auch hier war Schauspielkunst gefragt. Und zwar in einer Form, die weit über das bloße Vortäuschen von künstlicher Erregung hinausging. Richtige

Handlungen wollten erzählt werden, erotische Romane, ganze Geschichten voller Spannung und Dramatik.

„Ihr müsst ihnen Träume verkaufen“, erklärte die Dozentin. „Sie einspinnen in Illusionen der Lust. Und das wird Euch umso besser gelingen, je mehr Spaß ihr selbst daran habt. Also, Gauklerinnen: In welche Rollen wollt ihr schlüpfen?“

Langsam begannen sich die Mädchen für die Idee zu erwärmen. Leise genug, um nicht von der Konkurrenz belauscht zu werden, stürzten sie sich in eine Diskussion über das Für und Wider verschiedener Szenarien. Ein maritimes Thema vielleicht? Neptuns Reich mit seinen lüsternen Meerjungfrauen? Nicht schlecht im Prinzip! Aber wie wollte man denn für die geneigte Kundschaft die Beine spreizen, wenn diese von einem Fischschwanz umhüllt waren? Nein, da gab es sicher praktischere Kostüme. Sollten sie sich also mitten in der Nordsee auf einem orientalischen Sklavinnen-Markt versteigern lassen? Oder die verdorbenen Hofdamen des französischen Königs mimen, die sich zur Abwechslung nur zu gern von rauen Seeleuten die Seele aus dem Leib vögeln ließen?

„Wir könnten uns natürlich auch alle als Hyänen verkleiden“, scherzte eine Blondine und stieß ein rostig-schepperndes Lachen aus, das ihr zu dieser Rolle zu passen schien. Isabellas trockener Kommentar zu den ersten missglückten Versuchen im akustischen Orgasmus-Vortäuschen war unvergessen. Alle lachten. Bis auf die Dozentin selbst. Die sah plötzlich aus, als habe sie den Stein der Weisen gefunden.

Der Rest des Abends und die halbe Nacht vergingen mit Tuscheleien, Planungen und mehr als geheimnisvollen Vorbereitungen. Mit wachsendem Eifer durchstöberten die Schülerinnen die frivolen Gewänder in der Kleiderkammer der Schule, die Stoff- und Pelzreste der Näherei und die Farbvorräte im Handwerkerschuppen. Einige wanderten sogar mit einer Laterne über den monddämmrigen Strand, um dort ab und zu etwas vom Boden zu klauben. Nächtliche Beute für die Piratinnen der Lust.

Als es am nächsten Morgen hell wurde, brach im Freigelände rings um den Turm hektische Aktivität aus, sogar Hämmern und Sägen war zu hören. Die Konkurrentinnen der anderen Klassen schüttelten nur die Köpfe, tippten sich gegen die Stirn und drehten sich in ihren Betten noch einmal auf die andere Seite. Isabellas Schützlinge aber nutzten die Stunden. Man wusste schließlich nicht genau, wann das Schiff einlaufen würde. Und eine gute Vorbereitung war alles, wenn ihre Premiere auf der Meeresbühne der Insel O ein Erfolg werden sollte.

Langsam kehrte die See aus ihrem nächtlichen Exil zurück. Zunächst unmerklich stieg der Pegel in den Prielen. Wo eben noch matschiger Schlick, gerippelter Sand und Muschelschalen in der Morgen-Sonne gelegen hatten, leckten nun wieder salzige Wasserzungen. Bereit, den Meeresgrund zu verschlingen, um ihn erst am Abend wieder freizugeben. Die Flut kam. Und die Schauspiel-Klasse war bereit.

Gespannt blinzelten die zwölf Mädchen zum trockengefallenen Schiff hinaus. Hob sich der Rumpf schon vom Grund? Ging es bald los? Der Wind spielte in ihren Haaren, strich über manch seltsamen Kopfputz. Von ihren Kostümen war unter den leichten Mänteln noch nichts zu sehen. Doch sie fühlten sich bereits als Teil einer Vorstellung. Als werde sich gleich der Vorhang heben, hinter dem das gleißende Rampenlicht wartete. Und ein erwartungsvolles Publikum.

Es war eine Situation, die die meisten von ihnen nicht kannten. Die Dienste, die sie ihrer männlichen Kundschaft bisher geleistet hatten, waren doch eher profaner Natur gewesen. Sie hatten bestenfalls die Instinkte angesprochen, aber nicht die Fantasie. Und entsprechend war die Reaktion ausgefallen. Ein nüchterner Akt, ein nüchternes Geschäft. Keine von ihnen hatte dabei das Gefühl gehabt, das Geschehen großartig beeinflussen zu können. Hauptsache, es war rasch vorbei. Nun aber sahen sie sich plötzlich in einer anderen Rolle. Trauten sich viel mehr zu. Sie konnten dieser Mannschaft da drüben etwas bieten, das diese so bald nicht vergessen würde. Wenn überhaupt jemals.

Sie konnten sich in ihre Gedanken schleichen und sie bei ihren Sehnsüchten und Wünschen packen. Wenn das klappte, konnten sie mit ihnen spielen und sie führen wie ein Pferd am Zügel. Fast, als läge die Macht ausnahmsweise einmal in ihren Händen. Und wenn das Schiff dann den Anker lichtete, würden die Mädchen von der Insel O mit an Bord sein. In den Gedanken der Männer würden sie mit in die Ferne segeln. Wohin die Reise auch ging.

So hatte Isabella es ihnen zumindest erklärt. Ob das tatsächlich möglich war? Ein wenig Skepsis blieb. Doch sie waren bereit, es darauf ankommen zu lassen. War es dieses Rollen und Schäumen im Bauch, das die Gaukler gern als „Lampenfieber" bezeichneten?

„Denkt daran, was ich Euch gesagt habe!", beschwor Isabella das Grüppchen, das sich um sie scharte und zu einem engen Kreis formierte. „Ihr seid die Größten! Die Königinnen der Bühne!". Sie ballte die Faust und streckte sie zum Mittelpunkt ihres Kreises. Zwölf weitere Fäuste taten es ihr nach. Berührten sich kurz, bevor ihre Besitzerinnen sie nach oben rissen und Richtung Himmel streckten. Und über den salzigen Wind und das schrille Möwengeschrei erhob sich ihr Schlachtruf: „HY-ÄNEN!!!"

Ankunft auf Neuwerk

Für Gödeke Michels hatte die Nacht eine ganz andere Art von Geräusch mitgebracht. Er stieß seinen Stuhl nach hinten ins Watt und lief barfuß zurück zum Schiff. Hurtig enterte er die Strickleiter auf, sprang mit einem Satz über die Reling und eilte nach vorn an den Bug. Dort hing die eigene Schiffsglocke der *Talliska*. Er starrte angestrengt gen Westen in die Nacht hinein, doch vermochte er nichts zu erkennen.

Keuchend kam Lars Reesenspund zu ihm heran und murmelte: „Wenn es das war, was ich meine, dann …"

„Schhhhhh …!", machte Gödeke leise. „Ruhig jetzt! Wenn es das ist, was ich glaube, dann zählt es jetzt."

Beide lauschten sie in die Dunkelheit hinein. Es war nahezu windstill.

Unten auf dem Meeresgrund unweit des Schiffes hatten Käpt`n Walhorn und Jana Kalaschnikova ihre Verwunderung über den plötzlichen Aufbruch der Seeräuber fürs erste in den nächsten Priel geworfen und widmeten sich anderen Dingen.

„Noch etwas Rotwein, Frau Kalaschnikova?", fragte Walhorn galant und erhob sich mühsam aus seinem Stuhl, der mitsamt dem Brett schon ein Stück weit im Schlick versunken war.

„Aber gerne doch, Herr Kapitän", lächelte sie und hielt ihm ihren großen Silberbecher entgegen. Da ihr Kleid nur von einem Gürtel locker verschlossen war, schimmerten die übereinandergeschlagenen Schenkel im fahlen Mondlicht und zeigten wundervolle, weibliche Haut. Walhorn stellte sich seitlich zu ihr, hob den Tonkrug und füllte den Becher.

„Meint Ihr, das war eben eine Schiffsglocke?", fragte sie nachdenklich und sah den Mann von unten herauf an.

Walhorn stellte den Krug zurück auf den Tisch und zuckte die Schultern. „Ich weiß nicht recht. Könnte sein. Ist mir im Grunde aber im Moment nicht so wichtig. Denn ich bin gerade viel mehr an anderen Glocken interessiert, wie Ihr Euch vielleicht denken könnt."

Er ging kurz in die Hocke und wühlte mit beiden Händen im Schlick. Janas Kleid war auch oben herum nur locker gebunden, schon seit einiger Zeit hatte Walhorn das Vergnügen, in ihren Ausschnitt zu sehen. Und das, was da noch zusätzlich im fahlen Mondlicht zu sehen war, reizte ihn sehr. Nun glitt er mit einer Hand hinein und strich über ihre Brüste, verteilte den Schlick auf den Hügeln. Dann drückte er zu und knetete sie abwechselnd. Die andere Hand fuhr über ihre Schenkel.

„Oh, Herr Walfänger, Ihr macht mich ja ganz schmutzig!“, keuchte sie auf, reckte sich ihm aber entgegen und stellte die Füße auseinander. „Wollt Ihr das? Dass ich ein schmutziges Mädchen bin, hm?“ Gleichzeitig strich sie mit einer Hand an seinem Oberschenkel entlang. Hoch an seinen Schritt und griff zu. „Auch mir ist es egal, was da geläutet wird. Ich stehe jetzt nur auf einen Klöppel, und das ist der hier!“

Mit einer schnellen Bewegung löste sie ihm die Kordel und streifte die Hose hinunter. Auch hier zog sie ihm mit dem Bündchen zunächst das fleischige Glied nach unten und ließ es dann nach oben schnellen, so dass es ihm gegen den Bauch klatschte. Dann langte die Dame aus dem schönen Livland zu.

„Was habt Ihr nur für einen herrlichen Klöppel!“, stöhnte sie, als sie ihn sich in den Mund einführte und ihm lüstern von unten hoch in die Augen sah.

„Jana, wenn Ihr nur wüsstet, wie sehr ich mich nach Euch verzehre. Von dem Moment an, als ich Euch zum ersten Mal gesehen habe. In Visby schon.“

„Uns gehört die Nacht, oh Käpt'n, mein Käpt'n. Und alle Tage darüber hinaus. Denn verbunden sind wir nun durch das Band des Henkers, das nur er im Stande ist zu durchtrennen. Es wird kein Zurück mehr geben.“

„Nein … Ich weiß, Jana, ich weiß. Freiwillig haben wir uns entschieden, uns der Willkür der Mächtigen zu entziehen. Ihr genauso wie ich.“

Seine matschverschmierten Hände glitten sanft durch ihr blondes Haar. Eine Möwe kreischte unweit von ihnen, flog auf, einen Krebs im Schnabel. Flügelflattern vermischte sich mit dem Lustschmatzen von Janas Lippen am aufrecht stehenden Pfahl des Kapitäns der *Talliska.* Das Mondlicht, das keine Wolke mehr störte, fiel bald darauf auch auf weibliche, wohlgerundete Schultern.

Entblößt vor seinen Blicken. Ganz friedlich lag der Meeresboden da, unter ihren Füßen. Janas Kleid war hinab geglitten, und der Käpt'n hatte nur Augen für ihren Körper.

„Gemeinsam werden wir diese Reise fortsetzen", versprach er rau. „Wohin sie uns auch führen mag."

„So sei es", keuchte sie, zog ihren speichelbedeckten Mund zurück. „Und so will ich das! Jetzt und in Zukunft. Nehmt mich, Käpt'n, nehmt mich hier auf dem Grund des Meeres. Ich bin ein schmutziges Mädchen. Dreckiger, als Ihr es ahnt."

An Oberdeck lauschten Gödeke und Lars weiterhin in die Nacht. Doch es war kein weiteres Schiffsglockengeläut mehr zu hören.

„Merkwürdig ...", meinte Michels nach einer Weile. „Ich hätte schwören können, es sei ein ‚F' gewesen. Sehr leise zwar, im Grunde kaum wirklich zu hören und zu identifizieren. Doch hätte es dreimal hintereinander erfolgen müssen. Ich starte einen letzten Versuch."

Er nahm das Stück Metall, das Lars ihm angereicht hatte und schlug zweimal kurz hintereinander: kurz – lang; kurz – lang gegen die Schiffsglocke. Das Zeichen für: „Wer da?"

Das Signal verhallte in der Dunkelheit. Angestrengt lauschten sie, warteten eine Weile ab. Doch nichts geschah. So standen die Männer gemeinsam am Bug und hoben letztendlich die Becher, tranken Wein. Was sollten sie auch anderes machen, um sich die Zeit zu vertreiben?

Plötzlich zeigte Lars auf den Meeresgrund. „Seht mal, da unten. Käpt`n Walhorn und Frau Kalaschnikova. Vögeln die?"

„Tatsächlich! Sieh an, sieh an: Jana entdeckt ihre Schwanzgeilheit. Sehr gut, das passt mir ausgezeichnet. Sie befreit das Lustluder in sich. Und wie es aussieht, macht Käpt`n Walhorn sie gerade zu einem echten Drecksstück. Seht, wie schmutzig sie beide schon sind. Da hilft nachher wohl nur noch ein Bad im Priel da hinten.

Na komm, Lars, gehen wir schlafen. Weck mich morgen beim Einsetzen der Flut. Ich will nun wirklich sehen, was uns auf Neuwerk erwartet."

Gödeke verließ seinen Platz am Bug und ging nach hinten zum Achterkastell. In seiner Kabine sah es wild aus, unordentlich, und es roch nach Exzessen und Ausschweifungen.

„Wundervoll", dachte er. „So will ich das. Wenn Jana nachher irgendwann zurückkommt, werde ich sie mir auch noch mal vornehmen." Er ließ sich in das Lotterbett fallen, so wie er war, mit freiem Oberkörper und nicht mehr ganz sauberer, weiter Hose. Augenblicklich schlief er ein.

Am nächsten Morgen wachte er dadurch auf, dass abermals die Schiffsglocke der *Talliska* dreimal schlug. Mit einem Ruck wollte er hoch, doch Jana lag auf seinem Oberkörper. Nackt, einen Arm um seinen Hals geschlungen und den Oberschenkel zwischen seinen Beinen. Sie roch nach Seetang, Muscheln und Algen, eine Mischung, die er liebte. Und so ließ er sich noch einmal zurücksinken, atmete ihren Meeresduft ein. Auch ein wenig Torfaroma hatte sich dazwischen gemischt, und er bekam Lust, etwas zu trinken. Strich ihr aber stattdessen durchs Haar, gab ihr einen Kuss auf die Schulter und biss auch kurz hinein, in das zarte Fleisch der schönen Frau.

„Hmmmm …", maunzte sie schlaftrunken. „Nur noch fünf Minuten, ja?"

Gödeke grinste in sich hinein und schob die Dame sanft, aber bestimmt von sich herunter. Er betrachte sie sich mit neu aufkommender Gier, während er aus dem Bett stieg. Sie hatte sich zur Seite gerollt und ihm ihren Prachtarsch entgegen gereckt. Nur mühsam widerstand er der Verlockung, obwohl es ihn in der rechten Hand zuckte.

„Ruht Euch aus, denn ich brauche Euch heute noch. Seid aber bereit, wenn wir in gut zwei Stunden Neuwerk erreichen."

„Neuwerk?“, fragte sie zwischen zwei langen Atemzügen und war im nächsten Moment schon wieder tief eingeschlafen. Michels hörte Käpt`n Walhorn bereits die ersten Befehle brüllen und auch Männer über das Deck laufen. Kurz darauf verließ er seine Kapitänskajüte und trat hinaus, um seine Notdurft an der Lee-Seite des Schiffes zu verrichten.

„Moin, Herr Michelson“, wurde er vom Kapitän begrüßt. „Hattet Ihr eine ruhige Nacht?“

„Durchaus, Käpt`n Walhorn. Und Ihr? Alles fit?“

„Etwas müde nach nur drei Stunden Schlaf, aber wunderbar gesättigt fürs Erste. Jana ist ein wahrer Teufelsbraten, nahezu unersättlich, wie mir scheint.“

„Unersättlich lebenshungrig“, meinte Gödeke mit leiser Stimme und sah hinaus in die Ferne. „Sie ist nun eine von uns. Genau wie Ihr es seid, Walhorn. Wir sind verbunden in der Gewissheit, dass jeder Tag unser letzter sein kann. Das Leben feiert sich in jedem von uns in seiner reinsten Form. Wir alle leben nur noch im Augenblick. Es gibt kein Gestern und kein Morgen. Nur das Jetzt. Das Hier und Jetzt. Wo auch immer wir uns gerade befinden.“

Michels wandte sich um, als die Schiffsglocke noch einmal geschlagen wurde und drehte die Sanduhr. Verschwunden war das kurze, romantische Aufflackern seines Innenlebens.

„Perfekt! Auf die Gezeiten können wir uns doch immer noch verlassen. Ziemlich exakt eine Dreiviertelstunde ist die aufkommende Flut für heute weiter gerückt. Ist wichtig für heute Abend, je nachdem, wo wir dann sein werden. Und was Jana betrifft: Gut, dass Ihr sie Euch auch noch einmal vorgenommen habt. Ich will, dass sie sich zu einer gierigen, echten Vitalienschwester entwickelt. Nehmt sie Euch ran, so oft Ihr es wollt. Und von mir aus auch ruhig noch mehr. Ich weiß doch schon lange, wie sehr Ihr unsere hübsche Livländerin mögt.“

„Mit dem größten Vergnügen, werter Herr Gödeke!“ Dann aber fügte er hinzu: „Und ja … ich mag sie sehr.“

„Seht Ihr?“ Ein Grinsen huschte über die Lippen des Freibeuters. „ Na dann … Wer weiß wohin uns unsere Reise noch führt.“

„Wasser steigt!“ rief der Mann am Lot. „Die Flut kommt!“

Knapp eine halbe Stunde später wurden sie sanft, aber bestimmt vom Meer angehoben. Als die Leine sich zu spannen begann, holten sie den Anker ein und nahmen Kurs auf die Insel, die sich nicht mehr weit entfernt vor ihnen erhob. Die *Talliska* lag unter vollen Segeln, als die Sonne aufging und ihre orangerote Februar-Glut sich in den Wellen der Nordsee spiegelte.

Jana kam an Deck, als das Walfangschiff wieder auf den Wellen tanzte. „Fast hatte ich dieses Schwanken und Schaukeln schon vermisst!“, lachte sie in den Wind und genoss es, sich durchpusten zu lassen. Auch heute war es immer noch überraschend mild, die Brise eher ein sanftes Streicheln.

Gödeke hatte sich ein weites Hemd übergezogen. Mit der Frau, die jetzt ein frisches, sauberes Sommerkleid trug, stand er an die Reling gelehnt, schaute voraus nach Neuwerk hin und knetete ihr mit diebischem Vergnügen die Pobacken. Immer wieder flüsterte er ihr ins Ohr, wie heiß er es letzte Nacht gefunden hatte, sie zu dritt durchzuvögeln, und wie sehr er auf sie stand. Sie sei nun eine wahre Vitalienschwester, und er würde fortan auch mit ihr teilen. So auch sich selbst, Lars und den Herrn Kapitän.

„Aber gerne doch!“, hatte sie dazu gemeint und keck gegrinst. „Schafft sie nur zu mir, all die gefährlichen Männer! Insbesondere aber den Käpt’n, denn der gefällt mir sehr.“

„Reeeeefft die Segel!“, rief Walhorn nach einer weiteren halben Stunde. Lars aber starrte mit offenem Mund von weitem auf die Mole. „Seht nur, Gödeke, wach ich oder träum ich? Eine ganze Schar Frauen scheint uns zu erwarten. Und schaut, wie sie gekleidet sind! Ihr solltet den Männern die Heuer auszahlen und ihnen den Spaß gönnen. Landgang haben sie sich alle verdient.“

Michels nickte und winkte Käpt`n Walhorn heran. „Ich fürchte, Ihr müsst doch noch einmal Anker werfen, Herr Kapitän. Eure Leute benötigen erst noch ein Bad, bevor ich sie auf die Insel lasse. Und dann gibt es Heuer für alle! Verkündet dies, und eilt Euch. Auch ich will an Land.“

Sie hatten am Anleger festgemacht, die Taue um die Poller geschlungen und die Brücke aufgelegt. Mit lautem Geschrei und Gejohle wurden sie begrüßt. Dass das Empfangskomitee nur aus Frauen bestand, verwunderte zwar, störte aber keinen der Männer. Im Gegenteil. Lachend ließen sie die Münzen in den Hosentaschen klingen, und die Mädchen strahlten bereits vor Wonne. Sie schienen auf seltsame Art aufgeregt zu sein.

Gödeke betrachtete sich von oben das Spektakel, wobei ihm eine Frau ganz besonders auffiel. Sie war nicht nur überaus reizvoll gekleidet, er spürte auch den intensiven Katzenblick, mit dem sie ihn nun schon seit Minuten beobachtete. Warum wohl? Nach einer Weile wandte er sich ab und sah zum mächtigen Turm hinüber, auf dessen Spitze eine ihm unbekannte Flagge wehte.

Kapitel 6
Der Schmetterlingssammler

2018

Sie beobachtete ihn. Doch er konnte nicht ergründen, was sie dachte. „Es tut mir leid, mein Schmetterlingsmädchen, aber jetzt kommt noch einmal der fiese Äther. Du kommst jetzt wieder an deinen für dich auserwählten Stammplatz. Dort werde ich dich binden, so wie gestern."

„Muss das wirklich sein, Jens? Ich bekomme von dem Äther so wahnsinnige Kopfschmerzen, und mir wird ganz flau im Magen. Ich habe heute doch noch gar nichts gegessen."

„Ts ts ts … Ich weiß, wonach du trachtest und kann es dir auch noch nicht einmal verübeln. Doch musst auch du mich verstehen. Ich kann und werde das Risiko nicht eingehen, dich ungebunden zu lassen."

Mit diesen Worten ließ er den Äther vorsichtig auf einen Wattebausch laufen. Schon verteilte sich der Geruch im ganzen Raum. Mit einer entschlossenen Bewegung presste er Elena den Bausch auf Mund und Nase und legte die andere Hand auf ihre Stirn. Sie starrte ihm in die Augen, hielt den Atem an. Doch er wartete gleichmütig ab.

„Oh … schon eine Minute. Ich bin stolz auf dich. Bist du eine Taucherin? So lange den Atem anzuhalten, ist eine Kunst. Aber jetzt komm, mach, schön Luft holen."

Elena ließ los, ergab sich, schloss die Augen und atmete tief ein.

Als sie wieder erwachte, stand sie an die rote Sperrholzplatte fixiert. Die Beine gespreizt, die Arme angehoben und ebenfalls weit auseinander. Sie trug jetzt wieder ihre vermaledeite bunte Schmetterlingsbluse, die ihr all das hier eingebrockt hatte. Sie würde Signore Versace und seine verdammten Machwerke künftig aus ihrem Kleiderschrank verbannen, so viel stand fest. Wenn sie denn die Gelegenheit dazu bekam. Blinzelnd und mit trockenem Mund sah sie sich um. Die Bluse hatte ihr Peiniger auf links gedreht, sie stand offen. An den Seiten hatte er sie auseinander gezogen und die Enden des Saumes fein säuberlich, ja fast schon akribisch, mit dünnen, langen Nadeln im Holz befestigt. Wie bunte Flügel hing der Stoff an ihren Armen herab. Und Jens … Elena starrte ihn an. Was … was tat er da?

Wie ein Performance-Künstler stand er vor ihr und beschmierte ihren Körper mit einer klebrigen Flüssigkeit. Hier und da malte der Pinsel feine Striche und Kleckse auf ihre Haut. Im Moment gerade auf ihrem blankrasierten Venushügel. Honig?

Erschrocken sog sie die Luft ein. Er würde doch keine Bienen oder Ameisen auf sie loslassen? Oder doch? Mit geweiteten Augen beobachtete sie, wie er den kleinen Karton öffnete und ihn in ihre Richtung hielt.

„Ach du Scheiße!“, entfuhr es ihr.

Doch statt ekligem oder bedrohlichem Gebrumm hörte sie nur ein sanftes Flattern. Ein kleiner Schwarm Schmetterlinge stieg aus seinem Pappgefängnis auf. Aufgeregt taumelten die in verschiedenen Farben leuchtenden Insekten umher, verteilten sich im Raum, waren sichtlich nervös und suchten vergebens nach Blumen und Bäumen. Sie landeten hier, landeten da, erhoben sich wieder, und kamen schlussendlich zu Elena geflattert. Der süße Honig zog sie an.

Schon umschwirrten die Tierchen die gefangene Frau, kitzelten auf ihrer Haut, schlugen zart mit den schönen, bunten Flügelchen und kosteten vom Honig. Die Leckerei schien sie zu entspannen, offensichtlich fühlten sie sich plötzlich sehr wohl. Ein herrlich blau schillerndes Exemplar hatte seine Flügel auf Elenas ausgeprägtem Lusthügel ausgebreitet. Sie kitzelten nicht nur wohlig, es sah irgendwie auch liebreizend aus. Fast paradiesisch. So friedlich, so künstlerisch wertvoll. Makellos.

„Ach, ist das schön!“, freute sich Dr. Ott und machte es sich auf der Liege bequem. „Was für ein wundervolles Bild, was für ein Kunstwerk! Die Mutter aller Schmetterlinge, die Königin der Königinnen, bei mir zu Besuch. Und ihr entzückender Hofstaat ist auch dabei. Sieh nur, wie sehr sie dich verehren, Elena! Wie sie dich umflattern und an dir kosten. Du schenkst ihnen so viel Freude und Wonne.“

Elena schnaufte ein paar Mal tief durch. Die possierlichen Tierchen würden ihr nichts tun. Wollte sich eines von ihnen auf ihrem Gesicht niederlassen, gar auf der Nase, schüttelte sie den Kopf und vertrieb den Naschgeist. Doch es gab keinen Grund, sich von dieser geflügelten Gaukler-Truppe aus dem Konzept bringen zu lassen. Elena besann sich auf ihren Plan. Es wurde Zeit, ihn in die Tat umzusetzen. Sie wartete, bis der Äther verflogen und sie wieder frisch im Kopf war. Dann sprach sie.

„Das muss ja ein völlig abgefahrenes Bild sein. So wie ich hier stehe. An sinnlicher Erotik nicht zu überbieten. Oder?“

Innerlich aber sprach sie den Gedanken weiter und ließ ihrer Abscheu freien Lauf: „Sieh dich bloß an, wie du da liegst, du elender Wichser! Nackt unter deinem sauberen, weißen Arztkittel. Wie du schon wieder onanierst, wie hart er schon wieder steht, dein ekelhafter Dicker. Es erregt dich wohl sehr, was du siehst, was? Na also, das ist doch höchst interessant.“

Sie ertrug seinen Blick. Es war nicht zu übersehen, wie Ott sich an ihr weidete und ganz offensichtlich seinen Fantasien nachhing. Das würde sie für sich ausnutzen.

„Sag mal, Jens, was hältst du davon, wenn du mit dem Handy ein paar Bilder von mir machst? So als Erinnerung. Ich würde mich auch sehr darüber freuen, wenn du sie mir danach zeigst. Ich bin mir sicher, dass es mich auch erregen würde, wenn du mich dabei ein bisschen befummelst. Was meinst du, hast du Lust?“

Erleichtert sah sie, dass ihr Vorschlag augenblicklich auf große Gegenliebe stieß. Ott stieg von der Liege, nahm sich das Mobiltelefon zur Hand. Ein Samsung, wie sie registrierte. Was sie allerdings schreckte, war nicht sein steil aus dem Kittel ragendes Geschlechtsteil. Sondern die Worte, die er sprach.

„Na, dann wollen wir doch mal ein paar hübsche Aufnahmen von dir machen, meine Königin. Mein süßes Schmetterlingsmädchen. Bevor die langen Nadeln kommen und dich aufspießen wie deine Artgenossen in den Glaskästen."

„Bjaaaarne!", schrie Pia ihm entgegen, als er mit der Brötchentüte in die Detektei zurückkehrte. „Komm schnell! Sieh dir das an, was das LKA über Dr. Jens Ott in der Kartei hat: Der Kerl stand mal vor Gericht!"

„Ach? Wegen was denn? Kriminelle Farblosigkeit und fahrlässiges Langweilertum?"

„Jetzt red doch keinen Bullshit, Mann, die Sache ist ernst! Wegen perverser, sadistischen Handlungen! Er wurde allerdings mangels Beweisen freigesprochen. Hier! Die ganze Geschichte hat sich in einem SM-Club zugetragen, vor ungefähr neun Jahren. Da ging es um eine sogenannte Scarring-Session."

Bjarne sah sie verwirrt an. „Um was?"

„Um das Ritzen mit einem Skalpell in die Haut einer Masochistin, die das einvernehmlich so wollte. Das wäre so weit alles okay gewesen, doch Ott flippte völlig aus. Er ritzte die Frau nicht, er schnitt richtig tief in ihr Fleisch hinein. Traf dabei die Hauptschlagader, das Blut schoss nur so hervor. Er geriet dann wohl in eine Art Blutrausch und schlitzte wie besessen weiter, entstellte ihr Bein regelrecht. Erst ein Notfallsanitäter, der unter den Clubbesuchern war, konnte die Frau schlussendlich retten, während andere

Typen Ott mit Gewalt von ihr wegzerrten und ihn krankenhausreif schlugen. ‚Du verdammter, sadistischer Perversling!' haben sie dabei gebrüllt und es später in der Gerichtsverhandlung auch so wiederholt."

„Was sagst du da?" Bjarne kam herbeigestürmt, warf die Brötchentüte auf den Schreibtisch, starrte auf den Bildschirm. „Das gibt's doch nicht!"

„Doch! Hier sind noch mehr Zeugenaussagen: ‚Der gehört zeitlebens weggesperrt!' war eine der häufigsten. Doch Ott berief sich auf die Einvernehmlichkeit und seine Unwissenheit im Umgang mit dem Skalpell. Es sei nur ein tragischer Unfall gewesen, und er habe im Eifer des Gefechts die Kontrolle verloren. Andere Clubgäste sagten zu seinen Gunsten aus, dass solcherlei Blutsessions in ihren Kreisen nichts Ungewöhnliches seien. Genau deswegen sei man ja da."

Bjarne hob skeptisch die Augenbrauen.

„Sicher ein Grenzgebiet der menschlichen Gelüste", nickte Pia. „Doch in der Regel ritzt man dabei wohl nur vorsichtig die Haut an, bis Blut hervorkommt. Nie aber so tief, wie Ott es getan hatte. Der sei aber noch nicht lange Stammgast gewesen, haben ein paar Leute behauptet. Er habe so etwas vorher nicht getan und dementsprechend zu wenig Erfahrung besessen."

„Und damit ist er durchgekommen?"

„Ja. Das Gericht hat ihn auf freien Fuß gesetzt, wenn auch mit strengen Auflagen. Unser Herr Doktor begab sich in eine zweijährige Therapie, was von der Staatsanwaltschaft natürlich überprüft wurde. Seine Psychologin attestierte ihm letztendlich ein ‚Geheilt'. Daraufhin, und wohl auch schon vorher, führte er sie zum Essen aus, wie eine große Tageszeitung in reißerischen Lettern berichtete. Der Fall ist natürlich durch die Presse gegangen. Ott aber verhielt sich von da an unauffällig, hielt sogar Vorträge über die Abgründe der menschlichen Psyche und wurde später tatsächlich vereidigter Notar. Wer auch immer ihn da protegiert hat, muss ziemlich viel Einfluss besessen haben. Die Sache ist wohl von ganz oben abgesegnet worden. Wenn auch unter Protest."

„Das ist unser Mann, Pia!", keuchte Bjarne. „Irgendetwas an Elena muss diesen Impuls wieder ausgelöst haben, der da all die Jahre in ihm geschlummert hatte. Wo wohnt der Kerl?"

„In Altona. Max-Brauer-Allee."

„Dann nichts wie los!"

„So, meine süße Elena Papiliona, unsere kleine Fotosession war ja wirklich höchst amüsant. Jetzt aber bin ich so dermaßen erregt, dass ich dir wehtun muss."

Elena zuckte zusammen, hielt erschrocken den Atem an. Panik stieg ihr in die aufgerissenen Augen. Ott zog aus dem Desinfektionsbecken ein paar der langen Nadeln hervor, hielt sie in die Höhe und reichte ihr eine an in die fixierte Hand. „Hier, fühl mal, wie wundervoll dünn sie sind. Ein Traum."

Tatsächlich fühlte sich die Nadel ziemlich außergewöhnlich an. Elena hatte ein solch hochwertiges Teil noch nicht in der Hand gehabt. Es hatte etwas Chirurgisches. Und der Kerl hatte ein ganzes Sortiment von den Dingern! Noch während sie darüber nachdachte, stieß Ott ihr eine Nadel tief in die Brust. Elena schrie auf. Mehr erschrocken als vor Schmerz.

„Bist du wahnsinnig? Um ein Haar hättest du mir ins Herz gestochen!"

Otts Reaktion war entsprechend. Er schlug ihr mit der flachen Hand eine dermaßen heftige Ohrfeige ins Gesicht, dass ihr Kopf gegen das Holz schlug.

„Wage es nicht noch einmal, mich zu kritisieren! Sonst blute ich dich schon jetzt sofort aus. Eigentlich wollte ich dich ja noch ein paar Tage am Leben lassen und mich mit dir weiter unterhalten.

Denn du bist eine faszinierende Frau, und du schaffst es mühelos, mich geil zu machen. So aber … Nein!“

Aufgebracht packte er nun ihre rechte Brust, wollte die zweite Nadel quer hindurchtreiben.

„Warte!“, rief Elena. „Bitte … einen Moment nur. Was hältst du davon, wenn du sie mir durch die Brustwarze stichst? Ein Nippelpiercing wollte ich schon immer haben. Mach es kunstvoll, Jens, denn das kannst du. Da bin ich sicher. Behalte die Kontrolle und errege dich weiter daran. Lebe deine einzigartige Geilheit aus. Ja, quäle mich, aber mach es mit Genuss. Dann habe ich auch etwas davon.“

Ein gewagtes Spiel, doch sie musste sich darauf einlassen. Er durfte auf keinen Fall ausrasten.

„Das gibt’s doch wohl nicht!“, bemerkte er prompt und schüttelte den Kopf. „Was bist du denn für eine?“

„Du weißt anscheinend wirklich nicht, wer hier vor dir steht, wer ich bin, oder? Aber jetzt mach erst mal, stich zu! Schön langsam, und achte dabei auch auf deinen Dicken, wie du ihn so liebevoll nennst. Eine wirklich überaus treffliche Bezeichnung, wie ich finde. Was der wohl davon hält? Wir beide, wir sind uns ähnlicher als du ahnst.“

Sie zwang ihren Blick zwischen seine Beine, hin auf sein aufrecht stehendes Glied.

„Wie meinst du das?“, fragte er nach. Er war tatsächlich abgelenkt und genoss anscheinend ihren Blick. Legte Hand an und rieb sich erregt.

„Erzähl ich dir gleich. Jetzt mach erst mal.“

Es würde zwar schmerzen, aber das war ihr egal. Sie musste die Kontrolle behalten, auch wenn es wehtat.

„Sehr gut!“, lobte Emily Prentiss in ihrem Kopf. „Du schaffst das! Denk nur an Derek Morgan: Was der mitgemacht hat in der einen Folterszene, der er ausgesetzt war. Erinnerst du dich? In der 16. Folge der elften Staffel.“

Elena erinnerte sich sehr gut. Schließlich hatte sie genau wegen dieser Folterszene die Folge wieder und wieder angeschaut. Derek hatte den Schmerz einfach weggeatmet. Und so sog auch sie jetzt die Luft ein und stieß sie langsam wieder aus. Otts Hand an ihrer Brust. Entschlossen sah sie dabei zu, wie die Nadel sich durch ihre rechte Brustwarze schob. Aus ihrer linken Brust lief ein dünnes Blutrinnsal.

„Sehr gut machst du das, Jens, sehr, sehr gut“, brachte sie mühsam hervor. Es kostete sie viel, gelang nur mit großer Willensanstrengung. „Aber jetzt hör mir bitte zu. Ich weiß, dass ich nicht mehr lange zu leben habe. Deshalb vertraue ich dir jetzt etwas an. Du musst mich aber dabei befummeln. Denn es ist etwas unerhört Erregendes.“

„Was denn?“, fragte er und betrachtete sich sein neues Kunstwerk an ihren Brüsten. Strich sodann mit einer Hand an ihrem Bauch entlang und fasste ihr wieder an den Schritt.

„Jens!“, versuchte sie ihn weiter abzulenken. „Ich bin auch eine Mörderin.“ Sie wartete kurz ab, wie er reagierte. Und tatsächlich: Er hielt inne. Also weiter! „Eine Giftmörderin, wenn du es genau wissen willst. Erst vor ein paar Tagen habe ich den letzten Kerl umgebracht. Und als er in meinen Armen starb, da hatte ich einen Orgasmus. Kannst du dir das vorstellen? Warte, sag jetzt nichts! Ich weiß doch, dass es dir genau so geht wie mir. Als du mich geschnappt hast, war ich auf dem Weg in mein Labor, um die nächste tödliche Giftmischung herzustellen. Ich hatte ein neues Opfer gefunden, das es verdient hatte, zu sterben. Dein Eingreifen rettet dem Arschloch jetzt das Leben. Tja, was soll ich sagen. Dumm gelaufen.“

„Nee, nä? Das glaub ich jetzt nicht. Willst du mich etwa verarschen?“

„Nein, es ist die Wahrheit. Warum sollte ich lügen, so kurz vor meinem Tod? Sieh nach, in meiner Handtasche, da ist mein Ausweis. Du hattest ihn dir ja gestern schon angeguckt. Da steht: Dr.

Elena Scherer. Du kennst doch meinen Mann, ihr wart zusammen in der Rathausverhandlung. Das hatten wir ja schon gestern geklärt. Ruf ihn an. Er wird dir bestätigen, dass er und ich gemeinsam zwei Menschen getötet haben. Der Letzte war der Staatsanwalt, der auch mit dir am Tisch gesessen hat, da im Rathaus, bei dieser albernen Erbschaftsverhandlung. Der ist jetzt tot. Kannst überall nachfragen. Ich habe ihn vergiftet, und mein Mann hat die Leiche entsorgt. Prüf es nach. Es stimmt."

„Ich habe davon im Radio gehört. Du warst das? Du hast ihn umgebracht?"

„Ja, und weißt du, warum ich das getan habe? Weil ich es konnte! Weil ich eine Spezialistin bin. Ich habe auch studiert und promoviert. Genau wie du. In einem Fachgebiet, das mir später sehr nützlich werden sollte. Es ist mir nämlich in vielen heimlichen Versuchen gelungen, aus winzig kleinen Einzellern Überlebenskämpfer zu züchten, die nur unter ganz besonderen Lebensbedingungen ihr tödliches Gift produzieren. Verstehst du?"

„Ja, in etwa. Mikrobiologie."

„Genau. Bei dir war es natürlich Jura, klar. Dann ein paar Jahre Anwalt und dann Notarassessor, mit viel Glück, stimmt's?"

„Genau, ich habe auch promoviert."

„*Summa cum laude*?"

„Ähem … Nein. Aber ein guter Abschluss war es auf jeden Fall."

„Siehst du, Jens, bei mir war es *summa cum laude*. Ich bin eine Kapazität auf meinem Gebiet. Und ganz nebenbei bemerkt: Ich kenne mich auch sehr gut aus in der menschlichen Anatomie. Ein solches Missgeschick wie dir eben würde mir an einer Titte niemals passieren. Und wenn ich das alles hier richtig überblicke, hast du vor, mich einzubalsamieren? Ich habe die Aneurysma-Nadel und die Punktionskanüle gesehen."

„Ja, das habe ich vor. Schlaues Mädchen. Aber jetzt komm zur Sache."

Er befingerte sie nun doch, und Elena presste die Lippen zusammen.

„Du und ich, wir sind uns so dermaßen ähnlich!", wagte sie einen neuen Versuch. „Wir beide lieben den Sadismus. Wir wissen, dass es eine Kunst ist, Menschen zu quälen und sie dann genüsslich kalt zu machen. Fast ein Jammer, dass du ausgerechnet mich als Opfer ausgesucht hast. Was könnten wir doch gut zusammenarbeiten! Wir wären das perfekte Team." Sie spürte, dass sie auf der richtigen Fährte war. Sein Blick war nachdenklich geworden.

„Warum?", fuhr sie fort und gab ihm auch gleich die Antwort: „Weil ich diejenige bin, die jeden einzelnen Schnitt kennt, den ich ausüben muss, um jemanden ausbluten zu lassen. Ich finde die Hauptschlagader im Oberschenkel blind und zielsicher. Ich brauche nur einen einzigen Schnitt, und schon schießt das Blut hervor wie ein Wasserfall. Was aber ist, wenn du die Arterie nicht triffst? Du müsstest weiterschnippeln. Und dann, Jens? Dann wäre ich entstellt. Das wäre doch ein echter Alptraum! Ich bitte dich: Wie sähe das denn aus? Wenn schon, dann will ich auch eine schöne Schmetterlingsdame sein. Edel, stolz und königlich. Und nicht so ein zerfleddertes Ding. Verstehst du?"

Sie hielt kurz inne, prüfte, ob ihre Worte in ihn eindrangen, ihn erreichten. Da er nachdenklich schwieg, setzte sie ihren Gedankengang fort. „Weißt du was? Ich kenne da eine Frau, die würde dich mit Sicherheit noch mehr anmachen als ich. Rein optisch. Mit richtig geilen, dicken Titten. Sie hat auch schwarze Haare, so wie ich. Tolle Figur. Und jetzt verrate ich dir ein Geheimnis: Ingrid ist ein verdammt heißes Luder! Sowas hast du noch nicht gesehen! Mein Vorschlag: Ich rufe sie an und locke sie her. Du schnappst sie dir, und dann nehmen wir sie uns gemeinsam vor. Wir quälen sie, und wenn der Moment gekommen ist, dann führe ich die Schnitte mit dem Skalpell, und du setzt die Nadeln."

„Traumhaft erregende Idee. Du und ich, wir beide, das sadistische Mörder-Paar. Ja, ich muss darüber nachdenken. Vorher aber will ich dir unbedingt noch ein paar Nadeln setzen. Dir wehtun, damit du weißt, wer hier regiert. Ich werde mich an meinem Sadismus berauschen und zum Höhepunkt bringen. Ich habe nämlich schon sehr lange darauf gewartet, ein solches Werk zu vollenden. Zunächst werde ich dich jetzt kreuzigen, so wie Jesus. Dir die Nadeln durch die Hände und Füße treiben."

Verdammt! So war das nicht gemeint gewesen! Fieberhaft suchte sie nach einem Argument.

„Meine Hände brauche ich noch, fürs Giftmischen. Wie wäre es mit dem Oberschenkel? Wäre mir angenehmer, auch wenn es bestimmt deutlich schmerzhafter für mich ist. Aber mach nur. Da kannst du auch wilder zustechen. Macht dich doch bestimmt noch mehr an. Aber dann, dann wäre es schön, wenn du mich losbinden würdest."

„Wieso?"

„Weil ich dir jetzt noch etwas verrate. Kennst du Klaus Störtebeker?"

„Logisch, wer kennt den nicht. Jeder kennt den alten Piraten. Der wurde doch geköpft. Und er hat irgendwo einen Schatz versteckt, so heißt es."

„Ganz genau. Und in meinem Portemonnaie hattest du ja auch meinen Mitgliedsausweis gefunden, erinnerst du dich? Gestern."

„Den von dem Piratenverein?"

„Genau den. Ich bin die einzige, die weiß, wo der Schatz versteckt ist. Unermessliche Reichtümer. Es wäre doch ein verdammter Scheißdreck, wenn diese wertvolle Information für alle Zeiten mit mir sterben würde, oder?"

In Dr. Otts Augen glomm es auf. „Sag mir, wo der Schatz versteckt ist, und ich lasse dich frei."

„Pustekuchen!"

„Ich stech' dich ab!"

„Das hattest du doch sowieso vor."

„Okay, die Sache interessiert mich. Hast du Beweise?"

„Ja. Ich weiß, wo zwölf Goldplatten aus dem Schatz versteckt liegen. Unendlich wertvoll. Sie weisen uns den Weg zum Hauptschatz."

„Ach! Und wo sind diese geheimnisvollen Hinweistafeln?"

„Du und ich, wir werden uns im Golde suhlen, und dann …"

Im nächsten Moment stieß sie einen gellenden Schrei aus. Denn er hatte ihr mit aller Kraft und mit einer Druckplatte im Handteller die lange, dünne Nadel tief in den Oberschenkel getrieben. Mit solcher Wucht, dass sie an der anderen Seite, hinten, tief ins Sperrholz stieß.

„Hast du das gehört?", flüsterte Pia, die soeben die letzten Treppenstufen hinunterstieg. Eine Gänsehaut kroch ihr über den Rücken.

Bjarne und sie hatten das Auto kurzerhand in der zweiten Reihe in der Max-Brauer-Allee abgestellt und waren durchs Treppenhaus in den zweiten Stock gestürmt. Dort hatte niemand geöffnet, so dass Bjarne mit seinem langen Feld- und Kampfmesser die Tür aufgehebelt hatte. Trotz des Krachs war keiner der Nachbarn aus seiner Wohnung gekommen. Waren sie alle arbeiten? Oder taub? Es war ein erstaunlich ruhiges Haus.

„Niemand da", hatte Pia nach einem kurzen Blick in die Zimmer festgestellt. „Aber Ott ist unser Mann. Sieh her, kann das sein, dass das hier von Elena ist? Elegante, schwarze Stretchhose und rote Pumps? Und hier, das ist eindeutig: Der Autoschlüssel vom SUV. Er hat sie. Aber wo, wenn nicht hier in der Wohnung?

„Vielleicht im Keller?"

Sie waren durchs Treppenhaus die alten Holztreppen ins Erdgeschoss hinunter geeilt und hatten die Kellertür unverschlossen vorgefunden.

„Warte einen Moment, ich hole das Enterbeil“, hatte Bjarne mit leiser Entschlossenheit geflüstert. „Wer weiß, was uns da unten erwartet. Hast du deinen Dolch dabei?“

„Ja. Natürlich.“

Ihr Mitstreiter war zum Wagen geeilt, hatte die Warnblinkanlage angestellt und aus dem Kofferraum seine bevorzugte Piratenwaffe herausgeholt.

„Na, jetzt geht's aber los, was?!“, hatte ein vorbeikommender Radfahrer erbost gerufen. „Park gefälligst woanders, du bekloppter Opa!“ Doch Bjarne hatte ihn nicht weiter beachtet.

Nun schlich das Ermittlerteam Stegemann und Michelson also gemeinsam die Kellertreppe hinunter, alle Sinne geschärft und die Waffen in Bereitschaft. Sie kamen in einen langen, nur schummrig beleuchteten Gang, der nach links und nach rechts weiterführte.

„Welcher ist Otts Keller?“, fragte Pia. „Sehen wir nach, Bjarne. Du links, ich rechts.“

In dem Moment hörten sie gedämpft einen weiteren, langgezogenen Schrei. Den einer Frau. Auch wenn man im ersten Moment auch an ein verwundetes Tier denken konnte.

„Elena!“, presste Pia aufgeregt hervor und spürte, wie sich ihr die Nackenhaare aufstellten „Das kam von links. Da hinten, die letzte Tür, die etwas abseits ist.“

„Eine schwere Holztür, die krieg ich mit dem Messer nicht auf. Da hilft jetzt nur noch rohe Gewalt.“

„Denk an die Deckenhöhe! Es ist nicht so viel Platz hier wie bei dem Antiquitätenhändler, wo du das Enterbeil gekauft hast.“

„Hast recht, danke für den Tipp!“

„Willst du die Tür in der Mitte einschlagen?“

„Nein, das dauert zu lange. Ich nehme mir den Türspalt und das Schloss vor. Vorsicht jetzt!“

Der Meeresforscher außer Dienst ging in die Knie, stellte einen Fuß auf, schwang das Enterbeil ein paar Mal probeweise durch die Luft und blickte hoch zur Decke.

Ein lautes, krachendes Splittern zerriss die Stille, die nach Elenas Schrei wieder eingekehrt war. Mit nur einem einzigen Hieb war Bjarne erfolgreich gewesen. Dabei hatte er die Waffe nicht einmal besonders kraftvoll geschwungen. Das Gewicht und die Klingenschärfe hatten ausgereicht, um das Schloss zu zerhacken und einen Großteil der Zarge gleich mit dazu. Polternd sprang die Tür auf.

„Ein Abstellraum, Scheiße!", fluchte Pia. „Hu, was steht denn hier alles rum? Ist ja unheimlich."

„Was hast du erwartet, wie es im Keller daheim bei einem Psychopathen aussieht?"

„Darüber hatte ich mir ehrlich gesagt noch keine Gedanken gemacht. Da! Noch eine Tür! Diesmal aber eine Feuerschutztür aus Metall. Da kommen wir nicht durch." Sie rüttelte am Türgriff. „Elena? Bist du da drin?", rief sie und wandte sich wieder an Bjarne. „Vielleicht geknebelt und gefesselt?"

„Komm, hilf mir mal, die Maschine da wegzurücken. Ich brauche Platz."

„Da kommt jemand, Jens!", zischte Elena.

„David Rossi ist im Anmarsch", flüsterte Emily in ihrem Kopf. „Achtung, it's showtime. Bloß keinen Fehler machen. Jetzt geht's um die Wurst!"

Elena dachte hektisch nach. Was konnte der Lärm da draußen bedeuten? War das die Polizei? Bestimmt hatte Klaus die Bullen längst alarmiert und seine Frau als vermisst gemeldet, als sie nicht nach Hause gekommen war. Aber rückten die nicht anders vor?

„Schnell, dein Handy, Jens, steck es in meine Handtasche!"

Der Schmetterlingssammler war fassungslos. Wie hatte man ihn gefunden? Wer kam da? Eine Frauenstimme? Waren da draußen noch mehr Leute? Oder war es nur eine Nachbarin, die nach dem Rechten sehen wollte? Wie aber sollte die es geschafft haben, die Tür aufzubrechen?

Tatsächlich kam er Elenas Vorschlag nach und stopfte hastig sein Handy in ihre Tasche. Dann aber nahm er sich zwei Skalpelle, stellte sich neben seine Schmetterlingsfrau und führte die beiden Klingen an ihren Hals. Hinter der Feuerschutztür war er sicher, da kam niemand durch. Aber dennoch …

Mit einem ohrenbetäubenden Knall flog die schwere Metalltür auf, und mit ihr stürzte ein Mann in den Raum. Er kugelte sich über den Boden und zog eine Axt hinter sich her, wie weder der Notar noch Elena Scherer je zuvor eine gesehen hatten. In der Ecke, ihnen gegenüber, kam der Eindringling hoch und auf die Füße. Gebeugt stand er da, mit beiden Händen aufs riesige Beil gestützt.

Und dann huschte auch noch eine Frau in den Folterkeller hinein. Reflexartig hatte sie die Situation erkannt und kauerte sich hinter die Massageliege.

„Niemand rührt sich vom Fleck!“, rief Dr. Ott mit hektischer Stimme. „Nur eine Bewegung, und Elena ist tot. Ich schneide ihr den Hals ab. Worauf ihr euch verlassen könnt!“

Bjarne scannte die Lage, warf einen Blick hin zu Pia. Die hatte ihren Dolch gezückt und starrte auf das bizarre Bild, das sich ihr bot.

„Was für ein traumhafter Schmetterling!“, murmelte sie leise und meinte es wirklich ernst. Die nackte, schöne Elena mit ausgebreiteten Armen und wundervollen Schmetterlingsflügeln. Neben ihr ein verwirrter Lepidopterologe. Ein als Arzt getarnter Schmetterlingskundler, dem der Schwanz aus dem weißen Kittel ragte. Umflattert von einem Schwarm lebender Falter, die natürlich etwas in Aufregung waren.

„Sieh mal an, unser Notar!“, knurrte Bjarne. Auch er schien zu überlegen, wie er sich nun verhalten sollte. „Ihr Name ist Dr. Ott, nicht wahr? Ich muss schon sagen, ich bin zutiefst enttäuscht von ihnen.“

„Hilfe!“, krächzte Elena.

Die beiden Skalpellklingen bohrten sich schon bedenklich in ihren Hals. Auch wenn sie Jens unterstellt hatte, dass er keine der Hauptschlagadern an ihren Oberschenkeln finden würde, sah das in dieser Situation natürlich schon ganz anders aus. Mit nur einer Bewegung seiner Hände würde er ihr mühelos den Hals aufschneiden können, das war ihr schlagartig klar geworden.

Warum sollte er es nicht tun, nun, da er enttarnt war? Er hatte ja nichts mehr zu verlieren. Vielleicht wollte er da noch ein letztes Mal diesen Rausch spüren, den die Gefangene in seinem Keller selbst nur zu gut kannte? Das einmalige Gefühl, die Fäden von Leben und Tod in der Hand zu halten? Dass Dr. Jens Ott in diesem Moment eigentlich nur noch einen Auftrag zu Ende führen wollte, konnte sie nicht ahnen.

Bjarne richtete sich zu seiner vollen Größe auf, hob langsam das Beil an und meinte mit ärgerlicher Stimme: „Und wenn mich jemand so dermaßen enttäuscht, dann werde ich extrem sauer. Um nicht zu sagen: super wütend!"

Seine Augen funkelten dunkel. Der Notar schien zu allem entschlossen zu sein. Er würde seine Gefangene aufschlitzen. Schon allein wegen der Art, wie er Elena zur Schau gestellt hatte, zweifelten weder Bjarne noch Pia daran. Ein Blick in Elenas angstverzerrtes Gesicht genügte, um den Axtkämpfer handeln zu lassen.

Plötzlich, wie aus heiterem Himmel, wirbelte Bjarne herum, schwang das Enterbeil und schlug es mit voller Wucht krachend in zwei der gläsernen Schmetterlingskästen.

Der Sammler schrie auf: „Nein …!" Entsetzt und hasserfüllt sein Blick. Sein Traum wurde soeben zerstört. Von einem Barbaren, einem Ignoranten, einem … Amerikaner! Und schon wieder holte der aus mit dem Beil, zwei weitere Schaukästen im Visier. Die mit den Exoten, seinen Lieblingen. Dr. Ott ließ von Elena ab, riss die Arme in die Höhe, streckte die Skalpelle nach vorne und kam wie ein *picadero* in der spanischen Stierkampfarena auf Bjarne zugestürzt. Bereit, ihm die Klingen in den Hals zu stoßen.

„Neeeiiin …!“, brüllte er erneut voller Zorn.

Pia schrie ebenfalls auf. Aber mehr vor Todesangst um Bjarne. Elena hielt die Luft an und prüfte, ob nicht doch ein heftiger Blutschwall aus ihrem Hals herausschießen würde. Die Zeit schien für einen Moment den Atem anzuhalten.

Bjarne aber ließ sich wieder auf die Knie fallen. Er stellte einen Fuß auf und schwang das mörderische Enterbeil eines ihm nicht bekannten Piraten. Mit einem gefährlich klingenden Zischen sauste es ein paar Mal durch die Luft. Er zielte genau, sprang im letzten Moment auf die Füße, legte alle Kraft und auch sein Körpergewicht in den einen Hieb. In diesen einen, alles entscheidenden Ausbruch der Gewalt. Mit einem Schrei, so markerschütternd, wie der des Gödeke Michels bei einem Enterangriff nicht hätte sein können, schlug der Professor für Meereskunde zu. Die Waffe fuhr in den Kopf des angreifenden Notars, der überwiegend Sterbeurkunden ausstellte und sich damit am Leben hielt. Seit seiner Gerichtsverhandlung wegen der SM-Geschichte hatte er im Schatten gelebt. Nun aber würde er noch einmal Schlagzeilen machen. Als der Mann, den ein mittelalterliches Enterbeil in zwei Hälften geteilt hatte. Nicht nur den Schädel, sondern den gesamten Körper.

Es war kaum zu begreifen. Pia hörte, wie die Klinge dumpf auf dem Kellerboden aufschlug und die beiden Skalpelle mit einem helleren Klirren daneben landeten. Sie und Elena schauten hin. Wie in Zeitlupe sahen sie, wie Jens Ott zu einer gespaltenen Persönlichkeit wurde. Der Notar bewegte sich ein letztes Mal. Nach links, aber auch nach rechts.

Erst jetzt kreischte Elena gellend auf. Pia hielt sich die Hand vor den Mund. Ihr kam der Mageninhalt hoch, und sie übergab sich hinter die Massageliege. Viel kam nicht, denn ihr Krabbenbrötchen lag noch unangetastet im Kühlschrank ihres Büros.

Eine Hälfte des Notars fiel nach links über die Massageliege, die andere nach rechts auf den Boden. Für die damit verbundenen

Geräusche hatte Pia keine Namen. Keine passenden Worte außer „alptraumhaft".

Das Blut aber, das spritzte in Fontänen nach allen Seiten, traf die fixierte Elena, traf auch Bjarne, besudelte ihn. Nur Pia hatte in gewisser Weise Glück und bekam nichts davon ab. Dafür krachte die linke Hälfte von Dr. Otts Körper neben sie auf die Liege, die Hälfte seiner Gehirnmasse waberte unmittelbar neben ihrem Versteck auf das einstmals blütenweiße Laken.

Das bekam sie allerdings nur am Rande mit. Sie war doch mehr mit ihrem Mageninhalt beschäftigt als mit dem, was sich da langsam auf dem Stoff ausbreitete. Und sie wollte auch nicht so genau hinschauen. Nein, ganz sicher nicht! Auf allen Vieren krabbelte sie an die Wand und blieb dort erst einmal erschöpft sitzen. Mit zittrigen Fingern angelte sie ihr Handy hervor.

Bjarne aber hob den Arm, gebot Elena zu schweigen und kam auf sie zu. Das Enterbeil zog er dabei hinter sich her. Quer durch die Glasscherben. Das Knirschen klang nervtötend grässlich. Tatsächlich erstarb der Frau der Schrei auf den Lippen. Mit offenstehendem Mund und weit aufgerissenen Augen starrte sie ihn an. Erst kurz vor ihr blieb er stehen und betrachtete sie ausführlich von oben bis unten.

„Sind Sie Elena Scherer?", fragte er mit gefährlich leiser Stimme und zog das Beil zu sich heran. Abermals schabte es fürchterlich laut über den Boden.

„Paul? Bitte komm ganz schnell. Wir haben Elena gefunden. Es ist etwas Schreckliches passiert." Pia gab die Adresse durch. „Wie? Ja. Ich bin okay … Es war der Notar. Dr. Jens Ott. Wie es ihm jetzt geht? Hm, schwer zu sagen. Ich bin da gespaltener Meinung. Komm her, und schau es dir selbst an. Elena geht es den Umständen entsprechend. Und … ich fürchte, wir müssen nun doch die Bullen einschalten. Es ist nicht ganz unblutig ausgegangen. Ruf die Polizei aber erst, wenn du hier bist. Es ist etwas … hm …

kompliziert. Auch der Entführer sieht die ganze Geschichte inzwischen wohl etwas zweigeteilt. Wie ich das meine? Wirst du ja sehen, wenn du hier bist. Beeil dich, es ist wirklich wichtig, denn Elena muss auf jeden Fall ins Krankenhaus. Wir brauchen einen Notarzt. Ja. Aber alles erst, wenn du hier bist … Wieso? Weil wir jetzt ausnahmsweise mal DICH brauchen, als Chef von *PH Investigations*. Schwing die Hufe. Blaulicht wenn's geht. Ja … Ich weiß, haste nicht … Nein, wir fassen nichts an. Auch Elena bleibt unverändert, obwohl ihr das nicht gefallen wird. Lass auch Scherer noch völlig raus. Kein Wort zu niemandem. Ach übrigens, wir sind unten im Keller. Bis gleich."

„Ob Sie Elena Scherer sind, möchte ich von Ihnen wissen", wiederholte Bjarne seine Frage und schnippte mit der Fingerkuppe gegen die aus der linken Brust ragende Nadel.

„Ah!", schrie Elena auf.

„Ja … ah! Tut's weh, hm? Hat Rudolf Michelson das auch gesagt, als sich ihm der Magen zusammenkrampfte und er schmerzvoll verreckte?"

Noch einmal schnippte er gegen das dünne Metall. Es steckte fest in der Brust und wippte ein wenig hin und her.

„Machen Sie mich los, bitte", keuchte sie, und jetzt brach ihr doch der Schweiß aus auf der Stirn. Verschwunden war die Selbstsicherheit, mit der sie eben noch ihren Peiniger manipuliert hatte. Jetzt lag er da, in zwei Hälften geteilt. Eine Seite war über die Liege gefallen, sie starrte auf seinen Rücken. Die andere Seite aber lag offen ein Stück rechts von ihr. Gedärm hing aus dem Bauch. Es sah aus wie in einem Schlachthaus. Krampfhaft vermied sie es, dorthin zu gucken.

Pia hatte sich derweil wieder berappelt. Sie hatte eine Box mit Zewatüchern gefunden und wischte sich den Mund sauber.

„Ich darf mich vorstellen? Mein Name ist Bjarne Michelson. Das ist Frau Pia Stegemann. Und da wir gerade dabei sind: Unser

Haus ist nicht zu verkaufen. Haben Sie Helmut Stöger ebenfalls mit Saxitoxin vergiftet oder nur Rudolf Michelson?“

„Ich … ich … weiß nicht, wovon Sie reden.“ Sie stöhnte, denn allmählich nahm sie nun doch die Schmerzen in den drei Wunden wahr.

Pia trat hinzu, betrachtete sich die Nadel, die aus dem Oberschenkel ragte und tippte nun auch einmal dagegen. „Die hier scheint ziemlich fest zu stecken“, meinte sie. „Ist das hier Sperma oder was?“ Sie wies mit dem ausgestreckten Zeigfinger auf den anderen Schenkel. „Du Arme, hat der Schmetterlingssammler dich missbraucht? Das ist ja schrecklich!“

„Ja, das hat er, sogar mehrfach. Entweder hier im Stehen, oder da auf der Liege, wo er … wo er jetzt liegt. Mir wird schlecht! Ich muss gleich kotzen.“

„Der Kerl, der da liegt, ist ja nur noch die Hälfte wert“, bemerkte Bjarne.

Pia musterte ihn vorsichtig von der Seite. War das seine Art, mit so etwas Entsetzlichem umzugehen? Noch hielt er sich wacker. Wie aber würde er sich fühlen, wenn all' dies hier richtig in sein Bewusstsein drang?

„Jens hat mich schwerst misshandelt, und ich bin euch wirklich dankbar, dass ihr mich gerettet habt“, versicherte Elena, nun auch zum vertraulichen Du übergehend. Obwohl es ihr widerstrebte. „Vielen Dank! Das meine ich ehrlich. Egal, für was für ein Monster ihr mich halten mögt: Sowas hat niemand verdient! Und es war knapp, verdammt knapp. Er wollte mich ans Brett nageln, als eine Art Schmetterlingskönigin, und sich dann an mir vergehen. Erst sollte ich noch leben, dann sollte meine Leiche herhalten. Deshalb wollte er mich einbalsamieren, hatte schon alles vorbereitet. Da, sehr ihr?“ Sie wies mit dem Kopf auf eine Metallschale.

„Ja, das war wirklich knapp“, nickte Pia. „Die Tat ist eindeutig sadistisch-sexuell motiviert. Ein Horrorfilm, ein echter Albtraum vom Allerübelsten. Er hätte dich leiden lassen bis zum Gehtnicht-mehr und vermutlich eine Dauererektion gehabt. Selbst, als wir vorhin gewaltsam die Tür aufbrachen, ragte sein Ding aus dem Arztkittel hervor. Wir haben wirklich alle vier Schwerstarbeit verrichtet, um dich zu finden, Elena. Deinen ehrlichen Dank nehmen wir gern entgegen.“ In ihre Augen trat ein stählernes Schimmern. „Und nun sag, oder sollen wir noch weiter an den Nadeln herumschnippen? Was willst du wirklich von unserem Grundstück, du Miststück?“

„Habt ihr denn das immer noch nicht begriffen? Wie naiv ihr seid! Das Gold von Klaus Störtebeker natürlich!“

Pia war kurz davor, Rot zu sehen. Schnippische Antworten in einer solchen Situation? Man sollte diese Frau einfach zur Hölle fahren lassen! Mitsamt ihren fixen Ideen. Langsam kam sie zu der Überzeugung, dass Jens Ott bei weitem nicht der Einzige war, den man schon vor Jahren hätte einsperren sollen. Und zwar nicht in einem normalen Gefängnis. Für solche Leute musste es ja wohl einen speziellen Ort geben, damit die Welt Ruhe vor ihnen hatte!

Ein Wort malte sich in ihre Gedanken, das sie erst am Tag zuvor zum ersten Mal gelesen hatte. Es bedeutete zwar etwas anderes, als sie vermutet hätte. Aber der Klang und die Assoziationen, die es weckte ... das alles schien genau das richtige Domizil für Elena Scherer zu bezeichnen. Kein Kerker, kein Verließ und keine Zelle. Ein *Bestiarium.*

1396
Das Bestiarium der Liebe

T*alliska* ... So hieß das Schiff, das gerade auf der Insel O angelegt hatte. Ein interessanter Name! Er hörte sich irgendwie geheimnisvoll und kostbar an, nach Schätzen und Abenteuern. Als müsse er eigentlich mit Blattgold geschrieben werden. Was wohl dahinter stecken mochte? Ein geheimnisvolles Meereswesen? Ein weit entfernter Ort? Eine Frau vielleicht? Langsam ließ Isabella das Wort über ihre Zunge rollen. Irgendwie klang es doch auch nach Genuss und Sinnesfreuden … Und beides schien sich auch in die Gesichtszüge eines Mannes mit kurzem, dunkelblondem Haar zu malen, der oben an Deck stand und sie intensiv musterte. Isabellas feine Antennen meldeten eine gefährlich knisternde Mischung aus Reiz und Risiko, die sie noch nicht so recht einordnen konnte.

Nun war allerdings auch keine Zeit, um darüber weiter nachzudenken. Denn vorerst schien der geheimnisvolle Unbekannte das Schiff noch nicht verlassen zu wollen. Genauso wenig wie die blonde Frau und der schwarzhaarige Mann, die sich zu ihm gesellt hatten. Der neuen Dozentin der Hurenschule aber war die Aufgabe zugefallen, die Crew mit einem Umtrunk zu begrüßen und sie mit den Regeln des heutigen Wettbewerbs vertraut zu machen. Gespannt sah sie also zu, wie die *Talliska* ihre Mannschaft auf den Anleger spuckte.

Voraus schritt ein wahrer Hüne mit roten Locken und ebensolchem Vollbart, den man sich gut auch als Anführer einer plündernden Wikinger-Horde vorstellen konnte. Der Steg schien ein wenig zu zittern unter seinen Schritten und seine Hände … Nein: Seine Pranken wirkten, als könne er einen Apfel nur durch den Druck seiner Finger in Mus verwandeln. Isabella spürte seine Bärenkräfte, als er ihr zur Begrüßung die Hand reichte und sich als Lars Reesenspund vorstellte.

In seinem Schlepptau hatte der Steuermann der *Talliska* neun gut gebaute Schweden und drei deutlich schmächtigere Hamburger. Allesamt wirkten für seemännische Verhältnisse erstaunlich sauber. Fast, als hätten sie vor dem Landgang extra ein Bad genommen. Und alle klimperten erwartungsvoll mit den Münzen in ihren Taschen. Sie waren begeistert von der Idee, als Juroren in einem Huren-Wettbewerb fungieren zu dürfen. Von Isabellas Erscheinung schienen sie allerdings ein wenig irritiert zu sein.

Ein recht enges, ledernes Wams in einem satten Weinrot, eine schmale, sandfarbene Hose und hohe Stiefel betonten zwar in ebenso attraktiver wie ungehöriger Weise ihre langen Beine, ihren knackigen Hintern und ihre schlanke Figur. Wie die typische Hure, die sie hier erwartet hatten, sah sie allerdings nicht aus. Eher wie eine Abenteurerin, die Wüsten und Wälder durchquerte und es mühelos mit wilden Tieren aufnahm – ein Eindruck, der durchaus beabsichtigt war. Denn nun war es Zeit, die Aufmerksamkeit der Männer auf die Mädchen ihrer Schauspielklasse zu lenken, die sich bisher im Hintergrund gehalten hatten.

„Ich möchte Euch nun einladen, das Bestiarium der Liebe zu entdecken“, schnurrte sie also mit dunkler, geheimnisvoller Stimme.

Es war eine Freude zu sehen, wie diesen mit allen Wassern gewaschenen Seebären die Kinnladen herunterklappten. Genau auf einen solchen Effekt hatte Isabella gehofft. Die Tierdichtungen, die man „Bestiarien“ nannte, waren schließlich in allen Schichten äußerst beliebt. Selbst wer nie ein Buch in der Hand gehabt hatte, kannte die Geschichten, die vom Charakter aller möglichen Tiere erzählten und eine Menge christlich-moralische Deutungen drumherum spannen.

„Ein Tier heißt Hyäne und ist bisweilen Frau, bisweilen Mann. Deshalb ist es sehr unrein.“ Diese fast vergessenen Zeilen waren Isabella wieder eingefallen, als die Mädchen über die Hyänen gescherzt hatten. Und so war ihr die Idee für eine ganz neue Art von Bestiarium gekommen: Eine Kollektion erotisch-verruchter Tiergestalten. Dargestellt von Frauen, die bereit waren, hemmungslos ihre animalische Seite zu zeigen. Was gab es da alles für Möglichkeiten! Wilde Geschöpfe und anschmiegsame, zarte und gefährliche … Für jeden Geschmack das Richtige! Und alles parfümiert mit dem Geruch des Abenteuers.

„Ihr werdet feststellen, dass mancher Wildfang sehr schwer zu zähmen ist“, warnte Isabella die Männer mit einem vielsagenden

Lächeln. „Und auch Haustiere haben natürlich Zähne und Krallen. Das sollte man nicht unterschätzen."

Um diese Aussage zu unterstreichen, hatte sie ihre Garderobe mit langen Handschuhen aus weichem Leder vervollständigt, ihre Finger strichen vielsagend über eine aufgerollte Peitsche, die sie locker in der Hand hielt. Als habe sie die gefährlichen Bestien höchstpersönlich gefangen und sich vor deren Angriffen schützen müssen.

Wie die Regisseurin der Lust erwartet hatte, schien diese Vorstellung die Männer der *Talliska* allerdings eher anzustacheln als abzuschrecken. Das Spiel begann. Schon machten sich die Seeleute voller Eifer daran, das Bestiarium zu erkunden. Und während die Minuten zu Stunden wurden, mussten sie ein ums andere Mal an Isabellas Warnungen denken.

Der Hündin in Menschengestalt, die in der Nähe des Turms an einem Pfahl angebunden war, leuchtete zum Beispiel buchstäblich das Wolfserbe aus den Augen. Gerade noch hatte sie einem der Männer hingebungsvoll den hart emporragenden Schwanz geleckt. Untermalt von einem leisen, gierigen Winseln. Plötzlich aber zeigte sie ihm die Zähne und ließ sie in einer Mischung aus Zartheit und unterschwelliger Drohung über seine empfindlichsten Stellen gleiten. Der Schwede band sie zwar trotzdem von ihrem Pfahl los, hielt ihre Leine aber fest um seine Hand geschlungen. So versuchte er, sie durch kräftiges Rucken an ihrem Halsband zu kontrollieren. Während sie mit allem Geschick ihrer feuchten Zunge auf den totalen Kontrollverlust hinarbeitete.

Auch das attraktive Kätzchen, das sich sehr zur Freude der drei Hamburger auf einem roten Samtpolster neben dem Eingang zum Turm räkelte, hatte zwei Gesichter. Weich und einladend glänzte sein graues Fell – bestehend aus einem Pelzjäckchen, das kurzerhand zum Kleid umfunktioniert worden war. Es war nicht einmal lang genug, um den Hintern seiner Trägerin zu bedecken. Und vorne klaffte es so weit auf, dass es bei jeder Bewegung tiefe Einblicke gewährte. So überaus genießerisch wirkte die schnurrende Hure, wenn sie sich an der zunehmend erregten Kundschaft rieb und ihr voll Wollust um die Beine strich. Doch einer der Hamburger trug bereits ein paar rote Kratzer am Arm.

Isabella grinste. Ob er sich nach dieser Erfahrung wohl auch noch der wilderen Katzen-Version stellen würde? Die wartete in einem Ambiente, auf das die Dozentin besonders stolz war. In einem alten Lagerschuppen hatten die Schülerinnen einen Wagen mit einem Käfig aus massiven Eisenstangen gefunden. Es war die Art von Konstruktion, in der Gaukler ihre Tanzbären transportierten. Niemand wusste, wie das Ding auf die Insel gekommen und was aus seinem unglücklichen Insassen geworden war. Doch nun kam der Käfig zu neuen Ehren.

Gut gesäubert und metallisch glänzend stand er ein Stück vom Turm entfernt auf einer Wiese. Und darin lag die personifizierte Raubkatze. Panthera, geschmeidig und stolz. Eine dunkelhaarige Schönheit, nackt unter einem nachtschwarz glänzenden Pelzmantel, der vorne offen stand und nichts verbarg. Sacht ließ sie ihre Fingerspitzen durch das weiche Fell gleiten, blutrote Krallen auf tiefschwarzem Untergrund. Und in ihren Augen glänzte die Herausforderung in einem faszinierenden Bernstein-Ton.

„Komm und hol mich!", schien ihr Blick zu sagen. „Wir werden uns in wildem Rausch ineinander verbeißen. Und die blutigen Striemen auf deinem Rücken werden dich daran erinnern, was animalische Geilheit ist."

Isabella war gespannt, welcher der Männer der Pantherin das Halsband umlegen und sie an der bereitliegenden Kette aus dem Wagen herausführen würde.

Schon mehrere Interessenten hatten sich derweil für die Aufgabe gefunden, die menschliche Stute zu zähmen. Mit bebenden Flanken, zu einem glänzenden Schweif gebundenen Haaren und einem ledernen Geschirr um die Brust stand sie auf der im Morgengrauen eilig zusammengezimmerten Koppel. Sie warf ein wenig den Kopf zurück und starrte die hinter dem Zaun aufgereihten Männer herausfordernd an. „Du willst mich reiten?“, schien sie zu schnauben. „Komm und versuch es!“

„Ich würde Euch raten, dieses Wildpferd zu zweit zuzureiten“, sprach Isabella die am Gatter lehnenden Seeleute an. Als Dozentin war sie über die diesbezüglichen Vorlieben ihrer Schülerin durchaus im Bilde. „Und nehmt die Gerte mit!“

Lächelnd beobachtete sie, wie zwei der Aspiranten den gut gemeinten Tipp sofort in die Tat umsetzten. Ihr Kollege aber suchte nach anderen Auskünften.

„Wer ist sie?“, fragte er mit einem hinreißenden schwedischen Akzent und wies auf den benachbarten Pferch.

Darin suhlte sich eine vollkommen nackte Blondine auf dem schlammigen Boden und sah den Besucher kokett an. Ohne ihn für einen Wimpernschlag aus den Augen zu lassen, fuhr sie mit der Hand über ihre Brüste, eine matschige Spur hinterlassend.

„Ich bin die kleine, geile Sau, von der du schon immer geträumt hast!“, stellte sie sich dann selbst vor. „Du willst es doch schmutzig, das sehe ich Dir an …“

Weiter kam sie nicht. Der Satz, mit dem der Angesprochene das Gatter überwand, sollte als legendärer „Schwedensprung“ in die Geschichte der Insel eingehen.

Isabella lachte – und eine raue Stimme hinter ihrem Rücken fiel darin ein. Ein sicht- und hörbar gut gelaunter Lars Reesenspund war hinzugetreten und beobachtete amüsiert die Eskapaden seiner Crew.

„Und was ist mit Euch?“, fragte die Beherrscherin der Bestien. „Habt Ihr noch nicht das Richtige gefunden?“

Der Riese musterte sie, mit einem Male ernst geworden. „Oh doch!“, antwortete er leise. „Ich habe genau das Richtige gefunden!“. Damit wandte er sich ab und ging mit langen Schritten davon. Isabella folgte ihm neugierig.

Der Steuermann nahm geradewegs Kurs auf eine kleine, grasige Bodenwelle, auf deren Kuppe eine Art Nest aus weichem Heu thronte. Darin saß eine hellblonde Frau in einem kurzen, schneeweißen Kleid. Eng schmiegte sich der Stoff um ihren Körper, der spitz zulaufende Ausschnitt reichte bis hinunter zu ihrem Bauchnabel. Und er war eingefasst mit den ebenso weißen Federn von Seevögeln, die leicht in der Brise flatterten. Svea. Der Schwan.

Isabella hielt den Atem an: Was für ein Paar! Unbändige Kraft neben reiner Eleganz. Der rothaarige Hüne sah aus, als könne er die zierliche Svea mit einer einzigen falschen Bewegung zerquetschen. Doch das würde er nicht tun. Das war jedem klar, der die beiden zusammen sah. Irgendeine unbekannte Macht hatte in Sekundenschnelle ein Band der Faszination zwischen ihnen gewebt.

Waren es die Gegensätze, die sich anzogen? Hatte Lars sich ausgerechnet für Svea entschieden, weil die absolute Loyalität von Schwanen-Paaren auch seinem eigenen Naturell entsprach? Isabella hätte es nicht sagen können. Doch sie wusste, sie musste sich um ihre Schülerin keine Sorgen machen. Lars würde feststellen, dass sie ihre eigene Kraft besaß. Wenn er sie richtig zu nehmen wusste, war sie eine Naturgewalt. Dann würde es nicht lange dauern, bis die Federn zerzaust und schmutzig waren und das weiße Kleid in Fetzen hing.

Lars wusste es anscheinend auch. Wie magnetisch angezogen ging er neben Svea in die Knie und legte seine Pranke sanft um ihren Schwanenhals. Er musste ihren jagenden Puls spüren. Und in ihrem Blick versinken. Sie wich nicht zurück. Doch ihr Atem ging schneller. Der Steuermann der *Talliska* beugte sich vor und strich sanft über die Federn an ihrem Ausschnitt.

„Komm, Schwanenfrau!“, knurrte er heiser. „Fliegen wir!“ Sie keuchte, als er sie packte.

An diesem Tag fand Lars Reesenspund heraus, ob Schwäne singen, wenn sie geil sind.

Unterredung im Turm

Für Gödeke Michels entwickelte sich die Situation auf Neuwerk derweil ein wenig überraschend. Denn schon kurz nach ihrer Ankunft waren er und seine Begleiter zu einer ernsten und eindringlichen Besprechung in das runde Zimmer hoch oben im Turm geladen worden. Lars Reesenspund war bei der Mannschaft der *Talliska* geblieben, um sie im Auge zu behalten. Doch der Hauptmann der Likedeeler, Jana und Käpt'n Walhorn waren der Aufforderung selbstverständlich gefolgt. Zu dritt hatten sie das imposante Bauwerk auf der kleinen Insel betreten, an der Gödeke schon das eine oder andere Mal vorbeigesegelt war. Nun aber war der Tag gekommen, es von innen zu besichtigen.

Der Aufstieg war mühsam für einen Seebären, die Wendeltreppe wollte nicht enden. Dieser breite Turm barg einiges mehr, als man von einem Außenposten Hamburgs erwarten konnte. Sehr gefallen hatte Gödeke der großzügige Empfangsbereich unten im Erdgeschoss. Wie in einer luxuriösen Herberge waren sie zunächst in gemütliche Sessel gebeten worden, um anzukommen und ein Kaltgetränk zu sich zu nehmen. Etwas Erfrischendes, wie es hieß. Man möge sich entspannen und sei herzlich willkommen.

Ob die kleine Reisegesellschaft denn solvent sei? Dann werde die *Neuwerker Luft- und Badegesellschaft* mit größtem Vergnügen für sämtliche Annehmlichkeiten sorgen. Das Gleiche gelte natürlich für die angeschlossene *Erholungsgesellschaft* mit ihren etwas spezielleren Einrichtungen der Entspannung, Vergnügung und Wollust. Diese würden aber leider nicht von der Kasse erstattet, sondern müssten separat bezahlt werden. Da bitte man um Verständnis. Die Kasse übernehme nur dann, wenn man ein ärztlich nachgewiesenes Lungenleiden vorweisen könne. Oder aber auf Landverschickung sei, um der schlechten Luft in den engen, schmutzigen Städten für eine Weile zu entgehen. Das gute und gesunde Nordsee-Klima sei Balsam, auch empfohlen vom Ministerium für Gesundheit, amtlich geprüft, als Vorsorgemaßnahme für …"

„Wir reisen auf niemandes Kasse, sondern privat", unterbrach Gödeke unwirsch. Das Geschwätz des Männleins im weißen Kittel, das sie im Eingangsbereich des Turms begrüßt hatte, begann ihm auf die Nerven zu gehen. Ihn störte auch der seltsame, leicht schwefelige Mundgeruch des Mannes, und die beiden Beulen auf seiner Stirn empfand er als höchst abstoßend. Also verlangte er nach dem Geschäftsführer.

Mit einem *„Sehr wohl, habe die Ehre!"* trat der ältere Herr katzbuckelnd zurück. Dass er ein Bein ein wenig nachzog und hinkte, machte ihn auch nicht gerade attraktiver.

Kurz darauf kehrte er zurück, jetzt jedoch in Begleitung einer Dame. Die junge Frau trug keine Schuhe, sondern kam barfüßig auf sie zu. Mit langsamen, hüftwiegenden Schritten und sich ihrer Aufmachung bewusst. Denn sie trug nur ein sehr kurzes, weißes Röckchen, das soeben den Schritt bedeckte. Dazu obenherum lediglich ein schmales, weißes Band über den Brüsten. Es war nicht im Mindesten dazu geeignet, diese zu bändigen. Eher betonte es sie noch. Als sie sich umdrehte, um das Faktotum wegzuschicken, sahen die Reisegefährten, dass sie nackt unter dem Strandröckchen war. Deutlich war die kleine Falte zwischen Oberschenkel und Po zu sehen.

„Bitte entschuldigt das Benehmen unseres Herrn Wastl", wandte sie sich ihnen wieder zu. „Wir sind hier auf der Insel O recht streng organisiert. Ich versichere Euch aber, das alles dient einzig dem Wohl unserer Gäste. Wir sondieren – wie soll ich sagen – nur ein wenig vor, um Euch Euren Aufenthalt so angenehm wie möglich zu gestalten. Gemäß Eures Geldbeutels, wenn Ihr versteht. Und ausschließlich gegen Bares in Vorkasse. Unabhängig vom … Geschlecht." Ihr Blick fiel auf Jana, und ein bezauberndes Lächeln huschte über ihre Lippen.

„Ich verstehe“, murmelte Gödeke und sah an ihren Beinen entlang, die schier endlos wirkten und von wohlgeformter Schönheit waren. Ein Ausspruch, den er an diesem Tag noch des Öfteren von sich geben sollte.

Er winkte das Mädchen zu sich heran, ganz nah, bis sie unmittelbar vor ihm stand. Sie öffnete ein wenig ihre Beine und er seinen Geldbeutel. Einen Silbergulden ließ er demonstrativ auf den niedrigen Tisch kullern. Lange drehte sich die schwere Münze, und Michels sah dem Mädel von unten in die Augen, prüfte ihre Reaktion.

„Ein Gulden?“, keuchte sie tatsächlich auf. „Das ist wahrlich viel und …“

Gödeke unterbrach sie. „Geld spielt keine Rolle. Wir wollen das volle Programm!“ Sein Blick ruhte auf ihren Oberschenkeln und dem weißen Röckchen. „Sämtliche Annehmlichkeiten, die Ihr hier zu bieten habt, meine Schöne! Und dies in vollem Umfang. Ihr versteht?“

Er zog eine weitere Münze hervor, legte sie ebenfalls auf den Tisch. „Das gilt natürlich für jeden von uns.“ Eine dritte Münze folgte, bevor Gödeke den Geldbeutel wieder verschwinden ließ.

Jana Kalaschnikova verschluckte sich fast. Sie wusste über den Wert eines Guldens sehr wohl Bescheid. Ein Gulden entsprach 20 Schillingen. Oder 240 Pfennigen. Oder 480 Hellern.

„Gö …. Gunnar!“, flüsterte sie. „Das ist viel zu viel.“

Michels aber schmunzelte grimmig. Natürlich wusste auch er sehr genau, dass ein Gulden für alle ausreichend gewesen wäre. Mehr als ausreichend sogar. Doch mit Vergnügen erinnerte er sich daran, wie er genau diesen Geldbeutel vor etwas mehr als einem Jahr einem Handelsreisenden abgenommen hatte. Jener Unglückliche hatte sich als Holzhändler zu erkennen gegeben, als Michels ihm die Klinge an den Hals gesetzt hatte. Aus einem Ort stammend, von dem der Freibeuter noch nie im Leben gehört hatte. Aus der Nähe von Göppingen.

„Wo zum Teufel liegt das?", hatte er gefährlich leise nachgefragt. „Sprecht!"

Und der Mann hatte erzählt, dass die Stadt Göppingen von den Württembergern das Münzrecht erhalten hatte und Gulden prägte. Er selbst aber lebe in einer noch viel kleineren Stadt, an einem ebenso kleinen Fluss gelegen, der in den Neckar mündete. Nun sei er dabei, Holz zu verkaufen an Hamburg, um eine dringend benötigte Wasserleitung zu finanzieren. Das gesamte Wohl seines Dorfes hänge von seiner Unternehmung ab. Ob man ihn nicht bitte verschonen könne? Des sei doch koi Broblem, oder?

Über die Umstände, wie ein Mann aus den Wäldern des Südens an die ferne Ostsee gelangt war, hatte man nicht weiter gesprochen. Michels hatte sich verständig und mildtätig gezeigt und den Kerl am Leben gelassen. Er sehe ja ein, dass eine Wasserleitung enorm wichtig sei, jedoch müsse der Holzhändler nun leider mit der Hälfte der Barschaft auskommen. Auch ein Pirat müsse eine Menge hungriger Mäuler stopfen, das verstehe er doch? Das sei doch wohl ebenfalls kein Problem für ihn?

Von diesem Sümmchen zahlte der Hauptmann der Likedeeler nun seinen Tribut, um auf Neuwerk anständig behandelt zu werden. Und auch, um möglicherweise die eine oder andere Gefälligkeit und Information zu erhalten. Geld öffnete Türen. So war das schon immer gewesen, und so würde es auch immer bleiben.

Während die dritte Münze sich noch immer drehte, strich er der jungen Frau mit einer Hand von hinten über die Oberschenkel, hoch unter dem Röckchen an den entzückenden Po. Seine Finger ertasteten neugierig ihre Spalte. Die Deern bekam leuchtende Augen und hielt die Lippen geöffnet. Sie sah von Jana über Käpt`n Walhorn zu Gödeke hinunter, bemerkte das Glänzen in allen Blicken. Und sie verstand. Wortlos. Zu deutlich erkennbar war das Verlangen der Inselbesucher, die Empfangsdame zwischen sich in die Sessel zu zitieren. Am liebsten jetzt sofort.

Sie stellte die Füße noch ein wenig auseinander und lächelte vielsagend. Langsam beugte sie sich vor, bot sich ungeniert noch weiter Gödekes Fingern an, sammelte die Münzen ein und steckte sie mit grazilen, sehr überlegten Bewegungen in ihr Brustband. Ein Wort würde von nun an genügen, um alles zu bekommen, was sie sich nur wünschten.

„Neuwerk und sein unglaubliches Angebot liegen Euch nicht nur zu Füßen, sondern stehen Euch uneingeschränkt zur Verfügung", verkündete sie. „Inklusive einer Audienz bei unserem Bestimmer. Er stammt aus Österreich und nennt sich *Der aus den Alpen*. Aus Gründen der Diskretion möchte er weder mit Vor- oder Nachnamen noch mit seinem Titel angeredet werden, den er in seinem Heimatland trägt. Nur dass Ihr Bescheid wisst. Wenn Ihr mir bitte folgen wollt?"

So kam es, dass sie kurz darauf dem Einen gegenüber standen. Hoch oben in der Kuppel des Neuwerker Turmes. Wie die langbeinige Empfangsdame es vorausgesagt hatte, erfuhren sie allerdings nie den Namen des Mannes. Das verbat er sich, Diskretion sei in seiner Branche das A und das O.

„Besonders das O, wenn Ihr versteht, was ich meine."

Er sprach etwas seltsam, mit einem ungewöhnlichen Dialekt. In einer deutschen Sprache, die Gödeke nur einmal in einem Bordell in Wismar vernommen hatte. In den Alpen sprach man so, einer Region von Bergen und Tälern, die der Freibeuter bislang noch nicht besucht hatte.

„Was sind denn schon Namen?", fragte ihr Gastgeber zur Begrüßung, und Gödeke nickte verstehend.

Nicht so recht nachvollziehen konnte er allerdings das merkwürdige Gebaren, das sein Gesprächspartner im Folgenden an den Tag legte. Zwischen zwei Sätzen stampfte *Der aus den Alpen* immer mal wieder scheinbar unmotiviert mit dem Fuß auf den Boden. Und mitunter streute er auch absurde Worte in die Konversation, die er mit nicht weniger absonderlichen Gesten unterstrich. Wollte der Kerl ihn an der Nase herumführen?

Es sah eigentlich nicht so aus. Die Miene seines Gegenübers schien vielmehr von einem beinahe heiligen Ernst beseelt zu sein. Wurde Gödeke hier Zeuge eines Rituals, mit dessen Regeln er nicht vertraut war? Er wollte nicht unhöflich sein. Zudem mochte ein Mann, der auf einer strategisch so günstig gelegenen Insel lebte, auch durchaus interessante Informationen besitzen. Vielleicht sogar über die Hanse und ihre Aktivitäten. Da war es klug, ihn nicht vor den Kopf zu stoßen. Also ging der Hauptmann der Likedeeler auf das Spiel ein. Stampfen und in Rätseln sprechen konnte er schließlich auch. Da musste er sich von einem dahergelaufenen Alpenländler nichts vormachen lassen.

Offenbar wirkte seine eigene Darbietung allerdings nicht in allen Punkten überzeugend. Der Herr der Insel runzelte ein paar Mal die Stirn und warf ihm auch den einen oder anderen irritierten Seitenblick zu. Machte er irgendetwas falsch? Er konnte die Situation nicht so recht einschätzen.

Schließlich kam der Gastgeber mit ausgestreckter Hand auf ihn zu. Doch bevor Gödeke einschlagen konnte, drängte sich Jana dazwischen und kam ihm zuvor. Der Händedruck, den sie und *Der aus den Alpen* tauschten, sah bizarr aus. Als hätte sich einer von beiden den Mittelfinger gebrochen und der andere den Daumen. Doch so merkwürdig es schien: Das Einzige, was bei dieser Geste gebrochen wurde, war offenbar das Eis.

Jedenfalls wurde der Anführer des Besuchergrüppchens nun ins Vertrauen gezogen, und es entspann sich eine höchst informative und spannende Unterhaltung. Der Mann vom Turm zeigte sich gefällig und überaus kooperativ. Ein Umstand, den Gödeke Michels sehr schätzte. Zunächst hatte er Jana noch mit einem Stirnrunzeln bedacht. Denn er ahnte, dass sie ihm etwas verschwieg, Nun aber nutzte er diesen unerwarteten Türöffner. Die ungleichen Männer tauschten geheimes Insiderwissen aus, raunten sich gegenseitig Dinge zu, die die Welt in Atem halten würden, falls sie je an die Öffentlichkeit kämen. Dazu hätte es allerdings jemandem gelingen müssen, einen Sinn aus den kryptischen Andeutungen herauszudestillieren. Und das war mehr als unwahrscheinlich.

„Der Schlüssel, Ihr versteht?", so flüsterte der Alpenländler geheimnisvoll.

Und Gödeke erwiderte ebenso verschwörerisch: „Ich verstehe: Der Schlüssel."

Worte, die sowohl Käpt`n Walhorn als auch Jana Kalaschnikova mitbekamen, so dass auch sie ehrfürchtig nickten und ebenfalls: „Der Schlüssel …" murmelten.

Obwohl das Gespräch ganz und gar nicht danach geklungen hatte, war offenbar ein Abkommen getroffen worden. Auch wenn Gödeke keine Ahnung hatte, worum es dabei ging. Jener ominöse Schlüssel würde jedenfalls mit an Bord sein, wenn die *Talliska* Neuwerk verließ. Nebst einer Ledermappe, einem Fässchen und einer großen Kiste. Und niemand sollte von dieser rätselhaften Fracht erfahren. Gödeke hätte sich die Hände gerieben, wenn das nicht zu auffällig gewesen wäre. Die drei Gulden Entree hatten sich jetzt schon bezahlt gemacht. Hatte er es doch gewusst!

Da die Verhandlungen so gut gelaufen waren, fasste er endgültig Vertrauen und erklärte *Dem aus den Alpen*, dass er Tran und Öl mit sich führe. Und dass ein Wal ein Wal sei und eben kein Aal. Er stieg verbal mit ein in die Verschlüsselungen und Absurditäten, die dem Alpenländler anscheinend so gut gefielen.

„Es leuchtet der Saal,
begleitet ein Mahl
den heiligen Gral."

Immer geheimnisvoller wurde sein Raunen, immer näher kam er dem Ohr des Mannes vom Turm. Erhoben sein Zeigefinger, der Situation angemessen, denn die Luft im Turmzimmer war bedeutungsschwanger geworden. Eine Möwe kreischte vor dem geöffneten Fenster draußen im Wind.

„Ob Diamant, ob Opal,
es ist alles egal.
Zwar nicht grad fatal,
doch verborgen im Tal
schlummert das Wort, daneben die Zahl,
die dich hinführt zum Wal!“

Er biss sich auf die Lippen. „Ihr versteht?“

Da nickte *Der aus den Alpen*, und eine Gänsehaut wurde auf seinen Armen sichtbar. Auch ein wenig bleich war er geworden, als er meinte, dass er nun aber dringend weg müsse. Man werde ja sicher eine Weile alleine zurechtkommen? Die Finnin Irmilia, die leider kein Deutsch spreche, sondern nur Finnisch, würde sich um sie kümmern. Wenn er den Gästen noch einen Vorschlag machen dürfe: Gödeke müsse unbedingt zur Schule gehen und Käpt`n Walhorn in die hauseigene Brennerei.

Damit waren sie offenbar entlassen. Gödeke brannte zwar noch die Frage auf den Lippen, warum in drei Teufels Namen es auf dieser Insel so ungewöhnlich warm war. Doch wollte er *Den aus den Alpen* nicht unnötig bedrängen, trotz der drei Gulden. So wisperte er nur: „Feuer in der Hölle brennt, alles hin nach Neuwerk rennt.“ Dazu ließ er seinen Fuß heftig auf die Dielen krachen.

STAMPF

„Hölle, Hölle, Hölle!“, antwortete der neue Neuwerker daraufhin leise und sah sich schnell nach allen Seiten um.

STAMPF

Bevor er endgültig den Raum verließ, sprach er aber doch noch ein paar Worte. „Noch einen Tipp am Rande, zu Eurer Sicherheit: Der amtierende Amtmann aus Ritzebüttel, Ungustus Bruns, liegt ein paar Tage flach und wird uns heute nicht behelligen.“

Dass er zwei Mädels abgestellt hatte, um den Behördenmenschen zu beglücken und von den Amtshandlungen fern zu halten, verschwieg er allerdings.

Wissend hob Gödeke den rechten Handrücken vor seine Augen, zog die Hand langsam nach außen und spreizte Mittel- und Zeigefinger ab. Eine Geste, die der Inselherrscher augenblicklich erwiderte. Man war sich einig und beließ das hitzige Thema dabei.

Kurz darauf stiegen Michels, Walhorn, Jana und die Finnin Irmila über die Wendeltreppe eine Etage tiefer. Dort fanden sie sich in einer Art Vorzimmer ein, in dem sich normalerweise die Besucher des Herrn der Insel zu gedulden hatten, um bei ihm vorsprechen zu können.

Es herrschte hier oft ein reges Kommen und Gehen: Bewerberinnen für Arbeitsplätze bei der Erholungsgesellschaft, Politiker, Kaufleute, Handelsreisende, Kapitäne, die einen Lotsen benötigten, um unbeschadet mit ihrer Fracht die Elbe hochzukommen, aber auch Handwerker und Vertreter der Hanse. Neuwerk war strategisch gesehen enorm wichtig, und so wunderte es nicht, dass sich Ritzebüttel und Hamburg um den Vorposten in der Elbmündung balgten. Doch war es *Der aus den Alpen*, der für Ordnung sorgte auf dem Eiland. Mit ihm hatte sich ein jeder auseinander zu setzen, egal, welchem Stand der Besucher auch angehörte.

Dennoch war Michels ziemlich ratlos zurückgeblieben. Er hatte sich rechts am Kopf gekratzt und sich zur Beratung mit seinen Gefährten kurz in eine Ecke zurückgezogen, die sie in dem runden Vorzimmer vergeblich suchten.

„Was haltet Ihr davon, Käpt`n?“

„Ich weiß nicht recht, Gödeke. Der Mann scheint mir ein wenig nebulös, wenn ich mir die Bemerkung erlauben darf.“

„Das könnt Ihr laut sagen. Aber ich glaube, dieses Gespräch hat sich trotzdem gelohnt. Wir bekommen ja den Schlüssel, die Mappe und …“

„Kurz gesagt, meine Herren", beendete Jana den Satz, „wir bekommen PENITRA!"

Da war es wieder, dieses seltsame Wort, das *Der aus den Alpen* mehrfach und mit bedeutungsvollem Unterton in die Unterhaltung geworfen hatte.

„Ganz recht", flüsterte Gödeke andächtig. „Und das wollen wir nutzen. Wenn ich nur wüsste, was zum Henker das ist!"

„Eine Waffe", sagte Jana mit einem Gesichtsausdruck wie eine Wölfin nach erfolgreicher Jagd. „Und zwar eine, die den Herren vom Deutschen Orden den Schweiß auf die Stirn treiben wird."

Gödeke und Käpt'n Walhorn starrten sie an wie vom Donner gerührt.

„Soll das heißen, Ihr wisst, was hier gespielt wird?", erkundigte sich der Walfänger verblüfft.

Jana nickte. „So ungefähr zumindest. Ich kann Euch jetzt nicht alle Details erklären, das ist eine längere Geschichte."

„Dann bitte erstmal nur die Kurzversion", knurrte Gödeke. „Ich nämlich tappe völlig im Dunkeln. Für mich war die Audienz eine einzige Absurdität."

„Also gut, hört zu." Sie räusperte sich und ließ dann die Katze aus dem Sack. Eine ziemlich beeindruckende und wehrhafte Katze sogar. Mit scharfen Zähnen und Krallen.

„Es gibt so eine Art Geheimbund von Leuten, die dem Deutschen Orden … sagen wir: Nicht freundlich gesonnen sind", begann die Livländerin. „Die Mitglieder sind über ganz Europa verstreut. Aus Sicherheitsgründen bleiben sie untereinander anonym. Sie kennen sich entweder überhaupt nicht oder wissen zumindest nicht die richtigen Namen ihrer Mitstreiter. Daher kann niemand wirklich viel verraten, wenn er geschnappt wird. Aber jeder arbeitet nach seinen Kräften daran, den Ordensrittern zu schaden, wo er nur kann. Und dies im Verborgenen."

„Woher wisst Ihr das bloß alles?", erkundigte sich Gödeke vorsichtig.

„Na, woher schon: Ich habe Euch doch erzählt, wie ich zum Deutschen Orden stehe. Ich bin selbst Mitglied in diesem Bund. Und *Der aus den Alpen* offensichtlich auch."

Walhorn starrte sie verblüfft an. „Dieser seltsame Kauz ist ein Widerstandskämpfer? Ein Konspirativer?"

„Genau! Mir fiel nur das Wort nicht ein. Ich habe daran keinen Zweifel. Er kennt die Rituale: Das Stampfen, die Codeworte ... und nicht zuletzt den geheimen Händedruck, den wir getauscht haben. Das sind alles subtile Zeichen, an denen sich die Anhänger der Bewegung untereinander erkennen können."

„Und ich dachte schon, der Kerl hätte einen Sprung im Gebälk!", warf Gödeke ein.

Jana grinste. „Darüber kann ich mir kein richtiges Urteil erlauben. Wir sind uns zwar schon mal begegnet, aber das ist Jahre her. Er war damals ein recht bekannter Alchemist, der in Kaunas ein paar Kollegen besuchen wollte. Bevor der Orden die Alchemie als Ketzerei und Hexenwerk verboten hat. Wie so vieles andere."

Ihre Miene verfinsterte sich sichtlich. „Damals sind wir uns kurz vorgestellt worden. Ich erinnere mich daran, weil ich vorher noch nie jemanden so sprechen gehört hatte wie ihn. Und er muss mich auch wiedererkannt haben."

Sie zupfte nachdenklich an ihrer Unterlippe. „Wahrscheinlich hat er davon gehört, was mit meiner Familie passiert ist. Und deshalb wollte er sehen, ob wir ebenfalls zum ordensfeindlichen Untergrund gehören. Er hat uns auf die Probe gestellt. Ob wir die Gesten kennen und die Losungen und das alles." Sie lachte. „Ihr müsst ihn mit Eurer Vorstellung halb in die Verzweiflung getrieben haben, Gödeke! All dieses Gestampfe und Gerede, das fast so absurd aussah und klang wie das Original. Aber eben nur fast."

„Man tut, was man kann", brummte der Angesprochene. Ihm wurde allmählich immer klarer, was in den letzten Minuten geschehen war. *Der aus den Alpen* mochte zunächst überlegt haben, was ihm die Nordsee für dubiose Besucher auf seine Insel gespült hatte. Doch dank Janas korrektem Verschwörerinnen-Handschlag hielt er sie nun für Verbündete. Und wollte ihnen eine Waffe gegen den Deutschen Orden in die Hand geben. Wenn das nicht vielversprechend klang!

„Aber was ist denn nun dieses PENITRA?", erkundigte er sich ungeduldig.

Jana lächelte. „Der Name müsste Euch eigentlich gefallen. Was kommt denn raus, wenn man die Buchstaben in eine andere Reihenfolge bringt?"

Das war nicht die Art von Rätseln, die Gödeke Michels schätzte. Käpt'n Walhorn aber runzelte die Stirn, während er im Kopf die Lettern durcheinander würfelte. „PANIERT? Nein, wartet: PIRATEN! Das ist es!" Er schaute seine Gefährten Beifall heischend an.

„Ganz genau!", bestätigte Jana. „Unter diesem Namen hat unsere Bewegung ein Projekt ins Rollen gebracht, an dem hauptsächlich Alchemisten und Schreiber mitarbeiten."

Gödeke starrte sie an, als käme sie von einem anderen Stern. „Und das sollen Piraten sein?!"

„Und ob! Wortpiraten sozusagen. Sie wollen etwas viel Wertvolleres kapern als Gold und Edelsteine. Nämlich die Wahrheit."

Die Fragezeichen in den Gesichtern ihrer Zuhörer wurden immer größer. Jana überlegte fieberhaft, wie sie ihnen die Sache so kurz wie möglich erklären konnte.

„Es ist eine geheime Verschwörung. Illegal und sehr gefährlich. Es geht darum, die Propaganda der Kirchenleute im Allgemeinen und die des Ordens im Speziellen zu untergraben", sagte sie schließlich. „Ihr wisst doch, wie sie sind: Sie lassen nur ihre eigene Sicht der Dinge gelten und versuchen, alles andere zu unterdrücken oder auszulöschen. Die Lebensfreude und die Sinnlichkeit, die Lust und die Magie. Sogar die Astronomie und andere Wissenschaften. Alle Gedanken und Geschichten und Ideen, die nicht in ihr enges Weltbild und ihr beschissenes Dogma passen."

Janas Augen funkelten vor Wut. Und ihr Abscheu übertrug sich auf die beiden Männer, die ihr gebannt zuhörten.

„Allein dafür sollte man die Brüder kielholen lassen! Aber was wollen diese Wortpiraten dagegen tun?“, fragte Gödeke.

„Dafür sorgen, dass all die Ideen und Geschichten überleben. Und zwar über die Jahrhunderte hinweg. Selbst wenn die Ordensleute immer mächtiger werden, sollen sie die vielen bunten Facetten nicht auslöschen können, aus denen die Welt besteht. Das Projekt PENITRA sollte eine Methode entwickeln, mit der Bücher viele Jahrhunderte überdauern und lesbar bleiben können. Wie das genau funktionieren soll, weiß ich auch nicht. Das ist eine Sache für Spezialisten. Aber ich glaube, sie haben es geschafft! Und nun will uns *Der aus den Alpen* das Ergebnis anvertrauen. Eben diesen Schlüssel, von dem er immer geredet hat.“

„Der Schlüssel … zu den Köpfen künftiger Generationen?“, fragte Walhorn beeindruckt.

„Ja“, nickte Jana. „Wie ich schon sagte: Eine mächtige Waffe. Nicht zum Töten. Aber zum Siegen.“

Sie schwiegen eine Weile, jeder hing seinen eigenen Gedanken nach. Würden sie tatsächlich die Möglichkeit bekommen, die Zukunft zu beeinflussen? Es war eine faszinierende Idee, die zu allerlei Gedankenspielen einlud. Aber noch war die Sache ja ziemlich nebulös: Niemand wusste, welche konkreten Errungenschaften das Projekt PENITRA tatsächlich verbuchen konnte. Geschweige denn, wie sich diese nutzen ließen. Sie würden einfach abwarten müssen, was *Der aus den Alpen* ihnen mit auf die Reise geben würde.

Schließlich murmelte Gödeke, halb verstehend, halb unbehaglich: „Und dann auch noch diese Spinnerei von mir.“

„Was meint Ihr?“, fragte der Käpt’n verblüfft, denn der Seeräuber war blass um die Nase geworden.

„Ich habe mir das nur ausgedacht, weil ich annahm, der Kerl macht sich ein Späßchen mit uns, betreibt Schabernack."

„Was denn?"

„Na, meine Reime!" Er warf sich in Positur.

„Es leuchtet der Saal,
begleitet ein Mahl
den heiligen Gral.
Ob Diamant, ob Opal,
es ist alles egal.
Zwar nicht grad fatal,
doch verborgen im Tal
schlummert das Wort, daneben die Zahl,
die dich hinführt zum Wal!"

Er schüttelte den Kopf. „Das muss *Dem aus den Alpen* doch wie eine Botschaft vorgekommen sein. Aus seiner Sicht. Verschlüsselt und mysteriös. Wobei das Wichtigste für ihn bestimmt der Hinweis auf ‚das Wort' war. Das verborgene, gut versteckte Wort. Ein Zufall."

„Der heilige Gral!", nickte Walhorn.

„Das große Geheimnis", flüsterte Jana. „Ja, das passt tatsächlich alles zusammen. Er muss mich erkannt haben. Genau wie ich ihn. Und denkt jetzt, ich führe eine Geheimmission durch. Getarnt unter echten Piraten. Die Erfüllung von PENITRA. In seinen Augen muss es so sein. Gödeke, Eure drei Silbergulden waren verdammt gut angelegt. Respekt!"

„Heilige Scheiße!", fluchte der Gelobte. „In was sind wir denn da nur wieder hineingeraten?"

„Wer weiß wofür es gut ist!", orakelte Walhorn. „Für uns und … für die Nachwelt? Wer kann schon vorhersehen, was wir noch erleben? Und was sich lohnt, aufgeschrieben zu werden?"

Abermals schwiegen alle. Doch wie sie es auch drehten und wendeten, sie mussten abwarten. Und bis dahin sprach ja nichts dagegen, erstmal die Annehmlichkeiten der Insel zu nutzen.

Gödeke wandte sich der finnischen Bademeisterin namens Irmilia zu, von deren Äußerungen er noch weniger verstand als von all dem, was der Alpenländer vorhin gesagt hatte.

Einer Statue gleich hatte die Frau sich im Hintergrund gehalten, jetzt aber wippte sie auf den Zehenspitzen und hob die Arme an. Sie war ganz ähnlich gewandet wie die Empfangsdame von unten. Einzig das weiße Band über ihren Brüsten war noch etwas schmaler ausgefallen, es bedeckte nur so eben die Nippel. Dafür betonte es aber umso mehr die prächtigen, strammen Hügel.

„Und nun zeig uns die reizenden Angebote der Erholungsanlage, du Heißluftakrobatin“, forderte Michels sie auf.

„*Hyvin paljon!* (sehrrrr viel)“, antworte sie lächelnd und trat auf den Hauptmann zu. Sie strich ihm mit einer Hand über den Nacken, zog ihn zu sich heran und gab ihm einen leidenschaftlichen Zungenkuss.

„Ich bin sehr dafür, ein Bad zu nehmen, mein unanständiger, zügelloser Anführer und Oberpirat”, brachte Jana sich ins Spiel und trat auf die beiden zu. Genießerisch strich sie sowohl Gödeke als auch Irmilia über Rücken und Po. „Und zwar wir alle zusammen. Zu viert. Ich gehe mal davon aus, dass die Wanne groß genug ist.”

„*Hhyvin iso kylpyamme.* (Wanne is mehr als grosse genuk!)“, lächelte die Finnin verführerisch. „*Tule mukaan kanssani.* (Mitkommen alle.)“

Im Bad

Habt Ihr es auch gesehen, Gödeke?“, fragte Käpt`n Walhorn leise, als sie die Wendeltreppe im Turm eine Etage tiefer schritten. Durch die schmalen Fenster hatten sie immer wieder eine feine Aussicht.

„Ja, hab ich!“

„Ich meine das schwarze Schiff da draußen. Das auf See vor Anker liegt. Das mit den gerefften schwarzen Segeln."

„Ja, genau das meine ich auch."

„Ich kenne dieses Schiff. Konnte mich sofort erinnern, wo ich es schon einmal gesehen hatte. Damals auf der Fahrt hoch ins Nordmeer, als ich auf Walfang ging. Es ist die *Napolinera*, und Ihr glaubt nicht, wem es gehört. Wir sind nicht die einzigen etwas zwielichtigen Gäste auf Neuwerk."

„Ich weiß, wem das schwarze Schiff gehört. Der Freibeuterin Marijke tom Broks. Eine der bedeutsamsten Frauen unserer Zeit, zumindest hier im Westen. Eine Friesin. Und Ihr habt recht, sie ist hier auf der Insel. Ich habe mich ihr bereits zu erkennen gegeben. Heute Morgen. Das war sie."

Käpt`n Walhorn starrte ihn mit offenem Mund an. „Ihr wollt sie treffen?"

„Ja, heute Nachmittag. Unten am Strand. Und nun … lasst uns baden gehen."

Mehr Details war er nicht bereit preiszugeben. Zumindest im Moment nicht.

Stattdessen folgte er Jana Kalaschnikova und der Finnin Irmilia in einen Bereich, aus dem ihnen eine geradezu atemberaubende Wärme entgegenschlug. Kaum war die Tür geöffnet, hüllten Nebeldämpfe sie augenblicklich ein. Zu ihrer Verblüffung wurden sie von der jungen Frau aufgefordert, sich jetzt zu entkleiden, und zwar gänzlich.

Der Kapitän war gedanklich noch immer mit dem beschäftigt, was Michels ihm eben mitgeteilt hatte. Die Begegnung schien den Likedeeler ja nicht sonderlich aus der Fassung gebracht zu haben. Ihm selbst dagegen war vor Überraschung die Kinnlade heruntergefallen und ein kalter Schauer über den Rücken gekrochen, als er sich erinnerte, wer dieses schwarze Schiff da draußen befuhr. Und wer Marijke tom Broks war.

Die Finnin lenkte Walhorns Gedanken nun aber in eine andere Richtung. Rasch zog er sich die Lederhose und das weiße Hemd aus. Bei dieser heißen Nebelluft zweifellos das Beste, was er tun konnte. Er sah, dass Irmilia dabei war, Jana beim Aufknöpfen des Kleides behilflich zu sein. Und dass die Finnin wie eine zufriedene Katze lächelte, als sie bemerkte, dass Jana vollkommen nackt darunter war. Nach dem fünften Knopf nahm Jana den Kopf der Fremden in beide Hände, zog ihn zu sich heran und gab ihr einen langen, intensiven Zungenkuss. Das wiederholte sie bei jedem weiteren Knopf, der ihr geöffnet wurde, denn die Bademeisterin streichelte ihr bereits die Brüste. Walhorn hatte keinen Zweifel mehr daran, wohin das gemeinsame Bad führen würde.

Doch weder er noch Gödeke mischten sich ein. Stattdessen gingen sie den weiß gekachelten Gang entlang, nackt wie sie beide waren. Der Seeräuber voran. Bis sie an einen tiefroten Vorhang kamen. Dahinter war ein Plätschern und leises Rauschen zu vernehmen. Mädchenstimmen, die kicherten und lachten. Ein wohliger Duft umfing sie. Hinter sich hörten sie Jana aufstöhnen.

Gödeke sah sich aber nicht um, sondern zog den Vorhang beiseite. Und jetzt verschlug es ihm richtig den Atem. Er blieb stehen und glaubte, seinen Augen nicht zu trauen. Walhorn stieß aus Versehen von hinten gegen ihn, weil er wohl nicht damit gerechnet hatte, dass Gödeke plötzlich zur Salzsäule erstarren würde. Erst als er des Walfängers Seerohr an seinem Hintern spürte, kam wieder Bewegung in den Freibeuter.

„Seht Euch das an!“, keuchte er. „Träume ich?“

Sie blickten in eine runde, nebelverhangene Halle. Nur schemenhaft konnten sie all die Details wahrnehmen, die ihre Sinne gleichzeitig erregten und täuschten. Die kuppelartige Decke schien ausschließlich aus glänzenden Mosaiken zu bestehen. Sie funkelten in den verschiedensten Farben. Sonnenlicht fiel durch milchige, undurchsichtige Fensterscheiben, die hälftig von roten Vorhängen verdeckt waren. Zwei oder drei Räume waren von Holztüren verschlossen, aus deren Bodenritzen Dampf hervor quoll. In der Mitte der Halle aber gab es ein großes, rundes Schwimmbecken. Rings herum standen in Abständen Liegewiesen hergerichtet, um dort zu entspannen oder sich entspannen zu lassen. Weiche Matratzen luden dazu ein, sich niederzulegen und verwöhnen zu lassen. Auf kleinen Tischchen standen Flakons und Töpfchen bereit, den Inhalt auf nackte Haut zu massieren. Mehrere große Badewannen hatte man vereinzelt zwischen die Lotterlager gestellt. Denn dass es solche waren, davon zeugte eine Anzahl Mädchen, die sich in dem paradiesischen Raum aufhielten.

Manche waren so gekleidet wie Irmilia, andere in hauchzarte, transparente Tücher gehüllt. Die Farbe Rot herrschte vor. Einige Tücher waren länger, andere kürzer, wieder andere verhüllten nur eine Brust und waren im Nacken gebunden. Doch eines wurde sofort sichtbar: Alle Mädchen waren nackt unter der knappen, transparenten und überaus verführerischen Kleidung.

Gödeke zuckte zusammen, als die Finnin plötzlich hinter ihnen stand und beiden Männern mit den Händen über die muskulösen Arschbacken strich. Dann aber glitten die Hände nach vorne und ergriffen die stattlichen Genitalien. Abwechselnd küsste sie Gödeke und auch Walhorn die Schultern. Kurz darauf aber schob sie die Männer nach vorne und sprach ein paar Worte, die sie nicht verstanden. Doch es war natürlich klar, dass sie die Männer drängte, den Raum zu betreten und das Angebot anzunehmen. Drei der umstehenden Mädchen kamen lächelnd auf sie zu.

Walhorn ließ sich sofort in das große Schwimmbecken ziehen. Ohne sich ausziehen, stiegen die drei Schönheiten mit ins Wasser, und augenblicklich wurde sichtbar, was der transparente Stoff nur knapp verhüllt hatte.

Gödeke indes entschloss sich, zunächst eine Runde durch die Halle zu schlendern und sich alles etwas genauer anzusehen. Eine Sächsin mit langen, brünetten Haaren und dunkelbraunen Augen begleitete ihn. Sie trug eines der kürzeren roten Tücher. Nur sehr knapp war ihr Po bedeckt, der Rücken dagegen komplett frei. Und vorne herum drückten sich üppige Brüste gegen den hauchzarten Stoff. Die Enden waren locker im Nacken zusammengebunden, sodass Gödeke seitlich einen freien Einblick genießen konnte. Die raffinierte Kleidung erregte ihn. So wie alles, was er sah, unverzüglich Einfluss auf seine Erektion nahm.

Das Mädchen nahm es lächelnd zur Kenntnis. Wann immer sie stehen blieben und sie Gödeke etwas erklärte, wanderte ihre Hand an sein immer härter werdendes Glied und seine Hand seitlich in ihr Tuch, um ihre Brüste zu erkunden und zu drücken. Einmal, als sie eine der Türen aufzog und eine Dampfwolke sie unverzüglich einhüllte, erklärte sie ihm, dass dies eine spezielle Dampfsauna sei. Man könne drinnen nicht die Hand vor Augen sehen. Alles könne dort geschehen, ohne dass es jemand bemerke.

„Wollt Ihr dort mit mir hinein, mein Herr?", hauchte sie ihm ins Ohr und ließ ihre Zungenspitze folgen. Die Hand erneut an seinem Kolben.

Gödeke hatte ihr wieder unter das Tuch gefasst. Nachdem er überrascht festgestellt hatte, dass sie im Schritt gänzlich enthaart war, hatte er die Schamlippen geteilt und ihren feuchten Eingang mit zwei Fingern erkundet. Jetzt aber zog er sie mit einer energischen Bewegung in den feuchtdampfenden Raum, und das Weib schloss die Tür hinter sich.

Der Pirat, der schon durch manch Nebelbank gesegelt war, hatte das Gefühl zu ersticken, so dicht war der heiße Dampf. Schon nach wenigen Sekunden spürte er, wie sein Schweiß zu rinnen begann. Die Hütte, wie das Mädchen den Raum nannte, war nur schummrig beleuchtet, er konnte tatsächlich kaum die Hand vor Augen sehen.

Als sie etwas kaltes Wasser auf die Steinplatte geschüttet hatte, lud sie den Hauptmann ein, doch Platz zu nehmen. Gerne nahm er das Angebot an. Er musste erst einmal wieder zu Sinnen kommen, merkte aber, dass er sich an den Dampf gewöhnte und keineswegs unter Atemnot litt. Im Gegenteil, er nahm wohltuende Kräuterdüfte wahr.

Die junge Frau, Cora hieß sie, hatte die Beine gespreizt und den Tuchknoten im Nacken gelöst. Sie schwitzte natürlich genauso, wie Gödeke es tat. Ihre Brüste waren von vollendeter Schönheit, jugendlich prall und stramm. Die harten Knospen standen lüstern hervor, die Warzenhöfe ein wenig angeschwollen wie fleischige Schnuller. Er nahm sie zwischen die Lippen, küsste und saugte sie, während zwei seiner Finger sich abermals den Weg in Coras jetzt sehr nasse Ritze bahnten.

Sie aber leckte und küsste ihm die Schweißtropfen von Hals und Schultern, genauso wie er es tat zwischen ihren Brüsten. Immer wieder gaben sie sich gierigen Zungenküssen hin, schmeckten das Salz auf des anderen Lippen und Zunge.

Schließlich zog Gödeke die Gespielin hoch, drehte sie um, sodass sie sich mit beiden Händen auf der Steinplatte abstützen musste und trieb ihr den prallharten Speer zwischen die Beine. Von hinten in ihr nasses, heißes Loch.

Doch lange und ausdauernd vögeln konnte er sie nicht. Er spürte, wie ihm schon nach nur sehr kurzer Zeit die Kräfte zu schwinden begannen, wie es in seinen Ohren rauschte. Mit einem Ruck entzog er sich ihr, stieß die Tür auf und torkelte schweißnass hinaus in die Halle.

„Kühlt euch ab, mein Herr, dort vorne in dem Tauchbecken", rief Cora ihm nach und verließ ebenfalls hüftschwingend die Hütte. Nackt und ein Lächeln auf ihren Lippen.

Gödeke nickte und stieg leicht benommen, aber mutig in das Becken – erwartete er doch lauwarmes, schmeichelndes, erholsames Wasser. Doch nichts da! Im Gegenteil: Eiseskälte umfing ihn. Er zuckte zusammen und sog die Luft scharf durch die Zähne. Doch so heiß, wie ihm war, tauchte er entschlossen unter. Prustend kam er wieder hoch und stieß einen lauten Schrei aus, dass es in der Halle bebte und nachhallte. Alle sahen sich nach ihm um, doch er hatte laut „Jaaa!“, geschrien. Es war ihm deutlich anzusehen, dass es ihm sehr gut ging.

Lang baumelte sein Glied zwischen den Beinen, als er aus dem Becken stieg und alle es sehen konnten. Als Cora ihn fragte, wonach ihm nun der Sinn stehe, ob er vielleicht ein wenig auf einem der Lager mit ihr verweilen wolle, da schüttelte er den Kopf.

„Nein, ich denke nicht. Ich würde jetzt gern ein Bad nehmen. Und zwar allein. Ich will mich entspannen und ein wenig nachdenken.“

Nachdem er sich für eine Duftnote entschieden hatte, die sein Badewasser enthalten sollte, führte Cora ihn hin zu einer der Wannen.

„Wie heißt Ihr denn eigentlich?“, fragte sie beiläufig. „Und wo kommt Ihr her? Seid Ihr ein Kaufmann?“

Die Fragen mochten frei von Hintergedanken gestellt sein, und das Mädel sah ihn mit neugierigem, süßem Augenaufschlag direkt an. Kein bisschen verlegen. Alles schien ganz natürlich und normal zu sein. Und doch schepperte etwas in ihm wie ein Alarmsignal. Augenblicklich war er auf der Hut.

„Michelson, Gunnar Michelson aus Norwegen“, antwortete er lapidar. „Ist dies meine Wanne? Ich lasse Euch rufen, sollte ich etwas benötigen. Nein, besser noch: Haltet Euch in meiner Nähe auf, tupft mir mit kühlen Tüchern die Stirn und erfreut mich mit eurem nackten Antlitz, mit eurem entzückenden Körper. Mehr möchte ich im Moment nicht.“

Damit war das Thema für ihn beendet, und er stieg in die Wanne, ließ sich geschmeidig hinein gleiten. Dass die hübsche Sächsin etwas missmutig und enttäuscht die Stirn runzelte, bekam er nicht mit.

Wundervolles, sehr warmes Wasser empfing ihn, und es duftete angenehm nach Lavendel. So, wie er es bestellt hatte. Genießerisch schloss er die Augen, und seine Gedanken kehrten zurück an den Morgen, als die *Talliska* noch vor Anker gelegen hatte und die Flut bereits gestiegen war. Als er am Bug gestanden und nachdenklich ins steigende Nordseewasser geschaut hatte. Und da, da war es plötzlich wieder gewesen. Das Geräusch einer Schiffsglocke. Und diesmal hatte er es sehr genau erkannt.

Kurz – kurz – lang – kurz.

Das ‚F'! Einer der Erkennungscodes der Likedeeler. Mit einer energischen und ungeduldigen Bewegung hatte er die nähertretenden Leute von Deck gescheucht. Auch Käpt`n Walhorn, Jana und Lars. Die Mannschaft sowieso. Er hatte jetzt allein sein wollen und müssen, unbedingt. Er hatte keine Zeugen gebrauchen können. Denn jetzt war er sicher gewesen, dass er sich nicht getäuscht hatte.

Und da, tatsächlich! Noch zwei weitere Male hatte er das ‚F' vernommen. Rein und klar hatte er es hören können. Es musste ein Schiff in der Nähe sein, von dem aus man ihn sehen konnte. Ein hohes, großes Schiff, und es musste sich ein bedeutender Pirat an Bord befinden. Denn das ‚F' bedeutete nichts anders als: Freibeuter!

Nur dadurch, dass es dreimal hintereinander erklungen war, hatte Gödeke sich sicher sein können, dass der andere die Geheimsprache kannte und auch die Bedeutung verstand. Aufgeregt hatte er sich das Band des Klöppels um eine Hand gewickelt, die andere an die Schiffsglocke gelegt und ebenfalls mit einem ‚F' geantwortet. Beim ersten Mal war es noch etwas undeutlich ausgefallen, weil er den Klang der kurzen und langen Töne noch nicht richtig im Abstand gehalten hatte. Doch beim zweiten und dritten Mal hatte es schon deutlich besser geklappt. Er hatte den Atem angehalten. Und tatsächlich, das ihm so gut bekannte ‚A-A' war erklungen. Kurz – lang – kurz – lang! „Wer da?"

„Soll ich?", hatte Gödeke gedacht. „Soll ich jetzt wirklich meine Identität preisgeben?"

Wer konnte es sein, der ihn da ansprach? Störtebeker? Unwahrscheinlich. Ihm war er erst neulich vor Helgoland begegnet. Klaus wusste, dass Gödeke Michels auf einem Walfangschiff unterwegs war. Wer also sonst? Ihm war niemand eingefallen. Aber einer musste es sein. Und zwar ein Verbündeter, nichts anderes war in Betracht gekommen.

Also sei's drum! Er hatte er nicht länger gezögert, seine Initialen zu läuten. G-M. Gespannt hatte er gewartet. Denn jetzt hätte sein Gegenüber eigentlich auch seine Anfangsbuchstaben senden müssen. Und da: M-T-B!

MTB? Dreimal verfluchte Buchstabiererei! Gödeke hatte fieberhaft überlegt. Wer hieß so? Keiner seiner Vitalienbrüder, so viel stand fest. Wer also, wer? MTB … MTB …

B für den Nachnamen. Und das T für den Adelstitel ‚ten'oder ‚tom'? B wie … Broks? Der Friese, tom Broks? Könnte passen. Störtebeker hatte den Namen ein paar Mal in den höchsten Tönen gelobt. Aber hieß der Häuptling nicht Barth? Also BTB? Aber das andere Schiff hatte ein M geläutet, da war Michels sicher gewesen. Zweimal lang. Ja. Es war ein M gewesen.

„Marijke?", schoss es ihm durch den Kopf. „Die Halbschwester des Friesenhäuptlings. Könnte das sein? Marijke tom Broks? Aber natürlich! Die fährt doch auch zur See."

Er hatte sich mit der flachen Hand gegen die Stirn geschlagen. Marijke tom Broks war auch eine Freibeuterin, und was für eine! Wie hieß noch gleich ihr Schiff? *Napolinera*? Ja! So hieß es. Das schwarze Schiff mit den großen, schwarzen Segeln. Gödeke Michels war eine Gänsehaut über den Rücken gelaufen. Und Marijke hatte ihn erspäht? Das hieß, sie war hier in unmittelbarer Nähe.

„Das wär ja ein Ding", hatte er sich gefreut. „Ich muss sie sprechen, unbedingt! Und sie mich womöglich auch?"

Die Überraschung hatte sich in ein Grinsen gewandelt, als er noch kurz überlegt und dann das Lang – kurz – kurz – lang signalisiert hatte. Das ‚P', und das stand für Palaver. Hier nun als Frage gemeint, und prompt war ein einziger, kurzer Ton gefolgt. Was so viel bedeutete wie: „Verstanden“, „einverstanden“. Er würde Marijke tom Broks treffen und …

„Naaaa, mein gutaussehender Badegast, so sehr in Gedanken versunken?“, holte eine Stimme ihn zurück ins Hier und Jetzt.

Er öffnete die Augen, bog den Kopf nach hinten und blickte auf die nackten Beine der Empfangsdame von heute Morgen. Überrascht sah er an ihnen entlang, hoch hinauf und bis unter das kurze weiße Röckchen.

„Darf ich Euch wohl etwas aufmuntern, hm? Ich weiß, dass Ihr an mir interessiert seid. Ist es nicht so? Seid Ihr scharf auf mich? Seit vorhin schon, als Ihr mir die drei Silbergulden auf den Tisch gelegt und mir unter den Rock gefasst habt? Von hinten an meiner Ritze gespielt habt? Das habe ich wohl auch sehr genossen, Herr. Seht nur, gefällt Euch das?“

Sie strich sich mit beiden Händen an den Oberschenkeln entlang, hatte die Füße weit auseinander gestellt und zog sich mit der einen Hand das Röckchen hoch. Mit der anderen strich sie sich langsam durch die Spalte. Sie zeigte sie ihm her, bot sich an, war ebenfalls blank rasiert. Langsam ging sie über seinem Kopf in die Hocke, drückte die Knie weit nach außen.

„Wollt Ihr mal kosten? Mit eurer Zunge, wie ich schmecke?“

Sie kniete sich über seinen Kopf, ließ das Becken vorsichtig auf sein Gesicht sinken. Als sie seine Zunge an sich spürte, ließ sie die Hände und den Oberkörper nach vorne gleiten und stützte sich auf seiner Brust ab. Gödeke hielt sie an den Hüften an sein Gesicht gepresst und schlürfte ihre süße, wohlschmeckende Nässe. Sie strich an ihm entlang, nahm sein Glied in beide Hände und begann ihn zu reiben. Hart war er bereits, doch nun schwoll er zu voller Größe an.

Schließlich ließ sie sich in die Wanne gleiten, an Gödekes Körper entlang. Das Wasser schwappte über, doch dies störte keinen großen Geist. Denn die Badebesucherin wandte sich um, zog sich energisch das schmale, weiße Band von den Brüsten und präsentierte sie ihm. Augenblicklich griff er zu, und sie ließ sich langsam auf seinen aufgerichteten Pfahl sinken. Ficken wollte sie ihn, und er nun auch sie.

„Endlich!", dachte er und zog sie zu sich herunter. Er küsste sie wild, und sein Feuer erwachte. Genauso wie ihres.

Spätes Frühstück

Gunnar, wollt Ihr mit Eurer holden Schönheit nicht aus der Badewanne zu uns ins Schwimmbecken umziehen? Unser Käpt`n Walhorn könnte so allmählich gut etwas männliche Unterstützung gebrauchen", rief Jana lachend.

„Sollen wir?", fragte die Empfangsdame, die sich noch immer auf seinem Turm vergnügte. Soeben hatte sie erst ihren heiseren Höhepunkt in die Halle geschrien, so hart war sie auf ihrem Höllenritt von Gödeke Michels rangenommen worden. Als der nickte und betonte, dass er nun von dem warmen Wasser auch langsam genug habe, erhob sie sich-

„Gunnar Michelson aus Bergen in Norwegen, so steht es in eurer Anmeldung. Habt Ihr geschäftlich in Hamburg zu tun?"

Auch hier missfiel ihm die Fragerei, doch er beschloss, bei der Wahrheit zu bleiben. „Sehe ich aus wie eine Tranfunzel?", antwortete er leicht gereizt. „Ich reise als Abgeordneter der Stadt Bergen."

„Oh, Ihr wollt zum Hansetreffen, dacht ich's mir doch fast. Einige Hansefahrer machen demnächst Station hier, um sich ein wenig zu … entspannen. Wir sind in den nächsten Wochen nahezu ausgebucht. Unser Angebot scheint sich allmählich in der gesamten Nord- und Ostsee herumzusprechen, und wohl auch in Hamburg."

Sie kicherte und erhob sich etwas mühselig vom Sattelknauf des Herrn Michelson. Die Dame schwankte mehr als nur ein wenig. Ihre Schritte kamen dem berüchtigten Seemannsgang sehr nahe. O-beinig, um nicht zu sagen breitbeinig, ging sie das kurze Stück und ließ sich schließlich kopfüber ins Wasserbecken fallen.

Auch Gödeke stieg aus der Wanne und trat unter dem Gejohle der Mädels mit erhobener Fahnenstange an den Beckenrand heran. Schon kamen zwei Nixen auf ihn zu geschwommen, und er setzte sich, ließ die Beine ins Wasser baumeln und die Lanze aufrecht stehen.

Eine Blonde schaffte es als erste, ihn zu erreichen. Augenblicklich kam sie zwischen seine Schenkel und stülpte keck ihre Lippen über seinen Schaft. Kurz darauf aber zogen eine zweite und dritte Frau ihn an den Händen ins Becken.

Er schlang seine Arme um ihre Hüften, zog die Mädchen eng an sich heran und küsste sie abwechselnd. Forsche Hände strichen über seinen Körper und erkundeten jede Region, schon balgten sich schmale, geschickte Finger um sein Gemächt.

Brüste, überall Brüste! Er liebkoste und küsste, er saugte, streichelte und knetete sie allesamt. Die transparenten Tücher zeigten mehr, als sie verbargen. Doch manch eine Badedame hatte den Stoff beiseite gezogen und bot sich an. Gödeke machte umgehend Gebrauch. Es war, als sei er in einem wahr gewordenen Männertraum erwacht. Mösen drückten sich ihm entgegen, und tatsächlich: Alle waren sie blank rasiert. Er beschloss, eine der Deerns später nach diesem entzückenden Umstand zu befragen.

Auch Walhorn und Jana hatten sich dem Treiben angeschlossen, sechs Frauen kümmerten sich mit aller Lust und Hingabe um die Gäste. Schon bald schnappte Gödeke sich eine von ihnen, eine Rothaarige aus der freien Reichsstadt Coellen am Rhein mit weißer Haut und rosafarbenen, prall-dicken Nippeln. Er zog sie an die Treppe, wo er sie hin beugte und sie im Stehen von hinten nahm.

Einige Zeit später aber war der Freibeuter wieder in seine weißbeige, dünne Leinenhose und das weiße Hemd gekleidet, dazu trug er die knöchelhohen Wildlederstiefeletten. So saß er am Tisch der hauseigenen Taverne und verzehrte eine gebratene Gänsekeule mit gekochtem Rotkohl und Brot. Er hatte auf weibliche Begleitung verzichtet, wollte ein wenig allein sein und sich weiter umschauen. Herzhaft biss er in das knusprige Fleisch und stellte fest, wie köstlich doch eine frisch zubereitete Gänsekeule schmecken konnte. Er selbst bevorzugte im Allgemeinen eher Gänsebrust, doch diese Keule hier war vom Allerfeinsten. Um nicht zu sagen, es war die leckerste Gänsekeule aller Zeiten. Er bemerkte auch, dass er einen Bärenhunger hatte und überlegte, wann er das letzte Mal überhaupt etwas gegessen hatte. So etwas Wohlschmeckendes auf jeden Fall schon ewig nicht mehr. Und das Beste daran war: Er konnte die Delikatesse jetzt in aller Ruhe genießen und seinen Gedanken nachhängen. Denn seine beiden Gefährten waren anderweitig beschäftigt.

Ein paar Etagen höher vergnügte sich Jana Kalaschnikova noch immer im wohlig-warmen Schwimmbecken. Sie hatte ihre Lust auf die Gleichgeschlechtlichkeit entdeckt und ließ sich seit weit über einer Stunde von mehreren Bademädchen gleichzeitig verwöhnen. Die zarten Frauenhände, die Lippen und Zungen waren überall an ihrem Körper. Besonders gern und ausdauernd natürlich an Janas Brüsten, ihrem Hintern und zwischen ihren Beinen.

Die dunkelhaarige Sächsin Cora war momentan dabei, Jana die Kunst der Intimenthaarung zu erklären. Und zwar nicht nur in der Theorie. Sie hatte bereits einen Kessel mit heißem Bienenwachs zum Köcheln gebracht, das offenbar zwingend zu diesem Zweck benötigt wurde. Einige Streifen aus Leinen lagen bereit, mit dem heißen Wachs beträufelt zu werden. Es würde ein wenig ziepen, doch Frau gewöhne sich schnell daran, hatte die Sächsin gelächelt. Und die anderen Mädchen hatten ihr sofort zugestimmt: Ja, man werde sogar nach ein paar Monaten regelrecht gierig nach der Prozedur und dem damit verbundenen leichten Schmerz. Ob Jana dies auch einmal ausprobieren wolle? Aber natürlich wollte sie das! Und so hatte sie nicht gezögert, neugierig zuzustimmen. Besonders, weil zwei Baderinnen ihr versprochen hatten, sie direkt nach dem Einölen auch nach allen Regeln der Kunst zu lecken.

Nur eine knappe Stunde später war ihr Döschen so dermaßen blank, wie sie es seit Ewigkeiten nicht mehr gesehen hatte. Doch damit war sie nicht allein, sondern in bester und hübschester Gesellschaft.

Anfangs hatte es tatsächlich recht fies geziept, als man ihr in jener empfindlichen Region energisch das Haar herausgerupft hatte. Mittels heißem Bienenwachs auf einem Leinentuch. Das Ratschen klang ihr noch unangenehm im Ohr, als das erste Bademädchen ihr den malträtierten Bereich bereits leckte. Und dies mit aller Gier und Wonne, so dass Jana in die höchsten Höhen abhob und nur zu gerne die Schenkel spreizte, soweit es ging.

Als aber nur kurz darauf der Herr von Neuwerk hinzukam und ihr seinen Turm von hinten einpflanzte, da jauchzte die Dame aus dem Livland in einer Sprache, die hier niemand verstand. Nur eine junge Russin kicherte vergnügt vor sich hin. *Der aus den Alpen* penetrierte Jana mit einer solchen Wucht und Ausdauer, dass sie nicht mehr wusste, ob nun Ebbe oder Flut war, Tag oder Nacht. Als sei er mit dem Teufel im Bunde.

Wundgevögelt und erschöpft ließ sie es sich anschließend gern gefallen, dass die Sächsin Cora sie mit einer wohlriechenden, kühlenden Creme behandelte und sich dabei von Veneda und Vischie, zwei entzückenden schwedischen Ludern, dabei helfen ließ. Sanft cremten sie mit geschickten Fingerkuppen die empfindliche und ein wenig strapazierte Region ein.

Jana war im siebten Himmel. Angeschwollen ihre Schamlippen, die kleine Perle lugte keck hervor, wollte sich nicht mehr ins liebreizende Mützchen zurückziehen. Das nutzten die Mädels natürlich schamlos aus, und nur wenig später stahl sich aus der Kehle der blonden Besucherin abermals ein lautes Keuchen und Stöhnen.

Nicht weit von diesem Schauplatz weiblicher Gelüste entfernt stiegen Walhorn und die Finnin kurz darauf die Wendeltreppe des Neuwerker Turms hinunter in den Keller. Er hatte sich zur geliehenen dünnen Sommerhose der Badegesellschaft wieder die Stiefel angezogen und besah sich die reizvolle Figur der Nordländerin, die sich erregend durch den hauchdünnen Stoff abzeichnete. Ein ums andere Mal hatte sie sich nach ihm umgedreht, war stehen geblieben und hatte sich nur zu gern von ihm küssen und überall streicheln und abtasten lassen. Sie hatte mehrere Sätze zu ihm gesagt, die er aber alle nicht verstanden hatte. Nur ihr Stöhnen wusste er zu deuten. Dies aber sehr genau.

Nun stieß sie eine Tür auf, und dem Kapitän stockte der Atem. Als erstes nahm er einen eigenartigen Duft wahr. Ein Aroma, das er noch nicht zu kennen meinte. Es roch unglaublich angenehm. Zunächst nach frischer Minze, ganz eindeutig. Dann aber bemerkte er noch etwas anderes. Eine ebenfalls sehr frische Note.

Neugierig sah er sich in dem großen Kellergewölbe um. Merkwürdige Apparaturen standen herum, und es roch plötzlich auch seltsam süßlich. So ganz anders als in dem Bierkeller seines Großvaters. Schnell erkannte er, dass er sich in einer Brennanlage befand. Hier wurde Hochprozentiges hergestellt. Was sich aber in dem großen Holzbottich, dem Sudbecken, befand, das vermochte er wahrlich nicht zu deuten.

„Da staunt Ihr, was, Käpt'n?", rief *Der aus den Alpen* ihm zu. Er stand auf einem Bänkchen und rührte mit einem dicken Holzschwengel in der schon vor Tagen angesetzten Maische herum. Seinen schwarz-silbernen Gehrock hatte er abgelegt, die Ärmel des rosafarbenen Hemdes aufgekrempelt.

Erstaunt blickte Walhorn auf die dicksohligen Schuhe des Bergländers. Zwei silberne Schnallen zierten den hohen Spann und betonten galant die dicken, wollenen Kniestrümpfe. Die schulterlangen Haare des Mannes steckten jetzt unter einer Art Kapuze, die einer Ochsen- oder Schweinsblase glich, passend abgestimmt zur Weste in einem leuchtenden Hellgrün.

„Vor ein paar Tagen hatten wir hier einen üblen und sehr heftigen Sturm“, erklärte der Gastgeber. „Allerhand Zeugs wurde am Strand angeschwemmt. Treibgut von den gekenterten und untergegangenen Schiffen. So auch diese Kisten hier. Gott sei Dank waren sie gut mit Teer abgedichtet, so können wir den Inhalt vielleicht noch gebrauchen. Seht Euch das an! Diese seltsamen grünen Früchte sind fast so sauer wie Zitronen aus Italien, das Kraut hier ist frische Pfefferminze. Und diese Pflanzen hier, das ist wohl Rohrzucker. Weiß der Henker wo der herkommt.“

Käpt`n Walhorn besah sich höchst interessiert all die fremden Waren. Aus einer hälftig aufgeschnittenen grünen Frucht presste er sich den Saft direkt in den Mund.

„Donnerlüttchen!“, rief er überrascht aus. „Na, das nenne ich ja mal einen feinen Geschmack. Aber sagt: Ihr könnt Hochprozentiges herstellen? Mein Großvater versteht sich aufs Brennen, allerdings nur aus Äpfeln und Weizen.“

„In den Alpen stellen wir schon seit langem alles Mögliche her. Aus Pflaumen, Birnen, Beeren und was sonst noch so wächst“, verkündete der Herrscher stolz und rührte weiter im Bottich herum. „Seht, da vorne, ein erstes Destillat. Ich habe es … sagen wir so … noch etwas verfeinert.“

„Womit denn?“

„Nun … mit original finnischem Pussysaft. Drei meiner reizenden Nordlandmädels aus der Bäderabteilung waren so freundlich, einen kräftigen Schwall abzugeben.“

Der Waljäger konnte zwar nicht so ganz folgen, ließ sich aber gerne einladen, einen ersten Schluck aus dem Tonkrug zu probieren. Immerhin, *Der aus den Alpen* kam jetzt nicht mehr ganz so undurchsichtig und verschlüsselt daher wie noch heute Morgen hoch oben im Turm. Es schien ihm Vergnügen zu bereiten, zu experimentieren, zu destillieren und neue Rezepturen zu erforschen. Und er redete von ganz handfesten Dingen.

Nun ja: Größtenteils jedenfalls. Käpt'n Walhorn zog die Stirn in Falten und grübelte kurz darüber nach, was „ein Schwall frisch abgezapfter Pussysaft" bedeuten mochte. Womöglich hatte das ja auch etwas mit PENITRA zu tun?. Mit dem lateinischen penetrare? Nun, vielleicht würde er es erfahren, wenn er das ungewöhnliche Destillat im Magen hatte?

Der Walfänger war bestimmt kein Kostverächter und hatte auf seinen Reisen schon so manch seltsames Gebräu zu sich genommen. Ohne zu zögern nahm er den kleinen Becher entgegen, den der Herr des Turms ihm reichte. Er schnupperte vorsichtig, fand an dem Geruch nichts zu beanstanden und kippte sich die undefinierbare, hochprozentige Flüssigkeit in den Rachen.

Im nächsten Moment rang er kräftig nach Atem und hatte das Gefühl, er werde umgehend aus den Galoschen kippen. Nie zuvor in seinem nicht gerade langweiligen Leben hatte der Käpt'n einen solch überirdischen Schluck zu sich genommen. Oder war er am Ende sogar unterirdisch? Der Seemann war froh, dass er diesen einen Schluck überhaupt überlebt hatte.

Ihm war, als fahre er schnurstracks hinab ins Fegefeuer. Und als sei das allein noch nicht genug, wurden ihm alle hunderttausend Höllentore geöffnet. Für ein knappes Zehntel eines Augenblicks überraschte es ihn, dass ihm in dem Moment jener seltsame Gefangene von Gotland in den Sinn kam. Wie hieß der noch gleich? Hardcock?

„Nagel und Morgenstern!", welch seltsame Worte waberten in seinem Hirn umher, vermischt mit dem heimtückischen Gelächter einer rötlichen Gestalt mit stumpfen Hörnern und einem Pferdefuß. Ein quastenartiger Schwanz peitschte dem Kapitän das Gesicht. Doch war dies nicht etwas der Beelzebub, sondern *Der aus den Alpen*. Der Herrscher, oder wie er sich nannte, hatte ihm tatsächlich links und rechts eine geklatscht! Nicht mit der Hand, sondern mit einem Bund dieses seltsam nach Pfefferminze riechenden Krautes. Jetzt hielt er ihm einen Becher entgegen und meinte, dies werde helfen. Dunkel erinnerte sich der Käpt`n daran, dass die Flüssigkeit kurz zuvor der Finnin Irmila entnommen worden war.

Mit hastigen Schlucken versuchte er nun, seine Pein zu lindern. Und tatsächlich, es half. Er kam wieder zu Bewusstsein. Doch der angebliche Balsam wirkte in gewisser Weise noch zusätzlich verstärkend. Der Käpt'n spürte und verfolgte, wie die Tinktur sich tatsächlich sehr angenehm den Weg in seinen Magen bahnte, dort aber nicht verblieb, sondern sich fröhlich noch weiter südlich sammelte. Eine merkwürdige innere Strahlung schien seine Lenden nicht nur wohlig zu erwärmen, sondern geradezu aufzuheizen.

Überrascht blickte er in das Gesicht des Turm-Herrn. Doch wirkte der mehr besorgt oder überrascht als erleichtert. Mit dem Zeigefinger wies er nach unten, zwischen des Kapitäns Beine. Und noch bevor dieser die Bescherung sah, konnte er bereits fühlen, dass etwas nicht stimmte und Seltsames im Busche war. Es drückte und zog und fühlte sich mehr als fragwürdig an. Vorsichtig linste er auf seinen Schritt. Und tatsächlich: Sein Glied war zu einem wahren Monsterschwanz geschwollen. Ein Pferdepimmel oder Eselsrohr war ein absolutes Nichts gegen das, was er nun mit zwei Händen zu umklammern versuchte. Hastig riss er sich die weite Hose herunter und starrte nach unten.

„Ein echter Leuchtturm!", rief *Der aus den Alpen* und klatschte begeistert mehrfach in die Hände. Dabei stampfte er viermal mit dem Fuß auf und drehte sich siebenmal im Kreis. Und zwar links herum und nicht rechts. Das war mehr als verdächtig.

Doch der Käpt`n scherte sich nicht darum. Denn ein Blick hin zur Finnin verriet ihm sofort, wie begeistert sie war. Einzig der

Umstand, dass sein Rohr so rot leuchtete wie die Backbordlaterne der *Talliska*, ließ einen Deut von Unruhe in ihm aufkommen. Zu seinem Bedauern spürte er aber, dass sein Zepter bereits wieder abzuschwellen begann.

Rasch packte er also die Frau an den Hüften, hob sie auf den Tisch und spreizte ihr weit die Schenkel. Ohne lange zu fackeln, drängte er seinen roten Leuchtturm in ihren weit geöffneten Schlund der Lüste und stieß nur kurz darauf zu. Die unverständlichen Worte der jungen Finnin musste er ignorieren, er verstand sie eh nicht. Viel mehr konzentrierte er sich auf seine Harpune. Und siehe da, er spürte, wie die wieder anschwoll und dicker wurde in der Dame.

Die quiekte und johlte und schlug mit den Handflächen auf den Tisch. Der geschundene Käpt'n hingegen hatte nun den Beweis, dass die innere Feuchte der Finnin, ihre weiblichen Sekrete der Lust, in Verbindung mit dem fürchterlich hochprozentigen Alkohol des aufgemaischten Rohrzuckers für das Spektakel zwischen seinen Beinen verantwortlich war.

Weiteres Ejakulat sonderte Irmila zu seinem Bedauern allerdings nicht ab. Stattdessen schüttelte sich ihr Körper vor Entzücken. Das Mädchen fiel der Hysterie anheim, und selbst als der Kapitän ihr seine eigenen Säfte entgegenschleuderte, gab sie keinen weiteren Tropfen ab.

„Nein, mein Herr!", sprach er nur wenig später zum Herrscher der Insel. „Das Gebräu ist so leider nicht zu genießen, wir müssen es erheblich verdünnen. Mit Quellwasser. Doch dann benötigen wir noch immer ein gerüttelt Maß an wohligem Geschmack. Die grünen Früchte dort in den Kisten: Wenn wir die kleinschneiden und quetschen, so werden wir weitere, wohlschmeckende Säfte und Aromen erhalten. Dazu geben wir ein Sträußlein fein von der Minze hinzu. Und als guten Schuss und besondere Würze … Hm …"

Seine Augen verengten sich, und ein lüsternes Lächeln huschte über seine Lippen. Seine Kreativität war geweckt worden.

„Wir sollten alle Mädchen der Insel antreten lassen und sie abzapfen“, schlug er vor. „Ihre Kessel leeren und ein wenig der Essenz als Geschmacksverstärker zu jedem Drink hinzufügen, den wir herstellen werden. Die Wirkung scheint mir phänomenal zu sein. Neuwerk könnte als die *Insel der 100 roten Leuchttürme* in die Geschichte eingehen, wie wär's? Diese einzigartige Mischung von süßlichem Zuckerrohrschnaps und frisch erbeuteten Pussysäften ist der Kracher! Dazu die duftende Minze und die Frische der grünen Früchte: Ein Gedicht! Was meint Ihr? Wie der Zufall es will, haben wir eine Kiste großer Silberbecher an Bord der *Talliska*. Heute Abend sollen die Puppen tanzen und der Teufel lachen! Kaschassa! Wir feiern ein Fest!“

Der aus den Alpen nickte vergnügt und cremte sich bereits die Finger mit einem wohlriechenden Fett ein. „So will ich sie rasch zusammenrufen, die Saftspenderinnen, um einen Krug gefüllt zu bekommen. Wollt Ihr mir behilflich sein beim Leeren der süßen Sammelbecken?“

Eine Einladung, die der Kapitän dem Herrscher vom Turm nicht abschlagen konnte

Gödeke Michels verspeiste derweil im Erdgeschoss des Turms die letzten Bissen seiner Gänsekeule und blickte gedankenverloren durch die geöffneten Fenster der Taverne nach draußen aufs Wasser. Einige Jahre nun war es her, dass er zuletzt diesen Teil der See durchfahren hatte. Es war ein Meer, das keine Fehler verzieh und keinen Leichtsinn. Die Nordsee konnte erbarmungslos sein, durch den Wechsel der Gezeiten und durch manch grauenhaften Sturm. Wenn es von Westen her tobte, vom Atlantik, diesem unermesslich großen Ozean. Wenn der Sturm keine Ebbe mehr zuließ und die darauffolgende Flut mit Fug und Recht den Namen Sturmflut verdiente. Dann drückte sie die Wassermaßen mit doppelter Kraft gegen die Lande. Und auch durch die breite Elbmündung in den Fluss hinein, sodass das Elbwasser nicht mehr ablaufen konnte, sich staute und immer höher anstieg.

1362 war solch ein Jahr gewesen, das Hunderttausenden den Tod gebracht hatte. Das Jahr, in dem Rungholt im Meer versank und nie wieder gesehen ward. Die prachtvolle Insel mit all ihrem Reichtum und den gottlosen, lasterhaften Zuständen. Nun schrieb man das Jahr 1396, und wieder hatten sich die Zeiten geändert.

Inzwischen beherrschte er, Gödeke Michels, mit seinen knapp 2.000 Kumpanen die Ostsee. Ja, sie waren Verdammte, Geächtete und allesamt zum Tode verurteilt! Was blieb ihnen also übrig, als weiter zu segeln und zu kapern, zu rauben und plündern? Manche seiner Gefangenen gingen über Bord, doch niemand wurde gefoltert, gehenkt oder geköpft. Viele fanden sogar die Freiheit wieder, wenn sie zu ihm überliefen oder jemand für sie zahlte. Lösegeld einfordern war eher die Devise von Gödeke Michels.

Schlau war er, gerissen und ein echter Anführer. Freiheit, Brüderlichkeit und Gleichheit waren Begriffe, die er geprägt hatte und denen er unter seinen Likedeelern Geltung verschaffte. Jahrhunderte, bevor die Franzosen sie sich auf ihre Flagge schreiben würden. Er lebte diese Werte vor, weil sie nur zusammen eine Chance hatten. Allein waren sie nichts im alltäglichen Kampf um Leben oder Tod. Jeder verdammte neue Tag konnte auch der letzte sein. Das wusste nicht nur Gödeke. Das wussten alle, die mit ihm fuhren und die je einen Becher Rotwein mit ihm geleert hatten. In einem Zug. Hastig nahm er einen großen Schluck Bier, riss sich aus den dunklen Gedanken und richtete den Blick nach vorn.

Direkt vor ihm war etwas Besonderes im Gange, und er sah genauer hin. Jetzt nahm er plötzlich auch den Betrieb draußen wahr: Seine Schiffsmannschaft war offenbar in unzüchtige Manöver verwickelt. Weiter hinten sah er Lars Reesenspund beschäftigt mit einer Frau, die wie ein weißer Schwan gekleidet war. Sie saß in einer Art Schaukel mit Fußschlaufen, die in den Ästen eines Baumes hing. Sein Steuermann stand aufrecht zwischen ihren weit geöffneten Schenkeln und … wie passend: Er vögelte sie. Mit sichtlichem Vergnügen auf beiden Seiten.

Rechts aber sah er, nicht weit entfernt, ein weitaus spannenderes Szenario. Eine Frau befand sich in einem großen Bärenkäfig und zu seiner Überraschung trug sie … Ja, was? Einen dunklen, dünnen Pelzmantel? Sie sah aus wie eine nachtschwarze Raubkatze und benahm sich auch so. Ständig schlug sie mit den Händen – oder waren es Pfoten mit langen, starken Krallen? – nach drei seiner schwedischen Schiffsleute.

Daneben aber entdeckte er eine Gestalt, die ihn noch mehr interessierte. Genau wie vorhin am Kai stach ihm die schlanke Frau sofort wieder ins Auge. Zuerst fielen ihm ihre schwarzen Stulpenhandschuhe auf, dann glitt sein Blick über ihr weinrotes Wams, das ihre schlanke Figur vorzüglich betonte. Darunter trug sie ein Hemdchen oder Tuch, das ihre Brüste bedeckte. Dazu eine enganliegende, sandfarbene Hose, in der sich ein wahrer Prachtarsch abzeichnete. Und hohe, schwarze Stiefel. Ähnliche, wie sie auch Jana besaß. Nur mit etwas breiteren und flacheren Absätzen.

Die Frau vom Kai wirkte auf ihn wie eine Dompteurin. Es fehlte nur noch die Peitsche. Aber halt! Da lag doch eine bereit, eingerollt auf einem der kleinen Gartentische. Wie passend! Denn die Frauen ringsum waren allesamt wilde, weibliche Tiere. Interessiert sah Gödeke dem Schauspiel zu, nagte bereits am Gänseknochen. Bald darauf aber leerte er seinen Humpen Bier, reinigte sich Mund und Finger und trat hinaus ins Freie.

Raubkatzenstimmung

Isabella hatte den schon nicht mehr ganz so weißen Schwan Svea in den kräftigen Händen von Lars Reesenspund zurückgelassen und war in Richtung Raubtierkäfig geschlendert. Und das Bild, das sich ihr dort bot, brachte sie unwillkürlich zum Lächeln. Aufgereiht vor dem Gitter standen drei Schweden, die aussahen, als hätten sie den heiligen Gral der Lust gefunden. In ihren geweiteten Pupillen rotierte die Geilheit, ihr Atem klang gehetzt. Und das alles, weil die hemmungslose Raubkatze in ihrem Käfig alle Register zog.

Sie spielte mit ihnen. Schnurrend räkelte sie sich auf dem Boden, rieb ihre nackte Haut über das glatte Futter ihres langen Mantels. Dessen sämtliche Verschlüsse standen offen, der geschmeidige Körper der jungen Frau schimmerte zwischen nachtschwarzem Pelz hervor. Langsam fuhren ihre Finger zwischen ihre Beine. Tastend … drängend …

Sie schien es zu genießen, wie sich die drei Zuschauer an jeder ihrer Bewegungen weideten. Langsam, als könne sie das Verrinnen der Zeit anhalten, zog sie ihre Hand wieder hervor. Führte sie an die Lippen, schmeckte ihre eigene Lust. Und öffnete dabei die Schenkel, um dem geneigten Publikum ihre Tau-glitzernde Mitte zu präsentieren. Ein leises Knurren stieg aus ihrer Kehle. Beinahe schien es, als sträube sich der schwarze Pelz. Ihre leicht verengten Bernstein-Augen schienen all die aufgerichteten Schwänze in den salzgegerbten Seemannshänden regelrecht zu verschlingen.

Was für ein Bild! Isabella schluckte trocken. Wenn man das nur festhalten könnte! Aber warum denn eigentlich nicht? Sie lächelte. Ein paar Federstriche, untermalt von den passenden Worten … Was ihr vorschwebte, war ein recht unkonventionelles Bestiarien-Buch. Warum sollte sie nicht eine erotische Version einer solchen Tier-Dichtung zu Papier bringen? Sie brauchte sich ja nur umzuschauen und hatte Anregungen im Überfluss. Eine gute Idee!

Isabella hatte immer eine heimliche Liebe fürs Zeichnen gehegt. Eine brotlose Kunst, gewiss. Aber war das Leben nicht mehr als ein tägliches Ringen mit den Aufgaben des Alltags? Verdiente ein Mensch nicht mehr als das? Ein wenig Schönheit und Fantasie, Kreativität und Freude? Ganz bestimmt! In ihrer Welt zumindest.

Entschlossen zückte sie das kleine Buch, in dem sie eigentlich die Einkünfte und Belobigungsherzen der einzelnen Schülerinnen eintragen sollte. Auch Tinte und Feder hatte sie zu diesem Zweck dabei, so dass sie ihre Inspiration sofort nutzen konnte. Ihr Blick nahm alle Facetten der Szene auf – von den Katzenaugen bis zu den schwedischen Luststäben. Schon verwoben sich die Mosaiksteinchen in ihrem Kopf zu einem prachtvollen Bild, aus dem die Wollust flüsterte.

Die Feder in ihrer Hand begann zu tanzen. Zog kühne Linien, strichelte, tupfte und schattierte. Unter ihrem Tintenkuss nahmen Männer und Frauen und Raubkatzen Gestalt an. Mit spielenden Muskeln und biegsamen Körpern, fliegenden Haaren und lächelnden Lippen. Und aus allen Augen leuchtete die Gier. Ein Schnurren schien aus den Seiten zu wispern, jederzeit bereit, in grollendes Fauchen umzuschlagen.

Nach den Bildern flossen die Worte aus dem Federkiel. Spannen Sätze und Reime, bannten Stimmungen, Begierden und animalisches Fellknistern aufs Papier. Eine Geschichte nahm Gestalt an und wurde im Sekundentakt lebendiger. Isabella war so vertieft in ihr Werk, dass sie die Schritte hinter sich nicht hörte.

„Darf ich mich zu Euch gesellen?“, ertönte plötzlich eine dunkle Männerstimme nah an ihrem Ohr. „Eure Arbeit wirkt überaus inspirierend auf mich.“

Die Angesprochene schrak zusammen, fuhr herum – und verpasste der eleganten Pantherin auf ihrer Zeichnung dabei die Nase eines grotesken Wasserspeiers. Verfluchter Mist!

Der Verantwortliche für das Malheur sah keineswegs aus, als tue es ihm leid. „Gestatten: Michelson, Gunnar Michelson, aus Bergen in Norwegen“, sagte er mit einer spöttischen Verbeugung. „Und Ihr seid …?“

Isabella musterte ihn. Das war also der Kaufmann aus Bergen, der an Bord der *Talliska* gekommen war. Einige der Seeleute hatten von ihm gesprochen. Ein ehrbarer Geschäftsmann, hatte es geheißen – soweit man das von einem Vertreter dieses Standes überhaupt behaupten konnte. Und doch …

Isabella hätte nicht sagen können, was sie misstrauisch machte. Aber irgendetwas hatte er an sich, das ihr einen warnenden Schauer über den Rücken rieseln ließ.

Es wäre allerdings ausgesprochen unhöflich gewesen, sich nun nicht ebenfalls vorzustellen. „Ich unterrichte an der hiesigen Schule eine Klasse in der Kunst des erotischen Schauspiels“, sagte sie also und streckte ihm die Hand hin. „Isabella del Bosque.“

Den falschen Nachnamen verdankte sie einer Affäre, in die sie sich vor ein paar Jahren mit einem spanischen Adligen gestürzt hatte. Der hatte sie gnadenlos mit ihrer Vorliebe für lasterhafte Ausschweifungen an Baumstämmen und auf Lichtungen aufgezogen: „Isabella aus dem Wald“ war sie für ihn gewesen. Dieser zweifelhafte Titel klang allerdings auf Spanisch deutlich eleganter, und die Assoziationen, die er weckte, gefielen ihr sehr. Also verwendete sie ihn gern als Künstlernamen im Rahmen ihrer Spionagetätigkeit.

„Angenehm!“. Die Hand des Kaufmanns schloss sich um ihre lederbehandschuhten Finger. Etwas fester und länger, als es nötig gewesen wäre. Und dieses Funkeln in seinem Blick … eher untypisch für einen Pfeffersack. Zu scharf irgendwie, zu gefährlich. Der Mann kam ihr vor wie ein geschliffenes Schwert, verborgen unter einem trügerisch vornehmen Samtmantel. Rätselhaft. Und gefährlich.

Der Kerl schien es auch keineswegs darauf anzulegen, diesen Eindruck zu zerstreuen. „Ihr solltet Eure Peitsche in der Hand behalten“, sagte er grinsend und wies auf das Accessoire, das sie während des Schreibens auf die Deichsel des Käfigwagens gelegt hatte. „Sie steht Euch gut! Und wer weiß, ob Ihr sie nicht noch braucht bei all dem Gesindel, das sich hier herumtreibt.“

„Ihr werdet wissen, wovon Ihr sprecht“, knurrte Isabella in einer Mischung aus Ärger und unfreiwilligem Amüsement.

„Oh ja", gab er zurück, und seine Augen wurden eine Spur dunkler. „Davon könnt Ihr getrost ausgehen."

Sein Blick erfasste die Szene vor dem Raubtierkäfig nun vollständig, und er hob leicht irritiert die Augenbrauen. „Was ist denn mit euch los?", wandte er sich an die drei Schweden.

Die hatten das Projekt, ihre Schiffsmasten zu ölen, bei seinem Auftauchen unterbrochen.

„Worauf wartet ihr? Traut ihr euch nicht? Muss ich euch erst zeigen, wie man mit einer Raubkatze umgeht?"

Damit trat er dicht vor das Gitter und nahm die grobgliedrige Kette in die Hand, die für potentielle Tierbändiger griffbereit an einem Haken hing.

„Komm her … schwarze Bestie!" Mehr sagte er nicht. Und seine Stimme war relativ leise. Doch der Ton … und der Blick … eine dunkle Verheißung schwang darin. Die verbotensten Genüsse schien er zu versprechen, wenn sich das Raubtier dem Willen des Mannes vor dem Gitter unterwarf. Aber wehe, wenn nicht!

Die Botschaft kam an. Schon erhob sich die schwarze Katze auf alle Viere und kam mit eleganten, geschmeidigen Bewegungen auf ihn zu. Der Pelz streifte über den Boden, gab den Blick frei auf pralle Brüste und schimmernde Haut.

Kurz vor dem Gitter verharrte sie. Sah ihn an. Die Bernstein-Augen leuchteten. Er beugte sich vor, streckte einen Arm zwischen zwei Gitterstäben hindurch und schob seine Hand unter ihr breites Lederhalsband. Langsam krümmten sich seine Finger und er zog sie zunächst auf die Füße, dann zentimeterweise zu sich heran. Ihren Blick fesselnd.

Geschickt hakte er die Kette in die dafür vorgesehene Öse des Halsbandes. Mit festem Griff hielt er sie kurz. Ihre Flanken bebten. Ein letzter Ruck, und schon waren sich ihre Lippen so nah, als wolle er die gebändigte Raubkatze küssen. Doch stattdessen hob er seine linke Hand und packte ihre Brust, die sich ihm nackt und mit erwartungsvoll geschwollenem Nippel entgegenstreckte.

Genießerisch drückte er zu – und Isabella wären um ein Haar die Beine weggeknickt.

Diese männliche Hand auf den Brüsten ihrer Schülerin … Es war, als hätte sie sich plötzlich um ihren eigenen Hals gelegt und ihr die Luft abgedrückt. Und das lag nicht in erster Linie an der erotischen Spannung, die von der Szene ausging. Denn am Mittelfinger des ehrbaren Kaufmanns aus Bergen prangte gut sichtbar ein silberner Ring. Und den kannte sie. Sie hatte ein ganz ähnliches Modell schon gesehen – im Schlafzimmer der Hamburger Kaufmannsgattin Alys Thorsteyn.

Gut, dieser hier war breiter, das silberne Schiffstau schlang sich dreifach um den Finger statt nur doppelt. Und auch die Verzierung war natürlich eine andere: Sie bestand aus einer ungewöhnliche Kombination aus einem Blatt und einer Art Wurst. Aber das Design war unverkennbar. Es konnte sich nur um den einen Ring von Gödeke Michels‘ ominösem Lustzirkel handeln. Den einzigen, der am Finger eines Mannes steckte.

War das möglich? Stand sie hier unverhofft dem gefürchteten Anführer der Vitalienbrüder gegenüber? Sie wagte kaum zu atmen. Konnte das überhaupt sein? Oder hatte sie es vielleicht nur mit einem dreisten Dieb zu tun, der dem Piraten den Ring geklaut hatte? Fieberhaft drehten sich die Gedanken in Isabellas Kopf. Nein, entschied sie. Es musste der echte Anführer der Likedeeler sein. Denn alles andere war noch unwahrscheinlicher.

Was aber tat der Kerl hier, noch dazu getarnt als norwegischer Kaufmann? Wo wollte er hin? Wer waren seine Begleiter? Wenn sie das alles nur herausfinden könnte! Wenn sie irgendwie in seiner Nähe bleiben und sein Vertrauen gewinnen könnte … Was für eine Gelegenheit! Was für ein riskantes, geradezu tollkühnes Unterfangen! Und was für ein Glück, dass sie heute diese ledernen Handschuhe trug!

Ihr eigener Seepferd-Ring brannte wie ein nervöses Feuer um ihren Mittelfinger. Nicht auszudenken, wenn sie Gödeke diese

Fälschung nichtsahnend unter seine misstrauische Piraten-Nase gehalten hätte! Bei dem Gedanken schien sich eine kalte Hand auf ihr Herz zu legen. Er hätte sofort Verrat gewittert. Und sie wäre vermutlich auf Nimmerwiedersehen an irgendeiner sehr tiefen und verschwiegenen Stelle auf dem Meeresgrund gelandet.

Nun aber, da sie Bescheid wusste … Entschlossen entspannte Isabella ihre Gesichtszüge und setzte ihr sanftestes Lächeln auf. Denn Gödeke hatte seine Einführung in die Raubtierdressur beendet und die Kette an einen der Schweden überreicht.

„Seht und lernt!", grinste er den drei Männern zu, bevor er sich abwandte. „Dilettanten!", murmelte er dann, so dass nur Isabella es hören konnte.

Er trat zu ihr hin und griff nach ihrer linken Hand. Offenbar war ihm aufgefallen, dass sie die Finger unwillkürlich in ihr Hosenbein gekrallt hatte. So nah stand er vor ihr, dass ihr sein Duft nach Lavendel und Gänsebraten in die Nase stieg. Langsam hob er ihre Hand und betrachtete das schwarze Leder ihres Handschuhs. Leicht fuhr sein Daumen über das matt schimmernde Material. Offenbar interpretierte er ihre leicht verkrampften Finger falsch – oder zumindest nur halb richtig.

„Ich würde ja zu gern wissen", raunte er mit einer Stimme voll dunkler Abgründe, „ob die Raubtierbändigerin auch Krallen hat!"

Verdammt! Isabella wünschte Gödekes Fantasien in die tiefste Hölle. Das silberne Schiffstau um ihren Finger schien sich zu einer Henkersschlinge zusammenzuziehen. Wie ein eisiger Dolch fuhr die Angst an ihrem Rückgrat entlang. Er durfte ihr auf keinen Fall diesen Handschuh ausziehen!

Lächelnd entzog sie ihm ihre Hand: „Aber Herr Michelson! Ist es schicklich für ein Mann Eures Standes, einer Dame solche Fragen zu stellen? Auch in Bergen ist das doch sicher nicht üblich." Nimm das, Pirat!

Doch er grinste unbeeindruckt, und in seinen Mundwinkeln hockte die pure Süffisanz: „Seid Ihr das denn? Eine Dame?"

Hatte der Kerl noch alle Planken am Schiff? Wie kam er darauf, dass sie keine Dame sein könnte? Bloß, weil er sie für die Dozentin einer Hurenschule hielt? Ts! Unerhört! Isabella hob energisch das Kinn.

„Selbstverständlich bin ich eine Dame! Ich schreibe sogar Gedichte!"

Mit einer geschmeidigen Bewegung hob sie ihr Buch auf, das ihr im ersten Schreck ihrer Begegnung heruntergefallen war. Schon hielt sie wieder die Feder zwischen den leicht zittrigen Fingern und begann zu schreiben. Wie zum Beweis ihrer damenhaften Harmlosigkeit. Doch die Worte, die sie zu Papier brachte, waren mehr als eine Tarnung. Sie musste zugeben: Das Gespräch mit dem Piraten hatte sie mehr als angeregt. Aus Gründen, über die sie im Moment nicht so genau nachdenken wollte. Die Spannung … die Gefahr … die pulsierende, lustvolle Anziehung zwischen zwei Raubtieren …

Die nächsten Zeilen schrieb Isabella nicht mehr über das Mädchen im Käfig. Die Wildkatze wohnte nun in ihrem eigenen Körper. Schlich mit kräftigen, geschmeidigen Schritten auf ihr Opfer zu. Und schnurrte von der Lust der Wildnis.

„Ja!", dachte Isabella. „Oh ja …"

2018

Nein!", dachte Poirot. „Oh nein, bitte nicht, Pia! Bitte sag mir, dass du dich und Bjarne nicht in einen Schlamassel reingeritten hast, aus dem ich euch nicht wieder rausholen kann!"

Seit ihrem Anruf wurde er von Minute zu Minute angespannter. Was in drei Teufels Namen war bloß passiert? Paul konnte sich nicht daran erinnern, Pias Stimme schon einmal in einem solchen Tonfall gehört zu haben. So … fassungslos. Als habe sie etwas

Entsetzliches erlebt. Seine Schritte klangen hart, als er die Kellertreppe in der Max-Brauer-Allee hinunter eilte.

„Pia, Bjarne, seid ihr da unten?", rief er nervös.

„Ja, Paul, wir sind hier", antwortete Pia.

„Hunderttausend geifernde und stinkende Blutdämonen! Wie sieht´s denn hier aus?"

Der große Detektiv Poirot blieb wie angewurzelt stehen. Das Bild, das sich ihm bot, benötigte Zeit, bis es sich langsam durch seine Gehirnwindungen fraß und sein Bewusstsein erreichte.

Noch hielt er den Blick auf Elena Scherer gerichtet, die wie auf einem Gemälde von Leonardo da Vinci mit auseinandergestellten Füßen und erhobenen, ausgestreckten Armen an eine bordeauxrote Wand fixiert stand. Ihre elegante, mit bunten Faltern bedruckte Bluse klaffte vorne weit auf, die Seiten hatte jemand mit Nadeln an das Holz gepinnt, so dass sie sich ausbreiteten wie Flügel. Die Frau wirkte wie die Königin aller Insekten. Voller Leben und doch so zerbrechlich. Umschmeichelt wurde sie von einem Hofstaat aus Schmetterlingen, die entweder mit ausgebreiteten Flügeln auf ihr saßen oder munter durch den Raum flogen. Unten auf dem Boden aber lagen Dutzende von toten Artgenossen, die ein Schicksal ereilt hatte, das der großen Königin auch bevorgestanden hätte. Diesen Zusammenhang erkannte Paul sofort.

Was sein Verstand aber keineswegs akzeptierte, war das Massaker, das hier offensichtlich verübt worden war. Seine Augen meldeten zunächst zwei Leichen, die verstreut und fürchterlich zugerichtet in einem grauenhaften Blutbad lagen. Erst als Poirot auf den zweiten Blick erkannte, dass es ein und derselbe Mann war, zog sich ihm der Magen zusammen. Sein dritter Blick fiel dann auf Bjarne mit dem Enterbeil. Hunderte von Glasscherben knirschten unter dessen Füßen, als er auf Paul zu schritt. Mit versteinertem Gesicht, die Waffe hinter sich herziehend. Das Geräusch war eine Qual für die Ohren.

„Ich wusste immer, dass du mit dem Ding noch Schaden anrichten würdest“, begrüßte Poirot den Freund, reichlich blass um die Nase. „Verdammte Axt, Bjarne, was ist hier passiert?“

„Es war Notwehr, Paul“, antwortete Pia an seiner statt. „Dieser Irre ist mit zwei Skalpellen wie ein Stierkämpfer auf Bjarne losgegangen und wollte ihm den Hals aufschlitzen. Vor Wut darüber, dass der ihm sein Lieblingsspielzeug, die Schmetterlingsschaukästen, zertrümmert hatte.“

„Ja. Damit wollte ich ihn von Frau Scherer ablenken, der er die Skalpelle bereits an den Hals gesetzt hatte“, nickte Bjarne. „Der Kerl wirkte auf mich … wie zu allem bereit. Es war knapp, Paul, verdammt knapp.“

Nein, an Bjarne war die Sache auf keinen Fall spurlos vorübergegangen. Daran hatte Pia keinen Zweifel. Er wirkte zwar äußerlich ruhig, aber auch untypisch geistesabwesend und nachdenklich. Wer konnte es ihm verübeln, nach einer solchen Tat? Ja, natürlich war es Notwehr gewesen. Aber die Art und Weise … Ihr Magen und ihr Verstand rebellierten noch immer gegen die Bilder, die sie wohl nie wieder aus dem Kopf bekommen würde. Dr. Ott … das Enterbeil … wieder ein solch unglaublicher Hieb! Völlig jenseits dessen, was sie bislang in den grausamsten Horrorfilmen gesehen hatte. Noch nicht einmal in ätzenden FSK-18-B-Movies war ihr eine auch nur annähernd ähnliche Szene zugemutet worden. Und das hier war echt.

„Er war drauf und dran, mich zu ermorden, mir hier vor Zeugen den Hals abzuschneiden“, mischte sich jetzt auch Elena mit leiser Stimme ein. „Und ich bin mir sicher, er hätte es auch getan, wenn Professor Michelson und Frau Stegemann mich nicht gerettet hätten. Sie kamen im letzten Augenblick. Sein Spiel war aus, und er wollte mich, seine Schmetterlingskönigin, mit in den Tod nehmen. Das habe ich deutlich gespürt.“

Auch sie wirkte abwesend und sehr blass, der pure Schrecken stand ihr ins Gesicht geschrieben. Pia spürte die Anteilnahme, die sich auf leisen Sohlen in ihre Gedanken stahl. Sie konnte nachfühlen, was in diesem Moment in der Geschändeten vorging. Und sie empfand keinerlei Genugtuung oder Schadenfreude.

„Ich hatte ja genügend Zeit gehabt, etwas nähere Bekanntschaft mit ihm zu machen. Es war grauenhaft, einfach nur schrecklich", fuhr Elena mit seltsam brüchiger Stimme fort. „Es war Notwehr, was Herr Michelson getan hat, das kann ich bestätigen und notfalls unter Eid aussagen."

Paul hatte sich inzwischen ein erstes, umfassendes Bild gemacht und im Stillen die mentale Verfassung der drei bedauernswerten Geschöpfe geprüft. Im Moment schien kein akuter Zusammenbruch zu drohen. Also übernahm er jetzt das Kommando.

„Guten Abend, Frau Doktor Scherer", sagte er in einem relativ nüchternen Ton. „So trifft man sich wieder. Ich fürchte nur, auch dies ist nun nicht der richtige Augenblick für einen gepflegten *Coq au vin* mit einem Glas *Sancerre* von der Loire."

„Das fürchte ich allerdings auch", antwortete sie, und ein erstes Lächeln huschte seit ewiger Zeit mal wieder über ihre Lippen.

Er trat nah zu ihr heran. „Ich hoffe, Sie mögen es uns verzeihen, dass wir Sie im Moment noch nicht aus Ihrer misslichen Lage befreien können, so unangenehm es für Sie auch sein mag. Aber wir müssen den Notarzt und die Mordkommission abwarten. Es freut mich, dass Sie lebendig und in Sicherheit sind. Etwas überrascht bin ich aber von der Art, wie Sie sich den Nippel piercen ließen."

Pia glaubte, nicht recht zu hören. Sie gluckste auf und hielt sich die Hand vor den Mund. Es war genau die richtige Idee gewesen, ihren Chef unverzüglich an den Tatort zu rufen. Denn Paul Hilker hatte seine ganz eigene und sehr spezielle Art, sich Katastrophen und Problemen zu nähern.

So lief Elena auch prompt rot an. Mit einer solchen Eröffnung hatte sie nicht gerechnet. Immerhin stand sie splitterfasernackt vor ihm, und er zeigte keine Scheu, sie von oben bis unten regelrecht zu begutachten. Nachdem er sich ausführlich ihre Brüste betrachtet hatte, ging er vor ihr in die Hocke, sah kühl an ihr entlang und untersuchte dann mit den Fingerspitzen den Boden zu ihren Füßen. „Standen Sie immer in dieser Position?"

„Ja, wieso?"

„Also nie mit dem Rücken zum Täter?"

„Nein. Ich nehme an, Sie wollen auf die Misshandlungen hinaus. Er hat mich nur von vorne genommen, wenn Sie es genau wissen müssen. Ansonsten onanierte er fast pausenlos."

„Ähem … Ja. Ich verstehe. Genau darauf wollte ich tatsächlich hinaus, ganz recht. Und damit haben wir ein eindeutiges Motiv für seine Tat. Ich will der Gynäkologin nicht vorgreifen, die wird sich nachher vermutlich ein eigenes, sehr genaues Bild machen. Es geht mir um die Rekonstruktion der vergangenen Stunden."

Der Detektiv erhob sich wieder und schaute aufmerksam an ihren Beinen entlang. Kurz blieb sein Blick an der langen Nadel hängen, die aus ihrem Oberschenkel ragte, und an dem dünnen Rinnsal Blut, das aus der Wunde getreten war.

„Teilen Sie das bitte nachher dem Notarzt mit, die Spitze der Nadel steckt im Holz und muss unbedingt steril gemacht werden, bevor … oder sie muss gekappt werden."

„Vielen Dank für den Hinweis, aber ich denke …"

Doch Paul schnitt ihr das Wort ab. „Sie sind Yogaschülerin?"

„Ja, genau, woher wissen Sie …?"

„Ich sehe es an ihrem Körperbau und ihrer Muskulatur. Meinen Sie, Sie hätten Ott überwältigen können, hätten Sie sich – wie auch immer – von den Fesseln befreit?"

„Ja, das hätte ich. Und ich sage Ihnen was: Ich hätte den Kerl kalt gemacht, ohne mit der Wimper zu zucken."

„Wie denn?"

„Darauf möchte ich jetzt nicht im Detail eingehen, da bitte ich um Verständnis." Ihr Blick war eine Mischung aus Finsternis und Flammen. „Aber ganz bestimmt hätte ich ihn ebenfalls ein wenig mit dem Scheißäther betäubt, ihn angebunden und ihm dann nach alter sizilianischer Art meine Meinung kundgetan."

Pia schluckte, Paul aber nickte zufrieden. „Genau so etwas hatte ich jetzt aus ihrem Mund erwartet. Ich bin darüber nicht im Mindesten überrascht. Es passt exakt zu meinem Soziogramm, das ich mir über Sie erstellt habe. Eines, das ich schon bei meinem Besuch bei Ihnen zu Hause im Kopf hatte. Ich wusste ja, dass ich mich mit einer potentiellen Giftmörderin unterhalten würde."

„Ach ja? Die Sache mit Rudolf Michelson lässt Ihnen keine Ruhe, was? Und Sie haben ja recht: Er ist vergiftet worden. Nur mit dem kleinen, aber feinen Unterschied, dass ich es nicht war, sondern Klaus."

„Merkwürdig, genau das hat er mir gestern über Sie erzählt, Frau Scherer. Als er mich in sein Büro rief und völlig aufgelöst war, dass Sie verschwunden waren."

„Moment, soll das etwa heißen, dass Klaus mich belastet?"

„Genau so ist es, ja."

„What the fuck! Ich werde entführt, und er hängt mir was an? So ein Wichser! Na, der kann sich auf was gefasst machen!"

Sie zerrte an ihren Fesseln, dass es ordentlich knackte in den Sperrholzplatten. Pia war plötzlich froh, dass die Furie nach wie vor gebunden war.

„Das darf doch alles nicht wahr sein", murmelte Elena dann und hielt still, weil die Schmerzen wieder einsetzten. Insbesondere in ihrem rechten Oberschenkel. „Wie lange muss ich hier noch stehen, bis endlich ein verdammter Arzt kommt und mich befreit?"

„Einen Moment noch, dann rufen wir an. Ich will jetzt aber rasch noch ein paar Fotos machen vom Tatort. Und auch von diesem doch wirklich einmalig surrealen und auch schönen Bild, wenn ich das so sagen darf. Nicht böse sein, aber es ist ein wahrlich unerhört bizarres Kunstwerk. Es dient aber auch der Beweisaufnahme der Detektei."

Er trat ein paar Schritte zurück und nahm das komplette Szenario auf, ging ähnlich vor wie vorhin Dr. Jens Ott. Einziger Unterschied: Pauls Geschlechtsorgan stand nicht aufrecht aus der Hose, und Elena posierte nicht in ihren Fesseln, um ihn zu erregen.

„Sie verstehen", murmelte er, „Ich versetze mich gern in die Psyche eines Täters. Und der hier, der ist wirklich sehr speziell. Es war von Anfang an etwas Sexuelles. Etwas extrem Sexuelles sogar, mit stark sadistischer Prägung. Ohne Tabus, ohne Rücksicht, ohne Grenzen. Er ejakulierte auf Sie, Elena. Das ist eindeutig zu erkennen. Wenn die Spurensicherung Sie gleich mit dem ultravioletten Licht ableuchtet, werden Sie vermutlich strahlen wie ein kunterbunter Spermateppich. Desweiteren ist mir außer dem Äther auch noch Uringeruch aufgefallen. Sie mussten, hier vor seinen Augen, urinieren. Er demütigte und erniedrigte Sie und zog daraus seine Lust."

Er deutete auf die Pfütze zwischen ihren Füßen. „Oder was sind das hier für Sekrete?"

Paul Hilker war ein gefährlicher Mann, das wusste Elena schon lange. Psychologisch geschult, ein echter Profiler. Er erinnerte sie tatsächlich an David Rossi aus *Criminal Minds*. Sie musste aufpassen, dass sie nicht in ein falsches Licht geriet oder gar noch in eine Psychofalle tappte. Das durchaus reizvolle Katz- und Mausspiel, das schon vor ein paar Tagen während des Abendessens in ihrem Haus begonnen hatte, nahm hier jetzt seinen Fortlauf. Sie musste auf der Hut sein. Er versuchte mit allen Tricks, ihre Unpässlichkeit auszunutzen. Ja, dieser Hilker war ein ganz anderes Kaliber als Ott, was die Intelligenz betraf. Endlich mal eine echte Herausforderung für die Schachkönigin! Einen Moment lang war sie in Versuchung, zufrieden zu schmunzeln. Doch ihre Selbstbeherrschung funktionierte. Sie beschloss für sich, jetzt erstmal keine weiteren Details mehr preiszugeben.

Paul sah genau, wie sie die Schotten dicht machte. Gut, wenn sie nicht weiter reden wollte, würde er es eben tun. „Mörderischer

Sextrieb, ausgelöst durch eine extreme Bereitschaft zum Sadismus, trifft auf hochgebildete, raffinierte Giftmörderin", resümierte er. „Das ist ein explosiver Cocktail." Er sah ihr forschend in die Augen. „Haben Sie versucht, ihn zu manipulieren? Was versprachen Sie ihm, wenn er Sie freiließe? Ausschweifungen und Exzesse? Ich bin sicher, Sie hatten noch nicht resigniert. Eine Frau wie Sie gibt doch nicht kampflos auf! Trotz Ihrer Angst und Ihrer Schmerzen hatten Sie auch eine Scheiß-Wut, nicht wahr? Auf das Schicksal und auf diesen verfluchten Wichser, der es wagte, sich in ihr Leben zu drängen und Ihnen die Zügel aus der Hand zu nehmen. Oder?

„Davon können Sie getrost ausgehen."

„Sie werden sich auch gefragt haben, warum der Kerl sich ausgerechnet Sie ausgesucht hatte. Es hat vermutlich nichts mit unserem Fall zu tun, dem Mord an Rudolf Michelson. Es hätte wahrscheinlich genauso gut auch jede x-beliebige andere Frau treffen können. Ott entschied nach Spontanimpuls. So hat es jedenfalls den Anschein. Wie ein Sniper auf dem Dach eines Hochhauses."

Paul unterbrach sich kurz, rieb sich das Kinn und sah ihr mit kühlem Blick in die Augen. „Für Sie war es ein unglücklicher Zufall, Elena. Vielleicht aber auch für ihn. Sie haben es wohl ausschließlich Ihrer hohen Intelligenz zu verdanken, dass Sie dieses Blutbad überlebt haben. Und das unterscheidet Sie von jeder x-beliebigen anderen Frau."

„Na, vielen Dank auch, Herr Hilker!", gab die Empfängerin des Kompliments trocken zurück.

„Keine Ursache. Verstehen Sie mich bitte nicht falsch, in meinen Augen stehen Sie schon seit Längerem unter Mordverdacht. Und so entschuldigen Sie bitte, dass sich unser Mitgefühl in Grenzen hält. Ich denke, ich kann da getrost auch für Frau Stegemann und Herrn Michelson sprechen." Sein Blick war kalt und frei von Mitleid. „Aber lassen wir das jetzt. Wann und wo sind Sie dem Täter begegnet?"

Der plötzliche Umschwung hin zur Tagesordnung tat ihr gut, sie atmete innerlich aus. Doch es klang etwas in ihr nach. „*So hat es jedenfalls den Anschein.*" Was zum Teufel meinte Hilker damit? Konnte es sein, dass es eben doch kein Zufall gewesen war? Aber was sonst? Darüber würde sie sich später Gedanken machen müssen. Erst einmal aber galt es, in die Opferrolle zurück zu kommen.

„Warten Sie … Nach dem Einkaufsbummel ging ich zu *Planten un Blomen,* dort trank ich Kaffee und aß ein Stück Kuchen. Da hat er mich auch erspäht. Im Tropenhaus. Wie gesagt, weil ich diese idiotische Bluse trug. Dieser Irre hat in mir sofort mehr gesehen als nur die Schmetterlingsmotive. Er hat mich die ganze Zeit beobachtet. Das hat er mit erzählt, als ich ihn danach fragte."

„Sie haben sich viel mit ihm unterhalten? Auch über sexuelle Gelüste, nehme ich an?"

„Ja, er zwang mich unter Androhung von Schmerzen dazu. Es ging fast nur darum, denn er lief ja ständig unten ohne rum und hatte einen stehen. Wie schon gesagt, er war fast ununterbrochen am Onanieren. Also … wo war ich? Wenn Sie mich dauernd unterbrechen, kann ich nicht in Ruhe erzählen."

„Gerade die Details sind wichtig." Paul hob tatsächlich mahnend den Zeigefinger. Pia und Bjarne hielten sich komplett heraus. Das war nun Poirots Revier, hier war er wirklich unschlagbar.

„Wann verließen Sie das Schmetterlingshaus?"

„Weiß nicht genau, gegen halb vier? Ott sagte mir, dass er mir gefolgt sei. Quer durch die Anlagen, bis zu meinem Parkplatz."

„Wo hatten Sie geparkt?"

„In der Jungiusstraße."

„Was für ein Fahrzeug?"

„Ein BMW. SUV."

„Was geschah dann?"

„Gerade als ich einsteigen wollte, wurde ich von hinten angefallen. Jemand presste mir mit Äther beträufelte Watte auf Mund und Nase. Ich wehrte mich nach Leibeskräften, und um ein Haar hätte ich mich auch befreit. Doch das Zeug wirkte rasend schnell. Er erzählte mir später, dass ich ihn am Schienbein verletzt und ihm auch eine Rippe gestaucht hätte, dann aber zusammengesackt sei. Er schob mich auf den Beifahrersitz, schnallte mich an, setzte mir ein schwarzes Cap auf und fuhr mit mir in das Parkhaus, wo sein Wagen stand. Dort parkte er so, dass er mich ungesehen in sein Auto umladen konnte. Er rangierte dann meinen Wagen in seine Parklücke und fuhr mit seiner Karre und mir hinten drin weiter. Hierhin in dieses verfickte Kellerloch. Wo sind wir überhaupt?"

„In Altona, Max-Brauer-Allee. Demnach waren Sie knapp 24 Stunden in seiner Gewalt. Das war knapp. Laut Statistik überleben die meisten Entführungsopfer diesen Zeitrahmen nicht."

Sie verkniff sich einen bissigen Kommentar, fragte aber: „War's das?"

„Eine Frage noch: Worüber haben Sie sich mit Ingrid Falter unterhalten?"

„Ingrid? Was spielt das denn jetzt für eine Rolle?"

„Wären Sie nicht mit ihr frühstücken gegangen, wäre Ihr Tag vermutlich ganz anders verlaufen."

Sie zog eine Grimasse ob der in ihren Ohren lächerlichen Kindergartenlogik und zuckte mit den Schultern. „Vermutlich ja."

„Also? Sie hat ausgesagt, dass es um Rudolf Michelson, die *Talliska*, die Vögelpartys, um heiße Kerle, scharfe Weiber und um Gold ging. Was für Gold? Wessen Gold?"

„Können wir das bitte später klären? Ich habe jetzt wirklich keine Kraft mehr. Mir wird schwindelig."

Paul nickte und wählte eine Nummer in seinem Handy.

„Chris? Wir haben sie gefunden! … Ja. Den Umständen entsprechend. Wir brauchen aber trotzdem das ganz große Programm. Die Spusi für die KTU und einen Notarztwagen, es sieht ein wenig blutig aus hier. Ein Leichenwagen wird auch benötigt. Oder was ihr in solchen Fällen habt, wenn einer abgeschlachtet worden ist. Mordwaffe? Ja, ist sichergestellt. Was es ist? Nun … ich weiß nicht recht. Könnte ein Enterbeil sein. Das ist so eine Art altertümliche Axt. Sieht aus wie ein Sammlerstück. Ziemlich alt und wertvoll, schätze ich mal. Hier die Adresse. Im Keller. Beeilt euch, Frau Scherer muss behandelt werden. Braucht auch etwas zur Beruhigung. War heftig für sie. Ja, richte ich aus. Bis gleich."

„Okay, das reicht dann jetzt wirklich!", meinte Pia. „Hier Bjarne, nimm die Nadeln. Wir werden Frau Scherer jetzt endlich mal ein wenig bedecken. Das gebührt der Anstand. Es werden gleich eine Menge Kerle hier auftauchen, und nicht jeder muss Elena so sehen, so dermaßen … schamlos und aufreizend."

„Ha ha!", giftete sie. „Und ihr Spannervolk?"

„Wir dürfen das, Schlampe! Wie Sie selbst doch am besten wissen sollten." Elena zuckte leicht zusammen, denn Pia hielt ihr ihren Ring vor die Nase. „Kennen Sie den, hm?"

„Ähem …"

„Heute haben wir Sie gerettet, das war Berufsehre. Aber wir beide sind noch längst nicht fertig miteinander, meine Liebe. Mein Chef wird Sie in die Klinik begleiten und Sie nicht aus den Augen lassen. Und danach bringt er Sie zu uns nach Hause. Das müsste Sie doch freuen, oder? Sie wollten doch immer an die Elbchaussee, den Ort Ihrer Sehnsüchte. An den Ursprung der Geschichte und aller Geheimnisse."

Noch konnte Pia nicht ahnen, wie recht sie damit hatte.

„Dort unterhalten wir uns dann in aller Ruhe", fuhr sie energisch fort. „Und reden Tacheles. Heute übernachten Sie bei uns, morgen sehen wir dann weiter. Es gibt da noch ein paar sehr interessante Fragen zu klären."

Sie wartete keine Antwort ab. Stattdessen zog sie die Decke vom Kopfteil der Liege und vermied dabei jeden Blick auf den halben Dr. Ott, der jetzt wirklich sehr schlank aussah. Gemeinsam mit Bjarne hängte sie Elena mit der Decke von den Brüsten abwärts bis zu den Oberschenkeln ab. Dort ragte die lange, dünne

Nadel immer noch aus ihrem Fleisch. Ebenso wie oben aus der Brust. Mit zusammengepressten Lippen nickte Elena ihnen zu.

Kurz darauf hörten sie Sirenengeheul. Pia meinte, dass sie den Notarzt und die Polizei begrüßen wolle und ging ins Treppenhaus. Bei der Gelegenheit schob sie den Dolch zurück in die Scheide im Stiefel und zog die Hose darüber.

Der Notar Dr. Jens Ott machte nun also tatsächlich Schlagzeilen, und das nicht zu knapp. Zunächst sperrte ein Großaufgebot der Polizei die Max-Brauer-Allee in Richtung *Altonaer Balkon* komplett ab. Mehrere Fahrzeuge der Spurensicherung, dazu Rettungsfahrzeuge, Streifenwagen, Zivilfahndung, Notarzt und sogar die Feuerwehr waren angerückt, um der Situation in dem Altbauhaus Herr zu werden.

Natürlich stand auch die Wohnung des Notars als Tatort fest und wurde mit aller Gründlichkeit durchsucht. Was sich aber im Keller abspielte, das blieb der Öffentlichkeit verborgen. Gott sei Dank, wie Pia fand. Das Notfallteam und Ermittlungsleiter Christian Schröder hatten schon genug mit dem Bild des Grauens zu kämpfen, das sich ihnen dort unten bot. Selbst diese hartgesottenen Profis hatten so etwas nicht erwartet, geschweige denn je zuvor gesehen. Weder im Einsatz noch im Fernsehen. Nicht auszudenken, wenn irgendein unbedarfter Nachbar in diese Szenerie gestolpert wäre!

Aus Gründen des Schutzes der Intimsphäre und des Respekts ging man äußerst behutsam mit Elena Scherer um. Nur Hauptkommissar Schröder, der Polizeifotograf und die Ärzte verblieben im Keller, als man sie enthüllte. So kam es für sie jetzt zur dritten Fotosession, diesmal allerdings mit einer hochauflösenden Spezialkamera. Elena verzichtete natürlich auf Posen und ließ sich ablichten, wie es für die Ermittlungen notwendig war. Anschließend band man sie vorsichtig los, zog ihr die Nadeln aus dem Körper und notversorgte sie auf einer sterilen Trage noch vor Ort unten im Keller. Ihr wurde ein Zugang im Handrücken gelegt und die erste schmerzlindernde und nervenberuhigende Infusion verabreicht. Einer der Sanitäter reichte ihr ihre Handtasche, und kurz darauf wurde sie abtransportiert.

Der Fotograf der Mordkommission fand derweil weitere Motive, die er weitaus weniger prickelnd fand als die von der zur Schau gestellten Frau von eben. Letztere würde er sich auf jeden Fall heute Abend daheim nochmal in Ruhe anschauen. Zusammen mit seiner neuen Freundin.

Bjarne und Pia wurden zu einer ersten Vernehmung in Dr. Otts Wohnung geleitet, während Paul Hilker ein langes und ernsthaftes Gespräch mit Christian Schröder führte. Detektiv und Einsatzleiter waren bestens miteinander bekannt, und letztendlich war es ja die Detektei gewesen, die den Fall gelöst hatte. Dennoch gab es Gesprächsbedarf. In erster Linie war man natürlich froh und erleichtert, Elena Scherer relativ wohlbehalten gerettet und befreit zu haben. Was allerdings den Zustand des Täters betraf, da kamen dann doch ein paar Fragen und auch Zweifel auf.

Bjarne, Pia und Paul hatten ihre Aussagen vorab und im Geheimen extrem sorgfältig miteinander abgesprochen. So erfuhr die Polizei nun, dass der renommierte amerikanische Meeresforscher Professor Bjarne Michelson aus privatgeschäftlichen Gründen in Hamburg weilte. In den Fall sei er verwickelt, da er mit Pauls Angestellter, der Detektivin Pia Stegemann, fest liiert sei. Die beiden lebten seit einiger Zeit zusammen an der Elbchaussee. Die Einzelheiten dazu würde Hilker später näher erläutern.

Diese Geschichte aber stehe in engem Zusammenhang mit einem anderen Fall, der die Behörden derzeit beschäftige: Dem Verschwinden des stellvertretenden Staatsanwalts Helmut Stöger. Dieser sei genau wie der tote Dr. Ott in einen Vorgang verwickelt, der mit der Stadt Hamburg und einem Grundstück an der Elbe zu tun habe. Und auch mit dem mysteriösen Tod von dessen Vorbesitzer, einem gewissen Rudolf Michelson. An dieser Stelle kämen dann auch die entführte Elena Scherer und ihr Ehemann, Klaus Scherer, ins Spiel. Mit anderen Worten: Man sei mitten in einer laufenden Ermittlung.

„Mein lieber Paul!“ Hauptkommissar Schröder blies die Backen auf. „Ich verstehe ehrlich gesagt höchstens die Hälfte von dem, was Du da erzählst. Wenn ich dich nicht schon so lange kennen würde, käme mir das alles ziemlich verdächtig vor, ganz ehrlich. Ich fürchte, Du musst mir die ganze Geschichte später nochmal im Detail erläutern. Vielleicht mit einer Skizze. Damit ich verstehe, wer genau was mit wem zu tun hat. Im Fernsehen hilft das immer.“

Paul grinste. „Gut, mach ich. Das alles ist tatsächlich ein bisschen kompliziert.“

„Was mich vorerst aber am meisten beschäftigt, ist die Tatwaffe.“ Der Ermittlungsleiter wurde wieder ernst. „Das ist doch wohl keine normale Axt. Die sieht aus wie ein Kriegsbeil der Wikinger oder sowas. Allein die sichelförmige Klinge ist an die 60 Zentimeter breit, der Kopf des Beils gut 40 Zentimeter lang und vollmassiv. Und der Spieß an der anderen Seite misst auch an die 40 Zentimeter. Erst richtig dick und dann spitz zulaufend. Ein so entsetzliches Mordwerkzeug habe ich noch nie gesehen. Dagegen wirkt der Holzgriff mit seinen vielleicht 80 Zentimetern Länge ja eher kurz. Dadurch hat das Ding einen extremen Schwerpunkt.“

„Ganz genau“, nickte Paul. „Kein Wunder, dass du sowas noch nie gesehen hast. Der 0815-Mörder dürfte wohl kaum damit herumlaufen. Es ist eine mittelalterliche Nahkampfwaffe, wie sie die Piraten der Ost- und Nordsee verwendet haben. Du weißt schon, Klaus Störtebeker und Konsorten. Ebenso die Friesen. Ungeheuer wertvoll, das Ding. Stammt aus dem 14. bis 16. Jahrhundert und ist ein Sammlerstück, das unser Amerikaner vor kurzem in einem Fachgeschäft am Grindelberg erworben hat. Du kannst da nachfragen, ist alles sauber. Dort ist es übrigens auch scharf geschliffen worden. Jetzt hatte Bjarne Michelson dieses Enterbeil bei sich im

Kofferraum, um es von einem Experten schätzen zu lassen. Er wollte sich eine Expertise erstellen lassen und war mit meiner Angestellten auf dem Weg dorthin."

Poirot kratzte sich am Hinterkopf und zuckte mir den Achseln, blieb betont sachlich. „Währenddessen verdichteten sich die Ermittlungshinweise im Entführungsfall Elena Scherer. Dr. Ott war einer unser Verdächtigen. Pia Stegemann suchte ihn zusammen mit Herrn Michelson auf, um mit ihm zu sprechen. Als sie Hilfeschreie aus dem Keller hörten und Frau Scherer in einer lebensbedrohlichen Situation vorfanden, griff Herr Michelson zum Beil, das er zur gewaltsamen Öffnung der Kellertür benutzt hatte. Er wurde von Ott mit zwei Skalpellen tätlich angegriffen und verteidigte sich mit dem, was er dabei hatte. Mit dem Enterbeil, dem alten. Dass er als ex US-Navy Seal über eine Spezialkampfausbildung verfügt, muss hier an dieser Stelle unter uns bleiben, Chris. Es trug aber mit dazu bei, dass er sich lebensrettend verteidigen konnte und somit auch Frau Scherers Leben rettete. Es war Notwehr. So makaber es im ersten Moment auch aussieht. Das können sowohl Frau Dr. Scherer als auch Frau Stegemann bezeugen. Unter Eid, wenn nötig."

„Verstehe!", nickte Schröder. „Auch wenn das Ganze ja ziemlich verworren klingt. Aber muss man wirklich einen Täter in zwei Hälften teilen? Was soll ich denn der Presse erzählen?"

„Ich kann dir leider auch nicht sagen, was passiert, wenn jemand mit einem historischen, scharfgeschliffenen Enterbeil auf einen losgeht. Aber wie es aussieht, war es wirklich nur ein einziger Hieb. So bezeugen es auch die Frauen. Ein extrem kraftvoller Hieb allerdings. Ich meine, das Enterbeil scheint auch verdammt schwer zu sein. Da steckt schon was hinter."

„Wir müssen die Tatwaffe beschlagnahmen, Paul. Tut mir wirklich leid. Zumindest vorübergehend sicherstellen."

„Doch hoffentlich nur für die Spurensicherung. Es handelt sich hier um ein Sammlerstück aus dem Mittelalter von hohem Wert.

Herr Michelson hat es verdient, es zurück zu bekommen. Er ist ein Held."

„Ich will sehen, was ich machen kann. Versprochen."

„Die Zeugenvernehmung kann gern in den nächsten Tagen in meinem Büro stattfinden, wenn ihr alle Untersuchungsergebnisse ausgewertet habt. Ich werde Frau Scherer jetzt ins Krankenhaus begleiten und mich weiter um sie kümmern. Schließlich sind wir ja von Klaus Scherer beauftragt worden, sie zu finden und zu retten. Falls ihr noch irgendwelche Hinweise habt … Du weißt ja."

„Einen habe ich jetzt schon. Frau Scherers Sachen liegen oben in der Wohnung. Nimm sie mit ins Krankenhaus. Der Autoschlüssel liegt auch da. Kannst ihn ebenfalls mitnehmen. Der SUV wird frei gegeben, wenn alle Spuren gesichert sind. Morgen vermutlich. Er steht bei uns auf dem Hof dann."

„Alles klar."

Paul drückte Bjarne seine Autoschlüssel in die Hand und bat ihn, seinen Wagen, der ja noch in der Max-Brauer-Allee im Halteverbot stand, nach Hause zu fahren zur Elbchaussee. Natürlich nur, wenn Bjarne sich dazu im Stande sähe. Pia würde dann wie gewohnt ihren Wagen nehmen, wenn sie sich für fahrtüchtig hielt. Beide nickten und verließen in Begleitung des Hauptkommissars die Wohnung.

Erst vor der Tür bemerkten sie erschrocken, was sich draußen alles angesammelt hatte. Ein Haufen Reporter mit vorgestreckten Mikrofonen drängelte sich hinter den rot-weißen Absperrbändern. Zusätzlich schirmte ein mannshoher Sichtschutz den Hauseingang und auch den Krankenwagen ab, der direkt davor stand. Das grell zuckende Blaulicht dramatisierte die Szenerie zusätzlich.

In Decken gehüllt, um ihre blutverschmierte Kleidung zu verdecken, stolperten Bjarne und Pia hinter dem meterlangen Paravent hervor. Scheinwerfer blitzten auf. Pia erkannte weiter hinten den Sendewagen von RTL 2, davor parkte der große, grauweiße

Übertragungswagen des NDR. Fernsehkameras mit Scheinwerfern und Mikrofonen, übereifrige Reporterinnen, die lautstark anfingen, Fragen zu stellen. Manche von ihnen recht hübsch und keck, dafür auch entsprechend aufdringlich. Wie gut, dass die Polizei dafür sorgte, dass sie hinter der Absperrung verbleiben mussten. Zwei Mannschaftswagen standen mit Blaulicht quer auf der Max-Brauer-Allee. Dennoch schrien sie alle durcheinander, und gebärdeten sich wie ungezähmte Bestien, die am liebsten die Absperrungen durchbrochen hätten.

„Was genau ist passiert?"

„Ist es wahr, dass die vermisste Elena Scherer, Ehefrau des angesehenen Hamburger Geschäftsmannes, gefangen gehalten, gefoltert und vergewaltigt worden ist? Hier im Keller dieses Mietshauses …?" Die Journalistin zeigte mit ausgestrecktem Finger auf das Haus, und die Kamera folgte ihrem Arm.

„Ist es wahr, dass …"

„Was sagen Sie zu den Berichten …"

„Stimmt es, dass …"

„Was ist mit dem Täter?"

„Die Öffentlichkeit hat ein Anrecht …"

„Hat es Tote gegeben?"

Christian Schröder geleitete sie energisch an den Hyänen vorbei. Bjarne zum Auto von Paul, Pia hin zu ihrem eigenen Wagen.

Blitzlichtgewitter, noch mehr Fragen. Ein Reporter stand auf dem Dach des großen Übertragungswagens, ein Fernsehteam auf einer Hydraulikbühne weiter hinten.

„Kein Wort von dem Enterbeil, verstanden?", verabschiedete Schröder die Freunde, als sie ein paar Schritte weiter im abgesperrten Teil ihre Fahrzeuge erreicht hatten. „Es war eine ganz normale Haushaltsaxt, mit der dem Täter auf den Kopf gehauen worden ist, klar? Können Sie denn überhaupt fahren, nach all dem Schrecken? Oder sollen wir Sie nach Hause bringen lassen? Frau Stegemann? Herr Professor?"

Bjarne sah zu Pia hin und stellte sich die Frage ebenfalls. Wie ging es ihr? War alles halbwegs in Ordnung?

„Danke, es geht schon, wir kommen zurecht. Oder Bjarne?"

„Ja", nickte der. „Vielen Dank für das Angebot, Herr Hauptkommissar."

„Gut. Halten Sie sich bitte zur Verfügung. Herr Hilker hat mir zwar schon alles geklärt, wir müssen allerdings auch noch mal mit Ihnen sprechen. Sie brauchen dafür aber nicht ins Präsidium zu kommen. Und halten Sie sich bitte von der Presse fern. Ich gebe heute Abend eine Erklärung ab. Demnach kam der Entführer bei der Befreiung seines Opfers ums Leben. Keine weiteren Details. Es war eine Polizeiaktion. Ihre Namen lassen wir komplett heraus und auch Ihren Fall, an dem Sie gerade arbeiten. Hilker vertraute mir an, dass es hier wohl noch um etwas anderes geht."

„Da bin ich jetzt aber sehr erleichtert", nickte Pia zustimmend. „Diese Pressemeute geht einem fast ja noch mehr an die Substanz als die Befreiung von Frau Scherer. Ich hatte ganz kurz das Gefühl, als wollten die uns anfallen und zerfleischen."

„Ja, schlimm ist das. Jedes verdammte Mal. Von Opferschutz haben die Pestbeulen noch nichts gehört, und das wollen sie auch nicht. Sie sind wie ein Haufen gieriger Ratten, die im Elend anderer Leute wühlen. Sensationsgeil und jederzeit bereit, den heimlichen Voyeurismus der Zuschauer zu schüren und zu befriedigen, die daheim in ihren Wohnzimmern an den Bildschirmen der TV-Geräte und PCs sitzen. Manche Sender haben sogar Hubschrauber, mit denen sie unsere Arbeit behindern."

Er warf einen grimmigen Blick hin zu Bjarne. Stumm blieb sein Vorwurf, welcher Nation man das wohl zu verdanken hatte. „Das Internet kennt keine Gnade. Also … kommen Sie gut nach Hause und ruhen Sie sich aus. Das war eine verdammt harte Nuss. Wenn Sie Hilfe brauchen, zögern Sie nicht, mich anzurufen. Und bitte: Keine Alleingänge mehr! Sie haben heute Ihr Leben riskiert. Das hätte auch schief gehen können."

„Ja, das hätte es, insbesondere für Frau Dr. Scherer. Das war verdammt knapp. Wir wären fast zu spät gekommen.“ Pia zog die Wagentür zu und startete den Motor.

Hauptkommissar Schröder wandte sich noch einmal an Bjarne. „Was Ihre … hm … Antiquität betrifft, Herr Professor …“

„Wenn Sie das historische Enterbeil untersuchen“, unterbrach Bjarne ihn. „Wären Sie dann so freundlich, das Alter bestimmen zu lassen? Mit der Dendrochronologie ist das problemlos möglich. Ich wäre Ihnen sehr verbunden, und ich spare mir den Weg, das zu Ende zu führen, was ich heute ursprünglich vorhatte.“

Kurz darauf stieg Paul in den Rettungswagen, und nur wenig später folgte Elena auf einer Trage. Abermals war sie mit einem Gurt festgeschnallt worden, denn der Weg hinaus aus dem Kellergefängnis und die Treppe hoch war kein leichter für die Sanitäter. Elena war durch die Medikamente ruhig, man hatte ihr Diazepan verabreicht und sie in mehrere Decken gehüllt. Darunter war sie noch immer nackt. In der Uniklinik Eppendorf, dem UKE, würde sie weiter versorgt und auch untersucht werden. Der Fahrer schaltete die Sirene ein und bahnte sich seinen Weg.

Dass Elena Paul als Aufpasser dabei hatte, gefiel ihr in diesem Moment sogar ausgesprochen gut. Sie schloss die Augen und war im nächsten Moment eingeschlafen. Sie wachte auch nicht auf, als sie auf die Krankenstation geschoben wurde. Privatpatientin erster Klasse, Einzelzimmer.

„Frau Dr. Scherer, um Gottes Willen!“, wurde sie eine halbe Stunde später aufgeweckt und vom Chefarzt begrüßt.

„Das können Sie wohl laut sagen, Professor“, murmelte sie erschöpft. „Ich hätte mir nie träumen lassen, meinen Arbeitsplatz mal aus dieser Perspektive zu sehen.“

Poirot wies sich aus und erklärte, er würde warten, bis die Untersuchungen und die Behandlung für heute abgeschlossen seien.

Dann würde er Frau Scherer mitnehmen und sich um sie kümmern. Für ihre Sicherheit und ihr Wohlbefinden sei gesorgt.

Während er draußen auf dem Flur auf Elena wartete, schickte er Pia und Johanna je eine WhatsApp mit der Ankündigung, dass er Elena mit nach Hause bringen würde. Die Damen sollten sich doch bitte zusammen mit Bjarne schon mal Gedanken darüber machen, wie man nun weiter mit ihr verfahren wolle und auch ein Zimmer für sie herrichten. Webcam sei bestimmt vorhanden. Er fügte ein Zwinkersmiley bei. Es würde aber noch ein Weilchen dauern, bis er hier mit ihr aufbrechen und ein Taxi nehmen konnte. Ihr Übernachtungsgast werde gerade untersucht, und dies vermutlich sehr gründlich. Auf polizeiliche Anordnung.

Knapp eine Stunde später wurde Elena von einer Pflegeschwester in einem Krankenbett zurück in ihr Zimmer geschoben. Paul folgte ihr.

„Und?“, fragte er. „Was sagen die Ärzte?“

„Ich werde Ihnen jetzt ganz sicher nicht die Details meiner Untersuchungsergebnisse darlegen“, gab Elena kühl zurück.

„Schade!“, dachte Paul insgeheim. Ein paar Details hätten ihn doch sehr interessiert. Je genauer er wusste, was Elena Scherer in den letzten Stunden durchgemacht und wie sie reagiert hatte, umso besser konnte er ihre Persönlichkeit einschätzen. Und die gab ihm ehrlich gesagt noch immer eine Menge Rätsel auf. Er hatte es schon mit vielen undurchsichtigen Gestalten zu tun gehabt. Aber mit niemandem wie ihr. Na, wenn sie auf stur schaltete, hatte er ja noch andere Möglichkeiten, an die Untersuchungsergebnisse zu kommen. Er würde später versuchen, Chris den Polizeibericht aus den Rippen zu leiern.

„Schon gut! Ich wollte ja nur wissen, wie es ihnen geht“, lenkte er ein. „Ob es riskant für Sie ist, wenn Sie mit zur Elbchaussee kommen.“

Das schien sie etwas versöhnlicher zu stimmen. „Nein, die Ärzte haben Entwarnung gegeben“, erklärte sie in ruhigem Ton. „Die Verletzungen werden sich wohl nicht entzünden und auch relativ schnell heilen. Außer der an der linken Brustwarze.“

Paul musterte sie schweigend. Warum sagte sie das? Wollte sie ihn erneut provozieren? Aus dem Konzept bringen? Es gab objektiv betrachtet keinen Grund, jetzt ihre Nippel zu thematisieren.

„Ach?“, machte er unbestimmt.

Elena nickte. „Ja. Da empfehlen die Kollegen ein medizinisches Barbell.“

„Ein Barbell?“, fragte Paul irritiert nach.

„Ein medizinisches Brustwarzen-Piercing, wenn Sie so wollen. Ein schmaler Titansteg, dessen Enden mit je einer kleinen Kugel versehen sind. Optisch allemal reizvoller als zwei Löcher, oder? Sie haben gesagt, sie könnten diesen kleinen Eingriff heute noch vornehmen, wenn ich es wünsche. Gleich hier auf dem Zimmer.“ Sie musterte den Detektiv mit Raubkatzenaugen. „Alternativ könne ich mich aber auch für einen Ring entscheiden. Die hätten sie auch im Angebot. Was meinen Sie?“

Miststück! Paul konnte es kaum fassen, dass eine Frau in ihrem Zustand immer noch Spielchen spielte. „Und das auf Kosten der Polizei?“, gab er trocken zurück. „Fände ich ja schon *nice*, um es umgangssprachlich zu formulieren. Ich würde zu einem Ring raten. Damit Ihr Mann Sie besser an die Kette legen kann.“

Zu seiner Überraschung schoss sie nicht zurück. Eine Spur von Nachdenklichkeit schlich sich in ihre Züge, die der Detektiv nicht so recht deuten konnte. Doch schon im nächsten Moment war der Eindruck verflogen, und sie funkelte die Schwester an, die mit einem frischen OP-Hemd in der Hand das Zimmer betreten hatte. In Grün und der Größe XL.

„Ich habe Ihnen doch vorhin schon gesagt, dass ich das unter keinen Umständen anziehen werde“, fauchte sie. „Wie der letzte Hiwi sehe ich darin aus. Außerdem ist es viel zu lang.“

Die Frau zuckte die Achseln und verließ den Raum.

„Es ist doch nur für die Fahrt, weil die Spurensicherung Ihre Bluse einbehalten hat.“ Paul mimte die kühle Stimme der Vernunft. „Wenn wir an der Elbchaussee sind, können Sie sich gleich umziehen. Denn … Stimmt, das wissen Sie ja noch gar nicht: Herr Michelson hat da etwas festgelegt, was die Kleiderordnung für Damen im Haus angeht. Sie können gerne Johanna fragen, ob sie etwas Passendes für Sie hat.“ Er verkniff sich ein Grinsen. Warum nur kam er sich gerade ein wenig fies vor?

„Niemals! Von der zieh‘ ich nichts an.“

Da ging es ja schon los, das Gezicke. Hatte er es sich doch gedacht! „Wollen Sie denn lieber oben ohne herumlaufen? Es wird Sie niemand daran hindern.“

Nein, das wollte sie auch nicht. Erstaunlich schnell willigte sie dann doch ein. „Also gut, Herr Hilker. Einverstanden. Nach Hause möchte ich heute Abend auf keinen Fall, irgendwie ist mir das alles viel zu suspekt im Moment. Dass ausgerechnet Dr. Ott mich entführt hat und mich umbringen wollte, kommt mir plötzlich doch verdächtig vor. Er, mein Mann und Helmut Stöger kannten sich gut. Das ist doch irgendwie seltsam, oder? Ein Zufall? Ich weiß nicht! Auch welche Rolle mein Mann da spielt, verstehe ich nicht so recht. Warum belastet er mich plötzlich?“

„Wenn Sie es nicht wissen …“

„Mir ist das alles jedenfalls nicht geheuer. Da unterhalte ich mich lieber mit meinen Lebensrettern, das scheint mir sicherer. Und wenn es sein muss, bitte schön: Dann nehme ich das grüne OP-Hemd in XL und auch das Piercing. Wenn ich heute schon unter Schmerzmitteln stehe und eh schon zwei Löcher im Nippel habe, dann nutze ich das auch gleich aus.“

Sie läutete nach der Schwester. Und Paul musste einmal mehr draußen Platz nehmen. Elena öffnete noch einmal die Zimmertür und grinste: „Ich hätte im Haus dann aber gerne auch ein Glas Wein dazu.“

Eine weitere halbe Stunde später hatte ein Arzt im Praktischen Jahr das Piercing gesetzt. Es war doch nicht ganz ohne Probleme abgelaufen, denn der Nadelstich war zu fein gewesen. Daher hatte der Mediziner den Gang noch minimal nachdehnen müssen. Jetzt saß der dünne Steg aber perfekt, wie Elena meinte, und sie sah auch ganz zufrieden aus. Das grüne OP-Hemd war ihr tatsächlich etwas zu lang. Barfüßig stand sie im Zimmer und hielt sich die schwarze Stretchhose vor den Bauch.

„Sie haben mir nicht zufällig auch mein Höschen mitgebracht, Herr Hilker? Ich kann es nirgends finden. Ein schwarzes Kleines mit Spitze."

„Jetzt, wo Sie mich das fragen, verehrte Frau Scherer, nein, ich habe Ihr kleines schwarzes Höschen nicht gesehen."

Er verzog keine Miene, betrachtete sich den Verband um ihren Oberschenkel, der unter dem Hemd hälftig zu sehen war.

„Dann eben ohne!", entschied sie und stieg in die Hose.

„Können wir jetzt los?", drängte Paul. „Ich könnte jetzt doch langsam auch mal etwas Feineres trinken, als ständig nur Wasser aus der Blubberkiste hier. Und auch etwas Leckeres essen."

„Ich habe seit Tagen nichts mehr gegessen", sagte sie mit leiser Stimme, zog sich die oben enge Stretchhose weit hoch, den Zwickel bis an den Schritt, und zupfte dann das grüne Hemd mit dem tiefen Ausschnitt über die Hose. „Naja, geht so halbwegs", meinte sie kritisch. Sodann nahm sie ihre Handtasche und humpelte aus dem Zimmer. Paul folgte ihr.

Kapitel 7
Das Dschungelbuch

Verfluchte Müllabfuhr!" Pia schlug entnervt mit der flachen Hand aufs Lenkrad ihres dunkelroten Minis. Das hatte ihr gerade noch gefehlt. Sie hatte einen Schleichweg zur Elbchaussee fahren wollen, um dem gröbsten Verkehrschaos zu entgehen. Und nun leerten die Männer in den orangefarbenen Warnwesten in aller Gemütsruhe eine Tonne nach der anderen, während der Stau hinter ihrem Wagen immer länger wurde. Überholen war in der schmalen Straße auch nicht drin. Sie musste warten, bis es weiterging. Und das fiel ihr gerade nicht ganz leicht.

Denn im Moment wollte sie nichts anderes, als diese Gegend so schnell wie möglich verlassen. Bloß weg von all dem Blaulicht, der Hektik und der aufdringlichen Presse! Das würde ihr gut tun. Auch wenn sie den grellen Bildern in ihrem Kopf nicht davonfahren konnte, da machte sie sich keine Illusionen. Die gefesselte und misshandelte Elena im Keller ihres Peinigers. Bjarne, der die mittelalterliche Streitaxt über seinen Kopf hob, sie niedersausen ließ in einem gewaltigen Schlag. Und Dr. Otts Körper, in zwei Hälften geteilt. All das Blut …

Pia schloss kurz die Augen und versuchte ohne viel Erfolg, ihr hämmerndes Herz und ihren viel zu schnellen Atem zu beruhigen. Sie brauchte dringend einen Ort, an dem sie wieder zu sich kommen konnte. Möglichst weit weg von all dem Wahnsinn. Ruhe.

Was konnte da besser geeignet sein als die Villa, in der Bjarne und sie schon so zauberhafte Stunden verbracht hatten? Das alte Fachwerkhaus mit dem Reetdach schien geradezu nach ihr zu rufen. Mit einer Stimme aus sanftem Blätterrauschen und Vogelgezwitscher, dem Brodeln der Kaffeemaschine und dem Klappern von Topfdeckeln, unter denen ein gutes Abendessen kochte. Wie man solche Kleinigkeiten plötzlich zu schätzen wusste, wenn man genügend Horror erlebt hatte! Sie sah sich im Geiste schon über den knirschenden Kies der Einfahrt fahren und das Tor fest hinter sich verrammeln. Tschüss, Welt! Wie unsagbar verlockend das klang …

Doch nun ging es allenfalls im Schneckentempo voran. Pia pustete sich eine Locke aus der Stirn und drehte das Radio aus. Das Geplapper der Moderatoren war einfach unerträglich. Und selbst ihre eigene Musikauswahl konnte sie im Moment nicht locken.

Irgendein Idiot hinter ihr drückte schon wieder auf die Hupe, als würde es dann schneller vorangehen. Tat es natürlich nicht. Die Müllmänner fuhren vielleicht zehn Meter weiter, um dann schon wieder anzuhalten. Beim Anblick ihres Fahrzeugs musste Pia unwillkürlich wieder an die Firma RAT und die undurchsichtigen Machenschaften der Familie Scherer denken. Und genau darauf hätte sie im Moment wirklich ausgesprochen gut verzichten können. Am liebsten hätte sie Elena und Klaus eigenhändig in ein handliches Paket verschnürt und dahin geschickt, wo der Pfeffer wuchs. Ohne Rücksendeadresse. Es hätte ihr nicht das Geringste ausgemacht, wenn sie von beiden in ihrem Leben nie wieder etwas hören musste.

Was natürlich illusorisch war. Sie selbst hatte ja darauf gedrängt, dass Elena zumindest für eine oder zwei Nächte zu ihnen in die Elbchaussee kam. Was hätte sie auch sonst tun sollen? Nach all dem, was die Frau durchgemacht hatte? Und angesichts dessen, was sie womöglich noch an Schaden anrichten konnte? Das war eben das Vertrackte an dieser Situation: Sie hatten es mit einem Opfer zu tun, das jeden Moment wieder zur Täterin werden konnte. Genauso gut war es aber möglich, dass die schöne Frau Doktor ihrerseits wieder ins Visier dunkler Machenschaften geriet. Es war alles ein undurchschaubarer Sumpf. Pia selbst würde keine ruhige Minute haben, wenn sie die Frau jetzt sich selbst überließ. Und nicht wusste, was sie ausheckte.

Sie fand es schon bemerkenswert, dass Elena nach einem so traumatischen Erlebnis nicht nach Hause zu ihrem Mann wollte. Sondern zu Leuten, die sie kaum kannte und die sie darüber hinaus als Mörderin verdächtigten. Sie runzelte die Stirn, während sie im Schritttempo weiterfuhr. Andererseits stand das Ehepaar Scherer angesichts der Verdächtigungen gehörig unter Druck. Und damit schienen die beiden nicht besonders gut umgehen zu können. Würden sie es dabei belassen, sich gegenseitig die Schuld zuzuschieben? Oder fürchtete Elena, dass ihr geliebter Klaus sie aus dem Weg räumen und das Ganze dann als Selbstmord tarnen könnte? Als Tat einer Mörderin, die mit ihrer Schuld nicht leben konnte?

Pia kaute an ihrer Unterlippe. Wenn sie so darüber nachdachte, schien ihr das doch ein bisschen weit hergeholt zu sein. Aber es gab natürlich auch noch eine andere Möglichkeit. Was, wenn Elena weiter an ihren ursprünglichen Plänen festhielt?

Diese Sache mit dem Störtebeker-Gold schien ja fast eine fixe Idee von ihr zu sein. Wenn sie diesen Schatz tatsächlich immer noch auf dem Grundstück vermutete, dann würde Frau Dr. Scherer doch alles daransetzen, sich für ein paar Tage in der Elbchaussee einzuquartieren. Sei es, um sich heimlich umzusehen oder um ein Vertrauensverhältnis zu den neuen Besitzern aufzubauen und so vielleicht doch noch zum Ziel zu kommen. Das würde allerdings bedeuten, dass sie die Karte des traumatisierten Folteropfers absichtlich ausspielte. Konnte jemand tatsächlich dermaßen abgebrüht sein?

Aufatmend registrierte Pia, wie das Müllauto endlich abbog und der Verkehr nun rascher floss. Sie konnte etwas mehr Gas geben. All die Fragen, die ihr durch den Kopf spukten, würde sie später hoffentlich mit Bjarne, Paul und Johanna besprechen können. Eins stand jedenfalls fest: Sie würde Elena sehr genau im Auge behalten. Wenn die elegante Frau Doktor bei ihnen herumschnüffeln wollte, nur zu: Pia Stegemann würde auf der Hut sein. Und vielleicht konnte sie ja sogar dafür sorgen, dass die gute Frau tatsächlich etwas fand. Natürlich nicht das, was sie eigentlich gesucht hatte. Aber möglicherweise konnte man ihr irgendeinen saftigen Brocken hinwerfen, der sie ablenkte von den tatsächlichen Geheimnissen rund um die Familie Michelson. Es lohnte sich, darüber nachzudenken. Ein mokantes Lächeln malte sich in Pias Gesicht.

Der gutaussehende, dunkelhaarige Gast, der vor kurzem in der Jugendstil Suite des *Grand Elysée* Hotels an der Rothenbaumchaussee abgestiegen war, lächelte ebenfalls.

Er hatte es sich auf der rostrot gestreiften Couch bequem gemacht und hielt einen E-Book-Reader in der Hand. Er hatte noch ein paar Stunden Zeit, bis er los musste. Kostbare Zeit, in der kein Terminplan ihn drängte, keine Anrufe oder Mails zu tätigen waren. Es war alles bereit. Warum also nicht die Beine hochlegen und ein bisschen entspannen? Er kam ohnehin viel zu selten zum Lesen für seinen Geschmack.

Sanft fuhr er mit dem Zeigefinger über das Display, öffnete seine persönliche Bibliothek und fand rasch den gesuchten Autoren. Rudyard Kipling. In seinem berühmten *Dschungelbuch* hatte der Schriftsteller mit den indischen Wurzeln eine Geschichte eingefügt, die genau zum heutigen Tag zu passen schien.

Ja, hier war sie: *Rikki-Tikki-Tavi.* Der Titelheld war ein Mungo – ein zu allem entschlossenes kleines Raubtier, das heroisch gegen fiese Giftschlangen kämpfte und so Menschenleben rettete. Der Mann lächelte. Was für eine Schwarz-Weiß-Malerei! Er persönlich hatte dem kleinen, pelzigen Helden nie sonderlich viel abgewinnen können. Waren die Bad Guys in dieser Geschichte nicht die deutlich faszinierenderen Charaktere?

Vor allem die Schlange Karait hatte es ihm angetan. Es gefiel ihm, wie sie ihre diabolischen Drohungen zischte und gar nicht daran dachte, ihre Ruchlosigkeit zu verbergen.

„*Zittert alle, denn ich bin der Tod!*“, zitierte er leise und warf einen beinahe liebevollen Blick auf das Terrarium, das neben ihm auf einem Sideboard stand. „Und das seid ihr beiden ja wirklich, nicht wahr?“

Die zwei Schlangen, die sich in ihrem gläsernen Zuhause räkelten, gaben erwartungsgemäß keine Antwort. Doch ihre kleinen Augen mit den runden Pupillen musterten ihn aufmerksam. Das Weibchen war einen guten Meter lang, das Männchen noch etwas größer. Beide trugen ein attraktives, schwarz-weißes Ringelmuster. Die dunklen Streifen glänzten metallisch, die hellen hatten den satten, cremigen Ton von frischer Sahne. Wie wunderschön sie waren! Und wie gefährlich!

Er selbst war mehrfach geschäftlich in Indien gewesen, wo man ihn eindringlich vor den tückischen Giftnattern aus der Gattung der Kraits gewarnt hatte. Tagsüber seien sie meist nicht aggressiv und versteckten sich, erst in der Dunkelheit erwachten ihre Lebensgeister. Doch wehe, wenn man dann aus Versehen auf so ein Tier trat. Oder wenn sich eins unbemerkt ins Haus geschlängelt und einen im Schlaf gebissen hatte. Die Giftzähne im Oberkiefer mochten zwar nur ein paar Millimeter groß sein. Wenn sie zuschlugen, tat das nicht mehr weh als der Stich eines Rosendorns. Manche Opfer bemerkten den Biss auch gar nicht, wussten nicht, dass sie verloren waren. Bis es zu spät war. Bis das injizierte Nervengift ihren Körper komplett gelähmt hatte und sie nicht mehr atmen konnten.

Wenn man hier sicher in einer schicken Hotelsuite in Hamburg saß, mochte einem das wie eine maßlos übertriebene Schauergeschichte vorkommen. Doch als Schlangen-Fan hatte er die Sache inzwischen genauer recherchiert. Schon allein aus beruflichem Interesse. Er hatte Mediziner, Biologen und Gesundheitsexperten vor Ort befragt und festgestellt, dass er wohl keiner gruseligen Legende aufgesessen war. Kraits gehörten tatsächlich zu den tödlichsten Giftschlangen Asiens, jedes Jahr starben Tausende von Menschen an ihren Bissen. Denn das Tückische war, dass es mehrere Arten dieser Reptilien gab, die sich zwar äußerlich kaum unterschieden, sehr wohl aber in ihren Giften. Das machte die Behandlung der Gebissenen schwierig. Zumal es auch längst nicht für jedes Krait-Toxin ein Gegengift gab.

Für einen Pharmazeuten wie ihn war das natürlich eine hochinteressante Information gewesen. Schließlich gehörte die Entwicklung von Seren, Impfstoffen und dergleichen zu den wichtigsten Geschäftsfeldern seiner Firma Er hatte sich persönlich für die Einrichtung einer betriebseigenen Schlangenfarm in Indien eingesetzt, in der nun diverse Gifttiere gezüchtet und erforscht wurden. Mit den nötigen Papieren und Artenschutzzertifikaten natürlich. Es war rechtlich alles abgesichert.

Er hatte sogar persönlich dafür gesorgt, dass auf der Farm in der Nähe der Metropole Mumbai der Tierschutz großgeschrieben wurde – was in Indien nun keineswegs als selbstverständlich galt. Doch wenn seine schuppigen Schützlinge der Firma halfen, medizinische Probleme zu lösen und Geld zu verdienen, dann sollten sie sich auch wohlfühlen. Das war eine Frage der Fairness.

Die gleiche Devise galt natürlich auch für jene Reptilien, die ihre Terrarien am Stammsitz der Firma im nordrhein-westfälischen Marl hatten. Das waren zwar nicht so viele wie in der Anlage in Indien. Doch auch im Ruhrgebiet brauchte man die Gifte für das eine oder andere Experiment. Also hatte der Pharmazeut auch dort ein Gebäude mit Schlangen-Unterkünften errichten lassen. Dass dort nun zwei Kraits fehlten, die ihren obersten Chef nach Hamburg begleitet hatten, würde zunächst nicht weiter auffallen. Es wurden immer mal wieder einzelne Tiere zum Tierarzt in Quarantäne gebracht oder an andere Forschungseinrichtungen ausgeliehen.

„Keine Angst“, flüsterte er dem tödlichen Pärchen in seinem Terrarium zu. „Wenn ihr eure Aufgabe erfüllt habt, bringe ich euch zurück nach Hause.“ Sie schienen einverstanden zu sein. Er musste nur noch entscheiden, welche der beiden Schlangen nachher zur Tat schreiten sollte. Und welche sich einer kleinen Operation unterziehen musste. Doch tief im Inneren hatte er schon eine Entscheidung getroffen. Schmunzelnd richtete der Pharmazeut seinen Blick wieder auf Kiplings Zeilen und begann zu lesen.

„Meine Güte, Pia, du siehst ja aus wie der Tod auf zwei Beinen!“ Johanna neigte im Allgemeinen nicht zu diplomatischen Floskeln und einer weichgespülten Ausdrucksweise. Erst recht nicht ihren Freunden gegenüber.

Kaum war Pia aus dem Auto gestiegen und auf die Terrasse der Villa an der Elbchaussee gewankt, hatte die Haushälterin ihren desolaten Zustand mit einem Blick erfasst. Es war längst nicht nur Pias blutbespritzte Kleidung, die das Grauen der letzten Stunden verriet. Viel mehr Sorgen machte sich Johanna wegen des gehetzten Ausdrucks in ihren Augen.

„Du brauchst eine heiße Dusche, meine Liebe“, entschied sie resolut. „Geh am besten gleich rein. Bjarne ist auch schon da. Und wenn du Glück hast, kannst du unseren Helden in diesem Moment nackt im Bad überraschen.“ Sie zwinkerte ihr zu und machte Anstalten, in der Küche zu verschwinden.

Pia lächelte schwach. „Das wäre natürlich ungeheuer reizvoll“, sagte sie. „Obwohl mir im Moment ein paar massierende Hände auf meinen Schultern vollauf genügen würden. Aber vielleicht hat der Herr Professor das ja auch in seinem Portfolio. Neben dem Anleiten von Lustludern, der Rettung von betörend schönen Verbrecherinnen und dem Halbieren von Perversen meine ich.“

Johanna grinste. „Er ist schon ein Mann mit vielen Talenten, unser Bjarne, was?"

Pia grinste zurück. „Na ja, mit dem Übers-Wasser-Gehen und der Verwandlung von Wasser in Wein hapert es bisher noch ein bisschen", ging sie auf den scheinbar unbeschwerten Tonfall ein.

Sie spürte sehr genau, dass Johanna die ganze Sache keineswegs zum Lachen fand. Sie wollte ihr lediglich ein bisschen festen Boden unter die Füße schieben. Und dafür war Pia ihr ausgesprochen dankbar.

„Hat Paul dich auf dem Laufenden gehalten?", fragte sie.

Die Haushälterin nickte. „Er hat mir einen Haufen WhatsApps geschickt. Aber natürlich konnte ich daraus nur so ungefähr entnehmen, was passiert ist. Ich hoffe, ich erfahre von euch mehr. Und zwar, bevor diese Elena hier auftaucht, die falsche Schlange."

Auch von diesem Plan hatte Poirot ihr also bereits berichtet.

„Das wird noch ein wenig dauern", beschwichtigte Pia. „Aber du hast recht: Wir müssen über die Situation sprechen, solange wir noch allein sind. Wir kommen gleich nach der Dusche runter."

„Gut", sagte Johanna. „Ich bin in der Küche und bereite die Pizza fürs Abendessen vor. Wenn Paul sich meldet, schiebe ich sie in den Ofen. Dann können wir essen, wenn die beiden hier aufkreuzen."

Trotz ihrer offensichtlichen Abneigung gegen Elena war die Haushälterin offenbar durchaus bereit, die Natter anständig zu füttern. Pia schmunzelte und stieg die Treppe hinauf.

Hinter der Badezimmertür hörte sie Plätschern, dann Gepolter und einen unterdrückten Fluch. Vorsichtig drückte sie die Klinke herunter und spähte durch den Türspalt. Was sie sah, entschädigte sie für so manchen Schrecken dieses grauenhaften Tages. Sie spürte sogar ein Lachen in ihrer Kehle aufsteigen. Denn Bjarne Michelson, der renommierte Professor für Meereskunde, der ehemalige Navy Seal und aktuelle Anführer eines exklusiven Lustzirkels, kniete splitternackt vor der gefüllten Badewanne und ließ eine

Ente zu Wasser. Und zwar nicht irgendeine. Es war eine stattliche, sonnengelbe Bade-Ente im Piratenlook – inklusive Augenklappe und Kopftuch im Totenkopf-Design. Sie schwamm in duftendem Schaum und schaute ausgesprochen lüstern aus ihrem einen Auge.

Bjarne stand auf und grinste Pia an. „Du kommst einen Augenblick zu früh", erklärte er. „Ich wollte eigentlich noch ein paar brennende Kerzen um den Wannenrand verteilen, damit wir hier ein bisschen stilvolle Beleuchtung haben. Aber Gödeke Erpels hat leider die Zunderbüchse gekapert." Anklagend wies er zuerst auf die Ente, dann auf das Feuerzeug, das ihm offensichtlich ins Wasser gefallen war.

Und in dem Moment hatte er gewonnen. Pia lachte, bis ihr die Tränen kamen. Mit wenigen Bewegungen streifte sie ihre blutbespritzten Klamotten ab und schmiegte sich nackt in seine Arme. Sie war ein bisschen gerührt. Auf der Rückfahrt musste Bjarne noch rasch diese so überaus passende Ente erstanden haben – Pia konnte sich beim besten Willen nicht vorstellen, in welchem Laden er da fündig geworden war. Und das nur, weil er geahnt hatte, dass sie nach einem solchen Tag ein bisschen Aufmunterung gebrauchen konnte.

Dabei sah es in ihm selbst wahrscheinlich keinen Deut besser aus. Eher im Gegenteil. Pia hatte Bjarne bisher noch nicht genauer nach seiner geheimnisvollen Vergangenheit gefragt. Sie hatte keine Ahnung, ob er schon einmal einen Menschen getötet hatte. Doch wenn ja, dann wohl kaum auf eine solche Weise. Der heutige Tag konnte nicht spurlos an ihm vorübergehen. Doch sie war sich nicht sicher, ob sie ihn darauf ansprechen sollte. Sie hob den Kopf und versuchte, in seinen Augen zu lesen.

„Wie geht es dir?", fragte sie zögernd.

Er wurde ernst, wandte den Blick aber nicht ab. „Ich weiß es selbst nicht so genau", antwortete er leise und zog sie fester in seine Arme. Eine Geste, die ausnahmsweise nichts Lüsternes an sich hatte. „Ich denke, ich werde Zeit brauchen, bis ich das alles sortiert habe. Ich habe eigentlich kein schlechtes Gewissen. Angesichts dessen, was dieser Dr. Ott Elena angetan hat und was er wahrscheinlich noch getan hätte …"

Pia nickte. „Du konntest in dem Moment nichts anderes tun."

„Ja, ich weiß! Aber wie dieser Polizist schon gesagt hat: War es wirklich nötig, einen Menschen in zwei Hälften zu teilen? Und wie war das überhaupt möglich?" Er zuckte die Achseln. „Ich verstehe es wirklich nicht."

Pia nickte. „Es ist das Gleiche wie mit meinem Dolch. Oder mit dem Buch, das ich plötzlich lesen kann. Irgendwie ist das alles doch nicht ganz real, oder?"

„Wer weiß", sagte Bjarne nachdenklich und strich ihr eine Locke aus dem Gesicht. „Vielleicht ist es ein bisschen so, als ob man ins Weltall fliegt. Oder eine Reise in eine ganz andere Ecke der Erde macht. Man sieht andauernd die erstaunlichsten Dinge und begreift kaum die Hälfte von dem, was da vorgeht. Aber ist es deswegen nicht real?"

„Doch", sagte Pia leise. „Das ist es. Und wenn wir die Welt so ganz ohne Fantasie betrachten würden, wäre das ja auch ziemlich traurig, oder?"

„Aber ganz bestimmt." In seinen Augen flackerte ein Hauch von Amüsement neben einer Prise Begehren. „Und wenn ich dich so nackt im Arm halte, fällt meiner Fantasie schon das eine oder andere dazu ein. Der Rationalist in mir sagt dagegen nur: Du frierst. Rein ins Wasser!"

Das ließ sich Pia nicht zweimal sagen. Glücklicherweise war die Wanne groß genug, um eine Detektivin, einen Meereskundler und eine Piraten-Ente gleichzeitig zu beherbergen. Und so saßen sie eine Weile einfach nur da und genossen die Wärme, den Duft des Schaums und die gegenseitige Nähe. Ihre Hände taten nichts, als sanft über feuchte Haut zu streifen und verspannte Nackenmuskeln zu massieren. Doch sowohl Pia als auch Bjarne empfanden diese trägen Minuten als einen sehr intimen Moment. Gödeke

Erpels behielt seine Meinung dazu diskret für sich und hielt den Schnabel.

Eine gute halbe Stunde später saßen sie in angenehm frischer Kleidung bei Johanna in der Küche. Bjarne hatte eigentlich die Kleiderordnung für diesen speziellen Tag außer Kraft setzen wollen. Doch Pia hatte zumindest einen Teil ihrer typischen Sturheit wiedergefunden.

Sie denke doch überhaupt nicht daran, sich dieses kleine, lüsterne Vergnügen an der Provokation verderben zu lassen, hatte sie entschieden verkündet. Weder von durchgedrehten Schmetterlingssammlern noch von Elena Scherer und ihren undurchsichtigen Machenschaften. Also hatte sich Pia für ein kurzes rotes Kleid mit einem gewagten Rückenausschnitt entschieden, in dem sie sich ausgesprochen attraktiv fühlte. Auch das war ein kleines Bonbon für ihre Psyche.

„Du siehst wirklich schon viel besser aus, Liebes", bestätigte Johanna, während sie ein großes Blech Pizza mit Champignons, Paprikastreifen und verschiedenen anderen Zutaten belegte. „Paul hat übrigens gerade geschrieben. Elena und er werden so in einer dreiviertel Stunde hier sein." Sie verzog leicht den Mund, gab aber keinen weiteren Kommentar dazu ab. „Was ist denn nun eigentlich genau passiert?", fragte sie stattdessen.

Abwechselnd schilderten Pia und Bjarne die Einzelheiten von Elenas Martyrium und ihrer Befreiung.

Johanna wirkte nachdenklich. „Ich kann das arrogante Weib nach wie vor nicht ausstehen", verkündete sie schließlich. „Aber sowas hat sie dann wohl doch nicht verdient."

Pia nickte. „Ja, sehe ich auch so. Aber irgendwie …" Sie wusste nicht so richtig, wie sie ihr Unbehagen in Worte fassen sollte. „Ich werde immer noch nicht schlau aus dieser Frau. Wir sollten vorsichtig sein und genau aufpassen, was wir zu ihr sagen. Oder was sie hier zu sehen bekommt. Ich traue ihr einfach nicht."

Das ging Bjarne genauso. „Sicher, sie hat Entsetzliches durchgemacht", gab er zu. „Ein Mensch, dem so etwas passiert ist, könnte sich normalerweise auf meine volle Solidarität und Unterstützung verlassen. Da würde ich gar nicht drüber nachdenken." Er runzelte die Stirn. „Aber in diesem Fall gibt es einfach zu viele Ungereimtheiten. Wir wissen immer noch nicht, was sie genau vorhat. Ziemlich sicher sind wir nur, dass sie zwei Leute ermordet hat. Oder dabei zumindest die Komplizin ihres Mannes war. Aber wer spielt da welches Spiel? Und warum will sie jetzt plötzlich nicht mehr zu ihrem Mann zurück?"

Keiner der Freunde konnte ahnen, dass Klaus Scherer in diesem Moment genau dieselbe Frage umtrieb. Poirot hatte seinen Auftraggeber natürlich angerufen und ihm den Ausgang des Entführungsfalles geschildert.

Demnach war seine Frau zwar leicht verletzt und sicher auch psychisch angeschlagen. Doch sie lebte. Und zickte. Der Entführer sei der Notar Dr. Jens Ott gewesen, der leider bei Elenas Befreiung ums Leben gekommen sei.

Scherer war bei dieser Nachricht zusammengezuckt. Der Notar war tot? Wie konnte das sein? Er spürte, wie sich die Nervosität wieder an ihn heranschlich. Nein, mehr als das: Es war eine Art Grauen, das ihn mit kalten Klauen im Genick packte. Ein Grauen, das den Namen seiner eigenen Frau trug. Und das ihn nun schon eine ganze Weile verfolgte.

Eine Zeit lang hatte er sich noch eingeredet, dass sie einfach nur ein paar ganz normale Probleme hatten. So wie andere Leute auch. Elena mochte ihre Fehler haben, und in ihrer Ehe stimmten ein paar Punkte ganz und gar nicht. Das war zumindest sein Empfinden gewesen. Doch warum sollten sich diese Schwierigkeiten nicht lösen lassen? Er hatte an eine gemeinsame Reise gedacht, so wie früher. Wie schön das wäre: Alles einmal hinter sich lassen und irgendwo hinfahren, wo nichts an Giftmuscheln und lästige Erben und schiefgelaufene Pläne erinnerte. Wo man einmal nichts organisieren und durchdenken und vorhersehen musste. Ein Segeltörn vielleicht …

Ja, das hatte er noch vor kurzem für eine gute Idee gehalten. Schließlich liebten sie beide das Meer. Wenn sie also für eine Weile zusammen waren zwischen Wind und Wellen – warum sollten sie sich dann nicht auch wieder näherkommen? Gedanklich. Aber nicht nur. Sie könnten Gespräche führen und alles nochmal überdenken. Vielleicht sogar einen Cut machen. Und sich auch sexuell wiederfinden.

Denn das war auch so etwas, das er schon seit geraumer Zeit vermisste. Er hatte das Gefühl, sein Interesse und seine Avancen seien Elena lästig. Als verachte sie ihn insgeheim, statt ihn zu begehren. Aber auch diese quälenden Gedanken würden sich dort draußen im Salzwind in Nichts auflösen. Ganz bestimmt. So hatte er damals gehofft. An seinen guten Tagen.

Inzwischen war ihm jedoch klar geworden, dass er sich etwas vorgemacht hatte. Er hatte von einer schönen, heilen Welt geträumt, die es für ihn schon lange nicht mehr gab. Klaus seufzte und schenkte sich ein großes Glas Cognac ein. Langsam und konzentriert nahm er ein paar Schlucke. Und dachte an jene anderen Empfindungen, die ihn in letzter Zeit immer häufiger überfallen hatten. Jene Momente, in denen er sich ganz blass und schemenhaft neben ihr gefühlt hatte. Als versuche seine Frau, mit einem Radiergummi so manche Linie auszulöschen, die für seine Persönlichkeit wichtig war. Die ihn, Klaus Scherer, ausmachte. „Sie will mich ausradieren!“, hatte er ein ums andere Mal gedacht und sich die Schläfen massiert. Doch die Geste hatte das Unwohlsein nicht vertreiben können.

Langsam hatte sich in ihm das Gefühl breitgemacht, mit einer Viper verheiratet zu sein. Ihm schien, als lauere Elena nur darauf, dass er einen Fehler machte. Irgendeine Unvorsichtigkeit beging. Oder auch nur ein Hemd trug, das ihr nicht gefiel. Dann würde sie zuschlagen, ihn zu treffen versuchen. Mit all ihrer ekelhaften Raffinesse. Und eine dieser Attacken konnte womöglich tödlich für ihn enden.

Wenn sie in seiner Nähe war, hatte er sich in letzter Zeit regelrecht unwohl gefühlt. Als lauere eine tückische Präsenz nur knapp hinter seinen Schulterblättern. Diese Gedanken hatten ihn eingehüllt wie ein kalter, dunkler Nebel und ihn letztendlich dazu gebracht, einen Plan zu schmieden. Und seinen alten Bekannten Dr. Ott anzurufen. Denn ihm war klar gewesen, dass es so nicht mehr weitergehen konnte.

Doch nun war auch dieser Plan beim Teufel. In tausend Stücke zersprungen. Wie in aller Welt hatte Elena die Entführung und den Mordanschlag überleben können? Was war schiefgelaufen? Er hatte sich gehütet, Paul Hilker detaillierter auszufragen, hatte den Erschöpften, den dankbaren Ehemann gemimt. Doch das Grauen in seiner Magengrube hatte eine neue Farbe angenommen. Giftgrün.

Klaus goss sich nach und nippte nachdenklich an seinem Glas. Es war wohl alles ein bisschen viel gewesen in letzter Zeit. Sein Nervenkostüm war doch ziemlich fadenscheinig geworden. Sah er jetzt schon Gespenster? Durchaus möglich, musste er einräumen. Aber er wurde einfach nicht mehr schlau aus dieser Frau. Erst besaß sie die Unverschämtheit zu versuchen, ihm die Morde allein anzuhängen. Und dann tat sie Paul Hilker gegenüber so, als hätte sie Angst vor ihrem Mann? Er schnaubte. Das war einfach lachhaft!

Sie konnte ja nicht wissen, dass er Dr. Ott auf sie angesetzt hatte. Oder doch? Seine Gedanken rotierten. Warum in drei Teufels Namen wollte sie nicht nach Hause? War sie tatsächlich so fix und fertig, dass sie sich einfach nur ausruhen wollte? Oder hatte sie ihn durchschaut? Wollte sie sich vor ihm verstecken oder sann sie auf Rache?

Ein Schauder rann ihm über den Rücken. Ja, er stand auf Elenas Abschussliste, dessen war er sich sicher. Sie würde nicht zögern, ihn aus dem Weg zu räumen. Doch er hatte keinesfalls die Absicht, ebenfalls in der Müllverbrennungsanlage zu enden. Er besaß für den Fall der Fälle zwar noch ein bestimmtes Video. Doch was würde es ihm nützen, wenn er tot war? Vergiftet. Von seiner eigenen Ehefrau. Ein weiterer tragischer Unfall?

Rasch trank er noch einen Schluck Cognac. Er musste sich beruhigen! Überlegen, wie es weitergehen sollte. Der scharfe, aber auch milde Alkohol tat langsam seine Wirkung. Er entspannte sich ein wenig, lenkte seine Gedanken in eine andere Richtung. Paul Hilker hatte angeboten, sich ein paar Tage um Elena zu kümmern, und Klaus hatte dem dankbar zugestimmt. Das war sicher keine schlechte Idee. Vielleicht konnten sie beide ein bisschen abschalten, zur Ruhe kommen und Kraft tanken, träumte er vor sich hin. Aber selbst wenn nicht: Er würde auf jeden Fall etwas Zeit gewinnen, um sich eine neue Strategie zu überlegen.

Klaus Scherer lächelte und lehnte sich zurück. Nein, es würde ganz sicher keinen Segeltörn mit seiner Angetrauten mehr geben. Er war ja nicht lebensmüde: Allein mit Elena auf dem Meer … So reizvoll das auf den ersten Blick zu sein schien, so gefährlich war es auch. Man konnte heimlich und diskret über Bord gehen, keine Zeugen … das war die Kehrseite der Medaille. Waren auf die Art nicht Rudolf Michelsons Eltern ums Leben gekommen?

Entschlossen ballte er die Hand zur Faust. Der Zug war abgefahren. Es würde kein Zurück mehr geben zu den glücklichen und unbeschwerten Tagen ihrer Ehe. Seit dieser vermaledeiten Vögelparty hatte sich alles verändert. Vorher war die Suche nach dem Störtebeker-Schatz nicht mehr als ein spannendes Hobby gewesen. Doch die Indizien im *Talliska*-Ordner hatten der Sache plötzlich eine Dramatik verliehen, die ihn erschreckte und die er noch immer nicht verstand. Elena hatte ihn mit todernstem Blick angefaucht, dass es für sie um weit mehr gehe, als nur um Mammon. Nämlich um die Sühnung einer alten Schuld.

„Verdammt", dachte er. „Verdammt, verdammt, verdammt!"

Ja, es war gut, dass Elena jetzt noch nicht nach Hause kam, sondern sich erstmal in der Villa an der Elbe ausruhte. Und dass seine Frau auch schon wieder zickte, wie Hilker gemeint hatte, war ein klares Signal dafür, dass sie schon wieder auf Betriebstemperatur war. Er grinste höhnisch. Das war ja im Moment nicht sein Problem. Sollten sich die Leute dort doch damit herumschlagen.

Der Anflug von Erleichterung war allerdings von kurzer Dauer. Denn Tatsache war, dass Elena lebte. Nein, wirklich besser fühlte er sich nicht. Eher im Gegenteil.

Seine Gattin machte derweil auch nicht den Eindruck, als fühle sie sich besser. Sie wirkte blass und ein wenig fahrig.

Vor einer guten halben Stunde war sie in der Elb-Villa angekommen. Nach einigem Zögern hatte sie den OP-Kittel tatsächlich gegen ein schlichtes, blaues Kleid eingetauscht, das ihr Johanna geliehen hatte. Dass ihr keine frische Unterwäsche angeboten worden war, hatte sie gelassen hingenommen.

Nun saß Frau Dr. Scherer mit den Hausherren, Johanna und Paul am Küchentisch, trank ihren Rotwein in kleinen Schlucken und knabberte an Johannas ausgezeichneter Pizza. Alle anderen legten allerdings deutlich mehr Appetit an den Tag.

„Du bist eine echte Künstlerin, Johanna", schwärmte Pia zwischen zwei Bissen. „Für mich ist das wie eine sonnige Kindheitserinnerung. Wenn es früher Pizza gab, war die Welt doch in Ordnung, oder?"

Zufrieden angelte sie nach einem weiteren Stück, biss hinein und zog den Käse mit voller Absicht zu langen Fäden.

Johanna freute sich offenbar über ihr Lob. „Genau das war der Plan“, sagte sie lächelnd. „An einem solchen Tag braucht man ein Wohlfühlessen. Möchten Sie auch noch ein Stück, Elena?“

„Nein, vielen Dank! Es schmeckt wirklich ausgezeichnet. Aber ich fürchte, mein Appetit ist heute ein wenig angegriffen.“

„Na ja, wen wundert's“, nickte Johanna. „Sitzen Sie also einfach ein bisschen da, und entspannen Sie sich. Und wenn Sie später noch etwas möchten, sagen Sie einfach Bescheid.“

Pia lächelte Johanna dankbar zu. Sie gab sich wirklich Mühe, ihr Unbehagen gegenüber Elena zu verbergen. Sie war sogar erstaunlich freundlich zu ihr. Irgendwie konnte Frau Dr. Scherer einem aber auch leidtun. Ihre sonstige Souveränität schien doch deutliche Risse abbekommen zu haben. Still und in sich gekehrt saß sie dabei, während die Freunde entspannt plauderten und die Ereignisse des Tages dabei bewusst ausklammerten. Ihr Gast sollte ein wenig Ruhe finden, so hatten sie beschlossen. Vielleicht würde sie dann die Fallgitter ein wenig hochziehen und einen Hinweis darauf liefern, was sie vorhatte. Bisher schwieg sie allerdings meist und beschränkte sich aufs Zuhören. Doch sie schien die ruhige Stimmung zu genießen.

Ihr ganzes Verhalten kam Pia angesichts der Ereignisse keineswegs ungewöhnlich vor. Es war nur ein winziges Detail, das ihr auffiel. Als die alte Uhr in der Küche acht melodische Schläge von sich gab, sah Elena auf ihre eigene Armbanduhr. Als wolle sie einen Zeitvergleich machen. Und über ihr Gesicht zog dabei ein feines Lächeln, das jedoch gleich wieder verschwand.

Anschließend erbat sie sich dann aber doch noch ein weiteres Stück Pizza vom Backblech und biss nun plötzlich herzhaft und mit Hunger hinein. Trank daraufhin auch einen großen Schluck Rotwein. Ja, sie lächelte Paul sogar zu und ließ sich von ihm nachschenken. Ihre gedrückte Stimmung schien sich aufzulösen, und sie begann sogar zu erzählen, wie schwierig es manchmal für sie und Klaus sei, ihre beiden doch recht unterschiedlichen Berufe unter einen Hut zu bekommen. Sie als anerkannte Forscherin und Biologin und er mit seinem Müllunternehmen.

„Ein stadtbekanntes Müllunternehmen, das einen sehr lukrativen Auftrag von der Stadt Hamburg erhalten hat", warf Paul ein und nahm sich auch noch ein weiteres Stück Pizza vom Blech. „Ausgezeichnet, liebe Johanna", lobte er.

Zur gleichen Zeit wurde Klaus Scherer in seinem Haus in Hummelsbüttel unvermittelt aus seiner persönlichen Beziehungsanalyse gerissen. Denn es klingelte durchdringend an der Haustür. Wer mochte das sein? Doch nicht etwa Elena? Eigentlich wollte er heute niemanden mehr sehen. Kurz spielte er mit dem Gedanken, einfach nicht zu reagieren. Doch es konnte wichtig sein. Was, wenn es Neuigkeiten von seiner Frau gab? Oder wenn sie versucht hatte, ihn noch weiter reinzureiten? Dann war es womöglich die Polizei, die ihm ein paar Fragen stellen wollte … Unwillig kam er auf die Füße und ging nachschauen.

Vor der Tür stand ein unauffälliger, weißer Lieferwagen ohne Firmenaufschrift. Dazu ein gut aussehender Mann mit dunklen Haaren und Dreitagebart, der ihn entschuldigend anlächelte. „Es tut mir leid, dass ich jetzt erst komme", sagte er. „Ich wollte eigentlich spätestens um 18 Uhr hier sein, aber meine Liefertour hat sich dann doch verzögert."

Irritiert starrte Klaus ihn an. „Was wollen Sie denn?"

Trotz dieser eher unfreundlichen Frage blieb der Kerl gelassen. „Ich komme vom Zoofachhandel *Snake Dreams*", sagte er, als erkläre das alles.

„Was?"

„Na, ich bringe die Schlange. Ist Ihre Frau nicht zuhause?"

Klaus Scherer hatte allmählich genug. „Was denn für eine verdammte Schlange?", knurrte er. „Und was hat das mit meiner Frau zu tun?" Die einzige Schlange, die er kannte, war Elena selbst.

Wieder ließ sich der Mann nicht aus der Ruhe bringen. Sein Unternehmen sei auf den Verkauf seltener Reptilien aus aller Welt spezialisiert, so erklärte er. Für Frau Dr. Scherer habe man nun ein wundervolles Exemplar einer Indischen Bänderschlange beschafft. Das habe eine Weile gedauert, weil diese Art so selten sei. Dass diese Art in Wirklichkeit überhaupt nicht existierte, verschwieg er geflissentlich. Aber nun sei man fündig geworden und habe mit der Kundin einen Liefertermin am frühen Abend des heutigen Tages vereinbart, fuhr er stattdessen fort. Ob sie das denn wohl vergessen habe?

„Hören Sie, meine Frau ist Opfer eines Überfalls geworden und hat einiges durchgemacht", sagte Klaus energisch. „Da kann man schon mal einen Termin vergessen, nicht wahr? Ich kann mir zwar nicht erklären, warum Elena eine Schlange bestellt hat. Ohne mein Wissen noch dazu. Aber wenn Sie nun schon mal da sind, bringen Sie das Vieh halt rein!"

Der Lieferant nickte dankbar und holte zunächst einen großen Karton aus seinem Wagen.

„Das ist das Terrarium für das Tier", erklärte er. „Wir müssen es nur noch zusammenbauen und die Äste und die übrige Einrichtung reinlegen. Aber das geht ganz schnell. Wo soll es denn hin?"

Klaus war das im Moment völlig egal. Wenn Elena eine Schlange haben wollte, sollte sie sich gefälligst selbst darum kümmern.

„Stellen Sie das Ding erstmal in den Wintergarten", knurrte er und wies dem Paketschlepper den Weg.

Immerhin schien dieser seinen Job tatsächlich zu beherrschen. Schon etwas versöhnlicher sah Klaus dem Mann dabei zu, wie er in kaum einer halben Stunde aus etlichen Einzelteilen ein wahres Schlangenparadies schuf.

„Ihre Frau ist überfallen worden?", fragte *Mr. Snake* beiläufig, während er letzte Hand an die Inneneinrichtung legte. „Das ist ja krass! Hat sie es denn unbeschadet überstanden?"

„So halbwegs, wie ich gehört habe. Ich weiß selbst noch nichts Genaues. Sie ist wohl entführt worden und war mehr als 24 Stunden in der Gewalt des Verbrechers, bis sie von einem Spezialkommando der Polizei befreit werden konnte."

„Das ist ja schrecklich!", meinte der Händler mitfühlend. „Geht es ihr denn halbwegs gut?"

„Tja, den Umständen entsprechend, denke ich."

„Na, das freut mich für sie."

Wie sehr ihn das freute und wie ernst es ihm war, konnte Klaus Scherer natürlich nicht wissen. Genauso wenig ahnte er, wie sehr der junge Mann die vergangenen 24 Stunden über in echter Sorge gewesen war. Jetzt aber atmete er erleichtert auf und setzte gern seine Arbeit fort.

„So, das war's schon!" Der Reptilien-Experte nickte Klaus zu. „Ich hole noch eben die Schlange aus dem Auto, dann kann sie ihr neues Zuhause gleich kennenlernen."

Im Handumdrehen war er zurück und hielt eine graue Transportbox aus Kunststoff in der Hand. Er stellte sie neben das Terrarium, öffnete den Deckel und spähte hinein. „Schauen Sie nur, was für ein Schmuckstück sie ist!", strahlte er und winkte Klaus zu sich. „Und auch noch völlig entspannt. Der Transport scheint ihr nicht das Geringste ausgemacht zu haben."

Klaus trat heran, um die unerwartete neue Hausgenossin nun ebenfalls in Augenschein zu nehmen. In einer Ecke der Box saß eine zusammengeringelte Schlange, die ihn aus dunklen Augen unverwandt anstarrte. Sie war tatsächlich recht hübsch mit ihren dunklen und hellen Streifen. Geschmack hatte Elena ja, das musste man ihr lassen. Sogar, wenn es um Reptilien ging.

„Ich freue mich, wenn sie Ihnen gefällt", lächelte der Lieferant. „Möchten Sie sie vielleicht herausnehmen und in das Terrarium setzen? Dann kann sie sich schon mal an einen ihrer neuen Besitzer gewöhnen."

Klaus zögerte.

„Nur keine Angst, sie ist völlig harmlos", versicherte der Mann. „Sie müssen sie nur hinter dem Kopf fassen und hochheben. Sie ist übrigens ein Männchen und heißt Karait."

„Gut, warum nicht." Beherzt griff Klaus zu – und zuckte schon im nächsten Augenblick zurück. Blitzschnell hatte das Tier seine Ruheposition aufgegeben, war nach vorn geschnellt und hatte ihn ins Handgelenk gebissen.

Der Reptilienmann war sichtlich amüsiert, lachte aber nicht

„Böser Junge, Karait!", schimpfte er, während er das Tier nun selbst geschickt einfing. „Macht man denn sowas, wenn man seinen neuen Boss kennenlernt?"

Im Handumdrehen hatte er die nun wieder völlig entspannt wirkende Schlange in das große Terrarium verfrachtet. „Es tut mir wirklich leid", wandte er sich dann an Klaus. „Das macht er sonst nie. Tut es weh?"

Klaus winkte ab. „Nicht schlimmer als ein Rosendorn."

An der Elbchaussee rieb sich Elena Scherer derweil mit schmerzverzerrtem Gesicht über den Oberschenkel.

„Die Wunde von der verdammten Nadel tut noch ganz schön weh", sagte sie leise. „Hoffentlich entzündet sie sich nicht doch."

„Brauchen Sie ein Schmerzmittel?", fragte Pia hilfsbereit.

Elena winkte ab. „Ich habe im Krankenhaus ein paar Tabletten bekommen", sagte sie. „Ich werde jetzt eine davon nehmen und dann ins Bett gehen. Morgen Vormittag soll ich ohnehin nochmal in der Klinik vorbeikommen, zur Nachkontrolle. Dann kann ich Nachschub holen, wenn es nötig ist." Sie erhob sich langsam und lächelte in die Runde. „Vielen Dank nochmal, dass Sie mich aufgenommen haben. Das war wirklich nett von Ihnen."

Damit verließ sie die Küche. Kurz darauf öffnete und schloss sich die Tür des Gästezimmers, das Pia für das Entführungsopfer vorbereitet hatte.

Johanna stieß die Luft aus. „Sagt, was ihr wollt", knurrte sie kopfschüttelnd. „Aber irgendwas stimmt mit der Frau nicht. Und das nicht erst seit heute."

Die vier Freunde saßen noch eine Weile zusammen und plauderten. Doch der Tag hatte auch von ihnen seinen Tribut gefordert, und so zogen sich alle früh zurück.

In den Betten der Villa gab es in dieser Nacht keine Ausschweifungen. Nur Ruhe, Nähe und zärtliche Berührungen. Und ein paar abgründige Gedanken.

Am nächsten Morgen versammelten sich alle zum Frühstück in der gemütlichen Küche. Die Anspannung in den Schultern und Gesichtern schien um ein paar Nuancen nachgelassen zu haben. Selbst Elena verspeiste hungrig eine Portion Rührei mit Schinken und ein Schokoladencroissant.

„Ich rufe mir dann ein Taxi und fahre ins Krankenhaus", kündigte sie an. „Ich weiß nicht genau, wie lange es dauern wird, aber ich bin spätestens heute Nachmittag zurück."

Pia atmete tatsächlich ein wenig auf, als ihr ungebetener Gast das Haus verlassen hatte. „Und was machen wir jetzt?", fragte sie dann unternehmungslustig. „Wir sollten die Zeit nutzen, solange wir sturmfreie Bude haben."

„Ich würde gern noch etwas mehr über die Ringträgerinnen erfahren", schlug Bjarne vor. „Vielleicht könnten wir uns nachher nochmal Rudolfs Notizen und die Videoaufzeichnungen vornehmen." Er sah auffordernd zu Johanna hinüber. „Und du könntest noch ein bisschen aus dem Nähkästchen plaudern."

Die Angesprochene verdrehte in gespielter Ungeduld die Augen. „Das klingt nach *Oma erzählt vom Krieg*“, meinte sie grinsend. „Aber meinetwegen. Es wird Euch zumindest auf andere Gedanken bringen. Und es wird dringend Zeit, dass hier mal wieder über Lust und Fantasie geredet wird statt über Mord und Folter.“

„Das sehe ich ganz genauso“, bestätigte Pia energisch. „Obwohl dieser ganze Ringträgerinnen-Mythos für mich auch kein ganz einfaches Thema ist.“

Bjarne sah sie wachsam an. „Warum denn nicht?“

Sie zögerte. Es fiel ihr nicht ganz leicht, ihre Unsicherheit und ihre Bedenken in Worte zu fassen.

„Na ja, das Ganze ist einfach noch ziemlich neu für mich“, begann sie. „Ich weiß nicht, ob ich dem gewachsen bin.“

Sie sah von einem zum anderen, ob sie jemand auslachen würde. Es war ja auch albern: Da bekam sie auf dem Silbertablett eine Chance serviert, von der so viele andere Menschen ihr Leben lang vergeblich träumten. Sie konnte ihre wildesten erotischen Fantasien in die Tat umsetzen. In einem geschützten Rahmen und einer verschworenen Gemeinschaft. Und statt sich vorbehaltlos darüber zu freuen, wälzte sie Bedenken.

Doch niemand lachte. Johanna zwinkerte ihr ermutigend zu, in Pauls Miene las sie ein freundschaftliches Verständnis, und Bjarne legte ihr den Arm um die Schulter.

„Es ist ja nicht so, dass mich all diese Ausschweifungen nicht reizen“, fuhr Pia fort. „Ganz im Gegenteil! Allein davon zu hören und mir auszumalen, was noch alles passieren könnte, macht mich wahnsinnig an. Aber in der Realität ist das vielleicht doch nochmal was anderes, oder?“ Hilfesuchend sah sie zu Johanna, der einzigen erfahrenen Ringträgerin in ihrer Mitte.

Die Herrin der *Talliska* lächelte. „Das sind vollkommen normale Gedanken“, sagte sie. „Die haben wir alle anfangs gehabt. Oder glaubst du, ich hätte gleich angefangen, hemmungslos mit einem halben Dutzend Kerlen zu vögeln und mir ihre und meine Begierde mit Sperma auf die Haut schreiben zu lassen? Buchstabe für Buchstabe?“

Pauls Augen weiteten sich leicht.

„Ganz bestimmt nicht“, fuhr Johanna kategorisch fort. Sanft strich sie Pia die Haare aus dem Gesicht. „Du bist ein geiles, kleines Luder“, erklärte sie leise. „Und nur darauf kommt es an. Alles andere wird sich finden. Lass dir einfach Zeit. Entdecke, was dich anmacht. Keiner wird dich zu irgendwas drängen.“

Pia schluckte. Bjarne zog sie an sich. „Glaubst du etwa, ich hätte mich nicht auch schon gefragt, wie ich das alles in den Griff kriegen soll?“, fragte er. „Für mich ist das schließlich auch neu. Mach dir keine Sorgen. Wir werden gemeinsam auf diese Entdeckungsreise gehen. Es ist kein Wettbewerb, bei dem man versagen kann. Und zumindest für mich auch keine so bierernste Sache. Es wird niemand sterben, wenn wir einen Fehler machen. Wir können darüber lachen und das nächste Mal was anderes versuchen. Es ist ein Spiel, Pia! Und wir haben so viel zu gewinnen.“

Etwa zwei Stunden später waren die Spiele auf dem breiten, luxuriösen Bett in der Jugendstil Suite des *Grand Elysée* schon eröffnet.

Ein dunkelhaariger, gutaussehender Mann, der im wahren Leben nicht mit Reptilien handelte, stand breitbeinig davor. Während sich Elena Scherer vor ihm in den Laken räkelte und seine Blicke auf ihrem nackten Körper genoss. Endlich wieder Blicke, die sie vorbehaltlos genießen konnte! Trotz all ihrer diabolischen Tiefe. Sie las sogar ein wenig Besorgnis darin. Hatte er tatsächlich Angst um sie gehabt?

„Ich hätte diesen perversen Falterfetischisten leiden lassen“, knurrte Alexander. „Ich hätte ihn nicht einfach umgebracht, sondern ihm gezeigt, was echte Qualen sind.“

„Ich weiß“, antwortete Elena leise. „Aber lass uns im Moment nicht davon reden, ja? Erzähl mir lieber, wie es gestern Abend gelaufen ist.“

„Perfekt. Genau nach Plan.“ Er kniete sich neben sie aufs Bett und strich mit der flachen Hand über ihre Brüste. „Ich bin in der Nacht noch einmal hingefahren und habe nachgesehen. Gut, dass ich deinen Hausschlüssel hatte. Es gibt keinen Zweifel, meine Liebe: Du bist Witwe!“

Ihre Augen leuchteten. „Wer hat ihn getötet?“

„Das Männchen. Karait. Er schien mir gestern einfach ein bisschen schlechter gelaunt zu sein, also habe ich es ihm überlassen. Er sitzt jetzt nach wie vor in seinem Terrarium in eurem Haus und wartet darauf, dass die Leiche deines Mannes entdeckt wird.“

Elena lächelte erleichtert. „Schade, dass wir Karait vorerst dort lassen müssen“, sagte sie. „Das hat er eigentlich nicht verdient.“

„Nicht zu ändern. Es ist ja nicht für lange. Wenn Du die Todesnachricht bekommst, musst du einfach nur überrascht tun: ‚Wie konnte das nur passieren? So ein schrecklicher Unfall.‘“

„Wir haben Karait doch schon seit Jahren“, führte Elena die gemeinsam erfundene Geschichte fort. „Und er war nie aggressiv. Mein Mann hatte sogar ein besonders inniges Verhältnis zu dem Tier.“

„Was sagst du, wenn sie dich nach den Papieren für die Schlange fragen und nach der Haltungsgenehmigung?“

„Papiere?“, säuselte Elena mit einem gespielt unschuldigen Augenaufschlag. „Was denn für Papiere? Mein Mann hat die Schlange damals im Internet bestellt, da ging das ganz problemlos. Ein wenig unter der Hand vielleicht, aber das ersparte einem all die Bürokratie. Muss ich jetzt etwa eine Strafe zahlen für Karait?“

„Sehr gut“, lobte Alexander. „Sie werden der trauernden Witwe aus der Hand fressen. Und wenn sich die Aufregung erstmal gelegt hat, hole ich Karait wieder ab und bringe ihn heim zu Shakti, seiner Gefährtin.“

„Die sich inzwischen aber ein bisschen verändert hat“, ergänzte Elena schmunzelnd. „Du hast ihr doch wohl hoffentlich die Giftzähne gezogen?“

„Habe ich das?“ Er sah sie mit undurchdringlicher Miene an, als wolle er sie hypnotisieren. Langsam griff er nach ihrem Handgelenk, legte ihr ein kühles, glattes Seidentuch darum und band ihren Arm an einer der Metallstangen fest, aus der das Kopfende des Bettes bestand. „Habe ich das vielleicht nur behauptet, um dich in Sicherheit zu wiegen?“ Schon hatte er auch die andere Hand fixiert. Sanft fuhr er mit dem Zeigefinger über die empfindliche Haut an der Innenseite ihrer Arme. „Wird das deine letzte Stunde sein, hier in meinem Bett? Was meinst du?“

Elena schluckte. Eine Gänsehaut rieselte über ihren Körper. Ja, das war sein Spiel. Und ihres. Der pure, erregende Nervenkitzel. Er konnte das ja wohl nicht ernst meinen. Oder? Ihr Herz schlug schneller.

„Keine Sorge, meine kleine Giftnatter“, sagte Alexander mit rauer Stimme. „Sie ist nicht mehr tödlich. Ganz im Gegensatz zu dir …“

Schnurrend streckte Frau Dr. Scherer ihm ihren Körper entgegen. Doch der Pharmazeut, der ihr Student gewesen war, ließ sich Zeit. Langsam schälte er sich aus seiner Anzughose und dem weißen Hemd. Genoss ganz offensichtlich, wie die Gefesselte in seinem Bett vor Ungeduld zuckte. Sein Schwanz stand hart in die Luft. Er lächelte. Nur ein paar Handgriffe waren noch nötig, um aus der Szene ein abgründiges erotisches Kunstwerk zu schaffen.

Alexander machte sich für einen Moment im Wohnzimmer der Suite zu schaffen, kam dann zurück und trat an das Bett. Eine Hand hielt er hinter dem Rücken, mit der anderen stützte er sich auf die Matratze. Er beugte sich zu Elena herunter und presste seine Lippen auf ihren blutrot geschminkten Mund. Ein intensiver Kuss. Und noch bevor er vorbei war, zog Alexander die Hand hinter dem Rücken hervor und vollendete sein Bild. Es war perfekt. Dunkle, metallisch glänzende und helle, sahnige Streifen auf nackter Haut. Die Lust und der Tod. Elena blickte an sich herab auf den weiblichen Krait, der sich um ihre Brüste schlängelte. Sie spürte die trockenen, glatten Schuppen, die über ihren Körper glitten.

„Wie schön ihr seid“, flüsterte Alexander heiser.

Elena keuchte. Und sah in ein Paar dunkle, runde Schlangenaugen, die sie mit starrem Blick musterten.

„Hoffentlich kommt unsere liebe Frau Doktor nicht so schnell zurück!“, seufzte Bjarne und setzte Kaffeewasser auf. „Es ist einfach unfassbar, was diese Natter uns schon an Zeit gekostet hat! Ich dachte schon, wir kommen gar nicht mehr zu Gödeke und Isabella.“ Die anderen nickten.

Sobald Elena das Haus verlassen hatte, um sich im Krankenhaus nachbehandeln zu lassen, hatte Johanna tatsächlich die eine oder andere saftige Anekdote aus der Welt der modernen Ringträgerinnen zum Besten gegeben. Nun aber stand allen der Sinn danach, sich endlich einmal wieder in die Ereignisse des Jahres 1396 zu vertiefen. Nach all dem Grauen der Gegenwart kam ihnen ein Trip ins angeblich so finstere Mittelalter wie eine mentale Erholungsreise vor.

„Die ganze Geschichte führt uns immer wieder zurück zu Isabella del Bosque und Gödeke Michels", meinte Bjarne. „Bei ihnen liegt der Ursprung all dessen verborgen, was sich hier heute ereignet.“

Er lehnte sich an die Anrichte und sah Johanna dabei zu, wie sie in einer altertümlichen Kaffeemühle frische Bohnen mahlte.

„So brutal der Pirat auch gewesen sein muss, er war auch ein Kavalier und Gentleman. Das scheint Isabella ja auch gerade zu erkennen. Auch wenn sie es noch nicht so recht glauben will. Wir haben ja noch gar nicht darüber gesprochen, weil uns Elenas Entführung dazwischen gekommen ist. Aber was wir zuletzt gelesen haben, fand ich äußerst faszinierend."

„Die erste Begegnung der beiden auf Neuwerk!", nickte Pia. „Was für ein spannendes Katz- und Mausspiel!"

„Wer soll denn da die Maus sein?", fragte Johanna skeptisch.

Pia grinste. „Stimmt. Ich korrigiere also: Was für ein spannendes Säbelzahntiger- und Höhlenlöwinnen-Spiel. Ich glaube, die beiden sind eine ziemlich explosive Mischung, von der wir noch einiges erwarten dürfen."

„Ja, das denke ich auch." Johanna hatte derweil mehrere Löffel des frisch gemahlenen Bohnenkaffees in eine Filtertüte gehäuft und ließ kochendes Wasser darüber laufen. Der Filter auf der Kaffeekanne war ebenfalls ein Relikt aus früheren Zeiten. Es duftete plötzlich wie in einer Rösterei in der Alten Speicherstadt oder in einem Wiener Caféhaus. „Bestimmt hat sich daraus dann nicht nur eine heiße Romanze entwickelt, sondern auch eine ergreifende Liebesgeschichte."

„Mit Nachkommen", schmunzelte Pia. Sie war endlich wieder mit neuem Leben gefüllt, mit Elan und auch Humor. Johanna sah es ihr an und war erleichtert.

„Eine Liebe, die sich wohl nicht in Zweisamkeit und Familienleben erschöpfte." Bjarnes Gedanken gingen ihre eigenen Wege. „Sondern die viel Raum ließ für Lust und Ausschweifungen und immer neue Entdeckungen." Er spielte nachdenklich an seinem Ring. „Und nun trage ich dies. Den einen Ring des Piratenanführers Gödeke Michels. Und bin dazu auch noch bewiesenermaßen und behördlich beglaubigt ein direkter Nachfahre des Piraten."

„Hast du denn auch einen goldenen Schwanz?", wollte Johanna wissen und verzog keine Miene. „Und kannst gut damit umgehen? Denn so wie bei Gödeke warten auch auf dich ein paar recht heiße Ringträgerinnen."

„Natürlich!" Bjarne lachte. „Ich werde versuchen, meinem Ahnen Ehre zu machen und mein persönliches Edelmetall nach allen Regeln der Piratenkunst zum Einsatz zu bringen. Ich will mich ja nicht blamieren, wenn ich in seine Fußstapfen trete. Aber es wird ein hartes Stück Arbeit."

„Rrrrrr …!", machten die Damen. „Das klingt doch mal wirklich vielversprechend."

Paul schüttelte über so viel doppeldeutiger Frivolität grinsend den Kopf und meinte, dass er gespannt auf Isabellas weitere Strategie sei. Wie hatte sie versucht, mit dem Piraten näheren Kontakt aufzunehmen, ohne selbst enttarnt zu werden?

„Wie ich mich erinnere, erkannte sie ihn anhand des Ringes, den er am linken Mittelfinger trug. Auf Neuwerk. Wo die *Talliska* anlegte, um einen Lotsen an Bord zu holen. Mit dabei waren aus Tarnungsgründen Kapitän Walhorn und Jana Kalaschnikova, wie wir jetzt wissen. Beide waren ehemalige Gefangene des Piraten auf Gotland. Michels hatte sich ein Pseudonym zugelegt und reiste als norwegischer Handelskaufmann namens Gunnar Michelson nach Hamburg, um dem großen Hansetreffen beizuwohnen. Ein äußerst riskantes Unternehmen, wie ich finde. Oder?"

„Ja", überlegte Bjarne. „Zumal die Livländerin ebenfalls eine Geliebte Gödekes war und mehr als schlechte Erfahrungen mit dem Deutschen Orden gemacht hatte. Es würde mich wundern, wenn Gödeke ihr später nicht auch einen Ring geschenkt hätte. Vielleicht hat das dritte Exemplar aus der Schatztruhe ja ihr gehört? Das große ‚L' würde ja schon mal gut passen: L für Livland. Was meint ihr?"

„Auf jeden Fall, das stimmt. Jetzt, da du es sagst. Wir werden es bestimmt noch erfahren." Paul grinste. „Und noch so vieles mehr. Diese Neuwerker *Bade- und Erholungsgesellschaft* hat mir übrigens auch sehr gut gefallen. Das waren fantastisch heiße Szenen da in dem Turm. Und *Der aus den Alpen* muss ein mächtig schräger Kerl gewesen sein."

Johanna nickte. „Ich habe von seinem Gefasel so gut wie nichts verstanden. Und Gödeke ging es wohl genauso. Trotzdem hat er mitgespielt und seinerseits mit kryptischen Bemerkungen um sich geworfen. *Ein Wal ist ein Wal und kein Aal*, erinnert ihr euch?“ Sie schnaubte belustigt. „Es war so eine Art Wettbewerb im Bullshit-Reden!“

„Den Gödeke meiner Meinung nach gewonnen hat“, erklärte Bjarne. „Im Nachhinein wurde das Ganze aber durch Janas Erklärungen verständlicher. *Der aus den Alpen* war Alchimist und Mitglied eines geheimen Bundes, der es sich zur Aufgabe gemacht hatte, *das Wort* vor der Ausrottung durch den Deutschen Orden zu retten. Die alten Geschichten und Wahrheiten für die Nachwelt zu erhalten. Die Welt der Sinnlichkeit, der Liebe und der Ausschweifung. Alles, was die Kirche und ihre verfickten Schergen verurteilten und auszumerzen versuchten.“

„Es war ein Geheimprojekt namens PENITRA“, nickte Pia begeistert. „Ein wahrlich ehrenhaftes und rühmliches Unterfangen. Es hat anscheinend eine konspirative Untergrundbewegung gegeben. Einfach großartig! Aber habt ihr denn verstanden, worum es genau ging? Außer … dass man den Schlüssel erhalten hatte?“

„Nein, nicht so direkt“, überlegte Paul. „Das wird sich wohl noch herausstellen. Auch Käpt'n Walhorn war ratlos, wie ich mich erinnere. Er wollte abwarten, was der schräge Österreicher, denn ein solcher war es wohl aus heutiger Sicht, ihnen mitgeben würde, wenn sie Neuwerk wieder verließen. Es bleibt spannend.“

„Kann es womöglich etwas damit zu tun haben, dass ich heute, 622 Jahre später, die Schrift in den Büchern lesen kann?“

„Hey!“, keuchte Johanna, und ein Schauer lief ihr über den Rücken. „Das könnte tatsächlich eine Antwort sein und würde das Phänomen zumindest ansatzweise erklären. Meine Güte, das wäre ja völlig verrückt!“

Die Freunde spürten diesem Gedanken eine Weile nach, dann brachte Pia das Gespräch aber zurück auf Isabella.

„Ich finde es bewundernswert, wie rasch und geschickt die Spionin sich auf die verschiedensten Situationen einstellen konnte. Isabella ging ein enormes Risiko ein, als sie sich dem Piraten annäherte, der sich natürlich ebenfalls nicht verraten wollte. Dieses vorsichtige Abtasten der beiden gefällt mir sehr. Aber trotzdem kommen immer wieder auch Isabellas Hadern, ihre Unsicherheiten und Ängste sehr gut und nachvollziehbar rüber. Und ihre Lust in all ihrer Ambivalenz. Sehr spannend, das alles!"

„Ja, zumal sich zeitgleich auch Käpt'n Walhorn und Jana Kalaschnikova nähergekommen sind", resümierte Johanna. „Erst bei ihrer heißen Taufe in der Kabine und dann später auch im Watt, auf dem Meeresgrund. Sie verliebten sich offensichtlich ineinander, ohne später großartig herum zu gurren. Das finde ich schon auch faszinierend, denn Jana blieb ja offiziell Gödekes Geliebte."

„Genau!", nickte Paul. „Und aus Tarnungsgründen die Ehefrau des norwegischen Kaufmannes Gunnar Michelson. Die Bande hat sich da schon einiges einfallen lassen, will ich behaupten. Oder?"

„Ja! Kommt, lasst uns in die Bibliothek gehen und weiter lesen, solange Elena nicht da ist", entschied Pia. „Was meint ihr?"

Neugierig und in bester Stimmung bereiteten sie sich nur zu gern auf eine weitere Leserunde vor. Bjarne kontrollierte, ob sämtliche Türen und Fenster gut verriegelt waren und er die Alarmanlage angeschaltet hatte, dann schloss er hinter sich die Tür zum klimatisierten Nebenraum der Bibliothek.

Johanna holte als erstes die zwölf Goldplatten aus der Truhe und breitete sie auf dem Tisch aus. Paul, der seinen Arbeitskoffer dabei hatte, zog das starke Vergrößerungsglas heraus. Augenblicklich wurden die Freunde wieder von einer eigenartigen Lust ergriffen. Pia wurde es trotz des rückenfreien Kleides heiß. Die Gravuren waren an Schamlosigkeit aber auch nicht zu überbieten. Jetzt, unter der Lupe, wurde die filigrane Feinarbeit noch viel deutlicher sichtbar.

Bjarne betrachtete sich eine Szene, die ihn an eine Jagd erinnerte. An kein normales Halali allerdings. Zu sehen war eine Rasenfläche oder ein Feld. Gejagt wurden fünf halbnackte Frauen. Ein Kreis von zwölf Männern versuchte zu verhindern, dass die Beute aus ihrer Mitte entkam. Die Männer waren völlig nackt, und der unbekannte Künstler hatte sich sehr viel Mühe gegeben, ihre muskulösen und trainierten Körper in allen Details zu gravieren. Besonders betont hatte er ihre leicht überzeichneten, hart stehenden Geschlechtsorgane.

Doch bei aller Lust, die aus dem Bild hervorwaberte, stellte es keine Orgie dar. Es ging eher um das Hin- und Herschubsen der Frauen und darum, ihnen dabei die Kleider vom Körper zu reißen. Die Mädchen zu befummeln und sie abzugreifen, bevor sie dann zum nächsten Kerl hingeschoben wurden. Faszinierend war, dass die Frauen sich gegen die Behandlung offenbar mit Händen und Füßen wehren durften. Manchem Häscher waren Kratzspuren auf der Brust und den Oberschenkeln eingeritzt worden.

Bjarne rückte nah an das Vergrößerungsglas heran und studierte aufmerksam, wie einer Frau von einem Athleten die Arme hinten den Rücken gehalten wurden, während ein weiterer Mann ihr vorne das Kleid weit aufriss. Die Dame war leicht nach vorne gebeugt worden und ihre prallen Brüste hingen wie goldene Äpfel. Das Glied des hinter ihr stehenden Mannes war nicht zu erkennen, es blieb der Fantasie des Betrachters vorbehalten, was der mit ihr tat. Die Frau aber starrte mit weit aufgerissenen Augen auf den großen und harten Schwanz des vor ihr stehenden Mannes.

„Incredible", keuchte Bjarne. „Was für eine heiße Szene! Und ihr habt das alles nachgespielt, Johanna? Monat für Monat?"

„Welche Platte schaust du dir an?", fragte die Angesprochene und kam näher, legte ihre Hand auf seine Schulter. „Oh, die ist wirklich gut, ja. *Die Häscher* haben wir sie genannt. Ein wirklich ideales Intro für jede Herrenüberschussparty. Das müssen wir im Sommer unbedingt wiederholen. Und ich wette, dass keine der

Ringträgerinnen sich dagegen aussprechen würde. Wir haben es alle immer sehr, sehr genossen. Hier im Garten. An einem Sommerabend."

„Ach ja?", frage Pia nach. „Lass hören! Das klingt spannend."

„War es auch. Allerdings auch jedes Mal sehr kostspielig. Denn es ging wirklich darum, den Frauen die Kleider zu zerreißen oder sie ihnen vom Leib zu zerren. Wir Ringträgerinnen waren zwölf heiße, arme Häschen, die gejagt wurden von den bösen Wölfen. Und es gab ein paar sehr feine Spielregeln."

„Weiter, Johanna!" Bjarne sprach allen aus dem Herzen.

„Zunächst: Alle Männer waren nackt. Das sah schon heiß aus, wie da an die zwanzig ‚Geladene' durch den Garten liefen und ihre harten Schwänze hin und her schlackerten." Sie grinste süffisant. „Dann: Es durfte pro Fang nur einmal an der Frauenkleidung gerissen werden. Danach mussten sie die Mädchen wieder laufenlassen und sodann fünf Minuten im Stillstand verweilen. Wer also fummeln wollte mit seiner Beute, musste das vorher machen. Direkt, wenn er eine eingefangen hatte. So wurden wir fast immer zuerst auf die Knie gedrückt, um Fellatio zu betreiben. Gevögelt werden durfte eh erst, wenn eine Frau komplett nackt war. Dann aber auch auf dem gesamten Grundstück. Ich kann euch sagen, was war das für ein Geschrei!"

Sie schüttelte lachend den Kopf. „Das alte Spiel, das nie langweilig wird: Mädchen fangen. Das war übrigens das einzige Mal, dass wir dachten, gleich rückt hier die Bullerei an. Rudolf hatte die Boxen aber so aufgestellt, dass sie im unteren Bereich Richtung Mauer strahlten, und der Kreis der Männer und die Jagd fanden in der oberen Hälfte des Grundstücks statt. Allein schon aus konditionellen Gründen. Später dann konnte man uns Weiber flachlegen, wo man eine Nackte einfing. Und noch später stand dafür auch die *Talliska* zur Verfügung, wo die Party natürlich weiter ging."

„Wahnsinn", keuchte Pia. „Das macht mich jetzt ja völlig an!"

„Der Schiffsmast im Garten war das Mal. Wer von den Frauen ihn mit der Hand berührte, war erst mal in Sicherheit und konnte ein bisschen durchschnaufen. Natürlich hielten sich da aber auch immer viele Männer auf, um die Stuten daran zu hindern, den Mast zu erreichen. Sie verwiesen dann gern auf ihren eigenen aufgerichteten Mast, den die Mädels doch anfassen sollten, um in Sicherheit zu sein. Aber immer nur vier Frauen auf einmal durften an das Mal.“

Sie legte eine kleine Pause ein, dachte nach, schwelgte in Erinnerungen.

„Geil!“, meinte Pia lechzend.

„Zusätzlich lagen verteilt noch drei große Strohballen herum, die kleine Sicherheitsinseln zum Atemholen waren. Aber immer nur für zwei Minuten.“ Johanna lächelte und strich sanft mit dem Zeigefinger über die Gravur. „Es war einfach nur köstlich. Überall lagen zerrissene Höschen im Rasen. Und viele andere zerfetzte Kleidungsstücke. Überhaupt ging es uns nie darum, so schnell wie möglich nackt zu sein. Es war uns immer wichtig, möglichst verführerisch und halbnackt zu sein. Das war wesentlich schamloser und wollüstiger. All die halbverdeckten Titten und die in Fetzen gerissenen Kleider, die nur sehr knapp verhüllten Körper. Das war unsere Juli-Session-Platte. Perfekt für einen warmen, lauen Sommerabend.“

„Woaahhh …!“, stöhnten die Zuhörer, und Pia bemerkte, wie ihr ein feiner Tropfen Lustnässe am Oberschenkel entlang rann.

Auch Johanna war ordentlich in Stimmung. „Oder diese Goldplatte hier, seht, das war dann mehr was für Indoor in der kalten Jahreszeit. Motto: *‚Männer oben ohne, Frauen unten ohne‘*. Hier hat der Künstler zwar eine Waldszene auf einer großen Lichtung gewählt, auf der eine größere Gruppe um ein Feuer herumtanzt. Aber ihr könnt gut erkennen, dass die Jungs ordentlich was stehen haben in ihren weiten Hosen. Fast könnten es Seemannshosen sein, oder? Die Frauen hatten obenherum allerdings auch nicht sehr viel an.

Sondern nur hauchzarte Tücher oder sehr knappe Felle. Wir feierten diese Szene dann natürlich unten auf der *Talliska*. Die Mädels in extrem reizender Oberbekleidung, die die schönen Titten auch nur so eben bedeckte." Johanna fuhr sich mit der Zunge über die Lippen. „Ich musste schon daran denken, als du über die Badelandschaft auf Neuwerk vorgelesen hast, Pia. Wie die süßen Baderinnen gekleidet waren."

„Ich glaube, wir können vom Mittelalter noch einiges lernen, Jo", grinste die Vorleserin.

„Das glaube ich aber auch! Allein wie Isabella ihre Hurenschule aufgebaut hat. Mit welchem Ehrgeiz und vor allem auch: Mit welcher Fantasie. Denkt nur mal an die *Bestiarien*! Dieser Teil hat mir persönlich am besten gefallen. Rrrr …! Wie die wilden Tiere. Das hatte was! Könnten wir hier auch sehr gut einflechten. Für neue Ideen sind wir doch immer dankbar, oder?"

Liebevoll und ehrfürchtig hielt sie eine der Platten in beiden Händen, wog das Goldstück. „Was meinen Sie denn, Herr Professor: Wie alt sind die Goldplatten? Eine der Ringträgerinnen, Claudia, hat Geschichte studiert und meint, dass sie sehr alt seien und vermutlich einem germanischen Kult entspringen. Auf jeden Fall älter als die Bücher, und die stammen definitiv aus dem Mittelalter des späten 14. Jahrhunderts. Wie wir jetzt ja aus dem Text betätigt bekommen haben."

„Altgermanische Kunstwerke? Ja, das ist sehr gut möglich", fand Bjarne und hielt das Vergrößerungsglas dicht über drei weitere Gravuren. „Die Zwölf haben jedenfalls eines gemeinsam. Sie sind sehr phallussymbolträchtig. Die erigierten Geschlechtsorgane der Männer sind überzeichnet. Und ich glaube nicht, dass sie nur für die die Fortpflanzung und die Erhaltung der Lebensform standen. Sie waren doch eher ein Ausdruck der Wollust. Der Ekstase. Der Gier. Sie wirken zum Platzen erregt. Angeschwollene Adern, sehr kraftvoll. Dicke, pralle Eicheln, auf denen hier und da sogar der erste Lusttropfen des Verlangens zu sehen ist. Mächtige

Hoden, zum Bersten gefüllt, um Unmengen an Liebessäften zu verspritzen. Bevorzugt auf die Körper der Frauen, wie auf einigen Platten sehr gut zu sehen ist. Nein, hier geht es nicht um irgendeine okkulte Stammeskultur, sondern einzig um Ausschweifung. Und dies mit aller Leidenschaft und Bestimmtheit. Ich bin Meeresforscher, kein Kunsthistoriker. Aber mit dieser Interpretation bin ich mir ziemlich sicher."

Er nickte bestätigend zu seinen eigenen Worten, dachte kurz nach und legte sich die folgenden Sätze zurecht. „In keinem der Gesichtszüge liegt Fanatismus, wie er oft in satanistischen Kreisen zu erkennen ist. Oder bei Opferkulten. Ganz im Gegenteil: Alles dreht sich ums Leben, um die pure Lust und die hemmungslose Freude. Alle Darsteller und Darstellerinnen sind willig und wollend. Niemand ziert sich oder zickt. Es gibt keinerlei Hemmungen. Alles ist erlaubt und gewünscht. Hingabe. Ja. Und zwar auf höchstem Niveau. Als hätten die Leute schon vor langer Zeit eine moralische, religiöse und gesellschaftliche Grenze überschritten."

Er schaute von Johanna zu Pia und dann zu Paul hinüber. Alle drei folgten fasziniert seinen Ausführungen. „Es gab vermutlich auch so gut wie keine Tabus", fuhr Bjarne fort. „Alles diente ausschließlich der Lust und dem körperlichen Vergnügen. Wie das kam, dass sie so dermaßen freizügig und scheinbar auch ungestört leben konnten, erschließt sich mir leider auch nicht. Und das ist seltsam. Denn hier, seht ihr, das könnte mit viel Fantasie auch ein Dunkelhäutiger sein. Und das ist erstaunlich, denn Afrikaner galten in der damaligen Zeit als absolute Exoten. Das war ja lange bevor afrikanische Sklaven in die Neue Welt verschleppt wurden. Auf die karibischen Inseln. Um dort Rohrzucker zu ernten unter lebensunwürdigen Bedingungen. Oder später dann auch Baumwolle in den Südstaaten meiner Heimat."

„Ich glaube auch nicht, dass da ein Sklave abgebildet ist", bestätigte Pia. „Nein. Diese Leute auf den Goldplatten hier waren freie Menschen. Seht euch den Schwengel des schwarzen Mannes an.

Wie kraftvoll, wie schön und auch wie erhaben er sich gen Himmel reckt. Fast königlich steht er da und wird von drei Frauen verehrt und verwöhnt."

Bjarne nickte. „Und sein Besitzer drückt das Kreuz durch und bietet ihnen allen sein mächtiges, starkes Glied an. Ich lese daraus, dass diese Szenen in einem Gebiet spielen, in das durchaus auch Leute aus anderen, manchmal weit entfernten Kulturkreisen kamen. Und zwar keine Sklaven, die von irgendwelchen Händlern auf Märkten angeboten wurden. Sondern geschätzte Reisende und Besucher, die womöglich selbst reiche Kaufleute oder gar Könige waren."

„Wie kommst du darauf?", fragte Pia atemlos nach.

„Ich weiß nicht wieso, aber ich denke da gerade an das Bild der drei Könige aus dem Morgenland, die Geschenke für das neugeborene Kind brachten. Auf einer anderen Goldplatte meine ich, auch eine Orientalin entdeckt zu haben. Eine Tänzerin. Vielleicht aus Syrien oder Persien. Oder aus Ägypten. Unklar ist mir allerdings, welche Dimensionen das Ganze hatte. Waren es nur Auserwählte, also ein kleiner Kreis, der diesen Ausschweifungen frönte? Oder waren es mehr Eingeweihte? Viel mehr? Vielleicht gab es ja eine große Lebensgemeinschaft, eine Stadt, ein ganzes Land oder eine Insel der Lüste."

„Sodom und Gomorrha?", fragte Paul, und es war durchaus ernst gemeint und frei von Anklage. „Sünde und Sittenverfall?"

„Ja, durchaus vorstellbar. Allerdings fehlen mir hierzu prunkvolle Bauten. Paläste, Arenen und kostbares Geschmeide, an denen wir etwas herleiten könnten."

Er nahm sich nochmal eine der Platten zur Hand. „Aber seht euch das hier mal an! Die pure, unbeschreiblich schön gezeichnete Wollust, die hier zum Ausdruck gebracht wird. Da wird ein Mädchen gepeitscht. Aber achtet darauf, womit: Es sind Brennnesseln. Also ein heimisches Gewächs. Auch deshalb glaube ich nicht, dass wir es mit einer exotischen Kultur zu tun haben. Es gibt keinerlei

Hinweise darauf, dass die Wurzeln dieser übersprudelnden Sinnlichkeit aus dem Griechischen, Hebräischen oder Persischen, dem Römischen oder Altägyptischen, Maurischen oder Phönizischen entspringen. Auch die indische, chinesische, orientalische Kultur schließe ich aus. Ebenso den gesamten Mittelmeerraum. Im Endeffekt: Es bleibt nur noch der Norden."

„Und der vordere Osten", meinte Pia überlegend. „Das Livland zum Beispiel, da wo die Kalaschnikova herkam."

„Genau", meinte Paul. „Was ist, Stegemann, ein Spiel?"

„Aber immer doch, Poirot. Livland!"

„Litauen!"

„Deutscher Orden!"

„Seefahrt!"

„Ostsee!"

„Gewalt!"

„Papst!"

„Mittelalter!"

„Verfolgung!"

„Hexenverbrennung!"

„Krieg!"

„Templer!"

„Gold!"

„Lust!"

„Verrat!"

„Geile Titten!"

Nein, ausnahmsweise kamen sie mit dieser Art des Brainstormings nicht weiter. Oder doch? Sie wollten schon zur logischen, rationalen Betrachtung zurückkehren. Doch Johanna wirkte nachdenklich.

„Bei mir schwingt schon etwas nach von eurem höchst interessanten Spiel", verkündete sie „Vor allem bei den Worten *‚Jana Kalaschnikova'* und *‚Geile Titten'*. Schon vor vielen Jahren, als ich mir die Goldplatten zum ersten Mal angeschaut habe, ist mir nämlich etwas aufgefallen. Die Gravuren entsprechen alle doch sehr stark unserem heutigen Schönheitsideal, findet ihr nicht? Besonders die Frauen zunächst mal. Tolle Körper, wohlgeformte Brüste, schlanke Beine, flache Bäuche, lange Haare und: Blankrasierte Mösen."

„Das stimmt!", nickte Pia. „Das ist uns auch sofort ins Auge gesprungen, Bjarne und mir. Und jetzt, wo du es sagst: Beim Vorlesen der Geschichte vergleiche ich Jana mehr und mehr mit den weiblichen Figuren auf den Gravuren. Dazu das fantastische Talent der Isabella, wie hervorragend sie zeichnen kann …"

„Du willst damit andeuten, dass Isabella die lustvollen Szenen auf die Platten geritzt hat? Haben könnte?", fragte Paul erstaunt. „So abwegig wäre das wirklich nicht. Vor allem, wenn man sich die Zeichnungen anschaut, auf denen Isabella und Jana nackt vor dem Ruder stehen auf der Elbe, beide ein wenig vorgebeugt und die Füße auseinander."

„Oder wo Jana nur mit dem weißen Zobel bekleidet vor Gödeke steht und ihre Brüste herzeigt."

„Ich gebe der Ringträgerin recht, die Geschichte studiert hat", warf Bjarne ein. „Sie wird übrigens die erste sein, die ich zusammen mit noch einer weiteren Kollegin einlade, hierher zu kommen und sich mir vorzustellen. Alle zehn werden dann nach und nach im Doppelpack antanzen. Denn ich habe beschlossen, dass Jo die Rundmail starten soll. Die *Talliska* nimmt wieder Kurs zu neuen Ufern und Gelüsten."

„Oh Bjarne! Ist das wirklich wahr?", rief Johanna entzückt, fiel ihm um den Hals und drückte ihn mit aller Freude. „Das ist ja das Allergeilste!"

„Aber noch nicht jetzt gleich. Und die Nummer eins und zwei der zwölf haben die Prüfung bereits bestanden."

„Dankeschön, Herr Michelson, das ist ja ganz furchtbar entzückend von Ihnen", sagte Pia schüchtern und mit liebreizendem Blick. Sie stellte die Füße zusammen und machte einen Knicks, was ihr mangels Übung nicht ganz leicht fiel.

Auch Johanna setzte ihren so hinreißenden Schulmädchenblick auf. „Sie machen mich ja ganz verlegen, Herr Professor. Vielen Dank. Ich werde Sie nicht enttäuschen."

Paul aber behielt trotz des Geplänkels seine Ernsthaftigkeit bei. „Wenn wir mal davon ausgehen, dass Gödeke und Isabella die Goldplatten hier auf dem Anwesen zusammen mit den Büchern, dem zerrissenen Hemdchen und den kleinen Figuren in der Truhe versteckt haben, so stellt sich die Frage: Wie sind sie in den Besitz dieses frivolen Schatzes gelangt? Haben sie ihn selbst irgendwo gefunden oder hatte ihn Gödeke auf seinen Kaperfahrten irgendwem abgenommen? Da er größtenteils die Ostsee befuhr und seinen Sitz in Visby auf Gotland hatte, gehe ich auch davon aus, dass das Gold nordischen Ursprungs ist. So wie Bjarne und diese Claudia es vermuten."

„Also scheidet Isabella als Künstlerin aus?", fragte Pia. „Schade eigentlich."

„Die Platten sind zu alt dafür", bestätigte Paul. „Da bin ich mir relativ sicher. Womöglich wurden sie schon lange vor der Christianisierung und der Römerzeit geschaffen. Ein Heidenkult? Vielleicht Wikinger? Wir wissen es einfach nicht." Er zuckte mit den Schultern. „Es ist schon bedauerlich, dass wir keinen echten Experten zurate ziehen oder die Platten labortechnisch untersuchen lassen können, findet ihr nicht? Wer weiß, was wir dadurch alles erfahren könnten! Die spezielle Patina ließe sich vielleicht chemisch analysieren, und ihren Aufbau könnten wir uns im Elektronenmikroskop betrachten. Ich persönlich bin dafür nicht ausgebildet, kenne da aber jemanden. Aber das ist zu riskant, oder? Was meinst du, Stegemann?"

„Ich meine, wir sollten jetzt erst mal im Buch weiter lesen. Vielleicht finden wir da eine Antwort."

Pia machte es sich auf dem Sofa bequem, zog sich die Decke um den Körper und schlug die Beine unter. Verschwörerisch lächelte sie Bjarne an. „Kommst du, Schatz?"

1396
Lehrreiche Begegnungen

Gödeke Michels war etwas überrascht über die deutlich wahrnehmbare Verunsicherung der jungen Lehrerin. Er strich sich übers Kinn, musterte die Frau nachdenklich und sah ihr prüfend in die Augen. „Was ist mir ihr?", dachte er. „Sie wirkt auf mich als … würde sie mich … irgendwie kennen? Nein, das kann gar nicht sein! Völlig ausgeschlossen. Ich habe sie noch nie zuvor gesehen. Und junge Lehrerinnen sind in meinem Bekanntenkreis wahrlich rar, mehr als rar sogar. Daran würde ich mich ganz sicher erinnern."

Diese Berufsgruppe war ihm nicht geheuer, und er mochte es auch nicht sonderlich, mit Frauen zu diskutieren. Nicht etwa, weil er sich vor ihnen fürchtete oder ihre Gedanken und Ideen nicht verstand. Er war es ganz einfach nicht gewohnt, sich tiefsinnig mit ihnen zu unterhalten. Der Hauptmann der Likedeeler war Seefahrer und ausschließlich geübt darin, sich mit seinesgleichen auseinanderzusetzen. Mit dem Weibsvolk hatte er Jahre lang vor allem in den Betten, Spelunken und Bordellen kommuniziert.

Doch schon auf Gotland hatten sich anders gelagerte Kontakte ergeben, und ihm war echte Sympathie entgegen gebracht worden. Denn Gödeke besaß durchaus Charme und auch genügend Intelligenz, um komplexe Zusammenhänge zu verstehen. Durch seine Bekanntschaft mit Jana hatte er seine negative Einstellung gegenüber diskussionsfreudigen Frauen dann sogar weiter aufgelockert, ja nahezu überwunden. Mit Sicherheit würde auch Marijke tom Broks über eine gewisse Wortgewandtheit verfügen, auf die es sich einzustellen galt. Doch diese junge Frau hier, eine Lehrerin? Die wussten doch gemeinhin immer alles besser, und das war ihm ein Graus.

Aber was für eine Lehrerin war sie denn, die Frau … wie nannte sie sich? Isabella del Bosque? Der Name erinnerte ihn vage an einen Apfelbaum. Apfel-ähnlich schienen in der Tat ihre Brüste zu sein. Längst nicht so üppig wie die von Svantje aus Visby oder so prall wie die von Jana. Das störte ihn aber überhaupt nicht, denn Frau del Bosque war von schlanker, sportlicher Statur, und dazu passten einfach keine dicken Dinger. Gödeke nickte und sah ihr weiterhin in die Augen. Sie hielt den Blick, wirkte aber nach wie vor angespannt, hielt eine Hand hinter dem Rücken.

Sie war also eine Gebildete, dachte er weiter. Eine Dozentin für erotisches Schauspiel? Donnerwetter!

Gödeke hatte nie davon gehört, dass dergleichen irgendwo unterrichtet wurde. Allerdings hatte *Der aus den Alpen* ihm vorhin ja auch schon einen Besuch in seiner hochgelobten Schule nahegelegt. Das hatte den Piraten gleich ein wenig befremdet. Bildungseinrichtungen gehörten schließlich nicht unbedingt zu den Sehenswürdigkeiten, die ihn an fremden Orten am meisten interessierten. Aber seit er die Darbietungen all der Huren gesehen hatte, die sich auf das Vortrefflichste um seine Mannschaft kümmerten, kamen ihm doch leise Zweifel: Ob er in dieser Hinsicht bisher nicht etwas verpasst hatte? Zu gerne hätte er nun doch ein wenig mehr über die Unterrichtsmethoden dieser merkwürdigen Dozentin in Erfahrung gebracht. Ob er sie ein wenig aus der Reserve locken konnte?

Kurz entschlossen hielt er ihr seine Hand unter die Nase, mit der er noch kurz zuvor zwischen den Beinen der Raubkatze im Käfig gespielt hatte.

„Hier“, sagte er leise. „Riecht! Und prüft den Zustand Eurer Schülerin. Gut macht sie das, sehr gut sogar.“

Zu seiner Überraschung aber zuckte Isabella nicht zurück, sondern fasste ihm sachte ans Handgelenk, zog die Finger an ihren Mund und nahm sie beide zwischen die Lippen. Ihre grün-blauen Augen funkelten wie ein klarer Gebirgssee hoch oben in Norwegen, weit über den Fjorden, und ein Lächeln umspielte ihre Geschmacksprobe. Ihre Hand glitt an seinem Arm entlang, hinunter an seine Hand. Schon ertastete sie seinen Ring, den er am linken Mittelfinger trug. Während sie weiter voll der Hingabe und Lust an seinen Fingern lutschte, zog sie seine linke Hand hoch und betrachtete sich das Schmuckstück mit großem Interesse.

Gödeke zog die Finger aus ihrem Mund und fragte: „Gefällt er Euch, der Ring, hm?"

„Oh ja", antwortete sie leise und wirkte mit einem Mal irritiert und auch ein wenig aufgeregt. „Was … was symbolisiert er? Einen solchen Ring habe ich noch nicht gesehen. Bestimmt ist das eine kunstvolle Einzelanfertigung."

„Wonach sieht es denn wohl aus?", lachte Gödeke und schob die junge Frau langsam mehrere Schritte nach hinten.

„Irgendwie nach einem Blatt und einer … hm … Wurst oder so." Ihr schoss tatsächlich die Röte ins Gesicht. Doch plötzlich spürte sie etwas im Rücken. Den einzigen Baum weit und breit.

„Ein Blatt? Oh nein!" Er drückte sie an den Baumstamm, und seine Hand glitt über die enge Hose zwischen ihre Beine, hin zum Schritt. Sachte drückte er zu und fragte leise: „Was sieht denn so aus wie ein Blatt, ist aber in Wahrheit etwas ganz anderes?"

„Huch! Herr Michelson, was tut Ihr mit mir?"

Fester begann er ihr den Schritt zu reiben und hielt ihr die linke Hand mit dem Ring vors Gesicht. „Also, Frau del Bosque? Was meint Ihr, die Ihr Euch doch so gut auskennt mit Huren und anscheinend auch mit Baum …stämmen?"

„Wenn Ihr mich so fragt", keuchte sie. „Könnte es womöglich eine Möse sein und die Wurst ist ein Schwanz?"

Ihre Sicherheit war zurückgekehrt. Sie wurde mutiger und begann es zu genießen, von dem angeblichen Norweger so selbstbewusst angegangen zu werden. Gödeke sah es, spürte es. Er glitt mit seiner beringten Hand an ihren Nacken, zog ihren Kopf zu sich hin und küsste sie ohne weitere Vorwarnung. Gab ihr direkt einen fordernden Zungenkuss, während sie ihm das Becken entgegen reckte.

Katz und Maus

Holla, die Waldfee! Isabella klopfte sich innerlich selbst auf die Schulter. Denn der absolute Agentinnen-Traum schien soeben wahr zu werden: Da war es ihr doch tatsächlich gelungen, einem der berüchtigtsten Piraten der gesamten Nord- und Ostsee die Zunge zu lösen! Leider allerdings auf eine Weise, die sie in professioneller Hinsicht keinen Schritt weiter brachte.

Isabella schloss für einen Moment die Augen und spürte der Situation nach. Oh ja, gelöst war sie zweifellos, die Seeräuberzunge … Doch statt irgendwelche belastenden Informationen preiszugeben, schlang sie sich ebenso fordernd wie provokant um ihre eigene. Zurückhaltung oder Selbstzweifel schien der Kerl ja nicht zu kennen! Vermutlich lernte man das, wenn man auf See jeden Tag über Leben und Tod zu entscheiden hatte: Kein Zögern, kein vorsichtiges Abwarten. Sofortige Aktion! Auch gegenüber Frauen.

Schon hatte er ihre blonde Mähne beiseitegeschoben und seine Hand in ihren Nacken gelegt. Sie spürte, wie sich seine Finger energisch darum schlossen und sie festhielten. Vermutlich prägte sein Ring gerade den Abdruck eines silbernen Schiffstaus in ihre Haut.

Der salzgeschwängerte Nordsee-Wind hatte aufgefrischt. Als habe er gespürt, dass hier Ereignisse in Gang kamen, für die ein sanftes, laues Lüftchen nicht die richtige Untermalung war. Die Brise ließ Isabellas Haare flattern, zog ungeduldig an ihren Kleidern, fuhr über ihre Haut. Und wehte ein erstes, leises Knurren über das Marschland, von dem man nicht genau wusste, ob es sich aus ihrer oder aus Gödekes Kehle gestohlen hatte.

Wenn sie ganz ehrlich war, genoss Isabella die Situation in vollen Zügen. Durch Wams und Hemd hindurch spürte sie die raue Rinde des Erlenstamms im Rücken, drückte auch ein wenig den Hintern dagegen. Ihre Beine hatte sie leicht gespreizt. Gerade so weit, dass Gödeke Michels ganz bequem seine Rechte dazwischen schieben konnte – ohne dass es von ihrer Seite allzu sehr nach luderiger Absicht aussah. Sonst hätte er es wahrscheinlich aus purer Boshaftigkeit nicht getan.

Isabella grinste in sich hinein, ohne sich aus dem wilden Kuss zu lösen. Wie überaus nachvollziehbar der Ringträger das Design seines Schmuckstücks erläutert hatte! Die Bedeutung des Blattes zu erraten, war dann wirklich keine Kunst mehr gewesen. Nicht, nachdem er durch ihre enge Hose ihre Schamlippen ertastet und mit dem Zeigefinger eine Blattform um ihren wild pulsierenden Eingang gezeichnet hatte. Spürte er, was er da anrichtete? Übertrugen sich das Zucken und die taufeuchte Hitze durch den Stoff auf seine Finger?

Etwas hatte diese aufgeladene Situation ihr jedenfalls verraten: Man konnte Gödeke Michels durchaus Informationen entlocken, wenn man es geschickt anstellte. Gut, es waren noch nicht ganz die Geheimnisse, auf die sie aus war. Oder würde sich die Hanse für die Tatsache interessieren, dass der Hauptmann der Likedeeler seinen Ring mit einem Schwanz und einer Möse dekoriert hatte? Irgendwie wagte Isabella das doch erheblich zu bezweifeln. Mit derlei Informationen brauchte sie ihren Auftraggebern erst gar nicht wieder unter die Augen zu treten! Sie konnte sich ihr Hohngelächter und ihre Bemerkungen über die Unzulänglichkeiten von weiblichen Spionen schon bestens vorstellen!

Trotzdem war sie wild entschlossen, den eingeschlagenen Weg weiter zu verfolgen. Das mochte sich sogar in mehr als einer Hinsicht lohnen. Denn so langsam verstand Isabella recht gut, was Frau Alys und die übrigen Gödeke-Gespielinnen an ihrem riskanten Tun gereizt hatte. Leicht bewegte sie ihr Becken, um ihre lusttropfende Quelle an seinen Fingern zu reiben. Ihre Lippen spürten sein Grinsen, als er darauf einging.

Doch sie musste vorsichtig sein, extrem vorsichtig. Nicht zu schnell vorpreschen! Und ihn auf keinen Fall unterschätzen!

Er mochte sich ja mit ungezügelter Begeisterung in die Abgründe der Geilheit stürzen. Zumal er dafür ja großzügig bezahlt hatte bei *Dem aus den Alpen*. Doch gewiss konnte seine Laune sehr rasch umschlagen, wenn durch irgendeine Kleinigkeit sein Misstrauen geweckt wurde. Vielleicht würde er dann blitzschnell den scharfen Dolch zücken, den er wahrscheinlich irgendwo unter seiner harmlosen Kaufmannskleidung trug. Oder würde er sich zunächst gar nicht anmerken lassen, dass er sie durchschaut hatte?

Isabella schauderte leicht, als sie mit ihrem Oberkörper lasziv über seinen streifte. Würde er sie einlullen und in Sicherheit wiegen, bis er eine günstige Gelegenheit witterte? Bis er ihr in der Stille der Nacht ganz plötzlich und unbemerkt das Lebenslicht ausblasen konnte? Gödeke Michels war zweifellos der gefährlichste Gegner, dem Isabella in ihrer bisherigen Karriere gegenüber gestanden hatte. Doch sie würde die Herausforderung annehmen.

Ihre lederbehandschuhten Finger gruben sich soeben leicht in seine Oberarme. Derweil war er dazu übergegangen, in einer Mischung aus Drohung und Liebkosung mit den Zähnen an ihrer Halsschlagader entlangzufahren. Ihr Puls nahm Fahrt auf wie ein Schiff unter vollen Segeln. Die reine Wollust lag in der Luft, war förmlich zu riechen und mit Händen zu greifen. Doch es ging um so viel mehr. Auch wenn er das vielleicht noch nicht wusste.

Oder doch? Ahnte er etwas? Sie waren beide Meister in einem Spiel, das die Leute „Katz und Maus“ nannten. Fragte sich nur, wer in diesem Fall die Maus war. Wenn es denn überhaupt eine gab. Eher waren sie wie Katze und Kater, die sich umkreisten. Abwartend. Vorsichtig. Die dolchspitzen Krallen noch in ihren Samtpfoten verborgen.

Wenn sie nur unauffällig den gefälschten Ring an ihrem Finger loswerden könnte! Sie hatte das ungute Gefühl, dass Gödeke irgendwann tatsächlich versuchen würde, ihr die Handschuhe abzustreifen. Und wenn ihm das gelang, dann konnte sie bald den Wattwürmern Gesellschaft leisten! Er würde sofort Verrat wittern, wenn er einen seiner Lustringe am Finger einer Fremden entdeckte. Aber zum Glück saß das verräterische Ding eher locker an ihrem Finger. Vielleicht konnte sie es abstreifen, ohne die Handschuhe ausziehen zu müssen? Lag der Ring erst einmal lose darin, konnte sie ihn bestimmt auch unauffällig hinaus bugsieren und in ihre Tasche gleiten lassen.

Mit einem lasziven Blick nahm Isabella die Finger von Gödekes Armen. Sie räkelte sich ein wenig an ihrem Baumstamm … verschränkte die Hände hinter dem Rücken … reckte ihm dabei verführerisch die Brüste entgegen, als sei das ihr einziges Ziel.

„Ich bin das schärfste Luder dieser Welt, und Du willst mich", flüsterten ihre Schlangen-Augen, mit denen sie schon so manches Gegenüber erfolgreich hypnotisiert hatte.

Würde das auch beim Anführer der Piratencrew gelingen? Halb erregt, halb amüsiert hielt er ihren Blick. Millimeterweise bewegte sie die Finger hinter ihrem Rücken. Vorsichtig! Unmerklich drehte und zog sie an ihrem silbernen Todesurteil. Tatsächlich: Der Ring bewegte sich, glitt in Richtung Fingerkuppe. Poseidon sei Dank!

Plötzlich lagen Gödekes kräftige Hände auf ihren Schultern. Leicht zog er sie an sich, fuhr ihr wie spielerisch über Rücken und Arme. Er musste eine ungewöhnliche Bewegung wahrgenommen haben. Verdammt!

Isabella spürte die Angst wie eine unsichtbare Faust im Magen. Grelle Blitze zuckten vor ihren Augen. Doch er hatte sich offenbar nur vergewissern wollen, dass sie nicht irgendwo hinter ihrem Rücken eine Waffe versteckt hielt. In ihren engen Handschuhen war ja sichtlich kein Platz dafür. Also ließ er sie unbeachtet. Vorerst.

„Es würde mich ja brennend interessieren, wie Ihr in diese Schule gekommen seid", sagte er dann mit einem lässigen Lächeln. „Und was für eine Lehranstalt soll das überhaupt sein?"

Isabella überlegte fieberhaft: War das wohl eine Falle? Oder eine Chance? Sie entschied sich für Letzteres. Es musste ihr unbedingt gelingen, sein Interesse zu wecken! Und zwar über das zweifellos schon vorhandene körperliche Begehren hinaus. Diese Art von Anziehungskraft schienen viele Frauen auf ihn auszuüben. Das war kein Garant dafür, dass er Isabella lange genug in seiner Nähe behielt, damit sie seine Pläne auskundschaften konnte. Sie musste ihm noch etwas anderes bieten. Und sie wusste auch schon, was das sein würde. Nämlich genau das, was sie selbst auch suchte: Wunderbar verführerische, lockende, unwiderstehliche … Informationen!

Ganz subtil würde sie ihm ein paar Geheimnisse auf dem Silbertablett präsentieren, garniert mit einem Teil der Wahrheit. Vielleicht so etwa dreißig Prozent? Sie lächelte hintersinnig. Er würde dann sicher mehr wissen wollen.

„Versuch nur, mich auszuhorchen!", dachte sie mit einem Glitzern in den Augen. „Wir werden sehen, ob Du das ebenso gut kannst wie ich."

„Wenn Ihr es genau wissen wollt: Ich bin eigentlich gar keine Lehrerin", gestand sie also. Scheinbar völlig entspannt setzte sie sich auf den Boden, streckte die Beine aus und lehnte sich gegen den Stamm der Erle. Und dann erzählte sie Gödeke Michels einen Teil ihrer Geschichte: Wie sie zufällig an dieses Engagement in der Hurenschule gekommen war, weil sie in einer Hafenspelunke ihre schauspielerischen Talente vorgeführt hatte. Rein zum Spaß natürlich. Und dass sie eigentlich Händlerin war, die ein Produkt namens *Unicornagra* vertrieb.

„Was soll das denn sein?", fragte der Likedeeler irritiert. „Davon habe ich noch nie gehört."

„Echtes Einhorn-Pulver zur Stärkung der Manneskraft", gab sie grinsend zurück. „Ich mische es selbst. Aus … nun ja: Knochenmehl und Miesmuschelschalen. Damit es schön blau wird."

Fassungslos sah Gödeke sie an. „Das ist … Ihr meint …"

Erst zuckte es nur in seinen Mundwinkeln. Dann brach er in brüllendes Gelächter aus: „Ihr bescheißt die Leute nach Strich und

Faden und verdient noch einen Haufen Geld damit? Und das funktioniert? Die Kerle kaufen Euch diesen Mist ab, weil sie hoffen, dass davon ihr Schwanz hart wird?" Er schien sich kolossal zu amüsieren.

Isabella nickte lächelnd. „Hör nur gut zu", beschwor sie ihn innerlich. „Ich verkehre geschäftlich in sehr interessanten Kreisen! Und Du willst bestimmt herausfinden, was ich dort alles erfahren habe."

Laut sagte sie: „Das könnt Ihr wohl glauben! Ich könnte Euch da Dinge erzählen …" Verschwörerisch beugte sie sich zu ihm hin. „Selbst die vornehmsten Hansekaufleute fallen darauf herein! Den Gewürzhändler Thorsteyn in Hamburg werdet Ihr ja nicht kennen. Aber lasst Euch gesagt sein …" Sie kicherte mädchenhaft. „Der nimmt ein ganzes Säckchen von dem Zeug ein, wenn er mit seiner Frau Pirat spielt."

Im Strandgras

Thorsteyn? Wo beim Klabautermann hatte er den Namen schon mal gehört? Zunächst wusste Gödeke Michels ihn nicht recht zuzuordnen. Seine Augen verfinsterten sich, prüfend blickte er der jungen Hurenlehrerin ins Gesicht. Ein Gewürzhändler aus dem Umfeld der Hanse? Hm. Er kannte ja sehr wohl einen Thorsteyn aus Hamburg, genauer gesagt einen gewissen Heinrich Thorsteyn. Ihn selbst zwar nicht persönlich, dafür aber dessen Frau umso besser.

Alys Thorsteyn war schließlich einer der Gründe, aus denen er überhaupt nach Hamburg segelte. Denn sie war eine der Ringträgerinnen, die zu Gödekes engsten Vertrauten gehörten: Eine kleine Schar höchst illustrer Frauen, die ihn anhimmelten und regelrecht verherrlichten. Die alles für ihn taten und nur eines von ihm wollten: Dass er sie in seine Koje verschleppte und dort schmutzige Dinge mit ihnen anstellte. Ähnlich wie damals im alten Rom, wo die dekadenten Gattinnen der Senatoren auf die Gladiatoren standen, weil ein gewisses Ziehen im Unterleib und eine unbestimmte Neigung zu den todgeweihten Kämpfern der Arena sie erregten. Von dieser interessanten historischen Parallele hatte sie ihm einmal erzählt, als sie erschöpft und ineinander verschlungen in den schweißgetränkten Laken gelegen hatten.

Sie kannte eine Menge solcher Geschichten, denn sie war eine gebildete Frau. Genau wie die anderen Ringträgerinnen: Allesamt Damen aus gutem Hause, des Trotts und der Eintönigkeit ihres langweiligen Ehelebens überdrüssig. Sie waren weder Huren noch Metzen oder Gossenweiber, sondern reiche Kaufmannsgattinnen und Senatorenfrauen der Freien und Hansestadt Hamburg, die der Lasterhaftigkeit und der Unzucht frönten. In aller Verschwiegenheit und Diskretion hatten sie sich zu einem Zirkel der Lüste zusammengefunden, der unter der alleinigen Herrschaft von ihm, Gödeke Michels, stand. Sollte die Existenz dieser Gemeinschaft jemals ans Tageslicht geraten, konnte das für alle Beteiligten überaus unangenehm enden. Nämlich am Galgen.

Jede dieser Frauen hatte von Michels ein ganz besonderes Geschenk erhalten. Eine Einzelanfertigung, ein Unikat, das speziell auf seine Empfängerin abgestimmt war. Einen Ring. Manche seiner Gespielinnen trugen ihn sogar bei gesellschaftlichen Anlässen. Da war es dann besonders apart, wenn sie auf eine noch unbekannte Gleichgesinnte trafen. Wenn sie einander vorgestellt wurden und sich an ihren silbernen Piratenmalen sofort erkannten. Dann wussten sie, dass auch die Schwester im verruchten Geiste ihren Herrn Senator bereits ins Jenseits gewünscht hatte. Dass dieser Herr bisher allerdings nicht gewillt gewesen war, eine längere Seereise über die Ostsee anzutreten. Zu schade!

Mehrere Jahre waren mit diesen auf beidseitigen Gewinn ausgelegten Lustbeziehungen einträglich ins Land gegangen. Doch bei seinem vorerst letzten Besuch in Hamburg hatte Gödeke Michels die Stadt über Nacht und heimlich verlassen müssen. Ein Spion hatte ihn erkannt. Und der Vielgesuchte hatte nicht die geringste Lust verspürt, den Grasbrook aus der Nähe zu sehen.

Das alles konnte die seltsame Hurenlehrerin auf der Insel Neuwerk natürlich nicht ahnen. Sie wusste nichts über den Kreis seiner Ringträgerinnen. Dafür aber anscheinend umso mehr über Alys und ihren Gatten. Er beschloss, Frau del Bosque ein wenig auszuhorchen.

„Der Name Thorsteyn sagt mir sehr wohl etwas", meinte er also. „Wenn Ihr Heinrich Thorsteyn meint, so sprechen wir vom gleichen ehrenwerten Hansekaufmann. Ein überaus feiner Mann. Mit einer reizenden Gattin. An ihren Namen allerdings kann ich mich nicht erinnern. Und was sagt Ihr? Was treiben die beiden? Piratenspiele? Wie meint Ihr das?"

Doch sie wollte offenbar nicht weiter darauf eingehen.

„Ist Euch eigentlich auch so fürchterlich warm, Herr Michelson?", fragte sie stattdessen. „Habt Ihr etwas dagegen, wenn ich mich meiner Stiefel und Handschuhe entledige? Wenn Ihr wollt, zieht Euch doch auch ruhig die Stiefel aus. Tut Euch meinetwegen keinen Zwang an. Diese unnatürliche Wärme ist wirklich eigenartig, findet Ihr nicht?"

Michels zog die Stirn kraus, wartete zunächst vergeblich auf eine Antwort auf seine Frage. Doch dann ließ er sich neben ihr ins Strandgras sinken. Gut, wenn sie es so haben wollte … Er grinste in sich hinein und streifte sich das Hemd über den Kopf.

Wie erwartet starrte Isabella erschrocken auf die Kraterlandschaft der Narben, die seinen Oberkörper überzog. „Woher habt Ihr …?"

„Piraten!", sagte Gödeke leise, und seine Augen bekamen einen dunklen Glanz. „Wie Ihr wisst, komme ich aus Bergen. Es waren harte Kämpfe, als die Stadt überfallen wurde. Von den Vitalienbrüdern und keinen geringeren als Klaus Störtekeker und …"

„Gödeke Michels!“, hauchte Isabella, und ein Schauer fuhr ihr nicht nur den Rücken entlang, sondern auch zwischen die Beine. Denn sie beendete den Satz just in dem Moment, als sie sich die lange Hose auszog und die frische Seeluft ihr über die nackten, wohlgeformten Beine und den Schritt strich.

Ihr beigefarbenes Hemdchen bedeckte nur knapp mittig die Schenkel. Isabella stellte einen Fuß auf, als ihre neue und unerwartete Bekanntschaft sie in den festen Sand hinunter zog und sich über sie beugte.

Bedächtig zog er die Schleife über der Brust auf, weitete das Hemdchen und glitt mit der Hand hinein. Sachte fuhr er ihre Brüste ab, erkannte schnell, wie sich die Nippel verhärteten und aufrichteten. Er spielte an ihnen, untersuchte sie. Abwechselnd drückte er die festen Hügel nun härter, zog seine Hand nach einer Weile aber zurück. Prüfend blickte er ihr in die Augen, und mit nur einem einzigen Ruck riss er ihr den dünnen Stoff vorne auseinander. Isabella keuchte auf, wartete regelrecht darauf, dass seine Hand nun die Reise gen Süden antreten würde, um auch ihre Spalte zu erkunden.

Er aber tat etwas anderes, etwas Überraschendes. Er legte ihr die eine Hand um den Hals und drückte sanft zu. Mit der anderen rupfte er ein Büschel des langen Strandgrases aus dem Sand und fuhr ihr mit den scharfkantigen Pflanzen über die nun vollends entblößten Brüste.

„Und nun sagt mir genauer, was Ihr über Heinrich Thorsteyn und seine Gattin wisst, Hure!“

Am seidenen Faden

Es war dieses feine Kratzen, das Isabella fast um den Verstand brachte. Der verflixte Strandhafer! Rings um sie herum fuhr der Nordsee-Wind raschelnd durch die

Halme und spielte mit den bleichen, trockenen Ähren vom letzten Jahr. Es klang wie das Zischen von Schlangen. So harmlos sahen die Stängel aus, wie sie sich da unter der Brise beugten! Doch in den Händen von Gödeke Michels schienen sich diese vom Teufel erfundenen Pflanzen gerade in Werkzeuge eines lustvollen Martyriums zu verwandeln.

Isabella biss sich auf die Unterlippe und wand sich ein wenig auf dem sandigen Boden. Sie wusste, es war jetzt lebenswichtig, dass sie ihre fünf Sinne beisammen hielt. Doch ihre Selbstbeherrschung hing am seidenen Faden. Bald würde er ebenso zerreißen wie ihr dünnes Hemd nur Sekunden zuvor. Dieses kurze, trockene Ratschen, mit dem der Stoff den Piratenhänden nachgegeben hatte … Wann hatte sie jemals ein erotischeres Geräusch gehört?

Nun war das feine Hemdchen nicht mehr als ein flatternder Fetzen, der ihre Nacktheit eher betonte als verbarg. Und der ihr immer wieder federleicht über die Haut strich. Seidig. Eine ganz andere Berührung als die des rauen Grasbüschels in Gödekes Händen, unter dessen trügerischer Sanftheit eine deutlich wahrnehmbare Schärfe lauerte.

Diese unwiderstehliche Mixtur aus Sinnlichkeit und Härte spiegelte sich auch in seinen Blicken, die über ihre aufrecht stehenden Nippel fuhren. Die ihren Bauch hinabwanderten und ihr zwischen die Beine krochen. Durch irgendeine Form von seltsamer Magie schienen sie das Kommando über ihre Muskeln zu übernehmen und ihr die Schenkel auseinander zu drängen.

Isabella stellte ein Bein auf und drehte das Knie leicht nach außen, präsentierte Gödeke, was er sehen wollte: Einen glitzernden Gezeitenpool, den die Wellen der nächsten Flut sicher bis zum Überlaufen füllen würden. Es konnte nicht mehr lange dauern. Das Wasser stieg bereits, leckte an ihren Schamlippen. Und der erfahrene Kapitän neben ihr sah es ganz genau. Aus seinen Augen sprach die sturmgepeitschte See. In ihren Tiefen schienen dunkle Begierden zu schwimmen, auf die ihr Körper sofort reagierte. Es war, als führe er sie an einer unsichtbaren Leine am Abgrund einer steilen Klippe entlang. Und seine Hand um ihren Hals schien ihr die Luft für den letzten klaren Gedanken zu nehmen.

„... und seine Gattin wisst, Hure!"

„Hm?" Das Rauschen in ihren Ohren hätte seine messerscharfe Frage beinahe übertönt. Dass er sie eine Hure genannt hatte, war jedoch sehr wohl in ihr Bewusstsein gedrungen. Genau wie der Unterton, der dabei mitschwang und den Isabella mühelos deuten konnte: Der Kerl ging keineswegs davon aus, dass sie tatsächlich zum käuflichen Personal der Insel gehörte. Er wollte sie provozieren. Herausfinden, ob sie diese Unterstellung empört zurückweisen würde.

Isabellas Mundwinkel kräuselten sich. Er konnte ja nicht wissen, wie gern sie sich bei passender Gelegenheit in ein verdorbenes Luder verwandelte. Und wie sehr es sie erregte, wenn ein Mann das auch verbal zu würdigen wusste.

Oder ahnte er es? Sein Grinsen war kaum anders zu deuten. Aber er schien trotzdem eine Antwort zu erwarten. Langsam löste er seine Hand von ihrem Hals ... ließ die Fingerspitzen über ihre Brust gleiten ... und packte plötzlich hart ihren rechten Nippel.

„Hm?", fragte er mit einem kleinen, energischen Rucken und zog die dunkelrot geschwollene Himbeere ein wenig in die Länge. „Ich will wissen, woher Ihr Heinrich Thorsteyn und seine Gattin kennt!"

Isabella holte tief Luft und ordnete ihre Hirnwindungen. Sein energischer Griff berührte etwas tief in ihrem Inneren. Fuhr mitten hinein in das verborgene Zentrum ihrer animalischen Instinkte. Doch wenn er glaubte, er könne sie so einer Lüge überführen, nur zu! Das Erfinden von hanebüchenen Flunkergeschichten war ihr im Laufe ihrer Karriere zur zweiten Natur geworden. Und ihre brodelnde Lust würde daran nichts ändern!

„Eigentlich sollte ich Euch das ja gar nicht erzählen", begann sie also. „Diskretion gehört schließlich zu meinem Geschäft."

Scharf zog sie die Luft durch die Zähne, als er Daumen und Zeigefinger fester um ihre Brustwarze schloss. „Wenn Ihr aber so überzeugende Argumente ins Feld führt …"

Sie sah ihm in die Augen und ließ ihre Fabulierkunst von der Leine. Berichtete von angeblich engen Geschäftsbeziehungen, die sie in Sachen Einhornpulver zu verschiedenen Hamburger Hansekaufleuten unterhalte. Einer davon habe dann auch den Kontakt zu Thorsteyn hergestellt. Und sie habe ihm das gewünschte Mittel immer wie bestellt geliefert – bis er sich eines Tages mit einem speziellen Anliegen an sie gewandt habe.

Sie schwieg einen Augenblick und genoss dem Windzug, der ihr kühlend zwischen die Schenkel fuhr.

„Es ging dabei um seine Frau Alys", fuhr sie dann fort. „Ich kenne sie nicht persönlich, aber … das scheint ein ziemlich verdorbenes Miststück zu sein, wenn Ihr die Formulierung verzeihen wollt."

„Ach, tatsächlich?!"

Sie nickte verschwörerisch. Besagte Dame … nun ja … sie habe merkwürdige Vorlieben.

Gödeke ließ sein Grasbüschel davonwehen. Wie gedankenverloren spielte er an ihrem Nippel, hörte aber aufmerksam zu. Das Glitzern in seinen Augen wollte nicht so recht zur Rolle des ehrbaren Kaufmanns aus Norwegen passen. „Was Ihr nicht sagt! Was sind das denn für Vorlieben?"

Isabella räusperte sich. „Stellt Euch vor: Sie will keinen ehrbaren Kaufmann in ihrer Schlafkammer", raunte sie. „Sondern einen wilden Piraten, der sie überfällt und es ihr auf dem Esstisch besorgt, zwischen den kostbaren, silbernen Kerzenleuchtern. Oder auf den Gewürzsäcken im Lager."

Gödeke gab einen erstickten Laut von sich, den er als Husten zu tarnen versuchte.

„Sie will, dass er ihr jede ehrbare Patrizierinnen-Faser aus dem Leib vögelt. Hart und schmutzig", fabulierte die Märchenerzählerin weiter. „Und zwar bei voller Beleuchtung! Am besten sogar vor dem Gesinde."

Ihr Zuhörer wirkte nun doch ein wenig fassungslos. Und Isabella bekam noch mehr Oberwasser. „Er muss dabei sogar ein Piratenkostüm tragen", fuhr sie eifrig fort. „Das habe ich selbst gesehen!"

„WAS?!"

„Ja! Er … also, der Herr Gewürzhändler fühlte sich mit der Situation ein wenig überfordert", erklärte sie und musste sich das Lachen verbeißen. „Das Pulver half da auch nichts mehr, wenn Ihr versteht, was ich meine." Vielsagend zog sie eine Augenbraue hoch. „Aber er wusste, dass ich ein wenig Talent für die Schauspielerei besitze. Also bat er mich, mir seine Piraten-Inszenierung einmal anzusehen und … Verbesserungsvorschläge zu machen."

Gödeke schien es für einen Moment tatsächlich die Sprache verschlagen zu haben.

Also erzählte die Schwindlerin ungeniert weiter, verwob Halbwahrheiten und reine Lügen zu einem unentwirrbaren Gespinst. Angeblich hatte sie sich in einem Alkoven der Thorsteyn'schen Wohnstube versteckt, um das piratische Treiben zu beobachten. Ob sich der Herr Michelson vorstellen könne, was dieser unglückselige Möchtegern-Freibeuter alles falsch gemacht habe? Sie habe ihm fürs Erste geraten, beim Vollzug auf den theatralischen Ruf „Klar zum Entern!" zu verzichten und das läufige Luder stattdessen mit einem strengen Blick und einem rauen Schiffstau zu bändigen.

Was für eine grandiose Geschichte! Isabella beglückwünschte sich innerlich. Sie konnte nur hoffen, dass ihr Auftraggeber niemals davon erfuhr, was sie hier für Lügen erfand und wem sie die auftischte! Sonst würde der ehrenwerte Herr Thorsteyn sie wahrscheinlich eigenhändig einen Kopf kürzer machen!

In Gödekes Gesichtszügen las sie dagegen eine geradezu diebische Freude. Zufrieden registrierte sie, dass er sich keinen Deut um ihren Handschuh mit dem darin verborgenen Ring scherte. Vorerst war also alles gut! Und sie konnte nicht widerstehen, den Hauptmann der Likedeeler noch ein wenig zu reizen. Der Wind spielte in den Grashalmen. Und Isabella stach der Strandhafer.

„Ich verstehe ja nicht, was manche Frauen an diesem Piratengesindel so sehr fasziniert", verkündete sie kopfschüttelnd. Langsam erhob sie sich auf die Knie und wandte sich Gödeke zu. Sanft ließ sie ihre Hand über seinen nackten Oberkörper fahren. „Wer will sich denn schon mit irgendwelchen dahergelaufenen Schiffsratten abgeben." Ihre Fingerspitzen folgten seinen Narben, näherten sich zentimeterweise dem Bund seiner Leinenhose. „Statt mit einem kultivierten Kaufmann von Welt?"

Mit ihrem verführerischsten Augenaufschlag sah sie ihm von schräg unten ins Gesicht. In seinen Augen loderte die unterdrückte Wut. Doch er konnte sie ja kaum für ihre Unverschämtheiten zur Rechenschaft ziehen, wenn er sich nicht verraten wollte. Es sei denn … auf seine Weise.

Der Angriff des Seeleoparden überraschte sie. Die Raubtierpranke, die sie plötzlich im Nacken spürte. Die Kraft, mit der er ihren Kopf zu sich hin zog. Sein geschwollenes Glied sprang ihr entgegen, sobald er mit einer ungeduldigen Bewegung das Band seiner Hose gelöst hatte.

Her damit! Ihre Zunge schnellte hervor. Traf mit spielerischer Gier seine Eichel. Leckte. Flatterte. Sie war nur die feuchte Vorhut für ihre Lippen, die sich keinen Atemzug später fest um seinen Schaft schlossen. Nun war es Isabellas Angriff. Sie schlang ihn geradezu in ihren Mund. Noch tiefer hinein in den gierigen Schlund …

Isabella keuchte. Die Möwen kreischten. Gödeke knurrte Unverständliches. Er krallte die Finger in ihre Haare. Wie erregend, seine zuckende Begierde zu spüren! Und ihre eigene! War das wirklich sie, die hier beinahe nackt in der scharfen Salzluft kniete, mit dem Mast des Gödeke Michels im Mund? Mit seinem „goldenen Schwanz", wie ihn Alys genannt hatte? Bei dem Gedanken stahl sich ein lautloses, übermütiges Lachen in ihre Kehle.

Ohne Vorwarnung zerrte er ihr den Kopf zurück, so dass sie ihn loslassen musste. Hart starrte er ihr in die Augen. „Ich habe das gesehen!", sagte er gefährlich leise.

Schreck lass nach! Was bloß? Ihre Blicke jagten über den Sand, konnten aber nichts Belastendes entdecken.

„Wenn du dich über mich lustig machen willst, wie über den armen Heinrich Thorsteyn ..." Seine Stimme war drohend, doch in seinen Mundwinkeln zuckte es.

Isabella atmete auf: Nur ihr Lachen, sonst nichts.

Mit einem Ruck zog er sie auf die Füße. „Geh zu dem Boot da drüben, du schamlose Hure!" Er wies auf ein großes Ruderboot, das ein paar Meter entfernt umgedreht am Strand lag. „Schön langsam! Ich will sehen, wie du deinen süßen Arsch bewegst!"

Nun, das konnte er haben! Isabella wandte sich um und setzte einen schwingenden Schritt vor den anderen. Ihre langen Haare wehten im Wind. Das zerrissene Hemdchen flatterte. Ihre Hand wischte den dünnen Stoff spielerisch von ihrem Hintern. Siehst Du, Pirat?! Schon hatte sie das Boot erreicht und stützte sich mit den Händen auf den Rumpf. Herausfordernd sah sie über die Schulter und streckte dem Seeleoparden ihre Rückseite entgegen. Isabella beugte sich unter der Brise. Zäh und eigensinnig wie Strandhafer. Und nass wie die See.

Wellenreiten

Vielleicht war sie tief in ihrem Inneren ja tatsächlich ein Meereswesen? Im Augenblick zumindest fühlte es sich ganz danach an. Unaufhaltsam wie die Gezeiten war das Begehren in Isabellas Nervenbahnen und Blutgefäße gesickert. Ganz langsam zunächst: Ein paar heimlich perlende Rinnsale, die

Gödeke mit seinen unverschämten Blicken und Provokationen geweckt hatte. Da hatte sie noch die Illusion gehabt, diese Naturgewalt aufhalten zu können, wenn sie es nur wollte. Was sollte sie daran hindern, dieses riskante Geplänkel einfach zu beenden und ihrer Wege zu gehen? Sicher und trockenen Fußes?

Doch sie hatte der Herausforderung nicht widerstehen können. Hatte es zugelassen, dass ein Rinnsal zum anderen floss – bis es zu spät war. Die feinen Wasseradern waren zu Strömen der Lust angeschwollen und hatten die Rationalistin in ihr mit sich gerissen.

Große, kaum überschaubare Bereiche von Isabellas Vernunft schienen schon unter Wasser zu liegen, ertrunken im Schwung der auflaufenden Flut. Und nun schwamm sie hier. Dem Meer ausgeliefert. Inmitten von schäumender Gischt und sich überschlagenden Wellen. Doch zum Glück nicht allein.

Denn der Sog der lüsternen Gezeiten hatte den Mann hinter ihr offensichtlich ganz genauso erfasst wie sie selbst. Jenen berüchtigten Gegner, der sich in diesen konfliktreichen Zeiten für die andere Seite entschieden hatte. Der ihr lebensgefährlich werden konnte. Und der nun trotzdem mit ihr am selben Boot stand, knietief umspült von Gier.

Isabella krallte ihre Hände in das trockene Holz der Bordwand. Sie spürte eine rohe Kraft in sich. Als könne sie mit bloßen Händen mühelos ein Stück aus den Planken brechen. Aber wozu? Sie wollte doch kein schnödes Ruderboot unter ihren Fingern splittern sehen, sondern Gödekes männliche Selbstbeherrschung! Sie schloss die Augen und spürte seinen harten Pfahl tief in ihrem Fleisch. Die zuckende Ruhe vor dem Angriff.

Sie drückte die Knie durch und dehnte ihre Schultern. Genussvolle Erwartung hielt ihren Körper unter Spannung. Ihr Rücken formte ein Hohlkreuz, und ihr Hintern presste sich gegen salzgegerbte Piratenhaut.

„Was willst du von mir, du kleine Hure?“, raunte er heiser und fuhr ihr mit den Fingern am Rückgrat entlang. „Hm?“

Was? Immer noch keine Bewegung? Kein Wellenritt? Ihre feinen Sensoren erfassten die diebische Freude, mit der er sie hinhielt. Doch es fiel ihm offenbar nicht ganz leicht. Das verräterische Pulsieren in seinem Schwanz sprach für sich. Und die Muskeln in ihren feuchten Wänden antworteten. Schlossen sich um ihn und ließen wieder locker: Ein wortloses, schmutziges Zwiegespräch.

Gödeke quittierte es mit einem sehr zufriedenstellenden Knurren voll purer Wollust. Verführerisch kroch es Isabella in die Ohren, ein Aphrodisiakum ohne jegliche Einhorn-Bestandteile. Mehr brauchte sie nicht, um in die schäumenden Fluten zu springen. Oder vielleicht doch? Das Klatschen seiner Hand auf ihrem Hintern trieb sie weiter in den Rausch. Wie er es beabsichtigt hatte. Wie sie es provoziert hatte. Isabella bewegte die Hüften, rieb sich an ihm. Lockte. Glitt ein wenig vor und zurück. Schneller …

Sie spürte genau den Moment, in dem er ihr die Zügel aus der Hand nahm. Jetzt, endlich: Forciertes Tempo. Und hämmernder Rhythmus! Schneller … Sie bäumte sich auf. Er packte ihre Hüften und trieb sie mit harten Stößen den nächsten Wellenberg hinauf. Höher und höher. Sie war außer Atem, als sie den schäumenden Kamm erreichte. Doch ihrem Reiter schien es keinen keuchenden Deut anders zu gehen. Einen Moment lang war es, als füllten sich ihre Lungen mit brodelnder Gischt. Konnte man in Wollust ertrinken?

Schon stürzten sie hinab in den Abgrund des Wellengebirges – mit einer Geschwindigkeit, die Isabella den Magen in die Knie sacken ließ. Nur um mit der nächsten Woge gleich wieder in die Höhe gerissen zu werden, den weiß leuchtenden Nordsee-Wolken entgegen.

Eine winzige Ewigkeit lang gab es keine gewiefte Spionin mehr. Keinen skrupellosen Piraten. Nur Spielbälle im Meer der Leidenschaften. Herumgewirbelt zwischen sich überschlagenden Wellen, die jedes Gespür für oben und unten zunichtemachten.

Isabella del Bosque schrie ihre Geilheit über den Strand. Und für einen Moment sprach das Meer nur mit ihrer Stimme.

Dann war es ganz still. Der Sand schien Atem zu holen. Doch irgendwann setzte das Plätschern der echten Wellen wieder ein. Das Kreischen der Seevögel kam zurück und das Rascheln des Strandhafers. Die Nordsee malte ihre akustische Kulisse wieder selbst. Auch die Planke, an die sich Isabellas Hände geklammert hatten, gewann allmählich ihre massive Struktur zurück. Und die glibberigen, weißlich schimmernden Kleckse, die hier und da den Strand verzierten, verrieten nun auch ihre wahre Identität: Nein, es waren keine Spermatropfen von entfesselten Meeresgöttern. Sondern ganz profane Quallen. Schade eigentlich.

Isabella lächelte und ließ sich erschöpft in den Sand sinken. Was für ein denkwürdiges Erlebnis! Sie war sicher, dass sie sich daran noch oft erinnern würde. Ob es Gödeke ähnlich ging? Sie sah ihn an. In seinen Augen glitzerte ein Ausdruck, den sie nicht so recht deuten konnte. Als streife ihn eine flüchtige Erinnerung.

Verflucht! Die kleine Szene von vorhin sprang sie an wie ein bissiger Hund. Sie sah wieder genau vor sich, wie Gödeke ihre Kleider zusammengelegt und dabei neugierig ihren Handschuh betastet hatte. Er musste den Ring gespürt haben. Und wenn er erst auf die Idee kam, in dem Notizbuch zu blättern, in dem eine verräterische Zeichnung von Alys Thorsteyns echtem Schmuckstück prangte …

Isabella stöhnte innerlich. Was war der Kerl aber auch so ein Ordnungsfanatiker! So viel Pech konnte man doch eigentlich gar nicht haben: Ein Pirat, der seiner Gespielin die Kleider zusammenlegte – wo hatte man dergleichen schon gehört? Was war eigentlich aus dem freibeuterischen Lotterleben geworden? Wahrscheinlich wusch er auch noch jeden Samstag sein Schiff! Isabella schnaubte leise. Doch es war nicht zu ändern: Sie musste handeln. Und zwar ganz schnell.

„Du meine Güte, Herr Michelson", seufzte sie also und fächelte sich ein wenig Luft zu. „Ihr könnt einer Dame aber wirklich die Schweißtropfen auf die Stirn treiben."

Damit schlenderte sie scheinbar ganz entspannt zu ihrem Kleiderstapel hinüber. Sie kniete sich davor und begann, ein wenig zu kramen. Ihr Rücken versperrte ihm die Sicht auf das, was sie genau tat. Die blitzschnelle Bewegung, mit der sie ein kleines, scharfes Messer aus dem Wams zog und eine bestimmte Seite aus dem Notizbuch trennte, konnte er so unmöglich beobachten. Schon hatten ihre flinken Finger das Papier zu einer kleinen Kugel geknüllt und tief im Sand verschwinden lassen. Zusammen mit dem verräterischen Ring. Sie würde sich das Schmuckstück später holen, wenn die Luft wieder rein war. Ganz offen ließ sie den Likedeeler dagegen sehen, wie sie ein Spitzentüchlein hervorzog und sich damit das Gesicht abtupfte. Das hatte es wahrlich nötig.

„Ich werde mich ganz bestimmt nicht dafür entschuldigen, dass ich Euch ins Schwitzen gebracht habe", grinste der vermeintliche Kaufmann. „Mir scheint, das war ein Geschäft auf Gegenseitigkeit. Doch nun kommt, gehen wir ein paar Schritte und lassen uns dort draußen auf der hölzernen Pier ein wenig den Wind um die Nase wehen."

Er stieg in die Hose. Ohne ihre Antwort abzuwarten, zog er seine Begleiterin am Unterarm hoch, den Einblick in das zerrissene Hemdchen genießend. Der freie Blick auf ihre nackten Brüste erregte ihn aufs Neue, und er erfreute sich an den noch immer harten Knospen. Etwas roh hakte Michels sich bei dem Mädchen ein, und führte sie so, dass sie ihm nicht entwischen konnte.

Heiter plauderte er indes mit ihr weiter, erzählte von Bergen und den norwegischen Fjorden. Wie schön es da oben besonders im Sommer sei, wie wundervoll das Licht des Nordens. Gemeinsam schritten sie barfuß durch den warmen Sand, der nun weicher und feiner wurde. Sie ließen sich unten am Wasser des Strandes die Füße umspülen von den nur noch mäßig heranplätschernden

Wellen. Die waren jetzt nicht mehr so stark waren wie noch vorhin, als Gödeke an Land gekommen war. Der Höchststand war überschritten, die Ebbe setzte ein. Schon war das Meer ein Stück weit gewichen.

Die massiven Planken des langen Anlegestegs waren wind- und wettergegerbt, das blonde Haar Isabellas wehte so wunderschön im warmen Nordseewind, dass es dem Likedeeler gar ein wenig warm ums Herz wurde. Im heiteren Plauderton erzählte er, dass er die Piratenspiele der Thorsteyns mehr als nur erheiternd finde. Ja, wenn er ehrlich war, dann hatte es ihn sogar auch ein wenig erregt, als Isabella vorhin am Rande davon gesprochen hatte.

Sie lachte auf.

Ob die gute Frau Thorsteyn denn wohl ein Luder sei, ein unzüchtiges und sittenloses? Die Frage konnte er sich nicht verkneifen. So etwas gehöre doch wohl ordentlich und zünftig abgestraft.

Da antwortete Isabella, dass sie genau gesehenen habe, wie der Hansekaufmann seiner Frau mit einem breiten Holzschwert auf den blanken Arsch geklatscht habe. „Und genau das hat der Dame so sehr gefallen, dass sie laut gejauchzt hat. Sogar ein paar Piratennamen hat sie herausgestöhnt, und dass sie nun dringend vögeln will. Herr Thorsteyn hat das aber gar nicht so witzig gefunden. ‚*Gödeke! Immer nur dieser verdammte Gödeke*', hat er geschimpft. Lustig, nicht wahr, Herr Michelson?"

Dass Isabella ihn prüfend und neugierig von unten ansah, bekam der Anführer der Vitalienbrüder sehr genau mit. Und so langsam konnte er eins und eins zusammenzählen. Als sie am Ende der Pier angekommen waren, deutete er mit ausgestrecktem Arm nach Westen.

„Seht, dort hinten liegt Helgoland. Gar nicht so weit weg von hier. Dort hat der gefürchtete Klaus Störtebeker derzeit sein Lager aufgeschlagen. Interessant, nicht wahr?"

„Störtebeker!", schnaufte Isabella zu seiner Verwunderung verächtlich. „Wen interessiert schon Störtebeker, wenn in Hamburg alle Welt nur von Gödeke Michels schwärmt? Das muss ja ein ganz besonderer Mann sein."

„Ach ja? Muss er das? Ich glaube nicht, dass er das ist. Eher genau das Gegenteil!"

Seine Stimme hatte mit einem Mal einen anderen Klang angenommen. Verlassen hatte sie den Plauderton, hatte an Tiefe und Schärfe so zugenommen, dass es Isabella kalt durchzuckte und sie eine Gänsehaut bekam. Zeitgleich umschlang er sie mit beiden Armen, zog sie an sich und ... trat zwei Schritte zurück.

Isabella schrie auf, als sie mit ihm zusammen in die Tiefe stürzte. Schon im nächsten Moment schlugen die Wellen über ihr zusammen, und sie versank mit ihm im Meer. Die See war Gott sei Dank nicht kalt, auch unter Wasser war die unnatürliche Wärme spürbar. Und doch lag lauernd der Spruch *Nordsee ist Mordsee!* über allem. Sie spürte, wie ihr das kurze Hemdchen hochgespült wurde. Verzweifelt strampelte sie mit den Beinen, ruderte mit den Armen. Doch Gödeke Michels hielt sie an sich gedrückt.

Meeresgold

Stille. Sonst nichts Das Meer hatte sie umfangen. Die grau-grünen Fluten der Nordsee strichen mit untypischer Wärme über Isabellas Haut. Streiften ihre Flanken. Fuhren ihr lüstern unter das zerrissene Hemdchen, als wollten sie die Besucherin aus einer anderen Welt nun vollends entkleiden.

Der helle Stoff glitt vorne auseinander, bauschte sich wie eine Fahne. Aber er flatterte nicht. Folgte ihr nur mit der fließenden Trägheit einer in der Strömung treibenden Wasserpflanze. Geisterhaft schwebte er über ihrem nackten Körper, als wolle er ihre Reise zum Meeresgrund bremsen. Doch es gelang ihm nicht. Das lustzerfetzte Kleidungsstück konnte ihr nur noch eine unwirkliche Eleganz verleihen, als sie mit den Beinen voran tiefer sank.

Ihre Arme hatte die Ertrinkende über ihren Kopf gehoben. Als wollten ihre Fingerspitzen noch einen letzten Sonnenstrahl von der glitzernden Wasseroberfläche fischen, um ihn mit in die Tiefe zu nehmen. Ein kleines Andenken für die ewige Dunkelheit, die sie dort unten erwartete und die nur giftig leuchtende Quallen und Tiefseefische mit kurzen, blitzenden Lichtern erhellten. Die Zeit geriet aus dem Takt. Wie lange sank sie schon?

Noch perlten feine Luftbläschen zwischen ihren Lippen hervor. Würde das hier wirklich das Ende sein? Es wäre ja so passend: Ein nasses Grab, geschaufelt von einem Piraten mit dubiosen Absichten und ausgeprägter Libido. Beides hatte Isabella in der kurzen Zeit nicht ausreichend erforschen können. Und das ärgerte sie fast am meisten. Ganz abgesehen von der Tatsache, dass sie ausgesprochen gerne lebte.

Wo war der Kerl überhaupt? Fest hatte er sie an sich gedrückt, als sie gemeinsam ins Wasser gestürzt waren. Nach dem Eintauchen aber war sie ihm irgendwie entglitten und hatte ihn aus den Augen verloren.

„Wenn ich ertrinke, bringe ich ihn um", schoss es ihr durch den Kopf. „Ich werde mich in einen rachsüchtigen Wassergeist verwandeln und ihm in seinem elendigen Piraten-Dasein keine verdammte Minute Ruhe mehr gönnen!"

Schon sah sie sich als blasse, aber selbstverständlich höchst attraktive Erscheinung über seinem Lotterbett schweben und seine wechselnden Gespielinnen zu Tode erschrecken. Geschah ihnen recht! Und falls er auf die Idee kommen sollte, sie dafür zu züchtigen … Nun ja: Dann würde er feststellen, dass Schwert und Gerte einer Geisterfrau nicht das Geringste anhaben konnten. Sie würde einfach um seine Straf-Instrumente herum wabern, unfassbar wie ein Wolkengebilde. Dahinter würde sie dann wieder zu ihrer vollständigen, komplett striemenfreien Gestalt zusammenfließen. Und zwar mit dem boshaftesten Geisterlachen, das man sich nur vorstellen konnte!

Noch aber war es ja nicht so weit. Und nachdem sie den ersten, lähmenden Schock abgeschüttelt hatte, war sie auch nicht bereit, den Dreschflegel schon ins Meer zu werfen. Weshalb sollte sie ertrinken? Sie war schließlich keine schlechte Schwimmerin. Und eigentlich konnte das Wasser direkt vor der Insel auch nicht allzu tief sein. Es waren sicher nur der Schreck und die Angst gewesen, die mit Haifischzähnen nach ihren Gedanken geschnappt und ihr jede vernünftige Überlegung aus dem Kopf gewirbelt hatten. Doch damit war es jetzt vorbei!

Entschlossen streifte Isabella sich das Grauen vom Körper und versuchte, sich in der schemenhaften Unterwasserwelt zu orientieren. Ja, oben und unten waren problemlos zu unterscheiden: Sonnengleißende Oberfläche gegenüber schattigem Grund. Sehr gut. Schon streiften ihre Füße über sandigen Wattboden mit ein paar Muschelschalen. In der Tiefsee war sie also ganz sicher nicht gelandet. Doch der Meeresspiegel schien durchaus ein paar Meter über ihr zu liegen.

Offenbar hatte hier vor kurzem ein sturmgeborener Wasserwirbel gewütet. Mit unbändiger Kraft hatte er einen tiefen Kolk in den weichen Untergrund gegraben und auch ein kleines Stück des Ufers weggerissen. Die zur Befestigung angehäuften Steine waren machtlos gewesen gegen diese Naturgewalt. Wie Spielzeug hatten die wirbelnden Fluten sie durch die Gegend geworfen, als wollten sie sich über diesen Zähmungsversuch lustig machen. Das hier war das Reich des Meeres, so lautete die unmissverständliche Botschaft. Und ein paar schwache, kleine Menschlein mit vergleichsweise unbeholfenen Schwimmfähigkeiten hatten hier überhaupt nichts zu suchen.

Was zweifellos auch für Isabella galt. Schon spürte sie, wie ihr der Brustkorb eng wurde. Zu gerne hätte sie noch nachgesehen, was dort hinten zwischen den Steinen steckte. Es sah ja beinahe aus wie … Doch nein: Wenn ihr nicht in den nächsten Sekunden Kiemen wuchsen, konnte sie der Sache jetzt nicht weiter nachgehen. Sie brauchte Luft! Mit einer kräftigen Bewegung stieß sie sich vom Boden ab und katapultierte sich Richtung Oberfläche. Prustend durchbrach sie den Wasserspiegel, rang nach Atem … und fand sich erneut von kräftigen Armen umschlossen.

„Da seid Ihr ja wieder!“, raunte ihr die raue Stimme von Gödeke Michels ins Ohr. „Ich fing fast an, mir Sorgen zu machen!“

„Dazu habt Ihr auch allen Grund, HERR Michelson“, fauchte Isabella. „Was fällt Euch eigentlich ein? Benehmen sich da oben in Bergen alle ehrbaren Kaufleute so? Dann wundert es mich, dass die dortigen Damen nicht längst mit ein paar wirkungsvollen Gifttränklein Abhilfe geschaffen haben!“

Ohne sie loszulassen, warf der Likedeeler den Kopf in den Nacken … und lachte. Lachte! Isabella wand sich in seinem Griff. Was allerdings zur Folge hatte, dass sich ihre nackten Brüste auf sehr anregende Weise an seinem Körper rieben. Und ihre verräterischen Knospen hatten nichts Besseres zu tun, als umgehend von Wut auf Lust umzuschalten. Doch wenigstens ging es ihm nicht anders. Denn als ihr Schenkel – zufällig oder nicht – über seine Körpermitte streifte, musste sie unwillkürlich wieder an aufgerichtete Schiffsmasten denken. Und ans Aufentern. Aber das könnte ihm so passen!

Mit Unschuldsmiene sah sie ihn an, leckte sich über die salzigen Lippen … und schlang ihm beide Beine um die Hüfte. Ihre Hand fuhr in seine Hose und befreite sein hartes Meerungeheuer. Lasziv rieb sie sich daran, ließ ihn genießerisch ihre Schamlippen teilen. Zustoßen konnte er so allerdings nicht. Denn es war unmöglich, gleichzeitig zu schwimmen und ihren widerspenstigen Körper zu kontrollieren. Sie lächelte süffisant. Räkelte sich genießerisch und provokant in seinen Armen. Was werdet Ihr tun, Pirat?

Seine Augen wurden eine Spur dunkler. Seine Hand griff in ihre Haare, die ihr nun nass und glatt über den Rücken fielen. Wie ein Büschel Seegras schlängelten sie sich zwischen seinen Fingern. Er zog ihr den Kopf in den Nacken und starrte sie an.

„See-Luder!“, knurrte Gödeke Michels und presste seine Lippen auf ihre. Seine Zunge schob sich in Isabellas Mund, um dort eine Gleichgesinnte zu finden.

Es war ein Kampf der Leidenschaften. Die Wogen umspülten zwei Körper, die versuchten, gleichzeitig zu schwimmen und sich zu balgen wie See-Otter. Knurrende Gier. Stoßweiser Atem. Rauschendes Blut. Für einen Augenblick schien das Meer zu überlegen, ob diese beiden Lust-trunkenen Gestalten nicht doch in seine Welt gehörten.

Weder Isabella noch Gödeke hätte sagen können, wie viel Zeit im Meeres-Rausch verging. Irgendwann aber tauchten sie wieder daraus auf, denn das Land begann zu locken. Mit verlässlichem Boden, auf dem man liegen und ruhen konnte. Oder sich wälzen und zustoßen. Wie überaus verführerisch das alles plötzlich klang! Doch als Gödeke die paar Meter zur Insel zurück schwamm, zögerte Isabella. Ihre Entdeckung von vorhin ließ ihr keine Ruhe.

„Ich komme gleich nach“, rief sie dem Likedeeler hinterher und tauchte noch einmal in den Kolk hinab.

Tatsächlich! Ihre Augen hatten ihr kein Trugbild vorgegaukelt: Zwischen den Steinen der ehemaligen Befestigung hatte sich eine kleine Holzkiste mit Metallbeschlägen verklemmt. Wie spannend! Vorsichtig ruckelte Isabella daran, um das Ding zu befreien. Das erwies sich allerdings als schwierig. Mehrfach musste sie wieder auftauchen und ein paar tiefe Atemzüge nehmen, um ihre Arbeit fortsetzen zu können. Doch schließlich hatte sie genügend Steine und Schlick beiseite geräumt, um den Schatz bergen zu können.

Denn ein solcher war es. Ganz bestimmt! Isabella war nicht bereit, andere Möglichkeiten auch nur in Erwägung zu ziehen. Was für eine Enttäuschung, wenn die Truhe nur ein paar Werkzeuge enthielte. Oder drei Garnituren lumpiger Hosen und abgetragener Stiefel. Nein, das durfte einfach nicht sein! Und sie hielt es auch für unwahrscheinlich.

Das hier war ganz bestimmt keine gewöhnliche Seemannskiste, in der irgendein Matrose seine Klamotten und sonstigen privaten Habseligkeiten aufbewahrt hatte. Dafür war das Ding zu klein, zu kompakt und zu schwer. Isabella konnte ihren Fund problemlos mit den Armen umfassen. Die Kiste an die Oberfläche zu bringen, war allerdings trotzdem nicht ganz einfach. Doch mit einiger Mühe gelang ihr auch das. Nur ein Dutzend Schwimmzüge noch, ein paar Schritte durchs Wasser, und sie war an Land. Mitsamt ihrer Entdeckung.

Schwer atmend ließ sie sich neben Gödeke in den Sand fallen und stellte ihren Fund vor ihre Füße.

„Seht nur!", sagte sie fasziniert.

„Oh ja, ich sehe!", grinste der Freibeuter und ließ seinen Blick über ihr Hemdchen gleiten, das nun fast durchsichtig vor Nässe auf ihren Brüsten klebte.

Isabella rollte mit den Augen.

„Schon gut!", sagte er und beugte sich ebenfalls vor. „Ich gebe zu, das ist interessant. Was da wohl drin ist? Allein die Kiste sieht schon verdammt alt aus."

Das harte Eichenholz wirkte tatsächlich wie ein Gruß aus einem anderen Jahrhundert und trug eine weiße Kruste aus Seepocken. Der Verschluss hatte sich verzogen und klemmte. Doch als Isabella mit einem Stein vorsichtig dagegen hämmerte, gab er nach. Mit einem feuchten Knarren öffnete sich der Deckel … und den beiden Strandgut-Sammlern blieb der Mund offen stehen. Denn in der Truhe schimmerte es golden.

Es war kein Schatz im klassischen Sinne. Keine Münzen, Perlen und Edelsteine. Eher sah es aus wie das Vermächtnis eines alten, religiösen Kultes. Isabella hatte keine Ahnung, wer die Menschen gewesen waren, denen diese Kiste gehört hatte. Ihr Glaube und ihre Riten waren längst in Vergessenheit geraten. Doch sie hatten zweifellos den Freuden der Sinnlichkeit gehuldigt! Wie sonst waren die kleinen, hölzernen Statuen zu erklären, die überaus offenherzig ihre tiefen Spalten und überdimensionalen Geschlechtsorgane präsentierten? Oder die geschnitzten Paare, auf ewig verschlungen in Lust?

Das Faszinierendste aber lag am Boden der Kiste. Andächtig nahm Isabella die zwölf etwa handgroßen Tafeln heraus und legte sie nebeneinander in den Sand. Pures Gold leuchtete in der Sonne, kunstvolle Figuren zierten die schimmernde Oberfläche. Und was sie taten … Isabella schluckte. Es war eine Galerie des Lasters – fantasievoll und abgrundtief verdorben.

Ob die dargestellten Ausschweifungen als Anregung gedacht gewesen waren? Mussten oder durften die Anhänger des Kults diese Riten zu bestimmten Gelegenheiten vollziehen? Isabella und Gödeke tauschten einen langen, vielsagenden Blick. Und in der Luft schwirrten goldene Gedanken.

Plötzlich aber stand der Likedeeler auf und klopfte sich energisch den Sand von der Hose. „Ich muss mich jetzt leider verabschieden", sagte er. „Ich habe noch etwas zu erledigen und bin spät dran." Er zog sein Hemd wieder an. „Sehen wir uns später?"

„Natürlich", erwiderte Isabella. „Die Insel ist ja nicht groß, da werden wir das kaum vermeiden können!"

„Gut!", nickte Gödeke und warf ihr noch einen schwer zu deutenden Blick über die Schulter zu. „Ich hätte Euch übrigens nicht ertrinken lassen."

Damit bückte er sich und hob eine der goldenen Tafeln auf. Mit dem Bild nach unten drückte er sie ihr in die Hand. „Die Szene hier erinnert mich an Euch", sagte er mit einem anzüglichen Grinsen. Dann schlenderte er pfeifend davon. Kopfschüttelnd sah Isabella ihm hinterher. Und diesmal war nichts Schlangenhaftes in ihren Augen.

Kapitel 8
Schlangen und Seeteufel

2018

Vielleicht war es dieser Blick. Ein wenig starr. Kalt. Und vollkommen unergründlich. Schlangen hatten Elena schon seit jeher fasziniert. Sie erinnerte sich noch gut daran, wie sie als Kind mit ihrer Schulklasse eine Reptilien-Ausstellung besucht hatte. Die Organisatoren hatten gefragt, ob jemand mal eine Schlange anfassen wolle. Niemand hatte sich gemeldet. Bis auf Elena.

Dabei war es nicht mal eine Giftschlange gewesen, sondern eine große, gutmütige und ziemlich träge Boa. Komplett ungefährlich, solange sie einen nicht in ihren Würgegriff nahm. Ohne zu zögern war Elena damals vorgetreten, hatte ihre Hand auf das Tier gelegt und ihm sanft über den Rücken gestrichen. Sie hatte seine schuppige Haut gespürt und das Spiel seiner Muskeln darunter. Seither wusste sie, dass sich Schlangen keineswegs glitschig anfühlten, sondern angenehm warm und trocken. So wie Shakti jetzt.

Wobei die natürlich schon ein anderes Kaliber war. Selbst ohne ihre Giftzähne. An ihrem lauernden, ein wenig tückischen Wesen hatte die kleine Operation offenbar nichts geändert. Shakti fixierte sie. Und zuckte dann urplötzlich vor. Kein echter Angriff. Doch eine unmissverständliche Drohung.

Wie gut, dass Elena auf der Zahnoperation bestanden hatte! Mit seinen tödlichen Waffen im Maul hätte sie das Tier auf keinen Fall in ihr Bett gelassen. Und das hatte sie Alexander gegenüber auch unmissverständlich klar gemacht, als sie ihre kleine Siegesfeier geplant hatten. Sie mochte ja ein Faible für morbide Spielereien haben. Aber lebensmüde war sie nicht! Besonders jetzt nicht, nach den schrecklichen Erlebnissen im Keller des Schmetterlingssammlers.

Elena wand sich ein wenig in ihrer Fessel und versuchte dabei, gleichzeitig Shakti und Alexander im Auge zu behalten. Er musste die Giftzähne entfernt haben. Ganz sicher. „*Habe ich das?*“ Seine provokante Frage klang ihr noch in den Ohren. Sie wäre gar nicht auf die Idee gekommen, dass er sich über ihre Abmachung hinwegsetzen könnte. Würde er sie beide tatsächlich in Lebensgefahr bringen? Wegen eines Machtspiels? Bei jedem anderen Menschen, den sie kannte, wäre das eine völlig absurde Vorstellung gewesen. Aber bei ihm? Wenn sie ehrlich war, dann konnte man ihm so etwas durchaus zutrauen. Man musste es sogar. Er ging über die Grenzen. Immer wieder. Weil er es konnte. So, wie sie es auch tat. War das nicht Teil dieser rätselhaften Anziehungskraft zwischen ihnen?

Über den Dächern von Hamburg war ein Gewitter aufgezogen. Pechschwarze Wolken ballten sich am Himmel wie Untiere auf dem Sprung. Die Atmosphäre schien sich elektrisch aufzuladen. Sie knisterte förmlich. Die Schachkönigin in Fesseln suchte Alexanders Blick. Seine Augen schimmerten dunkel, aber sanft. Erstaunlich sanft sogar. War das verdächtig? Falsch? Konnte sie ihm wirklich noch trauen?

Selbstverständlich! Er war doch ihr Geschöpf, der Höllenfürst. Dessen war sie sich immer sicher gewesen. Und doch … Elena hätte nicht sagen können, woher die Gänsehaut auf ihren Armen kam. Oder das leichte Unwohlsein in ihrem Magen. Hatte die letzte Nacht etwas verändert zwischen ihnen? Hatte sich das Gleichgewicht ihrer Kräfte subtil verschoben, weil Alexander nun auch getötet hatte? Weil sie ihm diese Machterfahrung nicht mehr voraus hatte? Waren sie jetzt ebenbürtig? Oder fühlte er sich sogar überlegen?

Draußen grollte ein erster Donner. Der Himmel leuchtete in einem giftigen Schwefelgelb. Beinahe unnatürlich. Sie bohrte ihren

Blick in seinen. Doch er gab natürlich nicht nach. Kein Blinzeln. Kein Ausweichen.

Dabei hatte sie ihn doch in der Hand, oder nicht? Wenn sie wollte, konnte sie der Polizei eine sehr glaubhafte Geschichte über den Mörder ihres Mannes erzählen. Sie konnte minutiös erklären, wie es zu jenem rätselhaften Schlangenbiss gekommen war, der Klaus Scherer das Leben gekostet hatte.

Alexander würde in ihrer Geschichte die Rolle des eifersüchtigen Liebhabers spielen, der die schöne Elena ganz für sich allein haben wollte. Ein Motiv wie aus dem Bilderbuch. Sie würde genau schildern, wie er sie unter Druck gesetzt hatte. Wie er gedroht und gefleht hatte, sie möge ihren verfluchten Mann doch endlich verlassen. Mit Tränen in den Augen und brüchiger Stimme würde sie den Beamten erklären, dass sie seinem Drängen natürlich nicht nachgegeben hatte. Und dass Alexander auf eine geradezu beängstigende Weise reagiert hatte. Er musste vollkommen den Verstand verloren und sich in seinem kranken Hirn dieses abscheuliche Verbrechen ausgedacht haben.

So weit, so gut. Das Dumme war nur, dass er umgekehrt auch so einiges gegen sie in der Hand hatte. Er wusste ja von ihren beiden erfolgreichen Algenmorden. Natürlich hatte sie nicht widerstehen können und ihm davon erzählt. Es war einfach zu verlockend gewesen, ihn einzuweihen. Den wohl einzigen Menschen, der wirklich verstand, was sie dabei empfunden hatte. Sie hatte gesehen, wie sich ihre Skrupellosigkeit in seinen Augen spiegelte. Was für ein berauschendes Gefühl! Sie hatte seine Bewunderung genossen wie warme Sonnenstrahlen auf ihrer Haut. Und irgendwie hatte ihr Triumph dadurch noch süßer geschmeckt.

Das Gewitter trommelte mit Regentropfen-Fingern gegen die Fensterscheiben. Alexanders warme Hände fuhren über die Seiten ihres Körpers, wanderten über ihre Hüften. Ihr Herz schlug ein wenig schneller. Shaktis schuppiger Körper strich an ihren Brüsten entlang. Ein feiner Reiz, dem sich ihre ohnehin schon angeschwollenen Knospen ganz unwillkürlich entgegen reckten. Elenas Synapsen schnurrten genießerisch. Doch ihre Gedanken kreisten weiter. War es wohl ein Fehler gewesen, Alexander einzuweihen? Entglitt ihr die Kontrolle über ihn, seit er selbst den Tod gebracht hatte?

Seine dunklen Augen blickten sie genauso undurchschaubar an wie die der Schlange. Überaus reizvoll. Aber eben auch gefährlich.

Natürlich hatte er nichts Schriftliches gegen Frau Dr. Scherer in der Hand. Keinen einzigen hieb- und stichfesten Beweis. Aber er konnte genau beschreiben, wie es in ihrem privaten Kellerlabor in Hummelbüttel aussah und welche Experimente sie dort durchgeführt hatte. Er war ja gestern Nacht erst dort gewesen. Und zwar nicht nur, um sich von Klaus' Tod zu überzeugen. Auf Elenas Anweisung hin hatte Alexander auch die Aquarien mit den mikroskopisch kleinen Giftmischern die Treppe hinauf getragen und den Inhalt im Garten in die Hecke gekippt.

„Du darfst das Zeug auf keinen Fall ins Klo schütten", hatte sie ihm eingeschärft. Nicht auszudenken, wenn bei einer Routinekontrolle in der Kläranlage oder in der Elbe Saxitoxin-haltige Algen nachgewiesen würden. Das würde auf jeden Fall weitere Untersuchungen nach sich ziehen. Und dann bestand die durchaus realistische Gefahr, dass jemand eine Verbindung zu gewissen mysteriösen Todesfällen zog. Das konnte sie auf keinen Fall riskieren. Doch im Haus konnten die Algen auch nicht bleiben. Nach dem rätselhaften Unfall ihres Mannes wollte sich die Polizei dort bestimmt einmal umsehen, um die näheren Umstände aufzuklären. Reine Routine. Möglicherweise würden den Beamten die Algen im Keller gar nicht verdächtig vorkommen. Vielleicht aber doch. Vor allem, wenn dieser impertinente Privatdetektiv sie mit der Nase darauf stieß.

Paul Hilker war wie ein Bluthund. Er hatte Elenas Spur aufgenommen, und er würde sie verfolgen. Giftige Algen in ihrem Keller waren genau das Indiz, nach dem er suchte. Also hatte sie sich wohl oder übel von ihren treuen „Dinos" trennen müssen. Vorerst zumindest. Elena grinste süffisant. Kommen Sie ruhig vorbei, Monsieur Poirot!

Sie wusste nicht, ob der Detektiv schon in ihrem Haus herumgeschnüffelt und einen Blick auf die Aquarien geworfen hatte. Falls ja, hätte es verdächtig gewirkt, wenn die Becken bei seinem nächsten Besuch verschwunden gewesen wären. Doch dank Alexanders Einsatz standen sie nun da wie eh und je. Allerdings sorgfältig gespült und mit frischem Seewasser versehen. Es schwammen auch wieder Algen darin. Nur waren das vollkommen harmlose Arten, die auch nicht die kleinste Spur von Gift produzieren konnten. Elenas Mundwinkel zuckten. Falls der Herr Detektiv heimlich eine Probe nehmen und untersuchen lassen wollte: Nur zu! Sie hätte zu gern sein enttäuschtes Gesicht gesehen, wenn er die Ergebnisse bekam.

Soweit war es ein hervorragender Plan. Wenn da nur nicht dieser kleine Zweifel wäre, der seit Neuestem an ihren Nerven nagte. Wie konnte sie sicher sein, dass der Höllenfürst wirklich alle Algen vernichtet hatte? Vielleicht hatte er ja ein paar mitgenommen, um einen Beweis gegen Elena in der Hand zu haben? Würde er versuchen, auch ihr die Giftzähne zu ziehen?

„Woran denkst Du?", fragte er leise.

„Ich frage mich, ob uns nun noch mehr verbindet als vorher." Das war zumindest ein Teil der Wahrheit.

Er wusste sofort, was sie meinte. „Weil ich für dich getötet habe?"

„Für uns!", korrigierte sie scharf.

„Natürlich."

„All das hier dient ja nicht zuletzt auch deinen Interessen. Das solltest du nicht vergessen."

„Wie könnte ich? Die erste Lieferung ist ja schon unterwegs." Er beugte sich vor. „Von meinen anderen Interessen mal abgesehen."

Seine Lippen fuhren seitlich an ihrem Hals entlang. Sie spürte seinen Atem und das Kratzen seiner Bartstoppeln auf der Haut. Rau, zum Glück. Kein Gedanke an zarte Schmetterlingsflügel.

„Es hat sich nichts verändert", flüsterte er. „Wir sind eins, Elena! Geschöpfe der Finsternis. Hart und unnachgiebig wie schwarzer Diamant. Aber mit einem lavabrodelnden Feuer im Inneren."

Seine Finger schlossen sich hart um ihre rechte Brust. Shakti schlängelte sich behände aus dem Weg und glitt ein wenig weiter nach unten. Zusammengeringelt lag ihr gestreifter Körper nun auf ihrem Bauch, ein matt schimmerndes Kunstwerk aus Schiefer und Sahne. Ihr Kopf ruhte auf Elenas Oberschenkel.

„Unsere Dämonen stammen aus der gleichen Hölle", fuhr Alexander fort. Seine Stimme klang nach leckenden Flammen. „Sie begehren sich bis zum Wahnsinn. So wie wir. Sie wollen nicht nur vögeln, sondern miteinander verschmelzen. Um gemeinsam etwas zu schaffen, das größer ist als sie selbst. Ein Werk aus Schatten und Finsternis, aus Macht und Verdorbenheit …"

Elena zitterte. Was für ein Romantiker er war! Sie spürte seine Worte geradezu körperlich. Als poliere er ihr Inneres mit dunklen Samthandschuhen, bis all das Entsetzen, der Schock und auch das Misstrauen verschwanden, die sich dort angesammelt hatten. Die Kruste war schon ganz dünn geworden. Und er wusste es. Schien es wahrzunehmen mit einer Art sechstem Sinn. Witterte er ihre Schwäche? Oder wurde sie langsam paranoid?

Hell zuckte ein Blitz über den Himmel, gefolgt von einem krachenden Donnerschlag. „Genauso wie wir, Elena!" Seine Stimme stieg noch ein paar Stufen tiefer in die Abgründe hinab. Erotische Verlockung glitzerte in seinen Wortgespinsten. Am schwarzdrohenden Himmel verstärkte sich das Wetterleuchten.

„Wir sind füreinander gemacht. Und wenn wir das akzeptieren, können wir alles erreichen. Vor allem jetzt, da ich weiß, wie es sich anfühlt. Wir haben beide getötet. Und wir werden es wieder tun, wenn uns danach ist."

Seine Hände wanderten zwischen ihre Beine und schoben sie energisch auseinander. Mit gespreizten Schenkeln und gebundenen Händen lag Elena da, ihm und seinen Blicken ausgeliefert.

„Ja", flüsterte sie heiser. Ohne selbst genau zu wissen, ob sie seinen Worten zustimmte oder der unverkennbaren Gier in seinen Augen. Sie wusste nur, dass sie reagierte. Heftig. Ihr Misstrauen duckte sich vor Alexanders Worten in den hintersten Winkel ihres Gehirns. Ihre Vorsicht wich zurück vor der zuckenden Lust. Und ertrank in den ersten Tropfen, die aus ihrer klaffenden Spalte rannen.

Der Regen peitschte gegen die Fenster. Shakti hob den Kopf und züngelte. Prüfte die Gewitter-Luft mit ihren feinen Sensoren. Roch sie all das chemische Geflüster, das über diesem Bett hing? Nahm sie die menschlichen Lockstoffe wahr, das Begehren und die pure Geilheit? War ihr das alles fremd? Elena hätte es nicht sagen können. Doch sie spürte die plötzliche Distanz. Lautlos kroch die Schlange von ihrem Bauch. Eine letzte, warm-schuppige Berührung, und sie glitt über das weiße Laken davon.

Dann war kein Platz mehr für Ablenkungen. Mit einem Ruck löste Alexander Elenas Fesseln. Und als er sich knurrend auf sie warf, flohen ihre Gedanken in die schmalsten Ritzen des Parketts. Zurück blieb die pure Wollust, die ihr die Krallen in die Seele schlug. Zwei Körper bäumten sich auf. Hart drang er in sie ein und biss ihr gleichzeitig in die Schulter. Nicht fest, aber doch so, wie sie es liebte. Laut stöhnte sie auf. Verwandelte sich. Und blieb doch die Gleiche. Lustvoll und mörderisch.

Weiter, schneller, nur immer höher hinauf! Schwankend, taumelnd und tanzend zwischen den Facetten der Gier. Wer würde ihr nächstes Opfer sein? Die roten Streifen der Couch schimmerten wie Blut. Vor den großen Fenstern flackerten die Blitze im Sekundentakt über den Himmel und tauchten das Bett in diabolisches Licht. Die Spannung entlud sich im Donnerkrachen. Und in einem heiseren Schrei.

Später. Elena hätte nicht sagen können, wie viel Zeit vergangen war. Es regnete immer noch. Doch die Tropfen hatten ihre peitschende Wucht verloren. Der Himmel wurde zusehends heller. Es konnte nicht mehr lange dauern, bis die Sonne erste, weiche Stahlen durch die Wolkenränder schmuggelte. Und wie das Wetter war auch die Stimmung sanfter geworden.

Elena atmete tief durch. Die Verletzung an ihrem Bein hatte leicht zu pochen begonnen, ebenso wie das ramponierte Jochbein. Doch ansonsten fühlte sie sich entspannt und zufrieden. Sie hatte all die Gedankengespenster eingefangen und in eine der hinteren Kammern ihres Hirns gesperrt. Dorthin, wo sie keinen weiteren Schaden anrichten konnten.

Was war vorhin bloß in sie gefahren? Wie kam sie plötzlich dazu, an ihrem vertrautesten Komplizen zu zweifeln? Die Entführung musste sie doch stärker erschüttert haben, als sie gedacht hatte. Es gab keinerlei Grund für irgendwelches Misstrauen! Hatte die gerade abgeklungene Raserei denn nicht gezeigt, dass zwischen ihnen alles beim Alten war? Nein, so konnte man es auch nicht sagen: Ihre seit jeher ungewöhnliche Beziehung hatte sogar noch an Tiefe und Intensität gewonnen. Und darüber konnte sie sich ja wohl kaum beschweren!

Sie drehte sich zu Alexander um. „Ich gehe mal unter die Dusche“, kündigte sie mit einem lasziven Lächeln an. „Und du weißt, was ich hinterher will.“

„Austern und Champagner, Madame.“ Er grinste. „Auf einem Silbertablett. Wie immer, wenn ich Euch Euer verdorbenes Hirn in kleine Würfel gefickt und damit gezockt habe. Sie fallen immer auf die Sechs.“

„Weil ihr es versteht zu spielen, Monsieur!“ Sie stand mit einer fließenden Bewegung auf und warf ihm eine Kusshand zu. Dann hob sie die edlen Einkaufstüten auf, die sie bei ihrer Ankunft in der Suite achtlos fallengelassen hatte.

„Warst du shoppen?", erkundigte sich Alexander amüsiert.

Elena nickte. Nach ihrem kurzen Besuch im Krankenhaus hatte sie zwar eigentlich sofort zum *Elysée* fahren wollen. Die Lust und die Ungeduld hatten sie geradezu magisch dorthin gezogen. Aber trotzdem hatte sie sich die Zeit genommen für einen kurzen Besuch in zwei oder drei ihrer Lieblingsboutiquen und im *Alsterhaus*.

„Ich musste mich dringend neu einkleiden", erklärte sie mit einem entnervten Augenrollen. „Wenn ich noch eine Stunde länger in dem Fetzen von Johanna herumlaufen müsste, würde ich wahrscheinlich durchdrehen. Ich glaube, ich bin allergisch gegen diese Frau. In ihrem Kleid habe ich mich gefühlt, als müsste ich mich ständig kratzen."

Alexander lachte. „Du hast ja wirklich einen Narren an der gefressen. Sollen wir sie umbringen?"

Elena warf ihm einen vernichtenden Blick zu. „Sehr witzig! Lass die dämlichen Sprüche und besorg uns was zu essen!" Damit verschwand sie im Bad.

Als sie gut zwanzig Minuten später mit feuchten Haaren und in einen weichen Bademantel gehüllt wieder herauskam, musste sie unwillkürlich lächeln. Denn Alexander hatte sich offensichtlich bemüht, ihre Wünsche bis aufs i-Tüpfelchen zu erfüllen. Die junge Frau vom Zimmerservice schob soeben ihren Servierwagen aus dem Zimmer und verabschiedete sich. Elena entging nicht, wie sie Alexander ansah. Wie elektrisiert. Dabei war der Höllenfürst inzwischen wieder vollständig bekleidet und wirkte für den Moment nicht sonderlich diabolisch. Er trug die liebenswürdig-kultivierte Maske.

„Vielen Dank und einen schönen Tag noch", sagte er freundlich. Doch er lehnte am Türrahmen wie das lebendig gewordene Sexversprechen. Und das war den erotischen Sensoren der Hotelangestellten keineswegs entgangen.

„Das wünsche ich Ihnen auch", murmelte sie und schloss leise die Tür. Sie war sogar ein bisschen rot geworden.

Elena und Alexander tauschten ein komplizenhaftes Grinsen.

„Und nun zu uns, Madame", sagte er galant und wies einladend auf den kleinen Tisch am Fenster.

Wohlig ließ sich Elena auf einen der bequemen, rot gestreiften Stühle sinken und nahm das Champagnerglas entgegen, das er ihr reichte.

„Auf das Leben und den Tod", sagte sie leise.

„Auf das Leben und den Tod."

Sie stießen an. Und im Klingen der Gläser wisperte ein unheilvoller Zauber.

Neben dem Sektkühler und einem Körbchen mit frischem Baguette hatte die Hotelangestellte eine große, silberne Platte in Muschelform auf den Tisch gestellt. Darauf ruhte ein Dutzend Austern in einem mit Zitronenscheibchen dekorierten Bett aus gestoßenem Eis.

„Wunderbar", seufzte Elena und griff nach der ersten Muschel. Sie träufelte ein wenig Zitronensaft auf das rohe Fleisch und führte die Schale langsam an ihre Lippen. Ein genießerisches Schlürfen, schon schmeckte sie den salzigen Geschmack des Meeres auf der Zunge. Sie schloss beinahe lustvoll die Augen. Der Tag entwickelte sich zunehmend nach ihrem Geschmack.

Schon allein die Art, wie Alexander mit sichtlichem Vergnügen ebenfalls seine erste Auster verspeiste, lockte ihr schon wieder ein leichtes und äußerst angenehmes Pochen zwischen die Beine. Sie wusste natürlich, dass Austern allein kein Aphrodisiakum waren. Man brauchte schon auch die richtige Gesellschaft, damit sie wirkten. Wenn man die aber hatte ... Sie spürte selbst, wie ihr Lächeln sinnlicher wurde.

„Wo ist eigentlich Shakti?", schnurrte sie.

Die erotische Seifenblase, in der sie geschwebt hatten, zerplatzte in Sekundenbruchteilen.

„Shakti?!" Alexander fuhr sichtlich zusammen und seine Augen weiteten sich.

Mit dieser Reaktion hatte Elena nicht gerechnet. Wollte er sie verarschen?

„Ja, Shakti! Einen guten Meter lang, schlank, in gestreiftes Leder gekleidet. Du erinnerst dich sicher an sie."

Er wirkte tatsächlich ein wenig verlegen. Nicht Herr der Lage, so wie sonst. „Ähm, also ... ich habe tatsächlich gar nicht mehr an sie gedacht. Ich war irgendwie ... abgelenkt." Er versuchte es mit seinem Draufgänger-Grinsen, doch das ging ziemlich daneben.

Elena verdrehte die Augen. „Das kann doch wohl nicht dein Ernst sein! Na los, wir müssen sie finden. Weit kann sie ja nicht sein."

Sie machten sich auf die Suche. Durchkämmten jede Ecke der Suite. Hoben Kissen und Polster hoch, sahen unter jeden Sessel und hinter jeden Vorhang. Sie rückten sogar die Möbel von den Wänden. Nichts.

„Verflucht nochmal! Das gibt's doch überhaupt nicht!" Elena ließ sich entnervt aufs Bett fallen. „Wo steckt das Vieh bloß? Sie kann hier doch eigentlich gar nicht raus?"

„Es sei denn ..." Alexander war offensichtlich nicht mehr nach Grinsen zumute.

„Ja?"

„Ich dachte gerade an den Zimmerservice. An diesen Servierwagen. Da hingen doch ringsum solche Stoffbahnen runter. Wie Vorhänge. Damit man in der unteren Etage einen Mülleimer reinstellen kann, ohne dass man ihn sieht. Oder schmutziges Geschirr oder so."

Elenas Augen weiteten sich. „Du meinst, sie ist unbemerkt in diesen Servierwagen gekrochen und abgehauen?"

Alexander hob ratlos die Schultern. „Eine andere Idee habe ich im Augenblick nicht."

Elena starrte ihn an. „Das heißt, in diesem Moment kriecht hier eine ziemlich große und auffällige Giftschlange durchs Hotel. Und jeden Moment kann irgendwer sie sehen und einen hysterischen

Anfall bekommen. Das ist einfach großartig! Genau das Aufsehen, das wir beide so überaus gut gebrauchen können!"

Er nickte. „Ich glaube, es ist sogar noch schlimmer."

„Was?"

Alexander biss sich auf die Unterlippe. Er wirkte angespannt, sogar ein wenig blass um die Nase. Er sah auf die Uhr. „Viertel nach drei. Seit einer guten Viertelstunde dürfte das Haus voller Presse sein."

„Wieso das denn?"

„Weil der HSV einen neuen Fußballstar verpflichtet hat. Der residiert vorläufig im *Elysée*. Und heute Nachmittag wird er mit einer großen Pressekonferenz vorgestellt. Hier im Haus. Ich habe vorhin beim Frühstück davon gehört."

„Verdammte Scheiße!"

„Ganz genau!"

Beiden war klar, was das bedeuten konnte. Wenn einer der Fotografen und Kameraleute zufällig auf die Schlange stieß, würde die Geschichte im Handumdrehen die Runde machen. In voller, gestreifter Schönheit würde Shakti morgen in allen Zeitungen zu sehen sein. Und heute schon in den Abendnachrichten im Fernsehen.

Sicher würde es dann nicht lange dauern, bis irgendein Experte das auffällige Reptil als indische Giftschlange identifizierte. Und dann brauchte man ja nur eins und eins zusammenzuzählen: Ein Krait im *Elysée*, ein weiterer, der gerade einen tödlichen „Unfall" im Haus eines angesehenen Hamburger Geschäftsmannes verursacht hatte. Selbst dem dümmsten Boulevard-Pressefuzzi oder Sportreporter dürfte es wohl nicht schwerfallen, eine Verbindung zwischen den beiden Ereignissen herzustellen. Die Polizei jedenfalls würde da ganz sicher einen Zusammenhang sehen. Und zu ermitteln beginnen, wer von den Hotelgästen eine Verbindung zu solchen Tieren haben könnte. Ganz zu schweigen davon, wenn ein Mann namens Paul Hilker davon Wind bekäme.

Nein! Das galt es zu verhindern! Und zwar schleunigst. Das Gehirn der Schachkönigin lief bereits auf Hochtouren, kreischend rot tanzte das Warnblinklicht in ihrem Kopf.

Elena und Alexander wechselten einen Blick. Und beide sahen in den Augen des anderen die eigene Entschlossenheit. Sie würden nicht in Panik geraten, sondern handeln. So kaltblütig, wie es ihre Natur war. Elena war ausgesprochen froh, dass es nicht Klaus Scherer war, mit dem sie diese Situation meistern musste. Alexander würde in dieser Krise ein echter Partner sein. Ihr Misstrauen hatte sich in Luft aufgelöst.

„Mach den Fernseher an", sagte sie. „Ich suche inzwischen im Internet. Bestimmt wird die Konferenz irgendwo live übertragen. Dann sehen wir, wie weit sie sind. Und ob wir gleich nach Shakti suchen sollten oder lieber abwarten, bis die Meute sich verzogen hat."

Tatsächlich hatte der NDR ihnen den Gefallen getan, einen Livestream von der Veranstaltung anzubieten. In einem Konferenzraum sah man den fußballerischen Neuzugang neben dem Trainer und dem Pressesprecher des Vereins sitzen. Alle lächelten freundlich. Es war offenbar gerade erst losgegangen. Der Pressesprecher war noch mit der offiziellen Begrüßung der versammelten Medienvertreter beschäftigt. Er freute sich erst einmal ausgiebig über das rege Interesse der geschätzten Kollegen an der Neuverpflichtung, die zweifellos eine große Bereicherung …

Elena hörte nicht mehr zu. „Sieht aus, als würde es noch eine ganze Weile dauern, oder?"

Alexander nickte. „Ja. Wenn alle ihre Eingangsstatements abgelassen haben, werden die Journalisten bestimmt eine ganze Menge Fragen stellen. Und dann ist offenbar auch noch ein Imbiss geplant." Er wies auf den Bildschirm.

Die Kamera hatte für einen Moment das Podium verlassen und schwenkte durch den Raum. An der hinteren Wand hatte man ein paar weiß gedeckte Tische zu einer Art Buffet zusammengeschoben, auf dem Kaffee und kalte Getränke warteten. Für den kleinen Journalistenhunger hatte man Obst und Kekse, herzhafte Häppchen und kleine Kuchenstücke angerichtet.

Doch was Elena ins Auge sprang, war kein Lachsbrötchen oder Heidelbeer-Muffin. Es war ein Schwanz. Ein hell und dunkel geringelter Reptilienschwanz, der eine Handbreit hinter dem großen Blumenkübel neben dem kalten Buffet hervorragte. Die Kamera hatte ihn nur flüchtig gestreift, bevor sie wieder zurück zum Podium geschwenkt war. Bestimmt war er niemandem sonst aufgefallen. Doch für Elena gab es keinen Zweifel.

„Da hockt das verflixte Vieh", keuchte sie. „Mitten im Journalistenpulk. Wenn ich diese Satansnatter erwische, mache ich ihr einen Knoten in den Schwanz!"

Alexander hatte es auch gesehen. „Wahrscheinlich ist die Frau mit dem Servierwagen von hier gleich runter in den Konferenzraum gefahren und hat dort noch irgendwas nachgeliefert", spekulierte er. „Und diese Gelegenheit hat unsere Shakti genutzt." In seinen Augen glomm unfreiwillige Bewunderung ob so viel draufgängerischer Reptilien-Frechheit.

„Ja, ich bin sicher, das hättest du an ihrer Stelle auch gemacht", gab Elena bissig zurück. „Die Frage ist nur: Wie kriegen wir sie da raus, bevor sich die Meute aufs Buffet stürzt und sie entdeckt?"

„Ich könnte mich als Journalist ausgeben und einfach reingehen", schlug Alexander vor. „Das würde sicher keinem auffallen. Journalisten sind chronisch unpünktlich, da kommt immer jemand zu spät."

„Und was ist, wenn sie deine Akkreditierung sehen wollen? Ich könnte mir durchaus vorstellen, dass man sich vorher anmelden musste."

„Und wenn schon. Ich quatsche mich da schon rein." Er grinste wie ein kleiner Junge. „Vielleicht stelle ich sogar ein paar qualifizierte Fragen an die Herren auf dem Podium."

Elena zog skeptisch die Augenbrauen hoch. „Seit wann hast du denn Ahnung von Fußball?"

„Hab ich nicht", gab er augenzwinkernd zurück. „Aber wenn es darum geht, wichtig klingenden Bullshit zu labern, bin ich absolut unschlagbar. Es wird schon niemand merken. Ich kann auch sehr kritisch aus der Wäsche gucken." Die Sache begann ihm sichtlich Spaß zu machen.

„Vielleicht könnte ich die Korruption im Profifußball thematisieren. Oder darüber schwadronieren, warum sich so wenig homosexuelle Fußballer outen. Genau: Ich sage, ich bin freier Mitarbeiter beim *Queeren Stadtmagazin* und fordere eine Schwulenquote für die Mannschaft! Sowas kommt bestimmt gut an. Ich könnte auch gern den Videobeweis noch mal ansprechen, der ja nach wie vor hart in der Kritik steht. Oder … Fummeln im Strafraum, falls dir das lieber ist? Lattentreffer? Von hinten in die Zange genommen? Na?"

Elena rollte mit den Augen. „Ja, ganz sicher. Und während sich auch noch der letzte deiner angeblichen Journalistenkollegen nach dem Klugscheißer mit den unpassenden Fragen umdreht, gehst du zum Buffet und fängst vor aller Augen eine Giftnatter ein? Großartiger Plan!"

Er zuckte die Achseln. „Hast du einen besseren?"

Elena wurde langsam doch ein wenig nervös. Sie hatten keine Zeit mehr für Geplänkel.

„Ich gehe selbst. Als Hotelmitarbeiterin", entschied sie energisch. „Ruf nochmal den Zimmerservice an. Bestell noch ein paar Snacks. Nein, nicht ein paar. Viele! Wenn die Dame dann klopft, fängst du sie an der Tür ab. Mit deinem besten Schlafzimmerblick. Gib ihr zu verstehen, dass es jetzt gerade sehr ungünstig wäre, wenn sie hereinkäme."

„Das kriege ich hin", meinte er und knipste sein schmutzigstes Verführer-Lächeln an. „Und dann sage ich, sie soll den Servierwagen einfach dalassen, ich kümmere mich selbst um alles?"

Elena nickte. „Ganz genau. Mach schnell, ich ziehe mich derweil an.“

Sie kramte in ihren Einkaufstüten aus den Boutiquen und begutachtete die mitgebrachten Kleidungsstücke. Ein dunkler Bleistiftrock, eine schlichte, weiße Bluse und flache, dunkle Schuhe – ja, doch: Damit konnte sie durchaus als Hotelangestellte durchgehen. Die exzellente Designerqualität würden die tumben Herren Sportreporter schon nicht bemerken. Dazu noch ein unauffälliges Makeup … perfekt!

Nur ihre ziemlich extravagante Frisur machte ihr noch Sorgen. Elena war zwar nicht direkt prominent, hatte aber durchaus schon mit dem einen oder anderen Medienvertreter zu tun gehabt. Mal hatte sie bei einer Pressekonferenz des Universitätsklinikums über ihre Arbeit erzählt, mal als Umweltexpertin über die Verschmutzung der Nordsee. Sogar über die Störtebeker Gesellschaft hatten einige Zeitungen schon berichtet. Wenn es sich bei den Anwesenden nicht durch die Bank um reine Sportjournalisten handelte, war sie vielleicht einem von ihnen schon mal begegnet. Und sie wollte nicht riskieren, dass sich jemand fragte, woher er die aparte Frau mit der auffälligen Ponyfrisur da hinten am Buffet kannte. Wie aber konnte sie sich tarnen? Noch einmal ging sie ihre Tasche durch und zog mit einem triumphierenden Lächeln einen dünnen, veilchenblauen Seidenschal hervor.

Alexander hatte derweil wie besprochen die Frau mit dem Servierwagen an der Tür empfangen und gleich wieder abgewimmelt. Nun kam er mit seiner fahrbaren Beute zurück – und lachte über Elenas Anblick. „Wie siehst du denn aus?“

„Ich bin soeben zum Islam übergetreten“, entgegnete sie würdevoll und schob die Enden ihres rasch konstruierten, aber durchaus kleidsamen Kopftuchs zurecht. „Zum Glück fährt dieses Hotel eine vorurteilsfreie Personalpolitik.“ Sie sah in den Spiegel und staunte selbst darüber, wie der kleine Kunstgriff ihr Äußeres veränderte. „Los, gehen wir!“

„Warte!“ Alexander kramte einen Moment im Kleiderschrank und hielt ihr dann einen Leinenbeutel hin, den man oben mit einer Kordel verschließen konnte. Eigentlich sollten die Gäste ihn mit Kleidungsstücken füllen, die sie gewaschen haben wollten. Doch er mochte auch beim Einfangen eines ungehaltenen Reptils gute Dienste leisten.

„Perfekt!“, befand Elena und verstaute den Sack im Servierwagen. „Wir kriegen sie.“

„Ganz bestimmt.“

Gemeinsam eilten die beiden Großwildjäger den langen Hotelflur entlang und fuhren mit dem Fahrstuhl ins Erdgeschoss, wo die Konferenzräume lagen. Elena schob ihren Servierwagen vor sich her, Alexander hatte sich seinen Rucksack über die Schulter gehängt. Nur für den Fall, dass Shakti zu schlecht drauf war, um sich allein von einem Wäschebeutel bändigen zu lassen.

Rasch hatten sie die richtige Tür gefunden. Das Gemurmel dahinter verriet, dass die Pressekonferenz noch nicht zu Ende war.

„Warte am besten da vorn irgendwo“, raunte Elena und wies in Richtung der Lobby. „Vielleicht brauche ich deine Hilfe, wenn ich mit Shakti zurückkomme.“

Er nickte und zog sich in einen bequemen Sessel in einer unbeachteten Ecke zurück. Scheinbar seelenruhig holte er eine Zeitung aus dem Rucksack und begann zu lesen.

Elena atmete tief durch und drückte vorsichtig die Türklinke des Konferenzraumes herunter. Das Gemurmel wurde lauter. Nur kein Zögern jetzt! Sie arbeitete hier im Hotel und tat nichts weiter als ihre Pflicht. Lautlos schob sie ihren Wagen in den Raum. Zum Glück standen sowohl das Buffet als auch der von Shakti besetzte Blumenkübel an der hinteren Wand, fast direkt neben der Tür. Die einzigen, die in ihre Richtung sahen, waren also die drei Männer vorne auf dem Podium. Und die waren voll damit beschäftigt, die Fragen aus dem Publikum zu beantworten.

Wie war der Neuling im HSV-Dress beim ersten Training empfangen worden? Sah er schon Unterschiede zu seinem alten Club? Wie gefiel ihm Hamburg bisher? Welche neuen taktischen Optionen boten sich der Mannschaft nun?

Die angebliche Hotelangestellte hörte nur mit halbem Ohr hin. Doch der junge Mann schien nicht auf den Mund gefallen zu sein. Begann keinen einzigen Satz mit *„Ja gut, äh, ich sag mal …“*, wie es das Fußballer-Klischee eigentlich verlangte. Ab und zu landete er sogar einen Lacherfolg. Und zwar keinen unfreiwilligen.

Elena atmete auf. Denn die schreibende Zunft hörte interessiert zu und machte sich Notizen. Kein Mensch achtete auf die Frau im Hintergrund, die letzte Hand ans Buffet legte. Ein paar Köpfe hatten sich zwar kurz zu ihr umgewandt. Doch ihre Tarnung funktionierte offenbar tadellos. Keiner würdigte sie eines zweiten Blickes.

Leise begann sie, ein paar der von Alexander bestellten Snacks neben den bereits auf den Tischen stehenden Speisen zu platzieren. Hier ein Keks-Teller, dort ein Schälchen mit Erdnüssen. Dabei pirschte sie sich vorsichtig immer näher an den Blumenkübel heran, hinter dem sie die entflohene Schlange vermutete. Doch der gestreifte Schwanz war verschwunden.

Hatte das Tier sich einfach ein wenig weiter zusammengerollt? Oder sich doch ein anderes feines Plätzchen ausgesucht? Verzweifelt reckte Elena den Hals, konnte aber nichts entdecken. Schließlich ließ sie mit voller Absicht einen Keks fallen, um sich unauffällig über den Kübel beugen und dahinter spähen zu können. Sie sah dunkelblauen Teppichboden, eine cremefarbene Fußleiste und ein Stromkabel. Sonst nichts.

Verflucht nochmal! Elena war kurz davor, mit der Faust auf den Buffet-Tisch zu schlagen. Wo zur Hölle steckte das elende Vieh? Zunehmend nervös sah sie sich um. Nicht auszudenken, wenn es irgendwo dahinten zwischen den Journalistenbeinen herum schlängelte …

„Denk nach, Elena!“, ermahnte sie sich streng, während sie mit zittrigen Fingern Weintrauben und Käsehäppchen arrangierte und gleichzeitig eine Liste möglicher Verstecke durchging. „Wo kann sie sein?“

Vermutlich in irgendeiner dunklen Ecke. Shakti hasste grelles Licht. Es war also unwahrscheinlich, dass sie mitten durch den gut beleuchteten Raum gekrochen war. Unter dem Tisch? Vorsichtig schob Elena das lange, weiße Tischtuch beiseite. Nichts. Was kam sonst noch infrage?

Systematisch ließ sie ihre Blicke schweifen – und blieb an einer großen, schwarzen Tasche hängen, die hinter der letzten Stuhlreihe an der Wand stand. Sie war gepolstert, bestand aus einem wasserabweisenden Material und besaß mehrere Reißverschlüsse, von denen einer weit offen stand. Vermutlich hatte einer der Kameraleute oder Fotografen darin seine Ausrüstung transportiert. Und jetzt … bewegte sie sich.

Wenn man genau hinschaute, konnte man es nicht übersehen. Irgendetwas drückte von innen gegen das Material, beulte es immer wieder an anderen Stellen aus. Es war kein hektisches Zappeln. Eher sah es aus, als winde sich etwas darin. Oder rolle sich zusammen. Eine schlängelnde Präsenz.

Langsam jetzt, nichts überstürzen! Elena schob ihren Wagen am Buffet vorbei auf die Tasche zu. Sie konnte so tun, als würde sie den Papierkorb leeren, der daneben stand. Niemandem würde das auffallen. Sie durfte dabei nur keine hektischen Bewegungen machen, wenn sie Shakti nicht erneut entkommen lassen wollte.

„Hat noch jemand eine Frage?“ Der Pressesprecher ließ seinen Blick auffordernd durch die Reihen der Berichterstatter wandern. „Sonst würden wir dann langsam zum Ende kommen.“

Oh nein, bitte nicht! Elena presste die Lippen zusammen und fluchte innerlich. Wenn jetzt der Taschenbesitzer sein Equipment verstauen wollte und dabei unvermutet einen schuppigen Körper berührte …

Warum fragten die Idioten nicht einfach noch irgendwas? Wurden sie dafür nicht bezahlt? Sie brauchte unbedingt mehr Zeit!

„Das ist ja wieder typisch“, murmelte sie vor sich hin. „Nach der Kohle erkundigt sich natürlich keiner.“

Der junge Mann in der letzten Reihe, dem das Wort „Anfänger“ auf die Stirn tätowiert zu sein schien, wandte den Kopf. Er hatte sie also gehört. Sonst niemand. Gut!

Elena hatte ihm angesehen, dass er sich hier ein bisschen unwohl fühlte. Wahrscheinlich war das seine erste Pressekonferenz, und er wusste nicht so recht, wie er sich verhalten sollte. Oder was er fragen könnte. Nun aber schien ihm das unzufriedene Gemurmel der muslimischen Hotelangestellten doch einen Denkanstoß zu geben. Elena lächelte ihm zu und nickte ermutigend, während sie ihren Wagen weiter Richtung Papierkorb bugsierte.

Der Newbie strahlte sie an, sein Arm schoss in die Höhe. „Ich würde gerne doch noch etwas wissen“, verkündete er. „Was die Transfersumme angeht …“

Elena hörte nicht weiter zu. Je länger und windungsreicher der Junge seine Frage formulierte, umso besser war es. Sie brauchte jetzt jeden winzigen Funken Konzentration für ihre eigene Aufgabe. *La Reina*, die Schachkönigin, war auf der Pirsch.

Der Servierwagen stand perfekt, verdeckte sowohl den Papierkorb als auch die Tasche samt Insassin. Langsam beugte sich Elena vor. Den Wäschebeutel aus dem Hotelzimmer hielt sie in der linken Hand, mit der rechten hob sie vorsichtig die Klappe der Tasche an. Das Gepäckstück besaß ein großes Innenfach, in das eine Kamera gehörte. Und definitiv kein zischender Krait, wie es im Moment der Fall war.

Der Nachwuchsjournalist hatte sich derweil in Eifer geredet, seine Stimme wurde lauter.

„Lassen sie mich die Frage mal so beantworten …“ Die Stimme des Pressesprechers rauschte an Elena vorbei. Alle ihre Sinne waren ganz auf die Schlange gerichtet.

Sie versuchte, Shaktis Blick zu fixieren. Gelang es? Sie war nicht ganz sicher. Doch sie konnte es nicht länger aufschieben. Millimeterweise näherten sich ihre Fingerspitzen dem geschuppten Leib. Vorerst schien das Tier ruhig zu bleiben zu wollen.

Noch fünfzehn Zentimeter.

Zehn. Shakti züngelte. Elena hörte ihr eigenes Herz schlagen.

Fünf. Die Schlangenaugen starrten sie unbewegt an.

Jetzt! Blitzschnell packte die Reptilienbeschwörerin zu, erwischte Shakti hinter dem Kopf und hielt sie fest. Das Tier war merklich nicht einverstanden damit, es zappelte und wehrte sich. Aber sie ließ nicht los. Mit beiden Händen gelang es ihr schließlich, die Schlange in den Leinenbeutel zu verfrachten und die Kordel oben zuzuziehen. Rasch bugsierte sie ihre Beute in die untere Etage des Servierwagens und schob den Vorhang davor.

Geschafft! Im Handumdrehen leerte Elena zur Tarnung tatsächlich noch den Papierkorb. Jetzt aber nichts wie raus hier!

Schon wurden erste Stühle gerückt, Rucksäcke geschultert.

„Ich danke Ihnen fürs Kommen und Ihr Interesse und möchte Sie nun noch zu einem kleinen Imbiss …“

Elena schloss die Tür von außen und der Rest der Abschiedsworte verklang zu einem unverständlichen Gemurmel. Zügig ging sie den Gang entlang. Nur nicht rennen, das wäre verdächtig!

Sie hörte, wie hinter ihr die Tür des Konferenzraums klappte. Eilige Schritte näherten sich. Schneller als ihre. Hatte sie doch zu viel Aufmerksamkeit erregt? Wollte jemand sie zur Rede stellen? Shakti zappelte in ihrem Beutel und brachte das Geschirr in der unteren Etage des Wagens leise zum Klirren. Elena blickte stur geradeaus und steuerte scheinbar unbeirrt auf die Lobby zu. Sie war beschäftigt. Sehr beschäftigt.

„Hallo?“ Die Stimme hinter ihrem Rücken klang durchdringend. Gleich ein paar Nuancen zu laut. Sie gehörte einem Reporter, der ihr eben schon durch seine selbstverliebten Fragen unangenehm aufgefallen war. Was zum Teufel wollte der Kerl?

Er ließ sie nicht lange im Unklaren darüber. Schon hatte er sie eingeholt und hielt sie am Ärmel fest – eine Geste, die Elena hasste wie die Pest. Mit einem energischen Ruck befreite sie sich.

Doch ihr Verfolger ließ nicht locker. „Du Syrien?“, fragte er dröhnend und wies auf ihr Kopftuch.

„Bitte?“, fragte Elena perplex.

„Wenn du Irak, auch egal. Hauptsache Islam.“ Er lachte scheppernd, als habe er einen Witz gemacht. „Wir machen Interview. Homestory, verstehen? Zeigen gut Integration. Zeitung jetzt gerade Serie zu Thema.“

Elena hatte sich wieder gefangen. Sie richtete sich zu ihrer vollen Größe auf und hob das Kinn. „Mein lieber Herr …“, sie warf einen demonstrativen Blick auf sein Namensschild, das er noch nicht abgenommen hatte. „Müller“, fügte sie dann in einem Tonfall hinzu als handele es sich um ein Schimpfwort. „Nur weil ich ein Kopftuch trage, heißt das keineswegs, dass ich irgendwie beschränkt bin.“

Er starrte sie verdattert an.

„Mein Deutsch ist sowohl akzent- als auch einwandfrei. Und ich habe weder einen tyrannischen Patriarchen zu Hause sitzen noch …“

„Verzeihung“, unterbrach sie eine höfliche, kultivierte Stimme hinter ihrer Schulter. Alexander. Elena wurden die Knie weich vor Erleichterung. „Dürfte ich mir wohl eine Packung Erdnüsse von Ihrem Wagen nehmen? Dann müsste ich nicht erst in die Bar laufen.“

„Bedienen Sie sich“, gab sie scheinbar zerstreut zurück. „Im unteren Fach stehen noch welche.“

Alexander ging in die Knie und machte sich an dem Wagen zu schaffen. Sein Rucksack stand auf dem Boden.

„Und was Sie angeht …“, wandte sich Elena erneut an Müller, der sich noch nicht wieder gefangen hatte. „Vielleicht könnten Sie mir freundlicherweise erklären, wie Sie dazu kommen …“

Der punkt- und kommafreie Redeschwall, den sie auf ihn abfeuerte, überforderte ihn sichtlich. Er öffnete den Mund, schloss ihn wieder. Wie ein Fisch auf dem Trockenen.

„Ganz herzlichen Dank nochmal!", warf Alexander dazwischen und winkte zum Abschied mit einer Packung gesalzener Erdnüsse. Seinen Rucksack hatte er lässig über eine Schulter geschlungen. Wenn man genau hinschaute, sah man es darin zappeln. Doch Müller hatte nur Augen für Elena.

„Ich …", setzte er an.

„Sie brauchen sich nicht zu entschuldigen", sagte die vermeintliche Hotelangestellte und klopfte ihm großzügig auf die Schulter. „Denken Sie das nächste Mal einfach ein bisschen nach, bevor Sie den Mund aufmachen, ja? Kann nie schaden. Vielleicht bleiben Sie thematisch doch besser bei der Manndeckung, der Abseitsregel oder dem neuen Videobeweis, der ja nach wie vor hart in der Kritik steht. Anstatt Ihre Nase in Dinge zu stecken, von denen Sie nichts verstehen. Wie die Integration weiblicher Mitbürger fremder Nationen in die hiesige Gesellschaft. Und nun lassen Sie mich bitte wieder an meine Arbeit gehen, ich habe zu tun." Damit stolzierte sie hoch erhobenen Hauptes davon.

„So ein Idiot", schimpfte sie ein paar Minuten später, als sie die Tür von Alexanders Suite hinter sich zuklappte und sich das Tuch von den Haaren zerrte. „Ich kann diese gönnerhafte Art einfach nicht ausstehen."

„Aber er hat es doch nur gut gemeint", stichelte Alexander. „Und er hat doch auch recht: Mit deiner Integration in die Gesellschaft steht es ja wirklich nicht zum Besten, oder? Leute mit Algengiften um die Ecke zu bringen, verträgt sich definitiv nicht mit der freiheitlichen demokratischen Grundordnung." Lachend packte er sie am Handgelenk und zog sie an sich. „Und wer weiß, ob nicht auch deine anderen heißen Bedürfnisse gegen das Gesetz verstoßen."

Er sah auf die Uhr. Eine halbe Stunde hatten sie noch, bevor Elena wieder Richtung Elbchaussee aufbrechen musste. Sehr gut! Energisch schob er ihr den Rock hoch und öffnete die obersten beiden Knöpfe ihrer Bluse.

„Sieh an, Madame ist schon wieder erregt." Er packte sie im Nacken und presste seine Lippen auf ihre.

Sie bog misstrauisch den Kopf zurück. „Wo ist Shakti?"

„Sicher verwahrt in ihrem Terrarium auf der Anrichte. Und jetzt kommt her … winde deinen Schlangenleib …" Er atmete genießerisch ihren Duft ein. „Ja, genau so! Reib dich an mir."

„Das gibt's doch nicht!", keuchte Pia und unterbrach ihre Lesung. „Da haben wir es doch! Die Goldplatten! Isabella hat sie gefunden, nachdem sie mit Gödeke baden gegangen war."

„Baden gegangen ist gut", grinste Bjarne kopfschüttelnd. „Der Kerl hatte es ja wirklich faustdick hinter den Ohren! Man könnte glatt neidisch werden."

„Dazu besteht überhaupt kein Anlass, mein Lieber. Schließlich hast Du ja allerhand von ihm geerbt. Inklusive der Unverfrorenheit. Und der goldenen Anregungen aus dem Wattenmeer."

„Ein Schatz aus dem Watt!", sinnierte Johanna und rieb sich nachdenklich das Kinn. „Zwölf kleine Kunstwerke, die schon zu Isabellas Zeiten alt und geheimnisvoll waren. Das ist in der Tat die Neuigkeit der letzten zwanzig Jahre für mich."

„Ich bin sehr gespannt, welche Platte Gödeke für Isabella ausgesucht hat." Bjarne warf einen prüfenden Blick auf die kleinen Tafeln. „Er kennt die Frau ja noch gar nicht wirklich. Aber trotzdem bin ich ganz sicher, dass er etwas sehr Passendes gewählt hat. Die beiden scheinen sich irgendwie instinktiv erkannt zu haben. Der Seeleopard und seine … ja, was? Beute? Gefährtin?"

Die Bezeichnung, die der Schreiber des mittelalterlichen Buches für den piratischen Protagonisten gewählt hatte, gefiel ihm.

„Beides vermutlich." Pia lächelte. „Beute passt schon ganz gut, wenn man allein an die Sache mit dem zerrissenen Hemdchen denkt."

Sie stand auf und nahm das uralte und ziemlich ramponierte Kleidungsstück aus der Truhe. Sanft strich sie mit den Fingerspitzen über den Stoff. „Das muss das Original sein. Oder? Isabella hat es aufgehoben und bei ihrem Schatz verwahrt. In dieser Truhe. Ist das nicht romantisch? Ich bin ganz gerührt."

Bjarne nickte und strich ihr sanft über den Arm. Eine schlichte, liebevolle und eigentlich völlig harmlose Geste. Doch als würden seine Finger ein Eigenleben entwickeln, auf das sein Gehirn nur einen begrenzten Einfluss hatte, wanderten sie weiter über ihre Schulter. Und folgten der gewagten Linie ihres Rückenausschnitts. Bis fast zu ihrem Hintern. Er sah den Schauer über ihre Haut rieseln.

„Ich finde das ja wirklich faszinierend", murmelte er. „Dieses Buch feiert den sexuellen Exzess und nimmt dabei kein Blatt vor den Mund. Aber gleichzeitig hat es auch immer wieder diese zarten Momente. Es ist fast wie bei uns, findet ihr nicht?"

„Absolut!" Ein ähnlicher Gedanke war Johanna auch schon gekommen. „Ich liebe diese Mischung aus brodelnder Geilheit und zuckergussfreier Romantik. Und es hat auch seine lustigen Seiten! Erinnert ihr euch an die Szene, als Käpt'n Walhorn einen roten Leuchtturm bekam?" Das Amüsement funkelte in ihren Augen. „Haben die Kerle damals wirklich den ersten Rum oder Cachaça hergestellt? Weil kurz zuvor ein übler Sturm getobt hatte in der Nordsee und mehrere Kisten mit Limetten und frischer Minze angeschwemmt worden waren? Neuwerk als Wiege des Mojito? Das ist ja zu krass."

„Du darfst aber nicht außer Acht lassen, was den Effekt des roten Leuchtturms ausgelöst hatte, meine Liebe", warf Pia ein. „*Der aus den Alpen* hatte kurz zuvor heftigst die finnische Bademeisterin gefingert und sie zum Squirten gebracht. Die Flüssigkeiten hatte er in einem Krug aufgefangen und ein wenig davon dem Herrn Kapitän in dessen Drink verabreicht. Darauf muss man echt erstmal kommen!"

„Der arme Käpt'n Walhorn", grinste Johanna. „Dem war der Herr Alchimist wohl ein paar Höhenzüge voraus in Sachen Squirting und Pussysaft. Doch wie es den Anschein hat, lernte der Walfänger sehr schnell dazu. Schade, dass das gemeinsame Abzapfen der Mädchentanks nicht näher beschrieben worden ist. Wenn ich mir vorstelle, dass die Girls da in Reih und Glied angetreten waren, um sich den geschickten Fingern der beiden Wüstlinge hinzugeben ... Das wird ein heißes Gekreische gewesen sein." Sie kicherte vergnügt und leckte sich über die Lippen.

„*Der aus den Alpen* gefällt mir irgendwie", meinte Pia. „Bin gespannt, was der noch für eine Rolle spielen wird im weiteren Verlauf der Geschichte."

Sie alle redeten aufgeregt durcheinander, nur Poirot beteiligte sich nicht. Er blickte abwesend auf einen Punkt in der Ferne.

Pia erschrak, als sie ihn ansah. „Paul! Was ist mit dir? Du bist ja ganz grün im Gesicht!"

„Ich ...", stammelte der Detektiv. „Ich ... weiß es nicht. Gerade dachte ich irgendwie, ich hätte so eine Art Vision gehabt. Diese ganzen magischen Lesestunden hier gehen anscheinend auch an mir nicht spurlos vorüber. Ich glaube, der Zauber des Jahres 1396 hat nun auch mich erwischt."

„Wie meinst du das? Was ist geschehen? Um Himmels Willen, Paul!"

Sie war ernsthaft besorgt. So dermaßen aus der Fassung geraten hatte sie ihren Chef selten gesehen. Selbst unten im Keller des Schmetterlingssammlers nicht, als er den Tatort besichtigt hatte. „Jetzt red' schon!"

Rasch trank er einen langen Zug Wasser, direkt aus der Plastikflasche. Stieß einmal kurz auf, wischte sich mit dem Handrücken über den Mund.

„Ihr erinnert euch doch ... an den Anfang der Geschichte. Als die Episode mit Gödeke Michels begann. Wie er da über die Ostsee segelte und auf dem Weg nach Gotland war, nach Visby, in sein Piratennest."

Sie nickten und starrten ihren Freund weiterhin an. Er sah aus, als habe er soeben einen Geist gesehen. Oder Schlimmeres. Sehr viel Schlimmeres. Johanna wollte ihm beruhigend die Hand auf die Schulter legen, doch er lehnte kopfschüttelnd ab.

„Nein, warte, Liebes, es ist extrem wichtig. Also, da erzählt der Seeräuber doch aus seiner Vorgeschichte. Seiner Jugend. Wie sein Vater oder Opa ihm von dieser schrecklichen Sturmflut erzählt hat. 1362 muss das gewesen sein. Eine Jahrhundert-Sturmflut, die Hundertausende getötet hat."

„Ja, stimmt." Pia fiel die Szene jetzt auch wieder ein. „Eine entsetzliche Katastrophe. Die schlimmste Sturmflut aller Zeiten."

Auch Johanna war blass um die Nase geworden, sprach mit leiser Stimme. „Wir im Norden kennen die Geschichte, jetzt wo ihr es sagt. Die zweite Marcellusflut, auch genannt: *Grote Mandrenke*. Was so viel wie *Großes Ertrinken* bedeutet. *Das große Absaufen* könnte man auch sagen. Schrecklich!"

Paul nickte. „In dieser Episode hat Gödeke doch erzählt, dass auch eine ganze Insel vom Meer verschluckt worden ist. Untergegangen in der See und nie mehr aufgetaucht. Rungholt!"

„Verdammt, ja! Jene Insel erwähnte er dann nochmal, während des Verzehrs der leckeren, knusprig gebratenen Gänsekeule. Im Erdgeschoss des Turms von Neuwerk, als er versonnen aufs Meer hinausblickte." Sie musterte ihren Vorgesetzten prüfend. „Aber wie kommst du da jetzt drauf?"

„Eben musste ich daran denken, dass es einen Sänger gibt, der schreibt Seemannslieder und Balladen."

„Hans Albers?“, rutschte es Pia heraus, halb neckend und halb ernsthaft.

„Quatsch, nicht der! Ein anderer. Aus der Neuzeit. Reichel … Achim Reichel. Auf einem seiner Alben singt er über die Insel Rungholt in der Nordsee. Schöner Song, keine Frage. Habe ihn nur ewig nicht mehr gehört.“ Er fuhr sich mit der Hand übers Gesicht.

„Und?“ Pia klang langsam ungeduldig.

„Na ja, der Text klingt zunächst wie ein Schauermärchen. Ich habe mich vor Jahren aber mal näher damit beschäftigt und herausgefunden, dass Reichel da ein Gedicht von Detlev Liliencron singt: *Trutz blanke Hans!* Dieser Spur folgte ich damals und stieß auf eine alte Sage. Den Untergang Rungholts. Ich habe interessehalber mal nachgeforscht, ist auch schon ewig her.“

„Und das ist dir jetzt wieder eingefallen?“, wunderte sich Pia.

„Ja. Es gab diese Sage tatsächlich. Ich weiß aber leider im Moment weder Titel noch Text. Jedenfalls hat irgendein Pfaffe die Katastrophe überlebt, hoch oben in seinem Glockenturm auf dem Festland. Und dieser Typ behauptete bis zu seinem Tod steif und fest, dass die Flut Gottes Strafe gewesen sei, weil auf Rungholt jahrzehntelang Laster und Unzucht geherrscht haben sollen. Ein Sündenpfuhl!“

„Ach“, machte Johanna anzüglich. „Weiß man Näheres?“

„Na ja, der Dichter beschreibt das auch, allerdings ein bisschen vage. Der Pfaffe wurde wesentlich konkreter. Er schrie und tobte, sprach von Sodomie und dass diese Sünde nur das kleinste Vergehen dort gewesen sei. Alle Einwohner der Insel sollen es getrieben haben, mit wem sie es wollten, bei Tag und bei Nacht. Völlig egal, wann, wo und mit wem. Ob mitten auf der Straße oder in fremden Betten und Lotterlagern oder im Stall. Selbst in der Kirche auf den Bänken und auf dem Altar. Auf Wiesen und Feldern und im Watt vor der Haustür.“

„So wie Jana und Walhorn“, warf Pia ein.

„Genau. Vielleicht musste ich deshalb daran denken. Aber wie kam es wohl, dass die Rungholter so dermaßen der Sittenlosigkeit und Lasterhaftigkeit anheimfielen? Dass sie sich abwandten von der Monogamie und Rungholt zu einer Insel der Lust wurde, tausendmal wollüstiger als Neuwerk?"

Er blickte reihum in sprachlose Gesichter und kam sich selbst fast vor wie jener Prediger. „Wurde auf der kleinen Insel O in der Elbmündung vielleicht das nachgelebt, was hundert Jahre vorher auf Rungholt an der Tagesordnung gewesen war? Das frage ich mich gerade. Und mir läuft schon wieder ein Schauder über den Rücken."

„Was für eine Idee!" Bjarne war perplex. „Du glaubst ernsthaft, dass es eine direkte Verbindung geben könnte zwischen dem alten, untergegangenen Rungholt, der Insel Neuwerk zu Gödekes Zeiten und … uns?"

Er schloss die Augen, um seine Gedanken zu ordnen. Sie spazierten gerade auf Pfaden, die in die Berufswelt des Meeresforschers führten. „Solche Parallelen zwischen heute und damals sind eigentlich gar nichts Ungewöhnliches, wenn ich so darüber nachdenke. Man weiß zum Beispiel, dass es im 14. Jahrhundert einen massiven Klimaumschwung gegeben hat, der verheerende Orkane und Sturmfluten begünstigte. Sowas können Klimaforscher mittlerweile aus dem Eis von Gletschern und auch aus der Untersuchung von Tropfsteinen herauslesen. Und wir wissen sehr genau, dass wir gerade dabei sind, uns mit dem Klimawandel wieder vermehrt solche Gefahren einzuhandeln."

Betretenes Schweigen.

„Äh, sorry", Bjarne räusperte sich. „Der Naturwissenschaftler geht manchmal einfach mit mir durch. Ich wollte deine Gedanken über Rungholt nicht unterbrechen, Paul."

„Das hast du gar nicht. Man muss sich die Katastrophe schon bildlich vorstellen, wenn man verstehen will, was damals los war. Mehr als 100.000 Todesopfer, abgesoffen in einer einzigen, entsetzlichen Nacht. Das komplette Küstenland zerstört, regelrecht in Fetzen gerissen. Daraus entstanden dann die Nordfriesischen Inseln. Rungholt aber nahm die Nordsee für immer mit in die Tiefe. Die Deiche hatten nicht gehalten. Wie auch? Die Menschen waren in der Zeit völlig entkräftet und nicht mehr in der Lage, sich um den Küstenschutz zu kümmern. Denn kurz zuvor hatte die Pest die Bevölkerung um ein Drittel dezimiert. Nicht nur an der Nordsee, sondern in ganz Europa. Die Ratten feierten ein Festmahl und der Schwarze Tod hielt reiche Ernte. Was für eine grauenhafte Zeit." Paul redete wie in Trance und starrte auf einen Fleck an der Wand.

Pia machte sich immer noch ein wenig Sorgen um ihn. Rasch trank sie einen Schluck, während sie seine für ihn so untypischen Worte überdachte. „Das hört sich eigentlich nicht nach einer guten Zeit für einen ausschweifenden Lebensstil an", meinte sie schließlich betont sachlich.

„Eben. Wie kann es also sein, dass die Bevölkerung einer ganzen Insel dermaßen ausflippte? Es lag daran, dass die Einwohner unermesslich reich geworden waren. Der Prunk soll größer gewesen sein als in Byzanz oder Venedig. So beschrieb es jedenfalls jener Pfaffe. Die Einwohner badeten in Gold, und so ist es kein Wunder, dass sie der Dekadenz verfielen und es krachen ließen, bis der Arzt kam. Die pure Wollust hielt Einkehr, und man gab sich ihr hin. Kannte weder Sitten noch Grenzen. Doch wie kam es, dass die Insel so unermesslich reich wurde? Die Antwort ist im Grunde ganz einfach, man kam nur jahrhundertelang nicht darauf: Rungholt besaß das, was alle Welt begehrte."

„Nämlich?", fragte Johanna mit großen Augen. „Das Rezept für nie endende Orgasmen?"

„Nein. Salz!"

„Salz?" Die Haushälterin klang ein wenig skeptisch. „Wie das? Und wieso dann nur Rungholt und nicht auch die anderen Inseln Frieslands?"

„Weil die Rungholter eine Stadt und einen natürlichen Seehafen besaßen. Und sie taten auch etwas Besonderes. Sie bauten jahrzehntelang den Torf im Wattenmeer ab. Den Torf, der sich in der ursprünglichen Moor-Landschaft gebildet und den die Nordsee dann überschwemmt und unter Schlick begraben hatte. Die Inselbewohner fuhren zu Hunderten bei jeder Ebbe und jedem Niedrigwasser mit Kutschen hinaus ins Watt und schaufelten, was das Zeug hielt und was die Spaten und die Muskelkraft hergaben. In einem sehr mühsamen Verfahren brannten und kochten sie den Torf aus und erhielten letztendlich das begehrteste Produkt Europas. Salz."

„Ein ziemlich mühsames Geschäft wahrscheinlich", kommentierte Bjarne.

„Das kannst du glauben. Denn nach jeder Flut war der Schlick wieder da. Man macht sich heute gar kein Bild mehr davon, wie die Leute damals geackert haben müssen." Paul trank rasch einen Schluck Mineralwasser und schüttelte beklommen den Kopf. „Es scheint sich aber gelohnt zu haben. Sie verbrannten den Torf zu salzhaltiger Asche und pressten sie in Blöcke. Diese brachten sie in die Siedereien, wo die Lake solange aufgekocht wurde, bis das Wasser verdunstet war, und das pure Salz übrig blieb. Und das sprach sich herum. Händler aus aller Herren Länder kamen nach Rungholt, kauften Salz ein und gaben zusätzlich auch noch sehr viel Geld für andere Dinge aus. Für die Lust! Denn auf Rungholt war alles erlaubt, was Lust bereitete. Natürlich außer Mord und Totschlag. Und so wurden die Leute dort immer reicher und reicher, aber auch immer lasterhafter und ausschweifender. Sie trieben es bis zur Besinnungslosigkeit, bei Tag und Nacht. Jeder mit jedem, wann und wo man es wollte."

„Verdammt!", keuchte Johanna auf. „Das gefällt mir jetzt aber mal so richtig gut. Ist das affengeil!"

„Reiß dich zusammen Johanna!", mahnte Pia grinsend. „Jeder hier weiß, dass du die perfekte Rungholterin gewesen wärest."

„Davon kannst du ausgehen! Und zwar in jeder nur denkbaren Hinsicht. Ich wäre selbstverständlich auch stinkreich geworden. Stimmt's, Paul?"

„Natürlich." Der Detektiv bekam langsam wieder etwas Farbe. „Du wärest ganz bestimmt eine begnadete Salzhändlerin gewesen und hättest ein reiches Betätigungsfeld gefunden. Denn die Stadt wurde zum wichtigsten Bezirkspunkt der friesischen Inselküste. Kaufmannsgilden unterhielten dort ihre Kontore, Geschäfte mit Händlern aus aller Herren Länder wurden getätigt. Doch schließlich kam es, wie es kommen musste. Und hier kommt noch einmal der Pfaffe ins Spiel."

Paul hob dramatisch warnend den Zeigefinger. „Es war natürlich nicht Gottes Zorn, der die Insel vernichtete. Die Leute selbst haben sich ihr eigenes nasses Grab geschaufelt. Raubbau an der Natur, würde man heute sagen. Und zwar im ganz großen Stil. Es konnte niemand etwas dafür, dass es zu der entsetzlichsten Sturmflut seit Menschengedenken kam. Doch dass ihre Insel unterging, war eine hausgemachte Katastrophe und auch dem Umstand geschuldet, dass die Stadt auf Sand gebaut war. Auf Sedimenten aus der letzten Eiszeit, die nun mit hinfort gespült wurden. Von einem Monsterorkan, wie man ihn noch nicht erlebt hatte. Nur einen Tag vorher hatte es an der Ostküste Englands die wohlhabende Stadt Dunnwich erwischt. Und nun verschwand Rungholt auf Nimmerwiedersehen in den Tiefen des Meeres. Ein Menetekel der Geschichte. So geschehen am 15. bis 17. Januar 1362. ‚*Wo gestern noch Lärm und lustiger Tisch, schwamm andern Tags der stumme Fisch.*' So beschreibt es der Dichter Liliencron. Tja."

Der Detektiv räusperte sich und blickte wieder zu den Freunden hin. Stummes Entsetzen malte sich in die Gesichter der anderen, als sie den Sinn des Verses, die Worte des Dichters verstanden.

„Das Ende der Ausschweifungen", sagte Pia leise. „Oder vielleicht doch nicht ganz. Oder, Poirot?"

Der nickte. „Ja. Dieser Gedanke ist mir eben wie siedendes Öl durch den Kopf geschossen. Ich denke, unsere zwölf Goldplatten erzählen uns über das versaute Leben auf Rungholt in seiner Blütezeit."

„Die Friesen, natürlich! Die haben wir völlig übersehen", stutzte Bjarne und schlug sich mit der flachen Hand gegen die Stirn. „In unserer Aufzählung der Kulturen."

„Die Friesen wurden schon oft übersehen, und doch waren sie schon immer da. Und sind es heute noch."

„Sprach nicht auch Gödeke Michels davon? Von den Friesen? Und von einer Piratenanführerin, die ein schwarzes Schiff mit schwarzen Segeln befuhr?"

„Marijke tom Broks", flüsterte Pia und ihr lief ein Schaudern über den Rücken. „Und ihre *Napolinera.*"

Als es in dem Moment laut an der Haustür klopfte, fuhr das Quartett zusammen und hob erschrocken die Köpfe. Es fiel ihnen nicht ganz leicht, in die Gegenwart zurückzufinden.

„Und wenn mich nicht alles täuscht, kündigt sich da jetzt die nächste Sturmflut an", stöhnte Paul.

„Elena Scherer!", kicherte Pia und bekam eine weitere Gänsehaut. „Auch so eine Naturkatastrophe. Los, packen wir rasch zusammen und verschwinden."

„*Wir war'n so richtig Freunde … für die Ewigkeit!*", summte Bjarne ihr ins Ohr. Jetzt stellten sich Pia auch noch die die Nackenhaare auf, als sie nebeneinander auf die Terrasse traten, seine Hand auf ihrer Schulter und ihre auf seiner Hüfte.

„Oh, Frau Dr. Scherer", begrüßte Paul sie, nachdem er ihr die Haustür geöffnet hatte. „Gut sehen Sie aus. Hereinspaziert. Wie ich sehe, waren Sie shoppen?"

„Ja!", lachte sie. „Eigentlich wollte ich mir nur zwei neue Höschen kaufen. Aber dann …"

Erhaben schritt sie mit klackernden Absätzen an ihm vorbei und überreichte Johanna eine Einkaufstüte.

„Mit bestem Dank zurück. Sie haben mir sehr geholfen, verehrte Frau Brahms."

Ihre eigenen verpackten Einkäufe legte sie auf den Esstisch, als auch Bjarne und Pia hinzutraten.

„Alles in Ordnung, Frau Scherer?", fragte Pia besorgt. „Was machen Ihre Verletzungen?"

„Soweit alles gut, vielen Dank der Nachfrage. Es schmerzt zwar noch, aber die Ärzte meinen, es ist nur Muskelgewebe verletzt."

„Und das Piercing?", schmunzelte Paul und sah auf die neue, anthrazitfarbene Bluse. Elena hatte eindeutig Geschmack, das war nicht zu leugnen. Der schwarze Bleistiftrock stand ihr fantastisch. Er betonte ihre schlanke Figur vorzüglich, Bluse und High Heels waren perfekt dazu gewählt.

Ob sie nun ein Höschen trug und einen BH, konnte Bjarne nicht beeinflussen, denn Elena zählte ja nicht zu den Ringträgerinnen. Doch mit ihren rotgeschminkten Lippen und dem passenden Nagellack wirkte sie eher, als sei sie auf dem Weg zu einem Date. Nicht etwa, als komme sie von einem Krankenhausaufenthalt zurück, um sich von einem traumatischen Erlebnis zu erholen.

Für Bjarne wäre es unmöglich gewesen, sich direkt heute schon wieder ins Einkaufsgetümmel zu stürzen und sich schick einzukleiden. Wer tat so etwas? Elena Scherer war schon eine sehr eigenartige, aber auch interessante Person. Nicht die winzigste Gefühlsregung wies darauf hin, was erst letzte Nacht passiert war. So, als sei nie etwas anderes geschehen als alltägliche Dinge. Dass sie brutal entführt und missbraucht worden war und dabei zugesehen hatte, wie er den Schmetterlingssammler in zwei Hälften geteilt hatte, war anscheinend spurlos an ihr vorbeigegangen.

„Seltsam", dachte er. „So ganz spurlos aber wohl doch nicht, denn noch sind in ihrem hübschen Gesicht ein paar recht auffällige Spuren ihrer Misshandlungen zu sehen. Sie hat ein lupenreines Veilchen und ein leicht geschwollenes Jochbein."

„Wenn Sie mich jetzt bitte entschuldigen und dieses Mitbringsel als Dank für meine Lebensrettung in den Eisschrank stellen würden?"

Sie überreichte Paul eine Flasche Champagner *Taittinger Rosé*, die sie aus einer edlen Tüte mit der Aufschrift: *Alsterhaus Hamburg* hervorzog. Eine Tüte, die Bjarne nicht unbekannt war. Kurz zuckte er zusammen.

„Es wäre mir eine Ehre, wenn wir nachher miteinander anstoßen würden", verkündete Elena. „Darf ich Sie alle zum Essen einladen? Ich würde gern einen Tisch für fünf Personen im *Jacob* reservieren. Ich bin ziemlich hungrig und würde mich gerne auf die Art bei Ihnen bedanken. Ich kann es gar nicht oft genug betonen, wie sehr ich in Ihrer Schuld stehe. All die grässlichen Erlebnisse. Schrecklich!"

„Wir nehmen Ihren Dank und die Einladung sehr gerne an, Frau Doktor Scherer." Wenn es um gutes Essen ging, war Pia immer dabei. „Auch uns knurrt der Magen. Sicherlich haben Sie nichts dagegen, wenn ich einen Ordner mitnehme, wo hinein Sie dann bitte einen Blick werfen?"

„Einen Ordner? Was denn für einen Ordner?", fragte Elena und wirkte aufrichtig. Sowohl in ihrer Dankbarkeit als auch in ihrer Überraschung über die unverhoffte Bitte.

„Den Ordner der *Talliska*. Wir haben uns in der Zwischenzeit ein paar Videos angesehen. Von einer Party vor ein paar Jahren, auf der Sie zu Gast gewesen sind. Ich empfehle, im *Jacobs* ein ruhiges Eckchen zu reservieren, denn unser Gespräch könnte … sagen wir: Ein wenig pikant werden."

Elena schoss die Röte ins Gesicht. Natürlich erinnerte sie sich sehr gut an die Nacht der Ausschweifungen. Und als Bjarne anmerkte, dass die verehrte Frau Doktor Scherer überaus attraktiv und schamlos gekleidet gewesen war und sich dem Anlass entsprechend benommen hatte, funkelte die Ertappte ihn mit mörderischem Blick an.

Doch bevor sie etwas entgegnen konnte, warf Pia ein: „Leugnen ist zwecklos, Elena, wir haben alles auf DVD."

„Also gut! Dann ist heute Abend also Showtime. Hosen runter, und zwar alle. Es gibt tatsächlich einiges zu besprechen, was meine Entdeckung in dem Ordner betrifft."

Sie wirkte nicht schockiert, sondern eher kampfeslustig. Zweifellos besaß sie ein As im Ärmel, das in ihren Augen mehr wog als der stärkste Trumpf der Gegenseite. Paul erkannte es sofort.

„Das wird bestimmt ein sehr aufschlussreicher Abend", meinte er nachdenklich. „Und tatsächlich wird es Zeit, dass die Masken fallengelassen werden. Einverstanden. Und warum nicht im *Louis C. Jacob*. Es scheint mir ein angemessener Ort zu sein. Ich bestehe aber auf einem Tisch, wo wir ungestört sprechen können. Machen Sie das bitte dem Restaurantleiter klar, Frau Scherer."

„Aber selbstverständlich, Monsieur Poirot", lächelte sie süffisant. „Wir wollen doch nicht, dass die reizende Hausangestellte des verstorbenen Herrn Rudolf Michelson noch in Verdacht gerät, Partygäste erpresst zu haben, nicht wahr?"

Johanna presste die Lippen zusammen. „Ingrid!", schoss es ihr siedend heiß durch den Kopf. „Das Miststück hat geplaudert."

Als Elena sich auf ihr Zimmer begeben hatte, teilte sie ihre Befürchtung den Freunden mit. „Die Schlampe weiß alles. Auch, wie die Michelsons an die Ringträgerinnen gekommen sind."

„Das müssen wir wohl in Kauf nehmen", überlegte Pia. „Und uns später drum kümmern. Für uns ist zunächst wichtig zu wissen, was genau Elena damals in dem Ordner entdeckt hat. Ich werde ihn mit ins *Jacob* nehmen und sie darauf festnageln."

„Ring frei für die zweite Runde", grinste Bjarne und spielte an seinem eigenen Ring. „Das mit dem Champagner und der Einladung ins Nobelrestaurant finde ich ja schon sehr bemerkenswert. Damit hatte ich jetzt nicht gerechnet, ehrlich gesagt."

„Dann wollen wir uns mal ausgehfertig machen." Johanna beruhigte sich langsam wieder. „Und das Portemonnaie der reizenden Frau Doktor Scherer ordentlich erleichtern, was? Ich persönlich werde es mir ganz sicher schmecken lassen. Und gleich die prickelnde Puffbrause genießen."

„Wir dürfen Elena aber auf keinen Fall unterschätzen", mahnte Paul. „Sie ist eine sehr gefährliche Gegnerin. Gefährlicher als alle anderen. Das ist mir schon beim Essen bei ihr zu Hause klar geworden. Sie ist eiskalt, berechnend und schreckt vor nichts zurück. Wahrscheinlich ist sie die Mörderin, die Rudolf Michelson und Helmut Stöger auf dem Gewissen hat. Dass sie jetzt einen auf pompöse und dankbare Dame macht, kann auch nur eine weitere Maske, eine Facette von ihr sein. Wir müssen auf der Hut bleiben. Ich bin sicher, sie hat irgendetwas gegen uns in der Hand. Oder vielleicht auch gegen die verstorbenen Michelsons."

Eine knappe halbe Stunde später stand man in Abendgarderobe im Salon beisammen und trank gekühlten Roséchampagner. Die Situation hatte etwas Bizarres, wenn auch mit Stil. Und Bjarne war sich nicht sicher, worauf man überhaupt anstieß. Auf die Lebensrettung? Auf die Morde? Auf die Raffinesse und die Tücke? Oder auf noch etwas ganz anderes?

Elena jedenfalls löste die etwas seltsame Stimmung, indem sie den Toast aussprach. „Auf Ihren entschlossenen Einsatz, Bjarne, und Ihr Handeln. Pia … Paul … Johanna …!"

Sie sah jedem von ihnen in die Augen. Zwar mit kaltem Blick, aber auch sehr direkt und eindringlich. Es kam Bjarne beinahe so vor, als rufe er sich kurz vor einer entscheidenden Schlacht mit dem Anführer der gegnerischen Truppe zu: „Möge der Stärkere gewinnen!"

Was Elena nicht ahnen konnte war, dass Paul bereits an einem ausgefuchsten Plan arbeitete, um die Femme fatale zu stürzen. Er konnte ihr den Zahn vielleicht nicht ziehen, aber ihn zumindest zum Wackeln bringen. Sollte sie sich mal ruhig in Sicherheit wiegen. Es gab in einem Spiel immer auch eine zweite Halbzeit.

Sein Wagen war geräumig genug, um zu fünft darin Platz zu nehmen. Poirot saß mit Elena vorne, Bjarne hinten zwischen Pia und Johanna. Die kurze Fahrt verlief schweigsam, und der Anführer der Ringträgerinnen nutzte die Möglichkeit, beiden Sitznachbarinnen die Schenkel entlang zu streichen und zu prüfen, ob sie wohl slipless seien. Sie waren es und quittierten die Prüfung beide mit einem leisen Schnurren.

Beim Einmarsch ins Restaurant geschah etwas Eigenartiges. Sie wurden tatsächlich vom Chef höchstpersönlich per Handschlag willkommen geheißen. Elena Scherer wurde namentlich angesprochen, doch auch Johanna erkannt und der Freude Ausdruck verliehen, sie nach so langer Zeit einmal wieder begrüßen zu können. Bei Pia und Bjarne stutzte der Mann zunächst, doch dann fiel ihm ein: „Wie schön, Sie so schnell wieder als Gäste in unserem Haus zu haben." Paul schüttelte er ebenfalls die Hand und wünschte ihm einen angenehmen Aufenthalt. Er freute sich, Frau Dr. Scherers Wunsch entsprechen zu können und führte sie ins Business-Séparée. Wobei Elena darauf bestand, dass die große Milchglas-Schiebetür ruhig offen bleiben könne.

Pia zuckte mit den Achseln und dachte: „Wenn du meinst, Süße!"

Man nahm Platz. Elena an der Kopfseite, Pia und Bjarne links von ihr, Paul und Johanna an der rechten Seite. Vor ihnen auf kleinen Tellern ein kunstvoll angerichtetes Hors d'œuvre.

„Mir stünde der Sinn nach einer delikaten Muschelsuppe", eröffnete Johanna das Gefecht, nachdem die Speisekarten verteilt worden waren und sie ihre Aperitifs bestellt hatten.

„Die steht heute leider nicht im Programm", entgegnete Elena, ohne mit der Wimper zu zucken. „So empfehle ich die ‚*Vierländer*

Hochzeitssuppe'. Ein Gedicht! Aber haben Sie das gelesen? Ein Gericht für zwei Personen: Bretonischer Seeteufel im Ganzen gebraten und am Tisch tranchiert mit Iberico-Schinken, Fenchel, Oliven und getrockneten Tomaten. Da hätte ich Appetit drauf. Was meinen Sie, Paul? Sollen wir beide uns gemeinsam daran wagen?"

„Sicher, Frau Scherer, mit dem größten Vergnügen. Mit Ihnen wollte ich mir schon immer gern den Teufel teilen, und ich bin neugierig, was Sie darunter verstehen."

Der Blick, den sie ihm zuwarf, war eindeutig. Höllisch! Er erwiderte ihn ungerührt und ein wenig spöttisch. Selbstverständlich ging Poirot einer kulinarischen Konfrontation nicht aus dem Weg und genoss den Schlagabtausch, der garantiert über zwölf Runden gehen und für jede Menge Punkte sorgen würde. Auf beiden Seiten.

Bjarne hatte sich als Vorspeise für ein Hummercremesüppchen entschieden. Dem schlossen sich Elena und Paul an, weil es mit einem Schuss Champagner versehen war. Der würde doch ausgezeichnet passen, wie Paul bemerkte.

Als Hauptgericht reizte Bjarne das Rinderfilet mit Pommerysenfkruste, dazu Sauce Bernaise, Mangold, Schalotten und Gratin Dauphinois. Pia und Johanna dagegen waren gleichermaßen von dem schottischen Biolachs mit bretonischer Artischocke, Rucola und Parmesan angetan. Als Vorspeise wählten die Damen tatsächlich die von Elena empfohlene ‚*Vierländer Hochzeitssuppe*' mit Eierstich, Kalbsfleischklößchen und Gemüsestreifen. Die Weine bestellten sie separat, dazu eine große Flasche Mineralwasser. Medium.

Nachdem die Aperitifs gereicht waren und man genippt hatte, kam Pia direkt zur Sache. Sie holte den *Talliska*-Ordner hervor, legte ihn vor Elena auf den Tisch und verlangte ungerührt: „Zeigen Sie, was Sie auf der Party entdeckt und fotokopiert haben."

„Wieso sollte ich?", entgegnete Elena frostig. „Was hätte ich denn davon? Und warum interessiert Sie das so?"

„Es würde erklären, warum Sie wirklich hinter unserem Grundstück her sind. Ihr Motiv, meine Liebe. Vorgestern Abend haben Sie gefragt, ob wir das noch immer nicht wüssten? Sie seien hinter dem Gold des Klaus Störtebeker her. Ich aber versichere Ihnen, nach eindringlicher Rücksprache mit Johanna: Es gibt auf unserem Grundstück kein Gold."

„Oh doch, das gibt es. Das wissen Sie auch ganz genau, Teuerste. Und damit meine ich jetzt nicht das Gold des Piraten, sondern anderes Edelmetall. Goldplatten, genauer gesagt, mit schamlosen Gravuren. Aber daran bin ich nicht interessiert." Sie hob abwehrend die Hand. „Da habe ich nichts mit zu tun. Als Vorstandsvorsitzende der HSG jedoch, da habe ich ein berechtigtes Interesse an Störtebekers Schatz. Zumal ich in der Tat den entscheidenden Hinweis gefunden habe. Und der steckt tatsächlich in Ihrem Ordner."

„Nicht möglich!", rief Johanna. „Ich habe ihn zigmal durchgeblättert. Da gibt es nicht die Spur eines Hinweises."

„Weil Sie nicht in der Lage sind, ihn zu erkennen. Ich als Expertin aber schon."

Sie lehnte sich zurück und nippte seelenruhig an ihrem Drink. Sie dachte nicht im Traum daran, ihnen die verräterische Stelle im Ordner zu zeigen oder weitere Informationen preiszugeben. „Also? Deal, meine Herrschaften? Finden wir gemeinsam den Schatz, teilen wir ihn durch zwei. Die eine Hälfte für mich und Klaus, die andere Hälfte für Sie."

„Musste Rudolf Michelson deswegen sterben? Wegen der fixen Idee von diesem sagenhaften Störtebeker-Schatz?" Paul ging nicht auf ihren Vorschlag ein. „Das ist doch Wahnsinn!"

„Warum Rudolf Michelson starb, sterben musste, wie Sie unterstellen, weiß ich nicht. Aber …"

„Geben Sie sich keine Mühe. Ihr reizender Ehegatte hat es bereits gestanden."

„Was?", fuhr Elena auf. „Wie kommt er denn dazu?"

„Weil ich Sie andernfalls nicht gesucht hätte nach Ihrer Entführung, ganz einfach", log der Meisterdetektiv. „Haben Sie Rudolf mit Saxitoxin vergiftet? Und da wir gerade dabei sind: Helmut Stöger auch?"

„Wie oft wollen Sie mich das noch fragen? Nein, das habe ich nicht! Wenn Klaus etwas Derartiges behauptet, lügt er. Vielleicht war er es selbst. Ich jedenfalls nicht."

„Sie züchten Algen in ihrem Keller? Nordseealgen, aus denen Sie das Gift extrahieren? Sie als Molekularbiologin hätten das Zeug dazu."

„Gehen Ihnen jetzt vollends die Gäule durch? Ich muss doch sehr bitten!", entrüstete sich Elena. „Was für eine infame Behauptung! Sind Sie ein Crash-Kid, nur weil Sie Auto fahren? Was soll das? Ich sage Ihnen jetzt mal was: Ja, ich bin Mikrobiologin, eine anerkannte Wissenschaftlerin. Sie als Professor, mein lieber Bjarne, müssten doch wissen, was das bedeutet. Ich würde mich gerne einmal in Ihrem Haus auf Key West umsehen. Wer weiß, was ich dort alles entdecke, womit Sie berufsmäßig zu tun haben."

Sie funkelte ihn mit glühenden Augen an. „Gesteinsproben aus der Tiefsee? Ein Druckbehälter aus Panzerglas, in dem seltsame Kreaturen aus unerforschten Gebieten leben? Karten mit geheimen Giftgastransportwegen entlang des Golfstromes? Aus der Karibik in die USA? Militärische Geheimnisse? So wie Sie den Schmetterlingssammler niedergestreckt haben, war das bestimmt nicht Ihr erster gezielter Totschlag. Dazu noch mit einem historischen Enterbeil!"

Ihr stechender Blick wanderte weiter, suchte sein nächstes Opfer. „Und Sie, verehrte Johanna? Wie sind Sie, zusammen mit den Michelsons, überhaupt an die weiblichen Mitglieder Ihrer reizenden Spielrunde für Erwachsene gekommen, hm? Könnte da vielleicht eine hübsche, kleine Erpressung mit im Spiel gewesen sein? Das eine oder andere kompromittierende Nacktfoto? Eindeutige Videos? Heimlich aufgenommen, ohne dass es Ihre Opfer wussten? Und dann … unser kleines Unschuldslamm: Pia Stegemann. Die ebenfalls ein getarntes Doppelleben führt." Elena schnaubte. „Von wegen Design-Agentur. Sie sind die rechte Hand von Paul Hilker, *PH Investigations*. Eine Undercover Agentin. Wer im Glashaus sitzt, sollte nicht den ersten Stein werfen." Sie hob mahnend den Finger und wirkte tatsächlich ein bisschen gouvernantenhaft.

„Und schließlich unser werter Monsieur Poirot …" Sie wandte sich ihm zu. „Erschwindelt sich gut dotierte Aufträge von ehrbaren Bürgern, einzig aus dem Grund, um zu spionieren. Zockt sie gnadenlos ab. Nein, die Herrschaften, so läuft das Spiel nicht!"

Sie schob den Ordner zurück zu Pia. Einerseits als entschlossene Geste, andererseits, weil die Suppe serviert wurde.

Bjarne musste eingestehen, dass Elena nicht ganz Unrecht hatte mit ihrem gut gezielten Rundumschlag. Bei ihm zu Hause in Florida lagen tatsächlich ein paar brisante Unterlagen im Safe. Ebenso wie sich Johanna zweifelsfrei nicht korrekt verhalten hatte. Obwohl sich die Ringträgerinnen alle freiwillig bereit erklärt hatten, bei den erotischen Spielen mitzuwirken. Die zahlreichen Videos allerdings, die waren wahrscheinlich illegal. Nach amerikanischem Gesetz auf jeden Fall. Diese Runde ging an Elena.

Pia ließ sich hingegen nicht aus der Ruhe bringen. „Ohne unsere Kooperation sehen Sie noch nicht einmal das Schimmern einer einzigen Dukate, meine verehrte Frau Schatzsucherin", zischte sie die Gegenspielerin an.

Sie löffelten ihre Suppen in frostigem Schweigen. Bis Elena es plötzlich brach und Bjarne direkt ansprach.

„Wie Ihnen nicht entgangen sein mag, saß der von Ihnen erschlagene Schmetterlingssammler und Notar Dr. Jens Ott mit am Tisch während Ihrer Erbschaftsversammlung im Altonaer Rathaus. Zusammen mit meinem Mann und mit Helmut Stöger, dem stellvertretenen Staatsanwalt."

„Das stimmt!", nickte Pia. „Was wollen Sie damit andeuten?"

„Ich weiß, dass mein Mann Herrn Stöger damit beauftragt hatte, die Erbschaftsangelegenheit in unserem Sinne zu beeinflussen.“

„Das ist uns bekannt“, winkte Paul schlürfend ab.

„Ist Ihnen nie in den Sinn gekommen, dass mein Mann vielleicht auch für unseren Psychokiller Jens Ott einen Auftrag gehabt haben könnte? Und zwar den, mich zu entführen?“

„Warum sollte er das getan haben?“

„Ich weiß nicht. Sie sind hier der Detektiv. Ott erwähnte jedenfalls, dass es keineswegs ein Zufall sei, dass er mich auserwählt hatte. Meine Bluse war lediglich das i-Tüpfelchen.“

„Und das sagen Sie jetzt erst?“, fragte Paul, ließ den Löffel sinken und starrte sie an.

„Ich hatte es in der Aufregung einfach verdrängt. Ebenso wie den Hinweis auf die Protokollführerin. Die war Dr. Ott auch bekannt. Und zwar war er über Helmut Stöger an die herangekommen. Genauso eine graue Maus wie der tote Notar. Die beiden würden gut zusammen passen als Mauerblümchen-Pärchen, hat Klaus mal erwähnt und die Deern in groben, recht fiesen Zügen beschrieben. ‚Grau in Grau‘, hat er gesagt.“

„Hm … Das stimmt. So haben wir sie auch wahrgenommen“, erinnerte sich Bjarne. „Oder, Pia?“

„Ja, das ist sie, das Fräulein B. Eine graue Maus. Nicht minder unscheinbar als der Notar“, nickte Pia irritiert. „Sie meinen, die vier spielten unter der Decke heimlich zusammen? Ihr Mann, Ott, Stöger und Frau Beierlein, die Protokollführerin? Wie kommen Sie darauf, und was genau wollen Sie daraus schlussfolgern?“

„Wie ich schon sagte: Mein Mann erwähnte mal beiläufig, dass Frau Beierlein mit Ott und Stöger bekannt war. Und Klaus mit Stöger, wie Sie ja selbst herausgefunden haben. Als Helmut Stöger aber urplötzlich spurlos verschwunden war, muss das Ganze wohl irgendwie aus dem Ruder gelaufen sein. Schließlich war der Jurist von Ihnen, Herr Michelson, gewaltig unter Druck gesetzt worden.

Er sollte innerhalb von zwei Tagen auspacken und ein Geständnis ablegen, nachdem er von einem US-Amerikaner von der *Homeland Security* enttarnt worden war. Und auch vom Behördenchef, Herrn Stephan Setzer, der dafür sorgen wollte, dass er seine Zulassung verlor."

„Und?", fragte Bjarne abwartend.

„Meine Vermutung geht dahin, dass das verbliebene Trio mir unterstellte, ebenfalls eine lästige Zeugin zu sein. Man wollte mich beseitigen. Es will mir einfach nicht in den Kopf, dass durch einen bloßen Zufall ausgerechnet ich dem Perversen in die Hände gefallen sein soll. Er hat sogar ein-, zweimal erwähnt, dass meine schöne Schmetterlingsbluse, übrigens eine von *Versace*, schuld daran sei, dass ich überhaupt noch lebe. Im Keller habe ich es natürlich so gedeutet, dass er mich nur wegen der bunten Bluse ausgewählt hatte, und weil er mich doch recht attraktiv fand."

Sie räusperte sich kurz und schlürfte geräuschvoll einen Löffel Suppe. „Andererseits hat er gesagt, ich sei gar nicht der Typ Frau, auf den er steht. Er bevorzuge fülligere Damen und auch größere Brüste. ‚*Richtig dicke Titten*', wie er wörtlich meinte. Und naja … jetzt denke ich plötzlich, dass er mich gezielt töten sollte. Und dass dieses Designerteil mir eher das Leben verlängert hat, so dass Sie mich noch retten konnten."

Worauf lief das hier hinaus, unerwartet und jäh? Hatten sie etwas übersehen? Nicht nur Pia wirkte plötzlich nachdenklich. Und Elena wartete auch gleich mit der nächsten zweifelhaften Überraschung auf. Einem weiteren Fakt, den sie nicht beachtet hatten.

„Durchforsten Sie doch mal Jens Otts Handy. Vergleichen Sie die Rufnummern. Mit Sicherheit finden Sie die meines Mannes, die von Stöger und auch die von dieser Tippse. Haben Sie die WhatsApps gecheckt? Die SMS, die E-Mails auf dem Handy?"

Offenbar begeistert über ihren Einfall blickte sie aufgeregt in die Runde. Entdeckte aber nur staunende und ratlose Gesichter.

„Was ist?", fragte sie zweifelnd.

„Das Handy …“, stammelte Paul. „Hat das einer von euch untersucht? Stegemann?“

„Nein, ich nicht. Du? Hat überhaupt jemand ein Handy gefunden von dem Irren?“

„Das gibt es doch wohl nicht!“, echauffierte sich Elena. „Ich weiß ganz genau, dass der Kerl eins hatte. Am ersten Abend hat er damit jede Menge Fotos gemacht. Sagen Sie bloß, Sie haben wirklich da unten in dem Scheißkeller kein Handy von dem Monster gefunden?“

„Moment, bitte!“, befahl Paul Hilker und zückte sein eigenes iPhone. „Das haben wir gleich.“

Er wischte und tippte auf dem Display, hielt es sich ans Ohr, und nur wenige Augenblicke später meldete sich der Teilnehmer Christian Schröder, Hauptkommissar der Mordkommission Hamburg.

„Chris, guten Abend, Paul hier.“ Poirot wartete kurz. „Sag mal, wir sitzen hier mit Elena Scherer in einem Restaurant und sprechen noch einmal über den Abend. Es geht um das Mobiltelefon des toten Entführers. Frau Scherer meint, dass Dr. Ott auf jeden Fall ein Handy besaß, mit dem er Fotos gemacht hat. Habt ihr das Smartphone sichergestellt? … Nein? Wieso das nicht? … Ihr habt keins gefunden? Das gibt es doch wohl nicht.“

Fassungslos starrte er auf die stummen Zuhörer am Tisch und lauschte den Worten des Kriminalkommissars. „Auch oben in der Wohnung nicht? Das ist ja eigenartig. Ah … Dafür habt ihr den PC geknackt. Und? … Jede Menge Fotos … Okay … Natürlich, Schmetterlinge, was sonst. Und euer eigener Polizeifotograf? Sind auf dessen Fotos Hinweise zu erkennen, wo das Handy liegt? Die Spurensicherung? Nein, schon gut, ihr habt nichts übersehen, das will ich euch auch gar nicht unterstellen. Aber irgendwo muss das Scheißding sein! Geht bitte noch einmal alles durch. Was? … Ja, der ist auch hier. In Ordnung, prima, richte ich aus. Ruf mich an, sobald du etwas hast. Ciao, Chris.“

Ungerührt löffelte er weiter die Hummercremesuppe, ließ seine Freunde im Unklaren. Typisch Poirot, dachte Pia und stellte keine Fragen. Nach einer Weile schob er den leeren Teller beiseite und verkündete: „Dein Enterbeil ist übrigens freigegeben, Bjarne. Die Polizei bringt es morgen im Laufe des Tages persönlich vorbei."

„Damit ich keinen weiteren Unfug damit anstelle?", grinste der Mann aus Florida.

„Oh Gooott …!", stöhnte Elena auf. „Wenn ich das entsetzliche Mordgerät noch einmal sehe, muss ich mich übergeben. Da stelle ich mir aber für morgen früh den Wecker und verdufte, das kann ich Ihnen wohl sagen. Also, was ist nun mit dem Handy? Es war übrigens ein Samsung, soviel konnte ich erkennen. Ein älteres Modell. Haben Sie nicht auch Bilder gemacht, Paul? Von mir, hilflos ausgeliefert am Brett?"

„Rrrr …!", machte Johanna. „Das hätte ich gerne gesehen."

„Na, dann schauen Sie doch, werte Johanna! Paul hat ja Bilder gemacht. Vielleicht geilt Sie das ja auf!", zischte Elena böse. „Zeigen Sie uns die Bilder, Hilker!"

„Ich weiß nicht, Elena."

„Vielleicht entdecken wir irgendwo das Handy?"

„Na gut, wenn der Kellner die Vorspeise abgedeckt hat."

Was ein paar Minuten später der Fall war. Nachdem der Angestellte sich wieder entfernt hatte, klickte Paul das Fotoalbum auf seinem Handy an und scrollte ein bisschen herunter. Bis zu jenem Moment, wo er in den Keller gekommen war.

„Ach du dicke Gewürzgurke", murmelte er. „Seid ihr sicher, dass ihr es sehen wollt?"

„Schlimmer als in dem Film *Sieben* von David Finchner mit Morgan Freeman, Brad Pitt und dem genialen Kevin Spacey kann es ja wohl nicht sein", meinte Johanna

Womit sie zweifellos recht hatte. Neugierig kamen sie um Paul herum, und er öffnete das erste Foto. Es zeigte den zweigeteilten Notar und das gesamte Ausmaß des fürchterlichen Blutbades.

„Allmächtiger!“, keuchte Johanna und hielt sich die Hand vor den Mund. Erschrocken sah sie sich um, doch sie waren allein in dem Raum. „Das ist wirklich entsetzlich!“

„Ja!“, flüsterte Pia.

Rasch zoomte Paul quer durch den Kellerraum. Leider vergrößerte er damit auch den halben Dr. Ott. Elena wandte den Blick ab und trank rasch einen Schluck hervorragenden Weißwein, der passend zum Seeteufel eingedeckt worden war.

„Sagt mir, wenn ich an der Reihe bin, dann schaue ich wieder hin“, meinte sie und setzte sich.

So sahen sich die Freunde allein an die zwanzig Fotos an, die Paul vom Tatort gemacht hatte. Erst als Johanna abermals aufkeuchte, jetzt aber kommentierte: „Verdammte Unzucht! Ist das scharf!“, stand Elena wieder auf und sah aufs Display.

Da stand sie, nackt und mit aufgespießter Schmetterlingsbluse. Mit weit auseinandergestellten Füßen, die Arme erhoben, an das bordeauxrote Brett fixiert.

Johanna konnte sich kaum beruhigen. „Das … das ist wunderschön. Sowas habe ich mein Lebtag noch nicht gesehen. Ein morbides Kunstwerk der Wahnsinns-Extraklasse. Zoom mal hoch, Paul.“

Der Detektiv vergrößerte das Foto. Elenas malträtierte Brüste, ihr zerschundenes Gesicht, die wirren Haare. Und dann weiter unten ihre Vagina, die Lache auf dem Boden.

„Die Sau hat gespritzt!“, bemerkte Johanna. Doch keiner ging darauf ein, denn Paul klickte jetzt ein Bild nach dem anderen an. Den aufgespießten Oberschenkel in Nahaufnahme und weitere Detailaufnahmen.

„Hammerscharf! Danach wird sich jeder Sadomaso-Fritze die Finger lecken. Unglaublich!“, kommentierte abermals Johanna.

Ein Handy aber fanden sie nicht. Paul wischte weiter. Plötzlich sah man eine andere Szene, eine andere Frau.

„Ingrid!“, entfuhr es Johanna gespielt überrascht.

Poirot ging sofort darauf ein. „Kennen Sie die Dame, Frau Dr. Scherer? Ingrid Falter, so lautet ihr Name."

Elena zuckte zurück. Was sollte das?

„Bitte verzeihen Sie die etwas schamlose, groteske Aufnahme, aber die Dame war an jenem Party-Abend Gast auf dem Schiff. Ebenso wie Sie. Sie haben sich damals lange mit ihr unterhalten. Worüber?"

Er klickte das nächste Bild auf, das Ingrid noch wesentlich aufreizender zeigte. Elena starrte auf die Fotos und schwieg. Paul wischte weiter über das Display, und plötzlich ... zeigte es Elena.

„Ja, da hat das Luder stehend in die Elbe gepisst", kommentierte Johanna.

„Soll ich weiter klicken?", fragte Paul leise. „Als nächstes wird man sehen, wie Sie sich nacheinander von drei Kerlen in den ... Naja, sie wissen schon."

„Nein, halten Sie an."

Paul schaltete das Display aus, behielt das Telefon aber in der Hand. „Also? Sie und Ingrid wissen: Dringt nur ein einziges dieser Bilder in die Öffentlichkeit, ist Ihre Karriere am Ende. Am Arsch, im wahrsten Sinne des Wortes. Es existiert eine Vielzahl von Fotos aus dieser sehr speziellen Nacht auf der Elbe. Wir haben also eine Pattsituation, was unser gegenseitiges Wissen betrifft."

„Oh ja, das stimmt", stach nun auch Johanna genüsslich zu. „In allen möglichen Einstellungen und Vergrößerungen besitzen wir Dutzende von Bildern von dir und Ingrid. Ganz wie es beliebt."

Schonungslos war Johanna in die zweite Person Singular geglitten, so wie es dereinst auf der Schiffsparty schon einmal gepflegt worden war. „Ein paar Abzüge hatte dir Rudolf ja damals schon überreicht. Im *Alsterpavillon.* Was hast du denn eigentlich damit gemacht? Sie deinem Mann gezeigt?"

„Schon gut, ich habe verstanden. Geben Sie mir den Ordner, Pia."

Langsam begann Elena darin herum zu blättern.

„So gesehen war es schon die schärfste Nacht meines Lebens, kann ich nicht anders sagen". Sie trank einen weiteren Schluck. „Es war sehr schade, dass ich so früh gehen musste. Doch es blieb mir keine andere Wahl, denn ich musste meinen Fund unbedingt so schnell wie möglich in Sicherheit bringen und Klaus zeigen. In Wahrheit hätte ich nichts dagegen, noch einmal eine solche Party zu buchen und richtig loszulegen."

„Ach ja?" Pia horchte auf.

Bjarne zuckte es kurz in der Hand, ihr an die Brüste zu fassen. Natürlich unterließ er das, und doch konnte jeder der Freunde es spüren: Elenas Erregung war nicht gespielt

Schließlich, tatsächlich im letzten Drittel des Ordners, hielt sie inne. „Hier! Das ist es!"

Aufgeregt sahen alle hin. Johanna runzelte enttäuscht die Stirn. „Was soll das? Das ist die Proviantübernahme auf die *Talliska.* Es muss ein früher Morgen gewesen sein, kurz vor der Abfahrt. Was soll daran spannend sein?"

„Moment!" Frau Doktor Scherer hatte sich offenbar wieder gefangen. „Jetzt bin ich erstmal dran mit einer Frage. *Tit for tat!* Also, das Schiff hier ist ja ganz zweifellos die *Talliska*, die bei Ihnen im Garten steht. Als Nachbau. Auf der ich auch gef … gefahren bin. Aber was ist mit den Personen auf dieser Zeichnung und auf den anderen Bildern? Ist das Gunnar Michelson? Und wer noch?"

„Ja!", bestätigte Pia entschlossen. Sie wollte nun wirklich das Geheimnis entschlüsseln. „Es sind Gunnar Michelson, ein Kaufmann aus Bergen und seine Frau Isabella del Bosque, die Zeichnerin all der schönen Erlebnisse. Mit dabei der Eigner des Schiffes, der Walfänger Kapitän Walhorn. Weiterhin Gunnars hünenhafter Kumpel, dessen Namen wir aber nicht wissen. Und noch eine weitere Frau. Sehr sexy, wie Sie unschwer erkennen können. Die Fünf waren im Jahre 1396 unterwegs und haben es ähnlich bunt getrieben wie wir jetzt in der Gegenwart. Tatsache ist, dass Gunnar Michelson und Isabella del Bosque quasi meine und Bjarnes Ur-Eltern sind, womit wir beide als rechtmäßige Erben des Grundstücks und der *Talliska* feststehen. Genau darum ging es in der Verhandlung im Rathaus letztens."

Es war zwar nur die halbe Wahrheit, und Pia hatte geflunkert, was ihre und Bjarnes exakte Abstammung betraf. Aber man musste ja nun auch nicht alles erzählen.

Elena genügte es vorerst. „Gut. Danke für die Aufklärung. Jetzt wird mir einiges klar. Also hören Sie zu: Das ist keine Proviantübernahme, das sind die Goldkisten des Klaus Störtebeker!"

„Ja, natürlich! Klar. Und ich bin Queen Mary!" Johanna rollte die Augen nach oben.

Paul aber blieb sachlich, starrte auf die Zeichnung, auf die Kisten. „Was macht Sie so sicher?"

„Nehmen Sie Ihr Vergrößerungsglas zu Hilfe, Paul. Ich habe es sofort erkannt, weil ich Expertin bin und das Logo schon oft gesehen habe. Was steht auf den Kisten? Sehen Sie genau hin. Ihre reizende Isabella hat der Nachwelt einen wichtigen Hinweis hinterlassen." Jetzt ließ sie die Katze aus dem Sack. „Ihre Urahnen haben zusammen mit ihren ruchlosen Freunden Klaus Störtebeker den Schatz geklaut!"

„Waaas?!", riefen die vier Zuhörer wie aus einem Mund.

„Bretonischer Seeteufel für zwei Personen?", fragte der Kellner und blickte mit hochgezogenen Augenbrauen in die Runde.

Waren sie zunächst noch verärgert, dass der fleißige Serviermann mit den Hauptspeisen mitten in diesen spannenden und überraschenden Gesprächspunkt hineinplatzte, war es ihnen jetzt sogar recht. Denn das gab ihnen nicht nur Gelegenheit, ihren Hunger und Appetit zu stillen, sondern auch über das Gesagte und die Entwicklung nachzudenken.

Pia formte sich im Geiste einen Plan, wie sie Elenas Sensation überprüfen wollte, während Bjarne darüber nachdachte, inwieweit man der Scherer überhaupt trauen konnte. Für ihn war klar, dass

Klaus Scherer mit beiden Morden in Verbindung stand. Und mit ihm auch seine reizende Gattin, die jetzt aufrecht sitzend, mit geradem Rücken und zurückgezogenen Schultern, der geschickten Bedienung bei der Arbeit zusah. Vornehm und zurückhaltend.

An einem kleinen Beistelltischchen hatte der Mann im weißen Jackett soeben damit begonnen, vor ihren Augen fachkundig den Seeteufel zu tranchieren. Pia hatte den *Talliska*-Ordner vorsichtshalber zugeklappt und beiseite gelegt. Nun verfolgte sie fasziniert die Handgriffe, die den Fisch in mühelos genießbare Portionen zerteilten. Bjarne nickte seiner Freundin und Ringträgerin zu, wertschätzte ebenfalls die Kenntnisse des Restaurant-Angestellten.

Derweil kamen zwei weitere Bedienstete dazu, um die übrigen Hauptgerichte zu servieren. Bjarnes Rinderfilet sah nicht nur köstlich aus, es duftete auch herrlich verlockend. Die Sauce béarnaise wurde in einer Sauciere aus Silber gereicht, Mangold, Schalotten und Gratin Dauphinois hatte man schon auf dem weißen Porzellanteller angerichtet. Elenas und Pauls Beilagen wurden aufgetragen, genau wie der schottische Biolachs nebst Zutaten für Johanna und Pia. Zeitgleich konnten sie mit dem Essen beginnen

Jetzt war es Bjarne, der sein Weinglas erhob mit dem tanninhaltigen *Nebbiolo* aus dem Piemont. „Sehr verehrte Seeräuberinnen, Piraten und Freibeuter, ich möchte mein Glas erheben, auf Isabella del Bosque und ihre wunderbare Zeichen-Kunst."

Er nickte der Tischgesellschaft zu, und man verzichtete abermals darauf, miteinander anzustoßen. Für Außenstehende mochte es so aussehen, als sei man sich der feinen Etikette eines Nobelrestaurants bewusst. Die Wahrheit aber war, dass es hier um Mord und Totschlag ging. Dass die Gastgeberin des Dinners mit hoher Wahrscheinlichkeit eine raffinierte und heimtückische Giftmörderin war, der man ihre Taten bisher nur noch nicht beweisen konnte. Bei der man sich nicht einmal sicher sein konnte, ob man nicht selbst der Nächste auf ihrer Liste war. Wer wollte mit so jemandem anstoßen?

Das Surreale war dabei, dass jeder der Anwesenden dies alles sehr genau wusste. So war es nicht verwunderlich, dass in keinem der Gesichter ein Lächeln lag, sondern Eiseskälte, als man sich gegenseitig in die Augen sah.

Tatsächlich war diese Einschätzung der vier Freunde durchaus berechtigt. Denn Elenas Gedanken spielten mit der Überlegung, wer von ihren vier Gästen am gefährlichsten sein mochte. Paul Hilker trug eine Schusswaffe, das wusste sie, hatte es gesehen, als er den Keller des Schmetterlingssammlers betreten hatte. Genau wie seine Entschlossenheit, sie auch zum Einsatz zu bringen. Dazu besaß der Detektiv eine messerscharfe, knallharte Intelligenz, die ihr schon bei seinem Besuch in Hummelsbüttel aufgefallen war. Er beherrschte das Katz- und Mausspiel und war *La Reina*, der Schachkönigin, absolut gewachsen. Womöglich gar ebenbürtig. Und das machte den kleinen, untersetzten Mann nicht nur interessant, sondern in ihren Augen auch attraktiv.

Bjarne Michelson war ihr unheimlich. Er wirkte nach außen hin wie ein sorgloser amerikanischer Tourist. Doch seine blauen Augen glitzerten kalt wie Gletschereis. Nein, er konnte sie nicht täuschen: So, wie er den Kellerraum gestürmt hatte, athletisch, trainiert und geschickt, war er wohl der Gefährlichste von allen. Ein ausgebildeter Nahkämpfer. Gegen ihn würde wohl selbst Alexander keine Chance besitzen.

Doch es gibt noch eine weitere Bedrohung von ihm aus. Eine viel subtilere. Seine Wesensart und Ausstrahlung erreichten Elena auf einer anderen Ebene. Sie fühlte sich zu ihm hingezogen, seine Nähe erregte sie auf unbestimmte Weise. Sie spürte das verräterische Ziehen in den Brustspitzen. Ein Signal, das ihr normalerweise Freude und Lust bereitete, ihr jetzt aber eine Gänsehaut verursachte. Dass sie von Anfang an zurecht sehr gespannt auf den Amerikaner gewesen war, bestätigte sich ihr jetzt eindrucksvoll. Dieser Mann reizte sie.

Bei Johanna sah es schon anders aus. „Die Schlampe würde ich am liebsten eigenhändig umbringen, so wie ich es bei Helmut Stöger getan habe“, sinnierte die Schachkönigin. „Und ich würde es genießen“. Allerdings sprach der Blick dieser Gegnerin keineswegs die Sprache des willenlosen Opfers. Die Frau war groß und kräftig, dazu vermutlich ebenfalls bewaffnet. Sie würde nicht einfach zu besiegen sein, sondern sich nach Kräften wehren. In ihr schien eine Kämpferin zu schlummern, eine Kriegerin. Hier galt es, achtsam zu bleiben und sie genau im Auge zu behalten.

Pia Stegemann war ihr dagegen halbwegs sympathisch. Die junge Frau war intelligent und kombinationsstark. Dazu entschlossen und von starkem Willen beseelt. Nicht umsonst war sie die rechte Hand des Meisterdetektivs und vermutlich auch seine beste Kraft in der Agentur. Dazu hatte Elena den Eindruck gewonnen, dass Pia empathisch sei. Es war sicher kein Zufall, dass die beiden Erben soweit gekommen waren und noch lebten. Eigentlich hätten sie nicht einmal das Rathaus erreichen dürfen!

Ja, Klaus hatte recht gehabt, sie hatten Pia und Bjarne gehörig unterschätzt. Ein gezielter Schuss aus einem Präzisionsgewehr mit Zielfernrohr wäre angemessen gewesen, als sie noch Zeit gehabt hatten, die beiden aus dem Weg zu räumen. Elena hatte nicht den Eindruck, dass von der Blondgelockten Gewalt ausging. Nein, das würde der Amerikaner erledigen. Pia aber war eine logische Denkerin und vermutlich sogar im Stande, eine Gefahr zu wittern, lange bevor sie sichtbar wurde.

Im Verbund waren diese vier Personen ein starkes und höchst gefährliches Team, das Elena auf keinen Fall noch einmal auf die leichte Schulter nehmen würde. Still lächelte sie in sich hinein, bewunderte den Zusammenhalt der Freunde sogar ein wenig und kam sich auf der anderen Seite plötzlich sehr allein vor. Wen hatte sie an ihrer Seite? Alexander, ja! Und wen noch? Die tumbe Ingrid Falter? Wohl eher nicht. Auf jeden Fall war es eine überaus bemerkenswerte Runde, die hier heute Abend beisammensaß.

„Ist es nur der Fisch, der mich an einen Teufel denken lässt? Oder sind es Ihre Gedanken, werte Frau Dr. Scherer, die mich im Moment erreichen?“ So wurde sie von Poirot aus ihren Überlegungen gerissen. Überrascht sah sie ihm in die Augen und schaffte es, ihm ein Lächeln zu schenken. Charme hatte er ja, der kleine, dicke Mann.

„Wo denken Sie hin, Paul?“, entgegnete sie und ließ sich ein weiteres tranchiertes Stück Fisch von ihm auflegen. „Der einzig wahre Seeteufel, an den ich im Moment denke, trägt den Namen Klaus Störtebeker. Dürfte ich noch etwas Mineralwasser bekommen? Der ausgezeichnete *Sancerre* mundet doch etwas kräftig.“

„Obwohl er eine perfekte Hochzeit mit dem Fisch eingeht? Ich finde ihn ausgezeichnet gewählt.“ Er schenkte ihr Mineralwasser nach.

„Vielleicht liegt es auch ein bisschen an der Aufregung, die unser Festmahl umgibt. Nicht einmal unbedingt wegen der Erlebnisse, denen es geschuldet ist. Sondern eher wegen der Zukunft. Ach, Sie ahnen nicht, wie sehr meinen Mann und mich die Suche nach dem Schatz nicht nur begleitet, sondern wie sie unser Leben bestimmt.“

„Bei der Gelegenheit“, mischte Pia sich ein. „Wie geht es Ihrem Gatten? Wie hat er Ihre Entführung verkraftet und Ihre Rettung aufgenommen?“

Elena ließ Fischmesser und Gabel sinken, verzog die Miene zu einem sorgenvollen Ausdruck. „Das weiß ich ehrlich gesagt nicht so genau.“ Sie zuckte bedauernd mit den Achseln. „Ich habe ihn zuletzt gesprochen, als ich ihm mitteilte, dass ich zu Ihnen an die Elbchaussee fahre und dass es mir soweit gut geht. Seitdem habe ich nichts mehr von ihm gehört. Ich bin tatsächlich ein wenig beunruhigt deswegen. Gestern und heute habe ich mehrfach versucht, ihn zu erreichen. Er ist aber weder ans Telefon gegangen, noch hat er auf meine Nachrichten reagiert. Und das ist eigenartig. Normalerweise sind wir im ständigen Kontakt.“

„Vielleicht war es auch für ihn ein wenig viel die letzten Tage, und er hat sich zurückgezogen?", schlug Pia vor und trennte mit dem *couteau à poisson* ein Häppchen von ihrem ausgezeichneten Lachs.

„Möglich, ja. Es gibt da einen Gasthof in Undeloh, in der Lüneburger Heide, wohin wir uns gerne mal zurückziehen, wenn wir Ruhe und Entspannung benötigen. Er liegt in einem Handyfunkloch. Deshalb mache ich mir im Moment auch keine allzu großen Sorgen. Sollte ich aber bis morgen Mittag noch nichts von ihm gehört haben, rufe ich da an. Erst verschwindet Helmut Stöger und jetzt die Geschichte mit Dr. Ott … Ich kann verstehen, dass es auch Klaus nicht gut geht. Weiß man denn schon, wann und wo Ott beerdigt wird, Paul?"

„Soviel ich weiß, ist der Leichnam noch nicht freigegen worden von der Gerichtsmedizin. Es wäre mir aber lieb, wenn wir jetzt das Thema wechseln würden. Ich finde es etwas unpassend hier an diesem Ort."

Das kurze Lächeln, das über Elenas Lippen huschte, entging Pia zwar nicht. Sie dachte sich nur im Moment noch nichts dabei. Erst am nächsten Tag sollte sie dem Bedeutung beimessen. So aber konzentrierte sie sich auf ihren schottischen Biolachs, füllte noch etwas Rucola nach und streute von dem frischgeriebenen Parmesan darüber.

Bjarne dachte indes über etwas anderes nach. Ob es wirklich stimmte, dass seine Vorfahren damals zusammen mit der Talliskabande Störtebekers sagenhaften Schatz geklaut hatten? Dann würde diese dreiste Episode doch sicher auch in dem Buch Erwähnung finden. Im Grunde brauchten sie ja nur abzuwarten, bis sie die entsprechende Folge erreichten. Dann würden sie erfahren, wo Gödeke Michels und seine Freunde ihre Beute versteckt hatten.

Ein weiterer Schuss Sauce béarnaise landete auf seinem Filetsteak, und jetzt lächelte auch er. Was die Frau Doktor allerdings nicht mitbekam. Poirot hingegen schon. Gingen seine Gedanken in eine ähnliche Richtung?

Nach dem Essen holte Pia ihr Notizbuch hervor und bat Elena, so gut es ging das Siegellogo Störtebekers aufzuzeichnen. Derweil versuchte sie selbst, es im Internet zu recherchieren. Die beiden Frauen lächelten sich an wie zwei Giftnattern, und es machte der Piraten-Expertin selbstverständlich nichts aus, dieser Bitte nachzukommen.

Paul zückte indes seine Lupe und betrachtete sich noch einmal eingehend das Zeichen, das auf einer der Holzkisten auf Isabellas Illustration sehr deutlich zu sehen war. Kurz darauf verglich er es mit Elenas Zeichnung und dann auch mit dem, was Pia ihm auf dem Display ihres Smartphones entgegen hielt.

„Alle drei identisch", nickte er. „Elena sagt die Wahrheit, es sind Kisten von Störtebeker. Es sieht tatsächlich so aus, als hätten Gunnar Michelson und seine Freunde etwas an Bord genommen, das eindeutig dem Piratenanführer gehörte. Ob da aber wirklich der Schatz drin war?"

„Ich bitte Sie", zischte Elena und musterte ebenfalls noch einmal genau die alte Zeichnung. „Sehen Sie nur in die Gesichter der Leute. Jene Isabella lässt sie schalkhaft grinsen, das ist deutlich zu erkennen."

Nah war sie dem Gesicht des Detektivs gekommen, fast berührten sich ihre Wangen, und Paul atmete den Duft ihres Parfums ein. Was Johanna zu der Bemerkung verleitete: „Ob dich deine Spurensuche wirklich nochmal auf eine unserer Schiffspartys führen wird, kann ich dir nicht versprechen, Herzchen."

Abermals fing sie sich einen giftigen Blick ein. Jedoch keinen Kommentar.

„Elena ist ein emotionaler Typ. Impulsiv, aber doch zur Beherrschung fähig", dachte Pia. „Sie lässt sich weder von mir noch von Johanna provozieren."

Elena aber meinte: „Dann will ich mich jetzt mal kurz ein wenig frisch machen. Sicherlich haben Sie nun etwas zu besprechen, das nicht für meine Ohren bestimmt ist. Und dabei wird es sich vermutlich nicht um die nächste Vögelparty handeln." Mit diesen Worten schob sie ihren Stuhl zurück, nahm ihre Handtasche und empfahl sich.

„Wir müssen doch nur in unserem Buch weiterlesen", murmelte Bjarne, kaum dass sie außer Hörweite war. „Dann werden wir schon erfahren, wo der Schatz ist."

„Abwarten!" Paul hob beschwichtigend die Hand. „Es ist sehr gut möglich, dass wir es über die Lektüre herausfinden. Andererseits haben wir aber keine Ahnung, was Elena noch alles weiß. Ich denke, sie geht nach wie vor davon aus, dass der Schatz auf unserem Grundstück versteckt ist. Was ich nach wie vor nicht glaube. Aber was ist, wenn da irgendwo ein weiterer Hinweis verborgen ist? Eine Schatzkarte oder dergleichen?"

„Dann hätte ich diesen Hinweis längst gefunden!", warf Johanna ein. „Rudolf und ich haben mehrfach das ganze Haus auf den Kopf gestellt, und Elenas Versuch mit den Metalldetektoren war bei ihrem Einbruch auch erfolglos."

„Eben deshalb", nickte Pia. „Sie ahnt, dass das Gold nicht hier, sondern woanders versteckt worden ist, damals. Von … Gunnar." Sie kicherte. „Deshalb teile ich Poirots Vermutung, dass es einen Hinweis gibt. Geben muss. Und nicht nur in dem Buch, denn das wurde erst sehr viel später geschrieben. Von wem auch immer. Das wissen wir ebenfalls noch nicht. Ich bin mir aber sicher, dass die Talliskabande garantiert etwas Schriftliches hinterlassen hat."

„Und genau das hofft Elena zu finden", nickte Bjarne, und seine Augen hatten sich eine Spur verdunkelt. „Was also schlagt ihr vor? Was sollen wir tun? Ihr ein Angebot unterbreiten?"

„Ja, das sollten wir", überlegte Pia. „Nehmen wir an, wir finden den Schatz, was machen wir dann damit? Er wird nicht nur ein Vermögen wert sein, sondern auch von immenser kunsthistorischer Bedeutung. Ähnlich wie die Goldplatten aus Rungholt, auch wenn er bestimmt aus ganz anderen Kostbarkeiten besteht. Wahrscheinlich aus Schmuck, Gold und Silber. Münzen, Pokalen, was weiß ich. Seeräubergut eben."

„Du denkst an ein Hamburger Museum?", fragte Johanna.

„Ich denke, dass unser Angebot darin bestehen könnte, dass wir einen Teil der HSG übergeben und nicht privat den Scherers. Auf Elenas Reaktion wäre ich gespannt."

„Das wird sie verleiten und antreiben, auf eigene Faust weiter zu suchen."

„Das wird sie sowieso versuchen, da mache ich mir überhaupt keine Illusionen. Wir dürfen ihr nicht trauen. Was wir aber schaffen können ist, sie endlich von unserem Grundstück fernzuhalten. Und auch weitere Attentatsversuche uns gegenüber zu unterbinden. Es wird erst wieder heikel, wenn wir vor ihr den Schatz finden und sie es mitbekommt."

„Achtung! Sie kommt zurück!", zischte Johanna, die den Eingang im Blick hatte. „Ich hätte wirklich große Lust, die Mörderin von meinem Rudolf hier an Ort und Stelle zu erwürgen. Oder ihr mit meinem Dolch den Hals abzuschneiden."

Hastig legte Paul ihr unter dem Tisch die Hand aufs Knie.

Elena war zurückgekehrt. „Also, was machen wir?"

„Angebot!", legte Paul fest.

„Und?", fragte Elena keck und nahm wieder Platz. „Sekt oder Selters?"

„Espresso! Den Digestif nehmen wir dann zu Hause", antwortete Paul und trank einen Schluck *Sancerre.* „Um nun aber auf Ihre Frage zurückzukommen: Ja, wir sind kooperationsbereit, was den Schatz angeht. Wir haben ein Angebot für Sie."

„Na, da bin ich ja mal gespannt. Ich höre?"

Paul erklärte ihr leise, was sie sich überlegt hatten, und wie erwartet verdunkelte sich ihre Miene. Doch sie hatte offenbar nicht vor, den Vorschlag rundweg abzulehnen.

„Das ist zwar nicht unbedingt das, was ich mir vorgestellt habe“, erklärte sie. „Aber gut. Unter einer Bedingung: Sie überlassen mir die Medienarbeit und die öffentliche Präsentation. Der Ruhm und die Aufmerksamkeit sollen der HSG zufließen. Der *Hamburger Störtebeker Gesellschaft*. Die Umstände, wie wir den Schatz gefunden haben, werden wir uns gemeinsam überlegen. Also das, was wir der Öffentlichkeit auftischen.“

„Vorausgesetzt, wir finden ihn“, warf Bjarne ein. „Im Moment gibt es nicht den kleinsten Hinweis, wo er denn versteckt sein könnte. Hier auf dem Grundstück ist er nicht.“

„Wie Sie ja bereits herausgefunden haben bei Ihrer nächtlichen Suchaktion, Frau Scherer“, stellte Johanna sie bloß.

Die Beschuldigte lief ein weiteres Mal rot an, verzichtete aber auf die Frage, woher Johanna das wisse. Es war nicht schwer, sich auszumalen, dass bestimmt noch mehr Kameras auf dem Grundstück versteckt waren. Vor allem angesichts der frivolen Bilder, die von ihr und Ingrid gemacht worden waren, damals auf der Party. Der Punkt ging an Johanna. Bestimmt gab es auch in den Zimmern der Villa überall Webcams.

„Stimmt, die Metalldetektoren haben nicht angeschlagen“, gab sie also freimütig zu.

Sie mussten ihre Unterhaltung ein weiteres Mal unterbrechen, denn der Kellner trat an ihren Tisch, deckte ab und fragte nach weiteren Wünschen. „Ein Dessert? Kaffee? Espresso? Käse?“

„Fünf doppelte Espressi, bitte“, bestellte Elena und wartete, bis der junge Mann seine Arbeit beendet und den Raum wieder verlassen hatte. „Irgendetwas muss es aber geben. Dieser … wie hieß er noch? Günther …“

„Gunnar!“, korrigierte Pia. „Gunnar Michelson.“

„Dieser Gunnar muss irgendwo eine Aufzeichnung hinterlassen haben. Alles andere macht keinen Sinn.“

„Wenn er dies getan hätte, hätten wir die Notiz längst entdeckt. Die Michelsons, also Rudolf und seine Eltern, haben damals das

Haus komplett saniert und renoviert. Und nichts gefunden." Johanna schüttelte den Kopf und hob die Schultern an.

„Dann eben anderswo. Das Grundstück ist ja riesig."

„Gut möglich!", nickte Pia. „Doch in Anbetracht der Umstände können wir Sie leider nicht an der Suche beteiligen. Es stehen ja noch zwei ungeklärte Todesfälle im Raum, in die Sie verstrickt sind."

„Zwei? Wieso zwei? Mir ist nur bekannt, dass vor zwei Jahren Rudolf Michelson ums Leben kam und die Behörden den Fall abgeschlossen haben. Was Helmut Stöger betrifft, so gilt der als vermisst, und Dr. Jens Ott wurde in Notwehr in zwei Hälften geteilt. Auch das gilt als bewiesen. Dass Sie mich laufend verdächtigen, sehe ich bald als persönlichen Affront gegen mich an. Ich möchte mir das hiermit in Zukunft ausdrücklich verbitten. Auch ohne richterliche Anordnung müsste das wohl unter zivilisierten Menschen möglich sein. Meinen Sie nicht? Finden Sie endlich das vermaledeite Handy des Notars. Sie haben nachlässig gearbeitet."

Sie trank ihr Weinglas leer. „Und sehen Sie endlich ein, dass ich hier das Opfer bin, dem übel mitgespielt wird. Klaus werde ich aber gehörig die Meinung geigen, wenn der nach Hause kommt. Da können Sie sich sicher sein. Ich werde die Dinge intern klären. Ich weiß, dass ich meinen Mann nicht zu belasten brauche. Ich habe aber keine Ahnung, was mit Helmut Stöger geschehen ist, nachdem er unser Haus verlassen hatte. An dem Tag war ich gar nicht mit dabei. Stöger war der Kunde meines Mannes. Checken Sie doch das Navi seines Wagens. Irgendwohin muss er ja gefahren sein. Was Rudolf betrifft: Mit seinem Tod habe ich nichts zu tun. Bedauere es sogar, dass er nicht mehr unter uns weilt. Tatsache ist, dass ich sogar gerne noch mal mit ihm ins Bett gestiegen wäre. Aber das ist eine andere Geschichte und gehört hier jetzt nicht hin."

„Ja, schon gut, schon gut", lenkte Paul ein. „Wir werden Ihren Mann die nächsten Tage aufs Präsidium bitten, damit er eine Aussage tätigen kann. Und Sie vermutlich auch, Elena. Sie wissen ja, dass ich nicht für die Polizei arbeite. Aber die gestrigen Erlebnisse in der Max-Brauer-Allee gehören aufgearbeitet. Hauptkommissar Schröder hat den Fall übernommen. Er ist letztendlich auch für die Panne mit dem Handy verantwortlich. Da die Spurensicherung aber nichts gefunden hat, bleibt die Frage: Wo ist es hin verschwunden?"

„Das allerdings frage ich mich auch!", gab Elena zurück. „Vielleicht laden Sie auch mal die Tippse vor. Und ... Wären Sie denn vielleicht so freundlich, mir Ihre Bilder aus dem Keller per E-Mail zu schicken? An: *Elena.Scherer@gmx* de? Aber bitte nur die, auf denen ich als ‚bedeutendes Kunstwerk' abgelichtet bin. Inklusive der Bildrechte, versteht sich. Den zerhackten Ott können Sie behalten oder dem hier anwesenden Herrn Michelson aus Key West auf die Fahne schreiben."

„Sobald die Untersuchungen abgeschlossen sind", wich Paul aus. Der Gedanke, dass Elena ganz schön Haare auf den Zähnen hatte, drängte sich geradezu auf. Er seufzte innerlich. Diese Frau würde ihnen sicher noch einige Nüsse zu knacken geben. Man konnte nur hoffen, dass sie sich nicht die Zähne daran ausbissen. Aber man konnte sich seine Koalitionen eben nicht immer aussuchen.

„Verstehen Sie mich bitte nicht falsch", gab nun auch Elena nach. „Ich bin Ihnen überaus dankbar, dass Sie mir das Leben gerettet haben. Ott wollte mich quälen und umbringen und einbalsamieren. Er war ein perverser, sexorientierter Sadist. Es war wirklich knapp und verdammt ernst. Und mir tut immer noch mein Oberschenkel scheißweh und auch meine linke Brust."

Leicht vorwurfsvoll sah sie von einem zum anderen. „Ich bin aber keine Mörderin. Merken Sie sich das. Und was den Schatz betrifft: Da haben Sie natürlich ebenso wie ich freie Hand, ihn zu finden oder nicht. Wir können uns aber gerne in ein, zwei Wochen, wenn sich alle etwas beruhigt haben, noch mal bei uns zu

Hause treffen und gemeinsam mit meinem Mann überlegen, was wir als Nächstes unternehmen wollen. Ich muss das eh erst alles mit ihm besprechen. Und jetzt würde ich gern bezahlen und die Diskussion beenden."

Pia stieß unmerklich die Luft aus. Das hatte gesessen. Wenn Elena wirklich die Mörderin war, so war dieser Auftritt von ihr brillant. War Klaus Scherer der Täter, so wie sie es von Anfang an vermutet hatten, dann war seine Frau aber keinesfalls unschuldig, sondern auf jeden Fall eine Komplizin. Eines aber war sie mit Sicherheit nicht: Ein Unschuldsopfer. Hier hatte die Gute eine Spur zu dick aufgetragen.

Epilog

Endlich Ruhe", seufzte Pia und warf sich in einen der bequemen Bürostühle im Videoraum der Elb-Villa. „Wenn ich diese Elena noch viel länger um mich haben muss, besinne ich mich wahrscheinlich bald auf mein Piraten-Erbe und stelle ihr meinen Dolch vor. Hoffentlich verschwindet sie bald von hier."

„Das kannst du aber laut sagen!" Bjarne folgte ihr und schloss mit einem energischen Tritt die Tür hinter sich. In den Händen hielt er zwei Weingläser und eine passende Flasche, die er nun auf dem Tisch absetzte. „Komm, lass uns einen Schluck trinken."

Schweigend lauschten beide auf das leise Gluckern, mit dem er ihnen einschenkte. Es war wie ein Streicheln für die Ohren, und sie genossen es, einen Moment ganz für sich allein zu haben.

Nach ihrer Rückkehr aus dem Restaurant hatte sich Johanna zurückgezogen, um noch ein paar Telefonate zu erledigen. Poirot hatte Elena mit seiner undurchschaubarsten Ermittlermiene angesehen und um ein Gespräch unter vier Augen gebeten.

„Nur wir beide?", hatte sie leicht irritiert gefragt. „Worum geht es denn? Wenn es nochmal wegen des Schatzes ist …"

„Nein", hatte er sie bestimmt, aber nicht unhöflich unterbrochen. „Ich würde gern noch etwas anderes mit Ihnen besprechen. Und ich könnte mir vorstellen, dass Sie dabei nicht gern ein großes Publikum hätten."

Sie hatte die Augenbrauen hochgezogen, ihn prüfend gemustert – und eingelenkt. „Na, wenn Sie meinen: Da bin ich ja gespannt. Aber zuerst möchte ich mich umziehen und ein wenig frisch machen." Sie hatte auf die Uhr gesehen. „Wir haben jetzt kurz nach elf. Treffen wir uns doch so in einer Dreiviertelstunde im Wohnzimmer, einverstanden?" Sie hatte süffisant gelächelt. „Ein echtes

Mitternachts-Rendezvous, Monsieur Poirot, bei einem Gläschen Wein … Wie überaus romantisch!"

Paul aber hatte keine Miene verzogen. „Die einen sagen so, die anderen so."

Pia hatte sich ziemlich fest auf die Unterlippe beißen müssen, um ein Prusten zu unterdrücken. Stattdessen hatte sie sich sehr freundlich von den beiden verabschiedet. „Bjarne und ich machen noch einen Spaziergang zur Elbe hinunter", hatte sie angekündigt. „Ich brauche ein bisschen frische Luft."

Elena hatte ihnen daraufhin nonchalant zugewinkt und war die Treppe hinauf in ihr Zimmer verschwunden. Von den verschwörerischen Blicken in ihrem Rücken hatte sie nichts bemerkt.

Bereits auf der Restaurant-Toilette hatten Bjarne und Paul den Schlachtplan für den weiteren Verlauf des Abends entworfen. Es würde tatsächlich ein Gespräch geben zwischen Elena und Poirot. Allerdings nicht unter vier Augen. Wozu hatte Rudolf Michelson schließlich all die Webcams installiert und einen Videoraum mit allen technischen Schikanen eingerichtet? Hier würden Bjarne und Pia das Schauspiel bequem verfolgen können, und auch Johanna würde sich bald zu ihnen gesellen. Bis dahin aber hatten sie noch eine halbe Stunde für sich.

„Ich kann es einfach nicht fassen", knurrte Pia und nippte an ihrem Wein.

„Was jetzt genau?", wollte Bjarne wissen. Denn an unfassbaren Begebenheiten hatte in letzter Zeit ganz sicher kein Mangel geherrscht. Allein das heutige Abendessen hatte ziemlich viele Szenen aus dieser Kategorie geboten. Da konnte man schon mal den Überblick verlieren.

„Na, die Sache mit dem Fisch. Die Karte im *Jacob* bietet ja nun wirklich genügend Auswahl. Alles Gerichte, die mir schon beim Lesen den Mund wässrig machen. Gedichte aus Fisch, Fleisch und Vegetarischem. Aber was bestellt unsere liebe Frau Dr. Scherer?"

Sie warf Bjarne einen vielsagenden Blick zu. „Ausgerechnet Seeteufel!“

„Ja, und?“ Er sah sie verständnislos an. „Das ist doch ein sehr feiner Fisch. Weißes, festes Fleisch, kaum Gräten. Sehr delikat …“

Pia lachte. „Ich zweifele ja auch überhaupt nicht an ihrem kulinarischen Geschmack. Nur an ihren Umgangsformen. Kannibalismus ist ja nun nicht die feine Art, oder?

Bevor die Fragezeichen in Bjarnes Gesicht überhandnahmen, erzählte sie ihm von ihrem nächtlichen Gedankenkarussell auf dem Balkon der Villa. Bei dem sie schließlich zu dem Ergebnis gekommen war, dass sich hinter der aparten Fassade von Frau Dr. Scherer die Persönlichkeit eines Seeteufels verbarg.

„Du hast vielleicht Ideen!“ Bjarne verschluckte sich fast an seinem Wein. „Lass die Dame das bloß nicht hören! Sonst bringt sie dich allein für diese Beleidigung um die Ecke. Hast du denn schon mal einen lebenden Seeteufel gesehen? Weißt du, wie hässlich die sind?“

Er riss den Mund auf, soweit es eben ging, fletschte die Zähne und krümmte den Zeigefinger wurmförmig vor seiner Stirn. Als er auch noch anfing, verlockend damit zu winken, konnte Pia kaum noch an sich halten. Sie spürte förmlich, wie ihr leichter zumute wurde. Felsschwere Gedanken zerbröselten zu feinem, weichem Sand, den sie lachend in den Wind warf.

„Na, was die Angel angeht, hast du aber noch bessere Möglichkeiten“, grinste sie und ließ einen vielsagenden Blick über seine Hose gleiten. „Wenn du vielleicht damit mal winken könntest?“

„Ha! Das könnte dir so passen, was? See-Luder, schamloses!“ Er hielt sich scheinbar schamhaft die Hand vor den Schritt. „Und überhaupt: Ein männlicher Anglerfisch möchte ich nicht unbedingt sein.“

„Warum nicht?“, fragte Pia neugierig. Was skurrile Geschichten über das Meer und seine Bewohner anging, schien Professor Bjarne Michelson aus Key West ein beinahe unerschöpfliches Reservoir zu besitzen. Und sie liebte es, wenn er wieder mal eine davon herausfischte und mit ihr teilte.

„Ich hänge zu sehr an meiner Freiheit", gab er augenzwinkernd zurück. „Es gibt außer unserem Seeteufel noch eine ganze Menge andere Arten von Anglerfischen. Auch in der Tiefsee. Und etliche haben doch ziemlich… hm … gewöhnungsbedürftige Vorstellungen von einer Beziehung."

„Ach?"

„Ja! Ich habe erst neulich ein total faszinierendes Video gesehen, das unter Fischforschern eine Menge Aufsehen erregt hat. Warte …" Er griff nach seinem Handy und tippte ein paar Mal aufs Display. „Hier ist es. Sieh dir das an!"

Neugierig rollte Pia ihren Bürostuhl neben seinen und schaute auf den Bildschirm. Dort schwamm ein dunkelgrauer, plump wirkender Fisch mit wenig vertrauenerweckendem Gesichtsausdruck und einem Maul voll spitzer Zähne. Seine Flossen allerdings spielten graziös im Wasser wie elegante, transparente Fächer. Um seinen Körper wogten lange, spinnwebzarte Anhängsel, die in einem unwirklichen Weiß zu leuchten schienen. Und die Angel auf seiner Stirn weckte in Pia sogar leicht erotische Assoziationen. Sah die zarte Quaste an ihrer Spitze nicht haargenau aus wie ein Feder-Teaser? Gut, sie hätte dieses spezielle Modell jetzt nicht unbedingt auf ihrer Haut spüren wollen. Aber der Anblick verschlug ihr den Atem. „Wow! Ist das echt?"

Bjarne nickte. „Die weltweit ersten Aufnahmen von einem lebenden Fächerflossen-Seeteufel", erklärte er. „Den haben Tiefseeforscher erst vor ein paar Wochen von einem U-Boot aus gefilmt. In etwa 800 Metern Tiefe vor den Azoren."

„Was es alles gibt! Und das ist das Männchen, das du nicht sein möchtest?"

Bjarne grinste. „Nein. Das ist seine Frau. Mr. Seeteufel hängt da unten an ihrem Bauch. Festgewachsen. Und ihr damit völlig ausgeliefert." Er wies auf die entsprechende Stelle, und Pia entdeckte einen zwergenhaften Fisch, der wie ein Anhängsel an seiner viel größeren Partnerin baumelte.

„Wenn er seine Gefährtin gefunden hat, beißt er sich an ihr fest“, erklärte Bjarne. „Und mit der Zeit wachsen ihre Gewebe zusammen. Dann wird er sogar von ihrem Blutkreislauf mitversorgt. Das war's dann mit der Unabhängigkeit. Für sie ist er fortan nicht mehr als ein lebendes Sperma-Reservoir. Und zwar so lange, bis er vollständig von ihr absorbiert worden ist, und das Weibchen sich den nächsten Kerl angelt. Schon gruselig, oder?“

„Ich sag‘s doch“, kicherte Pia. „Für mich klingt das verdächtig nach Elena Scherer! Und das Anhängsel da unten heißt Klaus.“

Dass sie damit nicht mehr ganz auf dem neusten Stand war, konnte sie zu dem Zeitpunkt noch nicht ahnen.

Nachdenklich fuhr sie mit dem Finger über den Rand ihres Weinglases. „Lass den Film nochmal laufen“, bat sie dann. „Ich finde das wirklich faszinierend, was es im Meer bis heute alles zu entdecken gibt. Insbesondere in der unerforschten Tiefsee.“

Bjarne nickte. „Ja. Wir wissen mehr über den Mond als über die Tiefsee. Es gibt wohl keinen Ort auf der Erde, wo sich noch mehr Geheimnisse verbergen.“ Er nahm noch einen Schluck Wein. „Vielleicht abgesehen von den Abgründen der menschlichen Psyche.“

Dank an die Crew

Unser ganz spezieller Likedeeler-Dank gilt diesmal allen, die mit ihrer vielfältigen Unterstützung dieses Buch erst möglich gemacht haben:

Anima Nyx für ihr professionelles und kritisches Auge und ihre unbezahlbaren Tipps für die Gestaltung des Covers.

Petra fürs Korrekturlesen, den ersten Blick von außen und die motivierende Begeisterung für unsere Geschichte.

Kathrin für die Piraten-Idee, die sie in unsere Köpfe gepflanzt hat. Und für eine Bettlerin, die sie zeichnerisch in die Königin der Seeräuber verwandelt hat.

Johannes für die in allen Farben schillernde Figur, die hier als „Der aus den Alpen“ auf der Insel Neuwerk residiert.

Jacques und Louis für ihre genialen Ideen und die Unterstützung bei dem Vorhaben, die Piraten auch bei YouTube & Co. in See stechen zu lassen.

Dem Team von BoD für die immer freundliche und kompetente Beratung.

Den Leserinnen und Lesern, die uns mit ihrem Feedback dazu motiviert haben, dem ersten 622-Band „Vermächtnis“ einen zweiten folgen zu lassen.

Euch allen einen großen Silberbecher Rotwein – oder ein Getränk Eurer Wahl!

Vorschau auf 622 – Band III
Gezeiten

Nicht alle Seeteufel haben also überlebt, und manche werden wohl auch erst in Zukunft aus der Tiefe des Meeres auftauchen. Denn die Reise der 622-Mannschaft ist noch nicht zu Ende. In Band III „Gezeiten" betreten neue, spannende Charaktere die Bühne, und auf beiden Zeitebenen entwickeln sich weitere dramatische Abenteuer, umrankt von Poesie und trockenem Humor.

So findet sich im Jahr 1396 die Crew der *Talliska* und wächst zu einer verschworenen Einheit zusammen. Gödeke Michels nimmt dabei auch drei Vitalienschwestern an Bord, die den Häschern der Hanse mit weiblicher Logik manch Schnippchen schlagen werden. Doch auch auf die Männer ist Verlass, als sich ein neuer Gegner ankündigt: Kein Geringerer als Klaus Störtebeker.

In der Gegenwart steigt die Dramatik ebenfalls weiter an. Elena Scherer und ihr Fürst der Finsternis zeigen ihr wahres, verbrecherisches, aber auch lustvolles Gesicht. Sie setzen eine lange geplante Tat um und sorgen für heilloses Entsetzen.

Doch die Freunde an der Elbchaussee halten energisch die Stellung. Bjarne Michelson beschließt, jetzt endlich auch die anderen Ringträgerinnen kennenzulernen und die nachgebaute Kogge vom Garten auf die Elbe zu bringen. Pia Stegemann findet mehr und mehr Gefallen an ihren unverhofften und seltsamen Fähigkeiten, sich mit der Vergangenheit zu verbinden.

Meisterdetektiv Paul Hilker, alias Poirot, bleibt derweil nicht nur Frau Dr. Scherer auf den Fersen, auch in Liebesdingen öffnen sich für ihn neue Welten. Johanna „Jo" Brahms hat keine Scheu, die Hüllen fallenzulassen und zu offenbaren, welch einen kostbaren Schatz sie in Wahrheit hütet.